长篇历史小说

大宋天子 宋徽宗

秦 俊 著

人民东方出版传媒
东方出版社

目　录

一　乌塔尖尖 1
二　义女王惠 13
三　邱大坐监 24
四　怦然心动 36
五　端王轻佻 47
六　向章惇开战 58
七　茅山道士 70
八　虽万人何赎 81
九　蔡京的陷阱 92
十　官还是要当 103
十一　误人多少 114
十二　丰亨豫大 126
十三　绿肥红瘦 137
十四　前无古人 149
十五　双头乌龟 160
十六　枢密之殇 171
十七　文人无形 181
十八　天现仙府 192
十九　梦游南天门 203
二十　灵素拜碑 214
二十一　瑞禽迎圣驾 226
二十二　花石猛于虎 237

二十三	妓女与皇帝	248
二十四	纤指破新橙	259
二十五	九哥夜遁	270
二十六	香须如此烧	281
二十七	佛道斗法	293
二十八	阿骨打拒舞	304
二十九	女人是衣服	316
三十	童贯的美梦	328
三十一	方腊起义	340
三十二	泼皮韩五	351
三十三	美人爱英雄	361
三十四	败亦英雄	372
三十五	宰相也怕吓	382
三十六	趁火打劫	392
三十七	四问刘延庆	403
三十八	花无百日红	414
三十九	张孝纯报恩	426
四十	儿顶父缸	437
四十一	徽宗买鱼	448
四十二	知耻者勇	460
四十三	四尽中书	472
四十四	赵构质金	484
四十五	徽宗遭禁	496
四十六	岳飞从军	507
四十七	金人陷汴	518
四十八	伪帝张邦昌	530
四十九	徽宗自省	542
五十	驾崩五国城	554

主要参考书目 …………………………………… 566

一　乌塔尖尖

王诜好色,是出了名的。尽管有一妻八妾,又养了数十个歌伎,还要出去招蜂引蝶。

她一边默念着李煜的诗,一边幻想着李煜和小周后偷情的情景。想着想着,风流倜傥的李煜,笑嘻嘻地向她走来。

乍一听,"乌塔尖尖,一耸七层八角"这个联,并不难对。但仔细一想,难度非常大。

由于情趣相投,在众多的妻侄中,王诜最喜欢赵佶。

赵佶既不是开国皇帝,又没什么建树,但在中国的皇帝中,知名度很高。

这个高,不仅仅因为他昏庸、风流、浪漫,干了许多荒唐事。

更因为他的才华——琴棋书画无所不通。他在琴棋书画方面的造诣,就是那些书画大家也罕有匹配。

他的字,内紧外松,上紧下松,左紧右松,瘦直挺拔,横画收笔带点,撇如匕首,竖钩细长,被时人称之为瘦金体,现代美术字体中的"仿宋体",便是模仿瘦金体的神韵而创。他的画典雅、绮丽,特别是花鸟画,精致逼真,体物入微。他的创作方法和审美情趣,对后世中国的绘画产生了很大影响。如今,他的一幅字画,价值六千万到一亿四千万元。他在书法绘画方面,取得这么大的成就,天赋固然重要,但后天的努力和高人指点也是两个重要因素。

指点他的高人,不管有多少,王诜是最重要的一个。

王诜,字晋卿。高祖①王全斌,乃北宋初年大将。祖父王凯,官至侍卫亲军步军副

---

① 高祖:曾祖的父亲。生己者为父母,父之父为祖父,祖父之父为曾祖,曾祖之父为高祖,高祖之父为天祖,天祖之父为烈祖……

都指挥使,王诜娶英宗二女儿魏国公主为妻,时人称之为驸马爷。

　　王诜出身于官宦世家,贵公子气十足。因大宋有制,皇亲国戚不能做官,就是做,也是虚职。故而,终其一生,他只做到驸马都尉①。但他有才,精于绘画,所画之《烟江远壑》《柳溪捕鱼》《清岚绝涧》《寒林幽谷》等,无不精妙,为词人墨客所称道。

　　他不只爱作画,还爱收藏画,在其府中专建一堂——"宝珍",珍藏数百幅古今名字名画,苏轼、苏辙、黄庭坚、秦观、晁补之、张耒、米芾等,经常光顾他的"宝珍",鉴赏、学习、研讨。

　　他不只喜欢作画、藏画,还喜欢吟诗填词和古器山石、珍禽怪兽。

　　他的好色,也是出了名的。尽管有一妻八妾,还养了数十个歌伎。这么多女人,围着他转,他还要出去招蜂引蝶,汴京城中的八大名妓,七个和他有染。

　　王诜和赵佶的交往,源于他的福州之行。

　　元祐九年(1094年),王诜奉旨出巡福州,少不得要去乌塔游玩一番。乌塔位于乌石山东麓,与于山白塔②遥遥相对,因其塔为花岗岩青石所砌,呈乌黑色,故称乌塔。它的前身系唐贞元十五年(799年)所建之"净光塔",塔为八角七层,通高十丈五尺,每层塔壁均有浮雕浮像。

　　游过乌塔之后,陪同的张知州请他留下墨宝,他推说喝多了酒,头晕,不写。站在一边的书吏吩咐张知州道:"别管他,笔墨伺候。"

　　"这……"张知州站着没动。

　　书吏有些不悦道:"叫你笔墨伺候,怎么,没听见?"

　　张知州忙道:"听见了。"一边吩咐左右,笔墨伺候,一边暗自忖道:"怪,一个书吏居然敢当驸马爷的家!"

　　这书吏,不是一般的书吏。

　　她是王诜的爱妾,姓刘,单名一个"婕"字。

　　刘婕原是一个唱戏的,因貌好、腔好、唱得也好,世人皆以刘花魁称之。为得到刘花魁,王诜花了一千多两白银。

　　王诜风流成性,离了女人,寝食难安。但奉旨出巡,是不允许带女人的。当然,作为天使,所到之地也不缺女人。

---

　　① 驸马都尉:简称驸马,初置于汉。掌天子副车之马,多以宗室外戚及公子王孙任之。曹魏后尚公主者均授此职,一般情况下,不得参与政事。
　　② 于山白塔:原名报恩定光多宝塔,建于唐天佑元年(904年),矗立在于山西麓,塔南有白光寺。

是时，接待宴请上级官员，可以召女伎。

这个伎不是通常说的妓女，而是艺妓，可以陪吃、陪唱、陪玩、陪喝酒、陪吟诗吟赋，但不陪睡觉。如果硬要睡，一旦被人告发，就得丢官。为了解决睡觉问题，王诜让刘婕女扮男妆，冒充他的书吏。

以往，刘花魁的话，对王诜来说就是圣旨。

不知怎的，今天，他居然不给刘花魁面子。刘花魁让他写，他不但不写，且沉着脸说道："我不是已经说过了，头晕，不想写。"

刘花魁小嘴一撇道："你骗谁呢，那酒您顶多喝了七成，晕什么晕？分明是偷懒，您若实在不想写，我就代您写。"

王诜没好气地回道："你想写，你就写吧！"

刘花魁一是赌气，二是还没有从醉酒中完全醒来，冷哼一声说道："这可是您说的！"

她提笔在手，凝眉沉思了一会，又朝乌塔望了一望，"唰！唰！唰！"写了十个大字——"乌塔尖尖，一耸七层八角。"

张知州当先赞道："好字，好联！"

众人纷纷附和，喜得刘花魁心花怒放，笑靥如花地问王诜："老爷，我刘婕儿没有给您丢脸吧？"

王诜暗自吃了一惊。

他不是吃惊刘花魁的字，是吃惊她的联。

在他的悉心调教培养下，刘花魁模仿他的字，几乎可以达到乱真的程度，但作词和作联的水平，却不怎么样。而今，居然以刚刚看到的乌塔为题，写出这么好一个上联。

他以惊讶和欣赏的目光瞅着刘花魁："写下去！"

刘花魁反问："写什么呀？"

"当然是写下联呀！"

刘花魁道："张大人只是请您留个墨宝，并没有说让写联呀！"

王诜道："张知州虽然没说让写联，可你写的这十个字，就是一个绝好的上联。写吧，嗯，写吧！"

"您……"刘花魁嘻嘻一笑道："您别夸我，啥联不联的，俺只是信手涂鸦。"一边说，一边抓起她的墨宝就要撕。

张知州忙阻止道："哎，哎，别，别，别撕！"

刘花魁道:"不撕留着让人见笑。"

张知州道:"不是见笑,是欣赏!实话跟您说,我刚一上任,便邀请当地名士,请他们为乌塔撰写一副对联。他们一连写了六十七副,没有一副让我满意。您这信手一笔,把乌塔写得活灵活现。大手笔,大手笔呀!求求您,把下联也写出来吧!"

刘花魁连连摇首道:"我已经说了,我哪会作联呀!我是信手涂鸦,见笑见笑!"一边说,一边把她的墨宝撕成碎片。

"哎,哎……"张知州既惋惜又无奈,叹息,不住地叹息。

回到驿馆,王诜问刘花魁:"那上联挺好的,是你自己想出来的,还是借用别人的,抑或是受了什么启发?"

"受了一个辽国使者的启发。"

王诜略显惊讶道:"你认识辽使?"

刘花魁将头轻轻点了一点。

王诜摇首说道:"我不信。"

"为什么?"刘花魁反问。

"你是一个唱戏的,咋能认识辽使?"

"妾在学唱戏之前,已经认识了一个辽使。不,妾说错了,妾在学唱戏之前,见过十几个辽使。"

王诜"噢"了一声道:"说下去。"

"妾八岁那年,由爹爹带着,去县城看六和塔,正看着,来了十几个辽人,或高鼻深目,或高颧骨直鼻梁,或长脸窄额、单眼皮,一个个髡发①左衽②。妾觉着新奇,远远地跟在他们后边。这群辽人看完了六和塔,守塔官员请他们留个墨宝。为首的那个辽人,朝六和塔望了一眼,挥毫走笔,写一上联——和塔巍巍,七级四方八面。守塔的官员高声赞道:'好字,好联!'话音未落,那辽人直起身来,将笔一抛,欲要走人。守塔官员一脸惊诧道:'下联呢,咋不写了?'那辽人微微一笑说道:'不必了吧!你们南朝人常以华夏正统自居,视吾等辽人为夷人。吾这个夷人即兴作此一联,那下联就由你们南人自己写吧!'守塔官员将嘴张了几张,却说不出来一个字。众辽人大笑而去。"

---

① 髡发:古代东胡及其后代民族的发式(在中国南方民族中也有),其特征是将头顶部分头发全部或部分剃除,只有两鬓或前额部分留少量余发作装饰。根据性别、民族、历史时期及个人成长阶段不同,髡发有多种发式。

② 左衽:我国古代部分少数民族以及明代初期汉族女性所著的服装,即,前襟向左掩(汉服是前襟向右掩)。

"后来呢?"王诜问。

"那守塔官员遍邀县中名士,议了一天,也未能议出下联。没奈何,写了一个《征联启事》散发,发了半年,也没有征来一个合适的下联。"

王诜长叹一声道:"这个联确实有些难对。哎,你是不是信手写出'乌塔尖尖'之后,就后悔了?"

刘花魁长叹一声道:"老实说,刚写好那会儿,妾不但不后悔,反有些沾沾自喜,都怨您!"

王诜一脸诧异道:"怨我什么?"

"您不该夸我,更不该逼我。"说至此,她便模仿王诜的腔调说道:"张知州虽然没有说让你写联,可你写的这十个字,就是一个绝好的上联。写吧,嗯,写吧!"引得王诜哈哈大笑。

等王诜笑声停了下来,刘花魁又道:"老爷,就书法而言,放眼天下,除了苏轼、黄庭坚、米芾之外,没有人敢和您比肩,所以经常有人求您墨宝。一般来讲,您有求必应。今天却一反常态,这是为甚?"

王诜道:"喝多了。"

刘花魁又将小嘴一撇道:"俺才不信呢!"

王诜反问道:"你说为了什么?"

刘花魁道:"为了那个叫百灵鸟的歌伎。"

王诜道:"胡扯八道!"

刘花魁道:"您别嘴硬,自'百灵鸟'来到堂上,您的两只眼睛就直了。您没话找话,您还逼人家喝酒,想把人家灌醉,吓得人家躲在茅厕里不敢出来。您让张知州去找,张知州说'百灵鸟'酒量小,怕是真的喝醉了,不要管她,喝酒,下官陪您喝酒……因为张知州没听您的话,您便恨上了他。老爷,妾说得对不对呀?"

王诜嘻嘻一笑道:"你这个小蹄子①,爷啥事也别想瞒过你。"

两天后,王诜打道还汴,行前,张知州送给他一个小檀木箱子,王诜让刘花魁当着张知州的面打开,内中尽是面额一贯的交子②,一百张一捆,共是十捆。

王诜心中窃喜,却板着脸说道:"你这是干啥?你是想让我丢官吧?"

---

① 小蹄子:对年轻女性的昵称。
② 交子:世界最早出现的纸币,源于北宋,起于民间,后归官办。不同时期,面额也不同,最初一到十贯。宋仁宗时,改为五贯、十贯两种。宋神宗时,改为一贯和五百文两种,一直发行到崇宁四年(1105年),停交子改用"钱引"。

张知州"嘿嘿"一笑说道："驸马爷误会了，这些钱不是给您行贿的。"

"那是什么？"

张知州笑嘻嘻地回道："是润笔费。"

王诜眉头一挑，反问道："润笔费，润什么笔呀？"

张知州道："下官想请您给乌塔赐个墨宝。"

王诜"嘻嘻"一笑道："如此说来，这笔钱我就笑纳了。哎，你想让我写什么？"

"写一个联。"

"写一个什么联？"

张知州朝刘花魁指了一指说道："就是这位刘爷前天没有写完的那个对联。"

"这……"王诜犹豫了一会儿方才答应。

张知州一走，刘花魁便问王诜："老爷，写一副联就可得到一千贯的润笔费，这样的好事打着灯笼怕也找不到，您咋还犹豫了一会儿？"

王诜轻叹了一声道："他所要的不是一副寻常联，若是寻常联，就是要十副，我也不会犹豫。唉，都怪你。"

刘花魁一脸不解道："妾做错了什么？"

"你写了一个好上联，一个好得有出无对的好联！"

刘花魁吞儿一声笑了："您别讽刺俺，妾是无心而为。不过，依您之才，妾那个联您一定能对，只不过是时间问题。即是您对不出来，您那么多文友，让他们替您想，还怕想不出来吗？"

王诜将头轻轻点了一点道："你说得也是。"

从福州到汴京，将近三千里。王诜一上车便想对联的事，一直想到汴京城，还没想出一个合适的下联，这才去找赵令穰。

赵令穰是宋太祖的五世孙，在叔伯兄弟中排行老七，时人称之为七王爷。他官至光州防御使、崇信军观察留后。但这些官都是虚的，只领俸禄，既不用上任，更不用理事，这是宋朝特有的一种现象，一种制度。

宋太祖赵匡胤，通过陈桥兵变，黄袍加身。为了防止这样的历史重演，他不只崇文抑武，还想尽办法削弱相权。对于皇室成员，也是加倍防范，不只让他们同居一地，还不让他们担任实职官员，甚而连他们的行动，也要限制，若出汴京，必须向宗正寺[①]报告。

[①] 宗正寺：中国古代官署，掌管皇族事务。

不经宗正寺允许，就是犯法。

赵令穰本就聪明，加之清闲，又有丰厚的俸禄养着，一天到晚琢磨着怎样绘画，怎样写诗赋词，在绘画方面的造诣，虽说赶不上王诜，但文学方面，比王诜强。

赵令穰听说王诜来访，忙下堂相迎。二人刚刚坐定，家人又报："禀七王爷，端王来访。"

赵令穰忙道了一声"请"字，对王诜说道："晋卿兄，您先饮茶，愚弟去迎一迎端王。"

王诜道："我也陪你去吧。"

二人一前一后，出堂下阶，将端王迎上堂来。

端王者，赵佶也，一个还不满十二岁的娃娃。

神宗共有十四个儿子，哲宗排行六，赵佶排行十一，故而，又称十一殿下。是时，活着的皇子，除了哲宗和赵佶之外，还有四个——九子伟、十二子俣、十三子似、十四子偲。

在神宗健在的儿子中，赵佶的命最苦，父皇不疼他，妈妈又死得早。

父皇为什么不疼他？有人说，他是南唐王李煜转世，而南唐是被神宗的高祖赵光义灭的。赵光义不只灭了李煜的国，还当众奸淫李煜的小周皇后，并命画工现场作画，供他欣赏。此画的名字叫《熙陵幸小周后图》。

赵佶的母亲陈美人，虽然聪慧端庄，艳若桃李，但神宗并不喜欢她。不喜欢她的原因，是她伴驾的时候，因为看了秘书省①珍藏的一幅书法作品。这幅作品录的是一首诗，一首叫《菩萨蛮·花明月暗笼轻雾》的诗。

这首诗是李煜所作，诗中记叙了他和小周后偷情的全过程。

不，李煜和小周后偷情的时候，小周后还不是皇后。

管她是不是皇后，偷情之事千真万确。

陈美人一边默念这首诗，一边幻想着李煜和小周后偷情的情景。

想着想着，风流倜傥的李煜笑嘻嘻地向她走来，揽腰将她抱住，她心中一动，自此有了身孕，生下赵佶。

她明知道神宗不喜欢她，仍一如既往地爱着神宗。神宗驾崩那年，她才三十一岁，将年仅四岁的赵佶托给向太后，自己则搬进神宗陵殿的侧殿，只喝水不吃饭，终日盯着神宗的遗像哭泣，没几天便病倒了，左右捧粥、药劝食，她挥之使去，曰："得早侍先帝，愿足矣。"

---

① 秘书省：掌经籍图书、国史实录的官署。

半月后,她的心愿满足了,可赵佶成了孤儿。

世上事,有一利便有一弊,有一弊便有一利。

世上人,大都存了一个同情弱者的心理。

陈美人活着,关心赵佶的只有她一人。她一死,关心赵佶的就不是一个人了,而是很多很多。

在这很多很多的人中,首推向太后,次之哲宗,再次之哲宗的生母朱太妃。

哲宗未亲政时,无事可做,经常召赵佶去他寝宫里玩。每逢赵佶走的时候,还要送他一些玩具、果饼之类的东西。赵佶刚满八岁,他便将其封为端王。

宋朝运行到赵佶时,已经有一百四十多年的历史了,物质极大丰富,丰富得满街都是酒阁、茶楼和勾栏,就连守城的大兵和贩夫走卒,也穿上了销金衣。

富生奢、生惰、生淫。皇室成员比一般百姓,不知要富多少倍,而且,又绝了他们的仕途之路。所以,他们比一般士大夫还要奢侈,他们的职业就是吃喝玩乐、声色犬马、风花雪月。

赵佶不是这样,他的爱好是诗书笔砚、丹青和金石、丝竹,在皇室子弟中可谓鹤立鸡群。

这么好一块璞玉,硬是被庸匠毁了。

不,毁他的不全是庸匠,是他骨子里那些文艺细胞。

他才华横溢,却又轻佻、浪漫、自负、自信、自骄、自傲、自大、自欺、欺人和异想天开。

毁他的第一个庸臣,也是一身文艺细胞。

这个人就是赵令穰,皇室成员中的大才子。

赵佶因慕赵令穰之名,便拜其为师,每隔三五日,便把他的新作——诗词歌赋和书画作品,送赵令穰点评。他今天带来的是两幅字画。

赵令穰、王诜把赵佶迎到堂上,几经谦让,赵令穰坐了主位,王诜对席,赵佶打横儿作陪。大家一边吃茶,一边闲谈。

"驸马爷出巡福州,可有什么收获?"赵令穰问。

王诜双手抱拳道:"收获可多了。第一,到了福州才知道啥叫'山清水秀、风光绮丽'。第二,福州人爱喝茶,早上喝,中午喝,下午喝,晚上也喝。他们喝茶不是为了解渴,是解闷。所以,他们的茶杯很小。主人斟茶的时候,客人须以两根手指(食指、中指)在茶案上轻轻敲打两下,以示对主人的尊重。第三,在福州问路,你不能问东西南北,你只能问前后左右。第四,福州人习俗喜欢讲三,'行走觑路忌路踢',扫地忌由内向扫外,大宅最忌无后门,夜间叫人不叫名,新娘入门公婆避……第五,福州菜,以鲜见长,做出来的鱼丸、肉燕、荔枝肉,那真叫个好吃! 这一次福州之行,真没白去! 不过……"他轻叹一声,把话收住。

赵令穰道:"是不是发生了不愉快的事?"

王诜又是一声轻叹:"愚兄把人丢在了福州。"

赵令穰复问:"有这么严重吗?"

"就这么严重。"

赵令穰再问:"这人您是怎么丢的?"

"刘婕,您也知道,是愚兄的小妾。这一次福州之行,愚兄把她带上了。看乌塔的时候,张知州请愚兄为塔院写个楹联,愚兄中午喝多了酒,头晕,婉言拒之。她却毛遂自荐,挥毫写了一个上联——'乌塔尖尖,一耸七层八角',但下联她写不出来了,没奈何向愚兄求援,愚兄也写不出来。为这个下联,愚兄自福州至汴京,想了一路,还是想不出来。贤弟,愚兄今天拜访您,就是想请您给愚兄想一个合适的下联。"

赵令穰赧然说道:"驸马爷,谁不知道您是当世的大才子,连您都解决不了的难道,愚弟更解决不了。"

王诜道:"您不必谦虚。您写诗、赋词、拟联的本领连苏东坡都给您跷大拇指,您就给愚兄拟一个吧。"

"这,恭敬不如从命。"

乍一听来,"乌塔尖尖,一耸七层八角",这个联并不难对。但仔细一想,要对它难度非常大,"乌塔"是物,"尖尖"是说乌塔的形状。一耸七层八角,则进一步细化了"乌塔"的形状——它是直立的,一共七层,每层八个角。在细化乌塔形状的时候,用了三个数字(一、七、八),最后两个数字,不只前小后大,还依次递增,想给这样的楹联找一个配伍,谈何容易!

"呵呵!"赵令穰干笑两声道:"驸马爷,愚弟让您失望了。这个下联,愚弟实在想不出一个合适的。"

他双手抱拳,连说了两个"对不起"。

赵佶站了起来,向赵令穰行一揖礼①说道:"恩师,学生想了一联,也不知合适不合适?"

---

① 揖礼:行礼时,两手抱拳高拱,身体略弯。礼节较拜礼要轻一些。

未等赵令穰回答，王诜抢着说道："谁不知道端王是个神童，说吧，说吧，老夫洗耳恭听。"

赵佶轻咳一声，一字一顿地说道："用'手掌平平，五指两短三长'，来对'乌塔尖尖，一耸七层八角'可好吗？"

王诜独说独念道："'乌塔尖尖，一耸七层八角'；'手掌平平，五指两短三长'。物对物，数字对数字，且那后边的数字俱是依次递增。对得好，真好，好极了！端王殿下，咱都别走了，就在七王爷这里用餐，老臣恭恭敬敬敬您三杯酒。"

赵佶笑拒道："谢谢姑父好意，佶儿不会饮酒。"

"哎……男人可不能说不会饮酒！不会饮酒的男人不是真男人。你看看人家关圣人，温酒斩华雄；你再看看人家汉高祖，醉酒斩白蛇，开创了汉家四百多年江山；还有那个李白，人称诗仙，他之所以能写出那么多好诗，就是靠酒养的。你听，他那首《将进酒》写得多好啊！"

他情不自禁地把《将进酒》声情并茂地诵了一遍。

将进酒

君不见，黄河之水天上来，奔流到海不复回。
君不见，高堂明镜悲白发，朝如青丝暮成雪！
人生得意须尽欢，莫使金樽空对月。
天生我材必有用，千金散尽还复来。
烹羊宰牛且为乐，会须一饮三百杯。
岑夫子，丹丘生，将进酒，杯莫停。
与君歌一曲，请君为我倾耳听。
钟鼓馔玉何足贵，但愿长醉不复醒。
古来圣贤皆寂寞，惟有饮者留其名。
陈王昔时宴平乐，斗酒十千恣欢谑。
主人何为言少钱，径须沽取对君酌。
五花马、千金裘，呼儿将出换美酒，
与尔同销万古愁！

这一诵，诵得赵佶豪气顿生："姑父，听您这一诵，我才知道酒是一个好东西！"

他将小胸脯一挺又道："今中午，您叫侄儿喝多少侄儿就喝多少！"

王诜拊掌说道:"好,像个男人!"

赵令穰高声吩咐下人:"准备酒宴!"

趁下人准备酒宴的时候,赵令穰笑问赵佶:"端王,您今天带来了什么作品?"

赵佶道:"字画各一幅。"一边说,一边将随身带的一个双鲤①封皮打开,取出一幅画,展开让赵令穰看。

赵令穰朝那画扫了两眼,正要开口,忽又合上,移目王诜说道:"驸马爷,您给指点指点吧。"

王诜笑拒道:"您高徒的作品,一定画得不错,愚兄怕是指点不了。"

他嘴上说指点不了,二目却瞄向了画。

赵令穰笑劝道:"驸马爷不必客气,谁不知道您是当今一流书画大师!况且,您又是端王长辈,指点指点吧。"

王诜笑回道:"恭敬不如从命,那我就直言了。这幅老虎画得很不错,说它不错,是说它像个老虎,也很威猛。但是,这只老虎画得太实。艺术作品,既讲实,更讲艺术。作画的时候,应该把写实与巧妙的艺术夸张结合起来,只有这样,才能把老虎的神韵画出来。还有,这幅画,有点缺乏明静的阳光感和清爽的空气感。"

赵令穰移目赵佶说道:"驸马爷的话您都听到了吧,他点评的是不是很到位?"

赵佶频频领首。

赵令穰又道:"端王,您不是还有一幅字吗?快拿出来让驸马爷一并指教。"

赵佶忙将另一个双鲤封皮打开,取出了一幅字,展开让王诜看。

王诜将那幅字,从上到下看了一遍,说道:"这幅字录的是盛唐著名诗人王之涣的那首《登鹳雀楼》……"

他小声诵道:"白日依山尽,黄河入海流。欲穷千里目,更上一层楼。"

诵毕,点评道:"这幅字,用笔顿挫有致,瘦劲锋利,挺秀清雅,意态自然,有别开生面之雏形。然横画起笔处,虽劲健挺拔,迅疾如风,但收笔却处之如山,有下坠之势,起收分离,似毁线之整体,如'千'、'一'二字。"

赵令穰脱口赞道:"好,点评得好,字字入骨。"

他移目赵佶说道:"端王,什么是大师?驸马爷就是大师。想学书画,我能把你领

---

① 双鲤:即信封。信封起源于两千多年前的秦汉时代,那时的信封是用两块鱼形的木块做成,中间夹着书信,故而,称之为双鲤。

进门,想有所成就,就得拜驸马爷这样的大师!"

王诜心里很受用,口中却道:"过奖了,过奖了!"

赵令穰摆手说道:"过奖的话您不要再说,您只说一说愿不愿收端王为徒?"

"这……"说心里话,王诜是很愿收赵佶为徒的,这不只因为赵佶有书画的艺术天赋,更因为他是一个王爷,还是当今皇帝的亲弟弟。

"这……端王可是您的爱徒,我王晋卿不敢夺人之爱。再之,端王自己怎么想,人家愿不愿意拜我这个即将入土的老朽做老师?"

"哎!您这不叫夺人之爱,是我赵大年(赵令穰的字)非要让我赵大年的爱徒去攀高枝。至于端王愿不愿拜您驸马爷为师,端王又不傻,他不知道怎么高兴才是,岂能不愿意!"

赵令穰移目赵佶道:"端王,您愿不愿拜驸马爷为师?"

二 义女王惠

跛脚男瞅着王惠,一脸淫邪地说道:"你如果实在想让我放了这个女人,办法也不是没有……"

跛脚男分辩道:"我若不歹毒,错过了午时,今天的堂就别想拜了!"

赌鬼忙俯下身子,用手背对着少妇鼻孔,没有反应,又惊又惧道:"看来她是真的死了!"

赵佶自从拜王诜为师后,便开始喝酒。第一次觉着酒是苦的,难喝极了。喝了几次之后,不苦了。不但不苦,还觉着有点醇香,年份越久的酒,味道越醇,还有点香甜。

他不只学会了饮酒,书法的水平,也是突飞猛进。

此外,他还经常跟着王诜,出入酒楼茶肆以及娱乐场所,学会了品菜、赏戏和蹴鞠。

他还学会了睡女人。

睡女人那一年,他还不到十五岁,所睡的女人,叫毛毛,是樊楼①的点菜娘子②。

每个朝代,经营饭店的老板,把厨师看得最重。唯有宋代,看重的却是"点菜娘子"。

何也?

宋代,饭店酒楼流行"唱菜"。客人点完菜后,点菜娘子立马走到离厨房较近的位置,一道菜一道菜高声唱出来,既让客人知道有没有报错,又等于给厨师下了单。这两个用意,用念的方式,照样可以达到,为什么唱呢?

唱菜比念菜更吸引顾客。

当然,唱比说要难得多,首先,记性得出奇得好,不然记不住店里数十,乃至数百样

---

① 樊楼:汴京最大的酒店,由五座三层高的楼组成,相向而立,由朝廷派人经营。
② 点菜娘子:宋代酒店的女服务员,根据所做的事情,直接称xx娘子,譬如温酒的称"温酒娘子",点菜的称"点菜娘子"。

菜名，而且也不可能一遍就能记住客人点了哪些菜。其次，嗓子也得出奇的好，如果是一个公鸭嗓或者破锣嗓子，唱出来能把客人吓跑。

毛毛记性好、嗓子好、机灵，貌虽然不十分出众，但长得人高马大，皮肤白里透红。也不知道是王诜说漏了嘴，还是赵佶的气质特殊，抑或是她慧眼识人，居然知道便服的赵佶是一个王爷，对他眉来眼去，双方接触不到半个月，便有了鱼水之欢。又俩月，有了身孕。

有了身孕的毛毛，不甘心做地下情人，哭着闹着非要进宫做赵佶的夫人。莫说赵佶还是一个十四五岁的娃娃，不能成亲。就是能，且不说嫡母向太后尚在，他还有一个皇帝哥哥，他做得了主吗？

做不了！

这一方做不了主，那一方苦苦相逼，没奈何求助于王诜。王诜连劝带吓，方使毛毛堕了胎，并打消了进宫做王妃的念头。但毛毛不想再做点菜娘子，闲居在驸马府上，而且，每月还有五十贯的零花钱。

说白了，就是王诜为赵佶养了一个外室①。

转眼到了元丰二年（1079年）十月，宗正寺在皇宫里为赵佶举行了加冠礼。

一行加冠礼，就意味着赵佶变成了成年人。

他既然成了成年人，就得搬出皇宫去住自己的府邸——端王府。

当时，讲究男主外，女主内，连府邸都有了，再不让他成亲，有点说不过去。

征得哲宗同意，由向太后出面，给赵佶选了一个叫王惠的女子成婚。

而这个王惠，姿色并不十分出众。

为什么选了王惠，而不是张惠、李慧？

王惠有一个好爹、好爷。

她的父亲和祖父，俱是进士出身②，也俱做到知县，且为官清正，乐善好施。父子的俸禄大部分用到救济鳏寡老人和贫困子弟，以至于她父亲去世后，无钱办理丧事。此事为神宗所知，赐钱三百贯，才得以殡葬。

她不只有个好爹、好爷，她本人也好。

年前，她去看姑姑，走到了一个叫王村的地方，腰别杀猪刀的跛脚男人，挟持着一个

---

① 外室：指男子于正妻以外在别处另娶的妾。
② 进士出身：宋朝，凡廷试合格者，赐进士及第、进士出身、同进士出身等。

少妇在前边走,后边跟了一男一女两个小孩。男娃七八岁,女娃两岁多,俩小孩一边哭一边喊妈妈。

少妇一边走一边回头,几次欲挣开跛脚男人,但没挣开。

王惠问路人:"这少妇怎么了?"

路人曰:"这少妇命不好,嫁了一个不成器的男人。男人赌输了钱,将她卖给这个跛脚男人。"

王惠默想了一会儿,追上跛脚男人,喊了一声大哥,指着少妇问:"你买她花了多少钱?"

跛脚男人回曰:"六十八贯。"

王惠道:"你放她走,这六十八贯钱,小女子代她还你。"

跛脚男人问:"你是她什么人?"

王惠回道:"什么人也不是,小女子是一个行路的。"

跛脚男人斜着眼问道:"你是一个行路的,为什么要管她的闲事?"

王惠回道:"我既是为了她的两个孩子好,更是为你好。"

跛脚男人冷哼一声道:"咱俩素不相识,你为什么要为我好?"

王惠反问道:"你知道啥叫活人妻吗?"

跛脚男人又是一声冷哼:"你太小瞧人了,活人妻不就是男人还在活着的女人!"

王惠道:"你既然知道啥是活人妻,你也应该知道娶活人妻是要遭天谴的!"

跛脚男人回道:"什么天谴不天谴,我已经四十八岁了,我不只需要女人,我还需要传宗接代。"

王惠道:"你买她是不是花了六十八贯?"

跛脚男人道:"是。"

"我再给你加十贯,一共给你七十八贯,有这七十八贯,你完全可以找一个黄花闺女。"

跛脚男人道:"可以是可以,但一时半会儿恐怕找不来。"

王惠道:"你已经打了四十八年光棍,还在乎这一时半会儿吗?"

跛脚男人回道:"我当然在乎了。"

"为啥?"

"我已经把今天接老婆的喜帖发了出去。"

"这……"

跛脚男人一脸淫邪地瞅着王惠:"你如果实在想要我放了这个女人,办法也不是没有……"

王惠忙问:"什么办法?"

跛脚男人淫笑道:"你可以代她跟我拜堂成亲呀!"

此言一出,把王惠气得浑身发抖,戟手斥道:"你……无耻!"

跛脚男人哈哈大笑道:"你既然知道我是一个无耻之人,你就不要多管闲事,爷还要急着赶路呢,滚!"

少妇趁王惠劝说跛脚男人的机会,挣脱了跛脚男人的手,一手拉住追上来的孩子,蹲下身子,哄了女孩哄男孩。

男孩一边哭一边说:"妈妈,您不能走。您一走,我就变成了没娘的孩子,没娘的孩子遭人欺!"

少妇也哭着说道:"好孩子,妈不走。你看……"她指了指王惠说道:"你这个姑姑正在为妈说情呢!"

跛脚男人掉头盯着少妇冷笑一声道:"你想的倒美!你是爷花钱买来的女人,走也得走,不走也得走。"他一把将少妇拽了起来,厉声说道:"走!"少妇不敢不走。

两个孩子哭着追着,只听"扑通"一声,小女孩摔倒了,男孩忙将她拉起来继续追。没追几步,小女孩又跌倒了。反反复复一共跌倒了六次,第六次,无论男孩怎么拉她,她也不肯起来。

不是她不肯起来,是她起不来了,整个人趴在地上,抬着头哭,撕心裂肺地哭。

少妇频频回首,而且,几次想挣脱跛脚男人,去拉她的闺女,不只遭到跛脚男人的训斥,还挨了两个大嘴巴。

尽管嘴角还在淌血,她毅然挣脱了跛脚男人,飞奔向女孩。

为了挣脱跛脚男人,她把嘴巴都用上了,咬得跛脚男人咧着嘴嚎叫。

少妇蹲在地上,一只手搂着小女孩,另一只手揉她额头上的血包。

正揉着,跛脚男人追来,一连两脚,将她母女俩踹倒,切齿骂道:"你这个贱女人,还敢咬爷,爷今天不好好教训教训你,你就不知道马王爷长了几只眼。"

说毕,飞脚又踹,一连踹了十几脚,不只踹少妇,还踹试图保护少妇的男孩。

路人看不下去了,纷纷上前斥责跛脚男人。有几个年轻人,捋袖揎拳,要揍跛脚男人。

跛脚男人拔出杀猪刀,朝众人一指说道:"你们欺负我是一个外乡人是不是?我虽然是一个外乡人,但我和你们一样,都只有一条命。谚曰:'一人不要命,十人难挡!'我不是不想要命,是你们逼我不要命!你们替我想一想,我杀了一辈子猪,才赚了六七十贯钱,买了个女人,可这个女人不想跟我走。不说我,就是换成在场的任何一个人,气不气?要想公道,打个颠倒!"

众人你瞅瞅我,我瞅瞅你,无言以对。唯有哭声,娘仨用哭声进行着无言的抗争。可这样的抗争,太弱小了,几乎等于零。

跛脚男人心中暗喜,向众人行以揖礼:"大奶大娘,老少爷们,谢谢你们的谅解。在下一帮亲朋好友,都在在下寒舍等着喝在下的喜酒呢。在下告辞了,告辞了!"

他掉头对少妇说道:"起来吧,咱们走。"

少妇一边给女儿揉头一边说道:"你别急,你让我给孩子再揉几下。"

跛脚男人大声喝道:"不行!你看看天,距午时不到一个时辰,再不走,就错过了拜堂的时间!"

他劈手抓住少妇胳膊,拽上就走。小女孩被摔倒在地,"哇"的一声大哭。

男孩对小女孩说道:"别哭,我去把妈抢回来。"他拔腿朝少妇追去,死死地拽住她的胳膊,跛脚男人反腿一脚,将男孩踢倒在地。男孩忍着疼,爬起来又追。

跛脚男人故伎重演,反腿又向男孩踢去,王惠抢先一步,将男孩拽到一旁,怒目说道:"你好歹毒!"

跛脚男人分辩道:"我若不歹毒,错过了午时,今天的堂就别想拜了。"

王惠眼睁睁看着跛脚男人拽着少妇南行。那少妇则一步一顾,男孩怯怯地跟在后边,小女孩趴在地上继续号啕。

王惠将心一横,追上跛脚男人,"喂"了一声道:"瘸子,你刚才说的话还算不算?"

跛脚男人掉头问道:"什么话?"

"你刚才是不是说过,我只要跟你拜堂,你就放了这位大嫂?"

"我说过。"

王惠道:"你既然还认账,你就放过这位大嫂吧。"

跛脚男人又惊又喜道:"这么说,你愿意做我的女人?"

"我愿意。"

跛脚男人追问道:"你想好了?"

"想好了。"

跛脚男人欣喜若狂道:"人走背运,放屁都打脚后跟;人走好运,捡块砖头变成金。

我邱大今日不只交了桃花运,还交了上等桃花运,我……"

他把拽少妇的手抽了回来:"你可以走了。"

他掉头对王惠说道:"上路吧。"

这事来得突然,也出人意料。少妇高兴了没多久,便后悔了。她追上王惠,拽着她的左手说道:"这不成,这不成!"

王惠强装笑颜问道:"为什么?"

"看您年纪,也不过十五六岁。看你的发型和面相,你还是一个黄花闺女。不能因为我和两个孩子,便把您这朵鲜花插到牛粪上。您是个好人,普天之下难寻的好人,我记住您的好,您的恩,您走吧,啊,我求求您了!"

王惠轻叹一声道:"啥鲜花不鲜花的,作为一个弱女子,迟早都得嫁人。你不要管我,你走吧,好好照顾两个孩子。我担心,你回去之后,你那不成器的男人,会不会再卖你,包括你的两个孩子!"

少妇一脸凄容道:"就他那个德性,他会的!"

王惠又是一声轻叹道:"果真那样,我给你指条出路。"

少妇道:"那就多谢恩人了。"

"五天前,俺家女仆的老娘下肢瘫痪,女仆回去伺候他娘,俺娘正想再觅一仆。你这就去俺家,可以带上你的两个孩子。对了,忘了告诉你,俺家是王官营,家中除了俺娘,还有一个哥哥,一个嫂嫂,两个侄儿,一个侄女。俺哥在邻村教书,十天半月才回家一次,俺嫂子贤淑,俺妈是一个善人,吃了一辈子斋,念了一辈子佛,她不会亏待你的。"

少妇"扑通"朝王惠一跪,磕了三个响头:"恩人,俺到您家后,一定好好服侍老夫人。俺还天天烧香,让菩萨保佑恩人……"

王惠还没来得说一声"多谢",跛脚男人移目少妇,恶声恶气地说道:"你咋恁多话呢,烦不烦呀?"

训斥过少妇,把脸转向王惠,立马又一副嘴脸,"嘿嘿"一笑,轻声说道:"娘子,咱们走吧。"

王惠没好气地对他说道:"我已经答应做你的女人,你急什么?"

跛脚男人满脸赔笑道:"你说得对,我不急,不急。"

王惠面向少妇道:"俺村离这里不到十里,俺哥叫王鑫。"说毕,移目跛脚男人道:"可以走了。"

少妇冲着王惠的后背,又磕了三个响头,泪如泉涌地望着渐走渐远的王惠。

二　义女王惠

王惠已经走了两箭之地,她还在跪着瞅着。

男孩摇着她的胳膊说道:"妈妈,起来吧,咱们回家。"

少妇不但不起身,反要男孩、女孩挨着她一齐跪下:"孩子,向南走的那个美女是咱娘仨的恩人,若非她,你娘就成了别人的女人,你娘一旦成了别人的女人,你俩就再也见不到娘了。快给恩人磕头,快呀!"

男孩忙向王惠所去的方向磕头。

女孩似懂非懂地跟着磕。

磕过之后,娘仨依然跪着,一直跪到看不见王惠很久了,这才爬起来。

少妇一手牵着一个孩子,朝王官营方向缓缓走去。

行至一个十字路口,少妇的男人追来了。

这个男人,一看就知道是个赌鬼。

世上,没有哪个赌鬼会在脸上刻上"赌鬼"二字,凭什么认定少妇的男人就是赌鬼?

面相。

凡是好赌的人,脸上大都有这几个特征:"眉毛短、山根高、仁中长、唇下露齿、命官(印堂)昏暗,特别是二目,既小又混沌无光。"

这六个特征,少妇男人就占了五个。

少妇一见她的男人,心中就来气,大声斥道:"你来干什么?"

赌鬼自知理屈,满脸赔笑道:"大晌午①的,天又热,你娘仨这是要往哪儿去呀?"

少妇横眉回道:"俺想上哪儿去,你管得着吗?"

赌鬼嬉皮笑脸道:"你是我老婆,我咋管不着?"

"呸,谁是你老婆?你把我卖了,还有脸说我是你老婆,恬不知耻!"

"嘿嘿,那是逼债人逼得太紧,也是我一时糊涂。"

"一时糊涂,一时糊涂你咋不把你自己卖了呢?"

赌鬼涎着脸儿,依然笑嘻嘻地说道:"不是没人要我嘛!若是有人要我,我早把自己给卖了。"

"呸,呸!无耻之极!实话给你说,自从你和那个跛脚男人签卖身契的那一刻,我的心便凉了,凉透了!我已经不是你的女人,就是有来世,我也不会做你的女人!"

赌鬼见少妇说了如此绝情的话,知道求也无用,把脸一沉,恨声说道:"你说你不是

---

① 大晌午:指正中午。

19

我老婆,就不是我老婆了?哼,你识趣的话,赶紧跟我回去,否则,我再让你尝一尝挨揍的滋味!"

少妇自嫁给赌鬼,没少挨他的揍,有几次差点被他揍死。

所以,她害怕赌鬼。平时,她也敢给赌鬼拌嘴,赌鬼一旦动怒,她立马就软了。

这次她不但不软,还大声抗争道:"你就是把我揍死,我也不会跟你回去!"

赌鬼冷哼一声道:"算你有种!"一边说一边照着少妇小腹,"咚"地一拳。

少妇"哎呀"一声,双手抱着小腹蹲了下去。

赌鬼将腰一弯,一只手扯着少妇头发,将她拽了起来,另一只手左右开弓,扇她的嘴巴。扇了少妇一阵之后,变掌为拳,在她身上猛擂。

少妇一边骂一边反抗。

一顿暴揍之后,少妇不再反抗,赌鬼将她猛地往地上一掼,骂道:"贱货,你知道挨揍的滋味了吧?"

少妇躺在地上,一动不动。

赌鬼狠狠地踢了她一脚骂道:"还会装死呢!再装,我还揍你!"

少妇没有反应。

"哎,你是还想继续挨揍哩,好,我成全你!"一边说一边朝着少妇身子乱踢。为护母,三度被他打倒的男孩,一跃而起,双手抱住赌鬼的腿,哭着跪求道:"爹,我妈都不会动了,你不能再打她了!"

赌鬼道:"她在装孬。"

男孩道:"她不是!"

赌鬼道:"你若不信,你自己去看。"

男孩松开双手,转身冲着少妇喊道:"妈,妈,妈……"

他一连喊了十几声,少妇没有应腔。他慌了,移膝少妇,抓住她的胳膊,一边摇一边喊,不见少妇应腔。

他嚎的一声哭道:"妈、妈、妈,你不能死呀!啊啊啊……"

男孩这一叫,赌鬼也有些慌了,忙俯下身子,用手背对着少妇的鼻孔,没有反应。又惊又惧道:"看来她是真的死了!"

男孩呼地站了起来,小手朝赌鬼一指吼道:"你打死了我妈,你得还我妈!"

赌鬼嘘了一声道:"你别嚷,趁没人知道,咱把你妈拖一个地方埋了,这事还不能对外人说。"

男孩跳着脚叫道:"这不行,你得还我妈!"

赌鬼忙用手捂住男孩嘴,男孩一边掰他的手一边叫。

赌鬼照着男孩一顿猛揍。

他越打,男孩叫得越凶,跳着脚叫,嘶哑着声音叫。

嗒嗒嗒,北大道上响起一阵急骤的马蹄声。

赌鬼扭头一看,两匹骏马朝着他站的方向飞奔而来。

赌鬼以商量的口气对男孩说道:"彦儿,你松手,咱们把你妈挪到西边的玉米地里。"

彦儿者,王彦也。也就是日后南宋八字军那个首领也。

王彦问:"为啥?"

"这是个十字口,人来人往,放着一个死人不好。"

王彦想了一想道:"把我妈放在十字路口不好,也不能放在玉米地里呀!要放,也只能放在家里。"

赌鬼道:"我也知道应该把你妈放到家里,但这会儿来不及了。你看……"他朝北边一指道:"他们距这儿,顶多两箭之地。"

王彦道:"路这么宽,我妈放这儿,并不妨碍他们走路呀!"

赌鬼道:"她虽然不挡路,但路边放一个死人毕竟不好。好孩子,你听爹的,快把手松开,我好抱你妈走。"

王彦道:"你要把我妈往家里抱,我就松手。"

赌鬼将脸一沉说道:"你咋不听话呢?"

王彦道:"我就是不听话!"

赌鬼威胁道:"你再不听话,我还揍你。像揍你妈那样揍你,往死里揍你!"

王彦道:"你揍吧,我不怕!"

正当赌鬼无计可施之时,那两匹骏马飞驰而过,赌鬼长出了一口气。

两匹骏马奔出一箭之地后又折了回来。白马上的白眉汉子,朝赌鬼"喂"了一声,又用马鞭朝少妇指了一指问道:"大热天,她咋躺在路上?"

赌鬼小声回道:"她死了。"

"死了咋不收尸呢?"

赌鬼回道:"刚死。"

"她是怎么死的?"

"这……这……"赌鬼支支吾吾。

王彦代他回道:"那是我妈,是被我爹打死的。"

白眉汉子"啊"了一声,掉头向骑在枣红马上的那个国字脸、二目炯炯有神的汉子问道:"种大人,您看该……"

赌鬼心头猛地一颤,暗道:"这骑枣红马的还是一个官呢,今日怕是要遇上大麻烦了。"

今日他真是遇上大麻烦了。

你道那骑枣红马的是谁?

说出来吓你一跳。

种建中!

大名鼎鼎的种建中(后因避宋徽宗的年号,改名种师道)!

在北宋的军队中,最知名的并不是杨家将、呼家将,而是种家将、折家将和姚家将。

种家将起自种世衡。种世衡足智多谋,镇边期间常出奇计,屡败西夏军。他曾巧施离间计,使西夏主李元昊君臣反目成仇,其精彩程度丝毫不亚于"蒋干盗书"。

种世衡有八个儿子:种诂、种诊、种谘、种咏、种谔、种说、种记、种谊,个个都能提兵上阵杀敌,比杨家将中的七郎八虎还要厉害。

第三代种家将,以种谔之子种朴,种记之子种建中、种师中、种师闵等为代表。

宋代,因赵匡胤定下了崇文抑武的国策,武将者如狄青,后人称之为战神,同样被士大夫瞧不起。为一个事,有人想替狄青开脱,说他是一个好男儿,韩琦当即反驳道:"东华门唱名①的方为好男儿!"

种建中三世为将,由父荫补三班奉职②。此官,属殿前司。

殿前司在三司③之中,是最重要的一个司,负责皇帝和朝廷的安全,在此司任职,一般人求之不得,可种建中硬要转职文官。

转职文官,得通过严格考试,种建中一路斩将夺关,不仅考上了,还名列第一,出任延州绥德知县。

---

① 东华门唱名:宋代科举揭晓,采取皇帝亲自"临轩"唱名的方式,公布考试结果时,众考生都在东华门外等候,一甲(状元、榜眼、探花)由皇帝公布,二甲(进士的第二等)、三甲(进士的第三等),则由主考官公布。

② 三班奉职:宋时武职,分东、西、横三班。入仕者先为三班借职,转三班奉职,以次递迁,最高可至节度使。三班奉职官从九品。

③ 三司:即殿前司、侍卫亲军马军司、侍卫亲军步军司。

二　义女王惠

他虽然转了文官,但行事依然是武将的风格,每次出行,从未坐过轿,而且只带一两个人,更不搞什么鸣锣开道。这不,这一次出行,他只带了一个绰号"白眉毛"的都头①。

种建中跳下马,径直朝少妇走去。

他蹲下身子,右手背对着少妇的鼻孔略停片刻,又去查看她的颈部。

他一脸惊喜道:"种欣,快快施救,她没死。"

种欣者,白眉毛也。

白眉毛问:"你咋知道她没有死?"

种建中回道:"她颈动脉有波动。"

白眉毛蹲下身子,仔细观察了一番少妇的颈动脉,说道:"她真的没死!"

王彦惊喜交加地对女孩说道:"蛾儿,你别哭了,咱妈没死。"

赌鬼面如涂蜡,嘴张了几张,却没说出一个字。

经过白眉毛一番施救,少妇醒转过来,赌鬼自知不妙,拔腿就跑,一头扎进了玉米地里。

---

① 都头:原本宋朝禁军中的军官名称,仅次于指挥使。"都"是一个军事单位。在县一级,负责抓捕罪犯的称"衙役",衙役人数不多,大概十几人,分两个班,每个班的"班长"叫"班头",亦称"都头"。

三　邱大坐监

　　邱大入狱后,因没有钱给狱卒行贿,狱卒授意同狱的犯人治他,不只让他"照镜子",还让他"扎猛子"。

　　种建中出于义愤,抓了邱大,心中却忐忑不安——仅凭"买活人妻"无法治邱大罪。

　　张管营把酒杯往案上猛地一蹾,怒颜说道:"可恶,大宋立国一百多年,他种建中尚敢如此胡来,你上书告他!"

　　在满地炮屑的破院里,摆了五桌喜宴。一般情况下每桌只能坐八个人,桌桌超员,有一桌竟达十五人。

　　参加喜宴的,除了邱大的十几个老亲,不是屠夫,便是帮闲混混。刚开始,互相劝酒。不说文质彬彬,至少还知道按着礼数来,喝着喝着,一个个原形毕露,有的捋袖揎拳,有的光着膀子,吆五喝六地喝,喧闹声震得人耳朵发蒙。

　　依俗,新郎不能入席,他的任务是带着新娘挨桌敬酒。王惠借口头晕,不想跟着邱大敬。邱大知道自己不配做王惠的男人,不敢勉强,独自拎着酒壶敬。

　　敬着敬着,把他肚里的酒虫勾出来,也加入了猜拳行列,而且一只脚踏地,另一只脚蹬在板凳上划。

　　一匹大白马闯进破院,白眉毛跳下马大声问道:"谁是邱大?"

　　众人的目光全都瞟向跛脚男人。

　　白眉毛紧走几步,指着已有几分醉意的跛脚男人:"你就是邱大?"

　　跛脚男人曳斜着醉眼回道:"我就是邱大。"

　　白眉毛自报家门道:"我是本县种知县帐前的都头种欣。"

他将手中的绿头签①朝上一举说道:"我奉种知县之命,前来传你。"

邱大的酒意立马吓走了七分,结结巴巴道:"我……我……我又没有……没有犯……犯法,他……他……他为什么传……传我?"

种欣板着脸说道:"有人告你抢亲。"

邱大大声叫屈:"都头,冤枉呀!我这新娘,是我花了六十八贯钱买来的。我这手里还有买妻的契约。"

种欣问:"既然你有买妻的契约,何不拿出来一睹?"

邱大忙跑回屋里,取出买妻的契约,双手捧给种欣。

种欣小声念道:

"立出舍书。延州绥德县王家保之王大年,因今年大旱,稻菽无收,食不果腹,情愿将妻子张三妹(年二十五岁,生于嘉祐七年七月八日巳时)卖于邱家保屠夫邱大为妻。倘若夜晚山水不测,各从天命。如有亲戚哄骗逃拦走失,王大年负责寻还邱(大)。三面言明,牙价钱六十八贯,各无生悔,恐后无凭,立卖字存照。立卖字人:王大年。中保人:张八、王六。买字人:邱大。带笔人:胡汉三。"

念毕,种欣移目邱大:"单有此契不行,我得见一见你的新娘。"

邱大道:"这好办,我去屋里叫她出来。"

约有饮一杯茶的时间,邱大方领着王惠来见种欣。

种欣直言问道:"这一娘子,你可是张三妹?"

王惠唱喏回道:"小女子姓王,芳名一个'惠'字。"

种欣道:"我就知道你不是张三妹。"

邱大想要解释,被种欣摆手制止:"你什么也不要说,跟我走吧!"

邱大指着王惠大声叫屈:"都头,她虽然不是张三妹,但她是自愿要顶张三妹的缸,才嫁给我的。"

种欣满目讥笑道:"你是长得美,还是有钱,王惠非要嫁给你?而且,还要顶缸嫁给

---

① 绿头签:宋代衙门公案上,一般都摆有惊堂木、签筒、印盒(含大印)等。签筒有四,分别写有"执""法""严""明"四个字。写有"执"字的筒内是绿签,相当于现在的逮捕证,是用来捕人的。其他三个筒分别放白、黑、红三种颜色的签。这三种颜色的签是行刑的。白签每签打一板,黑签每签打五板,红签每签打十板。

你？呸！亏你还是一个老江湖，连瞎话都不知道怎么说，走！"

邱大指天发誓道："我若说瞎话，叫我立马遭雷劈！"

种欣道："你也别发誓赌咒。莫说这王惠是你抢的，就是不是，爷也得带你走。何也？爷是奉命行事，真冤枉你了，你到县衙再诉。走！"

邱大不敢不走。

他被带到绥德城后，当即被投进狱中。

一般情况下，人一入狱，亲朋好友就会接踵而来，给狱卒"意思意思"。

邱大既没亲人，又没好友，谁替他"意思"呀？

没有人"意思"，他就得倒霉。在狱卒的授意下，"狱友"们群起而攻之，打得他遍体鳞伤。尔后，让他"照镜子"。

何谓"照镜子?"

照镜子就是让他半蹲姿势，双眼看尿桶里边的尿。

看过之后，还得"扎猛子"。

何谓"扎猛子"？

扎猛子就是让他把头扎进尿桶里。

他不想扎猛子，又招来一顿毒打。

天已经很黑了，一胖一瘦俩狱卒才将饭送来。十几个犯人自觉排成一队，到胖狱卒那里领馒头，一人一个，唯有他躺在地铺上不动。

不但不动，还"哎唷！哎唷！"地直叫，而且，那声音越叫越高，没人理他。直到领到馒头的犯人，全转移到瘦狱卒那里打饭，胖狱卒才移目邱大问道："邱大，你为什么不来领馒头，莫不是想绝食呀？"

邱大等的就是这句话。

有了这句话，他就可以顺腿搓绳向狱卒控告其他犯人迫害他的"罪行"。

"哎唷、哎唷，疼啊，疼死我了！莫说走，就是爬也爬不动。哎唷，哎唷……"

胖狱卒故作关心地问道："怎么了？"

"我一进来，他们……"邱大指着那群排队打饭的犯人说道："他们便来打我，还让我……"

胖狱卒朝他摆了摆手说道："我知道了，你不要说了！"

他转向众犯人，厉声问道："你们打他了吗？"

众犯人异口同声："没有！"

胖狱卒移目邱大:"他们都说没有打你,你还怎么说?"

邱大一脸愤怒地说道:"他们都在说谎!"

胖狱卒反问:"你凭什么说他们都在说谎?"

"凭我身上的伤。"

胖狱卒道:"你有伤无伤,伤轻伤重,你说了不算,我说了也不算。"

邱大问:"那谁说了算?"

"狱医。"

邱大道:"那就麻烦您把狱医请来验一验我身上的伤吧。"

胖狱卒道了一声"好"。

邱大没有等来狱医,却等来了一顿暴揍和鸡奸,疼得他一夜都没有睡着觉。

第二天早晨,两个狱卒准时来送早饭,依然是一人一个黑窝窝馒头、一碗汤。

邱大身上尽管很疼,但他不敢不起来领。

胖狱卒一脸讥笑道:"你不是连爬都爬不动吗,咋独个儿走了过来?"

邱大肚中骂道:"日你姐,人都说监禁子坏,坏得'头上长疮,屁股眼流脓'。这话一点不假!"口中却道:"好了,睡一觉好了。"

胖狱卒故意问道:"那还让狱医来不?"

邱大道:"不用了。"

邱大领到馒头一看,是个黑不溜秋的红薯面窝头,心里很不高兴,勉强咬了一口,忽又吐到地上:"呸,这是人吃的吗?又苦又硌牙!"

胖狱卒劈手夺下黑窝头,怒目邱大道:"刁样,还嫌馒头苦哩!这里不是你家,这里是监狱!"

邱大忙赔着笑脸说道:"狱爷,我错了,我不会说话。你大人不和小人怪,宰相肚里能行船。我吃,我这就吃,您给我吧。"

"吃个球!"胖狱卒反手一抛,把黑窝头抛到门外。

馒头吃不成了,邱大忍气吞声地排队打饭。

饭是照见人影的玉米汤,还有点馊。邱大皱着眉头喝了几口,瘦狱卒故意问道:"这玉米汤喝着怎么样?"

他犹豫片刻回道:"有点稀,还有点馊。"

"馊了你就不要喝了!"瘦狱卒用大铁勺照邱大端碗的胳膊上猛地一敲。邱大手一抖,碗掉在地上,汤洒了一地,那碗若不是木的,早就碎了。

昨天中午,他虽然喝了不少酒,但饭没吃一口。昨天晚上,他自己不吃。今天早晨,狱卒不让他吃。

饿还是小事,肉体和心灵的摧残使他生不如死!

两个狱卒刚一离开,狱友们便开始揍他,用手用筷子捅他的肛门。他把嗓子都喊哑了,也没有狱卒出面。

中午,狱卒送饭的时候,他想去领馒头打饭,站了几次,都没站起来。

晚上,他实在太饿了,爬到馒头筐旁,伸着手要馒头,胖狱卒绷着脸道:"这馒头又苦又碴牙,你吃得下去呀?"

邱大赔着笑脸回道:"小人错了。"

"知道错了也得饿你三天,叫你知道马王爷长了几只眼!"

邱大哀告道:"狱爷,您大人大量,宰相……"

胖狱卒把双眼一瞪:"哀告也无用,滚!"

一连三天,他没有吃到一口粥,饿得前心贴后心,可"狱友"们依然对他施暴,他度日如年,生不如死。

三天后,每顿方领到一碗照见人影的玉米面汤,饮之如甘饴。

第六天,胖狱卒给他一个黑馒头,且告之曰,种建中老爷明天要升堂审他的案。

他长出了一口气。

第二天早饭,给他发了两个黑面窝头,玉米面汤也由一碗加到两碗。

他被带到堂上,在指定的地方(被告石)上跪了下去。

他偷眼向大堂上望去,见那里坐了一个相貌堂堂、不怒自威的大老爷,心中暗道,这位老爷一定是种建中了,听说这家伙武将出身,性格暴躁,我得小心一点。

不一会儿,一个五十几岁的面目和善的老妪也被带上堂来,在他左边的原告石上跪了下去。

他心中暗道:"难道是这个老妪告的我?一定是这个老妪,要不,她为什么跪在原告石上。可这个老妪,我并不认识,更不会有什么恩怨,她为什么告我?"

为什么告他?

她是赌鬼的堂嫂,与张三妹素来相善,受了白眉毛的"启发",才出头告邱大的。

"啪!"种建中将惊堂木一拍问道:"被告石上跪的可是邱大?"

邱大慌忙应道:"小人正是邱大。"

种建中移目老妪道:"原告石上跪的可是王张氏?"

老妪回道:"民妇正是王张氏。"

种建中又问:"你是不是状告邱大抢占民妇为妻?"

老妪回道:"是的。那是民妇听信了传言,真实情况是邱大'强买活人妻'。"

种建中道:"'强买活人妻'法律并未明确禁止。"

邱大心中暗喜道:"这个种大人,看来是个清官,这监不用坐了!"

他正想着美事,老妪说道:"回大人,'买活人妻'之事,法律虽然没有明令禁止,但是,做这种事有些缺德。他邱大买走了张三妹,张三妹的两个孩子就成了无娘的孩。无娘孩也不是一个两个,但这两个无娘孩的爹是个赌鬼,根本不会照顾这两个孩子,甚而还会把这两个孩子卖掉,他邱大不仅毁了一个家,也毁了两个孩子。"

种建中颔首说道:"你说得对,说下去。"

老妪又道:"为了两个孩子,过路的王惠,还是一个黄花闺女,居然愿意代张三妹出嫁,见到或听说这件事的人,没有人不被感动,可他邱大,竟认为自己拣了一个大便宜,非要和王惠拜堂成亲。这样的人,难道不应该治他的罪吗?"

种建中道:"该,该!不,爷我刚才已经说了,'买活人妻'并不违法。娶王惠之事,虽然不妥,但王惠自己同意,也不犯法。"

种建中移目邱大道:"邱大,爷这样说对不对呀?"

邱大不迭声地回道:"对,对极了!人都说包拯是个清官,依小的看来,他不及大人万分之一!"

种建中哈哈一笑道:"你不要拍爷的马屁,你'强买活人妻',虽然不违法,但有悖道德,爷判你一个杖刑,杖二十棍,你服不服?"

"服,服!"

种建中从签筒里抽出两个红签,掷到地上。

二十大板打后,种建中当堂释了王张氏,另传一班人到案。

这一班人,邱大没有不认识的,为首的叫邱三多,依次是邱老四、张寡妇、邱秀才和米五黑。

邱大眉头紧皱暗道:"他们来干什么?难道,难道他们想对我落井下石?"

他猜对了,这些人就是要对他落井下石,这些人听说他犯事了,结伴来到绥德县衙控告他。

此为,正合种建中之意。老实说,他出于义愤,虽然抓了邱大,心中却忐忑不安。

邱大尽管可恶,但仅凭'买活人妻'这一条,无法治他的罪,抓人容易,放人难。

第二天,他便不怕了。

不怕的原因是邱三多他们来到了县衙。

邱三多说,他住在邱大家后边。依俗,前边的房子不能高于后边。去年,邱大翻修房子,硬是把自己的房子加高了三尺。他找邱大理论,邱大不但不认错,反打断了他三根肋骨。

邱老四说,三年前,他家一个百多斤的大白猪被邱大盗去杀了,他找邱大理论,被邱大砍伤了头,花了五六贯钱才治好。

张寡妇说,邱大经常半夜三更敲她的门,她不开,邱大便拿刀砍她的门,吓得她不敢在家里住。

邱秀才说,在一个酒场上,聊到邱大,他不经意地说了一句,"杀猪的天天杀生,不会有好死!"邱大听说后寻上门来,把他打了个半死,还抢走了三贯钱、三石小麦。

米五黑说,他筹了十五贯钱,在邱家集西头开了一个肉店,开张那天,邱大带了十几个人,把他的店给砸了,后经人说和,店虽然又开张了,但每个月得给邱大孝敬三贯钱。

邱三多他们这么一控告,种建中心中尽管有了底气,但还是挨了六天,让邱大吃些苦头,才升堂问案。

种建中又将惊堂木一拍,冲着邱大问道:"被告石上跪的可是邱大?"

邱大暗自骂道:"多此一举。"口中不得不回道:"小人正是邱大。"

种建中目扫众原告:"尔等都是要告邱大的?"

众原告异口同声道:"正是。"

"你们可依次报上姓名、男女、年龄,所告何人、何事?"

众原告回道:"遵命。"

种建中指了一指邱三多道:"从你开始吧。"

"小人叫邱三多,男,四十六岁,所告之人叫邱大。小人住在邱大家后边,依俗,前边的房子不能高于后边……"

"小人叫邱老四,男,四十三岁……"

"小人叫张刘氏,女,三十五岁,是个寡妇……"

"小人叫邱文印(秀才),男,四十一岁,是教书先……"

"小人叫米五黑,男,三十九岁,开肉店的……"

在众原告控诉邱大罪行之时,他几次想驳,皆被种建中制止住了。待众原告控诉已毕,种建中移目邱大说道:"尔有什么话,可以说了。"

"邱老四说的不对,他的大白猪,是邱麻子盗出来卖给小人的。"

邱老四立马反驳道:"你胡说!"

邱大道:"小人没有胡说。"

邱老四又要反驳,被种建中制止了。

"大白猪是不是邱麻子盗的,你俩就是吵塌天,也吵不出一个结果来。这样吧,爷这就发票传邱麻子上堂,让他自己说。"

邱老四道:"禀大老爷,邱麻子没在家。"

种建中问:"他去了哪里?"

"西夏。"

种建中"啊"了一声道:"这……邱大,大白猪的事等会儿再说。"

他指了指邱三多问邱大:"邱三多说你打断了他三根肋骨,可有其事?"

邱大道:"有其事。但是,他也打伤了我。"

种建中问:"伤了你哪儿?"

"伤了小人右胳膊。"

邱三多欲辩,也被种建中制止了。

种建中移目邱大问:"邱三多用什么打伤你的?"

"手。"

"手?"种建中眉头微皱问:"伤的怎么样?"

"小人的胳膊差点被邱三多抓烂了。"

邱三多大声反驳道:"你胡说……"

种建中朝邱三多摆了摆手道:"有理不在腔高,慢慢说。"

邱三多遂放低了声音说道:"小人去找邱大理论,他拿刀砍小人,小人去夺他的刀,指甲把他的胳膊划了两道红印子。"

邱大道:"不是红印子,是抓烂了。"

种建中目视邱大道:"这个事也放一放,你还有别的话要说吗?"

邱大道:"有。"

"说吧。"

邱大道:"邱文印说小人抢了他三贯钱和三石小麦,这不对。小人只抢了他一石二斗小麦。"

邱文印道:"你胡说,不是一石二斗,是三石。"

邱大道："你才胡说……"

种建中又将惊堂木一拍说道："你俩不要争了,爷自有公断。邱大,你还有话要说吗?"

邱大道："有。"

"说。"

邱大道："小人是敲过张寡妇的门,但只敲了一次,还是喝醉了酒。"

张寡妇扭头指着邱大反问道："你伸直舌头说,你只敲过一次?"

邱大信誓旦旦："就一次,多一次砍我头!"

张寡妇欲要再言,只听种建中说道："这件事也不用争了,爷自有公断。邱大,你还有话要说吗?"

邱大回道："没有了。"

种建中又将惊堂木一拍说道："原告、被告听断。"

众人俱道了一声："好。"

"邱大,你欺邻害户、抢人钱财、欺行霸市、三次伤人,五罪并罚,发配崖州(今海南省三亚市崖州区)。"

邱大大声叫道："小人不服。"

种建中问："你为什么不服?"

邱大道："有几个罪,不是他们说的那样!"

种建中道："哪几个?"

邱大道："第一个罪,邱老四的猪不是小人盗的。第二个罪,小人只敲过张寡妇家一次门,也没拿刀砍她的门。第三个罪,邱文印说小人抢他三贯钱和三石粮食,事实上,小人只抢了他一石二斗粮食。你听了他们一面之词,便将小人发配崖州,小人不服!"

种建中笑问道："以你之见,爷该当何处?"

"一件一件落实。"

种建中依然笑道："爷何尝不想一件一件落实。但是,有些事不好落实,譬如,你到底抢了邱文印多少东西,你俩各执一词,怎么落实?再如,邱老四告你盗杀他的大白猪,你说只杀没盗,盗他大白猪的人是邱麻子,可邱麻子逃到了西夏,你叫爷怎么落实?"

邱大道："不能落实你就不能定案!"

种建中收住了笑容："邱大,实话给你说,爷判你充军之罪,并未把你说的这三个罪包括在内。若是把这三罪包括在内,那得判你斩刑。"

三　邱大坐监

"这……"邱大欲说又止。

种建中道:"你如果认为爷判得不公,爷也不强判。爷这就把你送回牢房,尔后,一件一件查证落实。但是,爷给你提一个醒,你得做好长期坐牢的准备。何也?有些事不好落实,譬如大白猪的事,只有把邱麻子抓住了,才能落实,可邱麻子在西夏,咱不能跑到西夏国去抓人吧?"

这一番话,击中了邱大软肋。牢房,他是一刻也不想再待。可是,如果不服判决,就得再回牢房。而且,一直坐到抓住邱麻子为止。而邱麻子能是好抓的?倒不如服了吧!

"大老爷,小人认了。"

种建中又笑了:"你还算明智。"遂定了一道申解公文,将邱大及一班原告解送延州。

白眉毛领了县命,抱着文卷、招词、刀杖,押着邱大及一班原告,即日上路。来得延州州衙,将种建中致延州推官①的密书,悄悄送上。那推官既和种建中同乡,又对种建中十分敬慕,拍着胸脯说道:"种贤弟,你尽管放心,案子的事包在我身上!"

由于推官的周旋,延州知州维持种建中之判,当众释了邱三多等一班原告,却将邱大脊杖二十,且取来一副七斤半铁叶团头护身枷,把邱大枷了,并在枷上贴上封皮,又唤来一个文笔匠,将邱大刺了面皮。再命州吏拟了一道牒文,差两个防送公人,押了邱大,径赴崖州。

崖州距延州将近五千里,两个公差押着邱大,走了将近三个月才到,径至州衙,当厅投下牒文。知州看了,收了邱大,一面押了回文,与两个公差回去;一面把邱大分发本处牢城营。

邱大不只会杀猪,还做得一手好菜,酿得一手好酒。

某一日,张管营②一边吃着邱大炒的菜,喝着邱大酿的酒,一边和他闲聊。

"邱大,你到底犯了什么罪,被发配到这鸡不下蛋的地方。"

邱大便把他所犯之罪,讲了一遍。

张管营道:"就你所言,那种建中是个昏官。"

邱大道:"为什么?"

"盗猪的事,砍张寡妇门的事,还有抢邱文印钱的事,那种建中并没有将你坐实,不

---

① 推官:掌推勘刑狱诉讼,正九品。
② 管营:相当于现在的地市级监狱长,但不在品。

坐实就不应该判你的刑。"

邱大道："是小人同意他判的。"

张管营一脸惊讶道："为什么？"

"小人若是不服判，种建中就会把小人还送回牢房，可那牢房小人一刻儿也不愿待。"

他长叹一声，把在狱中所受的罪讲了一遍。

张管营把酒杯往案上猛地一蹾，怒颜说道："可恶，大宋立国一百多年，他种建中还敢如此胡来，你告他！你上书告他！"

邱大道："小人听你的。可小人斗大的字识不了一布袋，不会写状子呀！"

张管营道："这事你不必担心，我找人代你写。"

"好！"

"去，你去把徐世杰给我叫来。"

邱大一脸疑惑道："他病得连路都走不动，能写吗？"

"能，他是一个有名的讼棍，没有发配崖州之前，就靠给人写状子吃饭。"

邱大喜道："这太好了。"屁颠屁颠地找徐世杰去了。

不一会儿，徐世杰拖了个病身子，一歪一歪地来见张管营。张管营让他坐在自己对面，他不敢坐。张管营笑眯眯地说道："坐吧，坐吧，爷有话要给你说。"

徐世杰勉强落座。

张管营移目邱大道："给徐世杰倒碗酒。"

张管营是个武人，人又耿直，他的叔父，和族人打了两年官司，本来有理，因当地一个讼棍的介入，硬是输了。故而，他对讼棍的印象极差，见了徐世杰，从没给过他好脸色。而今……徐世杰既诚惶诚恐，又有点受宠若惊。他虽然喜欢喝酒，但不敢喝，媚笑着问道："张爷，有什么话，您能不能这会儿就说？"

张管营道："也好。"他指了指邱大道："他的事有点冤，爷想让你代他写一个诉状。"

一听说要他写状子，徐世杰来了精神，二目放光道："张爷，小菜一碟，您说让小人什么时候写，小人就什么时候写。"

张管营道："你先喝了这碗酒再说。"

徐世杰双手端起酒碗，如老牛饮水般地灌下肚去。他用左手将嘴一抹拉说道："好久没有喝到这么好的酒了，爽，爽极了！谢谢张爷，谢谢张爷！"他一边说一边起身，给张管营行了一个揖礼："张爷，能不能让邱大这会儿就把他的事讲一讲？"

三　邱大坐监

张管营移目邱大："你讲吧。"

邱大便从"买活人妻"讲起,一直讲到充军崖州。话刚落音,徐世杰便道："邱大确实有点冤。第一,他的一些'罪'并没有坐实,不坐实就不应该定案。第二,他在狱中受的那些'罪',骇人听闻。第三,充军崖州的人,很少有生还的。故而,人们把充军崖州视为次一等死刑,以邱大所犯之罪,不该判这么重。第四,……哎,邱大,你买张三妹那六十八贯钱退给你了没有?"

"没有。"

"这么说,你是人财两空了?"

邱大将头使劲点了一点。

徐世杰愤声说道："冤案,天大的冤案!邱大,我徐某人断言,你这冤一定能申。不,不只是申冤的问题,那个种建中也得丢了乌纱,回家戳牛屁股①!"

---

① 戳牛屁股:中原方言,即种地。

四　怦然心动

　　管家长叹一声,对董大为说道:"员外爷,不是我埋怨您,您带回来的这个高俅,并不是一个人才,而是一条狗,一条癞皮狗!"

　　红队队员上前一步,用脚将球接住,传给球头赵佶,赵佶忙用肩头去顶,脚下一滑,打了一个趔趄,那球没有顶住,滚向高俅。

　　曾布将徐神翁所书"吉人"二字呈给哲宗,哲宗将这二字摊在御案上,审视了几天,不晓其意。

　　北宋是封建王朝中最开明,也最讲法制的一个王朝,像种建中那样对待犯人的官员极少。所以,宋哲宗看了邱大御状后很恼火,当即批转御史台查办。查的结果,刚刚升任延州知州的种建中被降官两级,改任熙州(今甘肃省临洮县)推官;邱大改充孟州;王惠御封义女,赏钱三百贯。

　　向太后从邸报①上看到了王惠的事迹,脱口赞道:"如此贤德之女子,古今少见!但不知相貌如何?如果尚可,可做佶儿佳妇。"说毕,命有司接王惠进宫。

　　王惠的相貌不是尚可,而是姣好。向太后暗道:"佶儿的佳妇,就是她了!"

　　向太后已经定了调,宋哲宗还有何话可说?

　　两个月后,王惠出嫁端王。

　　虽然有了王惠,赵佶照样去会毛毛。这一日,他正和毛毛行云布雨,王诜一边敲门一边说道:"端王爷,皇上召你进宫。"

　　他慌忙爬下毛毛玉体,穿上衣服,跑了出去。他的小轿,就停在王诜身后。他正要上轿,王诜道:"等一等。"一边说一边从身上摸出一个小镜:"您照一照吧。"

---

　　①　邸报:我国最早的报纸,内容有皇帝谕旨、臣僚奏议和国内外大事、要事。

四 怦然心动

赵佶接镜一照,见鬓发凌乱,一脸窘态道:"这、这……"

王诜变戏法似的变出一把篦刀①,双手呈给赵佶。赵佶用篦刀将鬓发梳过之后,又用镜子照了照,正想把小镜和篦刀一并还给王诜,忽又变了主意,只还镜子,却把篦刀留下把玩。

何也?

这把篦刀不是寻常之物,乃用绿松石雕琢而成,绿光晶莹,玲珑剔透,十分招人喜爱。

王诜见了他的这个表情,知道他爱上了这把篦刀,微微一笑道:"端王爷,老臣府上还有一把比这更好的翡翠篦刀,您如果喜欢,待会儿老臣派人给您送去。"

赵佶大喜道:"如此更好。"遂将篦刀还给王诜。

送走了赵佶,王诜径奔"宝珍",取出一把翡翠篦刀,正要往小金盒里装,刘婕的贴身丫鬟珠儿,趋了进来:"禀驸马爷,花魁奶奶午休起来,上吐下泻,还直嚷嚷肚子疼,头晕眼花。"

王诜将翡翠篦刀放回原处,遣仆去请郎中,自己则跟着珠儿,急切切地去看刘婕。

刘婕的病,乃是误食了毒蘑菇,郎中到后,立马对她进行催吐。

所谓催吐,就是把手指插入病人咽部,上下搅动,促使病人反复呕吐,待病人把肚子吐空后,让病人喝盐糖水(盐和糖稀释后的水)。

经过半个时辰施救,刘婕昏昏欲睡,郎中长出一口气道:"驸马爷,二奶奶无大碍了。"

明知她无碍,还得留下观察。一直观察到第二天午后,刘婕一切正常,这才回到"宝珍",将翡翠篦刀装到小金盒里,用黄罗包袱包了,写了一个书呈,唤来书吏高俅,吩咐道:"我这里有一把翡翠篦刀,遣你送给端王,不可有误。"

高俅双手接了翡翠篦刀,径奔端王府。

这个高俅,在汴京城小有名气。

他本是汴京城一个浮浪破落子弟,姓高名钒。因其在弟兄中排行第二,汴京人便以高二呼之,又因他踢得一脚好球,汴京人又以高球呼之。及长,他觉着球字不雅,便将"球"字去了王旁,添作立人,由这"球"变作那"俅"了。

这高俅不只踢得一脚好球,又能刺枪使棍,相扑玩耍,还能吹弹歌舞,兼之作词作

---

① 篦刀:即梳子,也叫篦子,但它的齿比梳子密。

37

赋,且写得一手好字。但他不务正业,常常纠集一帮地痞无赖,到处寻衅滋事。邻人忍无可忍,联名将他告到开封府,府尹把他断了四十脊杖,发配淮州(今成都市金堂县淮口镇)。当地有一个开赌场的闲汉,本名柳世权,因他在弟兄中排行第一,州人呼之为柳大郎。

一年后,哲宗天子喜得贵女,大赦天下,那高俅得赦还汴,父亲不容他在家食宿,没奈何又返回淮州,投柳大郎。

这柳大郎既有钱,又喜欢结交朋友,汴京城金梁桥下开生药铺子的董大为,去四川进药,途径淮州,慕名来访,二人一见如故。经柳大郎一再挽留,董大为在他家住了五天。董大为返汴京之前,柳大郎把高俅叫到跟前,对董大为说道:"这高俅,是愚兄我很好的兄弟,汴京人,来到淮州已经数年,早欲归乡,只因没什么人可投,拖延至今,请贤兄把他带回汴京,寻一个谋生之处。"

董大为双手抱拳道:"敬从贤弟之命。"

翌日,董大为辞别柳大郎,带着高俅,晓行夜宿,一个半月后返回汴京。

董大为的管家,见主人带着高俅回来,私问之,大为以实相告。管家长叹一声道:"员外爷,不是我埋怨您,您带回来的这个高俅,并不是一个人才,而是一条狗,一条癞皮狗!"

董大为惊问其故,管家便把高俅其人其事,一一告之。

良久,董大为方道:"高俅的事,说到我这里为止。但在我没有将他发遣之前,还得把他当贵客待。"

管家将头重重地点了一点。

高俅在董大为家住了半月,每日食有肉、饮有酒、出有车,却不让他做任何事情,高俅有些过意不去,正想找董大为要点事做,董大为请他吃酒。

"贤弟,您也知道,愚兄这次四川之行,有两个多月,家里堆满了事,一直没顾上请您吃酒,对不起,实在对不起!"

高俅笑曰:"小弟知道贤兄忙,小弟自来到贤兄府上,您的酒没有少喝,且莫说对不起的话!"

董大为故作一脸释然的样子道:"听了贤弟这番话,愚兄心里好受多了。来,咱喝酒,咱哥俩今天喝他个一醉方休!"他率先端起了酒杯。

高俅也将酒杯端了起来。

董大为将酒杯朝高俅面前送了送说道:"碰杯!"

高俅亦将酒杯朝董大为那边送了送,高声说道:"碰杯!"

二人这一碰,便是十二杯。

董大为笑眯眯地说道:"贤弟,哥想给您商量个事。"

高俅道:"哥有什么吩咐,尽管说,用不着商量!"

"哥原本想在南薰门外再开一个店,让您招呼。谁知,乐台坊的金龟儿抢先一步,在那里开了一个生药铺。要开店,还得另外物色地方,这倒不是主要的。哥知道您是一个干大事的人,哥家下萤火之光,照人不亮,恐误了贤弟。哥想把您荐给大苏学士①。不知贤弟意下如何?"

高俅知道,董大为这是变着法儿赶他走,但不说破。

何也?

他荐的这个地方太好了。

苏东坡乃当今大文豪,官至礼部尚书,又爱才,跟着他混,要比跟着董大为好上千倍!

他"嘿嘿"一笑道:"哥处处为弟着想,弟不知道怎样感谢才好,一切听哥安排!"

他避席抱拳说道:"多谢了,多谢了!"

董大为忙起身还了一礼。

二人继续喝酒。

第二天,董大为让管家将着书简,引高俅到苏东坡府邸。苏东坡见高俅一表人才,谈吐又很得体,甚喜,留下高俅,写回书一封,交与董大为管家。

高俅在苏东坡府上,做事虽然十分尽力,也没出过差错,但他昔日的劣行,还是被苏东坡知道了,心甚恶之,有心把他辞退。想起一句古话,"宁可得罪十个君子,不可得罪一个小人。"便犹豫起来。

是时,宰相章惇当政。

章惇和苏东坡既是同年,又是好友,只因政见不同,二人反目成仇,将苏东坡贬到惠州(今广东省惠州市一带)。离京之前,王诜来看他。他眼睛为之一亮,王驸马生性浮浪,最喜欢像高俅这样的人,我何不将高俅荐给王诜?有了这个想法,便对王诜说道:"驸马爷,我就要走了。对于遭贬的人,您也知道,不能过多带人。我有一个亲随,名唤

---

① 大苏学士:即苏轼,又名苏东坡,嘉祐年间进士。哲宗朝,官至翰林学士、礼部尚书,时人以学士呼之。苏轼弟兄二人,其弟苏辙,和他是同榜进士,也曾做过翰林学士,故称之为小苏学士。

高俅,既能吹弹歌舞、刺枪使棍,又能词能赋,还写得一手好字,我有心荐给您做一亲随,不知您意下如何?"

王诜笑道:"能叫贤弟如此称道的人,必然不差。高俅这人,愚兄要定了。"

苏轼大喜道:"诚如此,用过饭后,我便让高俅跟您过府。"

高俅进了驸马府,更加用心做事,变着法儿讨好王诜。王诜甚为重之,视作心腹,无论大事小事,都交给他办。

高俅来到端王府上,给门吏唱了一个诺道:"小的乃王诜驸马亲随,奉命给端王送翡翠篦刀,万望给以方便。"

门吏笑嘻嘻地说道:"谁不知道端王和驸马爷既是至亲,又是铁哥们,我不敢挡你的驾。端王此时,正在后院踢球①,你自过去。"

高俅道了一声:"谢谢!"进得大门,径至后院。果见端王在那里踢球。

宋人蹴鞠有两种玩法,一种是"白打",不设球门,两个球队分别派出同样数目的球员(一人到十人均可),在场中轮流表演,以头、肩、膝、脚等身体部位顶球,做出各种高难度动作,而球不落地。由裁判分别打分,以技高一筹者胜。"白打"强调的是技巧性与观赏性。

另一种玩法是"筑球",更强调对抗性一些。踢球时,在球场中间竖一个大球门,高约三丈,宽约一丈,以彩带结网,只留出一个尺许见方的网眼,叫"风流眼"。比赛双方分著不同颜色的球衣,立于门的两侧,某一队队员将球踢过球门,由另一队的一名球员接住球(用一定姿势),并传给球头,然后由球头再从"风流眼"里踢过去。

赵佶今天所玩的是第二种,也就是"筑球"。赵佶这一队的队员著的是红衣,另一队著的是蓝衣。

高俅见双方正在鏖战,不敢相扰,立在场外观看,也是合当高俅发迹,蓝方那球腾地而起,穿过球门。红队队员上前一步,用脚将球接住,传给球头赵佶。赵佶忙用肩头去顶,脚下一滑,打了一个趔趄,那球没有顶住,掉在地上,向高俅脚边滚去,高俅见了,忙使了一个鸳鸯拐,退还给赵佶。赵佶见球到来,飞起一脚,踢向球门。那球穿越球门,在对方场地上落下,引来一阵喝彩之声。

---

① 球:此球应为现在的足球。足球最早出现在唐朝,用八片熟牛皮缝合而成,但不够浑圆。到了宋代,改用十二片锁过的软牛皮来缝合,"方形地而圆象天。"几何学告诉我们,十二个的五边形正好可以构成一个球形体,这样制出来的球便非常圆了。球制好后,用小型鼓风机充气后,就可以踢了。宋人踢球,不叫踢球,叫蹴鞠。

四 怦然心动

比赛结束后,赵佶召高俅近前,笑问道:"你是甚人?"

高俅忙跪下禀道:"小的是王驸马亲随,受驸马爷使令,将一把翡翠篦刀进献王爷,有书呈在此拜上。"他卸下肩头包袱,双手递给赵佶。赵佶打开包袱看过王诜之书,又看金盒中篦刀。大喜道:"驸马爷果然是个信人。高俅,本王想把你留下,做本王的亲随,不知你意下如何?"

高俅忙朝赵佶跪了下去:"王爷如此看得起小人,那是小人的造化!"

赵佶道:"如此说来,你是同意了?"

高俅忙将头点了几点,口中发出"嗯嗯"的声音。

赵佶道:"既然你同意做本王亲随,你就不要走了。至于驸马爷那边,本王自会遣人告知。"

他移目自己的亲随:"你这会儿就去驸马爷王晋卿府上,告之他,篦刀收到了,人也要留下,隔天本王亲去府上致谢。"

隔了一天,赵佶坐着小轿来到驸马府。他刚一落座,门子来报,赵令穰王爷来访。王诜二次出堂下阶,将赵令穰迎进堂来。主宾三人,经过一番谦让,王诜西向坐,赵令穰东向坐,赵佶北向坐。趁仆人献茶之机,赵佶移目王诜,横手说道:"多谢姑父赠之篦刀。"

王诜横手笑着回道:"区区一把篦刀,不值得谢。倒是您夺老夫之爱,却有些不该。"

赵佶亦笑道:"是有些不该,但是,您老若是不教徒儿蹴鞠,徒儿也就不会夺您老的所爱了。"

王诜拈胡大笑道:"您这是占了便宜还卖乖!"

赵令穰"嘿嘿"一笑说道:"你二人这是打的什么哑谜呀?真把我赵令穰当外人了是吧?"

王诜笑释道:"哪敢给您打哑谜呀!"

"那你俩刚才说的什么?"

"说的是高俅,愚兄打发高俅给佶儿送一个篦刀,佶儿不只收了篦刀,把高俅也留下了。"

赵令穰"噢"了一声道:"这就是佶儿的不对了。"

赵佶欲辩,被赵令穰摇手止住:"我只是随便说说而已。说实话,我今天来,是想喝驸马爷的琼浆酒,并不是来为你二人评理的。"

王诜道:"想喝酒好,我这就叫下人安排。"

吩咐过下人之后,王诜笑问赵佶:"前天,皇上召您进宫,所为何事?"

赵佶回道:"闲聊。"

王诜问:"都聊些什么?"

"聊皇上的龙体。"

"他自己怎么说?"

赵佶回道:"他说,他也没有什么大病,只是咳嗽。"

王诜道:"照理说,咳嗽真不是什么大病。但皇上的咳嗽不是一般的咳嗽,他的咳嗽带血。而且,他的咳嗽已经很久了;而且,他的咳嗽又常伴有呕吐,刚吃过饭,稍一俯身,立即吐出,非常痛苦;而且,小便时常流出白色泌物。"

赵佶惊问道:"这事,您怎么知道?"

王诜微微一笑道:"我是你们赵家的驸马呀,而且,还是一个老驸马呢!"

略顿,又道:"皇上这病,最忌房事,可皇上就是不听,而那个,那个刘……"

他本想说出那个刘的名字,但"刘"了一番,终于没有说出来。那个刘就是当今皇后刘清菁。

"那个刘……那个刘,"王诜继续说道:"那个刘又总是缠着他。而他自己,又想早得龙子,不只天天幸那个刘……还幸其他嫔妃。俗谚不俗,'色是刮骨钢刀。'莫说他是一个肉身,就是一个铁身,也经不起这般折腾。唉!皇上还说了一些什么?"

"皇上说,为治他这个咳嗽,吃了几百服药,就是不见轻。有人说,艾灸可治。但他怕疼,不敢灸……"

王诜朝随侍的人员,摆了摆手,将他们屏退后,方才说道:"佶儿,您令穰叔不是外人,姑父想问您一句话。"

赵佶笑回道:"姑父有什么话,尽管问,我一定如实回答。"

王诜又将堂内扫了一遍,确信除他俩之外,再无他人,方才小声问道:"佶儿,您想不想当皇帝?"

赵佶吃了一惊道:"姑父,何出此言?"

王诜道:"既然咱已经把窗纸戳破,姑父我索性放开来说。我听御医讲,皇上的病已经无治了,他的寿命,少则仨月,多则一年。莫说他生不出儿子,就是生得出儿子,也难以位继大统。佶儿若无意位继大统倒也罢了,若有之,及早准备才是。"

赵佶道:"姑父已经把话说到这个份儿上,佶儿若是再说一些违心的话,不说对不起姑父,那简直就不是一个人了!"

王诜道:"言重了。"

赵佶叹道:"人吃五谷杂粮,岂能不患病?皇上呢!才二十三岁,所患之病,仅仅是一个咳嗽,离薨还远着呢!皇上即使薨了,他还有五个皇弟,在这五个皇弟之中,若择亲而立,皇上有一个一母同胞;若择长而立,我屈居第二,也不该立,我就是想位继大统,也位继不了。"

王诜道:"您的话,很有道理。但是,许多事,往往超出常规。就拿位继大统这事,您虽然有您的劣势,但也有您的优势。您的优势,别的亲王,是无法儿比的。"

赵佶笑着反问道:"侄儿有哪些优势?"

"第一,人都说您是南唐皇帝李煜转世,有做皇帝的命。"

赵佶叹道:"这事侄儿也曾听人说过。正因为有人说侄儿是李煜转世,先帝生前很不待见侄儿。唉,说吧,您继续说吧。"

"您在世的这五个兄弟,除您之外,他们的母亲都还活着,活着即是好事,又是坏事。何也?有母亲在,就会有人疼,真心疼。但是,有一利就有一弊,特别是皇宫,每个嫔妃的背后,都有一股势力,她们之间的争斗,很厉害,不管谁的儿子当皇帝,另外几个嫔妃就会心里不舒服,或明或暗,向想当皇帝的这个人使绊。您因为没有母亲,少了许多暗中的敌人,这是您的第二个优势。"

"第三,在您的诸位兄弟中,论才、论贤,无人可及您。第四,有'谶'说,您应该当皇帝。"

赵佶忙问:"什么'谶'?"

王诜道:"端笏立!"

赵佶将头摇了一摇,表示不解:"'端笏立'什么意思?"

王诜道:"'笏',不用姑父说,您也知道什么意思……"

赵佶将头轻轻点了一点。

"'立',您也懂。"

赵佶又将头点了一点。

"'端',您更应该懂的,'端'就是'端王'您呀。这个'谶'说得够明白了——端王您应该当皇帝!"

赵佶"噢"了一声。

王诜复又问道:"您知道这个'谶'的由来吗?"

赵佶道:"不知道。"

"您若真的不知道,听我慢慢给您道来。"

他轻咳一声说道:"皇上亲政后,每当朝会时,总是让押班①手持笏板巡视班列,遇到没有拿好笏板,或站立不按规矩者,便大声说道:'端笏立'。"

王诜见赵佶将头轻轻点了一点,继续说道:"'端'不只当立,还要'迎端'。'迎端'之谶,不知您听说了没有?"

赵佶将头轻轻摇了一摇。

"皇上曾建一堂,令群臣进拟堂名,但所拟之名,均不合皇上之意。皇上搜肠刮肚,拟了一名——'迎端'。端不只当立,还要'迎端',不正是应了要您'端王'位继大统之谶吗?"

赵佶复又点头。

"第五,您生母虽然薨了,但嫡母向太后健在。当然,这个向太后不只是您的嫡母,也是你们众兄弟的嫡母,这个众兄弟也包括当今圣上。但是,您又和他们不同,您娘薨前,曾把您托孤于向太后,向太后没有亲生儿子,在向太后眼中,您就是她的亲生儿子。皇上一旦驾崩,立谁为帝,恐怕是她说了算。这第五个优势,才是您最大的优势!"

赵佶再次点头。

王诜又道:"您尽管有这五大优势。但是,好事是不会给那些没有准备的人。您实在不愿君临天下,那就罢了。如果愿意,从今天起,就应该……"

他将话顿住,二目直直地盯着赵佶。

赵佶轻叹一声道:"皇帝,至尊至贵,谁不想当呀?但是,能不能当又是一回事。弄不好,还有掉头的危险,您容徒儿好好想一想再说。"

王诜道:"那您就想吧,您什么时候想好了,来告老朽一声。"

赵佶刚刚回到端王府,侍读②何执中来访,告诉他一个惊天秘密——哲宗死了儿子后,秘密遣曾布去泰州见徐守信,询问何时能得龙子。

徐守信者,泰州海陵(今江苏省如皋市)人,生于宋仁宗天圣十年(1032年),十九岁入天庆观,供洒扫之役。宋英宗治平年间(1064—1067年),遇异人得道。此后,日诵

---

① 押班:有两种,一种掌纠察,由内侍省及内侍省宦官担任,朝会时掌纠察。有时,也可让监察御史(二人)押班。再一种朝会时的领班,由宰相和副相担任。

② 侍读:唐宋时所置,为帝王讲经史的官。宋太平兴国(977—984年)中设翰林侍读学士及翰林侍读之官,与侍讲同为皇帝的文学侍从,由学士、侍从中有文学者充任。

《度人经》，不只善医，尤长于预测学，世人称其徐神翁。

徐神翁听曾布说明来意，推算良久说道："上天已降嗣矣！"

曾布还奏哲宗，哲宗命他再赴泰州，要他直言"嗣人"。徐神翁被逼无奈，书"吉人"二字交给曾布。哲宗将"吉人"二字摊在御案上，审视了几天，不晓其意。

赵佶听了这个秘密，心中大喜，却故意装迷，反问何执中："'吉人'，这'吉人'是什么意思？"

何执中笑回道："'吉人'的意思，您真的不知吗？"

赵佶轻轻颔首。

何执中依然笑着说道："您不知道，臣更不知道，臣告辞了。"

送走了何执中，赵佶回到书房，越想越高兴，竟笑出声来："'吉人'颠倒过来就是'人吉'，'人吉'二字合并，不就是'佶'吗？看来天意要让我赵佶当皇帝！既然天意要让我当皇帝，我不能不当。要当皇帝，还不能单靠天意呢。姑父说得对，即使是好事，也不会给那些没有准备的人。我得有所准备，我这就去找姑父取经。"

他刚一出府，忽又想道："这事，连我都没听说，何执中何以知之？这事不一定是真的。"

他又折了回去，整整一天，他都在想"吉人"之事："何执中，进士高第，做过台、亳二州判官，并非妄言之人。他的话，应当是可信的！既然可信，我还得去找王诜。"

他刚一抬脚，又生一念："'吉人'的事，我不能，也不敢找人核实。但我命中该不该君临天下，是可以暗中找人推算一下的。"主意已决，忙唤高俅来见。

"高俅，咱汴京城有没有会推八字的人？"

"有，还不止一个两个，是很多。"

赵佶又问："谁最知名？"

"浙人陈彦。"

赵佶轻叹一声道："有点远。"

高俅道："不远，不远。"

赵佶道："两浙路①居汴京最近的州县也有一千六百多里，还不远？"

高俅道："论距离，是有点远，但陈彦并没有在两浙呀！"

"他在哪儿？"

---

① 两浙路：北宋为了统治的便利，把全国分为二十三路，两浙路为其一，辖八府、六州、一军。

45

"汴京相国寺。"

赵佶一脸喜色道:"好,这就好。他推八字是不是很准?"

高俅道:"很准。"

"何以见得?"

"蔡持正(蔡确的字)任颁州(治所在新平,即今陕西省彬县)司理参军①,因受贿被告发,惶惶不可终日。闻陈彦善推八字,忙遣仆持八字去见陈彦,陈彦经过一番推算说道:'无大碍,且有后福,可官至一品。'此后,一一得到验证。还有那个韩大人……"

赵佶道了声:"停!在朝为官的三品以上的韩大人,至少有七个,你说的是哪个韩大人呀?"

"小人说的是韩忠彦大人。"

赵佶问:"韩忠彦大人怎么了?"

"韩大人令尊乃大宋的三朝宰相,爵封魏郡王,是旧党的党魁,韩大人也是旧党。当今圣上亲政后,将旧党官员或罢或贬,抑或是充军。韩大人很害怕,找陈彦推算吉凶,陈彦道:'无碍,而且你还要官至宰相,只是晚景不大好。'如今,'无碍'这句话已经得到了验证……"

赵佶朝他打了一个制止的手势:"你别说了,本王知之矣。这会儿你就带着我的生辰八字去找陈彦,让他好好给我推一推。但是,你不能说这是我的生辰八字。"

"说谁?"高俅问。

"就说你自己。"

---

① 司理参军:州府佐吏名,掌讼狱勘鞫之事。

五　端王轻佻

高俅道:"一个边疆禁军,出生入死,年俸也不过七八贯。你测一个字,就要八十贯,还说不多。"

哲宗的泪越流越多,"哏"的一声,把头一歪,闭上了双眼。

章惇突然发难:"启奏太后,神宗皇帝健在诸子,孰都可立,唯端王不可立!"

高俅来到相国寺,左拐右拐,拐了三拐,方来到标有卦肆的地方,这里自南而北,一溜儿摆了十几个卦摊,每个摊前,都竖了一个牌子,上写着某某神相,抑或是神算某某。

高俅一边走一边寻找标有陈彦的卦摊,突然有人高声一喝:"哎,这里有你一卦!"

他被这突如其来的声音吓了一跳,不由自主地停下脚步,卦人朝牌子旁的兀凳一指,高声说道:"坐,已等你多时,今天只为你这一卦而来。"

高俅朝牌子一望,牌上写着"神相张"三字,将头轻轻一摇说道:"对不起,我是冲着浙人陈彦而来。"话刚落音,从数步开外传来一个声音:"鄙人便是浙人陈彦。"

高俅举目一瞧,见飘来声音的地方,有一木牌,上书"浙人陈彦"四字。心中大喜,忙朝陈彦走去,将写有赵佶的生辰八字的纸条双手递给陈彦。

陈彦低头推算了一番,忽地"呀"了一声,脸色大变,他抬头盯着高俅,满脸狐疑道:"这是你的生辰八字?"

高俅道:"正是。"

陈彦又将高俅打量一番,曳斜着眼说道:"这个生辰八字,绝对不是你的。"

"何以见得?"高俅问。

陈彦道:"拥有这个生辰八字的人,贵不可言。"

高俅道:"贵到什么程度?"

"我不敢说。"

高俅道："你说吧,说了之后,我有重赏。"

陈彦笑问道："重到什么程度?"

高俅伸出一个指头。

"一百贯。"

高俅笑道："你可真敢要呀,太多太多!"

"九十贯。"

高俅又道："多!"

"八十贯。"

高俅道："还有点多。"

陈彦摇头说道："不多,不多矣!"

高俅道："还不多呢!一个边疆的禁军,出生入死,年俸也不过七八贯,你测一个字,就要八十贯,还说不多。"

陈彦笑道："有智吃智,无智吃力,用智和用力,岂可同日而语!况且,拥有这么一个贵不可言的生辰八字的人,能在乎这八十贯吗?他真的在乎,那就是自贬身价了。"

高俅想了想也是,"嘿嘿"一笑说道："我说不过你。但为推一个八字,一下子拿出这么多钱,我也没带,就是带也不敢自作主张。这样好不好,你随我走一趟,见一见俺家主人,你俩面谈如何?"

陈彦移目相邻的同行,拱手说道："神相王,我须跟这官人走一趟,请帮我照看一下卦摊。"

神相王忙道了一声："好。"

高俅在前边带路,陈彦亦步亦趋,不到半个时辰便到了端王府。

高俅双手一拱道："陈相士,请您在此等候,我这就登堂禀报端王爷。"

不一刻儿,高俅去了复还,笑眯眯地说道："端王爷有请。"

陈彦举首一看,果见一身着红袍、风度翩翩的美青年站在堂口,向他微笑,又是高兴又是激动,便加快了登堂的速度,恨不得一步两阶。

登堂入室后,赵佶邀陈彦坐在他的对面。陈彦连连摇手道："吾不敢,吾不敢也。"

"为什么?"

陈彦道："您是君,我是臣,臣不敢和君抗礼。"

赵佶笑驳道："什么君不君的,我不就是一个普普通通的王爷吗?"

陈彦道："您今天确实是一个普普通通的王爷,但不出半年,您就会君临天下了!"

五　端王轻佻

赵佶笑语责道："你如此胡言乱语，不怕朝廷杀你的头吗？"

陈彦道："老夫哪敢胡言乱语呀！不是老夫说您要君临天下，是您的生辰八字注定您要君临天下！"

赵佶道："此乃犯禁的话，出你口入我耳。当然，还有高俅。"他移目高俅："高俅。"

高俅躬身说道："王爷有什么吩咐？"

赵佶道："陈相士的话，出他的口，入你我的耳，只限于咱仨知道，不得泄露！"

高俅躬身回道："是。"

"你这就去账房支一百贯钱，交给陈相士。"

陈彦摇手说道："端王爷，那是老夫说着玩的，哪能真要您的钱呀！"

赵佶道："我已亲口许了高俅，给你一百贯钱，岂能出尔反尔？"

"这……"陈彦不知道说什么好。

高俅笑劝赵佶："端王爷，您是许了小人，但是，您许的是八十贯，可不是一百贯呀！"

赵佶道："我说给陈相士一百贯，就是一百贯，休得多言！"

送走了陈彦，赵佶坐着暖轿，急不可耐地去见王诜。

王诜见他满目异彩，笑问道："想好了？"

"想好了。"

"您愿意君临天下？"王诜又问。

"愿意。侄儿这次来，就是想听一听您的高见，好让侄儿的愿望实现。"

王诜笑回道："我的高见嘛，你得想法讨好皇上和太后，包括他们身边的那些近侍宫女。"

赵佶"嘿嘿"一笑说道："您这话太精练了，侄儿无从着手，能不能说得详细一点？"

王诜道了一声："也好！"便就如何讨好皇上和太后，讲了近半个时辰。一出驸马府，赵佶直奔张仲景艾灸堂，体验艾灸的感受。回到府中，他便遣几个亲信，分头去购买宛艾①和四大名玉②。

八天后，他觐见哲宗，说了几句闲话，便转入正题："官家③哥哥，您上次曾对臣弟

---

① 宛艾：又称南阳艾。艾，艾草也。艾草有许多叫法，即艾蒿、医草、灸草、黄草、家艾、甜艾、草蓬。艾草味辛苦温，主要功效是温经止血，散寒止痛。可灸可熏，也可煎服，亦可煎成水洗泡。
② 四大名玉：和田玉、蓝田玉、南阳独玉、十堰绿松石。
③ 官家：宋代大臣对皇帝的敬称。宋人认为，三皇官天下，五帝家天下。皇帝要至公无私，所以称为官家。

说,您的病,有人说艾灸可治,但您怕疼,不敢灸,是吗?"

哲宗道:"是的。"

"臣弟那一天出宫后,没有回府,直接去了汴京城最大,也最有名气的那个艾灸堂,假说咳嗽带血,让他们灸了臣弟身上十几个穴位,并不见有多疼。艾灸结束后,臣弟问他们,治我这种病大概得多久。他们回曰:'那得看你用什么艾?'我问:'什么艾最好?'他们回曰:'宛艾。'我又问:'你们今天给我用的什么艾?'他们回曰:'江南艾。'我有点生气了:'为什么给我用江南艾?'他们回曰:'宛艾供不应求,断货了。'回到府中,我立马遣一亲信,前去邓州南阳(简称宛)购艾。"

这一番话,说得哲宗眼圈微微发红:多好的兄弟呀,我随意一句话,竟让他忙活了许多天。而且,亲自体验了一番艾灸。哎!他本想说几句感谢的话,话到嘴边又改为:"买宛艾的人回来了没有?"

赵佶低声回道:"回来了。"

哲宗道:"宛艾今在何处?"

赵佶道:"臣弟已送御医院。"

哲宗道:"好,哥这就让御医来灸。"

赵佶拜而告退。

高俅见赵佶从福宁殿出来,忙趋到跟前,小声问道:"去宝慈宫?"

赵佶点了点头。

向太后就住在宝慈宫,这个地方,赵佶每隔七八天便来一次,熟门熟路。

尽管熟门熟路也得通报,每次出面接待他的,不是郑小蓓,便是王迎霞。她俩不只是向太后的心腹,模样还特别得俊,走起路来袅袅婷婷,说起话来如莺啼燕语,在赵佶未解风情之时,他来看向太后,那是真心来看。稍解风情之后,他来看向太后,百分之七十的心思是为了郑小蓓和王迎霞。偌大一个皇宫,除了皇帝和太监,很难再找到男人,而太监呢,严格来说,已经不是真男人了。见到一个真男人难,见到一个像赵佶这样的风流倜傥的真男人更难。故而,每当赵佶来看向太后,她俩特别高兴,不但高接远送,还来个眉目传情。

由于王诜的指点,赵佶来宝慈宫的次数,由每隔七八天一次,改为三五天一次,而且,每一次来都带着礼品,诸如玉镯、玉佩、玉簪,以及各府州县的名特产。这些礼品不只送给向太后,还送给郑小蓓、王迎霞,乃至向太后的所有随从。故而,向太后身边的人,一提起赵佶,赞不绝口。

五 端王轻佻

转眼到了来年,也就是庚辰年正月十二日,刚交四更,不到二十四岁的宋哲宗满头大汗地闭着双目,连呼吸都十分困难,闻讯赶来的向太后,一脸焦虑地问御医:"情况怎么样?"

御医躬身回道:"情况不妙。"

向太后朝窗口指了一指,御医会意,忙趋到窗下。

向太后亦趋到窗下,小声问道:"能扛到天明不?"

御医亦小声回道:"怕是危险。"

向太后朝侍立在宋哲宗榻旁的副都都知①童贯招了招手,童贯忙趋了过来。

"以皇帝名义,宣宰相章惇、枢密使曾布、枢密副使蔡卞、御史中丞许将到内东门小殿候旨。"

刚遣走童贯,哲宗的生母朱太妃慌慌张张赶了过来。看到儿子的模样,号的一声哭道:"儿呀,我的儿呀,你睁开眼睛看看娘吧!"

哲宗真的把双眼微微地睁开,他的眼神虽然已经涣散,但还能认出母亲,想说什么,又说不出来,流泪,唯有流泪。

朱太妃见了,愈发难受,扑上前去,攥住哲宗右手,一边哭一边说道:"儿呀,娘知道你有话要给娘说,你说吧!"

哲宗的泪越流越多,"哏"的一声,把头一歪,闭上了双眼。

朱太妃号啕大哭道:"儿呀,我的儿呀,你不能走呀!"

向太后小声劝道:"朱太妃,事已至此,你要节哀呀!"

朱太妃哪里听得进去,依然号啕大哭。

向太后把脸一沉说道:"别哭了,他不只是你的儿子,他更是皇帝,安排后事要紧。"

朱太妃不敢再号啕,哽声说道:"后事怎么安排?比如,孰可位居大统?"

向太后满脸不悦道:"这是两府②大臣的事,无须你操心。"略顿又道:"皇上已薨,你不必守在这里,早些儿回宫休息去吧。"

朱太妃本是一个温柔善良的女人,无论是在高太后还是向太后面前,从未道过一个"不"字,这一次,一脸倔强地说道:"我不回,我要守着我的儿子,我一定要守着我的

---

① 副都都知:"都知"之名,始于唐末,本为加官,至宋,方为官名。掌内内侍省。内内侍省置都知、都知、副都都知、押班等。

② 两府:即中书门下省和枢密院。中书门下省又称宰相府或政事堂,掌政务。因位于枢密院东边,故称东府。与之相对应的枢密院称之为西府,掌军事。

儿子！"

　　向太后一脸吃惊地瞅着朱太妃，她本想呵斥朱太妃，话到唇边又收了回来，冷声说道："你想守就守吧！"

　　话刚落音，童贯趋入，拜奏道："章惇、曾布、蔡卞、许将，俱在内东门小殿等候。"

　　向太后道："让他们来福宁殿见驾。不，到崇政殿。"

　　童贯忙道了一声遵命，掉头而去。

　　向太后移目小黄门①梁师成："速去把住福宁殿大门，没有哀家懿旨，任何人不得出入！"

　　说毕，移目郑小蓓。

　　"小蓓。"

　　郑小蓓应声答道："奴婢在。"

　　"你在此一边陪伴朱太妃，一边安排人为大行皇帝小殓②。"

　　向太后移目王迎霞又道："迎霞，你伴哀家去崇政殿。"

　　一向淡泊，并不过问政事的向太后，遇到皇帝驾崩犹如天塌一般的事情，竟如此淡定，在场的人无不震惊，皆以敬佩的目光将向太后送出了福宁殿。

　　向太后来到崇政殿时，章惇他们已经坐在帘前等了两刻钟。尽管他们已经意识到出大事了，而且，事关皇上，但是，没经证实，莫说议，连问都不敢问。

　　"诸位大人……"帘后飘出一个柔弱、悲伤且带有哽咽的声音："大行皇帝他……他……他驾崩了！呜呜呜……"

　　她这一哭，引得帘外数人，大放悲声。

　　向太后当先收住了哭声："诸位大人，人死不能复生，还是商议大事要紧，请诸位大人节哀。"

　　帘外众人，忙将哭声收住，异口同声道："谨遵懿旨。"

　　向太后又道："家不可一日无主，国不可一日无君，当务之急，是择一贤者为君。"

　　帘外众人又道："太后英明。"

　　"立君之制，有嫡立嫡，无嫡立长，抑或是兄终弟及。大行皇帝无子，那只有从他的弟弟中择一个了。"

---

　　① 小黄门：宦官名。凡内侍初补，曰小黄门。
　　② 小殓：旧时，汉族丧礼仪式之一，指为死者穿衣（殓服）。

帘外众人复又说道："太后圣明。"

"既然诸位大人同意在大行皇帝的诸位弟弟中择一人为君,那就请诸位大人说一说立哪一个好?"她把目光移向曾布,希望他第一个发言,更希望他提出的人选就是自己想立的人。

曾布何尝不想第一个发言,但是,他有点怯章惇,章惇是宰相,乃百官之首,而且,这个人心狠手辣,犯着他了,他把你往死里整。再之,他也不知道向太后想立何人为君……

他这一犹豫,章惇抢了先:"启奏太后,依制,既然应从大行皇帝的弟弟中择一人立之,大行皇帝兄弟十四个,但健在的只有五个,在这五个弟弟中,与大行皇帝一母同胞的唯简王赵似,要立就立简王。"

章惇为什么要立赵似?

他有私心,自王安石变法开始,朝臣中分为两大阵营——旧党和新党,两党水火不容,斗了三十多年。哲宗呢,坚定不移地支持新党,而章惇又是新党党魁,要保住自己的地位和既得利益,必须立一个和哲宗近的人,而这个人,非赵似莫属!

章惇会拨自己的小算盘,向太后岂能不会?

在两党的斗争中,向太后虽然没有亲自上阵,但她有自己的观点立场。

她支持旧党,在她眼中,新党多是奸邪之徒,而旧党则是老成持重的正人君子、名流大儒!

她既然支持旧党,岂会想立一个与新党亲近的人当皇帝?况且,要是立赵似,朱太妃两个儿子都当了皇帝,岂不要把尾巴翘到天上去了!坚决不能立赵似。故而,章惇话未落音,她便断然拒绝:"不行!"

章惇问:"为什么?"

向太后道:"哀家无子,神宗皇帝的所有儿子都是庶子,不应再将他们分个你彼我此。再之,简王赵似,乃神宗皇帝第十三子,断无僭越诸兄之理。汝言不当,可再议。"

章惇见向太后言之有理,不便反驳,又出一议:"既然做弟的不能僭越兄长,那么,就依长幼顺序,立神宗皇帝的第九个儿子申王赵似为君吧。"

向太后道:"也不行。"

"为什么?"

"在众兄弟中,申王虽然为长,但患有目疾,世上岂有为天子者眇目之理!"

这一番话,堂堂正正,把章惇气得像癞蛤蟆一般,肚子一鼓一鼓的,但又无懈可击。

在四位宰臣中,最大的头就是章惇,连章惇都给镇住了,其他人谁敢再言!

向太后心中暗喜,目扫诸臣,缓缓说道:"既然申王目疾,不可继位,那么,按长幼之序,只有立端王了,汝等以为如何?"

曾布、蔡卞、许将异口同声回道:"太后英明,端王当立。"

向太后正想说一声"好",章惇突然发难:"启奏太后,孰都可立,唯端王不可立!"

"为什么?"

"大行皇帝说,端王轻佻,既然轻佻,岂可君临天下?"

向太后道:"大行皇帝将崩时,亲口对哀家说道:'端王有福寿之相,且又仁孝,应当位继大统!'立端王为帝之事就这么定了,无须再议!"

章惇不想就此败下阵来,欲要再争,曾布大声斥道:"章惇,大行皇帝既有遗旨立端王为君,你还争的什么?"

章惇自为相以来,朝中百官对他毕恭毕敬,而今,曾布居然敢这样对他,越想越气,眼珠子越瞪越大,吼道:"曾布,你心中还有没有上下尊卑,你竟敢如此对我说话?你……"

蔡卞慌忙劝道:"章相,今日之事,乃议立新君之大事!您二人为文武二相,二相若是斗了起来,岂不误了立君之大事?"

许将亦劝道:"悠悠万事,立君为大!章相,咱们还是先说立君的事吧。"

这话章惇不敢说不对。

既然不敢说不对,那只有把要说的话吞回肚子里。

向太后目扫诸臣道:"各位大人,哀家再说一遍,立端王为帝之事就这么定了,还望各位大人竭力同心,共辅新帝。"

帘外众臣高声回道:"谨遵懿旨。"

向太后道:"国不可一日无君,新君既定,那就叫他今天上午,在大行皇帝枢前即位,各位大人以为如何?"

"甚好。"

向太后又道:"各位大人还有什么要说吗?"

众人俱摇头,唯曾布说道:"臣有话要说。"

向太后对曾布并不感冒,见他今天表现甚佳,笑微微地说道:"请讲。"

"立端王为君,乃是最好的选择,但是,端王毕竟年轻,既没有主政过一个地方,也没有掌过一个部门,骤然让他主政一个国家,这个担子太重。以臣之意,可由太后垂帘听政,送他一程,待新君日圣一日,再撤帘归政,万望太后不要拒绝。"

这话向太后愿听,但是,她还是笑着拒绝了:"曾枢密的这一番好意,哀家领了。但哀家年事已高,又无意政事,万不可行!"

曾布欲待再劝,向太后摆手说道:"哀家决不垂帘,请曾枢密不要再说了。"

她移目童贯:"童公公,宣端王速来崇政殿。"

不一刻儿,端王来到。立他为帝,本是他梦寐以求之事。而且,这事童贯已经告诉了他,喜得他眉笑眼飞,但进得殿来,却装作茫然不知,朝着垂帘深深一拜说道:"母后召孩儿进宫,有何赐教?"

向太后沉声说道:"大行皇帝驾崩,两府拥你为新君。"

赵佶号的一声哭了起来。

向太后道:"请端王节哀,待会还要到大行皇帝枢前行即位之礼。"

赵佶婉拒道:"天子乃有德有能之人方可居之,孩儿何德何能,不敢僭居大位,请母后与两府另选他人!"

向太后道:"经哀家和两府大臣反复计议,决计立你为君,不得推辞。况且,立你为帝,还是大行皇帝的遗愿,你就让他安心地走吧!"

赵佶装作思考良久方道:"禀母后,孩儿年轻,一向不问政事,您让孩儿骤然来担治理国家这么一副重担,非把孩儿压趴不可。"

向太后道:"这个你不必担心,两府大臣和文武百官会竭诚辅佐你的。"

赵佶道:"孩儿知道两府大臣和文武百官会竭诚辅佐孩儿,但孩儿还是有些胆怯。"

向太后道:"怎样做才能使你不胆怯?"

"请母后垂帘。"

向太后道:"不行,这事万万不行。"

赵佶断然说道:"您若不答应垂帘,孩儿坚决不当皇帝!"

曾布、蔡卞、许将纷纷劝道:"太后,悠悠万事,立君为大,社稷为大。为了社稷,您就勉为其难吧。"

向太后长叹一声,勉强答应垂帘。

四宰臣并赵佶拜而呼道:"太后圣明,此乃社稷之福!"

向太后苦笑一声说道:"汝等对哀家的期望有点高了,哀家虽然同意垂帘,但顶多一年。童公公!"

童贯高声应道:"奴才在。"

向太后道："宣诸位亲王、三师三公①、六部尚书、三司使②、太史令，午时一刻，到福宁殿朝贺新天子并瞻仰大行皇帝遗容。"

待童贯出了崇政殿，向太后又颁懿旨一道，命翰林承旨蔡京、安惇，分拟新天子的即位诏书和大行皇帝的讣告，巳时三刻之前送到福宁殿。

说毕，命启驾福宁殿。

崇政殿到福宁殿，喝一盏茶的时间便可到达。郑小蓓见慈驾到了，忙趋前迎拜。

"小殓怎么样啦？"向太后问。

郑小蓓回道："小殓已毕。"

向太后一脸悲痛地来到哲宗榻旁，颤抖着双手将盖在哲宗脸上的白帛轻轻揭开，但见他面如敷粉，平静如常，不由得悲泣起来。

曾布小声劝道："请太后节哀。"

向太后轻轻点了点头，移目赵佶道："请去小殿换上龙袍，等候宣召。"

赵佶道了一声"好"，由王迎霞导之小殿。

向太后正想坐下休息一会儿，突然想起了什么，对童贯说道："你去催一催蔡京和安惇。"

童贯还没有走出殿门，蔡京、安惇一前一后趋了过来，喜道："你俩来得正好，赶快去参见太后。"

蔡京、安惇点了点头，趋到向太后跟前，正要行礼，向太后将手一摆："不必了。"

二人忙道："谢太后。"

"交给你二位的事办好了没有？"向太后问。

二人答道："办好了。"

向太后道："呈来我看。"

二人各自捧着各自所拟的草诏，呈给向太后。向太后看了二人的草诏，对四位宰执说道："你们也传着看一看吧。"

四位宰执将草诏传看了一遍，都说写得很好。向太后道："既然好，那就定下来吧。"

就在四位宰执传看草诏的时候，诸位亲王、三师三公、六部尚书、三司使、太史令，鱼

---

① 三师三公：三师，即太师、太傅、太保。三公：即太尉、司徒、司空。
② 三司使：三司，五代后唐合并户部、度支、盐铁三司为一个独立机构，称三司，其长官为三司使，亦称计相。

贯而入。他们在童贯的引导下，默默地瞻仰哲宗遗容，一个个涕泗横流，有的还哭出声来，向太后眉头微微一皱。曾布见了，对发声者加以制止。

向太后移目那个矮瘦矮瘦的老头："礼部尚书大人，现在距午时一刻还有几刻？"

礼部尚书忙趋前几步回道："启奏太后，还有一刻。"

向太后移目童贯道："可请新天子来到柩前。"

不一会儿，赵佶在童贯的引导下，缓步而来。向太后举目一瞧，见他戴了皇冠，穿了黄袍之后，愈发显得气宇轩昂，脱口赞道："好一个神武英俊的新天子！"

她话音一落，礼部尚书便小声奏道："太后，吉时已到。"

向太后道："一切依礼而行。"

礼部尚书点了点头，高声说道："恭请新天子于大行皇帝柩前即位。"

赵佶即位的第二天上午，百官朝贺已毕，连颁五诏：一、追尊生母陈美人为皇太妃。二、复已废哲宗孟皇后的皇后之位。为了和哲宗刘皇后以示区别，尊孟皇后为元祐①皇后，尊刘皇后为元符②皇后。三、授皇兄申王佖为陈王、皇弟莘王俁为卫王、皇弟简王似为蔡王、皇弟睦王偲为越王。四、特晋章惇为申国公。五、立端王妃王惠为皇后。

下午，召集三师三公、礼部尚书、翰林学士、殿阁③学士、三馆秘阁④学士等，商议大行皇帝后事，从日昳（又名日跌、日央等，即十三时至十五时）商议到戌时（十七时至十九时）八刻，方才达成共识，决议如下：一、建陵于巩县，曰永泰；二、由宰相章惇担任山陵使，负责建陵之事；三、定谥号为钦文睿武昭孝皇帝，庙号哲宗；四、天子以臣之礼待哲宗，本应服丧三年，缩为三十天。

说到庙号，三十五年后，赵佶崩于五国城。两年后，消息传到杭州，宋高宗遥献谥号为圣文仁德显孝皇帝，庙号徽宗。为了记叙方便，自此之后，每说到赵佶，便以徽宗代之。

---

① 元祐：哲宗第一个年号（1086—1094年）
② 元符：哲宗死前的年号（1098—1100年）。
③ 殿阁学士：即殿学士和阁学士。殿学士，即诸殿大学士、学士。诸殿，即观文殿、资政殿、端明殿、保和殿、文明殿、紫宸殿、延康殿、宣和殿等。阁学士，即诸阁学士，诸如龙图阁、天章阁、宝文阁、显谟阁、微猷阁等。
④ 三馆秘阁：三馆，即昭文馆、史馆、集贤院。宋太平兴国三年（978年），赵光义新建三馆，统称崇文院。端拱元年（988年），赵光义又建秘阁于崇文院内。于是，三馆、秘阁并列，称之为三馆秘阁。

六 向章惇开战

徽宗对章惇说道:"《战国策》中那个国王,掏了五百金买了一匹千里马的骨头,却引来了三匹活千里马,范纯仁只是瞎了两眼……"

向太后笑靥如花地说道:"好,很好,可以向章惇他们开战了!"

谣曰:"一蔡二惇,必定灭门,籍没家财,禁锢子孙;大惇小惇,入地无门;大蔡小蔡,还他命债。"

韩忠彦既是哲宗老师,又是旧党党魁韩琦的儿子,他自永州归来后,很少出门。

哲宗既重用新党,又刚愎自用,把内事外事搞得一团糟,但自私访相国寺和伯雨茶坊后,幡然醒悟。

人呀,不怕他不正干,就怕他执迷不悟。不正干的人,一旦认识了自己的错误,干起事来,会迸发出比常人还要大的能量。故而,俗语说,"浪子回头金不换。"

也不知道是国人无福,抑或是大宋不该振兴,不到二十四岁的宋哲宗,英年早逝。

悲乎!

不只是悲,更多的是惋惜。

徽宗,这个比哲宗小了五岁的新天子,虽然才华横溢,但有些轻浮,也有些风流。说到风流,韩忠彦的脑瓜里立马蹦出来个杨广。大宋难道要步大隋的后尘吗?

他不寒而栗。

"唉!"他长叹一声,头歪靠在椅背上,两行热泪夺眶而出。

书童趋入报曰:"禀老爷,任伯雨大人来访。"

韩忠彦忙将双目睁开,道了一声:"请!"且迎之堂口,二人分宾主坐下后,任伯雨端着茶杯,却没有饮,盯着韩忠彦许久,方才问道:"您刚才哭了?"

韩忠彦轻轻点了点头。

"所为何事？"

韩忠彦回道："国事。"

"是不是因为哲宗皇帝驾崩而难受？"

韩忠彦回道："是，但不全是。"

"那还为了什么？"

韩忠彦回道："忧之社稷。"

任伯雨笑劝道："大宋的社稷不是挺好的嘛，您这是杞人忧天！"

韩忠彦长叹一声道："这会儿是挺好，以后呢？三五年以后呢？"

任伯雨回道："只会越来越好。"

韩忠彦问："何以见得？"

"有向太后垂帘。向太后这人呀……"

任伯雨把徽宗得立的经过，绘声绘色讲了一遍。

韩忠彦赞道："诚如贤兄所言，向太后之智不在宣仁太后（高滔滔）之下。但是，我听说，她无意政事，经新天子恳求，才答应垂帘听政。而且，她还说，这个帘顶多垂一年。我担心的是她撤帘之后……"

伯雨道："向太后即使撤帘，也不用担心。"

"为什么？"

"新天子年轻有为！"

韩忠彦将头摇了一摇说道："您认为新天子年轻有为，但我的看法和您不一样。"

"您对他怎么看？"

韩忠彦反问道："在议立天子的时候，章惇怎么说？"

"他说新天子轻佻，不可君临天下。"

韩忠彦又是一声轻叹："立一轻佻之人做天子，岂能是社稷之福！"

"章惇的话你也信？"

"章惇虽然是一个大奸大恶之人，但他有才，识人自与常人不同。"

任伯雨笑道："您这话我不敢苟同，他真的识人，您看他为相以来，举荐的那些人，还有他的那些朋友，有几个好家伙？"

韩忠彦道："那不是他不识人，那叫物以类聚，人以群分；又叫鲶鱼鲶鱼一起，黄芽（俗名牛尾巴鱼）黄芽一起。"

任伯雨呵呵一笑道："不管您怎么说，关于新天子的评价，我听到的和您说的截然相反。"

"您听到的怎么说?"

任伯雨回道:"才华横溢,温文尔雅,他之为帝,乃社稷之幸,国人之福!"

"这是谁对他的评价?"

任伯雨回道:"我的一个叫韦芳的远亲。"

"她的话可信吗?"

"可信。"

韩忠彦复问道:"她是一个干什么的?"

"向太后的心腹侍女。"

韩忠彦沉吟片刻道:"她说新天子才华横溢,倒也属实。说他温文尔雅,也不为过。何也,她是向太后心腹,她看到的只是新天子去拜见向太后的表现。新天子去见向太后,他敢不温文尔雅吗?但是,她说新天子之为帝,乃社稷之幸,国人之福,就有些荒谬了!"

任伯雨摇首说道:"您这话有些武断,韦芳这么评价新天子,自有她的道理。"

"什么道理?"韩忠彦问。

"从新天子即位的表现来看,他确实是一位明主。"

"他都有些什么表现?"韩忠彦又问。

"先帝还是一个十一二岁孩子的时候,就想把高太后一脚踢开,由自己亲政。新天子已经加冠,以威胁的手段,逼向太后垂帘听政。就这一点来说,他比先皇高明。第二点,他经常向向太后请教,就这三两天,恐怕就会启用一批贤者到朝廷任要职。而且,他已答应向太后,尽早召回那些遭贬的元祐党人①。"

韩忠彦脱口赞道:"太好了!"

复又长叹一声,自责道:"唉,看来,我是冤枉了新天子。"

果如韦芳所言,三天后徽宗颁旨两道:一、授范纯仁为尚书右丞②。二、授韩忠彦为吏部尚书、李清臣为礼部尚书。这三人为人正直,素有贤名,超迁他们的消息传出后,京

---

① 元祐党人:元祐,宋哲宗年号。北宋元丰八年,宋神宗去世,年仅九岁的宋哲宗即位,第二年改年号为元祐,由宣仁太后同处国事,拜司马光为相,全力废除王安石新法,恢复旧制,前后历时九年。凡支持变法的人,被称之为元祐党人;反对变法的人,被称之为元丰党人。元丰党人全是新党成员,元祐党人多为旧党成员。

② 尚书右丞:职事官名,元丰改制,罢参知政事,而易以两省侍郎、尚书左丞、尚书右丞,皆为副相之职。

城人奔走相告,曾布上书徽宗,赞之曰:"范纯仁等除命①一出,中外翕然称颂圣德。"

这一"称颂",向太后慈颜大喜,对徽宗说道:"官家初即大位,便受国人如此之拥戴,可喜可贺!"

徽宗谦谦一笑道:"这还不是母后的教导!"

向太后微微一笑道:"您这是高抬母后了。"

她朝徽宗摆了摆手,话锋一转说道:"咱大宋不比其他朝代,在用人上,并不是皇帝说了算,得和宰相商议,任免名单,拿出来后,先交政事堂②堂议,堂议通过后,再上奏皇帝,而后才由大学士拟诏。拟诏人如果认为某些人不该任,抑或不该免,可以拒绝拟诏。唉,范纯仁他们的任用,虽然是老身的意思,但要把老身的意思变成现实,难度非常大,特别是那个刺头章惇,他这一关就很难过。"

徽宗轻叹一声道:"母后说得对,为范纯仁等三人的任用,孩儿召见章惇三次,蔡卞、安惇各两次。"

"章惇反对的理由是什么?"

徽宗回道:"他说范纯仁、韩忠彦和元祐党人一个鼻孔出气。"

"您怎么驳他?"

"孩儿说,选拔官员的标准,应该看德看才,不能看他是什么党,什么派。"

向太后脱口赞道:"说得好,哎,章惇还说了些什么?"

"不同的人,他提出了不同的理由反对。比如范纯仁,除了说他与元祐党人一个鼻孔出气外,又说他已经离开朝堂多年,而且,双目失明,就是把他放到尚书右丞的位上,也干不了什么事。"

向太后问:"您怎么回答?"

"孩儿反问章惇,你看过《战国策吗》?章惇回道:'看过。'孩儿又问,你既然看过《战国策》,书中那个千金市骨的故事你肯定知道?章惇回道:'知道。'孩儿说,那国王掏了五百金买了一具千里马的骨头,却引来了三匹活千里马,范纯仁只是瞎了两眼,他的价值要比那匹死千里马大得多吧?"

向太后赞道:"说得好!哎,对韩忠彦,章惇怎么说?"

"他说,先帝健在的时候,曾亲口给他说过:'韩忠彦是旧党党魁韩琦的儿子,对朕

---

① 除命:授官的诏令。
② 政事堂:宰相办公的地方。

之绍圣①抵触情绪非常大,朕想把他贬到岭南。'但还没来得及贬,先帝驾崩了。先帝尸骨未寒,咱就把他要贬的人拔擢重用,先帝在九泉之下作何感想?孩儿笑驳道:'你只知其一,不知其二。先帝健在的时候,确实有过贬韩忠彦的念头,但自相国寺私访之后,他变了,私访归来,他还让内侍把韩忠彦恭送回家。'"

向太后笑微微地说道:"您这么一说,他不敢再反对了,是吧?"

"母后圣明。"

向太后又道:"李清臣呢,章惇又怎么说?"

"他说,此人虽然有才,有大才,七岁知书,日数千言,但刚愎自用,名利心也有些太重!"

向太后道:"您怎么说?"

"孩儿说,你不会没读过先帝真宗写给范仲淹的《励学篇》吧?他回曰:'读过。'孩儿说,先帝真宗写《励学篇》的目的,就是要人读书做官。只有做了官,才能有名有利。故而,人呀,要没有点名利心,还是不对的。孩儿这一说,他无语了。"

向太后道:"像章惇这样的刺头,您居然把他镇住,这足以表明,您是一个称职的天子。您既然是一个称职的天子,母后就不用再垂帘了。"

徽宗道:"不,孩儿初出茅庐,这么大一个国家,您让孩儿一人来打理,孩儿难胜其任。况且,您已经亲口答应孩儿,您可以垂帘一年,您不能说话不算数!"

向太后笑眯眯地说道:"母后是答应过您垂帘,但是,那是为您所逼。您先别解释,您听母后把话说完。母后答应垂帘,一是为您所逼;二是母后不知道您如此英明,只想着把您扶上马,再送一程。而您位继大统以来的所作所为表明,您比母后强多了,母后若是还要送,那会误事的!"

徽宗笑驳道:"您这话孩儿不敢苟同。孩儿远没有您说的那么英明,所以,您还得送。您若是不答应孩儿,还是那句老话,这皇帝,孩儿就不做了!"

向太后苦笑道:"您呀您……算您厉害。但是,母后只能再垂三个月,只三个月!"

徽宗把头摇得像拨浪鼓:"三个月不行,坚决不行!"

向太后摇手说道:"好了,好了,这个事咱以后再说。母后还有话问您。"

徽宗道:"孩儿洗耳恭听,您问吧。"

"朝廷的大政,您有什么考虑?"

---

① 绍圣:宋哲宗的第二个年号(1094—1098年),意思是继承乃父神宗的遗愿,继续推行变法。

徽宗回道："除旧布新,振兴大宋。"

向太后道了一声："好!"又问："陛下打算怎样除旧布新?"

"从用人着手,孩儿想再启用一批正直之士,譬如龚夬、任伯雨、江公望、崔鶠、陈次升、张舜民,等等。"

向太后点了点头说道："您说的这几个人,俱是贤者,母后拍双手赞成。母后再给您说几个人选,您斟酌一下,可不可以用?"

徽宗笑回道："母后之智之识,比当年的宣仁太后还胜一筹,您认为可用的人,孩儿一定用,用不着斟酌!"

向太后道："话不能这么说,您是皇帝,什么人可用,什么人不可用,您心中自会有一杆秤,不能因为是母后我推荐的人选,您就把您心中那杆秤抛弃了。"

徽宗频频颔首道："母后教训的是!"

向太后把脸一沉,很严肃地说道："陛下,母后教训之类的话,请您以后不要再说了。您若是不听,母后自此缄口!"

徽宗忙赔着笑脸说道："母后不要生气,孩儿永不再说母后教训之类的话。"

向太后变怒为喜道："这才像娘的乖儿子!"

徽宗道："我永远是您的乖儿子。"

"好,很好。娘想问您个事,皇后还有多少天临盆(生孩子)?"

"还有两个月。"

向太后道："这几个月苦了您了。"

徽宗不解向太后之意,笑回道："不苦,有那么多人服侍皇后,孩儿也插不上手,不苦,一点儿也不苦!"

向太后微微一笑又道："您对母后身边的小蓓、迎霞印象怎么样?"

"好啊,很好啊!"

"母后想把她俩赏给您,做您的嫔妃,您意下如何?"

徽宗尽管心中早就暗恋这两位美女,却假意拒绝道："不行。"

向太后问："为什么不行?"

徽宗道："她俩是母后的心腹,孩儿不敢夺母后之爱。"

向太后微微一笑道："她俩确实是母后的心腹。母后把她俩看得如同亲生女儿一般。但是,女儿再亲,也不能不让她嫁人。所以呀,不是您夺母后之爱,是母后高攀您。"

徽宗嘿嘿一笑道："您把话说到这个份上,孩儿只能从命了,过两天,孩儿通过选秀,挑几个好女子服侍您。"

向太后道："不必了,母后通过一年多的观察,有一个叫韦芳的宫女,很不错,可以让她顶替小蓓和迎霞的位子。"

徽宗道："母后认为韦芳行,那就一定行。"

"好,有您这句话,母后就放心了。母后今晚就把小蓓和迎霞给您送去。"

徽宗避席拜曰："谢谢母后。"

向太后笑眯眯地说道："你我母子,不必如此客气。您来宝慈宫已经一个多时辰了,您该忙什么就忙什么去吧。"

徽宗正要起身告辞,突然想起了什么："母后,您不是想给孩儿荐几个良臣吗?您还没荐呢。"

向太后拍了拍额头说道："您看我这脑瓜子,您不说我差点忘了。娘问您,您觉得邹浩怎么样?"

徽宗老老实实地回道："这个人,孩儿没有听说。"

向太后道："他可是一个诤臣呀,去岁,元符皇后刘清菁外勾章惇,内勾郝随,向先帝哲宗屡进元祐孟皇后谗言,说她'旁惑邪言,行巫蛊之事'。导致孟皇后被废,刘清菁上位。朝野皆知孟皇后冤枉,但慑于奸人的淫威,一个个噤若寒蝉,唯有右正言①邹浩屡屡上书,为孟皇后鸣冤叫屈,被削官,编管②新州(今广东省新兴县)。"

徽宗道："母后放心,如此忠正之人,孩儿一定要用!"

"陈瓘也是一个贤者,陛下知否?"

徽宗将头摇了一摇。

向太后道："陈瓘之贤名虽不及范纯仁,但也享誉中外。"

徽宗道："请母后详示。"

"陈瓘,字莹中,南剑州沙县(今属福建省)人,神宗元丰二年(1097年)的探花。他秉性淡定,从不与人争名争利,见人之短,未尝面评(当面指责),但微示意,徽之而已。元祐年间,章惇闻其贤,邀之询之以政:'朝廷绍圣,欲尽除司马光党羽,公以为若何?'陈瓘正色回道:'公误矣。若行,将失天下望。'章惇不听,将司马光等人列为奸党,还要

---

① 右正言:中书省属官,掌谏议。正言者,有左右之分,左为上。

② 编管:宋朝官吏"犯罪",谪放远方州郡,编入该地户籍,并由地方官吏加以管束,谓之"编管"。此等刑罚亦有用于一般犯罪者。

将司马光的《资治通鉴》销毁,抹去他的一切痕迹。陈瓘质问章惇,《资治通鉴》的序文是神宗皇帝所撰,神宗皇帝褒奖的书,您却要销毁。'绍圣、绍圣','圣'就是这么'绍'的吗?问得章惇哑口无言,《资治通鉴》得以保存下来。"

徽宗叹道:"听母后这么一讲,陈瓘不只是一个贤者,还是一个智者,一个刚正不阿的正臣!如此一个人,竟被逐出朝堂,先帝之失也!唉!"叹毕,又问:"母后还有什么要交代的吗?"

向太后道:"宰执中的几个人,除了许将之外,都称不上正人君子,让这些人来掌两府,大宋很难振兴。但是,骤然把这些人拿掉,又怕引起朝堂动荡。您看,这样好不好?再迁几个贤者、能臣,补充到两府中。譬如韩忠彦。"

徽宗道:"甚好,孩儿当照行。"

第二天,朝会后,徽宗将章惇、曾布留下,把拟好的晋升官员的名单拿了出来,经过反复商议,划掉了江公望。余之十位授职如下:一、拜韩忠彦为尚书右仆射①兼中书侍郎;迁李清臣为门下侍郎;迁龚夬为殿中侍御史②;迁陈瓘、雏浩为左右正言;迁陈师锡、任伯雨、崔鶠、陈次升、张舜民为知谏院③。

中外又来一个"翕然称颂圣德"。向太后笑靥如春地对徽宗说道:"好,很好。可以向章惇他们开战了。"

徽宗笑问道:"怎么开?"

向太后笑微微地反问道:"您擢了那么多谏官为的什么?"

徽宗嘿嘿一笑道:"孩儿知道该怎么做了。"

他正想着如何暗示谏官,老天爷跑出来帮忙。太史令上奏说:"步算天文,四月当日食。"

日食的出现,在今天不算一个事,可在古代看得很重。古代的天文学不够发达,对于许多天文现象无法理解,所以,一些奇怪的天文现象就会让人跟什么吉兆、凶兆联系在一起。古代许多史书都记载过日食的发生,而日食则往往被认为是凶兆,作为一国之

---

① 尚书右仆射:尚书仆射,初置于汉,为尚书令之副,初置一人。东汉末,置左右二人。至唐,尚书省置左右仆射各一人,从二品。唐玄宗时,改名为左右相。宋承唐制,亦置尚书左右仆射,二仆射即为左右相。元丰改制后,以尚书左仆射兼门下侍郎(门下省副长官),行侍中之职;尚书右仆射兼中书侍郎(中书省副长官),行中书令之职。

② 殿中侍御史:唐宋御史台属官,宋初为从七品下,元丰改制后为正七品。掌纠弹百官朝会失仪之事。

③ 知谏院:谏官。职在谏诤朝政阙失,大则廷议,小则上封(古代臣下上封言事时,将奏章用皂囊缄封呈进,以防泄漏,谓之上封事)。

君的皇帝很害怕日食的出现。

汉文帝在位,出现过一次日食,汉文帝认为这是不祥之兆,赶紧下《罪己诏》,然后,继续实行轻徭薄赋的政策,与民休息,这才有了后来的"文景之治"。汉文帝这一招,很多帝王都使用过,在出现日食的时候,皇帝们都会给自己下一个《罪己诏》,好好反省最近发生过的错误,他们认为日食是上天对自己的一种警示。

徽宗当政才两个月,没有"罪"可诏,便利用"日食",诏求直言,崔鶠率先响应,上书曰:

> 臣闻国家以日食之异,询求直言,伏读诏书,至所谓"言之失中,朕不加罪"。盖陛下披至情,廓圣度,以求天下之言如此,而私密所闻,不敢一吐,是臣子负陛下也。方今政令烦苟,民不堪扰,风俗险薄,法不能胜,未遑一一陈之,而特以判左右之忠邪为本。臣久在地方,不识朝廷之士,但闻左右有指元祐诸臣为奸党者,必邪人也,使汉之党锢①,唐之牛李之祸②,将复见于今日,可骇也。夫毁誉者朝廷之公议,然,贤如司马光者,左右以为奸,而天下皆曰忠;今宰相章惇,左右以为忠,而天下皆曰奸……比年以来,谏官不论得失,御史不劾奸邪,门下(省)不驳诏令,共持暗默以为得计,昔李林甫窃相位十有九年,海内怨痛,而人主不知,顷邹浩以言事得罪,大臣拱手观之,同列无一语者,又从而挤之。夫以股肱耳目,治乱安危所系,而一切若此,陛下虽有尧舜之聪明,将谁使言之?谁使行之?夫日阳也,食之者阴也,四月正阳之月,阳极盛,阴极衰之时,而阴干阳。故其变为大。惟陛下畏天威,听民命,大运乾纲,大明邪正,毋违经义,毋郁民心,则天意解矣。若夫伐鼓用币,素服彻乐,而无修德善政之实,非所以应天也。臣越俎进言,固知忌讳,陛下怜其愚诚而俯采之,则幸甚!

徽宗览书大喜,本想将章惇贬出京城,蔡卞、许将入谏,曰:"仅凭一张奏书,便惩办首相,恐惹人物议,说您挟嫌报复。再之,章惇正在巩义督建先帝之陵,不可临时移帅。"

---

① 党锢:东汉桓、灵二帝统治时期,官僚士大夫因反对宦官专政而遭禁锢。锢,就是终身不得做官。后泛指禁止某些政治上的朋党参政的现象。

② 牛李之祸:牛,即牛僧儒,李,即李德裕。牛、李二人是晚唐两个党派的头,分别称为牛党和李党。两派斗了近半个世纪,唐朝的灭亡,就是亡于牛李之祸。

徽宗沉吟良久道:"朕诏求直言,唯崔鷗言之。且又言之凿凿,若不依言惩办几人,何以对崔鷗和天下?"

蔡卞道:"陛下所虑甚是。您看这样行不行?安惇做过御史中丞,得罪了不少人,咱拿安惇开刀如何?"

徽宗沉吟有顷,道:"也可。"

这一道,安惇被贬出朝堂,知潭州(治所在今湖南省长沙市)去了。

崔鷗的上书,虽然没有扳倒章惇,但把安惇扳倒了,也是可喜可贺。

何也?

安惇是章惇的爪牙,二人狼狈为奸,干尽了坏事,民谣曰:"大惇(章惇)小惇(安惇),殃及子孙。"

谏官们本就对蔡卞不满,又见他出面为章惇说话,便把章惇暂且放下,集中火力攻击蔡卞。

蔡卞何许人也?

蔡卞是蔡京之弟,前相王安石之婿也,官至尚书右丞。

他非常地惧内,每有国事,先向夫人咨询,然后再按照夫人的指导发表意见、宣布政令。知道内情的人说:"吾辈今日奉行各事,皆其床笫余谈呢。"蔡卞晋升尚书右丞,大摆宴席,宴会上,伶人当场耍他,戏谑:"右丞今日大拜,都是夫人裙带。"中外传为笑谈。

如果单单惧内,倒也不算多大事,关键是他还奸邪,做了尚书右丞后,"专托绍圣之说,上欺天子,下挟同列。"

他想办的事,包括陷害人,便以密疏的形式,呈达哲宗,一旦得到哲宗首肯,便以圣旨名义颁诏天下执行。他咬了人,还不留齿痕。

他和章惇面和心不和,有斗争也有联合,更多的则是联合,狼狈为奸,同恶相济。章惇轻佻,好发议论,每逢在朝堂上议论朝政,章惇往往摇唇鼓舌,一泄无余,而蔡卞则缄默终日,高深莫测。再之,蔡卞不比章惇,并没有反对拥立徽宗为帝,若是弹劾蔡卞,徽宗怎么想?故而,在未曾弹劾蔡卞之前,陈瓘求见徽宗,经过一番长谈,这才带头上疏弹劾蔡卞。列举了蔡卞六大罪状:一、鼓动哲宗追废宣仁皇后,因朱太妃的强烈反对,才未得逞。二、窜逐贤大臣。三、积极参与废后(元祐皇后)之谋。四、编排元祐章牍,致使蒙冤获罪者多达千人。五、邹浩因进谏忤旨,蔡卞落井下石,致使邹浩被贬于远恶州郡。六、置局编录臣僚奏章,摘其奏章中的只言片语,加以诬陷,受害者八百三十余家,罪大恶极。愿陛下"亟正典型,以谢天下"。

继陈瓘之后,龚夬也上一疏,在弹劾蔡卞的同时,骑马捎带凤凰城,把章惇、安惇、蔡京也给劾了。疏曰:"蔡卞与章惇表里相济,天下共知其恶,民间有歌谣说:'一蔡(蔡卞)二惇(章惇、安惇),必定灭门,籍没家财,禁锢子孙。'这是说人们倘若得罪了蔡卞、章惇等人,必有灭门之灾,家产被抄没,子孙遭禁锢。民谣所指,并非虚妄,如果不是他们作恶多端,民间怎能有此等议论,伏望陛下明察!"

陈师锡、陈次生、任伯雨等五谏官,不甘落后,连章弹劾蔡卞、章惇。蔡卞自知官位难保,上表求辞,徽宗照例①下诏挽留,直到蔡卞三次上表求辞,这才同意,贬他为江宁(今江苏省南京市)知府。台谏官②认为处罚太轻,不足以平民愤,徽宗罢蔡卞知府之职,提举杭州洞霄宫③,编管太平州(今安徽省当涂县),并在诏书中历数其罪:

  知江宁府蔡卞,早被识擢,荐历要途,爰逮先朝,遂与几政。莫效匪躬之节,惟存罔上之心,援引奸回,窃据要近,己所不喜,指为奸朋,构造语言,陷害忠良,摈斥流放,祸及子孙。惨劾之风,寖以成俗,忠厚之政,有愧于时……

蔡卞遭贬后,台谏官又把枪口对准他的哥哥蔡京。陈师锡率先上疏,疏曰:

  京、卞同恶,迷国误朝,而京尤甚。京因走卞的裙带关系而步入朝堂,对王安石敬若神明,执行王安石之法不遗余力。俟司马光当政,蔡京立马投靠司马光,为废除王安石之法鸣锣开道,这样一个变色龙,不宜居翰林承旨之高位。

龚夬、陈瓘、任伯雨、崔鷃等谏官,紧步陈师锡后尘,亦上书弹劾蔡京,说他治文及甫④狱时,致使元祐老臣梁焘、刘挚、陈衍等皆含冤而死,子孙遭到禁锢;王岩叟、范祖

---

① 照例:宋朝对官员的贬黜很人性,官员有罪或过被褫职,朝廷不直接罢他的官,而是让他自己上书辞官,第一次上书还不能批准,待他二上、三上,或四上、五上,甚而更多,才批准。

② 台谏官:"台"是御史台,在御史台任职的官员,比如侍御史、殿中侍御史、监察御史等,统称御史;"谏"是谏官,谏官有左右司谏、左右正言等。"台谏官"简称"台谏"。

③ 提举洞霄宫:提举,管理的意思,多为主管某项专门事务的职官;洞霄宫:著名的道教宫观,又称大涤洞天、天柱观,与北京的白云观、山西的永乐宫、成都的青羊宫齐名。该宫位于杭州市临安区青山湖街道洞霄宫村。

④ 文及甫:北宋名相文彦博第六子,官至太仆卿,权工部侍郎。

禹、刘安世等贬窜远方,心肠之狠,无异蛇蝎,灭九族也不为过。

这么多人弹劾蔡京,徽宗竟搁之不问,龚夬率陈瓘、邹浩等八名台谏官,闯宫面圣,讨要说法。

七 茅山道士

毛毛,可爱的毛毛,自朕位继大统以来,八个月没有见面了,朕得见她一见。

皇帝召一个道长进京,这是天大的荣幸,刘混康居然不应诏。

苏东坡道:"令尊虽然迫害过我,但是,人到了我这把年纪,啥事都想开了……"

龚夬质问徽宗:"陛下,蔡京兄弟及大惇小惇,同为大宋巨奸,大惇小惇及蔡卞,一经'台谏'弹劾,陛下便将他们逐出朝堂,唯有蔡京依然高居翰林承旨之位,这是为甚?"

徽宗微微一笑道:"蔡京真像尔等说的那么坏吗?"

龚夬道:"蔡京比臣等说的还要坏!"

徽宗道:"即使蔡京真像尔等说的那么坏,京有功于社稷,朕不忍逐也。"

龚夬直言相询道:"陛下说蔡京有功于社稷,是不是指他曾奉太后懿旨,拟了陛下即位诏书?"

徽宗将头轻轻点了一点。

龚夬道:"蔡京虽然拟过陛下即位诏书,一是他的职责,二是奉太后懿旨而拟,算不得功。即使算功,蔡卞参与议立陛下为君之议,其功当在蔡京之上,不是照样地被逐出朝堂了吗?"

徽宗依然笑道:"蔡京有才,善书。"

龚夬道:"善书的人何止蔡京一人,据臣所知,苏东坡、黄庭坚、米沛的书法,皆在蔡京之上。苏东坡、黄庭坚,因受四奸(章惇、安惇、蔡京、蔡卞)迫害,一个远谪儋州(今海南省儋县),一个远谪戎州(治所在今四川省宜宾市)安置①,陛下真的爱才,就应该把

---

① 安置:宋代"谪官"类型之一,它和居住、编管都是针对获罪命官而设置的处罚,有其特定对象。受安置处罚的官员,不必押解,只需使臣护送前往即可,有一定人身自由。

他俩召回,为何只爱一个蔡京?"

徽宗无语。

龚夬叹道:"逐一奸人,快万人之心;留一奸人,致万人不欢,孰轻孰重,难道陛下掂量不出来吗?"

徽宗长叹一声,没有回答。

陈瓘趁机狠狠将了徽宗一军:"陛下,似蔡京如此奸诈、可恶之人,古今难寻,臣羞于与其为伍!您如果非要留那蔡京,臣愿辞官为民!"

龚夬等人异口同声道:"陛下,臣等极愿追随陈正言,辞官为民。"

徽宗摇头说道:"诸卿不必如此!诸卿认为蔡京当逐,朕逐他便是。"说毕,又是一声长叹。

众台谏伏地拜曰:"陛下圣明,陛下万岁!"

三天后,有诏颁出,贬蔡京知永兴军①。龚夬率众台谏二次进宫,言说对蔡京的惩罚太轻了。徽宗不得不又颁一诏,将蔡京夺职,杭州居住②。

扳倒四个巨奸之后,众台谏再接再厉,对"四奸"的爪牙邢恕、林希,发起了猛烈进攻。

邢恕虽为二程(程颢、程颐)学生,又是进士出身,但心底阴暗,为达目的不择手段。先是诋事蔡确,后又诋事章惇、蔡卞,合谋迫害元祐诸臣,诬告宣仁太后。

林希,也是进士出身,在绍圣年间,攀附权贵,起草贬斥司马光、吕大防、苏东坡等人诏书时,颠倒黑白、信口雌黄。

徽宗既然把蔡京兄弟都舍弃了,何况邢、林?

严处!

林希被削去端明殿学士之职,出知扬州。

邢恕更惨,不但遭贬,还来一个均州(在今湖北省丹江市西北)安置。

日月如梭,转眼到了元符三年的八月,哲宗被安葬在永泰陵。照理,作为山陵使的章惇,应当记功。可章惇得到的不是"记功",而是劾书。上千封劾书雪片似的飞到徽宗手中,其罪大得吓人——对先帝哲宗大不敬:恭移哲宗灵柩去永泰陵,遇雨,灵柩陷于泥泞之中,直到第二天上午才被抬出来,致使灵柩露宿于荒野。

---

① 永兴军:永兴,地名。今湖南省永兴县。军,宋代的行政区划,分路、府(州、军、监)县三级制。军的地位次于州,高于监。

② 居住:宋代官吏被贬谪,轻者称送某地居住,稍重者称安置,更重者称编管。

如此之罪,不能不惩。

诏下,贬章惇为越州(今浙江省绍兴市)知州。

台谏官对如此惩处章惇甚为不满,陈瓘上书徽宗,认为章惇罪大罚轻,又说他在绍圣年间设置元祐诉理局,凡元祐年间言语与其不顺者,施以钉足、剥皮、斩颈、拔舌之刑,堪比唐代来俊臣。徽宗又颁一诏,贬章惇为武昌节度副使,潭州(今湖南省长沙市)安置。

任伯雨认为,对章惇的惩罚,还有些太轻,上书劾他:教唆哲宗,追废宣仁皇后,陷先帝于不义。徽宗再颁一诏,贬章惇为雷州(今广东省海康市)司户参军①,睦州安置。

徽宗位继大统不到八个月,贬逐数十人,诸如章惇、安惇、蔡卞、蔡京、邢恕、林希等。这数十人,俱是大奸大恶之人;拔擢数十人,诸如韩忠彦、范纯仁、李清臣、龚夬、陈瓘、邹浩、陈师锡、任伯雨、崔鶠、陈次升、张舜民等,特别是韩忠彦,七个月三擢,官至左仆射(左相)。还有范纯仁,不只迁官,还允他拿着副相的俸禄不用上朝,住在他爹范仲淹写《岳阳楼记》的那个地方(邓州)养病,而且,朝廷月月遣使看他,送药问疾。

在这数十名拔擢者中,不是能臣,便是贤者。但是,也有乌龟王八蛋,比如曾布之流。

曾布是唐宋八大家之一曾巩的弟弟,二人还是同榜进士,哥哥文运好,官运欠佳,终其一生,最大官做到中书舍人②。曾布一出仕便任宣州(在今安徽境内)司户参军,熙宁(1068—1077年)变法期间,便官至计相(三司使)。他因王安石而贵,又因王安石遭贬,直到哲宗亲政,方进入西府,任枢密使。

他貌似中庸,内藏奸诈,为达目的,不择手段。他办了不少好事,也办了不少坏事。二者相较,坏事多于好事。

曾布、章惇同属新党,早些年曾布依附章惇,两人沆瀣一气。相约"苟富贵,勿相望"。章惇做了宰相,却不肯举荐他做副相,自此,二人面和心不和。故而,在是否拥立赵佶为帝的关键时刻,他站在了章惇的对立面。

正因为他站在了章惇的对立面,徽宗在迁韩忠彦时,把他迁为右仆射(右相),圆了他的宰相梦。

左相、右相,虽然同为宰相,但古人尚左,左相大于右相。曾布认为,无论是资历、能

---

① 司户参军:州佐吏名,亦称户曹参军,掌户籍、财税、仓库、受纳之事。
② 中书舍人:中书省(监)属官。初置于三国魏,称中书通事舍人,或舍人通事。至梁,去"通事"二字,直称中书舍人,专掌诏诰,兼呈奏之事。至唐,置六员,正五品。宋沿唐制。

力,还是年纪,他都在韩忠彦之上,而且,还有拥立之功,不应当把韩忠彦排在他的前边。

尽管他心存不满,但是,从未表现出来,而且还对韩忠彦非常的"尊重"。故而,这一届的"东府"是自宋太宗以来,最"和谐"的一届。

皇帝英明,东府和谐,站在朝堂上的几乎是清一色的能臣、贤臣、正臣,向太后越看越高兴,断然撤帘,坐在宝慈宫里颐养天年,徽宗得以独掌朝纲。

他这一掌,又恢复了轻佻的本性。

毛毛,朕可爱的毛毛,自朕位继大统以来,八个月没有见面了,朕得见她一见。

王诜听说圣驾到了,出府躬身相迎。徽宗见了,忙道了一声停驾。

童贯趋至轿门,小声说道:"启奏陛下,臣迎君于大门之外,那是臣必尽之礼,但君不可下轿,下轿则有失君仪。"

徽宗轻叹一声说道:"既然这样,那就依卿所奏吧。不过,朕是来看朕的姑父和朕的老师,不必依皇帝驾临臣府之礼而行。"

童贯拱手答道:"遵旨。"移目轿夫吩咐道:"继续前行。"

轿夫进入大门,沿着红毯铺就的道路,将徽宗抬至堂下,轿刚一落地,童贯、王诜,一左一右将轿帘掀开,扶着徽宗,一步一阶,缓缓升入堂中,又扶徽宗在蒙有黄绢的椅子上坐下。王诜退后数步,站在徽宗对面,正欲向徽宗行稽首礼①。徽宗忙摇手拦道:"不可,不可也! 这里既不是朝堂,也不是皇帝召见大臣,这里是朕的姑父,朕的老师的府邸,朕这是来看朕的姑父、朕的老师,不可行君臣大礼!"

王诜盼的就是这句话:"既然官家把话说到这个份上,臣只有遵旨了。"说毕,退到一旁侍立。

徽宗道:"坐,请驸马爷落座。"

王诜在徽宗右前方的木凳上坐了下来。

徽宗移目童贯说道:"童公公,朕想和驸马爷说会儿闲话,尔等尽可屏退。"

童贯忙道了一声遵旨,示意众侍卫和太监,一齐退到堂的外边。

徽宗呷了一口茶问:"姑父,毛毛可好?"

王诜起身,唱了一个诺道:"启奏官家,毛毛不好。"

徽宗道:"为什么?"

---

① 稽首礼:清之前,一般场合,大臣见皇帝只需行吉拜礼,就是拱手弯腰呈九十度那种拱手大礼。正式场合行跪拜礼,跪拜礼含稽首、顿首、空首,称为"正拜"。行稽首礼时,拜者须屈膝跪地,左手按右手,支撑在地,然后,缓缓叩首到地,稽留多时,手在膝前,头在手后,这是九拜中最重的礼节。

王诜回道:"毛毛自您位继大统之后,天天嚷着要见您。还威胁臣,如果不让她见,她便闯宫。她不只闯宫,她还要讨要名分。臣苦口婆心地劝说,她不听。臣不得不把她送回京西老家,要她父兄管教。而且,还给她父兄一千贯钱。她的父兄管她不住,到处乱跑不说,还说她才是您的正宫娘娘。臣为了您的声誉,遣人将她暗杀了。臣罪该万死!"一边说一边朝徽宗跪了下去。

徽宗忙起身搀扶道:"你这样做全是为了朕,何罪之有? 快快请起,快快请起。"

王诜爬了起来,坐回原处,二人一边饮茶,一边闲聊。

王诜问:"元祐党人,大都是正人君子,因受章惇、蔡卞、蔡京、曾布等人的迫害,贬到岭南①,乃至儋州,国人皆曰其冤。官家既然贬了章惇他们,就应该为这些元祐党人平反昭雪才是。"

徽宗道:"这话,韩忠彦给朕讲了至少三次,朕犹豫不决,听你这么一说,看来他们真冤。但是,如果为他们昭雪复官,等于掴先帝的脸。朕打算分两步走,凡健在的,赦之,内迁汴京;已经升天的,恢复原有爵位。"

王诜避席拱手说道:"陛下圣明。"

徽宗摆了摆手道:"坐,坐下说话。"

王诜落座后道:"先帝哲宗有几个儿子?"

"一个,但夭折了。"

王诜又问:"先帝仁宗呢?"

"有三个儿子,也夭折了。"

王诜道:"咱大宋皇帝的子嗣,为什么容易夭折? 甚而夭折得无人继承大统?"

徽宗道:"姑父此话,侄儿不敢苟同,大宋皇帝失去子嗣的,只有仁宗和哲宗,其他皇帝,子嗣还是不少呢,比如先帝英宗,他的儿子共有四个,除了一个早夭之外,还有三个,怎能说大宋皇帝的子嗣,容易夭折,甚而夭折得无人继承大统?"

王诜道:"先帝英宗的几个儿子,是他当了皇帝之后生的,还是未当皇帝时生的?"

"未当皇帝时生的。"

王诜复问:"先帝太宗那些儿子,是他当了皇帝之前生的,还是当了皇帝之后生的?"

---

① 岭南:是我国南方五岭地区的概称,以五岭为界与内陆相隔。五岭由越城岭、都庞岭、萌渚岭、骑田岭、大庾岭五座山组成。

徽宗回道："当皇帝之前生的。"

"官家不知想了没有，咱大宋的皇帝，凡当了皇帝之后所生的儿子，除了先帝仁宗，全都早夭，这是为什么？"

徽宗反问道："你说呢？"

王诜道："臣也不知道。但臣有个想法……"

"请讲。"

王诜道："请一个高人，为官家指点一二。"

徽宗道："你认识这样的高人吗？"

"认识。"

"叫什么名字？"徽宗问。

"茅山清宗坛第二十五代宗师刘混康。"

徽宗道："茅山道士是很有名的，而刘混康又能做到宗师，应该有些本事。"

王诜道："他是有些本事，元祐元年，元祐孟皇后误将银针吞入喉中，御医束手无策，孟皇后坐以待毙。先帝为救孟皇后，张榜求贤，刘混康揭榜入宫，画了一道符，让孟皇后就灵水（符水）吞下。不一刻儿，孟皇后呕出银针，而针刺符上，先帝大喜，赐其为'洞元通妙法师'。"

徽宗道："误吞银针，可以服符箓神水医治。朕是想广嗣皇子，他行吗？"

"行。"

"何以见得？"徽宗问。

"臣一个表弟，五代单传，刘混康到他家阳宅转了一圈，在院中埋了一个银猪娃，他老婆扑通扑通下了六个崽。"

徽宗笑说道："他既然有如此大的神通，朕明天便召他进京。"

皇帝召一个道长进京，这是天大的荣幸！刘混康居然不应诏。王诜携旨亲赴茅山一趟，才把他请到汴京。他在汴京城转悠了半个月，对徽宗说道："官家，臣找到了皇嗣不广的病根了。"

徽宗迫不及待地问道："根在何处？"

"皇城西北角地势有点低。"

"皇城地势也能影响皇帝的子嗣？"

刘混康道："能。"

"为什么？"

刘混康侃侃而谈道:"皇城是皇帝居住的地方,往大处说是一座城,往小处说是一座房。风水学认为,风水最好的房子是四正的房子,任何一方有缺陷,就会影响到房子的主人。西北方,又称乾方,在八卦图中位于乾卦方位,代表家中的男主人。西北低意味着房子的乾位不良,它的危害,第一影响家中男主人的身体健康。因西北方论五行属金,如果缺金,住在这个房子里的人易得肺、喉咙、鼻舌和肠胃等方面的疾病。请官家回忆一下,皇室成员是不是患这几样病的人较多?"

徽宗低头想了一想回道:"大师说得对,先帝哲宗患的是肺病和肠病;先帝神宗患的是胃病;先帝英宗呢? 驾崩前失语了好长一段时间,他患的就是喉病;先帝真宗呢? 驾崩前咳嗽不止,好像也是喉病……哎,咱不说病了,咱说一说西北方低的第二个危害是什么?"

刘混康又道:"影响男主人的寿命。依臣猜测,几位先帝的寿命,怕都是不会太高吧?"话已出唇,便知失口,忙跪了下去:"臣口无遮拦,臣罪该万死!"

徽宗道:"大师不必自责。你说得对,大宋立国至今,驾崩的皇帝一共七个,寿最高者是先帝太宗,五十八岁驾崩;寿最小者是先帝哲宗,不到二十四岁驾崩。唉,这两方面的危害,能不能化解?"

"能!"

徽宗问道:"怎么化解?"

"一、在皇宫西北角建一小殿,内置一金器,或一铜器,且在后殿壁上书一大大的乾字。二、垫高西北,最好使其形成山岗。"

徽宗道:"这事容易。"当天,便把韩忠彦及计相招来,安排建殿及垫高西北之事。

韩忠彦趁着徽宗高兴,重提为元祐党人昭雪和复官。徽宗不但同意,还让他主持东府,商议一个方案出来。

商议的结果,将文彦博、王珪、司马光、吕公著、吕大防、王岩叟、范祖禹、梁焘、刘挚等三十三个已亡的元祐党人恢复官职,并解除对其子女门生的禁锢;将遭贬的元祐党人刘安世、程颐、范纯礼、苏颂、苏轼兄弟及苏门四弟子[①]等三十五人赦免其罪,内迁汴京。

疏呈徽宗,批了一个大大的"可"字。

诏还没颁,远在儋州的苏东坡突然对三儿子苏过说道:"我决不为海外人,近日颇觉有还中原气象。"

[①] 苏门四弟子:秦观、黄庭坚、张耒、晁补之。

苏过一脸欢喜道："太好了。"

苏东坡长叹一声又道："这也许是老父的单相思，老父是否能返中原，还须卜一卜。"

苏过问："怎么卜？"

"老父平生写赋无数，但较为满意的有八篇，诸如《前赤壁赋》《后赤壁赋》《洞庭春色赋》《中山松醪赋》《杞菊赋》等等，老父若能把这八赋一字不错地默写下来，那就意味着老夫要还中原了。反之……"他又长叹了一声。

苏过欲说什么，想了想又不说了。

"过儿，速去堂上摆设香案。"

苏过忙应了一声："好。"

苏东坡沐浴更衣，焚香洗砚毕，专心致志地默写《前赤壁赋》等八赋。

写完后，他自读一遍，竟不脱误一字，大喜道："吾归无疑矣！"

两个月后，方有圣旨来到。他即兴吟诗一首：

> 我本海南民，寄生西蜀州。
> 忽然跨海去，譬如事远游。
> 平生生死梦，三者无劣优。
> 知君不再见，欲去且少留。

他原打算翌日便启程，乡邻们拦住不让走，这家请他吃饭，那家请他吃饭。他若说个"不"字，乡邻们就跪在地上不走。他见吃不到头，第七天夜里，独自一人开溜，走出儋州五十多里，这才找了个小客栈住下，等候苏过。

等了一天，苏过方赶着三头毛驴，驮着衣服、铺盖、书籍、笔墨纸砚及一些常备药物，赶来和他相会。父子俩走了八天，来到雷州。

苏轼遭贬雷州时，办过一个私塾，又曾用自学的医术，为当地百姓治病，加之他又是一个名人，被人认了出来，苦苦挽留，他不得不停了下来。

这家请吧，那家又请，吃到第三天中午，章援求见。

章援乃章惇第四子，幼时，苏轼不只抱过他，还辅导过他诗词文章，苏轼与章惇交恶之后，二人除了在朝堂上相见，不再互相走动。骤然见了章援，苏东坡只觉得面熟，不知道他是谁，章援自报家门后，苏东坡又惊又喜，脱口问道："你怎么在这里？"

"侍奉家严。"

"噢,噢。"苏东坡将头轻轻点了两点:"知道了。哎,令尊近来可好?"

章援道:"不好。"

他也许觉着回答得太直,略顿又道:"家严的脾气,苏叔比侄儿更了解,倔,倔得要命,骤然从宰相位置上退下来,想不通,生气,自个儿生气。四个月三贬,气上加气,如今是药罐子不倒。"

苏轼道:"你劝他想开点,雷州这地方,不是人待的地方。时人用岭南最险恶的地方写了一个对联,叫做'春(州)循(州)梅(州)新(州),与死为邻;高(州)窦(州)雷(州)化(州),说着也怕'。雷州气候恶劣,他得适应这个气候,特别是不能生闷气,否则……"

章援道:"谢谢苏叔提醒。"

"我想去看看令尊。"

章援道:"家严和您既是同年,又是好朋友,由于政见不同,分道扬镳。唉,千不该,万不该,家严把政见的分歧,与私人感情,画了一个等号,一而再,再而三地迫害您。如今,他把肠子都悔青了。他只希望您,'大人不记小人过,宰相肚里能撑船。'您这一次回去,一定会得到重用,请您放他一马,别再让他贬了。说实话,他已经是六十五岁的人了,四个月三贬,再也经不起折腾了。"

苏轼道:"这话不用你交代,我好歹和你令尊是同年,他虽然迫害过叔,但他也为叔说过好话。况且,人到了叔这把年纪,啥事都想开了,叔回到汴京后,不只不会说一句不利于他的话,还会上书皇上,让他早日回到中原。"

章援"扑通"一声,朝苏轼跪了下去,一连磕了三个响头说道:"侄儿这一趟没有白跑。谢谢叔,叔的大恩大德,侄儿没齿难忘!"

苏轼笑搀道:"好孩子,起来吧。我刚才已经说了,我和令尊好赖也是同年,且又同朝为官。过去的恩怨一笔勾销,自今天起,重打鼓另开张。"

章援强行又给苏轼磕了三个响头,方才爬将起来。

"贤侄,令尊住在什么地方?"

章援道:"城南哪吒庙。"

苏轼道:"庙能是人长住的地方?"

章援长叹一声。

苏轼道:"是不是有什么苦衷?"

章援又是一声长叹。

苏轼道:"有什么苦衷,你就说吧,叔也许能帮你一把。"

"唉,俗谚不俗,'种瓜得瓜,种豆得豆,自己酿的苦酒自己喝!'当年,您被贬雷州时,家严令地方,不许您住官舍。您没有办法,只得租民房来住,家严又说,您强占民房,让雷州知州严厉追查。查的结果,契约完备,家严才无话可说。家严这一次遭贬雷州,雷州知州便以您为例,不让我们住官舍。租民房呢?居民又以您为例,说是怕惹麻烦,不肯租,万般无奈,只有住到破烂不堪的哪吒庙。唉,报应,报应啊!"说到此,潸然泪下。

苏轼问:"现今雷州知州姓甚名谁?"

"叶祖洽。"

苏轼道:"这个人叔认识。这个人的人品虽然不大好,但叔说话,他也许会听的。走,叔带你去见叶祖洽。"

叶祖洽听说苏轼来访,忙大开中门相迎。

古时,州衙中门可不是随便开的,知州能开州衙中门迎接客人,这客人的官职至少和他同级,而苏轼目前的身份,只是一个无罪的平民。叶祖洽破格接待苏轼,可见苏轼在他心中的分量。

恰巧,雷州的公舍还有三四处闲着,苏轼一张口,叶祖洽连想都没想便答应了。

晚饭是在州衙吃的,很丰盛,把苏轼喝得东倒西歪。上轿的时候,苏轼对章援说道:"明天巳时二刻,我去看令尊。"

章援频频颔首道:"好,好。"

第二天还没到巳时,章援来到了苏轼所栖的客栈,一脸歉意地说道:"苏叔,家严说他实在没脸见您,天一亮便躲了出去。"

苏轼长叹一声道:"他既然不想见我,我也不能勉为其难。雷州穷山恶水,瘴疾凶猛又缺医缺药,患了病就只有硬挺。俗语曰:举人学大夫,如同切豆腐。我这里有《仲景秘籍》一部,我就靠这部书,自己给自己治病,才得以活了下来。我不只给自己看病,也给当地的百姓看病,所以,我每徙一地,百姓们都对我很好,没有他们的好,我也活不到今天。请你把这部书,连我的话,一并捎给令尊。"

章援跪在地上,双手接过《仲景秘籍》,朝苏轼磕了三个响头道:"苏叔之恩,侄儿没齿难忘。"

苏轼双手将章援搀起,笑微微道:"当今天子是一位明君、贤君,他既然能赦叔,叔相信,他迟早也会赦令尊的。叔在汴京置酒,等着你和令尊。"

章援哭了,泪如泉涌。他又要跪下磕头,被苏轼拦住。

送走了章援,苏过趋前问道:"父亲,咱们也该启程了吧?"

苏轼道:"该启程了。"

父子二人晓行夜宿,走了二十八天,来到了赣州,此时为腊月十八。有消息说,明年要改元,年号叫靖中建国。

苏过问苏轼:"父亲,您觉得这消息可信吗?"

苏轼道:"可信!"

苏过又问:"您何以如此肯定?"

苏轼道:"自古至今,凡新皇帝即位,都要改元,如果是改朝换代,一即位就改,如果不是改朝换代,多在第二年改,也有当年改的,但很少很少。"

苏过复问:"新皇帝所用的年号,为什么要叫'靖中建国',而不是叫个别的什么?"

苏轼默想了一会儿道:"'靖中建国'好!所谓'中',就是不偏不倚;所谓'靖',就是安定。过儿你也知道,自熙宁变法以来,三十多年,前有新党、旧党,后有元(祐)党、绍(圣)党①,斗得死去活来,斗得国家不得安生,斗得不少人家破人亡、妻离子散。新皇不想让大臣们再斗了,想来一个除旧布新,振兴大宋。'靖中建国'好!'靖中建国'这个年号好!过儿,老爹总有十几天没喝酒了吧,咱爷俩今晚喝他个一醉方休!"

苏轼高兴了两天,又有消息传出,由于曾布作祟,徽宗改变了主意,不让元祐党人进京了,但可任便自居。所谓的"任便自居",便是自己可以选择地方居住。

苏过半信半疑,问之苏轼:"父亲,您觉得这消息真不?"

苏轼叹道:"应该是真的。"

苏过又问:"您凭什么断定这个消息是真的?"

---

① 绍党:绍,即绍圣,是宋哲宗的年号(1094—1098年),有追崇神宗变法的意思。绍党,即绍圣年间,主张变法的大臣。绍党大多都是新党。

八　虽万人何赎

周无病原是一个飞贼,每次作案,总要在作案地点用白粉写上"我来也"三个大字。

苏东坡越想越失望,泪如雨下,仰天叹曰:"苍天呀苍天,你为什么不保佑我大宋!"

为了实现复官的美梦,蔡京把双眼盯上了曾布、童贯、陈彦和徽宗,来一个四管齐下。

对于儿子的疑问,苏轼不假思索地回道:"凭曾布的性格,曾布的为人,以及曾布在新旧两党斗争中的表现。"

苏过道:"曾布再坏,毕竟是一个右相,他的头上还有一个韩忠彦,这朝政怕是不会让他左右!"

苏轼长叹一声道:"韩忠彦斗不过曾布!"

苏过道:"韩忠彦斗不过曾布,可韩忠彦不是孤立一人,朝中支持韩忠彦的大臣,当在百分之七十以上。况且,台谏官无一不支持韩忠彦。"

苏轼道:"他们加起来也斗不过曾布。"

"为什么?"

苏轼道:"曾布是一头狮子,韩忠彦只是一只绵羊。谚曰:'兵熊熊一个,将熊熊一窝。'谚又曰:'一只绵羊带领的一群狮子,敌不过一头狮子带领的一群绵羊。'"

苏过欲说什么,却没说出来。

受这后一条消息的影响,苏轼在赣州住了下来,想等到有了确凿消息再上路。这一等便是十几天,来年正月初一的邸报,披露了这条消息。

苏轼想了又想,选择了杭州。

既然选择了杭州,那就启程吧。翻越大庾岭①时,迎面走来一个老翁,将苏轼看了又看问道:"汝可是苏大学士?"

苏轼回道:"鄙人正是苏东坡。"

老翁道:"老了,有些老了。当年老朽在欧阳公家仆役,所见到的苏大学士,是何等的意气风发,如今……唉,岁月不饶人呀。"

苏轼亦叹道:"不只岁月杀人,恶地也杀人。鄙人今年六十五岁,遭贬岭南七年。七年呀,能活着内迁,已属万幸。"

老翁道:"那么多人害您,您能安然无恙,此乃皇天之佑。皇天佑好人呀!您这次内迁,必能得到朝廷大用,老骥伏枥,志在千里,老朽祝贺您!"

苏轼苦笑一声,咏诗一首作答:

鹤骨霜髯心已灰,青松合抱手亲栽。
问翁大庾岭头住,曾见南迁几个回?

咏毕,总觉着意犹未尽,又咏一首:

心似已灰之木,身如不系之舟。
问汝平生功业,黄州惠州儋州。

老翁笑劝道:"学士未免有些过于悲观了。"

苏轼不想说破,也不便说破,又是一声苦笑道:"老兄说的是。"说毕,父子二人,赶着毛驴继续前行,将至岭下,两人两骑,迎面而来,内中有一女的,那女的胸前好像还兜着一个婴儿。他们彼此瞄了一眼,擦肩而过。

"哎,周三哥……"骑马女问骑马男:"牵毛驴的老头咋有点像苏大学士?"

骑马男"咦"了一声道:"你这一说,我也觉着有点像。"

骑马女道:"是与不是,咱折回去问一问。"

骑马男道:"好。"

---

① 大庾岭:五岭之一。古名塞上、台岭,海拔一千米左右。在今江西大余、广东南交界处,向为岭南、岭北的交通咽喉。

二人同时拨转马头,追上苏轼,骑马男大声问道:"前边走的那位,可是苏大学士?"

苏轼父子同时回过头来。

苏轼回道:"鄙人正是苏东坡。"

骑马男大喜,跳下马,拱手说道:"果真是苏大学士,鄙人周无病,拜见苏大学士。"

苏轼又惊又喜,还了一礼,哈哈大笑道:"什么周无病,分明是'我来也'嘛!"引得周无病也大笑起来,他正想转身介绍妻子"九哥","九哥"早已跳下马来,趋前几步,唱了一个诺道:"苏大学士近来无恙!"

苏轼打趣道:"几年不见,'九哥'更漂亮了,是不是因为嫁了个如意郎君?"

"九哥"的脸微微一红:"您怎么知道小妹嫁了一个如意郎君?"

苏轼呵呵一笑回道:"从你的脸色,从你俩的举止,从你胸前的孩子!哎,这孩子多大了,是龙是凤?"

"九哥"回道:"八个月了,是凤。"

苏轼赞道:"凤好!"

"九哥"当年,仰慕苏轼,由慕而爱,后因苏轼将爱妾赠"我来也",导致爱妾自杀,"九哥"愤而离去,一年后嫁给"我来也"。

"我来也"是周无病的绰号,他原本是一个飞贼,每次作案,总要在作案地点用白粉写上"我来也"三个大字。"我来也"兄弟三个,他是老三。大哥生了四个闺女,没有儿子。二哥生了七个闺女也没有儿子。他娘盼孙子快盼疯了,多希望"九哥"生一个儿子。可生下的又是一只凤。老太太尽管没有抱怨半句,但"九哥"心里很不好受。故而,听苏轼这么一说,脱口问道:"为什么?"

苏轼一本正经道:"因为你是一只凤凰,生的自然就成了一只凤凰,生子呢?"

他朝"我来也"一指又道:"当随他,长大是一个飞贼。你说,是要贼好呢,还是要凤好呢?"

"九哥"娇笑道:"当然是要'凤'好了。哎,苏大学士,您是不是要回汴京?"

苏轼摇头说道:"非也!"

"九哥"道:"那您这是要去哪儿?"

"杭州。"

"九哥"又问:"去杭州干什么?"

"定居。"

"九哥"复问:"为什么要选杭州?"

苏轼叹道:"汴京不让居,眉州是吾家,遭贬之人无颜见父老。杭州呢? 吾曾两次在杭州为官,那里人好,气候也好。"

"九哥"道:"可小苏学士……"话一出唇,"九哥"便自责道:"小妹该打!"

苏轼问:"为什么?"

"九哥"道:"您的弟弟,贵为副相,他的雅号,能是我一个普普通通小民女可以呼的吗?"

苏轼摇头说道:"你可不是一个普普通通民女,你是受过皇封的唱鼓儿哼天才。"

"九哥"又唱一诺道:"承蒙谬奖。"

苏轼道:"且不说谬奖的话,你刚才说到小苏学士,小苏学士怎么了?"

"他让小妹和周三哥,劝您去颍昌(今河南省许昌市)居住。"

苏轼问:"你见到子由(苏辙字子由)了?"

"不但见到了,还在他府上住了三天。"

苏轼又问:"在哪里见的?"

"就在颍昌。"

苏轼复问:"他不是编管筠州(今江西省高安市)了吗? 怎么去了颍昌?"

"九哥"道:"他得到'任便自居'的消息后,选定了颍昌。他说,他和您年纪都大了,居地应该选在距汴京近一点的地方。除了这个理由,还有一个,颍昌知州曾受过他的恩惠,那知州也邀他去颍昌定居。"

苏轼摇头说道:"这地方不能去。"

"为什么?"

苏轼道:"这地方距汴京太近,易招惹是非,还是住远一点好。"

"九哥"道:"就是住远一点,也不应该选择杭州。"

这一次,该苏轼问为什么了。

"九哥"道:"杭州确实是个好地方,气候好,风景好,近几年,成了达官贵人的游戏佳地。古时,游戏宛(南阳)与洛(阳),现如今是游戏苏(州)与杭(州)。您去了那里,本来是想躲清闲,您躲得了吗? 这是您不能定居杭州的第一个原因。第二个原因呢? 小女子也不怕您不高兴,您和蔡京一向不和,蔡京已于去年遭贬杭州,您若居住杭州,见与不见? 见与不见,倒还在其次,关键是,当今天子,在杭州置金明局,命童贯主其事,为他收集佳书佳画和奇石,而童贯和蔡京又是一腿,狼狈为奸,弄得怨声载道,您若定居杭州,以您的性格和为人,管也不管? 不管,您于心不忍。管呢? 肯定会得罪这两个小人！"

苏轼沉吟良久道："吾老矣,吾受瘴毒之害久矣,身体每况愈下,见不得气,一听到奸人的名字,诸如蔡京、童贯之流,就来气。这杭州我是万万不能去的。"

"九哥"道："颖昌您不想去,杭州又不能去,您打算去哪儿定居？"

苏轼道："常州（今江苏省常州市）。"

"九哥"问："为什么要选择常州？"

苏轼道："常州的风景、气候,较之杭州,也差不了多少。况且,距汴京的距离,较之杭州,还近了四百余里。再之,吾的好友佛印,如今在常州径山寺做方丈,我去了彼此也有个照应。"

"九哥"道："既然这样,您就去常州吧,小妹和周三哥会经常去看您的。"

苏轼拱手说道："如此,吾'隔河作揖——承情不过了'。"

"九哥"道："你我不必如此客气,两个月后,小妹和周三哥一定去常州看您。"

苏轼道："你俩这要去哪里？"

"九哥"道："周三哥的一个师弟,家居雷州,在颖川作案时,被官府抓住,判了死刑。俺俩去大牢看他,他说,他在火星爷神座下藏了二百两银子,让俺俩取出来送给他娘。"

苏轼双手抱拳道："那你们去吧。我在常州等你俩。"

"九哥"夫妇一齐还礼道："请大学士保重！"

夫妇二人,目送苏轼父子,走了数百步后,方才扳鞍上马。

大庾岭距常州也不过一千余里,因苏轼名气太大,所经之地,人们争先恐后跑出家门,或一睹风采,或请他吃饭,或送他礼品,走了两个月才走到常州。

佛印听说苏轼要来常州定居,喜出望外,在庙旁为他赁一座大院子,日常用具,包括吃的、睡的、坐的、写的,应有尽有。苏轼一进门,便有一种归家的感觉。

吃过接风宴后,佛印又遣七僧,奔赴眉州、惠州、颖昌、藤州、黔州、亳州、信州,或负责接取苏轼家眷；或向苏辙及苏门四弟子通报苏轼定居常州的消息。

家眷还没有接到,不好的消息一个接一个传来。

第一个消息：范纯仁驾鹤西去。

大宋立国一百余年,被称为完人的只有范仲淹。如果硬要再选一个,那就非范纯仁莫属。范纯仁不只是百官和士大夫的典范,更是苏轼的好友。苏轼喜欢结交,他结交的朋友很多很多,包括说唱艺人"九哥"等等,但真正和他过心的,除了恩师欧阳修和佛印禅师,当推范纯仁。故而一听到范纯仁的噩耗,大放悲声,直到又有消息传来,这才不再哭泣。这消息大出苏轼意料,徽宗为范纯仁居然连下四诏:一、辍朝三日。二、赠白金一百两作为葬礼。三、赠其为开封府仪同三司①,谥号忠宣②。四、其职由其弟范纯礼来补。

他的心情刚好一点儿,又有消息传来:——向太后薨了。

没有向太后,就没有徽宗的君临天下!

徽宗轻佻,有这种看法的不只章惇,苏轼也有。

徽宗的"圣明之举",徽宗的除旧布新,概因向太后而起。向太后走了,他会不会还继续"圣明"?

怕是不会!

他若是还会继续"圣明",就不可能在向太后患病之时出尔反尔——由急召"元祐党人进京",改为"不许入京,但可任便自居"。

这一改,把"元祐党人"重返朝堂,大展宏图的路断了。

向太后尚在,他就断了"元祐党人"重返朝堂之路。如今,向太后走了,他还能重开此路?

不可能!

苍天呀,苍天!

有哪一个朝代,像大宋这样?自宋太祖始,一直到宋仁宗,代代是英主,君明臣贤,国泰民安,到处莺歌燕舞,连守城门的也穿上了绫罗绸缎,把个辽皇帝羡慕得直流涎水,发出了"愿来世生中国"的感叹!

可是,苍天并不佑我大宋,派遣给大宋的天子,自宋英宗始,犹如"黄鼠狼播了一窝小老鼠——一代不如一代"。

宋英宗在位不到四年,有一年半时间用于为生父争名,和慈圣光宪曹皇后(仁宗皇后、英宗养母),以及大臣们斗得不可开交,后人把这件事称之"濮议之争"③。

---

① 开封府仪同三司:即开府仪同三司。"封"字为衍文,如同"同",古文"同"加在官职名称前面,表示"次""副",享受某级的待遇之意。开府意为建公府,自选僚属。仪同三司意为非"三公"(司徒、司寇、司空)官而得享受"三公"待遇。

② 谥号忠宣:谥号是古人死后依其生前行迹而为之所立的称号。谥号有美谥、平谥和恶谥。"忠宣"属于美谥。在范纯仁之前,大宋朝给予此等美谥的只有十三人。

③ 濮议之争:宋仁宗无嗣,以濮安懿王赵允让之子赵曙为养子,死后赵曙得以继位,是为宋英宗。英宗继位次年(治平二年),诏议崇奉生父为皇考之典礼。慈圣光宪曹皇后(仁宗皇后),以及侍御史吕诲、范纯仁等竭力反对,而中书韩琦、欧阳修等大力支持,为此,争论了十八个月,英宗采用卑鄙手段,达到了目的,此事,历史上称之为"濮议之争"。

宋英宗的儿子宋神宗，比乃父稍强一点，但志大才疏，搞什么变法，以盘剥百姓为己任，国家虽然"富"了，但老百姓穷了。

宋神宗的儿子宋哲宗，刚愎自用，活了不到二十四年，在位十五年，亲政后，一味地算嫡奶奶"宣仁太后"和旧党（元祐党人）的旧账，不遗余力地打击迫害旧党，甚至还要把"宣仁太后"废为庶人！

赵佶呢？

不只是轻佻，而是浮浪、贪色。据传，向太后病危期间，他去探病，居然和押班韦芳行起了苟且之事，向太后一薨，他便将韦芳纳为妃子。

这样的一个人……

苏轼越想越失望，泪如雨下，仰天叹曰："苍天呀苍天，您为什么不佑我大宋？您就是不佑赵家社稷，您也该为大宋的上亿苍生想想呀！"

他晕倒了。

苏过忙给他灌了一碗红糖水，这才慢慢地醒了过来。

福无双至，祸不单行。

秦观的老仆自藤州来报："秦学士患病，命在旦夕，极想见大学士一面。"

秦观，子少游，元丰（1078—1085年）年间进士，官至太学博士[①]、国史院编修[②]。

他在为官方面的成就，远不如文学方面。他的诗作擅长描摹清幽冷寂的自然风光，抒发迁客骚人的愤懑和无奈，营造出萧瑟凄厉的"有我之境"，代表作是《踏莎行》等。

他的词还有一个特点，写男女爱情和身世感伤，风格轻婉秀丽，是婉约派[③]的一代词宗。

他是苏轼的学生，在苏门四弟子中，苏轼对他最器重。

他不只是苏轼的学生，还是苏轼的妹夫。他的夫人叫苏小妹。

苏小妹有才，作诗作词的水平不在苏轼之下，兄妹二人经常打口仗。

苏小妹不只长了一个奔颅头，脑门还特别大，苏东坡便拿她长相开涮，作诗曰：

[①] 太学博士：太学官名，汉、魏置五经博士，分经教授弟子。宋神宗时，在国学（国子学、太学）中各置员十二，职从八品。

[②] 编修：官名。宋朝始置，分设于国史院、实录院、枢密院，随事而设，无定员，掌编辑文献会要等。

[③] 婉约派：中国宋词的一个流派。婉约，即婉转含蓄。内容侧重儿女风情，结构深细缜密，音律婉转和谐，语言圆润清丽，有一种柔婉之美。

> 未出堂前三五步,额头先到画堂前。
>
> 几回拭泪深难到,留得汪汪两道泉。

苏小妹奋起反击,同样拿苏东坡的长相开涮:

> 天平地阔路三千,遥望双眉云汉间。
>
> 去年一滴相思泪,至今未到耳腮边。

有才,未必命长,三年前,四十五岁的苏小妹病故于郴州,苏轼编管在身,不能参加小妹的葬礼,每当想起这事,便泪流满面。

未能见小妹最后一面,已经让苏轼终身遗憾,秦观的面不能不见!

他尽管身体很弱,弱得走平路都要喘,但是,他拒绝了所有人的劝告,冒着酷暑,毅然踏上了去藤州的路。

他紧赶慢赶,总算见了秦观一面。

那面是怎么见的?是在棺材里见的!

秦观在他到达藤州的两天前已经驾鹤西去了。

他哭。

他一边哭一边诉说。

说着说着,突然咏起了秦观的《踏莎行》。

> 雾失楼台,月迷津渡①。桃源望断无寻处。
>
> 可堪孤馆闭春寒,杜鹃声里斜阳暮。
>
> 驿寄梅花②,鱼传尺素③。砌成此恨无重数。
>
> 郴江幸自绕郴山,为谁流下潇湘去。

咏毕,又咏秦观的《望海潮·洛阳怀古》

> 梅英疏淡,冰澌④溶泄,东风暗换年华。金谷⑤俊游,铜驼⑥巷陌,新晴细履平

---

① 津渡:渡口。
② 驿寄梅花:陆凯在《赠范晔》中有:"折梅逢驿使,寄与陇头人。江南无所有,聊寄一枝春。"
③ 鱼传尺素:《古诗》中有"客从远方来,遗我双鲤鱼。呼儿烹鲤鱼,中有尺素书"。
④ 冰澌:冰块。
⑤ 金谷:金谷园。晋石崇所建的名园,他常在此园中招待宾客,饮宴游玩。
⑥ 铜驼:汉代洛阳街名。街道两侧有铜驼相对立,故名。

沙。长记误随车①,正絮翻蝶舞,芳思交加。柳下桃蹊,乱分春色到人家。

西园夜饮鸣笳②,有华灯碍月,飞盖妨花。兰苑未空,行人渐老,重来是事堪③嗟。烟暝酒旗斜。但倚楼极目,时见栖鸦。无奈归心,暗随流水到天涯。

咏毕,号啕大哭,一边哭一边拍打着棺材喊道:"少游(秦观字少游)啊,你不该走!少游已矣,虽万人何赎?万人何赎!啊、啊、啊……"

头突然一低,磕在棺材上,发出"咚"的一声响。众人见苏轼晕倒,忙上前施救。不一刻儿,苏轼慢悠悠地醒转过来,又哭了两声,"咔"地吐出一口鲜血。

奔丧归常(州),佛印来看苏轼,见他骨瘦如柴,眼窝凹入,目无光泽,印堂、鼻头和两颧发黑,知道他的寿命将尽,鼻子一酸,差点让眼泪流了出来。

苏轼苦笑一声道:"您别难过,人生自古谁无死。我已经六十五岁了,死不为夭。唯一憾事,熙宁十年(1077年),我自请出京,三十年来,我和子由(苏辙字子由)散多聚少。最后一次相会,距今已经整整十年了。倘若从此永诀……"

说到这里,泪水如走珠般地滚了下来。

他擦了一把眼泪继续说道:"我在岭南,写得《易传》《书传》《论语说》三书,但未敢刊印。今天,我把这三部书稿,托付给您,希望不要告诉别人,三十年后,也许能够面世。"

佛印安慰道:"这半年多,您一直在奔波,加之,天又热,就是铁打的人,也会感到体力不支。故而,您不要胡思乱想,养身要紧!"

苏轼又是一声苦笑:"谢谢您的好意。"命苏过将他的三部书稿,装进一个大箱子,交给佛印。

送走了佛印,让苏过将他的两个哥哥苏迈、苏迨叫到病榻旁,安排后事:"父生无恶,死必不坠。"

三个儿子一齐哭出声来。

苏轼笑劝道:"别哭,千万别哭。不惟此时不能哭。就是我真的走了,也不能哭,让

---

① 长记误随车:长记误随车:语出韩愈《游城南十六首》的《嘲少年》:"直把春偿酒,都将命乞花。只知闲信马,不觉误随车。"以及张泌的《浣溪沙》:"晚逐香车入凤城,东风斜揭绣帘轻,慢回娇眼笑盈盈。消息未通何计是?便须佯醉且随行,依稀闻道太狂生。"则都可作误随车的注释。

② 西园夜饮鸣笳:暗指元祐三年,苏轼、秦观等十七人在驸马都尉王诜家西园雅集之事。曹植《公燕》诗:"清夜游西园,飞盖相追随。明月澄清景,列宿正参差。"

③ 事堪:事事,每件事。

我坦然化去。"

三天后，苏轼已不能进食进水，听觉几无，然神情安然，佛印俯身对着他的耳朵大声说道："端明勿忘西方！"

他居然听到了。

他不但听到了，还有了回应："西方是没有的，但个里着力不得。"

佛印又大声说道："至此更需着力。"

苏轼又答："着力更差。"

佛印复劝，苏轼微微一笑，将头一歪，坦然化去。讣达朝廷，为苏轼的谥号，曾布和韩忠彦顶上了牛。韩忠彦认为，苏轼是当代大文豪，才压李白，几百年才出一个，应该给一个褒谥，诸如文献、文敬等等。

曾布坚决反对，他认为，苏轼虽然有才，但对朝廷不忠，王安石为相，他反对王安石，司马光为相，他又反对司马光。因诋毁先帝神宗而下狱，达一百三十余日。又因结党被一贬再贬。如此一个人，不给他一个恶谥，就已经很不错了。

顶牛的结果，徽宗来个不偏不倚——这个事暂且不说。这一不说，苏轼的谥号泡汤了。

就这个事来说，韩忠彦和曾布看似打了个平手，事实上，他输了。

为何说韩忠彦输了？

他是左相呀，左相大于右相。

从这件事，一些"嗅觉"灵敏的官员，便主动往曾布身边靠，曾布的势力大增。

尽管大增，他的势力较之韩忠彦，不及三分之一。为了扩大势力，曾布把双眼盯上了蔡京：我得想方设法让蔡京复官。只要他复官，他就会感激我，听我的。只要俺俩联手，打败韩忠彦易如反掌！

也是该当他的阴谋得逞，远在杭州的蔡京，也在做着复官的美梦。

为了实现自己的美梦，蔡京也把双眼盯上了曾布。不只曾布，还有童贯、陈彦、徐神翁和徽宗，来一个四管齐下。

第一管，借庆祝曾布老娘九十寿辰之机，蔡京遣长子蔡攸，带着他亲笔撰写的歌颂曾布老母的《圣母赋》和五百贯钱，赶到了曾府。宴后，曾布把蔡攸叫到密室，谈了半个时辰。

第二管，给浙人陈彦送钱三百贯。

他为什么给陈彦送钱？

陈彦因八字推得好。而且，推出一个真命天子。

正因为推出了一个真命天子，不但朝中的大臣，就连后宫的皇后、嫔妃，也常常请他卜卦、推八字，出入皇宫，就像出入自家的厨屋那么容易。蔡京送钱的目的，就是要他在后宫里为自己美言。

第三管，拼命巴结在杭州的童贯，三五天便要宴请童贯一次，还帮着他收集书画奇石，送给童贯的金银财宝不计其数。童贯患了干咳，咳起来呛得肺疼。换了八个郎中，吃了三十几服药，也没治好。蔡京笑眯眯地说道："童公公，下官给您荐个郎中吧。"

童贯叹道："本公这个干咳是很难治的。"

蔡京道："下官荐的这个郎中与众不同。"

"怎么个不同？"

蔡京答非所问："世上确有人能尝便辨疾，您信不？"

童贯笑着反问道："你说的是越王勾践吧？"

蔡京道："不只勾践，下官也有这本领。下官不只能尝便辨疾，还能尝尿辨疾。"

童贯微笑着摇了摇头。

蔡京道："您别摇头，咱这会儿就可以试嘛！"

童贯一脸笑靥地将头点了点。

九　蔡京的陷阱

　　管家对张顺说道:"那个英俊后生,是当今天子的九弟,赫赫有名的端王爷。"
　　曾布问蔡京:"怎么操作才能扳倒韩忠彦?"蔡京回了八个字——去羽翼,行熙宁之法。
　　就在蔡京、王诜陪徽宗用膳的时候,另一个"蔡京""王诜",以及"梁师成""赵令穰"在八个家丁的簇拥下,走进樊楼。

试的结果,蔡京不但能尝便辨疾,还会治疾,三服药便把童贯的干咳治好了。
蔡攸私下问蔡京:"爹,您真能尝便辨疾?"
蔡京道:"辨个刁!"
"您既然不会,童贯的病是怎么好的?"
蔡京道:"吃药呗。"
蔡攸道:"在此之前,童贯没少吃药,为什么吃别人的药治不好,一吃您的药便好了?"
蔡京"嘿嘿"笑道:"这里边有诀窍。"
"什么诀窍?"
"你三姨爷你还记得不?"
"记得,脩弟的无名烧好像就是他治好的。"
蔡京点了点头道:"你所说不差。你三姨爷八世郎中,他家的绝活还不是治无名烧……"
"那是什么?"
蔡京道:"治咳嗽,治各种咳嗽。为了治童贯的病,爹遣人把你三姨爷偷偷请来。那一天,爹说爹能尝便辨疾的时候,你三姨爷就躲在屏风后边。下边的话还用爹说吗?"

蔡攸道:"不用了。爹,您真行!"他一边说一边向蔡京跷起了大拇指。

第四管,讨好徽宗,一是写效忠书,二是送自己的书画。

写效忠书这招任何人都能用,不算个啥。给皇帝送自己的书画作品,得有一个胆量。

徽宗是一个艺术天才,他的书法他的画,已经直追王诜和赵令穰,能入他法眼的作品,寥寥无几。

在这寥寥无几的人中,蔡京自认自己就是其中的一员。

他何以如此自信?

源自两把扇子。

蔡京有点胖,怕热,每到盛夏,找四个小厮,两两一班,站在他的两边,给他打扇。内中有两个小厮,一个叫张顺,一个叫王明,打扇时特别用心,他便在扇子上题了李白、杜甫的诗相送。

某一日,他突然发现这两个小厮的衣服特别鲜亮,笑而问道:"不年不节的,咋穿这么新?"

二小厮回道:"驸马爷给买的。"

蔡京问:"哪个驸马爷?"

"王诜。"

蔡京又问:"王诜为啥给你俩购置新衣?"

张顺抢先回道:"老爷,是这样的,俺俩得到您赐的扇子,在人前显摆,云宝斋的潘掌柜,想掏二两银子买下这两把扇子,俺俩不干,他一两一两地涨,涨到十两的时候,俺俩心动了。人群中突然有人高声说道:'你们不要搞价了,这两把扇子,我出二十两买下。'又有人喊道:'我出二十五两。'价越抬越高,达到四十两的时候,来了一老一少,虽然穿着和平常人一样,但气度不凡。有认识他们的说道:'驸马爷来了。'听他这么一说,围观者自动让出一条道,驸马爷径直走到俺俩跟前说道:'请把扇子给老夫瞧瞧。'小人双手把扇子递给驸马爷。驸马爷一边接扇一边说道:'这把扇子很普通嘛!'及至看到扇子上的题字,双眼突地一亮:'嗯,这字写得不错。'掉头对同来的后生说道:'您给点评点评吧。'后生接过扇子,将那上边的题字端详了一会儿说道:'是写得不错,书如贵胄公子,意气赫奕,光彩射人。'驸马爷点了点头道:'它还有一个特点,您知道不?'后生道:'飘逸。'驸马爷又将头点了一点,掉头对王明说道:'你那把扇子,也让老夫看一看吧。'王明忙将扇子递给驸马爷,驸马爷看后,又将扇子转给后生,后生一边看一边称赞,'这一把的字与那一把的字相较,杨什么的什么之风……'"

蔡京道:"是不是说杨凝式①的散淡之风更为显著?"

张顺道:"对,那后生正是这么说的。那后生说过这句话后,又道:'姑父,这两把扇子,咱买了吧。'驸马爷道了声好,问小人,'这两把扇子你们要多少钱?'小人回道:'小人也不敢多要,可是,刚才有人愿意出四十两银子买这两把扇子。'驸马爷道:'既然这样,老夫出四十五两。你俩若是同意,跟老夫去驸马府一趟。'俺俩便跟在驸马爷的后边,去了驸马府。"

蔡京问:"后来呢?"

张顺道:"驸马爷和那个后生一人拿了一把扇子登堂而去,由他的管家接待俺俩。管家问俺俩:'你俩知道和驸马爷一块儿的那个英俊后生是何人?'俺俩回说不知道,管家道:'谅你俩也不知道,那个英俊后生是当今天子的九弟,赫赫有名的端王爷。'俺俩吐了吐舌头。只听那管家继续说道:'你们这两把扇子,若没有蔡承旨的题字,十文钱也不值。'俺俩又将头点了点。管家道:'端王爷想让蔡元长写几个字……'"

他自知失口,忙跪下自责道:"小人口无遮拦。小人该打!"一边说一边自打耳光。

蔡京道:"你不必自责,说下去。"

张顺爬将起来,继续说道:"管家问小人:'端王爷如果想让蔡承旨题几个字,蔡承旨还会向端王爷要钱吗?'俺俩回道:'不会。'"

管家道:'既然不会,你们这两把扇子,也就是十文钱。这样吧,也不说十文了,给你俩十两银子,每人再送一身缯②衣如何?'俺俩不敢不同意,忙道了一声:'好。'"

蔡京笑眯眯地说道:"你俩还算明智,爷再给你俩各题一把扇子,显摆去吧。"

二小厮忙跪下给蔡京磕头。

蔡京依然笑眯眯地说道:"若再有人要买你俩扇子,每一把少于五十两银子坚决不买。而且,还是一手交扇一手交钱。"

二小厮一脸欢喜地应道:"敬从教。"

每个月,蔡京都要给徽宗呈一封效忠书和自己的作品,前三次是让童贯代呈的,第四次,便不再麻烦童贯了,让蔡攸出马。

---

① 杨凝式:字景度(873—954年),号虚白,华州华阴(今陕西省华阴县)人。唐末五代宰相、书法家。他的书法,用笔奔放奇逸,无论布白,还是结体,都令人耳目一新。

② 缯:古代对丝织品的总称。

前三次,他为什么不亲自呈,抑或是让蔡攸呈?

宋代,官员给皇帝上书,一般来讲,不能直接呈,得通过银台司①。蔡京既害怕银台司作梗,又不知道徽宗对他的印象如何,不敢贸然呈之。呈过三次之后,见徽宗对他并不反感,这才让蔡攸上。

他为什么不亲自上?

宋代官员,特别是遭贬官员,没有朝廷的征召是不允许进京的。

他的儿子不只蔡攸一个,还有蔡脩、蔡绦、蔡鞗等,他为什么让蔡攸呈,而不是其他儿子?

蔡攸是长子。

不,不单单因为蔡攸是长子。

在徽宗未曾龙登九五之前,以为他能当皇帝的人,除了王诜、赵令穰、浙人陈彦,还有一个蔡攸。就在赵佶为帝的前一个月,每次退朝,总有一个年轻人站在殿门口恭候他,且扶他上轿。

这个年轻人便是蔡攸。

蔡攸不仅将蔡京的效忠书和书画呈了上去,还受到了徽宗的召见。尽管召见的时间不到一刻,却把蔡攸激动得泪流满面。

蔡攸还没离开汴京,宫中便传出了令人振奋的消息,徽宗龙口一张,对曾布说道:"卿多次给朕推荐蔡元长。除了卿,宫内宫外不少人也对朕说蔡元长这个人既有才,又能干,还对朝廷一片忠心,那就用吧。"

曾布喜而拜道:"陛下圣明,但不知陛下想怎么用蔡元长?"

徽宗道:"给他一个什么官职,可由东府来议。"

曾布道:"这事不能让东府来议。"

"为什么?"

"韩忠彦掌东府,他嫉贤妒能,就是他操动台谏官弹劾的蔡元长,若议,这事非黄不可!"

徽宗道:"大宋任命官员,与他朝不同,由皇帝拟一个名单,交给东府,可用不可用,待东府议后,再上奏皇帝。皇帝根据东府议的结果,决定可用或不可用。如果可用,根据任命官员的级别,或交翰林学士或交中书舍人拟诏,而拟诏之人,若是觉得对某人授

---

① 银台司:宋官署名。属门下省,掌管天下奏状案牍。司署设在银台司内,故名。

官不当,可以封诏(拒绝拟诏)上闻。所以,给蔡元长授官,不能绕过东府这道坎。"

曾布道:"陛下所言,只是朝廷授官的一种方式。还有一种方式,避开东府,由皇帝直接颁发诏书授官,称之为'内诏'。这种方式,始自先帝神宗,先帝哲宗也经常使用。"

徽宗道:"既有前例可循,那就搞一个内诏吧。"

曾布拜谢告退。

翌日,徽宗颁内诏,复蔡京为翰林学士承旨,赐蔡攸为鸿胪丞①。

此旨一出,舆论大哗,台谏官纷纷上书反对,徽宗置之不理。韩忠彦闯宫质问徽宗,徽宗笑眯眯地问道:"韩大宰相,有一句俚语叫做'宰相肚中'行什么呀?"

韩忠彦明知是讥讽他的,但不得不答:"行舟船。"

徽宗道:"朕知道卿与蔡京不和,但蔡京有才,能干事,你作为宰相,不说你肚中行舟船了,得学会用人、容人。"

徽宗把话说到这个份上,韩忠彦知道,劝也无用,无用也要说:"陛下,蔡京之奸邪,胜章惇、曾布十倍,陛下不听臣言,迟早会后悔的。"他甩袖而去。

蔡京接到授官诏书,第二天一大早就上路了,一到汴京,便跑到曾布家密谈了三个时辰。

曾布问:"吾欲扳倒韩忠彦,承旨以为可行不?"

蔡京道:"可行。"

曾布叹道:"朝堂大臣,特别是台谏官员,多为韩忠彦同党,扳倒他不是一件容易事!"

蔡京道:"看您怎么操作,如果操作得当,少则仨月,多则一年,就可将韩忠彦赶出朝堂。"

曾布精神为之一振:"怎么操作才算得当?"

"去羽翼,行熙宁之法②。"

曾布脱口赞道:"好,这法好! 若去羽翼,先拿何人开刀?"

"台谏官。"

曾布道:"能当台谏的人,大都是一些两袖清风的二愣子,没有多少把柄可抓。"

---

① 鸿胪丞:官名,又名鸿胪寺丞,汉为大鸿胪属官,秩千石。隋唐、五代置二员,秩正七品至从五品不等。宋初为寄禄官,元丰(1078—1085 年)改制后,方为职事官,置一员,正八品。

② 熙宁之法:即王安石变法,因王安石变法发生在宋神宗熙宁年间(1068—1077 年),故又称之为熙宁变法。

蔡京狡黠地一笑说道："正因为他们大都是些二愣子、直肠驴，咱才拿他们开刀。"

"为什么？"

蔡京反问道："您对当今天子怎么看？"

曾布迟疑了一下回道："有些太年轻，耳根子还有些软……"

蔡京点了点头道："您对章惇反对当今天子为帝的那条理由怎么看？"

曾布又迟疑了片刻回道："无风不起浪。"

蔡京道："您是我蔡元长的恩人，我蔡元长这一生跟定了您，上刀山、下火海，万死不辞！"

曾布忙道："言重了，元长言重了。"

蔡京道："不，这是我蔡元长的心里话，为了我蔡元长复官，您操碎了心，我若是不把心里话掏给您，还算个人吗？"

曾布又道了一声言重了，心里却比喝蜜还甜。

"说句犯禁的话，当今天子，还真如章惇所言，有点轻佻。咱如果先拿韩党中的台谏之外的人开刀，就会引来台谏的强烈反对，而当今天子呢？正如您所说，既年轻，又耳根子软。台谏一反对，他就会犹豫，甚而收回成命……"

曾布将头重重点了一点道："你这个担忧是对的！"

蔡京舔了舔嘴唇继续说道："咱先拿台谏官开刀，不单单因为皇上耳根子软。这些台谏官，正如您刚才所说，大都是些直肠驴。对于直肠驴，不需动多大心机，只需给他们煽点风，点点火，他们就会为咱所用。"

曾布道："这风由谁来煽？"

蔡京微微一笑道："由下官来煽怎样？"

曾布颔首道："好极了！"

蔡京回到府中，给蔡攸如此这般交代一番。蔡攸依计而行，先是想方设法劝徽宗蹴鞠、水嬉、放纸鸢（风筝）、相扑。这时的水嬉已和宋初的水嬉不同，宋初的水嬉是为了练水军，此时的水嬉是为了娱乐，更是为了寻找刺激。既然为了寻找刺激，就得有女子参加，而且，参加的女子还是半裸。

相扑，有男子相扑，也有女子相扑。嘉祐七年（1062年）元宵节，先帝仁宗因为看了一场女子相扑，司马光上了一道《论上元令妇人相扑状》，将仁宗大大地讽刺了一番，此后，朝廷定了一条规矩，皇帝不能看女子相扑。

每次，徽宗娱乐之后，蔡攸便将这些信息通过不同渠道传给台谏官，台谏官立即行动,上书指责徽宗:"沉湎游戏,既有失君体又误国事,若不悬崖勒马,他就是大宋的隋炀帝。"徽宗觉着台谏们小题大做,没事找事,心生反感。台谏们不知"自省",继续行使台谏的职责,事无大小,只要他们觉着该谏,立马就谏,特别是那个任伯雨,三个月,上了六十八道劾书,被劾的官员,达一百四十九人。

言多必失。

任伯雨还不只"言多必失"的问题,他还一而再、再而三上蔡京的当。

某次,君臣闲聊,徽宗问蔡京:"唐代宫廷的画师,大都是名扬天下的一流画家,诸如韩幹①和吴道子②。我大宋立国一百四十多年,养的画师几是唐代的二十倍,咋没有一个为世人称道?"

因这几句话,蔡京立马设计了一个陷阱,一个陷害台谏的陷阱。

"陛下,您问得好,臣这就去见驸马爷,明天下午回您的话。"

第二天下午申时三刻,蔡京偕王诜来见徽宗,就徽宗所问答道:"唐代选画师,犹如今之科举考试,优中选优。咱大宋选画师,以主其事者的好恶而定。另外,唐代的宫廷,还设有书画院,专门招收那些有一定绘画技能和绘画天赋的少年。"

徽宗道:"前车之鉴,后事之师。咱就效法唐代,把选拔画师另设一科。至于书画院,也可以办,把它置于国子监③管理,招收的学生视同太学生④。"

"陛下圣明!"蔡、王二人不失时机地拍了徽宗一个马屁又道:"既然陛下要办书画院,那就请陛下赐以'书画院'墨宝。"

徽宗笑嘻嘻地说道:"你二位这不是要朕在鲁班门前耍锛吗?"

蔡、王笑回道:"臣不敢。"

徽宗道:"既然不敢,为什么叫朕为'书画院'题名?"

王诜抢先回道:"您是皇帝嘛!"

蔡京补充道:"启奏陛下,臣和驸马爷为什么要您给书画院题名,刚才驸马爷已经说得很明白了,皇帝能为书画院题名,那是书画院的荣幸。除了这个原因之外,还有一个……"

---

① 韩幹:唐代画家(约706—783年),以画马著称,蓝田(今陕西省蓝田县)人。
② 吴道子:唐代画家(约680—759年),又名道玄,主要作品:《送子天王图》《明皇受篆图》《十指钟馗图》。阳翟(今河南省禹州市)人,后世尊称为画圣。
③ 国子监:初置于隋,掌教育管理的机构。唐宋以国子监辖国子、太学、四门等学。
④ 太学生:国学中的学生。太学生通过考核分为三个等级,表现优秀的上舍生(限制一百名,不用参加乡试、会试),可以直接授予同进士出身。

他故意将话顿住。

徽宗催促道:"说下去。"

"陛下的书法,不敢说独步天下。但陛下已经成为书法界的一代宗师,则是不争的事实。"

徽宗摇头笑道:"一代宗师朕不敢当。"

王诜正色说道:"陛下不必过谦,一年多来,您的书法突飞猛进,几乎看不到老臣的影子,有人把您的书法称作'瘦金书'①,如今,学书法者,大都在学习临摹您的书法,事实上,您已经成为一代宗师了。"

徽宗窃喜道:"真的吗?"

王诜道:"臣不敢欺君。"

徽宗道:"你也知道,朕初跟着七王爷学习楷书,后又跟你习真、行、草、隶。朕总觉得既没有学到你俩的真经,更没有自己的特点,便试着改习唐朝薛曜②的笔法。"

王诜道:"是的,您的书法确实有褚遂良和薛曜那么一点影子,但整个来看,您的书法比褚、薛二人成熟得多。咱大宋的书法您也知道,以韵趣见长。您的书法,既体现出类同的时代审美趣味,天骨遒美、逸趣蔼然;又具有强烈的个性色彩,即'如屈铁断金'。"

徽宗微笑着反问道:"朕的书法真的有那么好吗?"

王诜又道:"臣不敢欺君。"

蔡京忙附和道:"驸马爷说的全是实话。"

他二人这么一拍,徽宗笑得合不拢嘴:"朕知道你二位在拍朕的马屁,朕也知道你二位拍朕马屁的目的,是想让朕为'书画院'题写一个院名,朕不会让你二位失望的。走,咱们去御书房。"

到了御书房,徽宗挥毫走笔,写了碗大三个字——"书画院",蔡、王二人拍掌叫绝。

"陛下!"蔡京笑嘻嘻地说道:"臣想请您赐臣一个墨宝,但愿陛下不要吝啬才是。"

徽宗正在兴头上,满口答应,挥毫给他写了四个字——上善若水。

徽宗刚一落笔,蔡、王竞相赞之。

赞过之后,王诜道:"陛下,您不能厚此薄彼。"

---

① 瘦金书:亦叫瘦金体,为宋徽宗所创。
② 薛曜:唐人,瘦金体之祖,曾从学于褚遂良,用笔细劲,结体疏朗,瘦硬有神。

徽宗笑问道："朕怎么厚此薄彼了？"

王诜道："臣和蔡承旨一块儿面圣，您为什么只赐他一人墨宝？"

徽宗道："这……朕这就也赐你一幅。"说毕，又挥毫写了四个字——厚德载物。

……

写着说着，不知不觉，到了掌灯时分，徽宗留蔡、王用膳，一直用到亥时三刻，蔡京和王诜方才摇摇晃晃地走出皇宫。

就在蔡京、王诜伴徽宗用膳的时候，另一个"蔡京""王诜"以及"梁师成""赵令穰"，在八个家丁的簇拥下，走进樊楼。

樊楼是汴京城最大一个酒楼，由五座楼组成，每座楼三层，可容纳酒客上千人。"蔡京""王诜""梁师成""赵令穰"一出现，整个樊楼的人都知道了。

这一知道，很快便传到任伯雨耳中，连夜写就劾书一封，早朝时呈达徽宗。

宋朝有制，一、内臣不能结交外臣。二、官员不能到酒楼吃酒。"蔡京"等人此为，明摆着有违朝制，应当交御史台查处，可徽宗看了任伯雨的劾书，不但没有交御史台查处，反狠狠剜了任伯雨一眼，卷帘回宫。任伯雨不解，不只不解，是很生气，追上去欲质问徽宗，被太监给拦住了。

第二天，任伯雨又给徽宗上了一书，质问之。

徽宗又来一个置之不理，任伯雨正要联合其他台谏弹劾蔡京、王诜、赵令穰和梁师成，陈瓘找上门来，请他在自己撰写的劾书上签名。

任伯雨问："您这是要弹劾谁呀？"

"蔡京和王诜。"

"他俩又怎么了？"任伯雨问。

"他俩引诱皇上看女子相扑。"

任伯雨怒曰："怪不得我上了两封劾书皇上都置之不理，原来他们早就沆瀣一气了！要劾，咱连皇上一道劾，叫他无法袒护四贼。"

陈瓘道："英雄所见略同，我就是这么写的。"

任伯雨接过陈瓘的劾书，认真地看了一遍道："写得好！"遂签上了自己的大名。

徽宗收到陈瓘、任伯雨等人的联名劾书，越看越气，当即召曾布、蔡京进宫，把陈瓘、任伯雨的劾书，用右手二拇指一弹，弹给曾布："你看看，你看看！"又移目蔡京道："你也看看。"

曾布看完劾书，转给蔡京，蔡京只看了一半，一脸愤色道："造谣，造谣！陛下，臣昨天患了重感冒,在家躺了一天,啥时候跟您一块儿看女子相扑了?"

徽宗亦怒道:"昨天上午朕听了半天经筵①,下午又玩了半天蹴鞠,晚上练了一个时辰字,何曾出过宫门半步?"

蔡京火上浇油道:"这些人,连您都敢诽谤,胆子未免有些太大了吧!"

曾布义愤填膺道:"任伯雨他们的胆子,是有些太大了,应该对他们加以严惩!"

徽宗气哼哼道:"是该对他们进行严惩!"

蔡京忙问道:"陛下打算怎么惩处他俩?"

"将他俩罚俸三个月怎么样?"

蔡京道:"有些太轻。"

徽宗道:"依卿之意,怎么惩处?"

蔡京道:"将他们逐出朝堂。"

徽宗道:"大宋有制,不以言获罪……"

蔡京道:"那只是说说而已。"

曾布立马附和道:"陛下,蔡承旨说得对,那只是说说而已,请陛下扳着指头算一算,大宋立国以来,历经六代八帝,除了太祖以外,哪一个皇帝认真执行过?"

徽宗道:"朕听说,仁宗皇帝时成都有一个老儒生,考了近四十年也没有考上进士,给他们知府写了一首诗,鼓动知府造反,知府把他抓起来押送汴京,仁宗皇帝不但不杀他,还授给他一个司户参军。朕若是因陈瓘、任伯雨的上书贬他们的官,岂能不遭朝野非议?"

蔡京道:"陛下所说之事,实有之。但是,您只看到仁宗先帝善待成都老儒生的这一面,您没有看到他的另一面。柳永,也就是柳三变②,陛下不会不知道吧?"

徽宗道:"知道。"

"他很有才,他的词流传很广,凡有井栏处,皆能歌柳词,他两次参加礼部试都落选了,脸上挂不住,写了一首诗——《鹤冲天》,其中有一句,'忍把浮名,换了浅斟低唱。'第三次参加礼部试,考了个一甲第三名,仁宗先帝大笔一挥写道,'且去浅斟低唱,何要浮名?'硬把他到手的探花,给撸了!仁宗先帝这样对待柳永,还算比较客气,知谏院欧

---

① 经筵:汉唐以来,帝王为讲论经史而特设的御前讲席。宋代始称经筵,翰林学士或其他官员充任或兼任讲官。

② 柳三变:即柳永。北宋词人,进士出身,因弟兄中排行第七,故又称柳七。又因做过屯田员外郎,又称柳屯田。其词大多都是描绘城市风光和歌妓生活,通俗易记。在当时流传甚广,凡有井栏处,皆能歌柳词。

阳修因写了一篇《朋党论》，直集贤院①石介，因写了一篇《庆历圣德诗》，双双被赶出朝堂，前者知滁州去了，后者降为濮州（今山东省鄄城县北）通判，因为他俩的这两篇文章，一大批'朋党'被逐出朝堂，包括执政范仲淹、富弼、韩琦等等。"

他略顿又道："先帝神宗、哲宗，对于那些诋毁朝政言论（包括诗词歌赋）的官员，历来是严厉打击，就连首相蔡确和苏大学士（苏轼），也没有放过。前者遭贬岭南，且死在岭南；后者被抓到御史台，关了五个月零一天。陈瓘、任伯雨的劾书，可不只是诋毁朝政的问题，而是诋毁您。不，不只是诋毁，是诽谤，是无中生有！对这些奸邪之人，您千万不能手软！"

曾布忙附和道："陛下，蔡承旨已经把话说得很透，对那些奸邪之人，不能手软！您若是手软，他们会认为您软弱可欺，蹬鼻子上脸！"

徽宗颔首说道："二卿说得对，依二卿之见，应当如何惩处陈瓘和任伯雨？"

蔡京抢先回道："还是臣那句话，逐出朝堂！"

徽宗道："好，朕这就召韩忠彦进宫。"

蔡京问："召他干什么？"

"大宋古制，不论是贬官，还是黜官，都得交政事堂堂议。"

蔡京道："台谏如此嚣张，没有韩忠彦的支持他们敢吗？这事呀……"

徽宗道："卿不用说了，朕知道怎么做。"

翌日，徽宗内降一诏，贬陈瓘为无为军通判，任伯雨知虢州（今河南省灵宝市），消息一经传出，舆论大哗，以邹浩为首的台谏官，联名上书徽宗，请他收回诏命，否则，全体辞职。

---

① 直集贤院：官名。简称直院，掌集贤院之事，为文臣清望官之一。

十　官还是要当

"九哥"的徒弟,艺名"白牡丹",唱得虽然不如九哥,但貌比九哥好,又有点浪,被蔡京看上了,二人暗度陈仓。

曾布点了点头说道:"话又说回来,如果不做官,如何实现自己的抱负……所以,那官还是要当的!"

邓洵武这一招很毒,用父子情去打动徽宗,徽宗坠其彀,叹道:"若非卿之谏,朕几为不孝矣。"

徽宗收到台谏们的上书,忙召曾布、蔡京商议对策,曾布曰:"这一群台谏,拿着朝廷丰厚的俸禄,却不为朝廷谋事,反仗着有一张巧嘴,一支秃笔,对朝廷,对大臣,口诛笔伐。这些人比韩非子所说的五蠹①还要坏,干脆遂了他们的愿吧!"

蔡京道:"臣也是这个意思。"

徽宗道了一声:"好。"

第二天,众台谏全被逐出朝堂,到汴京城外任官去了。

庆贺。

如此之好事,应当庆贺。喝到约有六七分酒意之时,曾布对蔡京说道:"可以向韩忠彦动刀了!"

蔡京将头摇了一摇说道:"还有点早。"

曾布问:"为什么?"

"口舌(台谏)虽去,双翼还在,咱若是向韩忠彦下手,双翼岂能坐视,而这双翼又素

---

① 五蠹:指五种人,(一)学者(战国末年的儒家),(二)言谈者(纵横家),(三)带剑者(游侠),(四)患御者(依附贵族私门的人),(五)工商之民。韩非子认为这五种人无益于耕战,就像蠹(蛀虫)那样有害于社会。

为皇上所敬重!"

曾布又问:"你所说的双翼,指的莫不是门下侍郎李清臣和尚书右丞范纯礼?"

蔡京道:"正是。"

曾布复问:"依你之见,是先除掉双翼?"

蔡京轻轻颔首。

曾布道:"既然这样,咱俩分头行动,各除去一个如何?"

蔡京道:"甚好。"

"你挑吧。"

蔡京道:"还是您先挑。"

曾布皱着眉头儿默想片刻道:"我挑范纯礼。"

蔡京道:"好。"

第二天,退朝后,曾布单独觐见徽宗,就逐出众台谏后的舆情,做了详细汇报。当然,从他口中出来的全是溢美之词。

溢美之词,徽宗虽然听着舒服,但他有些不大相信,问道:"有没有不同的说法,或者说有没有为台谏们鸣不平的?"

曾布笑嘻嘻地说道:"俗语不俗,'聪明不过帝王'。还真有人为台谏们鸣不平的呢,甚而,甚而……"

徽宗道:"甚而,甚而什么?无非说朕是个昏君!"

曾布道:"陛下圣明。"

徽宗道:"你就直说了吧,是谁说朕是一个昏君?"

"范纯礼。"

徽宗道:"范纯礼不会说这样的话。"

曾布问:"何以见得?"

徽宗道:"范纯礼是谁呀?是道德典范范仲淹的儿子。范仲淹数次遭贬,然对朝廷的忠心不变。他的《岳阳楼记》你应该知道吧?"

曾布道:"知道。"

徽宗脱口咏道:"……不以物喜,不以己悲;居庙堂之高则忧其民;处江湖之远则忧其君。是进亦忧,退亦忧。然则何时而乐耶?其必曰,'先天下之忧而忧,后天下之乐而乐。'噫!微斯人,吾谁与归!"

略顿又道:"俚语曰:'虎父无犬子',范文正公(范仲淹谥号'文正')有四子,曰纯祐、纯仁、纯礼、纯粹,皆为当世之人杰。章惇为相时,多次迫害范家,但范家却不准家人奴仆们道章惇一个'不'字。对章惇尚且如此,他会说朕是一个昏君吗?你得到的这个消息不真!"

曾布满脸赔笑道:"陛下所言甚是。"

曾布第一次出征,便遭到了惨败,但他不甘心,自己给自己打气:"胜败乃兵家常事,别灰心,千万别灰心!再寻机会,打它一仗,一定能把范纯礼打败。"

还没等他找到机会,徽宗内降一诏,迁蔡京为门下侍郎;罢李清臣门下侍郎,出知大名府。曾布以祝贺为名,宴请蔡京。宴后,又将蔡京请到后堂,一边饮茶,一边取经。

"元长弟,你用什么招数把李清臣给扳倒了?"

蔡京笑而回道:"也没用多大的招,只是把他的丑行,又翻出来晒晒。"

"单这就能把李清臣扳倒?"

这话,莫说曾布,连鬼也不会相信。

曾布白赔了一场酒,自此,对蔡京暗恨之。

蔡京能得眼睛出气,能看不出来曾布的变化,但他扳倒李清臣的招有些损,实在不想让人知道。

"九哥"一生只收过一个徒弟,也是个女的,艺名"白牡丹",唱的虽然不如"九哥",但貌比"九哥"好,又有点浪,被蔡京看上了,二人暗度陈仓。蔡京遭贬杭州后,她扑在了李清臣怀里。李清臣许她,要纳她为妾,但由于夫人韩云飞的反对,一直没有兑现。

李清臣夫人,是韩忠彦的堂姐,性子烈,李清臣非常惧内。

白牡丹为了当上李清臣的妾,买通了韩云飞的女仆,想毒死韩云飞。事为李清臣所知,将女仆毒打一顿,卖到妓院。白牡丹呢,他也不再招惹。白牡丹送上门来,他不但不见,还放出话来,叫她好自为之,否则,女仆的下场,就是她的下场。白牡丹又气又恨,找蔡京哭诉,二人旧情复燃,共谋整倒李清臣的良计。也是活该李清臣倒台,众台谏遭逐,官员们避之如虎,他却将邹浩、龚夬请到八仙楼吃饯行酒。八仙楼的名气虽然没有樊楼那么大,但来了这么多大官,此消息很快便传到了徽宗耳中,徽宗很是不快。

既然能传到徽宗耳里,岂能传不到蔡京耳里?

蔡京得到李清臣宴请邹浩和龚夬的消息,比徽宗晚了一天。

他得到消息后,立即遣一心腹家丁去寻白牡丹。白牡丹去西京(今洛阳市)演出去了,那家丁又追到洛阳,将白牡丹带回相府,二人一番颠鸾倒凤之后,便开始密谋。

翌日下午，蔡京携白牡丹进宫面圣。

徽宗双眼为之一亮，指了指白牡丹问蔡京："此何人也？"

蔡京反问道："陛下知道唱鼓儿哼的'九哥'不？"

徽宗道："她不只会唱鼓儿哼，她还有功于大宋，朕岂能不知？"

蔡京指了指白牡丹说道："她是'九哥'的弟子，艺名'白牡丹'，现今是李侍郎的外室。"

徽宗道："卿说的李侍郎，是不是李清臣呀？"

蔡京道："正是。"

徽宗又问："李清臣贵为门下侍郎，可以纳妾的呀；而且，想纳几个就纳几个，为什么还要养外室？"

蔡京轻叹一声道："他惧内，非常惧内，他的夫人不让他纳妾。"

"他的夫人不是韩相的堂姐吗？"

蔡京回道："正是。"

"韩相五代为官，应该有很好的家风，不会出一个似河东狮吼这样的女人吧？"

蔡京道："偏偏就出了这么一个，让李侍郎给娶走了。"

徽宗来了兴趣："诚如此，那就请卿说一说韩相的堂姐怎么个'狮吼'？"

"某一日，李侍郎下朝回府，新来的一个女仆给他端水洗脸，他见女仆既年轻又水灵，那面皮也特别的白，便朝她的右脸颊摸了一把。这事不知道怎么让韩相堂姐知道了，将女仆绑到柱子上，脚旁放了一个熊熊燃烧的火盆，韩相堂姐拿了一把烧得通红的火钳，去烙女仆脸颊，女仆先是求饶，继之惨叫，她照烙无误，直到李侍郎给她跪了下去，她才住手。"

徽宗一脸气愤道："如此一个女人，还不休了她！"

蔡京道："李侍郎何尝不想休了她，但他不敢。"

徽宗道："有什么不敢？"

蔡京叹道："第一，韩家势力太大，韩忠彦贵为左相，他的父亲韩琦，两立皇帝（英宗、神宗）、三朝（仁宗、英宗、神宗）为相，封魏郡王。没有韩家的提携，李清臣就不可能爬到门下侍郎的高位。"

徽宗道："若是顾及韩家，大可不必，卿可告诉李侍郎，朕为他撑腰！"

蔡京长叹一声道："亏了呀，亏了呀！"

徽宗惊问道："什么亏了呀，亏了呀？"

蔡京又是一声长叹:"陛下呀,您慈父般地对待李清臣,不只复他的官,还为他的家事操心。可他对您,却是心存不满。"

徽宗道:"不会吧?"

蔡京道:"陛下若是不信臣言,尽可问'白牡丹'。"

徽宗移目白牡丹:"蔡侍郎说的可是实情?"

白牡丹颔首回道:"是实情。"

徽宗道:"那你就说一说李清臣怎样地对朕心存不满。"

白牡丹行了一个万福礼①回道:"启奏陛下,李清臣每谈起您,不是说您年轻,就是说您素无主见。前几天,在八仙楼请客,他劝邹大人、龚大人,'别一副愁眉不展的样子,我不是已经说过了吗?皇上这人,是个艺术天才,但他毕竟年轻,没有什么主见,今日将你们逐出朝堂,说不定呀,某某人一劝,这个某某人,不只包括我,也包括韩相,他就会把你们召回来。'邹大人长叹一声道:'小弟所忧的并非个人的荣辱进退,小弟所忧者是大宋社稷,大宋立国一百四十多年,历经六代八个皇帝,哪一个皇帝也没有像皇上这样拒谏的。不只拒谏,还把台谏官全部逐出朝堂!唉,章惇说他轻佻……"

蔡京故意喝道:"白牡丹,别口无遮拦!"

白牡丹忙道了一声:"是。"

因为"轻佻",徽宗差一点当不上皇帝。事实上,他真"轻佻"。常言说:"能人(聪明人)怕说能,憨人(愚人)怕说憨。"蔡京看似是呵斥白牡丹,实际是把"轻佻"二字再描一笔,目的是进一步引起徽宗的注意,从而激怒他。

蔡京的目的达到了,你看,徽宗满脸怒色道:"白牡丹,别听蔡侍郎的,讲,继续讲。"

白牡丹点了点头继续说道:"邹大人说过章惇说您'轻佻'之后,又来了一句,看来,陛下不只'轻佻',还'轻率'。邹大人突然把话顿住,朝小女子瞄了一眼。李清臣道,'牡丹嘴紧'。李清臣虽然说小女子嘴紧,还是把小女子支了出去。"

徽宗恨声道:"这个邹浩,依他所犯之罪,应该斩头,朕只是将他外放,他便这样说朕。还有那个李清臣,怎么和邹浩他们搅到一块啦?"

蔡京道:"他们本来就是一伙的,若非李清臣、韩忠彦给台谏撑腰,台谏敢如此猖

---

① 万福礼:古时,女子行礼共有八种,万福礼是其中一种。行礼时,双手轻轻搭于左胯处,右脚居后,庄重缓缓地屈膝并低头,口道"万福"。

狂吗？"

徽宗道："朕这就颁诏，将邹浩他们抓回来，交大理寺①。"

蔡京摇首说道："不可以这样。"

徽宗问："为什么？"

"邹浩、李清臣之言，言之于酒宴上，而这个酒宴，还属于私宴，酒喝多了难免要胡说八道。就是他们没有喝多，也不宜追究，若追之，朝野会认为陛下胸怀不够大。其二，他们说陛下'轻佻'也好，'轻率'也罢，就他们几个人，若把邹浩他们交大理寺，大理寺必得审理，这一审理，知道的人，那就不是几个了，是几十、几百、几千，甚而上万人，其结果呢？越描越黑，对陛下不好。"

徽宗道："如卿之言，这件事就这么算了吗？"

蔡京道："不只不能算了，而且还要严惩，以他们到酒楼吃酒，有违朝制的名义，进行严惩。"

"怎么惩？"

蔡京道："将邹浩、龚夬南迁，迁到岭南，叫他们自生自灭。李清臣呢？毕竟是当朝宰相，出知大名府也就可以了。"

徽宗道："卿言甚是。"

曾布没有从蔡京那里取到"经"，只得自个儿去想扳倒范纯礼的办法。

你别说，十天后，那办法真让他想出来了。

曾布和王诜交往并不多，但他帮过王诜两次大忙，第一次是知开府期间，王诜宠妾的弟弟白二蛋喝醉酒打伤了人，被扭送到开封府，曾布为白二蛋开脱，以罚金两贯结案。第二次，王诜的心腹家丁在汴西瓦舍②的勾栏猥亵少妇，亦被扭送开封府，曾布以杖臀三十而结案，而这个臀杖得很轻很轻，就像搔痒痒一样。

王诜闻报曾布来访，忙降阶而迎，置酒相款。

酒至半酣，曾布微笑着说道："驸马爷，臣有一言，如鲠在喉，不知当讲不当讲？"

王诜笑回道："你我神交久矣，有什么话尽管直说。"

曾布道："有您这句话，老臣就直说了。"

---

① 大理寺：官署名。夏称大理，西周春秋战国称司寇，秦汉称廷尉，北齐改称大理寺，历代沿置，北宋与刑部、审刑院并为朝廷三大司法机关。

② 瓦舍：宋朝的大型娱乐场所。瓦舍又分为许多勾栏（以栏杆围成圈，以幕布围起来），多的达五十余座，每个勾栏里演义的节目也不同，诸如说唱（话本）、曲艺、杂技（踏索、吞铁剑等）、傀儡戏、口技、相扑、耍猴等等。

王诜笑靥如故:"您这话就见外了,什么臣不臣的,咱俩是弟兄,是一见如故的好兄弟!"

曾布道:"那我就高攀了。"

王诜嗔道:"你我既然是兄弟,且莫说高攀的话!"

曾布道:"好,我不再说高攀的话。在我的印象中,您好像生于庆历八年(1048年)?"

王诜道:"我正是生于庆历八年。"

曾布道:"我生于景祐四年(1037年),满打满算,长您11岁,应该是您哥哥。"

王诜笑道:"那是理所当然。"

曾布道:"您既然认我曾子宣(曾布的字)为哥哥,我就直话直说。依您之才之德,早该做一个执政,但因大宋有制,皇亲国戚,不能做实职官,您才屈就了一个驸马都尉。但是,话又说回来,这制源自宋太宗,宋太宗自己定制,自己就没有很好执行。李继隆本为宋太宗内兄,竟官至灵、环十州都部署,统兵十几万。宋太宗自己定制又毁制,作为他的后人,没有必要非遵守不可。故而,愚兄三次进言皇上,应当授您执政之职,皇上也答应了。可那个范纯礼,抓住祖宗之制不放。哎,你俩是不是有什么过节?"

王诜回道:"没有。"

曾布道:"这就怪了!"

王诜想一想说道:"愚弟虽然和范纯礼没有过节,但为蔡确的谥号一事发生过争执。"

蔡京道:"若仅仅因为此事,他拼命地反对您做执政,心胸未免显得小了点。"

王诜道:"不只是小,是有点嫉贤妒能了。"

曾布点了点头说道:"我知道您无意官场,把功名利禄视如粪土!但话又说回来,一个人,如果不做官,如何实现自己的抱负,如何造福于百姓?所以,那官还是要当的!"

王诜频频颔首道:"您说的极是!"

曾布长叹一声,欲言又止。

王诜道:"愚弟的脾气,您也知道,向来是与人为善。但是,若有人骑在愚弟头上拉屎撒尿,愚弟决不答应,您信不?"

曾布颔首道:"愚兄信。"

王诜又道:"他范纯礼硬要往愚弟头上拉屎,愚弟说句不知天高地厚的话,他这个尚书右丞,也算干到头了。"

不知道王诜何时进宫,也不知道他给徽宗讲了些什么,三天后,徽宗内降一诏,罢去范纯礼尚书右丞,知颖昌府去了。

范纯礼一罢,韩忠彦成了孤家寡人,若照曾布之意,这就把刀直接砍向韩忠彦。蔡京道:"再等一等。"

曾布尽管与蔡京已经有了芥蒂,但为了实现自己的终极目标,强忍住气问道:"为什么?"

"咱大宋如今的国策是什么?"

曾布回道:"行元祐之政。"

蔡京道:"'元祐'和'绍圣'有什么不同?"

曾布道:"'绍'者,尊崇推行也。'圣'者,宋神宗也。'绍圣'就是尊崇推行宋神宗在熙宁年间进行的变法(史称熙宁变法或王安石变法)。'元祐'是宣仁太后强加给先帝哲宗的年号,与'绍圣'水火不容,前者是要变法,后者反对变法。"

蔡京道:"韩忠彦本身就是元祐党人,他的父亲韩琦又是旧党党魁,熙宁变法的强烈反对者,大宋既然在行'元祐'之政,皇上就不可能让咱来砍韩忠彦。当务之急,是如何改变国策,即变'元祐'为'绍圣'。"

曾布想了一想道:"您说得对,但要'绍圣',不是你我说了算。"

蔡京道:"你我说了虽然不算,咱可以鼓动说了算的人来'绍圣'。"

"那就是皇上了。"

蔡京道:"对。"

曾布道:"既然这样,咱俩就专攻皇上吧!"

蔡京道:"好。"

曾布道:"皇上年轻,素无主见,耳根子又软,我相信咱们一定能成功!"

蔡京道:"我也相信咱们能成功。"

他俩太低估了徽宗,他俩轮番找了徽宗,说得口吐白沫,徽宗硬是不同意改变国策,且说道:"朕得国于向太后,而行'元祐'之政,是向太后的凤愿。如今,她尸骨未寒,朕便弃'元祐'而行'绍圣',太说不过去了!"

曾布很失望,叹之曰:"元长,你我低估了皇上,此路难行,为之奈何?"

蔡京笑而对曰:"只要功夫深,铁杵磨成针。"

曾布又是一声长叹:"话是这么说,我是无能为力了。"

蔡京笑容如故道:"我也不行,但我知道有个人行。"

曾布问:"谁?"

蔡京回道:"邓子长(邓洵武的字)。"

"是不是上个月才迁为起居郎①的那个邓洵武?"

蔡京道:"正是。"

"他可是韩忠彦的人呀,他得以迁官,就是韩忠彦出的力。"

蔡京问:"您知道邓子长的父亲是谁不?"

"邓绾。"

蔡京又问:"邓绾您知之乎?"

曾布笑曰:"天下何人不知,况吾乎!"

"那就请您说一说邓绾其人吧。"

曾布道了一声:"好!"打开了话匣子。

邓绾者,成都双流(今之双流区)人也。二十五岁参加科举考试,考了个礼部试第一,险些当上了状元。他出仕后,投机钻营,早期成效不大,直到攀上了王安石,那官一迁再迁,数年间,蹿到御史中丞加龙图阁直学士的高位。王安石罢相,他又依附于王安石的昔日好友、今日之敌人、当朝宰相吕惠卿,迁官翰林学士。王安石复相,他又劾吕惠卿、章惇,以取谀王安石,有人劝他,"你这样反复无常,岂不招人耻笑?"

他恬不知耻地回道:"笑骂从汝,好官我自为之。"

听曾布讲完了邓绾,蔡京道:"相爷对邓绾可谓是真知矣。邓洵武这人,不只长相酷似乃父,就连走路的姿势,说话的声音,乃至为人处事,也酷似乃父。如此一个人,相爷以为,他会忠于韩忠彦吗?"

曾布道:"照理应该不会。"

蔡京道:"不会是肯定的,况且,他在愚弟由杭州进京之前,与韩忠彦关系一般,是愚弟让他去给韩忠彦献媚,他才去的。"

曾布"噢"了一声道:"原来,邓洵武是你布在韩忠彦棋盘里的一枚棋子,高,你这一手实在高!"

蔡京谦谦地一笑道:"相爷过奖了。"

曾布道:"既然你握了这么一颗好子,那就用一用吧。"

---

① 起居郎:官职名。初置于隋,属内史省。宋时,御殿则侍立,行幸则从,大朝会时与起居舍人对立于殿下螭首之侧。凡朝廷命令赦宥、礼乐法度、损益因革、赏罚劝惩、群臣进对、州县废置等,皆书以授著作官。

蔡京道："我这就遣人去找邓洵武。"

不到半个时辰，邓洵武满身大汗地赶到蔡京府邸，二人密商了一个时辰。

邓洵武见到徽宗，既不夸"绍圣"多么多么地好，也不说"元祐"多么多么地孬。

他首先从王安石变法说起。

"陛下，'熙宁年间'的变法，有人称之'王安石变法'，您对这事怎么看？"

徽宗反问道："卿怎么看？"

邓洵武回道："不能称之为'王安石变法'！"

徽宗又一个反问："为什么？"

"变法的真正谋者和领导者都是先帝神宗，王安石只不过先帝神宗帐下的一员大将，一员冲锋陷阵的大将。如果说神宗是元帅，王安石则是先锋官。故而，新法的推行，并不因为王安石的去留而改变，抑或是停止。"

徽宗频频颔首道："卿说的是。"

"陛下，臣有一问。"

徽宗道："讲。"

"变法阵营的人，除了先帝神宗和王安石外，您说还有谁？"

徽宗道："还有吕惠卿、曾布、章惇、吕嘉问……"

"反变法阵营呢？"邓洵武问。

"韩琦、富弼、吕公弼、司马光、苏轼兄弟……"

"韩忠彦是何人之子？"邓洵武又问。

徽宗吞儿一声笑了："卿今日怎么了，连韩忠彦的爹是谁，都不知道？"

邓洵武嘿嘿一笑道："臣当然知道韩忠彦的爹是谁，故意问您。"

"为什么？"

邓洵武长叹一声道："陛下乃先帝神宗子，今相韩忠彦乃琦（韩琦）之子，先帝行新法以利民，琦常论其非。今忠彦为相，更先帝之法，是忠彦能继父志，陛下为不能也。陛下乃万乘之尊，反不及一个臣子孝矣，臣深以为憾！"

邓洵武这一招很毒，用父子之情打动徽宗，徽宗坠其彀矣。他默然良久说道："子绍父志，子之本也。若非卿之谏，朕几为不孝矣！"

邓洵武心中暗喜，乘胜追击道："既然这样，那就请陛下效法哲宗先帝，也来一个更弦易张——'绍圣'。"

徽宗道了一声："好！"又道："要'绍圣'，首先得从改年号做起。"

十 官还是要当

"陛下打算什么时候改?"

"今年只剩两个月,改也来不及了,明年吧。"

邓洵武问:"陛下想改一个什么样的年号?"

徽宗道:"'绍圣'这个年号不错,但先帝哲宗已经用过,咱不能再用,改一个什么年号呢?"他一边说一边凝眉思之。

"您看这个年号行不行?"

徽宗道:"讲。"

邓洵武道:"您是先帝神宗的儿子,先帝哲宗也是先帝神宗的儿子,他来一个'绍圣',咱不妨来一个'崇宁'。'崇'者,尊重、推崇也。'宁'者,'熙宁'也。'崇宁',即追崇先帝神宗,复兴'熙宁变法'也。"

徽宗眉开眼笑道:"'崇宁'好,就用它做大宋的年号吧!"

年号是历代帝王纪年的名号,也是时代的标志。它昭示着朝廷要干什么。故而,取年号也好,改年号也好,对于一个国家,都是一件大事。如此重要的事情,韩忠彦身为大宋的左相,居然和一般朝臣一样,直到颁布的前两天,才得到消息,韩忠彦的第一反应——徽宗变了,徽宗要学他爹呢;第二个反应——藐视相权!改年号这事,应当交给宰相,由宰相召集礼部、秘书省①、太常寺②等有关官署,反复讨论,拿出一个意见,呈交皇帝,由皇帝认可即可,而今……第三个反应——皇上不只藐视相权,也藐视我韩忠彦本人,我韩忠彦在皇帝眼里,不值一文了;第四个反应——奸人得势了。

由这四个反应,他做出一个判断——我这左相,是不能再当了。就是想当,他们也不会让我当了。与其让人赶下台,倒不如主动求辞,也好全个面子。

他上书辞相,徽宗假惺惺地挽留。他再上,徽宗仍然挽留。他三上之后,徽宗不再挽留,批了一个"准"字,出知大名府去了。

曾布呢? 顺理成章坐上了左相的交椅,他的空缺则由蔡京来补。

曾布虽然如愿以偿,但他的麻烦也跟着来了。

在未扳倒韩忠彦之前,他和蔡京是同一条战壕的战友,目标一致。为击倒共同的敌人,"精诚团结"。如今,他成了蔡京前进路上的绊脚石。

二人反目成仇。

---

① 秘书省:官署名。初置于西晋,宋前期只掌一般祭祀用的祝文撰写,元丰改制后,三馆秘阁并入秘书省,掌图籍、国史、天文历数、祭祀祝词等。

② 太常寺:官署名。初置于秦,称奉常,西汉初改称太常。宋元丰改制后,掌礼乐之事。

113

十一　误人多少

蔡京和曾布的斗争，由暗转明，每逢两府议事，曾布说东，他便说西。

安民忍气吞声，将《党人碑》刻好后，朝《党人碑》磕了三个响头，自个儿扇了自个儿三个耳光。

砍过了"元祐党人"，蔡京又把刀砍向了"元祐党人"的著作。

人呀，不能不走路，要走路就不能不摔跤。摔跤的原因很多，诸如刮风、下雨、路滑，抑或是为什么东西所绊，再不就是遭人算计，也可能是自己失足。

曾布的倒台，既有外部原因——蔡京不择手段地整他；也有内部原因，他的失误一个接着一个。

他最大的失误是，当上了左相，梦寐以求的愿望实现了，便私下里接受百官庆贺，天天收银子喝酒。

第二个失误是，不知道抓大事。宰相乃一人之下万人之上，除了军事以外，无事不统。忙，确实很忙，再忙也别忘了抓大事。

何为大事？

人事。

只要把官员的任免权抓住，其他事就好办了。

东府换主人了。

东府换主人后，必将对官员队伍来一番调整——或进或出，或升或降，官员们都想在调整中分一杯羹。可曾布只顾自己收银子喝喜酒，把调整人事的大权，拱手让了出去。

蔡京呢？

蔡京趁机把自己的人，包括那些遭贬的，或复官，或迁官，诸如童贯，等等。

童贯,授内客省使①,成了大内的最高长官。

蔡卞、吴居厚、刑恕、安惇等遭贬的官员,一一恢复原职。

吕嘉问,不但赦免了"编管"之罪,还进京做了开封府尹。

温益,由礼部侍郎迁尚书左丞。

张尚英迁尚书右丞。

赵挺之,由徐州通判,迁御史中丞。

范致虚,由太学博士,迁右正言。

不知道提拔自己人和那些跟自己走的人,已经错了,可曾布还坏别人的好事,诸如邓洵武。

曾布明明知道邓洵武是徽宗驾前红人,只同意迁他中书舍人,不同意他兼侍讲。而邓洵武又把侍讲这个职务看得很重,能做皇帝的老师,是何等荣耀!不只邓洵武,无论换成谁,都会看重,这是曾布的第三个失误。

曾布的第四个失误更加不该。王诜既是皇亲国戚,又是徽宗实实在在的老师,还曾为曾布扳倒范纯礼出了大力,你曾布也曾许他做翰林学士承旨,只因赵挺之一句话——此为,有违祖制,你便卷旗收兵。

有了这四个失误,后果很严重:蔡京门庭若市,曾布门前几可罗雀;邓洵武、王诜常在徽宗面前攻曾布之短。

此时的徽宗,还不算十分昏聩。况且,在立帝之事上,曾布还为他说过话呢。故而,每当邓洵武他们颂蔡京而贬曾布的时候,他只听,不表态,直到和翰林学士侯蒙一番谈话,才把心中的天平转向了蔡京。

侯蒙得以迁翰林学士承旨,是赵令穰出的力。

他和赵令穰既不沾亲,也不带故。只因赵令穰的一个姓田的小妾,家居襄邑,而侯蒙又两知襄邑,曾为襄邑百姓铲除了一个叫襄邑虎的恶霸,而这个恶霸又与田小妾家有世仇,田小妾出于感激,常在赵令穰耳边称赞侯蒙,赵令穰便记住了侯蒙。一次,赵令穰和徽宗闲聊,他借机把侯蒙推荐给徽宗。

翰林学士承旨虽不是执政,但位在诸学士之上,"凡大诏令,大废置,丞相之密划,内外之密奏,上(皇帝)之所甚注意者,莫不专对……"在皇帝的近臣中,名列榜首。

某一日,侯蒙召对毕,徽宗突然问他:"东府的首脑,目前只剩下四位了——曾布、

---

① 内客省使:职事官,阶官名,初置于唐,从五品。

蔡京、温益和张商英,彼四位孰优孰劣?"

侯蒙反问道:"哪一方面?"

"德。"

侯蒙对曰:"这个不好说。"

"才呢?"徽宗又问。

"蔡京第一,张商英第二,曾布次之,温益最差。"

"能呢?"徽宗复问。

"蔡京第一,曾布第二,张商英次之,温益低能。"

徽宗轻轻颔首。

侯蒙与徽宗的对话,当天便传到了蔡京耳朵里,传话者,童贯也。

蔡京得此消息,大喜。他和曾布的斗争,由暗转明。每逢两府议事,曾布说东,他便说西,曾布如果真是一个聪明人,就应该夹起尾巴。可他,偏偏来一个马后炮,还多次荐引私人,试图进入朝堂。

晚了。

无论曾布荐谁,蔡京一概否之,但也只是否了而已。唯有一人,由于蔡京的反对,惊动了徽宗。

陈佑甫,进士出身,三为知县,两为知州,早该做京官了。只因他是曾布的儿女亲家,又是曾布所荐,拟任礼部侍郎,蔡京坚决反对,惊动了徽宗。徽宗怪而问之:"诸卿,按照陈佑甫的资历、政绩,做一个礼部侍郎,并不算超迁,为什么东府议而不过?"

蔡京奏曰:"因为他是曾相的亲家,又是曾相所荐。"

徽宗道:"亲家怎么了,古智人有言,'举贤不避亲'嘛。"

蔡京道:"是的,举贤可以不避亲,关键是陈佑甫不是一个贤者。再之,咱大宋不比他朝,讲回避。父子兄弟,乃至翁婿叔侄,不能互相荐举,也不能在有直接上下级关系的官署任职。"

曾布反驳道:"蔡京,你不要忘了,你的弟弟蔡卞现正做着枢密院事,你这样说,是自打耳光!"

蔡京微微一笑说道:"蔡卞是我的弟弟,我今天不否认,永远也不会否认。反过来说,他是我的弟弟怎么了?第一,他之为枢密副使,和我没有上下级关系,又非我之所荐。而且,当年,蔡卞任尚书左丞,位在我之上。如今,仅仅做一个枢密副使,还没安排到位呢。"

十一　误人多少

曾布冷笑一声道："依你之意,莫不也要他做一个宰相?"

蔡京道："你这是以小人之心,度君子之腹!"

曾布朝蔡京呸地啐了一口："你才是小人,不折不扣的小人!"

说毕,又朝蔡京啐了一口。

温益从旁呵斥道："曾布,皇上在此,不得无礼!"

曾布忙跪下请罪。

徽宗一脸不悦道："走吧,你们都走吧!"

曾布失宠了,曾布完了,这消息不胫而走,不到三天传遍了汴京城。安惇本和曾布是同党,来一个落井下石,联合赵挺之和吕嘉问,上书弹劾曾布,说他暗结"元祐党",陷害忠良。徽宗内降一旨,将曾布罢相,出知润州(今江苏省镇江市润州区)去了,遗缺由蔡京来补。

宋之官制,新任官员,须入殿谢恩,蔡京自是不能例外。

谢恩毕,徽宗赐座,谕之曰："先帝神宗创法立制,不幸中道升遐。先帝哲宗,继承遗志,又两遭帝帷之变,国事越弄越糟,朕欲绍述父兄之志,今特相卿,卿何以教朕?"

蔡京拜伏于地："陛下过谦了,臣无他能,只知效忠陛下!"

徽宗大喜道："朕知矣,卿快快平身。"

出了延和殿,蔡京走马上任,命侯蒙草拟一份"禁用元祐法规,恢复熙宁新法"的诏书,呈达徽宗。

诏书把哲宗当国时的国事说得一无是处——"蓄积不厚于闾里,商旅未通于道路。廉耻盖寡,奔竞实繁,风俗浇漓,荐举私弊。盐泽未复,浮费尤多,贤鄙难辨。岁稍饥馑,民辄流离。"

诏书所指出的问题,虽然有夸大之处,基本属实。但北宋积贫积弱已久,要哲宗一人承担,有失公允。况且,哲宗已经作古。

哲宗死了,而哲宗又是徽宗的异母兄长,不管如何指责,也不能把他怎么样。但是,哲宗朝的不少大臣还在,有些依然把持着朝廷某一官署,把这些人拉下马,才是蔡京的主要目的。

其次,还有那些已故的元祐党人,九泉之下也不能让他们安生。

如此一个草拟诏书,如此一个恶毒的草拟诏书,徽宗居然一字未改,便颁诏天下。

有了这道诏书,蔡京就可以明目张胆地打击迫害那些在"元祐"年间反对恢复"熙宁变法"的大臣,把他们称之为"奸党"。而且,还说动徽宗,亲书"党人碑"三字,刻石立

大宋天子——宋徽宗

于皇宫的端门。上"党人碑"的,一共是一百二十人,其姓名如下:

司马光、文彦博、吕公著、吕公亮、吕大防、刘挚、范纯仁、韩忠彦、王珪、梁焘、王岩叟、王存、邓雍、傅尧俞、赵瞻、韩维、孙固、范百禄、胡宗愈、李清臣、刘奉世、苏辙、范纯礼、安焘、陆佃。(上列是曾任过宰执①的官员)

苏轼、范祖禹、王钦臣、姚勔、顾临、赵君锡、孔文仲、马默、王陆、孔武仲、朱光庭、孙觉、吴安持、钱勰、李之纯、赵彦若、赵高、孙升、李用、刘安世、韩川、吕希纯、范纯粹、曾肇、王觌、王畏、吕陶、王吉、陈次升、丰稷、谢文瓘、鲜于侁、贾易、邹浩、张舜民。(上列是曾任过待制以上的官员)

程颐、谢良佐、吕希哲、吕希绩、晁补之、黄庭坚、毕仲游、常安民、孔平仲、司马康、吴安诗、张耒、欧阳棐、陈瓘、郑侠、秦观、徐常、汤戬、杜纯、宋保国、刘唐老、黄隐、王巩、张保源、汪衍、余爽、常立、唐义问、余卞、李格非、张庭坚、商倚、李祉、陈祐、任伯雨、朱光裔、陈郛、苏嘉、龚夬、欧阳中立、吴俦、吕仲甫、刘当时、马琮、陈彦、齐昱、鲁君贶、韩跂。(上列是杂官)

张士良、鲁焘、赵约、谭裔、王称、陈询、张琳、裴彦臣。(上列是内官)

王献可、张巽、李备胡。(上列是武官)

在这一百二十人中,多数确实反对过"熙宁变法",但也有一些人,并没反对,甚而,还是"熙宁变法"的吹鼓手,比如陆佃,是王安石的门生,只因鄙视蔡京、蔡卞兄弟的为人,也被列入了"奸党"。

对于这些"奸党",活着的全部逐出汴京;死了的追回官爵,其子弟终身不得做官,也不能在汴京居住。

三个月后,蔡京心血来潮,突然要去解州(今山西运城)祭奠关羽。途经夏县的涑水乡,见路旁有一个大亭子,书曰:"感恩亭",内中塑着司马光的全身像。蔡京召土人问之:"这亭子是何人所建?"

土人回曰:"上官尚光。"

蔡京又问:"上官尚光是干什么的?"

---

① 宰执:宋宰相和执政官的统称。宋代以同平章事、尚书左右仆射、同中书门下平章事、左右丞相、侍中等为宰相;参知政事、门下侍郎、中书侍郎、尚书左右丞、枢密使、枢密副使等为执政官。

土人回曰："上官尚光是个隐士。"

蔡京复问："他既然是一个隐士，为什么要盖这个感恩亭？"

土人反问曰："司马光砸缸的故事，不知大人听说过没有？"

"听说过。"

土人道："上官尚光就是掉在缸中的那个小孩。"

蔡京道："司马光虽然救过上官尚光的命，也不能给他建亭。"

土人问："为什么？"

蔡京道："司马光是奸党，朝廷将他的名字刻在了《党人碑》上，这事难道尔等没有听说？"

土人回道："没有听说，就是听说了，这亭也得建。"

蔡京问："为什么？"

土人回曰："司马光是个好人，好官，朝廷的大忠臣……"

蔡京勃然大怒道："住口！爷看尔的貌相，就知道是个刁民。"

掉头对随行从吏说道："把他抓起来，押送陕州州衙。"

抓了土人之后，蔡京吩咐从吏："告诉陕州知州，把上官尚光也给爷抓了。"

祭拜关羽归来，蔡京还在想着感恩亭的事。中国这么大，仅在皇宫的端门立《党人碑》不行，各路州县也得立！

徽宗正宠着蔡京，蔡京说什么，他便听什么，蔡京让他把《党人碑》上的人名照抄一遍，颁诏天下，他便照抄一遍；蔡京要各路州县效法朝廷，在衙署门前和各要道口立《党人碑》，他满口答应。

《党人碑》上本为一百二十人，蔡京对徽宗说道："陛下，请您把张商英也写上。"

徽宗道："张商英非'元祐党人'呀！况且，他得以授官尚书右丞，还是你荐的。"

蔡京拜伏在地道："臣误陛下，臣罪该万死。臣昨天才听邢恕讲，张商英是个两面派，明里支持熙宁变法，暗里勾结司马光和苏轼兄弟。"

徽宗将头点了点，提笔写上了张商英。

蔡京本和张商英是一党，他为什么还要把张商英列为"元祐党人"？

张商英虽也奸邪，但他和蔡京不同，身上还有几分正气，授尚书右丞之前，他和蔡京并没有真正共过事。如今，同为执政，几乎天天见面、议事，他对蔡京的许多做法，产生了不满，比如把陆佃列入"奸党"，他是一万个不同意。再如，对已故去的"元祐党人"，追夺官爵及禁止他们的子弟在汴京居住之事，他不但反对，还当面和蔡京吵了起来。

蔡京本就是一个奸诈小人,睚眦必报。这只是他把张商英列入"元祐党人"的一个原因。

还有一个原因是,杀一儆百。

张商英,当朝副相,又是三朝元老,连章惇都对他敬畏三分。只因顶撞了我蔡元长,我蔡元长一句话,便把他列入《党人碑》,不只滚出了汴京,还让他遗臭万年!谁胆敢对我蔡元长不敬,张商英的下场,就是他的下场!

朝中大臣,是没有人敢对他蔡京不敬了,但老百姓中有。

这个人,叫安民,是长安的一个石匠。

长安知州接到为"元祐党人"刻石立碑的诏书后,立即把安民召到州衙。安民看过党人名册后说道:"这个碑小人不能刻。"

知州道:"这个碑你非刻不可!"

安民问:"为什么?"

知州道:"这是朝廷的诏令,蔡相的安排。"

安民道:"小人不认识蔡相,但小人觉得这样做不对。"

知州道:"有什么不对?"

安民道:"司马相公这个人,全国都称道他是个好人、好官,正直无私,学识天下第一,如今把他列为奸党首领,小人觉得不该!"

知州厉颜斥道:"该与不该,这不是你一个小小的石匠应该管的。"

安民道:"小人是不应该管,但小人把心里话说出来,并不为错吧?"

知州道:"错矣,大错矣!如果人人都像你一样,朝廷每颁发一道诏书,私下里评头论足,必定影响诏令的执行。孔夫子做司寇才七天,为什么把少正卯杀了,就因为他喜欢评论国事。"

安民道:"评论国事有什么错,历史上有不少皇帝还下诏征求臣民直言呢,包括当今天子!"

知州冷笑一声道:"你知道的还不少呢,爷今天让你来,是让你刻《党人碑》的,并不是问你《党人碑》是对是错,你说你刻不刻?刻,这会儿就刻,不刻,将你乱棍打死!"

安民道:"我刻,我这就刻,但小人有一个请求。"

知州绷着脸道:"说!"

"小人可以刻碑,但不在碑上留名。"

石匠行当,有一个不成文的规定,谁刻的石碑,就把谁的名字刻在石碑上。安民觉着,刻这样的碑,是一种犯罪,故不愿留名。

知州讥笑道:"你算老几,你就是想把你的名字刻在碑上,爷还不叫你刻呢!"

安民忍气吞声将碑刻好之后,自己扇了自个儿三个耳光,朝碑磕了三个响头,哭着离开了州衙。

通过刻《党人碑》,蔡京把一百二十一个仇人、持不同政见者,甚而不喜欢的人统统搞倒了搞臭了。但是,他的仇人、持不同政见者和不喜欢的人,不止一百二十一人,还有很多很多。

为了整倒这很多很多人,他苦思冥想,又想出一招。

元符三年(1100年),因为发生了日食,徽宗颁诏天下,要臣民直言朝政得失,其意甚诚,不少人闻诏而动,上书者达五百七十六人(亦有史料记载,说是八百余人),蔡京命人把这五百七十六人的上书翻出来,由他父子二人(蔡京、蔡攸)并门客强浚明、强渊明、叶梦得等,一一审查,且根据这些上书的内容,以及上书人和他关系的远近,分为七等——正上、正中、正下、邪上尤甚、邪上、邪中、邪下。

在这七等人中,正上最少,只有七人,不是蔡京父子的同党,便是爪牙,比如邓洵武等。列为正中的十三人,正下的二十二人;列为邪党的五百三十四人。

凡列为正上、正中、正下的,一律迁官;凡列为邪党的,全部逐出汴京。

有一个膳部郎中①,写了一首小令讥曰:

当初亲下求言诏,
引得来胡闹。
人人投献治安书,
比洛阳年少。
自讼镌官差岳庙,
却一齐塌了,
却一齐塌了。
误人多是,
误人多是,
误人多少!

----

① 膳部郎中:尚书省(台)属官。北齐始置膳部,历代沿置,至唐,置郎中一员、员外郎一员,掌邦之祭器、牲豆、酒膳,辨其品数,及藏冰食料之事。唐五品,宋七品。

这个膳部郎中,官不大,名气大。

他叫毕渐,荆州潜江(今湖北省潜江市)人,元祐九年(1094年)状元。

他这个状元,来之不易。是时,变法派和反变法派,斗得死去活来。礼部试时,主考官苏辙所取之士,哲宗一概否之,来一个重考,主考官杨畏,绰号"杨三变",弄得考生一头雾水,到底是说变法好,还是不好,别的考生犹豫不决,毕渐却旗帜鲜明地站在变法派一边,被拔为礼部试第一。殿试时,他又直抒己见,被哲宗钦点为状元。

如此一个人,应该与蔡京是一党。但他入仕后,渐渐发现王安石所行这一套变法,"经"是好经,但被歪嘴和尚念歪了。他由支持变法,变为反变法。

因为他以前支持变法,虽然做了这一首歪诗,徽宗、蔡京并没有和他过多计较,只是将他贬回荆州,任通判。

收拾过仇人、持不同政见者和蔡京父子不喜欢的官员之后,蔡京把刀又砍向了元祐孟皇后。

孟皇后深居宫中,吃斋念佛,不问世事,他为什么还要对孟皇后下手?

原因有三。

第一,蔡京的弟弟蔡卞,是王安石女婿,弟兄二人都是王安石变法(熙宁变法)的受益者。孟皇后得立皇后,是宣仁太后一手操办的,而宣仁太后又竭力反对变法,无情地打压变法派。恨屋及乌,蔡京便恨上了孟皇后。

第二,蔡京靠不上宣仁太后,便百般向元符刘(清菁)皇后献媚,刘皇后为了扳倒孟皇后,由自己来当皇后,不能不寻找外廷(朝官)的支持,两人一拍即合,狼狈为奸,终于扳倒了孟皇后。后因哲宗的早逝,徽宗位继大统,把孟皇后又复了皇后之位,但为了和刘清菁有所区别,称之"元祐皇后",无论称她什么皇后,还是皇后。一个皇帝,两个皇后,而且这两个皇后还都活着,这种现象,历史上是没有的,故而,刘皇后多次让内侍郝随传话蔡京,让他务必把孟皇后再度废掉。

第三,孟皇后虽然不问国事,但她是宣仁太后为哲宗选的皇后,又和同是反对变法的向太后关系密切,她之所以能恢复皇后之位,乃向太后之力。而徽宗得以为帝,全靠向太后。故而,"元祐党人"把翻身的希望寄托在孟皇后身上,不把孟皇后逐出皇宫,"元祐党人"就有变天的希望。

有此三因,蔡京决定把孟皇后扳倒!

此时,站在朝堂的官员,大都是蔡京的爪牙,蔡京只需一个暗示,他们便群起而动,上书弹劾孟皇后。

十一 误人多少

在弹劾孟皇后的同时,把韩忠彦也捎带上了:"陛下,韩忠彦之所以要让孟皇后复后,是彰先帝哲宗之短,是扇先帝哲宗的耳光。陛下既然要'崇宁',要绍父兄之志,就不能让人打先帝哲宗的脸!"

徽宗越看越觉得朝臣们言之有理,但他又不想落一个出尔反尔的恶名,把大臣们的奏章交给蔡京,让他处理。

蔡京也不想落一个废后的恶名,建言徽宗,来一个朝议。

朝议的结果,全部同意将孟皇后贬为庶人,出居瑶华宫。

孟皇后接到遭贬的诏书,笑对左右说道:"你们不要为老身鸣不平,也不要为老身难过。三十年河东三十年河西,焉知这一次出宫,不是福呢!"

"元祐党人"倒了,孟皇后倒了,照理,蔡京该卷旗收兵了。

不。

他又把刀砍向了"元祐党人"的著作,他深知,只灭其人,不灭其书,人是灭不了的。

崇宁二年(1103年)四月,蔡京鼓动徽宗,颁诏一道:"禁阅苏轼父子、苏门四学士的著作,以及司马光的《资治通鉴》、范祖禹的《唐鉴》、范镇的《东斋记事》、僧文莹的《湘山野录》。而且,以上之书,一概停印毁版。"

关键时刻,梁师成站了出来,私下向徽宗谏道:"陛下,臣曾把臣之家严所著之书全部看了一遍,内中并无对朝廷不恭之语,陛下焉何禁阅,而且还要毁版?"

徽宗愕然道:"朕所禁之书,并无姓梁之人,卿这话从何说起?"

梁师成回道:"启奏陛下,臣不姓梁,姓苏。"

徽宗问:"那你是'三苏'的后人了?"

"正是。"

徽宗又问:"你是'三苏'中哪一'苏'的后人?"

梁师成回曰:"苏东坡。"

徽宗复问:"卿怎么会是苏东坡的后人?"

梁师成回曰:"说了不怕陛下笑话,臣之慈母是家严一个小妾。熙宁年间,家严受谢景韫诬陷,外放杭州,臣慈母那时正怀着小臣,行动不便,未曾跟着家严上任。此后,家严屡受奸人迫害,几起几落,还坐了几个月监,几个奸人还放出风来,不只将家严赶到岭南,还要将他的儿子赶尽杀绝。家严为了不让臣受到迫害,假意写了一封休书,休了臣母,臣便随母移居舅家,且随舅父之姓。"

徽宗"噢"了一声道:"原来如此。朕只知卿命苦,但不知卿与苏东坡还有这层关系,看卿之面,朕可以收回毁版'三苏'之书的诏命。但是,这样做有点儿师出无名。"

梁师成道:"这名还不好找吗?"

徽宗道:"找个什么名?"

梁师成道:"拿司马光说事。"

徽宗道:"为啥要拿司马光说事?"

梁师成道:"绍圣年间,朝廷颁诏,也是要禁司马光的《资治通鉴》,不但禁,还要毁版。陈瓘质问章惇,《资治通鉴》原名叫《历代君臣事迹》,先帝神宗以其具有'鉴于往事,有资于治道'之意,赐名《资治通鉴》。先帝神宗肯定的书,朝廷却要禁阅毁版,朝廷这么做,对得起先帝神宗吗?朝廷口口声声要'绍圣','圣'就是这么'绍'的吗?问得章惇哑口无言,《资治通鉴》才得以保存下来。陈瓘还没死,难道非要陈瓘说过的话,再向朝廷复述一遍吗?"

徽宗道:"这倒不必!"

当天,徽宗便收回了有关禁阅和毁版"三苏"等人著述的诏书。等蔡京得到消息,诏书已颁。蔡京面见徽宗,问他为什么出尔反尔。

徽宗微微一笑道:"盖因司马光矣,司马光之《资治通鉴》,不仅得到先帝首肯,先帝还赐其书名,朕不敢不孝矣!"

蔡京怏怏告退。

人退,心不甘。经多方打听,方知是梁师成作的祟,甚恨之。正欲找徽宗谗梁师成,邓洵武造访。

蔡京曰:"大人知不知道,皇上为什么出尔反尔?"

邓洵武笑曰:"您说的出尔反尔,是不是皇上收回禁阅'三苏'等人著述和毁版之事?"

蔡京回曰:"正是。"

邓洵武道:"若是这个事,小弟知道。"

蔡京曰:"是不是梁师成进的谗?"

邓洵武轻轻颔首。

蔡京曰:"这个无根之人,真是苏东坡儿子吗?"

邓洵武笑着反问道:"您以为呢?"

蔡京曰:"我以为不是。"

邓洵武又将头点了一点道:"您以为得对,梁师成的根底,别人也许不清楚,但我清楚。俺都是双流人,村挨着村,他妈叫梁小妞,十三四岁就知道睡男人,梁师成的爹是谁,莫说梁师成,连梁小妞自己也说不清。"

蔡京笑嘻嘻道:"梁小妞睡了多少男人,我兴趣不大,我特想知道,这些男人中有无苏东坡?"

十二　丰享豫大

蔡攸连道两声"好"说道:"给咱家富贵的,不是百官,也不是百姓,是皇上。只有讨得皇上欢心,咱才能承欢固宠。"

酷暑六月,大地如火,宫中却"积冰成山、喷香茗烟雾,寒不可忍,仰伏之间,不可名状。"

王厚、高永年早已备好兵马,在洮西翘首以待童贯,而童贯慢慢腾腾,两个月后才到达洮西。

邓洵武断然回道:"没有。"

蔡京道:"苏东坡风流成性,梁小妞裤带又如此之松。而且,他俩都是川人,一个是眉山人,一个是双流人,相距也不过二百余里,依我看,苏东坡很有可能睡过梁小妞。"

邓洵武道:"那是您的推测,实事上没有。"

"何以见得?"

邓洵武反问道:"相爷不会不知道苏东坡的年庚吧?"

蔡京道:"知道。"

邓洵武道:"苏东坡不死的话,今年应该六十有六。梁小妞呢?顶多五十出头,也就是说苏东坡长梁小妞十多岁。苏东坡二十一岁进京应试,中进士乙科,两年后,因母丧返乡,在家守了三年孝。苏东坡在进京之前,梁小妞还是一个六七岁的娃娃,他俩不可能睡。守孝期满,苏东坡授官福昌县主簿,直到他死,就回过一次家,还是为父守孝。守孝期间,也不可能和梁小妞睡。"

蔡京道:"既然苏东坡和梁小妞素无瓜葛,梁师成为啥要认苏东坡为父?"

"攀名人嘛!不只他攀,听说童贯也在攀,硬说自己是三旨宰相王珪的儿子。攀名人并不是梁师成和童贯首创,古人也攀,唐李渊乃陇西成纪(今甘肃省秦安西北)人,他已经贵为皇帝了,硬要认陈国①人李耳(老子)为先祖。所以呀,梁师成认苏东坡为父这事,您没有必要戳破。就是戳破了,皇上信吗?还有'城门失火,殃及池鱼'。您揭了梁师成的疤,童贯也会跟着疼,童贯、梁师成可都是皇上的红人呀!"

蔡京默想良久,长叹一声道:"大人所言是也。"

邓洵武微笑道:"下官造府,可不是为梁师成而来。"

"那你为了什么?"

邓洵武问:"刘混康您应该知道吧?"

蔡京道:"当然知道,他也是皇上的红人!"

邓洵武道:"这家伙确实有些神通,自从皇上听了这家伙的话,将汴京城西北的地势加高之后,后宫喜讯连连,三年生了十二条龙、七只凤。皇上今年才几岁?二十二岁!二十二岁竟拥有十九个子女。皇上拥有子女的数量,比大宋立国以来的任何皇帝都多,他一天到晚乐得合不住嘴。"

蔡京笑着附和道:"多子多福嘛,莫说皇上,这事不管摊到谁头上,谁都笑得合不住嘴。"

邓洵武将头点了一点,话锋一转道:"下官昨天造访刘混康,聊了一个多时辰,他给下官透了一个消息,说皇上对您有些不满。"

蔡京吃了一惊:"皇上对本相哪些方面不满?"

邓洵武反问道:"皇上改年号为'崇宁',有无深意?"

蔡京道:"当然有。"

"什么深意?"

蔡京回道:"绍父兄之志。"

邓洵武道:"皇上想绍父兄之志,您为相已经一年有余,可使朝廷的府库较之以前更加充盈?"

蔡京道:"非也。"

邓洵武又问:"可收复过半寸疆土?"

蔡京又道:"非也。"

邓洵武叹道:"您若是站在皇上的角度,您会对您的宰相满意吗?"

---

① 陈国:春秋战国时期中原列国的重要国家之一,其统治区域主要在今豫东周口一带,存国五百七十年。

蔡京道："不会。"

邓洵武叹道："想当宰相的人可不是一个两个呀！"

蔡京道："依贤弟之见,我该当何处？"

"第一,想办法让朝廷的钱库充盈。第二,开拓疆土。"

蔡京拱手说道："多谢贤弟。"

要想使朝廷的钱库充盈,就得想办法敛钱。

怎么敛？

增加田赋,抑或是口赋(人头税),这会引起天下百姓的不满。

改革币制。

大宋立国之初,川蜀通用铁钱,其他各路,铁钱、铜钱通用。铜钱一千文,易铁钱一千五百文,二者比价,大体稳定。但由于铁钱少而铜钱多,流通多有不便。

蔡京便借流通不便为名,向徽宗谏言,进行币制改革。

徽宗欣然同意。

怎么改革？

铸折十铜钱并夹锡钱。

何为折十铜钱？就是新铸的铜钱,一文当前铜钱十文,"耗铜如故,而值增十倍。"

何为夹锡钱？就是在铸铁钱时,夹之以锡铅。

为什么要在铁里加锡加铅？

辽与西夏,"常以大宋铁钱制作兵器,若夹以锡铅,则脆不可用。"

用同样的铁铸的钱,只因加了那么一点点锡铅,身价倍增。

这两种钱的面世,使朝廷的府库里硬增加了六千万贯,正好是一年的赋税。

钱一多,烦恼也跟着来了。

这么多钱怎么花？

徽宗说："把官员俸禄涨一点吧！"

蔡京摇首说道："咱大宋官员的俸禄已经不少了,不只超过了汉,也超过了盛唐,几是盛唐的三倍。倒不如拿这钱再办一些居养院①、安济房②和漏泽园③,用来彰显陛下盛德。"

---

① 居养院:安置鳏寡老人和不能自理的残疾人之所。
② 安济房:免费治疾治病之所。
③ 漏泽园:相当于现在的公墓,但不用出钱,专门安葬无主尸、死乞丐和无钱安葬的死人。

徽宗道了一声:"好。"

翌日,徽宗颁诏天下,命各县,再建三至五所(大县五、中县四、小县三)居养院、安济坊和漏泽院,建院、建坊之资金,由朝廷拨给。

此举,引来一片赞扬之声。蔡攸私下问蔡京:"父亲,您挨了许多骂,才敛了六千万贯钱,却用来建院、建坊,有点得不偿失吧?"

蔡京道:"正因为这钱是挨骂弄来的,爹才拿出来一部分用来做善事,堵骂爹那些人的嘴。"

蔡攸问:"您算了没有?建这么多院、坊得多少钱?"

"一千五百万贯足矣。"

蔡攸复问:"还有四千五百万贯,您打算怎么处置?"

"用到皇上身上。"

蔡攸连道了两声"好"说道:"给咱家富贵的,不是百官,不是百姓,是皇上。只有讨得皇上欢心,咱才能承欢固宠!"

蔡京笑眯眯地说道:"你说得对,不愧是我蔡元长的儿子!"

怎样才能讨得皇上欢心?

父子俩商量了半个时辰,也没商量出个结果来。

也不知道是上天有意成全蔡京,还是北宋该当亡国。两天后,蔡京奉诏入宫,商议大年初一赐宴之事。

宋代,大年初一,京官都要进宫给皇帝拜大年。

给皇帝拜大年,可不像我们现在,拱一拱手就可以了。

给皇帝拜大年,得有一套程序。

大年初一,凌晨卯时(五时至七时)之前,文武百官得赶到大庆殿殿南的空地上等候。卯时一到,在赞礼官的引导下,百官迈着方步进入大殿,按文东武西及官之大小,排站立毕,赞礼官走到御座前,向空无一人的御座高声通报:"警毕!"再由太监双手捧着一面金牌跑到后殿,恭请皇帝。皇帝就座后,随侍太监甩一下响鞭,整个大殿立马寂静下来。

赞礼官走到御座前面,给皇帝磕四个头,高呼:"吾皇万岁!万万岁!"然后退到一旁,躬身站立。

皇太子、宰相等文武百官一起躬身,齐呼:"万岁!"

赞礼官朝他们喊道:"起居!"文武百官一齐跪下给皇帝磕头。

赞礼官又喊道:"再拜。"文武百官再次磕头,直到磕了九次,皇帝才微微点一下头。

赞礼官喊道:"奉旨放仗!"文武百官集体谢恩,躬身退出大庆殿,等候皇帝赐宴。

无酒不成宴。喝酒不能没有酒器,酒器中最高档的是玉,金银次之,铜又次之,徽宗笑微微地问蔡京:"今年赐宴,朕想把铜酒器,都换成玉的,但怕大臣们说朕奢侈,卿以为呢?"

蔡京对曰:"陛下这个担心,有点多余。十年前臣出使辽国,辽主宴臣,用的是玉壶玉杯,而这玉壶玉杯还是五代后晋石敬瑭之物。辽主笑问臣道:'南朝还有没有如此贵重之物?'臣一脸汗颜。臣早就想劝陛下改用玉壶玉杯,莫使夷人笑我,一直没有机会。陛下既然问臣,臣一万个赞成。再有赐宴,千万别用铜酒器了!"

徽宗叹道:"先帝神宗曾造小台一座,宽不过数尺,上疏谏止者甚众,朕如果一反常规改用玉酒器,怕是要引来台谏官的指责。"

蔡京道:"事苟当于理,人言不足恤。陛下为万乘之尊,当享天下之养,改用玉器,何足道哉!"

略顿,蔡京又道:"'易经'上有丰、亨、豫、大之说。丰、亨、豫、大什么意思?它的意思是说君王应当在太平盛世纵情享乐,不必拘泥于世俗之礼。《周礼》也说'唯王不会(音 kuài,快)',意思是说,自古以来,君王的花费都不受限制,陛下何苦撙节太甚!"

徽宗为其言所惑,笑微微地道:"卿言之有理,自今日始,朕改用玉壶玉杯饮酒。"

回到府中,蔡京笑对蔡攸说道:"大功告成矣!"遂将他与徽宗的对话,眉飞色舞地讲了一遍。

讲毕,蔡京问蔡攸:"皇上饮酒,由铜酒器改为玉酒器,事情虽小却有深意,你知道深意何在吗?"

蔡攸回道:"这是一个突破。议立皇上时,章惇说皇上'轻佻',皇上位继大统后,为了不让人说他'轻佻',连说话、走路,都学那些老年持重的大臣。乘舆还是先帝哲宗用过的,舆上的帷幕颜色有点淡,也有点旧,童贯自作主张,把帷幕给换了,他将童贯训了一顿,并将新帷幕扯下,换上旧帷幕。而今,他居然同意把酒器由铜的换成玉的。只要会换酒器,别的也会换。换的东西多了,不想奢也得奢。"

蔡京笑问道:"还有吗?"

蔡攸道:"换的东西多了,钱就花出去了,皇上就会说您好。只要皇上说您好,还怕不能承欢固宠吗?"

蔡京笑靥如花道:"还有吗?"

蔡攸想了一想,又将头摇了一摇。

蔡京道:"咱爷俩喜欢排场,吃东西又很讲究。咱爷俩虽说没有像管子(仲)那样,在煮鸡蛋之前,先在鸡蛋上绘上花纹,在烧柴之前也要在柴上进行雕刻;更没有像石崇那样,把茅厕搞得像高级客栈,且在茅厕里安排了十多个身穿锦衣的女仆恭立侍候;咱家一顿饭不敢说像晋国何曾那样过万(文),但过千应该没有问题。如果皇上不奢,长此下去,没有咱好果子吃。这一下好了,老父不再担心吃坏果子了!"

蔡攸频频颔首道:"爹说得极是,爹谋事之深之远,孩儿不及万一。"

正如蔡攸所言,徽宗同意换酒器之后,吃穿住行,无一不在变,日食万钱,尚无下箸处;做乘舆的木材,全是楠木,就连乘舆的盖子,也以翠羽饰之;所居之宫,崇尚莫大;酷暑六月,大地如火,宫中积冰如山,喷香茗烟雾,寒不可忍,俯仰之间,不可名状;宫中所用蜡烛,亦是人间少见,不只分外明亮,亦香气扑鼻。

徽宗如此奢侈,莫说四千五百万贯,就是这钱翻上一番,也不够用。

不够用再敛。

怎么敛?

一、恢复熙宁变法(王安石变法)中的方田均税法。

王安石行方田均税法之目的,是想通过清丈土地,解决"户去税存""税负不均"的问题。蔡京行方田均税法之目的,是借清丈土地之名,抬高土地等级,多收税。

二、恢复熙宁变法中的免税法。

王安石的免税法是把按人轮流充当差役等的办法,改为出钱觅人代役,从而给出钱人一个自由身。从表面看,蔡京也是这么做的,但是,他奉行免役法时,把原有基层的胥吏一概斥逐,另募新人,而原有胥吏老奸巨猾,从中捣乱,加大了推行免税法的难度。另外,增加役钱,诸如巩州(今甘肃省陇西)的役钱,由元丰年间的四百贯,增加到三万多贯,翻了七十倍。

三、更改盐法。

盐,自西汉武帝开始,就由朝廷垄断。宋朝依然,并为此制定了《盐钞法》。但这个《盐钞法》,弊端甚多。蔡京借改《盐钞法》之机,加重对盐商的盘剥,凡从事贩盐者,先输钱于榷货务(设在汴京),将旧盐钞换成新盐钞,不换者,旧盐钞作废。换得新盐钞后,再往产盐州县取盐。

蔡京觉得这种方法钱来得还不够快,便以盐价太低为由,每斤加价十文。

四、对于茶叶,罢禁榷法,行通商法。

茶叶专买,虽不知始于何时,但它的历史决不会太短。宋初,曾立《禁榷法》。庆历(1041—1048年)之后,罢《禁榷法》,行《通商法》,自由买卖,致使朝廷每年获利达四五百万贯。蔡京觉得少,罢《通商法》,恢复《禁榷法》,由官府专营,茶商到茶场买茶,得持短引(买茶的凭证),而这个短引,由官府发行。短引不是白发的,得出钱购买。每一个短引,还有数量的限制。那短引的价格,也成倍地加。陕西茶叶,到了吃茶人手里,一斤竟达五六贯之多。

四法之实行,白花花的银子,像流水一样流入朝廷的府库。

朝廷富了,百姓穷了,就连士大夫也怨气冲天。可蔡京不管这些,一边想方设法敛钱;一边把大刀砍向了吐蕃和西夏,去圆他的第二个梦——开拓疆土。

吐蕃是由古代藏族在青藏高原建立的一个王朝,它的首领称赞普①。它的第一代赞普是叶聂赤,最强大时期是松赞干布当政。

到了宋代,吐蕃政权对宋时降时叛,神宗时,命王韶出师,讨伐吐蕃,一举收复被其占领的青唐、邈川等地,置三州:湟中、廓州、鄯州。哲宗即位之初,本着和好友邻的原则,由高太后做主,将这三州归还了吐蕃,将陇拶②兄弟,恩赐姓名,分辖青唐等地,尚算恭顺。惟溪巴温③子溪赊罗撒(译作希卜萨罗桑),席权怙势,诱结羌众,胁迫陇拶。陇拶奔避河南。辖征④也不自安,表求内徙,有诏令入居邓州。羌人多罗巴(译作都尔本),遂拥溪赊罗撒为主,号令诸部,盘踞西蕃。

原熙州知州王厚,得知吐蕃发生内乱,萌生了东山再起之心,便来了一个毛遂自荐,上书朝廷,恳请带兵收复青唐、邈川等地。

他在上书的同时,送蔡京黄金三百两。

王厚之请,正中蔡京下怀。况且,还有那一箱子黄灿灿的宝物,在无声地督促着蔡京。

此时的徽宗,已经对蔡京言听计从,蔡京说应该收复青唐,他岂能反对。况且,他也有收复青唐之意。

何也?

---

① 赞普:藏语,意谓有权势的君主,沿用为吐蕃国王的专称。
② 陇拶:吐蕃主木征之子。
③ 溪巴温:蕃王董毡(降宋后为保顺军节度使)之子。
④ 辖征:吐蕃首领。

十二 丰亨豫大

他本就是一个好大喜功之人，登基以来，朝中诸事都办得很顺手，又有一群像蔡京这样的马屁精天天媚语谄他，他便自以为自己天生神俊、英明伟大，可以与秦皇、汉武、唐宗、宋祖比肩了。

但是，真要和秦皇、汉武、唐宗、宋祖比肩，武功尚还欠了点。

第一，他没有亲自指挥千军万马，驰骋疆场。第二，他没有开拓疆土。

得开拓疆土！

他正瞌睡哩，王厚和蔡京给他送来了一个枕头。

他同意对吐蕃用兵，但是，他不同意王厚为帅。

他直言不讳地对蔡京说道："王厚不行。"

蔡京问："为什么？"

"他镇守邈川之时，因纵兵杀戮而罢官，这样的人怎么能用？"

蔡京忙为王厚鸣冤叫屈："陛下误矣，纵兵杀戮本是青唐主帅王赡干的，有人硬把这事安到了王厚头上，王厚冤矣！"

他看了徽宗一眼，又道："王厚是名将王韶之子，王韶开边，拓地千里，这事陛下不会不知道吧？"

徽宗道："知道。"

蔡京复道："王厚还是一个十三四岁的娃娃，便随父出征，打了许多大仗恶仗。而且，他又久为西北边疆之官，熟知羌事。而且，他代王赡受过，憋了一肚子怨气，若能让他挂帅讨伐吐蕃，那怨气就会转为正气和一腔报国之心！"

徽宗将头点了一点说道："卿以为王厚可以做征讨吐蕃的主帅，那就让他做吧。副帅呢？卿以为孰可为之？"

"高永年。"

徽宗问："是不是做鹿州都巡检①的那个高永年？"

蔡京道："正是。"

徽宗赞道："这个人不错。朕听说，王赡伐青唐，他总蕃兵为先锋，屡败羌兵，且又于万蕃之中，刺羌酋彪鸡厮。这个人行！哎，监军呢，孰可为之？"

蔡京脱口说道："内客省使童贯。"

徽宗对这个人选很满意，却故意问道："为什么是童贯？也可以是张贯、李贯嘛！"

---

① 都巡检：官名。初置于宋，主要置于沿边或关隘要地，以武官为之，归州县指挥。

蔡京郑重回道:"童公公曾使陕右①,熟悉五路②事宜,及诸将能否。"

徽宗领首说道:"卿言之有理,看来,这监军非童贯莫属。"

古之征战,乃国之大事。在宋,不只要经东府和西府反复商议,还得进行廷议,统一意见之后,方可进行。而这次西征吐蕃,徽宗与蔡京嘴一碰,便决定下来。

王厚、高永年本就在西北,接到授官的诏书,走马上任,把大本营设在洮西(今甘肃省临洮县洮西镇)。

童贯得此要职,非常高兴,行前还特意拜访了蔡京。

王厚、高永年早已备好兵马,在洮西翘首以待童贯,而童贯却慢慢腾腾,两个月后到达洮西。王、高二人,对他甚为不满,童贯装作不知。

三人经反复商议,择一吉日出兵讨伐吐蕃,军至湟川,徽宗有诏来到。

因为是密诏,且只给童贯一人,王厚、高永年不便看。

童贯看密诏时,眉头紧锁。王厚问:"那密诏说了些什么?"

童贯很平静地回道:"没有什么大事,只是催促早日出兵呢。"说毕,将密诏塞进靴中。

王厚不疑有他,率军继续西行。

多罗巴闻宋军来讨,大集众羌,据险固守,王厚佯命所部就地驻扎,自与高永年带着轻骑,从间道驰入。适遇多罗巴三子,各据要害,被王厚、高永年两路杀进,猝不及防,三子中死了两人,惟少子阿蒙,带箭而逃,还亏多罗巴来援,父子二人带着残兵败将,逃往青海湖中岛去了。

王厚攻占了湟州,飞骑向朝廷报捷。

徽宗大喜,晋蔡京爵两级,其弟蔡卞、其子蔡攸等,也分别加官晋爵。

赏过蔡京等人,又赏了王厚、高永年、童贯等西征将帅,每人加官一级,晋爵一级。且命他们乘胜西进,再立新功。

王厚奉诏后,将所部一分为三,命高永年将左军,别将张诚将右军,自将中军,三路并发,约会宗噶尔川,群羌列阵拒战,背临宗水,面倚北山,气势颇盛。溪赊罗撒登高指挥,居然张黄屋,建大旆,威风凛凛,单望着中军旗鼓,麾众冲来。王厚号令军中,不得妄动,只准用强弓迭射,拒住羌人。

---

① 陕右:古人以西为右,陕右就是陕西,正如山左指山东。
② 五路:路,宋代的地方机构,宋代为了便于统治,将全国分为二十三路。五路,即熙河路、秦凤路、环庆路、泾原路和河东路。

羌人三进三退,锐气渐衰,王厚乃潜率轻骑,从山北杀出,攻击溪赊罗撒背后。溪赊罗撒见部众不能取胜,正在心焦,拟驱马下山亲攻宋营,不妨宋军从山后杀到,大呼羌酋速来受死,谷声震应,聚成一片。溪赊罗撒不知有若干人马,惊得手足无措,慌忙逃窜。

羌众见主子骇奔,一哄而走,渡水逃生。张诚带领右军,越川奋击,可巧天起大风,飞沙走石,宋军顺风追赶,羌众欲回头迎敌,扑面都是沙泥,连两目都被迷住,不能开眼,只好四散奔逃。王厚与高永年,驱兵芟薙,斩首四千三百余级,俘三千余人,溪赊罗撒单骑窜去。王厚欲乘夜穷追,童贯以为不可,乃收军扎营。

次日进击鄯州,溪赊罗撒知不可守,孑身远逸。其母龟兹公主,带着诸酋,开城出降。

王厚再率大兵趋廓州,羌酋落施军令结(译作喇什钩棱节),亦率众投诚,鄯、湟、廓三州,一并克复。

捷书迭达汴京,蔡京率百官入贺,当由徽宗下诏赏功,授蔡京为司空,晋封嘉国公;童贯为景福殿使①,兼襄州观察使;王厚为陕西五路制置使②;高永年知鄯州;张诚等,亦进秩有差,下诏颁旨送陇拶至京师,封安化郡王。

这一次征讨吐蕃,受益最大的是蔡京。童贯次之。

童贯受命任征西监军,从此染指军权,官职一路飙升。

不,他不只染指了军权,且在军队里树立了威望。

这威望的树立,得益于徽宗的那道密旨。

童贯监军西征期间,皇城内太乙宫失火,因扑救及时,虽然没有酿成大祸,却使徽宗非常害怕,他以为这是天象告警,不应用兵,立即书密诏止贯,飞马递去。故而,童贯读密诏时,才有皱眉之举。

好了,仗也打胜了,可以解密了。

在庆功宴上,童贯慢悠悠地拿出密诏,传示与宴将领,阅者无不吃惊,曰:"不遵圣命,乃杀头之罪,监军何以要么做?"

童贯不慌不忙回道:"军已出发,胜利在望,若我执行圣旨,让尔等收兵卷旗,尔等还能坐在这里吃庆功酒吗?"

众人齐声回道:"不能!"

---

① 福殿使:宋真宗置。宦官中最高荣誉衔。
② 制置使:掌经画边防军务的官员。唐宣宗初置,五代沿之,宋不常置。

童贯笑微微地说道:"这不仅是尔等能不能吃到庆功酒的事,还关系到如何用兵的问题,皇宫里失个火,造成的损失又不大,便停止用兵。咱停止用兵可以,敌人会停吗?敌人若是不停,向我大举进攻,吃亏的是我们。何况,天下之大,无奇不有,在吾等出兵的时候不只会出现天灾,也会出现人祸。若是一出现天灾人祸,便停止用兵,以后的仗还怎么打?"

众人频频颔首:"监军可谓深谋远虑矣!"

"哎,监军。既然这样,您当时为何不把密诏,公之于众呢?"

童贯道:"我不能公之于众。"

"为什么?"

童贯道:"若是将密诏公之于众,会造成军心不稳,这是其一。其二,我不将密诏公之于众,这仗若是打胜了,有功的自然是尔等了。打败了呢?所有罪责我一人承担!"

众将领对童贯既佩服又感激,不约而同地朝他跪了下去。

十三　绿肥红瘦

用宦官守疆,史无前例,盈廷官员皆以为不可,但不敢说,唯蔡卞站了出来。

尚未成婚的赵明诚看了李清照的新作《如梦令》,心如撞鹿,暗自说道:"就她了!"

赵挺之的"札子"列了蔡京十大罪状,徽宗叹道:"蔡元长怎么会是这样一个人!"

初征吐蕃,便收回了湟中、廓州和鄯州。

这一收复,把徽宗的胃口吊大了,笑对蔡京说道:"朕想换一个溺器。"

蔡京忙问:"您现在用的什么溺器?"

"陶的。"

蔡京道:"早就应该换了,但不知陛下想换一个什么样的溺器?"

徽宗故意问道:"你说呢?"

蔡京道:"要换就换成玉的。"

徽宗将头摇了一摇。

"那就换成金的?"

徽宗又将头摇了一摇。

蔡京满脸赔笑道:"玉的不好,金的也不好,臣拙,不知道什么样的溺器,才对陛下胃口?"

他自知失口,自个儿轻轻打了自个儿两个嘴巴说道:"臣不会说话,请陛下原谅。请陛下说一说,陛下到底想用一个什么样的溺器,臣就是掘地三尺,也要把它寻出来献给陛下。"

徽宗慢吞吞地吐出三个字——人头溺!

蔡京以为自己听错了，反问道："人头溺？"

徽宗道："对，就是'人头溺'。"

他见蔡京一脸茫然，便解释道："'人头溺'就是用人头制作的溺器。"

蔡京"噢"了一声道："这个容易。臣这就让开封府砍一个死囚的头，做成'人头溺'。"

徽宗将头摇了一摇笑嘻嘻地说道："朕所要的'人头溺'，不是一般的人头可以做的。"

蔡京问："什么样的人头才能做？"

"西夏王李乾顺的人头。"

蔡京又"噢"了一声道："陛下是想征讨西夏呢！这事好办，只要皇上给王厚他们颁一道进军的诏命即可。但是，臣有一言，如鲠在喉，不知当讲不当讲？"

徽宗道："有什么话，卿尽管讲，就是讲错了，朕也不治你罪。"

"西夏不比吐蕃，立国已有六十余年，兵强马壮，也曾屡败我师，又有辽国给它撑腰，武力讨伐，胜负难料，倒不如来个智取。"

他将话顿住，双目瞅着徽宗。

徽宗说道："卿言也是。怎么智取？卿不妨直说。"

蔡京道："西夏卓罗右厢朝顺监军司①仁多保忠，不知陛下听说过没有？"

徽宗道："听说过，他多次领兵犯我大宋，被我大宋活捉又放掉。"

蔡京频频颔首道："就是这个人，他感我大宋不杀之恩，又见西夏君庸臣奸，江河日下，遂生归我大宋之心。您只需颁一道旨，让王厚遣使前去招降，一招一个准。仁多保忠掌握的兵力，几占西夏六分之一，他若归附，西夏也就完了。"

徽宗一脸欣喜道："太好了，大宋该在朕手里中兴呢！朕这就让翰林承旨拟旨。"

王厚接诏后，不敢怠慢，命其弟王寀持书去西夏招降仁多保忠。仁多保忠倒是愿意归降，帐下几员大将坚决反对。

招降未成，王厚亲赴汴京将招降的情况如实报告蔡京，反遭蔡京呵斥，说他办事不力，命令他继续招降。王厚不敢反驳，回到营地，遣王寀带上厚礼，二次去了西夏。刚一进入西夏境，便被西夏逻卒捉住，将王寀及其劝降文书，一并送交朝廷。西夏王李乾顺，

---

① 监军司：西夏共置十二个监军司，设在右厢的有六个：卓罗和南监军司、西寿保泰监军司、右厢朝顺监军司、甘州甘肃监军司、瓜州西平监军司、沙州监军司。

念仁多保忠功大,又曾为他除掉奸相梁乙逋,不忍加罪,将他明升暗降,召回夏都,做一个挂名的枢密副使。

照理,蔡京招降仁多保忠的活动到此应该终止了,可蔡京还要坚持。

他的理由,仁多保忠虽说失去了军权,但他的影响还在,如果把他招降,不只可以动摇西夏军心,也等于掴了西夏一记响亮的耳光。

这个理由的背后,藏了一个偌大的私心,招降仁多保忠,是他给徽宗出的主意,如果此事办不成,那不等于说他出的是一个馊主意吗?

官大一级压死人,蔡京的官比王厚大得何止一级,是九级。蔡京的话,他敢不听吗?

听!

为了招降仁多保忠,王厚数次遣使持重金去游说仁多保忠,仁多保忠总是说再等等,再等等。这一等便是半年,蔡京生气了。

生了气的蔡京向徽宗参了王厚一本,罢去王厚陕西五路制置使,以童贯代之。

用宦官守疆,史无前例,盈廷官员皆以为不可,但不敢说。

有一个人敢说。

这个人官居枢密院事,是蔡京的亲弟弟,名叫蔡卞。

蔡卞和蔡京既是同胞,又是同榜进士,因为王安石的关系,蔡卞的官运比蔡京好。蔡卞已经做到从一品的尚书左丞,蔡京还是一个从六品的起居舍人。

蔡卞妻王氏,乃前相王安石之女,号为七夫人,知书能诗。蔡卞入朝议政,必先受教闺中,僚属互相嘲谑道:"今日奉行各事,想就是床笫余谈呢。"

王厚大败吐蕃,徽宗论功行赏,因蔡京的关系,恩及蔡卞。蔡卞登门向蔡京致谢归家后,大夸其兄,说到兴处眉飞色舞。

七夫人冷笑道:"你兄比你晚达,今位出你上,你反向他巴结,可羞不可羞呢?"

因七夫人之语,蔡卞与兄有嫌,两府议事,蔡卞总要另持一端,蔡京忍无可忍,便向徽宗参了蔡卞一本,将蔡卞逐出朝堂,知河南府(今河南省洛阳市)去了。

童贯为感蔡京两荐之恩,上任前登门致谢,蔡京嘱曰:"陛下早欲图夏,因王厚无能,毫无进展,公公此去,可饬令边吏,能招至夏人,不论首从,赏同斩首。"

童贯上任后,遵嘱而行。夏人不想与宋为敌,上表婉请,并函诘童贯。童贯搁置不理,一是加大招诱力度,不惜金帛。二是凡入宋境之夏人,见一个杀一个。李乾顺忍无可忍,进行反击。反击之前,遣使赴辽,求娶辽帝之妹成安公主。辽帝不仅欣然答应,还承诺说,宋夏若是开战,辽坚决站在夏这一边。

有了辽国的支持,李乾顺豪气冲天,起兵十万,分作三路,一路攻打宋之泾原;一路攻打宋之镇戎军;一路与羌酋溪赊罗撒合兵,进逼宣威城。

童贯躲在制置署发号施令:第一道,命王厚率兵抵御。第二道,命各路各州互相救援,众志成城。

王厚被他夺了制置使的官帽,心中有气,根本不听他的。

各路各州的兵力有限,又都是些地方军,面对气势汹汹的夏军,能够自保就很不错了,谁还敢出兵救援他路他州!

故而,当夏蕃联军攻打宣威城的时候,只有高永年率兵驰援。他疾行三十里,未见敌骑,天色将昏,择地扎营,安食而寝。到了夜半,突闻胡哨齐鸣,羌兵大至,高永年从梦中惊起,翻身下床,正拟勒兵抵敌,羌兵杀入帐中,举槊刺向高永年。高永年闪避不及,竟中左胁,晕倒地上,羌众将他擒去。至高永年醒来,已身在房帐中,但见一酋高坐上面,语左右道:"这人杀我子,夺我国,令我宗族失散,居无定所,老天有眼,被我多罗巴擒住,我将吃他心肝,以消前恨。"多罗巴说至此,起身下座,拔出佩刀,对着永年胸膛,猛力戳入,再将刀上下一划,鲜血直喷,高永年横尸倒地。

多罗巴将佩刀衔在口中,用手将高永年的心肝摘出,竟生吃了。

吃了高永年心肝的多罗巴,野性大发,率众扑向鄯、湟二州,逢人便杀,血流成河,陕西五路,人心惶惶。童贯不敢隐瞒,飞骑报之朝廷,将失败的责任推到王厚并陕西五路将领刘仲武等人头上。

自遣出童贯之后,徽宗翘首以盼佳音,不想竟是这种结局,龙颜大怒,亲书刘仲武等十八人姓名,命御史侯蒙,前往秦州拘捕治罪。侯蒙到达秦州,王厚、刘仲武等身穿囚服待罪。

侯蒙与语道:"君等统是侯伯,无庸辱身狱吏,但据实陈明,蒙当为君等设法挽回。"刘仲武等乃一一实告,侯蒙即奏乞赦罪,内有数语,最足动人。略云:

汉武帝杀王恢,不如秦穆公救孟明,子玉缢而晋侯喜,孔明亡而蜀国轻,今羌杀吾一都护,而使十八将由之以死,是自戕其肢体也,欲身不病得乎?

徽宗览这数语,有所感悟,遂赦刘仲武等人之罪,惟王厚获罪逗留,贬为郢州(今湖北省钟祥市)防御使。未几,夏人复入寇,为鄜延将刘延庆所败,才行退军。自是边境连兵,数年不息,点燃宋夏之战导火线的蔡京,不仅稳坐相位,其长子、次子、三子俱得迁官。甚而,连拍他马屁的赵挺之,也获取了一项右仆射的桂冠。

赵挺之何许人也?

赵挺之,字正夫,密州诸城(今山东省诸城市)人,熙宁三年(1070年)进士,初仕为登州教授,累迁为礼部侍郎,力主绍述之说,打击元祐党人不遗余力,为蔡京器重。他有三个儿子,季子赵明诚,从小喜欢舞文弄墨,尤其喜欢收藏古金石。由于父亲的关系,他得以进入太学读书。同舍生大都是一二十岁的年轻人,风华正茂,不仅爱抨击时政,亦爱风花雪月。

某一日,一同窗拿了一张油印小报,一脸兴奋地回到舍中,高声嚷道:"才女李清照又出新作,使得洛阳纸贵!"

众人一拥而上,夺而诵之:

如梦令

一

常记溪亭日暮,沉醉不知归路。

兴尽晚回舟,误入藕花深处。

争渡,争渡。惊起一滩鸥鹭。

二

昨夜雨疏风骤,浓睡不消残酒。

试问卷帘人,却道海棠依旧。

知否,知否?应是绿肥红瘦①。

赵明诚看了李清照的诗,心如撞鹿,暗自说道:"就她了!"

赵明诚年已二十有一,早该娶妻生子,可他眼界极高,非志同道合者不娶。

古时,讲的是女子无才便是德。故而,女子大多不识书,更莫说舞文弄墨和喜好古金石了。

李清照不仅会舞文弄墨,还会作诗,十六岁那年,一首《庆清朝》②,使她声名鹊起,

---

① 绿肥红瘦:形容叶繁花少。
② 《庆清朝》(原文):禁幄低张,彤阑巧护,就中独占残春。容华淡伫,绰约俱见天真。待得群花过后,一番风露晓妆新。妖娆艳态,妒风笑月,长殢东君。东城边,南陌上,正日烘池馆,竞走香轮。绮筵散日,谁人可继芳尘。更好明光宫殿,几枝先近日边匀。金樽倒,拚了尽烛,不管黄昏。

也使赵明诚对她暗生情愫。

赵明诚既然锁定了李清照,就该告知父母,央媒人前去李府提亲。

不。

没这么简单。

没这么简单的原因是,双方的父亲不是一党。赵明诚的父亲赵挺之是新党的中坚人物,而李清照的父亲李格非却出自旧党苏轼门下①,两党自宋神宗熙宁年间开始,斗了三十多年,把苏轼斗出了朝堂,跑到岭南,吸了八年瘴毒,死在常州。

李格非呢?

虽然被罢去了礼部侍郎,但允他汴京居住。

反观赵挺之,那官一升再升,官至右相,几与蔡京平起平坐了。

古代姻缘,讲门当户对。而赵、李两家,门不当户不对。况且,还有仇。李格非会同意我赵明诚娶他的千金吗?我父亲会同意我娶李格非的闺女吗?

难呐!

可我已经发过暗誓:"非李清照不娶!"

我一定要娶李清照!

为了能娶到李清照,赵明诚苦思冥想了一个月,办法终于让他想出来了。

能否娶到李清照,双方的父亲虽然都很关键,但相比之下,我的父亲更加关键一些。

何也?

他是当朝右相,位高权重。

既然父亲更关键一些,我就得先说通父亲。

为了说通父亲,他编了一个梦。

"爹,孩儿昨夜做了一个梦,有两个胖胖的童子从天而降,他俩,一个穿红缎子衣物,另一个穿绿缎子衣物;一个高举一朵绽开的荷花,另一个手捧一个箧盒,笑嘻嘻对孩儿说道:俺二人有喜言相告,汝可牢记,'言与司合,安上已脱,芝芙草拔。'说毕,冉冉升空而去。孩儿想了半夜,不知那二童子所说的喜言,究是何意?"

为了赵明诚的婚事,赵挺之没少操心,可赵明诚一推再推,今见他谈起其梦,便有意往他的婚事上引,微微一笑说道:"你问老爹算问对了。你老爹看的《解梦术》,十本也

---

① 苏轼门下:苏轼的学生甚多,名声较大的有秦观、张耒、黄庭坚、晁补之,被称为"苏门四学士"。李格非、廖正义、李禧、董荣,被称之为"苏门后四学士"。

不止,从你这个梦看,你的婚姻应该透了。"

他将话顿住,目视赵明诚问道:"你梦中那两个童子,是不是都扎着两个角髻?"

赵明诚回道:"正是。"

赵挺之道:"那两个童子,是'合和'二仙,专管人间婚姻。故而,人间又称其为媒神。"

赵明诚故作恍然大悟的样子"噢"了一声。

赵明诚继续说道:"从'合和'二仙说的话来看,你的媳妇应该是一个才女,一个写词的才女。为什么要这样说呢?'言与司合,'是一个'词'字;'安上已脱',是个'女'字;'芝芙草拔,'是'之夫',不就是说你将要做'词女之夫'吗?"

赵明诚强压欢喜道:"诚如父亲所言,孩儿要娶一个会写词的才女为妻,那么,请问,咱汴京城中,有没有这么一个会写词的才女?"

"有。"

赵明诚追问道:"叫什么名字?"

"魏夫人。"

赵明诚"嗨"了一声道:"您老怎么戏耍起孩儿来,那魏夫人是曾布的夫人,今年当有六十余岁!"

赵挺之笑回道:"你刚才问我,咱汴京城有没有一个会写词的才女,魏夫人七岁能诗能词,是公认的才女,老父这样回答有错吗?"

赵明诚苦笑一声回道:"没错,都怨孩儿不会说话。孩儿郑重地问您,咱汴京有没有既会写词,又年轻,还待字闺中的才女?"

"有啊!"

赵明诚又问:"叫什么名字?"

"李清照。不过,这个李清照,不适合做爹的儿媳妇。"

赵明诚明知故问:"为什么?"

"李清照父亲李格非,是出了名的旧党。爹呢?爹是出了名的新党,新旧两党,结怨甚深,水火不容。"

赵明诚道:"这是你们老辈人的事,不能因为你们老辈人之间的恩怨,影响了下一辈的姻缘。"

他看了老爹一眼,继续说道:"您刚才为孩儿解梦,不只说孩儿婚姻透了,还说孩儿应该娶一个有才的词女。如今,又出尔反尔,孩儿即使不说什么,媒神也不会答应。硬和神对着干,会有您的好果子吃吗?"

赵挺之故作默想的样子,许久方道:"唉,你说得对,神是不能得罪的。但是,即使老爹同意,李格非会同意吗?"

赵明诚道:"孩儿觉得他会同意的。"

"你凭什么觉得李格非会同意?"

赵明诚道:"您贵为宰相,他李格非平民一个,他的闺女能嫁到宰相家,是他的荣幸!"

赵挺之将头一连摇了几摇:"吾儿差矣!李格非非常清高,从不为五斗米折腰,章惇为相,因慕其名,荐其为检讨①,他因鄙视章惇,拒不就职。曾布为枢密院事,李格非有一个叫魏兴的表侄,在枢密院为吏,因接受吃请,被罢职。罢职之前,魏兴跪求曾布。曾布问:'李格非真是你表叔吗?'魏兴答:'真是下官表叔。'曾布道:'他真是你表叔,你出事了,他怎么连个招呼也不打?'魏兴把曾布的话,一字不漏地传给李格非,并求他给曾布打个招呼,李格非不干。曾布降其次,想求李格非一本亲自签名的书,这本书叫《洛阳名园记》,是李格非的代表作,苏辙给予很高评价,说它'高雅条鬯,文在晁(补之)、秦(观)之上'。李格非还是不干。唉,这样一个人,岂能让他的宝贝女儿嫁到咱家?"

听赵挺之这么一说,赵明诚不住地唉声叹气:"这……唉……"他低着头咬着嘴唇又默想了一会儿,仰头说道:"孩儿命苦,孩儿既然不能娶李清照为妻,孩儿就打一辈子光棍!"

说到此,泪水夺眶而出。他也不擦,呼地站了起来。

赵挺之忙问:"诚儿,你要干什么?"

"回太学去。"

赵挺之道:"别急,你坐下,老父有话要说。"

"孩儿不坐,您说吧。"

赵挺之道:"你和李清照的事,老父倒有一个成全的法子。"

赵明诚两道愁眉呼地舒展开来,迫不及待地问:"什么法子?"

"皇后天生一副侠道柔肠,连皇上也敬她几分,若是让你母亲出面求她保媒,她一定会答应,李格非呢,谅他不敢不买皇后的面子。"

---

① 检讨:官名。初置于唐,掌修国史。

赵明诚一脸喜悦道:"孩儿这就去求母亲。"

望着他渐去渐远的后背,赵挺之将头轻轻摇了一摇,叹道:"为情所困!唉,在他三兄弟中,他最聪明,我对他寄予厚望。看来,他不会有多大出息。"又将头摇了一摇。

皇后亲自保媒,方使赵明诚如愿以偿。

不,赵明诚得以如愿以偿,皇后固然起了很大作用,但没有李清照的密切配合,他赵明诚也不可能与李清照喜结良缘!

李清照从兄李迥和赵明诚是好友,经常在李清照面前夸赵明诚,引起了李清照的好奇,元符二年(1099年),京城大旱,四个月未曾下雨,哲宗责成开封府祈雨救灾。十五岁的李清照随父亲来到大佛寺参加祈雨仪式,遇到了同是参加祈雨仪式的赵明诚,眼睛为之一亮。赵明诚不只长得高大英俊,且温文尔雅。

他走进了她的心。

少女怀春,又无处言说。

她在等,默默地等,热切地等。她相信,终有一天,月老会用红线,把她和赵明诚拴在一起。

三年后,她终于等到了。面对犹豫不决的父亲,她把"羞怯"二字扔在一旁,挥毫作词一首:

浣溪沙·淡荡春光寒食天

淡荡春光寒食①天,玉炉沉水②袅残烟,梦回山枕③隐花钿。

海燕未来人斗草④,江梅已过柳生绵⑤,黄昏疏雨湿秋千。

词成后,遣丫鬟送给父亲。

李格非将《浣溪沙》读了两遍,叹道:"看来,清照之心已有所属。罢罢罢,为了女儿,我只有认了!"说毕,眼眶里滚出两颗豆大的泪珠。

爱情、婚姻,坎坷越多,爱之愈深。新婚之夜,小两口几番颠鸾倒凤之后,交颈而卧,

---

① 寒食:节日名。在清明节前一、二日。
② 沉水:香料名。又称沉香水,简称沉香。
③ 山枕:两端隆起中间低凹的山形枕。
④ 斗草:一种竞采百草以赛优胜的游戏,分"文斗"和"武斗"。"文斗"以对仗的形式对草名,"武斗"则比草的韧劲。
⑤ 柳生绵:柳之种子成熟时生白色柔毛如絮,俗称柳絮,又称柳绵。

说了大半夜情话。

赵明诚突然笑了。

李清照忙问:"郎君因何而笑?"

"我笑我老爹。"

李清照道:"老爹有什么可笑的?"

"人都说老爹精得像个老猴,可我,居然把爹这个老猴骗住了。"

李清照笑问:"您是如何骗爹的,可否说出来听听?"

赵明诚便把假称做梦的事,讲了一遍。

李清照咯咯地笑道:"老爹是个老猴,你是个小猴,小猴骗老猴叫什么呢?叫'青出于蓝而胜于蓝'。"

小两口被窝里的话,不知怎的,传到了赵挺之耳中。被窝里,赵挺之笑问夫人:"喂,诚儿说我这个老猴,被他那个小猴给耍了,这话您听说了没有?"

夫人回曰:"听说了,但诚儿说的不是耍,是骗。"

赵挺之道:"'耍'也好,'骗'也好,都是一个意思。"

夫人问:"什么意思?"

"我这个老猴,不如他那个小猴。"

夫人笑劝道:"小两口被窝里的话,您也当真。"

赵挺之道:"不是我当真,我觉着诚儿太幼稚了。你说一说,我赵挺之过的桥,比他走的路都多,他能耍得了我吗?不可能,根本不可能!我之所以同意诚儿娶李清照,我有我的小算盘。"

夫人道:"您的小算盘是什么?"

"第一,诚儿为情所困,非李清照不娶,老夫怕他真的要打一辈子光棍,唉,可怜天下父母心。"

略顿,赵挺之又道:"第二,李格非虽然被罢了官,但他是个名人。且不说他是苏东坡的高徒,仅他那篇《洛阳名园记》,足可使他流芳千古。咱若能和他结为儿女亲家,实是有些高攀。第三,我也有意和旧党拉拉关系……"

夫人满脸不解地问道:"朝廷自行'崇宁'年号之后,对旧党拼命地打压、迫害,世人避之唯恐不及,您却要和旧党拉关系,是何道理?"

赵挺之道:"俚语曰,'三十年河东,三十年河西'。自王安石变法以来,新旧两党总在翻烧饼,新党掌权,打压旧党,旧党掌权,打压新党。况且,皇上耳根子软,他之所以

'崇宁',那是受了蔡京蛊惑。蔡京呢,我觉得,他是'秋后的蚂蚱——蹦跶不了几天了'。"

夫人问:"何以见得?"

"蔡京是个大奸,私心重,还没有什么谋略,比如这一次宋夏之战,是他挑起的,结果呢?弄得损兵折将,边疆烽火不断。再之,他假借圣意,排除异己,到处树敌,连他的亲弟弟蔡下,也站在了他的对立面,多则三两年,少则几个月,他非倒台不可。他一倒台,上台的也许是'新党',也许是'旧党'。咱得给自己留条后路。"

夫人嘻嘻一笑道:"老爷不愧是个老猴,看事、谋事,硬是高常人一着。"

赵挺之道:"有此三因,我才装作信了诚儿之梦,诚儿呢,却自作聪明,以为他耍了我这个老猴。唉,这孩子真是让人失望!"

夫人劝道:"诚儿毕竟是一个孩子,才二十一岁,待妾抽时间开导开导他。"

因赵挺之有了个"蔡京蹦跶不了几天"的心理,对蔡京就不再像从前那样溜须了,偶尔还和蔡京唱反调。蔡京何等人儿,岂能容他这样做?

劾他!

劾赵挺之什么呢?

劾他对朝廷不满,明结旧党(与李格非结为亲家),图谋不轨。

"要想人不知,除非己莫为",这事很快便让赵挺之知道了,恼羞成怒,趁旬休①之机,躲在密室里写了一天,将一份《劾蔡京祸国殃民札②》呈达天庭。

札内,列举蔡京十大罪状。徽宗将赵挺之的札子看了又看叹道:"蔡元长怎么会是这样一个人?若真是这样一个人,莫说十罪,就是任择一罪,也足可以杀头!"

这话,第二天便传到了蔡京耳中,蔡京大恐,进宫面圣,伏地请罪,一把鼻涕一把泪地说道:"臣有罪,臣罪该万死!但臣对陛下这一肚子忠心,陛下应该知道。呜呜呜……"

这一哭,把徽宗的心哭软了:"卿别哭,朕只问卿一句话,赵挺之所劾卿之十事,到底几分是真,几分是假?"

蔡京听徽宗这么一问,悬着的心扑通落地。

何也?徽宗并没有完全相信赵挺之。若信,就不会有"几分是真,几分是假"之问。

---

① 旬休:宋代,官员每旬旬末休假一日,称之为旬休。
② 札:即札子:古代的上呈文书,用于向皇帝或长官进言议事。

他忙朝徽宗拜了一拜回道："臣不知也。"

徽宗一脸不快道："赵挺之劾你之事，是真是假你都不知道，请的什么罪？"

蔡京暗自吃了一惊：爷呀！我咋没有想到他会有此一问。若是实话实说，给我通风报信的这个人也就完了。这个人完了事小，以后谁还敢给我通风报信？若是不说出给我通风报信的人，今天这一关就过不去。

他冷汗如雨。

十四　前无古人

　　表弟将要屠狗的时候,小公猴先是藏刀,后又用爪子拽住表弟的袖子,不停地哀鸣。

　　四汉子一齐扑向赵挺之,扭住他的胳膊,硬往他嘴里灌屎汤子,赵挺之紧闭着嘴,头还乱摆。

　　赵挺之道:"直接上书弹劾蔡京,也不失为一个法子,但蔡京耳目甚多,弄不好,逮不住黄鼠狼,反惹一身骚!"

蔡京不愧是北宋第一奸人,奸人自有奸人的聪明和机智。他擦了一把头上冷汗回道:"启奏陛下,臣虽然不知道赵挺之劾了臣什么,但臣知道,他所劾之事,大都是捕风捉影。"

徽宗沉着脸问:"你怎么知道赵挺之在弹劾你,又怎么知道赵挺之所劾之事都是捕风捉影?"

蔡京再拜回道:"陛下第一问,臣是听臣三犬子蔡绦说的。陛下第二问,是臣的猜测。"

徽宗又问:"蔡绦怎么知道赵挺之在弹劾你?"

蔡京回道:"蔡绦和赵挺之的三儿子赵明诚是太学的同舍生。"

徽宗复问:"赵明诚傻不傻?"

蔡京回道:"不傻。"

徽宗追问:"赵明诚既然不傻,岂能把他爹弹劾卿的事,告诉卿的儿子?"

蔡京回道:"赵明诚并没有把他爹弹劾臣的事告诉臣的儿子。"

"那你儿子如何知道?"

蔡京回道:"赵明诚请几个同窗喝酒,酒后把这事说了出来。"

徽宗"噢"了一声,继续问道:"卿怎么知道赵挺之劾卿之事都是捕风捉影?"

蔡京回道:"赵明诚说,这一次蔡儵他爹完了。同窗少不得问赵明诚,蔡儵他爹怎么了?赵明诚说,我爹上书弹劾蔡元长,皇上看了我爹的劾书勃然大怒道,'蔡元长竟是这样一个人,莫说十罪,就是任择一罪,也足可以杀头!'陛下呀……"

蔡京又哭了起来,一边哭一边说道:"陛下呀,臣虽说无能,但臣有一肚子忠心。臣无论办什么事,都是为陛下考虑,为社稷考虑。他赵挺之如果不是捕风捉影,臣哪来那么多罪?陛下呀,臣冤枉,臣冤枉呀!啊啊啊……"

哭着哭着,居然晕倒在地,徽宗忙命御医抢救。

蔡京醒转后又哭,徽宗安慰道:"卿别哭了,朕知道卿是一个忠臣,一个大忠臣!"

蔡京抽抽泣泣说道:"知臣者,陛下也!臣还是刚才那句话,臣虽然无能,但臣有一肚子忠心,为了大宋万年社稷,臣效法诸葛孔明,'鞠躬尽瘁,死而后已'!"

他再拜告退。

回到府中,蔡京让管家书一请柬,送到赵挺之府上。帖云:

正夫贤弟:

　　值其春暖花开之日,愚兄于今天(二月二十九日)晚具饭,敢幸不外,他迟面尽。

——右谨具呈　愚兄蔡元长札子

赵挺之接到请柬,暗自忖道:"以往,都是我请他吃饭,他从没有请过我。今天,为什么突然请起我来?而且,他也知道我在弹劾他,难道是他怕了,向我讨饶?他只要知道害怕,我就趁机逼他辞相。"

他越想越高兴,哼着小曲儿前去赴宴,作陪的几个人他都认识,有童贯、邓洵武、王诜和梁师成。他也知道这几个人和蔡京是一腿,但他不怕,该吃吃,该喝喝。喝到大伙都有五六分醉意的时候,蔡京朝邓洵武丢了一个眼色,邓洵武移目赵挺之,笑嘻嘻地问道:"赵相,半月前,下官去您老家诸城一趟,听他们讲了一个故事,很感人,不知道相爷愿不愿听?"

赵挺之笑回道:"我已经十几年没回老家,对老家的事特感兴趣。什么故事,说来听听。"

邓洵武娓娓道来:

十四 前无古人

诸城城南有一个张寡妇,无儿无女,四十二岁那年收养了一个小男乞丐,取名天赐。她虽然穷,但对天赐很好,她也没有啥特长,只能给饭店里刷个碗、择个菜什么的,辛辛苦苦挣几个钱,自己舍不得花,可天赐一张口,要多少给多少。十几年后,天赐长成了一个大小伙子,张寡妇却成了一个白发似雪、弯腰弓脊的老太婆。天赐有力气,胆子也大,用张寡妇给他的钱开了一个驴肉馆子,一天能赚四五百文。

四五百文能买二十多斤驴肉,可他只让张寡妇喝驴肉汤,不让吃肉。张寡妇馋极了,偷吃了二两驴头脸,他把她打得满地找牙。

某一日,他下乡买驴,经过一个村庄,见村口一户人家的门前,有一个小公猴在给一个老母狗逮虱。每逮一个,便送到嘴边咬一下又吐出来。

他看了一会儿问主人:"这个小猴子为什么对母狗那么好?"

主人回道:"这个小公猴原是一个马戏班的,不知道为什么受了伤,伤口还流着脓。马戏班离开俺村时把它抛弃了。这条母狗也许觉得它可怜,天天给它舔伤口。舔了二十九天,居然把小公猴的伤舔好了,自此,它们形影不离,每当风和日丽的时候,母狗靠墙一躺,小公猴便给它捉虱。"

天赐颔首说道:"有意思,有意思。"

主人笑道:"有意思的事还在后边呢。"

天赐道:"说来听听。"

一个月前,狗主人那个在城里开狗肉店的表弟,来看他姑,也就是狗主人他妈,临走时问狗主人:"表哥,您这条狗有十岁了吧?"

狗主人回道:"正好十岁。"

表弟说:"狗这东西,它的寿命也就是十一二年,趁它没死,你把它卖给我,也好换几个钱。"

狗主人说:"行。"

表弟将狗拴住脖子,牵到他的狗肉店,小公猴也跟了去。

表弟将狗拴到院子里的木桩上,便去磨刀。磨好刀后,去厨房拿接血的盆子。等他把盆子拿来,刀不见了,便到处找。最后,在柴火垛里找到了。

他找到刀,欲要去屠那条狗,小公猴拽住他的袖子不停地哀鸣,他不知道什么意思,后经几个老叟提醒,他才意识到小公猴在为那条狗求情呢!他将刀扬了一扬问道:"这刀是你藏的吧?"

小公猴居然点了点头。

表弟叹道："灵物啊,有人说狗和猴都是灵物,我还不信。今日始信之。"

他不只放了母狗和公猴,把狗肉店也给关了。从此后金盆洗手,改作他行。

天赐听狗主人讲了母狗和小公猴的故事,默想良久道："猴子尚知报恩,我……我连猴子都不如!"他潸然泪下,驴也不买了,返回家中,让张寡妇坐在椅上,扑通一跪,朝张寡妇磕了三个响头,说道:"娘,孩儿过去是个没良心的东西,自今之后,孩儿向您发誓,孩儿要痛改前非,做一个孝顺儿子,若违誓,雷打龙抓!"

讲完了故事,邓洵武笑问赵挺之："发生在你家乡的这个故事,你听说过没有?"

赵挺之回道："没有。"

"感人不感人?"邓洵武又问。

赵挺之回道："挺感人的。"

邓洵武叹道："但没有感动你。"

赵挺之把脸一沉,反问道："你这话是什么意思?"

邓洵武道："如果真的感动了你,你这会儿就该向蔡相爷磕头认罪!"

赵挺之怒声问道："我有何罪可认?你今天不给我说出个子丑寅卯来,我跟你没完!"

邓洵武反问道："你赵正夫得以为右相,何人所荐?"

赵挺之亦来一个反问："你问这干嘛?"

邓洵武道："不干嘛!古人有言,'受人点滴之恩,当以涌泉相报。'由于蔡相之荐,你才得以做了右相。做了不到一年,便来一个过河拆桥,你呀你,你连那个小公猴都不如!"

赵挺之额头上青筋突暴,戟手指道："邓洵武,你个混账王八蛋,你以讲故事为名羞辱我,我要去皇上那里告你!"

邓洵武冷笑一声道："你告吧!你会告御状,我难道就不会告?哼!皇上还不一定听谁的呢!"

"那好!"赵挺之呼地站了起来,抱拳拱手道："诸位大人,对不起,我先告退一步。"

童贯把右手朝赵挺之招了一招道："你别走,坐下,咱家也有话要对你说。"

赵挺之虽然没有落座,但也没敢走。童贯轻咳一声道："咱家知道您是一个有情有义的人,受人点滴之恩,总要以涌泉相报。可您这次弹劾蔡相,确实有些不该!"

梁师成附和道："不是不该,是恩将仇报!"

直到此时,赵挺之方才意识到,他今天赴的是一个鸿门宴,把肠子都悔青了。但是,他想:我赵挺之好赖也是一个右相,尔等如此欺负我,我若不回咬他们一口,我赵挺之真是连兔子都不如了。

他冷笑两声道:"童公公,你们不能只听某人一面之词就合伙儿斥责我赵正夫,你们在合伙斥责我赵正夫之前,你们应该问一问某人,赵正夫为什么要弹劾某人?"

童贯道:"不用问,咱家肚如明镜一般。"

赵挺之问:"童公公既然肚如明镜一般,那就请童公公说一说,我赵正夫为什么要弹劾某人?"

"翅膀硬了,想取而代之。"

赵挺之将头使劲摇了一摇,说道:"错矣,大错矣!"

童贯问:"既然你觉着咱家说得不对,那你说一说为了什么?"

赵挺之一字一顿道:"为了自保。"

童贯反问道:"为了自保?"

赵挺之道:"有人向皇上暗进谗言,说我赵挺之对朝政不满,明结旧党,图谋不轨。"说到此,赵挺之移目蔡京。他原以为,听了他的话,蔡京会满脸通红,无地自容。

在赵挺之移目蔡京的同时,童贯、梁师成、邓洵武、王诜也把双眼移向了蔡京。

蔡京见大家都在瞅他,故意装迷:"诸位都瞅着我蔡元长干什么?难道是我向皇上进了正夫的谗言?如果诸位都这么认为,何不拿出证据来?"

童贯等人又把双眼移向了赵挺之。

赵挺之拿不出证据,正愁着如何应对蔡京。蔡京慢悠悠地说道:"正夫呀,你拿不出老夫进谗的证据,老夫可是能拿出你弹劾老夫的证据,你信不信?"

赵挺之切齿说道:"我信。"

蔡京道:"你既然信,这话就好说了。正夫呀,你我之所以有今天,是因为咱们同心协力,搞垮了元祐党人。你我若是稍有懈怠,元祐党人就会卷土重来,且莫说咱又来个窝里斗!唉,我这心里难受呀!"说到此,假惺惺地挤出几滴眼泪。

邓洵武指着赵挺之:"你看看,你看看,蔡相是如何对待你,你居然弹劾他,还捏造了他十条大罪,把他往死里整。你呀你,还是我刚才那句话,连那个小公猴都不如,你还是一个人吗?"

本来,蔡京那一番表白和表演已经使赵挺之无话可说了。邓洵武这一指责,火又上来了,大声说道:"我是不是人,不是你说了算,咱明天朝堂上见。"说毕,转身就走。

蔡京冷声说道:"你果真要走,我也不拦,恕不相送!"

赵挺之暗道："谁稀罕你送。"气呼呼地走下堂去，直奔来时乘坐的轿子。轿夫见赵挺之来到，忙掀开轿帘。

赵挺之正在气头上，也没细看，一头扎进轿子。

轿夫们互相使了一个眼色，抬起就走。东行二里许，向右一转，又向左一转，再向右一转，三转之后，进入一个巷道，赵挺之突然觉得有些不对劲。

他和蔡京家，相距不到五里，出蔡府沿汴河东行不远就是西大街，由西大街北行二里便是福祐街，进福祐街北行一里就是他的家。这路只需两转就到了，这轿怎么转了三条街。而且，我是面福祐街而居，这轿怎么进了巷道？

他大声喝道："来梭儿，快停轿！"

没有人理他，轿继续前行。

他大声吼道："来梭儿，你想抗命吗？"

依然没有人理他，那轿子反而走得更快了。

他复又吼道："来梭儿，你竟敢抗命，想作死！"

话刚落音，轿子在一座黑漆大门外停了下来。赵挺之把轿帘猛地一掀，蹿出轿子，大声喊道："来梭儿！"

"在！"

赵挺之寻声一看，怒斥道："爷叫来梭儿，你应的什么腔？"

那人回道："我就是来梭儿。"

赵挺之破口骂道："放屁！"

那人笑道："我这衣帽鞋袜，就是来梭儿的。还有，我这个头、长相，与来梭儿也相差无几，你怎么一眼就认出来我不是来梭儿？只可惜，有些晚了。来梭儿拿了蔡相一百两银子，远走高飞了。"

赵挺之强压怒火道："你把爷抬到这里，意欲何为？"

那人道："蔡相说，您今天喝得有些多，怕您回府后耍酒疯，让小人找个地方给您醒醒酒。"

赵挺之喝道："你敢！"

那人笑容如故："小人敢与不敢，咱到院子里说。"

正说着，大门轰然而开，蹿出来四条彪形大汉，扑向赵挺之。

赵挺之一边后退，一边斥道："我是当朝右相，尔等想……"

未等他把话说完，四条汉子扭住他的胳膊，拖进了院子。

他一边挣扎一边问："尔等要干什么?"回应赵挺之的,是两记重重的耳光。

赵挺之怒目直视打他的汉子:"尔……"这一次,回应他的可不是两记耳光,是四记,打得他嘴角溢血。

他擦了一把嘴上的血,依然直视着打他的汉子。

汉子亦直视着他,不紧不慢地说道:"你胆敢再说一个字,爷打你十耳光。说两个字,爷打你二十耳光!"

他没敢接腔,用右手背又擦了一下溢血的嘴巴。

自称来梭儿的人,背着双手,踱到他的面前,慢声细语地说道:"你还算有自知之明。"

他移目四汉子道:"可以给他醒酒了。"

四汉子转身拎来一把铁勺、一只粪桶,那粪桶臭气烘烘。

赵挺之也许意识到他们要干什么,一边后退,一边嚷道:"士可杀不可辱,尔等不可这样!"

自称来梭儿的人把眼一瞪道:"你嚷什么嚷,这是为你好,屎汤子解酒。你再嚷嚷,回应你的可不只是耳光子了!"

他朝四汉子命令道:"还不给赵相醒酒!"

四汉子一齐扑向赵挺之,扭住他的胳膊,硬往他嘴里灌屎汤子。赵挺之紧闭着嘴,头还乱摆。一汉子从后边抱住他的头,另一汉子从前边捏住他的鼻子。赵挺之不想死,不想死就得呼吸,鼻子被人捏住,那只能用嘴呼吸了。

这一呼吸,拿铁勺的汉子乘机将屎汤子灌到他嘴里,他不喝也得喝。

喝了七八勺之后,自称来梭儿的那人对四汉子说:"停一停,我有话要问赵相爷。"

"赵相爷……"

回应他的是呕吐,吐着吐着,连胆汁儿也吐出来了。

自称来梭儿的那人,笑嘻嘻地问道:"赵相爷,你这一吐,胃里是不是好多了? 若是觉得酒劲还没消去,那就再喝几勺怎样?"

赵挺之一边干呕,一边摆手。

自称来梭儿的那人又道:"这会儿你可以说话了。"

赵挺之道:"我这胃里难受,你们快点送我回去。"

自称来梭儿的那人很爽快地答应了:"可以。但是,你得给我两个许诺。第一,今夜发生的事,你就是烂在肚里也不能对人说,更不能告御状。第二,这朝堂你是不能待了,你得辞去右相,越快越好。"

赵挺之收住了干呕:"我要是不答应呢?"

自称来梭儿的那人,嘿嘿一笑道:"你如果不答应,等待你的怕就不再是耳光子和屎汤子了!"

赵挺之反问道:"那会是什么?"

自称来梭儿的那人一字一顿回道:"你的老命怕是难保!"

赵挺之冷笑一声道:"老夫是堂堂右相,他蔡京就是狗胆包天,也不敢谋杀老夫!"

自称来梭儿的那人,又是嘿嘿一笑道:"赵相爷,你枉吃了六十多年饭,幼稚得像个孩子!你刚才不是说'士可杀,不可辱'吗?蔡相既然敢让你喝屎汤子,那就敢杀你!"

他将话锋一转道:"赵相爷呀赵相爷,有些话,小人本不该说,但为了你,我还是说了吧。我让你给我的两个许诺,我就是不说,你也会那么做。何也?堂堂右相,让人又是打耳光子,又是灌屎汤子,可谓是前无古人,后无来者,你若是说出去,只能是自张自丑,名声扫地!告御状呢?也不可行。又何也?皇上若是相信你,就不会把你弹劾蔡相的书让蔡相看。再之,今晚在蔡府吃酒的人又不是你一人,有童公公、梁中书和邓中书(舍人),还有驸马爷,这几个人都可以给蔡相作证,是你自己坐着自己的轿离开蔡府的。而这几个人和皇上的关系,任何一个都比你铁。"

他将手一连摇了三摇说道:"不说了,不说了,聪明人不用细讲,我也不要你的许诺,我可以送你回去了。"

赵挺之回到府中,已经三更多。夫人见他脸色异常,又一身臭气,忙问:"老爷,您这是怎么了?"

他老泪纵横道:"奇耻大辱,奇耻大辱呀!啊啊啊……"

夫人又问:"发生了什么事?"

他一边哭一边说道:"我求求你,你别问了好不好!"

夫人长叹一声道:"要不要去沐浴一下?"

他道:"不去。"

夫人道:"您这脸上、手上……"

他道:"休要啰唆,说不去就不去。"自行脱去衣帽鞋袜,登榻而卧。

其实,他根本睡不着。

他不停地翻身、叹气,一直折腾到将近四更半,洗了几把脸强打着精神前去上朝。他觉得同僚们看他的眼神有些异样。特别是邓洵武,满目都是讥笑。而蔡京呢?反比平日多了几分热情。

朝会结束后,他佯称有病,写了个告假条,让东府长吏代转蔡京,便回府去了。

他一边叹气一边想,直想到二更,坐在书桌前写了一个辞官的表章,让赵明诚代他呈送朝廷。

他为什么要写辞官的表章?

是他怕了吗?

也不全是。

他是想通过这个辞官的表章,来试探徽宗。

宋朝,有一个不成文的规定,大臣上表辞官,皇帝都要挽留。大臣复上书求辞,皇帝继续挽留,反反复复上书求辞,反反复复挽留,有达八次之多者。赵挺之暗想,不说皇上挽留我八次,只要两次,我便把蔡京对我的恶行上奏天庭。

谁知,徽宗看了他的辞书表章,只挽留一次便同意了。好在的是,给了他一个使相①的头衔,在汴京闲居,俸禄照旧。

这不是钱的问题,这关乎面子,赵挺之连做梦都在想着如何扳倒蔡京。他让三儿子赵明诚去了西北一趟,搜集蔡京强逼王厚招降仁多保忠的证据。

证据到手后,他降尊纡贵,登门拜访中书侍郎刘逵。

宋时的中书侍郎,也可由尚书右仆射兼任,也可单设。如果由尚书右仆射兼任,那就是宰相。如果单设,那就是副相。刘逵的中书尚书,是单设。

刘逵是赵挺之门生。

他这个门生,并没有真正受教于赵挺之,只是因为他中进士那一榜,赵挺之是主考官。

刘逵虽然是那一科的榜眼,但赵挺之并不看好他。

何也?

刘逵入仕后,先是投靠蔡确,后又投靠蔡京,由秘书少监一路飙升,十数年间,飙升为中书侍郎,时人称他为京狗。京狗,说白了,也就是蔡京的狗。

他是榜眼出身,又官至副相,不想让人视之为某人的狗。

再之,他知道蔡京树敌太多,名声又不好,早晚非要倒台不可,便想和蔡京撇清

---

① 使相:唐宋时期一种官职名。唐代,使相就是宰相。到了宋代,使相仅为高级阶衔,俸禄与宰相同,但不能参与政事。

关系。

他是蔡京一手提拔的,那关系撇得清吗?

他很苦恼,不知是有意还是无意,他把他的苦恼倒给了赵明诚。

赵明诚又倒给了赵挺之,若没有这个前提,赵挺之也不会降尊纡贵来见他刘逵。

刘逵闻报恩师来访,跑到大门外相迎,且扶其登阶入堂,东向而坐,刘逵西向坐。说了几句闲话之后,赵挺之道:"你的苦恼,明诚已经给老夫说了,老夫这次来,就是为解决你的苦恼而来。"

刘逵避座拜道:"谢谢恩师。"

赵挺之示意刘逵坐下后又道:"蔡京做了那么多坏事,倒台是必然的,只是早晚而已。"

刘逵轻轻颔首。

"不只你,老夫也想和他撇清关系。关系倒是撇清了,可老夫付出的代价有些大了点,前车之鉴,你当师之。"

刘逵复又颔首。

"蔡京的命运,掌握在皇上手里,要想扳倒蔡京,得先说动皇上。怎么说动?直接上书弹劾蔡京,也不失为一个法子,但蔡京耳目甚多,弄不好,逮不住黄鼠狼(学名黄鼬),反惹一身骚!"

刘逵再次颔首。

"故而,最稳妥的办法是密奏,只说,不留文字。老夫给你准备了一份材料,凭这份材料上的罪不一定能扳倒蔡京。但是,它可以让皇上知道,你不是蔡京的私人。"

刘逵再次避座:"谢谢恩师!"

送走了赵挺之,刘逵将赵挺之给他的材料,看了一遍又一遍,直到默记在心,才去面谒徽宗。

听了刘逵密奏,徽宗叹道:"对夏的这次战争,确实有点得不偿失。战争之火,也确实是蔡京要点的。他硬要王厚招降仁多保忠,确实是一个失误。但是,蔡京这么做,心是好的。而且,他已经知错,这件事就不要再提了。"

刘逵不好再说什么,再拜告退,见了赵挺之,唉声叹气。

赵挺之劝道:"你不必丧气。蔡京干了那么多坏事,这事咱扳不倒他,还可以拿别的事扳倒他!"

刘逵道:"请恩师赐教。"

赵挺之道:"蔡京屡屡劝皇上'丰亨豫大',你知道他的居心吗?"

刘逵回道:"讨好皇上。"

赵挺之问:"其二呢?"

刘逵回道:"有人说,蔡京很奢侈。他怕皇上知道了他的奢侈,收拾他。故而,千方百计诱导皇上享受,从而,使黑猪身上落个黑乌鸦,谁也别说谁黑。"

赵挺之道:"你说得很对,他的所作所为,归结起来两句话,一是讨好皇上,二是自保。皇上在蔡京的诱导下,已经很奢了,但是,与蔡京相比,小巫见大巫。哎,你知道蔡京最爱吃什么吗?"

刘逵将头摇了一摇。

"他最爱吃鹌鹑羹和蟹黄包子。老夫听说,每做一次鹌鹑羹,要杀掉三百只鹌鹑……"

刘逵道:"他也真够奢侈了。"

赵挺之道:"吃三百只鹌鹑,价值不到二十贯。"

刘逵道:"咦,二十贯还少吗? 二十贯钱,足够五口之家的平民吃一年多。"

"你别大惊小怪,你知道蔡京吃一顿蟹黄包子得花掉多少钱?"

刘逵又将头摇了一摇。

赵挺之道:"咱先不说蟹黄包子,先说一个人,一个绰号叫'葱丝小姐'的人。这个人,你听说过没有?"

刘逵道:"没有。"

十五　双头乌龟

赵挺之道:"官场上,从来没有永远的敌人,也没有永远的朋友,如果你的劾书,让元祐党人得以复官复爵,就会使敌人转化为朋友。"

第二天,郑贵妃便把她和徽宗的对话,原原本本传给了郑居中,并出主意说,赶紧让人弹劾赵挺之。

在蔡京的暗示下,各地有关祥瑞的奏报,雪片似的飞到汴京,内中既有麦生九穗等较低级的祥瑞,又有牛生麒麟、禽产凤凰等高级祥瑞……

李格非从弟李格文,在开封府为吏,他花了三十贯钱买了一个小妾。小妾自称,她是蔡京的厨婢,因为怀了孩子,被蔡京辞退了。

李格文笑问道:"听说蔡府的蟹黄包子特别好吃,是吗?"

小妾将头点了一点。

"明天,我请几个朋友吃饭,你能不能露一手?"

小妾问:"露什么呀?"

李格文道:"做蟹黄包子呀!"

小妾道:"那得花很多钱的。"

李格文问:"得花多少?"

小妾道:"蔡府每做一次包子宴,得花去一千三百多贯钱。"

李格文惊叹道:"这么多呀!"

小妾道:"您即使愿意花这么多钱,妾也做不来。"

"你不是说,你是蔡京家的厨婢吗,为什么做不来?"

小妾道:"蔡府的厨人很多,仅做包子的就有几十个,各有所司,妾只管切葱丝。"

讲完了"葱丝小姐",赵挺之叹道:"蔡府做包子,有一个人专门切葱丝,可想而知,蔡京是何等的奢侈！但是,奢侈得有钱呀,仅凭蔡京的俸禄,他是无法奢侈的。你单独面见皇上时,可把这事作为一个笑话,讲给皇上听,老夫相信,皇上听了"葱丝小姐"的故事,不会不有所思！老夫这里,再遣几个家丁,想办法把蔡京的田地及受贿贪污的情况,摸一摸。"

刘逵忙道了一声："好。"

果如赵挺之所料,徽宗听了"葱丝小姐"的故事,默想了一会儿说道："蔡京如此奢侈,钱从哪里来？"

刘逵道："钱从哪里来,臣不敢妄言,但有一俚语：'人不得外财不富,马不吃夜草不肥。'"

他见徽宗低头不语,知道"葱丝小姐"的故事起了作用,便自行告退。

转眼到了来年正月,赵挺之正在一门心思搜集蔡京贪污受贿的罪证,天上出现了彗星。

彗星运动的时候,前面好像女人的长发,后面好像还有个尾巴,这尾巴的形状像扫把,故又称之为扫把星、扫帚星,也有称之为灾星的。

古人讲天人合一,把彗星的出现,看作上天对人间的警示。要么是人主昏庸无道；要么是大臣专权横行；要么是冤狱太多……所以,每当彗星出现,皇帝便要自省、自责,甚而下《罪己诏》。一些狡猾的皇帝也会选几个大臣做替罪羊。

"这下好了！"赵挺之兴冲冲地对刘逵说道："这一下,你可以公开弹劾蔡京了。"

刘逵问："为什么？"

"皇上位继大统以来,首次出现彗星,他一定很害怕。如果你把彗星的出现归罪于宰相,那等于为他解脱了,他不只高兴,还会感激你。"

刘逵颔首说道："恩师说得对,学生明天便上书弹劾蔡京。但是,话又说回来,弹劾他什么呢？把您弹劾他的十大罪再照抄一遍？"

赵挺之摇头说道："那不行,那样做会让皇上觉着你是在拾老夫的牙慧。而且,老夫因为弹劾蔡京被罢相,你拿老夫已经弹劾过的事再去弹劾蔡京,那不等于说皇上罢老夫的相罢错了吗？这不行,绝对不行！"

刘逵道："那您让学生弹劾蔡京什么？"

"弹劾他专横跋扈、党同伐异、陷害忠良、大兴土木,无端挑起战争,导致宋夏战火连年,祸国殃民。特别是党同伐异这一点,他不择手段,把元祐年间的大臣,凡与他有怨,甚而不和的,一概诬为旧党,比如章惇、曾布、李清臣、范纯仁、陆佃、张商英等,进行打击迫害,已亡者,追其官爵;未亡者,赶出汴京,或居住某地,或编管某地,并勒石刻碑于全国各地,凡上了《党人碑》的,其子女不得为官。这种做法,连刻碑的石匠都看不下去,不肯在《党人碑》上留名。蔡京的种种恶行,弄得天怒人怨,故而,上天才让彗星现空,向朝廷示警!当务之急,应该砸毁《党人碑》,罢去蔡京的宰相。"

刘逵道:"照您说的写,扳倒蔡京应该没有问题。但是,皇上不会因为学生的劾书,砸了《党人碑》,为'元祐党人'复官复爵!"

赵挺之道:"皇上会。"

刘逵道:"'元祐党人',可不只是蔡京的敌人,也是恩师和学生的敌人!"

赵挺之道:"那是以前。官场上,从来没有永远的朋友,也没有永远的敌人。如果因为你的劾书使'元祐党人'得以复官复爵,他们就会感激你,他们就会由敌人转化成朋友。"

刘逵频频颔首道:"恩师所言甚是。"

翌日早朝,刘逵将弹劾蔡京的奏折呈达徽宗。退朝后,徽宗将劾书看了三遍,又想了一天,决定赦免党人,砸毁《党人碑》;停止所有宫殿的筑建;遣使与西夏谈判,早日结束战争,恢复邦交;罢去蔡京宰相,以答天变。

这一夜,该当王皇后侍寝。朝中的事,徽宗很少跟王皇后说。他不说,王皇后也很少过问。今夜,也不知出于什么原因,徽宗不只讲了彗星的出现、刘逵的劾书以及他的决定,还征询王皇后的意见。

王皇后默想了一会儿说道:"您这四个决定,非常非常英明。但臣妾尚有一疑,不知当问不当问?"

徽宗笑微微回道:"汝有何疑,但问无妨。"

"蔡京是您的宠臣,也是非议最多的一个人,弹劾他的奏章,几乎天天都有,您连一句告诫的话都没有。为什么刘逵的劾书一上,您便要罢他的官?"

徽宗道:"原因有二。"

"哪二?"

"第一,以答天变。"

"二呢?"王皇后又问。

徽宗道:"蔡京这人,不仅听话,还能干。朕想到的事,他想到了;朕想不到的事,他也想到了;他还会理财,朕不管什么时候问他要钱,他从未说过一个'不'字。而且,要多少给多少。不管办什么事,雷厉风行。但是……"

十五　双头乌龟

徽宗轻叹一声道:"他有点贪财,还特别爱享受,有人说,为他做包子的就有几十个人,一顿包子宴,往往要花去一千多贯钱。他还有点儿跋扈,'顺我者昌,逆我者亡。'他还特别爱培植亲信,东西两府、三司六部,乃至三馆秘阁,都有他的人。好处是,东府发出的政令很容易执行。坏处是,皇帝被架空。朕之所以要罢蔡京的相,就是要他,要他的亲信,乃至文武百官都知道,他蔡京只是御案后的一把椅子,把它放在御案后,它就成了龙椅,把它搬到别处,它就是一把普普通通的椅子。"

王皇后脱口赞道:"陛下圣明!"

对于蔡京的罢相,朝野都认为,这是上天的警示和刘逵弹劾的结果。

刘逵更是这么认为,他不只沾沾自喜,而且有些飘飘然了。

他只是一个中书侍郎,偏要行使右相的权力。而且,还效法蔡京,排除异己,提拔亲信。生活上也讲究起来,把蔡京府上那个专做蟹黄包子的大厨挖了过来。蟹黄包子吃腻了,又吃鹌鹑羹。凡是蔡京爱吃的东西他都吃。汴京人给他取了个绰号叫"小京"。京,自然就是蔡京了。弹劾他的奏章摞了七八尺高,他也不知自省,照样我行我素,引起了徽宗的反感。

赵挺之呢?既不贪,也不跋扈,也没有打击异己、提拔亲信,但就是执政能力差,从东府发出的政令,屡屡受阻。其实,这事不能怪赵挺之。

蔡京虽然罢了相,但他的那些亲信,依然在把持着三司六部,对东府的政令,或明抗,或暗抗。赵挺之多次建言徽宗,把这些人撤职,由那些正直无私的"元祐党人"取而代之,可徽宗怕引起朝廷动乱,今日推明日,明日推后日。

蔡京呢?

无日不在做着复相的梦。

外官勾结内宫,为历朝大忌,可蔡京不管这些,他把一双贼眼,瞄向了郑贵妃。

郑贵妃虽然不是皇后,但比皇后受宠。究其原因,一是她比王皇后长得漂亮;二是她比王皇后会哆;三是她能言善文,那字又特别娟秀,还能帮徽宗处理奏章;四是她认识徽宗,要比王皇后早得多。而且,二人一见钟情。她还是向太后的心腹侍女,又是向太后赐给徽宗的。爱屋及乌,乃是人之常情。

郑贵妃深居皇宫,蔡京作为一个外官,瞄也是白瞄。

但蔡京不是常人,他想办的事,几乎没有办不成的。

蔡京在瞄郑贵妃的同时,瞄上了另外一个人。我蔡元长不能去深宫见你郑贵妃,但有人能见。

这个人就是郑居中。

郑居中是郑贵妃的一个远族哥哥,但他自称是郑贵妃从兄。郑贵妃一门人丁不旺,加之郑居中又是郑家唯一一位进士,刻意提携,经常在徽宗面前美言郑居中,故而,郑居中出仕刚刚十年,便爬上了中书舍人兼直学士①的高位。

为了让郑居中在郑贵妃面前为他美言,蔡京备了两份大礼,每一份的价值两千贯。

这两份大礼,一份是送郑居中的,一份是让郑居中代送郑贵妃的。

郑居中这一生,还没有收过这么大的礼,喜出望外,当天,便屁颠屁颠地找郑贵妃去了。兄妹俩经过一番合计,决定分两步走。

第一步,让某一大臣出面,奏请徽宗启用蔡京,这个大臣最好是徽宗的宠臣,比如何执中。

何执中何许人也?

何执中,字伯通,处州龙泉(今浙江省龙泉市)人,熙宁六年进士,做过几年侍读。侍读之责,或陪侍皇帝读书论学,或为皇子等授书讲课。何执中为侍读时,徽宗还没有当上皇帝,多次听何执中授课,也算是何执中的半个学生吧。

因为有这种关系,徽宗位继大统后,对何执中很尊重,欲擢其为尚书右丞,因何执中回乡奔父丧而作罢。

第二步,待何执中上奏之后,郑贵妃便给徽宗吹枕头风。

蔡京对这个方案十分赞成,由长子蔡攸出面,携了一个价值三百贯的独山玉雕——哪吒闹海,去见何执中,何执中听蔡攸说明来意,满口答应。翌日,他便上书徽宗,说蔡京为相时,所行之事秉承的都是皇上的旨意。比如说他党同伐异、陷害忠良,这是明目张胆地为"元祐党人"鸣冤叫屈。何也?大宋的国策是"绍圣"和"崇宁",既然要"绍圣"和"崇宁",不打压"元祐党人"行吗?

至于说他大兴土木,无非是说他不该筑建那九个宫殿。他为什么要建那九个宫殿,还不是给九鼎找个安身之地?他所做的一切,都是为陛下好,为社稷好。反观刘逵、赵挺之,他们上台后做了些什么?第一,凡"绍圣"和"崇宁"的事,一概废止;第二,屡屡要您给"元祐党人"复官复爵。他们这样做,是在否定"绍圣"和"崇宁"呢,蔡京不起,国无宁日;蔡京不起,"绍圣"和"崇宁"就无从谈起,请陛下三思!

---

① 直学士:官名。初置于唐,为文官之清选。凡六品以下资浅文官,任职于中书省集贤殿书院或门下省弘文馆,称直学士,位在学士之下。宋沿置,于总阁、龙图、天章等阁,均置直学士,位在学士之下,待制之上。

徽宗一边看一边点头,看完之后,发出一声叹息。

他的举动,当天便传到了郑贵妃耳中,暗自喜道:"事谐矣,该本位①登场了。"

刚好这一夜该郑贵妃侍寝,她将徽宗伺候得舒舒服服之后,依偎着徽宗的裸身子笑嘻嘻问道:"陛下,今天何侍读是不是给您上了一个奏章,想让您启用蔡京?"

徽宗回道:"他是上了这么一个奏章。"

"那奏章说得有无道理?"

徽宗道:"有。"

郑贵妃叹道:"臣妾本不该妄言国事,但臣妾常听人说,蔡京之罢相,有些……有些……"

徽宗道:"讲,讲下去。"

郑贵妃这才说道:"有些不该。"话出口后,又故意装作诚惶诚恐的样子说道:"臣妾贫嘴,臣妾该杀!"

徽宗道:"卿不必自责,是朕让卿说的。"略顿叹道:"朕身边的人,乃至朝中大臣,为了讨好朕,常常报喜不报忧。卿是朕的爱妃,如果也像他们那样,朕就听不到真话了。"

郑贵妃道:"您这一说,臣妾心中好受多了。好,只要您愿意听真话,臣妾就来一个实话实说。蔡京之罢相,确实有些不该。蔡京为相,所作所为,都是为了'崇宁'。'崇宁'乃官家之志,罢蔡京等于不要'崇宁',不要'崇宁'将前功尽弃。前功尽弃还在其次,更重要的是朝野会认为陛下出尔反尔,有玷圣名!"

徽宗叹道:"爱妃所言是也。只是,蔡京罢相不到三个月,若是将他复相,赵挺之怎么办?刘逵等那些反对蔡京的大臣会怎么想?"

郑贵妃忙附和道:"官家所思甚是。"

她口中说"甚是",第二天,便把她和徽宗的对话原原本本地传给郑居中,并出主意说,赶紧让人弹劾赵挺之和刘逵,打消皇上的顾虑。

郑居中忙将郑贵妃的话传给蔡京。蔡京大喜,指示邓洵武上书弹劾赵挺之和刘逵。

邓洵武连夜写成劾书一封,上达天庭。书中说,赵挺之和刘逵陷害忠良,为邪党张目,志在破坏"崇宁",罪该万死!

徽宗阅书后,内降二旨:一、罢赵挺之左相,授观文殿大学士;罢刘逵之中书侍郎,出知亳州。二、复蔡京为尚书左仆射,兼门下侍郎;迁何执中为尚书左丞、邓洵武为尚书

---

① 本位:嫔妃的自称。

右丞。

郑居中自以为为蔡京复出出了大力,找到蔡京,要做同知枢密院事①,蔡京满口答应,而且,他真的找了徽宗,举荐郑居中。

徽宗为了笼络蔡京,给蔡京复相不久,又内降一旨,迁蔡攸为龙图阁学士兼侍读。

宋之祖制,非进士及第以上出身,不得进入馆阁②,更莫说龙图阁学士了。

为了让蔡攸做龙图阁学士,徽宗特赐其为进士及第。一般来讲,进士及第只能通过参加科举考试才能取得,也有恩赐的,但极少。

徽宗如此对待蔡京,他的话能不听吗?

当然听!

况且,郑居中又是郑贵妃从兄。

授官也好,迁官也好,徽宗固然可以通过内降诏书来解决,但这毕竟不是正途。

如果换成一般人,不走正途也可。因郑居中是皇亲国戚。宋制,非特殊情况,皇亲国戚不能担任实职官员,更莫说掌军了。

为了堵"台谏"之口,徽宗想通过正途来任命郑居中。

这一通过正途,郑居中要做同知枢密院事的消息很快传遍了汴京城。

全城人都知道了,太监梁师成能不知道吗?

肯定知道。

他这一知道,坏了!

郑居中知颖州(今安徽省阜阳市)时,梁师成的一个亲戚犯了窝赃罪,梁师成找他求情,他不但不给,反加重了处罚。梁师成听说他要当同知枢密院事,面谒郑贵妃,谗曰:"本朝祖制,皇室成员和外戚,不能做实职官员,何以如此呢?害怕皇室成员和外戚干政。跋扈如'宣仁太后'者,垂帘听政那么多年,也没有让娘家人在朝廷任实职。如果让郑国舅出任同知枢密院事,那就破了本朝祖制,朝野会说您的闲话,落一个外戚干政的恶名。如果您出面阻止了这件事,将会彰显您的美德,请贵妃娘娘三思!"

在内宫,郑贵妃坐的是第二把交椅,坐第一把交椅的王皇后,半月前死于难产,她在跷着脚等着做皇后,在这个节骨眼上,坚决不能出一丁点儿问题,故而,听了梁师成的话,郑贵妃满脸的感激,连说三声"谢谢"方道:"本位虽然不贤,但绝不做破坏祖制的

---

① 同知枢密院事:枢密院副长官。
② 馆阁:宋沿唐制,置"昭文馆""史馆""集贤院"和"秘阁""龙图阁"等阁,分掌图书经籍和编修国史等事务,统称馆阁。一入馆阁,便身价倍增。在馆阁供职二年,许带职外补,享受超迁官阶的优待。

事,更不想落一个外戚干政的恶名,本位这就去见皇上,坚决不让郑居中出任同知枢密院事。"

徽宗不知内情,见郑贵妃坚决反对给郑居中升官,还以为她是出于大义,好生将她夸了一番,并收回了晋升郑居中的成命。

煮熟的鸭子飞了,郑居中岂能心甘,又去求蔡京。蔡京也不知道问题出在哪里,只有去找徽宗。徽宗不愿暴露郑贵妃,便把祖制搬了出来。

这一搬,蔡京无话可说。可郑居中认为,蔡京没有为他出真力。

何也?

宋之祖制,虽有外戚不能担任实职官员这一条,但章宪明肃刘皇后(刘娥)的哥哥刘美,还官居枢密使呢!再之,宋的祖制,非进士及第出身,不得进入馆阁,你蔡京的儿子,连个举人都不是,居然做了龙图阁学士。

自此,郑居中恨上了蔡京,经常口出怨言,蔡京虽然知道,但也无可奈何,只好充耳不闻。

蔡京复相之初,尚不敢胡来:你刘逵不是说我无端挑起战争,导致宋夏战火连年吗?我就先来一个灭火。

为灭火,他奏请徽宗,遣张康国使辽,放风说,夏军只要不再扰宋,宋愿归还自"崇宁"以来,所夺西夏之疆土。

张康国者,何许人也?

张康国,字宾老,元丰年间进士。"绍圣"中,经蔡京之荐,提举两浙常平(仓)①。他上任的前一年,两浙大旱,粮几绝收,来年春,饥民嗷嗷待哺,他一到任,便上书朝廷,请求赈饥,久不见回音。他一怒之下,私自开仓赈之,朝廷欲治其罪,经蔡京斡旋,不只其罪得免,又迁官中书舍人。等蔡京二次为相,又迁翰林学士。

辽国得张康国之"风",喜出望外,召夏主入辽,与张康国共商息兵之事。

西夏国小地瘠,和宋打了几年仗,已经有些撑不下去了。况且,宋又愿意归还其地,喜滋滋地答应了。

蔡京不费吹灰之力,便将宋夏多年的战火扑灭了,引来一片颂声。为嘉其功,徽宗赐其黄金三百两。

这一嘉一赐,蔡京的尾巴又翘了起来,你刘逵不是说我大兴土木吗?我就兴给你

---

① 提举两浙常平:提举,官名。提举两浙常平,即掌管两浙常平仓。

看!至于那九个停建的宫殿,我明天就复工。

蔡京二次为相,为什么要继续建造那九座宫殿,源之于九鼎。

九鼎,乃大禹所铸。

大禹为帝时,将天下划分为九州,令九州州牧贡献青铜,铸了九个鼎,九鼎象征九州。此后,九鼎成了中国的代名词。谁拥有九鼎,谁就拥有了天下。

九鼎代代相传,自夏而商,又周。周显王时,九鼎没于彭城泗水下,后世帝王也曾多次去泗水打捞,无果。到了武则天为帝,居然重铸了九鼎。唐玄宗为帝,恨屋及乌,将九鼎销毁。徽宗为帝,出兵河湟,初战大捷,受蔡京撺掇,萌生了重铸九鼎之意。

耗时一年,用铜二十二万斤①,终于铸成了九鼎,每只鼎高达九尺,重一万五千斤。

这么高,这么大,这么尊贵的一个东西,得找一个合适的地方安放。又是蔡京进言,建造九个宫殿,一个殿里安放一个鼎。

不到一年,九座宫殿全部竣工,安放好九鼎,徽宗在大庆殿接受百官庆贺。所用之乐,乃西蜀方士魏汉律所创。

正演奏时,"有数鹤从东北来,飞渡广庭,徊翔鸣唳而下。"徽宗甚为高兴。他不无得意地说:"昔尧有《大章》,舜有《大韶》,三代之王亦各异名,今追千载而成一代之制,宜赐名曰《大晟》。"

魏汉律忙伏地叩拜道:"陛下为吾乐赐名,吾之幸也。陛下万岁,万万岁!"

自此,魏汉律所创之乐,名曰"大晟乐"。

蔡京因"大兴土木"有功,又得赐金三百两。

蔡京因"大兴土木"丢官,今又因"大兴土木"受赏,这等于掴了赵挺之和刘逵一个响亮耳光。可蔡京觉得不解气,继续掴,经奏请徽宗,把已经推到的《党人碑》又立了起来;把已经内迁的"元祐党人"返迁回原地;把已经解除禁锢的"元祐党人"的子弟,重新禁锢起来。

做完了这三件事——掐灭宋夏之火、继续大兴土木、重立《党人碑》之后,蔡京考虑还该做些什么,蔡攸向他献计道:"取悦人主。"

蔡京脱口赞道:"此计甚好,真吾儿也。"

国家出了问题,上天既然能通过各种异常事件,诸如出现彗星、日食、月食、地震等等,向人主示警。那么,国家兴旺发达了呢?也就是说出现了太平盛世呢,上天会不会

---

① 斤:宋代一斤,等于现在的六两。

十五 双头乌龟

也有所示？

会。

怎么示？通过一些祥瑞，诸如牛生麒麟等等，徽宗曾自比尧舜。尧舜代表着贤君，也代表着太平盛世。尧舜出现了，上天能不给一点相应的表示？

给。

马上给。

但这个给，大都是通过蔡京父子实现的。

在蔡京的暗示下，各地有关祥瑞的奏报，雪片似的飞到汴京，内中既有麦生九穗、树生灵芝、木连理等较低级的祥瑞；又有白象、赤兔、三足鸟、地出珠等中级祥瑞；还有牛生麒麟、禽产凤凰、天降甘露、黄河水清的高级祥瑞。

每报一次祥瑞，蔡京便要率领百官上表祝贺，哄得徽宗整天乐哈哈的。

有人说，这些祥瑞古已有之，可谓是屡见不鲜。

蔡元长哈哈一笑，对蔡攸说道："爹给他们来点新鲜的！"

边臣暗承京意，或报称某蛮内附，或奏言某夷乞降。

某一日，都水使者①李邦彦从黄河得一异龟，身有两首，通过蔡京，呈送宫中，徽宗见了，连连称奇："想不到这世上竟有双头龟！"

蔡京趁机猛拍徽宗马屁："祥瑞呀，这是天大的祥瑞！这只双头龟，就是春秋时期公子小白（齐桓公）所见之象罔，管仲说，这是一个神物，'见之者霸'。果如其然，四年后，齐桓公称霸天下，为春秋第一霸主。陛下得到这个神物，定能威服四夷，万国来朝。"

徽宗喜得像吃了喜梅子一般，命内侍将双头龟置于一个金缸里养起来，一有闲暇，便走过去观赏一番。

因为神龟的出现，蔡京建议改元。

徽宗欣然同意，且问之曰："卿看改一个什么年号好呢？"

蔡京脱口说道："大观。"

徽宗问："大观何意？"

蔡京回道："《易》曰：'大观在上。'其意是说，君王应用开阔的眼界观察天下。"

---

① 都水使者：治水之官。秦汉时称都水长。汉武帝时，改称都水使者，置二人，有左右之分。其名，各代有所不同，或称都水使者，或称水衡令，或称都水监。

徽宗道:"那就改元大观吧。"改元,肯定要热闹一番。热闹一番之后,郑居中借口瞻仰神龟,趋进紫宸殿。

紫宸殿乃徽宗常日视朝之所,双头乌龟就置于紫宸殿的一角。

郑居中一边"瞻仰"双头龟一边皱眉:"陛下,这个东西可是个不祥之物呀!"

徽宗一脸不悦道:"一派胡言!"

郑居中反问道:"依陛下说它是什么征兆?"

"神物,'见之者霸'。"

郑居中又问:"这话是谁说的?"

"蔡元长。"徽宗怕郑居中不信,把蔡京说给他的话复述一遍。

郑居中道:"他骗您哩!"

徽宗将头使劲摇了一摇。

郑居中又问:"陛下读过庄子的'天地'篇吗?"

徽宗回道:"读过。"

郑居中道:"读过就好。《庄子·天地》中有这么一段话……"

他当即咏道:"黄帝游乎赤水①之北,登乎昆仑②之丘而南望。还归,遗其玄珠③。使知④索之而不得也,使离朱⑤索之而不得也,使喫诟⑥索之而不得也。乃使象罔⑦,象罔得之。黄帝曰:'异哉!象罔乃可以得之乎?'"

他看了徽宗一眼,解释道:"象罔是庄子虚构的人物,吕惠卿曾为《庄子·天地》作注,注曰:'象罔'是无思虑、无明目、无言辩,若有形,若无形的人。这么一个'人'的话您也信吗?况且……"

---

① 赤水:神话中的水名。
② 昆仑:神话中的山名。
③ 玄珠:比喻道。
④ 知:虚构的人名。
⑤ 离朱:古代以目明著称的人。
⑥ 喫诟:虚构的人名。
⑦ 象罔:虚构的人名。

十六　枢密之殇

邓洵武风流，但不该风流到侄媳妇头上，被侄儿抓了个正着。

张康国这一诉，童贯第一反应便是有戏了。

张康国既然敢向蔡京叫板，不可能不做一些准备，包括收买蔡京身边那些人。

郑居中又瞅了徽宗一眼继续说道："况且，公子小白所见到的是一个委蛇，并非两头蛇。而古代，委蛇就是大蛇。"

徽宗道："你怎么知道公子小白所见到的是一个委蛇？"

郑居中道："这事，庄子曾在他的另一篇文章——《庄子·达生》里提到过，说公子小白田于泽，见鬼，惧而病。管仲探病，小白问：'有鬼乎？'管仲曰：'有……水有罔象，丘有宰，山有夔，野有彷徨，泽有委蛇。'公子小白曰：'请问，委蛇之状何如？'管仲曰：'其大如毂，其长如辕，紫衣而朱冠。其为物也。恶闻雷车之声，则捧其首而立。见之者殆乎霸。'公子小白辴然而笑曰：'此寡人之所见者也。'于是，正衣冠与之坐，不终日而不知病之去也。通篇未见这是个神物，见之(委蛇)者霸之语。况且，乌龟本来只有一个头，这只龟有两个头，明明是一个怪物，怎么能说是祥瑞？蔡京说'见之者霸'，并以此向陛下称贺，真是居心叵测！"

徽宗问："何以见得？"

"公子小白虽然是春秋首霸，但他并没有统一中国，那时，中国大大小小的诸侯国有一百多个。陛下是皇帝，'普天下之，莫非王土；率土之滨，莫非王臣。'您还用做什么霸主吗？蔡京以公子小白喻您，往轻处说，他是把您等同于一个诸侯头儿；往重处说，他是想叫国家四分五裂，倒退到春秋战国时期！"

徽宗沉吟良久道："以卿之见，双头龟并非一个祥瑞之物？"

郑居中道："祥瑞个屁，物只一首，今忽有二，分明是一个妖物嘛！"

徽宗叹道："若非卿言，朕险些被蔡元长骗了。"当即命内侍将双头龟送到金明池①放生，并在脑袋瓜里，给蔡京狠狠地划了很不佳的一道。

郑居中大功告成，屁颠屁颠地出了紫宸殿。他一边走一边暗自骂道："蔡元长你这个龟孙子，你就等着走背运吧！"

翌日，徽宗内降一旨，迁郑居中为同知枢密院事。蔡京见郑居中迁官，还道是郑贵妃的作用，悄悄地对郑居中说："你得好好谢一谢贵妃娘娘。"

郑居中把脸一沉说道："你这话是什么意思？"

蔡京何等聪明，忙满脸赔笑道："贵妃娘娘慧而贤，常常为臣子说话，吾等这些做臣子的，都应该感谢她呀！"

郑居中冷哼一声，没有凑腔。

蔡京暗自忖道："这郑居中怎么了，他想当同知枢密院事，我没少为他说话，如今他当上了，误会应该消除，但从今天的表现来看，他对我是更加恨了，这是为什么？为什么？"

后经多方打听，才弄清了郑居中迁官的原因，自个儿自责道："蔡元长呀蔡元长，你只想着讨好皇上，你咋不想着有人在拆你的台！你学富五车，却犯了这么一个低级错误！你真该打！"他责着责着，真的自个儿打了自个儿一个嘴巴，自此，他心上像悬了一块石头，做好随时遭贬的准备。

一个月过去了，没见有贬官的诏令。两个月过去了，也没见有贬官的诏令。三个月过去了，还没见贬官的诏令，心下稍宽。

数月后，有人献上一枚玉印。这印长约六寸，上有篆文——"承天福延万亿永无极。"

蔡京听说后，故态复萌，邀上童贯，率领百官，上表称贺。

徽宗呢？似乎忘了他对蔡京划的那不佳的一道，乐哈哈地接受百官的祝贺，不只大赦天下，还将文武百官各晋俸一级。蔡京因为是百官之首，不仅长了俸禄，还晋升为太师。

童贯呢？和蔡京一样，既长了俸禄，又升了官——加授节度使②。

---

① 金明池：北宋的皇家园林，位于汴京城西郊。园林中建筑全为水上建筑，池中可通大船，平时为水军演练场。

② 节度使：加官。"节度"之名，始于东汉，寓节使出征部曲之意，事毕即罢。唐景云元年（710年），始设节度使官，节制一州或数州军事，后成为无所不统的一方长官。至宋，节度使成为虚职，仅作为宗室、国戚中年老资深及文武勋臣的加官。徽宗时，扩大到内侍。秩正三品。

作为一个宦官,居然迁官节度使,这是开天辟地没有的事,童贯既高兴又感激。

感激谁呢?

当然是徽宗了。

皇上如此厚待咱家,这感激不能只停留在口头上,得有点实际行动。

怎么行动?

送礼。

送什么礼?

送钱送物?

这东西皇上不一定稀罕。

送书画金石?

他倒稀罕。但是,蔡攸已经走在前边。他几乎跑遍全国各地,专门搜集古字画、古金石,献给皇上。

开拓疆土,皇上当然高兴。但是,辽国惹不起。西夏和吐蕃,倒是惹得起,但是,去年才和人家和好。而且,还主动归还了"崇宁"以来夺得人家的所有疆土……

正当童贯不知道用什么行动报答徽宗的时候,黔中(位于贵州中部,大部分地区属云贵高原的喀斯特,丘陵地貌)传来警报,辰溪徭杀溆浦(今湖南省怀化市辖县)知县反叛。童贯将双掌一拍道:"天予之,天予之!"忙上书徽宗,自请去黔中平叛。徽宗欣然允之,拜童贯为黔中经略安抚使①。

古代,凡军队出征,都要派监军,而任监军者多为宦官。童贯呢,本身就是宦官,不能再派一个宦官监军。经蔡京力荐,邓洵武出任监军。

张康国因使辽(国)有功,迁尚书右丞,他认为造反的徭人,是一群乌合之众,剿灭他们易如反掌,便面觐徽宗,要做黔中经略安抚副使,徽宗又一个欣然同意。

在张康国未授黔中安抚副使之前,蔡攸也想随童贯南征,通过战火的历练,好爬上更高的官位。

蔡攸既是左相的儿子,又是徽宗的宠臣,徽宗不假思索便答应了,并授其为经略安抚副使,位在张康国之后。

出征前一天晚上,蔡京在家中为童贯、蔡攸、张康国践行。

---

① 经略安抚使:北宋置。其位高于安抚使。安抚使,为地方军事长官,北宋时河东、陕西、河北、河南、湖南诸路任安抚使者,多带"经略"二字。

他一连给童贯敬了两杯。第一杯,祝他出师顺利。

这一杯,童贯笑而饮之。

第二杯,祝他平叛成功,五个月后的今天,在家中为他接风洗尘。

童贯笑拒道:"蔡相,这杯咱家不能喝。"

蔡京问:"为什么?"

童贯道:"您祝咱家平叛成功,这倒可以,您说五个月后的今天,还在贵府为咱家接风洗尘,就有些不大现实了。"

"为什么?"蔡京又问。

"您也知道,溆浦距汴京两千一百余里,就是一天按九十里的路程计算,一来一回,也得走四十七天,其间还要打仗。而且,黔中尽是丘陵,还有山,地形复杂,贼人若是往山里一钻,那就更难剿了,没有半年时间,不可能凯旋。"

蔡京笑意如故道:"本相说五个月后的今天,您能凯旋,您就一定能凯旋。"

童贯将头摇了一摇:"咱家不信。"

蔡京道:"您别不信,本相既然这么说,自有本相的道理。"

"什么道理?"童贯问。

蔡京道:"您先喝下这杯酒再说。"

童贯接过酒杯,一饮而尽道:"您说吧。"

蔡京道:"童元帅,您说黔中地形复杂。黔中地形确实复杂,战争的胜负,有三点很重要:天、地、人。叛军不只占有天时地利,还有人和,采用硬剿的办法,就是成功了,也要耗去很长时间。为元帅计,咱不给叛军来硬的,咱给他来软的,咱拿钱砸,老夫明天就奏请皇上,颁一悬赏令——无问何人,杀一小贼首,赏绢一匹;杀一中贼首,赏绢三匹;杀一大贼首,赏钱三百贯,授官知县,且不质究本末①。以八百里加急,送达黔中,张贴在各村各寨。猺人贪其赏厚,不等大军开到黔中,怕是已经把贼首杀尽了。"

童贯喜道:"好计,好计也。来来来,咱家反客为主,敬您一杯!"

果如蔡京所算,童贯的军队还没开到溆浦县,叛军之头目,包括伍长,死之十之七八,余之,逃得无影无踪。

叛军虽然没了,但童贯率军继续前行,自黔中而溆浦县,"巡视"了一圈,带着二千三百七十三颗人头,奏凯而还。距汴京城还有十里,蔡京受徽宗之托,率百官前来迎接,

---

① 质究本末:不问出身,不问来历。

174

吹吹打打，进了汴京城。歇息了三日，徽宗在大庆殿接见南征将领，当即颁旨三道：

一、授童贯为检校司空①，邓洵武为枢密使，张康国为知枢密院事，蔡攸为礼部侍郎。

二、余之南征将士，皆加爵一级。

三、置靖州，辖黔中之地。

邓洵武虽然比他爹邓绾的点子多，但没有他爹的脸皮厚。

宋朝，有个潜规则，文武百官，只要有了丑闻，不管真假，都得辞官，执行最坚决的是宋仁宗时代。邓绾当年，丑闻不断，但他就是不辞官。邓洵武才一个丑闻，便上书辞官。

邓洵武风流，但他不该风流到侄儿媳妇头上，被侄儿抓了个正着，不到三天，传遍汴京城。

邓洵武上书辞官，徽宗依照惯例，没有同意，直到他三上之后，才同意，其职由张康国迁任。

检校司空，相当于宰相。宦官授检校三公、三师的，大宋立国以来，仅童贯一人。童贯又创了一个第一。

他连创了两个第一，便有了不可一世的感觉，岂能安心做一个名誉宰相！

宰相，童贯暂时还不敢想。不敢想的原因，他知道自己几斤几两，没有多少文化，也没有主宰过一衙、一路、一州、一县的经历，但他领过兵打过仗。而且，胜多败少。

主军。

咱家最适合主军。

但是，主军的头儿已经有了。

有了可以扳倒嘛！

他正想着如何扳倒张康国，来一个取而代之。张康国找上门来，给他诉苦。

古礼，官员的车辆或轿在路上相遇，小官的车辆或轿要主动退居路之一旁，让大官的车辆和轿走，称之为避道。蔡攸的礼部侍郎是从三品，而张康国的枢密使是从一品。二人在路上相遇，蔡攸应该给张康国避道，可蔡攸硬是不避。

张康国这一诉，童贯第一反应便是有戏了。

有什么戏？

---

① 检校司空：官名，正一品，为荣誉衔。宋初，多加给武臣、吏职及蕃官酋将；文臣则加于枢密使、宣抚使和节度使。宋神宗元丰改制后，仅留存检校三公（太尉、司徒、司空）、三师（太师、太傅、太保）。

若是鼓动张康国向皇上进谗,皇上一定会把蔡京一脚踢开,而张康国就会顺理成章地当上宰相。他若一当上宰相,不就把枢密使腾出来了吗?

他越想越高兴,装作很气愤的样子说道:"竖子无礼,找皇上告他去。"

张康国道:"我何尝不想告他。可是,若是一告,岂不把蔡相得罪了!再说,蔡相父子是皇上的红人,就是告了,效果也不一定好。"

童贯道:"他父子二人,过去是皇上红人,可现在已经不是了。不但不是,皇上还想拿掉蔡京呢。"

张康国暗自忖道:若是能把蔡京拿掉,这宰相的桂冠自然而然地就会落到我张宾老(张康国字宾老)头上。但是,童贯的话可信吗?

他看了童贯一眼,将头摇了一摇说道:"大官(宫外人对高级宦官的尊称),皇上和蔡京父子的关系,可不是一般,皇上是不会轻易拿掉蔡京的。"

童贯问:"双头龟的事,你听说过不?"

张康国道:"听说过。"

童贯又问:"你听说过什么?"

"都水使者李邦彦给皇上献了一只双头龟,皇上非常高兴,不知为甚,在宫中养了两个月,又拿到金明池放生去了。"

童贯纠正道:"不是养了两个月,是三个月。此事传到郑居中耳中,他进宫面圣,说了一番话,皇上才让内侍把双头龟放生的。"

张康国问:"郑居中都说了一些什么话,竟使皇上不要双头龟了?"

童贯舔了舔嘴唇,把李邦彦如何献龟,蔡京如何上表称贺,郑居中又如何游说皇上,绘声绘色讲了一遍。

张康国心中暗喜:"诚如大官您所言,蔡京这左相是干不成了?"

童贯将头重重地点了一点。

张康国又问:"双头龟的事,至今已有两年有余,皇上为什么还没拿掉蔡京?"

童贯骗他道:"皇上还没有物色到宰相的人选。"

张康国"噢"了一声。

童贯索性把谎言继续说下去。他轻叹一声道:"关于宰相的人选,皇上亲口对咱家说,宾老这人不错,只是嫩了点,让他为相,百官怕是不服。咱家也觉着皇上说得对,现在看来,皇上的担心有点多余。甘罗十二岁拜相。你呢,已经四十多岁了还算嫩?而且,这一次黔中平叛,你又建了大功。你如果愿意做宰相,咱家明天就去面谒皇上。"

张康国叹道:"宰相乃百官之首,谁不想当呀!只是……"

他轻叹一声又道:"'别偷鸡不成——反蚀一把米',算了吧。"

童贯道:"你别不自信。咱家坚决支持你,还有那个郑居中,他也会支持你的。"

张康国连道了两声"谢谢"。

第二天晚,张康国刚放下饭碗,阍者来报,童公公前来拜访。张康国忙出堂相迎。

一番寒暄之后,童贯说道:"宾老,咱家已经见过皇上了。皇上说,张宾老这人不错,但缺少主见,蔡元长说一,他不敢说二,让他做宰相,和让蔡元长做宰相一个样!"

张康国叹道:"皇上这么说,那是他不了解我张宾老。他没想一想,蔡京是左相,而且,蔡又是他的红人,我张宾老要是不听蔡京的,不就等于和皇上和东府对着干吗?"

童贯轻轻点头。

张康国继续说道:"如今,我知道了皇上对蔡京的态度,我就不会听他的了。"

童贯道:"你可是因蔡京而荐才迁官的呀!"

张康国道:"我确实是因蔡京之荐才迁官的。但是,我首先是朝廷的人,皇上的人,不能因私而害公。"

童贯赞道:"好,有你这句话,咱家就放心了!咱家还会继续在皇上面前为你美言,但你自己也得挺直腰杆,特别是在蔡元长面前,让皇上看一看你到底是一个什么样的人。"

张康国忙将头点了点说道:"谢谢您,我知道该怎么做了。"

一出张康国家大门,童贯吞儿一声笑了:"张宾老呀,你没想一想,蔡京的坏话,咱家会轻易说吗?就凭你那个脑瓜,也想当宰相?斗吧,你和蔡元长斗吧!斗一个你死我活才好!"

张康国不知道童贯在耍他,真的和蔡京斗了起来,每逢两府议事,蔡京说东,他非说西;蔡京说南,他非说北。郑居中呢?公然支持张康国,弄得蔡京很没面子。

蔡京感到纳闷,张康国这是怎么了?是因为我之举荐,他的官才一迁再迁。往日见了我温顺得像个小绵羊,如今居然公开和我叫板,他是吃了熊心豹子胆怎么的?

他纳闷了两个多月,方将谜底解开。

帮他解开谜底的人叫王黼。

王黼何许人也?

王黼,字将明,开封祥符(今属河南省开封市)人,绍圣年间进士。他长相异于常人,金发碧眼、嘴巴巨大,大得可以塞下自己的拳头。他才智出众,虽无学识,却善于溜须拍马,通过何执中攀上了蔡京,一出仕便为校书郎①,末几,又迁左司谏。他悄悄告诉蔡京:"恩相,张康国敢和您捣蛋,因他背后有两个人支持,一个是童贯,另一个是郑居中。"

蔡京皱着眉头儿说道:"郑居中支持他,很有可能,童贯不可能吧?"

王黼道:"学生也只是听说而已。但是,有一件事,您确实做得不那么好。"

"什么事?"

王黼道:"双头龟。"

蔡京长叹一声道:"你说得对,为这事我把肠子都悔青了。"

王黼道:"因为这件事。不,准确地说,因为郑居中进了您的谗言,皇上才给您划了一道。因为皇上给您划了一道,张康国才敢背叛您,甚而有了取而代之之意。"

蔡京双手抱拳道:"谢谢你的提醒。"

送走了王黼,蔡京冷笑一声道:"张康国,你居然敢和老子作对,你这官是干到头了!"

说毕,让一名亲信持柬去请殿中侍御史薛昂。

薛昂也是蔡京一党。

薛昂,字肇明,杭州人。宋神宗元丰八年(1085年)进士,蔡京知开封府时,昂任开封府推官。

不知为甚,他对蔡京非常崇拜,"至举家为京讳,有误及,辄加笞责;若自己误及,则自批自颊。"

薛昂见蔡京有请,忙丢下饭碗,恐坐轿误事,骑了一头毛驴,赶到蔡府,拜伏在地。

蔡京笑劝道:"此乃老夫之府,不是政事堂,不必行此大礼,快快请起。"

薛昂再拜之后,方才站起,蔡京让下人看座,他坚不肯坐。

蔡京叹道:"你也真是!"

他又叹了一声,说道:"张康国本由老夫所荐,那官儿才一迁再迁。他不只擦嘴忘恩,还处处与老夫作对,且有取而代之之意。老夫这里有一现成的材料,内中全是他的罪状,你拿回去好好看一看,写一个弹劾他的奏章,待'六参官'时,呈给皇上。"

薛昂深作一揖道:"敬从相爷之命。"

张康国既然敢向蔡京叫板,不可能不做一些准备,包括收买蔡京身边的那些人。而

---

① 校书郎:官名,初置于北魏,正九品,北宋后为从九品。掌典校群书,详定典籍。

蔡京要薛昂弹劾他的事,他很快就知道了。

宋代的朝会,分为两种,即大朝会和常朝会,大朝会始于西周,是一种礼仪规格最高的朝会,每年举行一次,放在岁首。至宋,增加到三次,即,每年元旦、五月朔及冬至举行。常朝会,又分为"常参官(会)"和"六参官(会)"。"常参官"(会)一天一次,参加人员有宰相、枢密使、执政、六部尚书、翰林学士等。六参官(会),五日一次,参加者为在京五品以上官员。

"六参官(会)"前一天,"常参官(会)"结束后,别人都走了,他独自一人留下,跪奏道:"陛下,蔡相让薛昂在明天的'六参官'上弹劾臣,弹劾的内容,臣也知道,都是无中生有。臣不想和蔡相结怨,更不想让您为难,臣已经写好了辞官的表章,请您恩准。"一边说一边将辞官的表章,高举过顶。

徽宗问:"卿说的可是实情。"

张康国回道:"若有半句不实,臣愿自砍脑袋,以谢天下!"

徽宗沉吟片刻道:"朕自有主张,把你的辞官表章收起来吧。"

张康国再拜告退。

第二天五更,在京五品及五品以上官员,随仪仗进入殿庭,按班而立。内侍手持一刻有"班齐"二字的牙牌,由小黄门引入。

小黄门面向押班(正相或副相),高声问道:"人齐不?"

押班答:"人齐。"

小黄门掉头向御帏呼道:"人已齐。"

坐在御帏内等候的徽宗缓步出帏。

卫士鸣鞭,徽宗升坐,百官行礼如仪。

礼毕,小黄门将拂尘一摆,高声说道:"有本早奏,无本卷帘回朝。"

薛昂趋出班列,高声说道:"臣有本奏。"

小黄门道:"请讲。"

薛昂道:"枢密使张康国专横跋扈,上欺天子,下压臣僚……"

徽宗戟手斥道:"你敢受人唆使,陷害忠良,朕看你不配做台谏官,滚!"

薛昂面如土色,叩头谢罪,灰溜溜地下殿去了。

当日,徽宗内降一诏,让薛昂出知滁州(今安徽省滁州市)。

徽宗这一掌,看似掴的薛昂,实则掴的蔡京。蔡京恼羞成怒,要取张康国小命。

张康国也料到蔡京会取他的小命,小心防备。怎奈,明枪易躲,暗箭难防,纵使他百般缜密,保不齐会有一疏。大观三年(1109年)三月的一天,张康国参加"六参官会",因时间尚早,便趋至殿庐,饮了一杯香茗后,忽觉腹中大痛,狂叫欲绝。不到一刻,已是仰天吐舌,好似牛喘一般。殿庐值役之人,慌忙舁他至待漏院①,刚一入室,两眼一闭,呜呼哀哉,大命告终。

从张康国的死状看,分明是中毒。

那毒,就在茶内。

敢在茶里下毒,敢在这个场合、这个地方的茶里下毒,而且,毒死的又是掌管军事的枢密使。这种情况,翻开中国历史,仅此一例。

查!

朝廷一定会严查!

谁知,徽宗居然没有查……

---

① 待漏院:朝臣晨集等待上朝之所。

十七　文人无形

　　茅山道士将覆盖在宝物上的黄绸揭开,原是一个闪闪发光的太阳。
　　米芾爱干净,每天不把脸洗上几十遍,不出门见人。
　　米芾太喜欢这个御砚了,想据为己有。写完屏,连御砚带墨汁一并揣入怀中。

张康国死了。
张康国是被童贯忽悠死的。
童贯并没有为张康国的死感到惭愧,抑或是惋惜。
他所关心的并非张康国的生,还是死。
他所关心的是枢密使的宝椅,能不能给他腾出来。
张康国这一死,宝椅腾出来了。
他觉得,这把宝椅,舍他无人能坐。
为了坐这把宝椅,他也曾婉言求过徽宗,徽宗也答应了。
但是,内旨颁出后,那上边的名字并不是他。
是谁?
郑居中。
他知道郑居中和郑贵妃的关系。
不,郑贵妃已经晋升为皇后,不能再叫她郑贵妃了!
正因为知道,他仅仅叹了口气:"枕头风果然厉害!"除此之外,没有敢表现出别的不满。
自张康国死后,蔡京的心吊到了嗓子眼上,一个月过去了,两个月过去了,三个月过去了……直到他的长子蔡攸,掌传胪①后,悬着的心才噗嗒落地。

---

① 传胪:在古代,上传语告下称为胪。传胪,即唱名之意。

宋朝非常重视科举，终宋一朝，担任知县、知州、知府和京官的，几乎全是进士出身。

宋朝的科举考试，分三级进行：一、乡试，即在州府举行的考试。二、省试，在京城进行，由礼部主持，故又称礼部试。三、殿试，在金銮殿举行，由皇帝亲自主持。殿试结束后，要公布中举者的姓名，前三名——状元、榜眼、探花，由皇帝亲自公布。其后的名单，则由传胪公布。公布时，中举者需提前到东华门外等候，故又称东华门外唱名。

传胪，一般由中书侍郎担任，可蔡攸是礼部侍郎。让蔡攸担任传胪，明显是给蔡京施放的一个信号，一个好的信号。

只因蔡攸的学识太差，硬是把场子给砸了。

徽宗唱过了状元、榜眼、探花之后，该蔡攸唱名了，前五个倒也顺利，唱到第六个，就开始出丑了。

出大丑了。

第六名新科进士，叫甄盎，蔡攸硬把"甄"读成了烟，把"盎"读成了央。

徽宗案上，也有一份花名册，听蔡攸念错了人名，吞儿一声笑了："错了，念错了。"

臣子做错了事，遭到皇帝指责，应当立即跪下谢罪。蔡攸自以为没有念错，只是看了徽宗一眼，继续往下念。同列你看看我，我看看你，窃笑不止。

蔡攸把花名册"啪"的一声往案上一放，呵斥同列道："笑什么笑？这是金殿，再笑就问尔等一个失仪之罪！"

同列不敢再笑，蔡攸方又继续念了下去："单（dān）疑。"

徽宗忙道："错矣，又错矣！但这次错得不远。"

蔡攸满脸不悦道："这个进士不叫单疑，该叫什么？"

"叫单（shàn）薿（nǐ），'单'是单雄信的'单'，'薿'是'薿薿'的'薿'。《诗·小雅·甫田》曰：'黍稷薿薿。''薿薿'，指花茂盛。"

同列们你瞅瞅我，我瞅瞅你，又是一阵窃笑。

……

唱名结束了，可故事还没完。郑居中暗中嘱托台谏官——御史中丞石公弼、殿中侍御史张克公等，上书弹劾蔡攸父子，连上数十本，徽宗那里没有一点反应。少不得，郑居中进宫，找郑皇后打探消息。

"妹妹，双头龟之事，皇上已经对蔡京有了看法，又出了一个毒死张康国之事，皇上不但不拿掉蔡京，反让他儿子蔡攸越俎做传胪，这是怎么回事？"

郑皇后道:"这事我也觉着奇怪,也曾问过皇上。皇上说他做了一个奇梦,这个梦是在皇子德基(赵构,字德基)出生前半个时辰做的。他梦见一个鹤发童颜的道人,从空中飘然落下。他身后紧跟了一位道童,那道童的双手还捧了一个蒙着黄绸的东西。皇上忙起座问道:'汝是何方仙人?'道人双手合掌道:'贫道乃茅山师①是也。吾奉真武大帝②之命,送您一个宝物,万望笑纳。'"

徽宗问:"什么宝物?"

道人双手揭开黄绸,原是一个闪闪发光的太阳。

徽宗大喜道:"太好了,有了这个太阳,朕再也不愁天黑了!"

他伸开双臂,毕恭毕敬地将太阳接了过来。

茅山师曰:"贫道给您的太阳,不主照明。"

徽宗问:"它主什么?"

"社稷!"

徽宗"啊"了一声,将太阳转给内侍,邀道人入座。稍一眨眼,那座上的茅山师变成了蔡京。皇上怀疑蔡京是茅山师转世,故而,对他由反感变为尊敬。

郑居中"噢"了一声道:"看来,要扳倒蔡京,还得从茅山道人身上做文章。"

一说到茅山道人,他立即想到了刘混康。刘混康是茅山上清派③第二十五代宗师,道高法强,因建言垫高汴京城西北之地势,致使徽宗连连得子,解了乏嗣之愁,徽宗对他敬若神明,告归之日,徽宗以玉印赐之,并赐予"葆真观妙先生",所赠之物,不可胜计。崇宁五年七月,加封其为三茅君。自刘混康告归茅山至今,不到三年,二人书函往来,达四十三次。若是能把如此一个人说动,让他游说皇上,一定能扳倒蔡京。

他说干就干,当天便遣一亲信,携黄金白银各二百两,前往茅山。

刘混康正为翻修真武大殿资金不足而发愁,得之大喜,第二天便跟着来人去了汴京。

---

① 茅山师:茅山,道教名山,位于江苏省镇江市句容市。相传,汉元帝初元五年(公元前44年),陕西咸阳茅氏三兄弟(茅盈、茅固、茅衷)来茅山采药炼丹,济世救民,被称为茅山道教之祖茅山师。

② 真武大帝:又称玄上大帝、玄武大帝、佑圣真君、玄天上帝、荡魔天尊、玉虚祖师、九天降魔祖师、无量祖师,全称真武荡魔大帝,是中国神话中的北方之神。

③ 上清派:为早期道教派别之一。至东晋,经杨曦、许穆之手,发扬光大。至后梁,隐居茅山的陶弘景(456—536年)又一次发扬光大,使上清经诀更为完备,遂成为上清派的著名代表人物。此后,茅山成为上清派的中心,世人改称上清派为"茅山宗"。茅山遂成为道教十大洞天之一的第八洞天、七十二福地中的第一福地。

徽宗得知刘混康不请自到,甚为高兴,遣副相何执中和鸿胪寺卿①出汴京城十里相迎。翌日,又在集英殿(宴殿)宴请刘混康。宴后,二人密谈了两个时辰,内中也涉及了徽宗的那个梦。

"陛下,梦这东西可信也可不信。所以,茅山师赠您太阳之事,您千万别放在心上。"

徽宗道:"那一夜,茅山师赠朕太阳之后,半个时辰,德基便降世了,朕后继有人矣!"

刘混康将头摇了一摇道:"臣不这么看。"

"卿怎么看?"

刘混康道:"俚语曰:'天无二日。'您本身就是一个太阳,正当光芒四射之时,又来了一个太阳,这意味着什么?要么,国家要分裂;要么……要么……臣就不说了吧。"

徽宗道:"没那么严重吧?"

刘混康道:"何以见得?"

"赵德基是朕的儿子。"

刘混康问:"他在龙子中排名第几?"

"第九。"

刘混康又问:"他可不可以做储君?"

"不可。"

刘混康复问:"为什么?"

"他既非嫡,又非长,何以为储?"

刘混康盯着徽宗说道:"可他是一个太阳呀!"

"这……"

刘混康轻叹一声道:"天无二日,您是一日,那一日呢?如果陛下信梦的话,那一日只有一个解释……"

他将话顿住,端起了茶杯。

徽宗催促道:"讲啊,讲下去。"

刘混康又是一声轻叹:"德基皇子便是当年的李亨……"

---

① 鸿胪寺卿:官名。元丰改制后为鸿胪寺长官。掌外国使者朝贡,设宴慰劳、给赐、迎送之事,文武官、宗室丧葬之事,京师祠庙、宫观、道释等事。

他扑通朝地上一跪,伏地叩首道:"臣死罪,死罪!"

李亨之名,徽宗并不陌生。李亨,唐肃宗也。唐玄宗李隆基的第三子。安史之乱起,被玄宗封为天下兵马大元帅,带兵平叛。叛还未平,他便自立为帝,尊玄宗为太上皇。如此一来,天就有了二日。可玄宗这个太阳,连人身自由都没有,在郁闷和气愤中陨落了。

唐玄宗的教训,血的教训,警醒了以后的君王,在龙椅面前,莫说什么忠臣、奸臣,连自己的儿子也要警惕。

徽宗由李亨想到了赵构,脸上布满了阴云,心中暗道:不祥之物,他是个不祥之物!

刘混康见徽宗良久无语,断定是击中了他的软肋,安慰道:"所以,臣以为您那个梦不可信。且是,臣作为茅山师的第二十五代传人,如果真有二日之事,或明或暗,上天应该给臣有所示。可臣什么也没得到。所以,臣断然认为,您那个梦不可信。"

他这一说,徽宗脸上的阴云慢慢地散去,长叹一声道:"卿说得对,梦这东西不可信。"

"就是嘛!"刘混康心中暗喜,却不动声色地砸了蔡京两砖:"陛下,既然您那个梦不可信,蔡京也就不是茅山师转世。蔡相这人呀……"

他又将话顿住,直到徽宗要他继续说,他才轻叹一声说道:"朝野都说,蔡相有点目无君上,还有点跋扈,跋扈得连枢密使都敢谋杀。而且,还敢在皇上眼皮底下谋杀。唉,这事也不知道是真是假,若是真的,那可太不像话了!而且,陛下的安全怕也成了一个问题……"

徽宗叹道:"蔡京这个人,确实有些跋扈,但他有才,有治国之才,对朕也算忠心。唉,既然朝野都这么说他,那就叫他歇几天吧。"

翌日,徽宗内降一旨,罢蔡京之相,授其中太乙(一)宫使①,只可在每月的朔日和望日(即初一、十五)入朝;降蔡攸为太常寺丞②。

郑居中觉着,蔡京虽然被罢相,但没有赶出京城,他还会暗中指挥他的爪牙,兴风作浪。一不做二不休,来一个痛打落水狗。

台谏官石公弼、张克公等,受了郑居中暗示,再次上书弹劾蔡京父子,非要将他赶出汴京城。

---

① 中太乙宫使:宫观使,祠禄官名。
② 太常寺丞:参领太常寺事,与宗正丞、秘书丞号称"三丞",正八品。

太学生陈朝老等,恨蔡京奸邪,也跑来凑热闹,上书劾蔡京十四罪:

　　渎上帝　罔君父　结奥援　轻爵禄　广费用　变法度　妄制作
　　喜导谀　箝台谏　炽亲党　长奔竞　崇释老　穷土木　矜远略

　　结末数语,是引用《左传》成文,有"投诸四裔,以御魑魅"等词。
　　恰在此时,张商英调任杭州,路过京师,依例,进京向徽宗问安。
　　徽宗以石公弼、张克公、陈朝老等人劾书示之,并询其对蔡京的看法。
　　张商英正恨着蔡京,便来一个落井下石,说了蔡京几件不规之事,徽宗这才内降一旨:贬蔡京为太子少保①,出居杭州;迁何执中为尚书左仆射兼门下侍郎;张商英为尚书右仆射。
　　张商英的资历、才能,何执中无法比,故而,何执中虽为左相,但东府的事,张商英说了算。
　　张商英走马上任后,感徽宗知遇之恩,心向朝廷,将蔡京所立诸法,次第罢黜。百姓久经苛政之苦,骤然得到一个较为宽松的环境,少不得要三呼万岁。徽宗闻知,对张商英大加赞赏。
　　这一赞赏,更激起了张商英一片忠君爱民之心,建言徽宗,节华侈、息土木、抑侥幸、建学校、育新人,徽宗一一纳之。
　　纳之,也是有轻有重。
　　徽宗所重,是书法绘画人才。
　　为了培养书法绘画人才,扩大了书画院。
　　书画院为三年制,学习的内容包括六个方面:宗教艺术、人物、山水、鸟兽、花竹、建筑。
　　建书画院,招生还不是第一位的。第一位是选一个好祭酒②和一批好老师。
　　祭酒的人选,徽宗早已定了——王诜。
　　只可惜,王诜无福,举行开学典礼的第二天突然死了,其职由赵令穰担任。
　　老师的第一个人选是李诚。

---

① 太子少保:东宫官,太子六傅之一,掌以道德辅导太子。宋代,多以此职待前宰执致仕者。
② 祭酒:官名。掌国子监、太学等。

王诜不认识李诫,问之曰:"陛下,您为什么要选李诫?"

徽宗回道:"李诫既是一个建筑天才,又是一个画家。"

李诫确实是一个建筑天才,徽宗尚是端王时,他的王府,就是李诫设计并建造的。

不只徽宗的端王府,陈王赵伲、燕王赵俣、蔡王赵似、越王赵偲的王府,以及辟雍①、九龙门、九成宫②,也是李诫设计并建造的。

此外,李诫还主持修缮了龙德宫、朱雀门、开封府衙。

尤为值得一提的是,他还对《营造法式》进行了修订,这部书成为官方的建筑指南。

李诫还热衷于藏书,曾手抄过几千部书。他还擅长书画,他的《五马图》与唐代韩幹所画的《六马图》《百马图》《八骏图》相较,毫不逊色。

听徽宗介绍了李诫,王诜频频颔首道:"这个人选不错。第二个人选呢?"

"米芾怎么样?"

王诜迟疑了一下说道:"米芾是咱大宋四大书法家③之一,完全有资格做书画院的老师,然这个人是元祐党人。"

徽宗道:"元祐党人中也有忠臣,黄庭坚就是一个。"

王诜又道:"这个人有些古怪,人品也不大好。"

徽宗问:"朕倒想听一听,他是怎么个古怪?"

王诜道了一声遵旨,便讲起了米芾。

米芾爱干净,干净得让人受不了,每天不把脸洗上几十遍,不出门见人。

女儿大了,得为女儿选一个夫君。他选女婿的标准,既不讲门当户对,也不管帅不帅、有才无才,只讲爱干净不爱干净。他是名人,想当他女婿的车载斗量,他选了三年,也没选来。有个小伙子,托媒人上门,只报了这个小伙子的名字,他便同意了。这个小伙子他也不认识,只因名字取得好——段拂,字"去尘"。

他欣然说道:"拂矣又去尘,真吾婿也。"

徽宗笑了笑道:"米芾这不叫古怪,叫洁癖,这样的人,朕认识两个。请卿继续讲,讲米芾怎么不地道。"

---

① 辟雍:亦作"辟廱""璧廱"。本为西周天子所设太学。《礼记·王制》:"太学在郊,天子曰辟雍,诸侯曰頖宫。"据蔡邕《明堂月令论》,辟雍之名,乃"取其四面周水,圜如璧"。东汉以后,历代皆有辟雍,除北宋末年为太学之预备学校(亦称"外学")外,均仅为祭祀之所。

② 九成宫:安放九鼎的九个宫殿的总称。

③ 北宋四大书法家:苏(轼)、黄(庭坚)、米(芾)、蔡(襄)。也有人说这个"蔡"不是蔡襄,是蔡京,因后人恶蔡京,把蔡京换成了蔡襄。

王诜又道了一声遵命,讲了米芾几个不地道的故事:

米芾原本很有钱,做了官后,看到族里的人生活困顿,便将自己的财产,全部分给了族人。而他自己,生活困难,以至于租了一间破屋子住,但他并未因此而后悔过。碰到好的笔砚名帖,他总要想尽办法弄到手。

湖南的湘西县(在今湖南省株洲南),有两座名寺,一曰道林,一曰岳麓。道林寺内藏有唐代著名书法家沈传师的《道士林》真迹,该寺把它视为镇寺之宝,珍藏了一百六十多年。

熙宁三年(1070年),米芾由校书郎外放,任临桂县尉,途径道林寺,他命船家将船停到湘江边上,自己走下船去,步入寺中,死磨硬缠要看《道士林》。

主持慕其之名,便把《道士林》取出来,让他观看。

这一看,米芾爱不释手。天未亮,他便带上《道士林》,潜出道林寺,扬帆而去。

主持见丢了镇寺之宝,忙去县衙报案。

县官不敢怠慢,派人去追米芾。好在他行去未远,被衙役赶上,索回了《道士林》。

建中靖国元年(1101年),米芾由涟水军调到江淮发运司任职。听说蔡攸坐船从真州(治所在今江苏省仪征市)路过,登船拜访。蔡攸一高兴,便把珍藏的王羲之的《王略帖》拿出来让他鉴赏。

米芾欣羡不已,十分想得到这幅字帖。他在一阵惊叹之后,恳求蔡攸,他愿意拿自己所有的画,来换这幅《王略帖》。

米芾的要求,实在出乎蔡攸意料。

米芾见他久久不肯张口,居然耍赖道:"您如果不同意交换,我就跳进这条江里死了!"

说毕,他摆出了跳江的架势。

蔡攸吓了一跳,不能因为一个字帖,要了一条人命,他忍痛割爱,将《王略帖》给了米芾。米芾乐颠颠地去了。

米芾不但有爱帖癖,而且还有爱砚癖。

孜周(今广西梧州市)和尚有一块很有名的端州石头,这块石头高耸成山峦的形状,山脚底下可以蓄水磨墨,是一块难得的好砚台。

米芾想尽办法得到了它,高兴地抱着它睡了三天,还恳请苏轼为它写了一个铭文。

徽宗又笑了:"卿所讲之事,要说米芾不地道,他也真不地道。但是,有一俚语,叫'文人无形',何况,像米芾这样的大名人!"

听徽宗这么一说,王诜也不好再说什么,米芾由淮阳军调回汴京,任书画院博士、礼部员外郎。

米芾回到汴京,书画院还没有招生,徽宗便屡屡召他进宫,研讨书法。

一日,徽宗问:"卿对苏轼、黄庭坚、蔡襄、沈辽和蔡京兄弟的书法怎么看?"

米芾答曰:"臣以为,蔡京的字还没有掌握用笔之法;蔡卞的字虽然掌握了用笔之法,但缺乏韵味;蔡襄的字用笔过紧;沈辽的字像排列算盘珠子一般;黄庭坚的字是在描摹,苏轼的字有些像画画。"

徽宗笑微微地将了他一军:"你呢,你的字像什么?"

"臣的字是刷出来的。"

徽宗哈哈大笑道:"卿太有趣了!"

五日后,内侍建言,说御书房的屏有些旧了,想换一个新的,徽宗欣然同意,并召米芾进宫,让他以两韵诗草,书一个御屏。

米芾来得有些匆忙,未带笔砚,徽宗便指着御案上的端砚和笔说道:"卿就用朕的吧。"

米芾道了一声遵旨,笔走龙蛇,从上而下,其直如线,徽宗脱口赞道:"好字,好功夫!"

他见这只御砚实在太好,又见徽宗高兴,忙把御砚揣入怀中,墨汁洒了他一身。

徽宗问:"卿要干什么?"

米芾笑嘻嘻地回道:"御砚本为御物,只可陛下一人使用。今日被臣用了,用之等于污之,陛下不可再用,臣把它带回家去,做个纪念。"说毕,忙跪下磕头,磕得头破血流,还在磕。

徽宗笑阻道:"卿别磕了,朕把这砚赐卿也就是了。"

米芾高声呼道:"陛下万岁,万万岁!"呼毕,爬将起来,一溜烟地跑出皇宫。

望着他的背影,徽宗笑叹道:"癫人也,真癫人也!"

经过几个月的忙碌,书画院如期开学,第一届招收三十人,学制三年。徽宗打算,每年扩招十名,招到六十名为止。

进入书画院,得经过严格考试,考题也是多种多样,有时的试题还是徽宗自己出的。比如,大观三年的考题,就是徽宗自己出的,题目是:"竹锁桥边卖酒家"。获得第一名的考生,没有直接画出酒店,只是画出一根挑起酒帘的竹梢,在竹林掩映下若隐若现,暗示有酒家的存在。

大观四年的考题，也是徽宗自己出的，题目是："踏花归去马蹄香"。获得第一名的考生，画了几只蝴蝶，飞逐马后，追逐着马蹄飞舞，非常巧妙地将这种意境表达出来。

徽宗出的试题，选拔出来的学生，自是异于常人，最有名的是王希孟。

王希孟进入书画院，才十八岁，经过书画院的学习，他创作出了一幅闻名天下的《千里江山图》。

这幅画，使用了厚重的矿物颜料，使画面的色彩比同时期的青绿绘画都要鲜亮。画幅非常大，长三丈六尺，高一尺半。画中不仅描绘了山水，还有绵延的山势，穿梭其间的道路、桥梁、瀑布等景观。地形富于变化，远近浓淡非常逼真。

书法绘画，徽宗虽然钟情，但是，时间久了，未免生出厌倦之心。张商英如果真的聪明，就该换一个新的内容，可他没有。

没有也罢，郑居中想当右相，他不该百般阻拦。

蔡京罢相后，何执中虽然迁为左相，但东府的家，却由张商英来当，很恼火，便与郑居中串通一气，排挤张商英。

张商英也不是省油的灯，他知道，何执中虽然做过帝师，但是，他在徽宗面前说话并不太响，真正说话响的是郑居中。

郑居中为什么说话响，因为他有一个做皇后的妹妹。要想扳倒何执中，首先得扳倒郑居中。

为了扳倒郑居中，他进宫觐见了郑皇后，装作一脸虔诚地说道："皇后娘娘，臣有一言，如鲠在喉，不知当讲不当讲？"

"请讲。"

"本朝有制，为防外戚干政，外戚不能担任实职官。郑枢密使，人所共知，是您的从兄，不仅担任了实职官，而且，是实职中主管军事的长官。这已经有违本朝之制，可他还要当右相。臣听说，碍于您的面子，皇上已经答应了。如果真的让他做了右相，有辱您的贤名。"

因为他这一番话，郑居中不仅未能当上右相，连枢密使也给拧了，改授观文殿大学士。

郑居中偷鸡不成反蚀了一把米，你说他恼不恼？

恼！

恼得像盖崩一样。

他这一恼，张商英的日子不好过了，台谏官石公弼、张克公等，又三天两头弹劾张商英。内中有一条罪状,说他暗结内侍。

恰在此时,太阳隐现黑子,这是宰辅欺君的预兆。

宰辅欺君,这还了得!新账旧账一齐算,徽宗内降一诏,罢去张商英右相,出知河南府去了。

蔡京听说何执中独掌东府很高兴,忙致书何执中,除了祝贺之外,请他在皇上面前为己美言,争取早日复出。

何执中曾依附蔡京,因蔡京之荐而贵,他也想帮蔡京一把,又恐蔡京复出后,对他加以掣肘,故而踌躇未决。恰在此时,司空童贯奉命使辽,带了一个辽臣马植,回到汴京,一面将马植荐给徽宗,献伐辽奇策;一面为蔡京美言。徽宗受其所惑,召还蔡京,复太师衔,做童贯的好帮手,闹出那助金灭辽、引金亡宋的把戏来。

十八　天现仙府

海里见不可敌,策马返奔,背后一声箭响,急欲闪避,已经中颈,翻身落马。

"隐相"盖过了真相,真相蔡京,不得不低下高贵的头,带着儿子蔡攸,去拜访梁太监。

蔡攸朝徽宗指的方向看了又看道:"咦,真是有一团云气,而云间的亭台楼阁,比咱汴京城的亭台楼阁还要壮观!"

辽国立国比宋早五十三年,至宋徽宗位继大统,辽国的皇帝已经传到了耶律洪基手里。耶律洪基是辽国的第八位皇帝,他虽然昏庸,但对宋非常好,在佛像后刻了六个字——"愿来世生中国"。可惜,这个人在徽宗即位的第二年驾崩,继位者是他的孙子天祚帝。

天祚帝,字延亨,小字阿果,他的父亲耶律濬没有做皇帝便死了。

耶律濬是被奸臣耶律乙辛害死的。

耶律乙辛官居北院①枢密使,专权怙势,日久生出篡逆之心。

要篡逆,就得除掉皇后萧观音和太子耶律濬。为除掉这两个人,阴与宫婢单登定媒,诬萧观音私通伶官赵惟一,耶律洪基勃然大怒,将萧观音赐死,恨屋及乌,将萧观音所生之子耶律濬废为庶人,徙锢上京②,途中,为耶律乙辛的刺客所杀。

六年后,耶律洪基幡然醒悟,杀耶律乙辛及其同党,封耶律濬之子耶律延禧为梁王,加号太尉,兼任中书令。耶律延禧二十六岁时,耶律洪基驾崩,奉遗诏即位,群臣上尊号

---

① 北院:辽北面官机构。因其衙在辽主大牙帐之北,又掌北蕃之事,故称。

② 上京:辽国的五京之一。上京临潢府(今内蒙古巴林左旗林东镇),中京大定府(今内蒙古赤峰市宁城县),东京辽阳府(今辽宁省辽阳市),南京析律府(今北京市),西京大同府(今山西省大同市)。上京是早期辽太宗的皇都。

为"天祚皇帝"(简称天祚帝)。

天祚帝受过磨难,为帝后理应励精图治,振兴辽邦。可他一味地沉湎酒色和狩猎,把国事交给两个佞臣——萧奉先和萧德里底,致使朝政日非,人民起义此起彼伏,东北女真族也蠢蠢欲动。

女真旧为靺鞨,属通古斯族,世居混同江东部,素为小夷,与中国不通闻问。唐开元中,部酋始通译入朝,拜为勃利州刺史。五代时,始称女真。辽兴北方,威行朔漠,女真分南北两部,南部属辽,称熟女真;北部不为辽属,号生女真。

生女真中有完颜部酋长,名乌古迺(一译作乌古鼐),雄鸷过人,役属附近部落,辽欲羁縻,命为生女真节度使。自此,始置官属,修弓矢,备器械,渐致盛强。乌古迺死,子劾里钵(一译作合理博)嗣。劾里钵死,弟颇剌淑(一译作蒲拉舒)嗣。颇剌淑复传弟盈哥(一译作盈格),盈哥勇武,兼得兄子阿骨打(一译作阿骨达,系乌古迺次子)为辅,威声渐震。

徽宗大观年间,辽将萧海里(一译哈里)谋叛,逃亡入女真阿典(一译作阿克占)部,遣族人斡达剌(一译作乌达喇)往见盈哥,约同举兵。盈哥不从,反将斡达剌囚住,转报辽主。

辽主延禧已遣兵追捕海里,遂命盈哥出兵夹攻。

盈哥乃募兵千余人,率同阿骨打,进击海里,既至阿典部,见海里正与辽兵交战,辽兵纷纷后退,势将败走。

盈哥语阿骨打道:"辽称大国,为何兵士这般无用?"

阿骨打答道:"不若令他退兵,我看取海里首如囊中物,让我去打一仗吧!"

盈哥乃登高呼道:"辽兵且退,待我军独擒海里。"

辽兵正苦不能支,蓦闻有人呼退,当即勒兵却回。阿骨打即麾众上前,一场厮杀,把海里部打得七颠八倒。

海里见不可敌,策马返奔,背后一声箭响,急欲闪避,已经中颈,翻身落马。

部下正想趋救,但见一将跃马过来,左手执弓,右手舞刀,刀光闪闪生芒,哪个还敢近前?那将不慌不忙,跳下了马,把海里一刀两断,割取首级,上马自去,把个海里部众看得目瞪口呆,良久,互相问道:"此甚人也?"

有识得的答曰:"阿里骨。"

阿里骨杀了海里,余众自然溃散,当由盈哥函海里首,献与辽主。辽主大喜,赏赉从优。但辽兵疲弱的情形,已被女真瞧见。

未几,盈哥又死,兄子乌雅束(一作乌雅舒,系乌古遒长子)继立,东和高丽,北收诸部,渐有与辽争衡的状态。童贯镇西已久,稍稍得志西羌,遂以为辽亦可图,因表请愿为辽使,藉觇虚实。时徽宗已改元政和,正想出点风头,点缀国庆,便遣端明殿学士郑允中充贺辽主生辰使,童贯为副。

两使道出芦沟,遇着辽人马植,自言曾为光禄卿,因见辽势将亡,想去逆效顺,且献灭辽四策。

策曰:"辽主荒淫失道,女真恨辽人切骨,若天朝自莱登涉海,结好女真,与约攻辽,辽一定灭亡。"

童贯大喜,视为奇宝,入辽廷贺礼毕,载植俱归,令其易名李良嗣,荐之于徽宗。

马植本生于辽国大族,确也做过光禄卿。不过,他品行卑劣,且有内乱情事,为辽人所不齿,故而生出叛辽投宋之心。

徽宗令宰臣会议,马植之策可不可行。有反对的,有赞同的,彼此相持不下。遂召马植入朝,由徽宗亲询方略。马植对道:"辽国必亡,陛下若代天谴责,以治攻乱,王师一出,辽人必壶浆来迎,既可拯辽民困苦,又可复中国旧疆,此机一失,恐女真得志,先行入辽,情势便与今不同了。"

徽宗频频颔首,授马植为秘书丞,赐姓赵,故而马植又名赵良嗣。未几,又擢马植为右文殿修撰①。

童贯力荐赵良嗣,并非为国家和徽宗着想,他是想当王呢!

宋太宗征辽,为的是收复燕云十六州②,但屡战屡败,心甚不甘。驾崩前,面嘱真宗:"有收复燕云十六州者王。"

收复燕云十六州,不可能不打仗。打仗就得花钱,花很多的钱。

钱从哪里来?

得靠宰相筹。大宋,自蔡京罢相后,又闹起了钱荒。转眼到了政和元年(1111年)的天宁节③,徽宗已步入而立之年,想好好庆贺一番,让何执中拿出三百万贯钱,可何执中说只能拿三十万贯,被徽宗呵斥一番,这才拿出来八十万贯。

若是伐辽,莫说八十万贯,就是八百万贯,也不够用。故而,要想实现封王的美梦,

---

① 修撰:史官名。掌修日历。
② 燕云十六州:五代时石敬瑭割让给契丹(辽国)十六州的总称。燕指契丹所建的燕京,云指云州。
③ 天宁节:徽宗的生日。古人认为,皇帝皆非凡人,他的生日也不同凡响。自唐代开始,把皇帝的生日定为国家的节日。唐玄宗的生日叫千秋节,宋太祖的生日叫长春节……

靠何执中不行。

靠谁呢？

蔡京！

蔡京第二次入相，我童道夫没少给他出力。这一次，若是再让蔡京复相，他会加倍地感激我。只要他感激我，伐辽的事就成功了一大半。

只要伐辽成功，收复燕云十六州易如反掌……

他想着想着，一顶镶着耀眼宝石的王冠，从空中翩然而下，落在他的头上，不大不小，就好像比照着他的脑袋做的一样……

我一定要让蔡京复出！

徽宗本是一个随东倒东、随西倒西的人物，受了童贯的蛊惑，又念起蔡京的好来，当即遣使召蔡京来京。

蔡京踮着脚等着这一天，接诏后日夜兼程回到汴京。

徽宗闻蔡京到京，忙召至紫宸殿，密谈了两个时辰，尽复前职，并赐宴太清楼。

至此，蔡京三贬三复，愈发知道了徽宗的厉害，日夜揣摩徽宗心思，徽宗想做的事，不等徽宗张口，他已为徽宗谋好了。

徽宗好色，此时的嫔妃已经数十，蔡京又为他来一个全国选秀，五百佳丽花落后宫。

徽宗出手大方，逢年过节，甚至皇后、宠妃的生日，往往要行赏左右，抑或大臣。届时，他不只为徽宗准备了大把大把的钱，还准备了一些宝物玉玩。

有付出就有回报，徽宗对他大加宠眷，且令他三日一至都堂，商议国事。蔡京恐谏官再来攻他，想出一法，他想干什么事，便以诏命颁发，而这个诏命，让徽宗亲手拟写，或他写好之后，让徽宗照抄一遍，称之为御笔手诏。

大宋立国之时，诏敕下颁，先令中书门下①议定，才命学士草制，盖玺颁行，称之为草诏。熙宁时，王安石为了便于推行新法，蛊惑神宗，诏敕的颁发，可以越过翰林学士，也可以越过中书门下，由皇帝从宫内发出，称之为内诏。

于是，出现了内诏、草诏并行的局面。但是，两诏相较，内诏远没有草诏多。到了哲宗时代，内诏不及草诏的十分之一。自蔡京发明了御笔手诏后，一"诏"独大。

御书手诏，虽然是蔡京的"发明"，但他没有得到"专利"，其他人也可以用这种方

---

① 中书门下：即中书省和门下省。宋制，中书省承旨、造令，门下省审议、覆奏，尚书省颁发、施行。中书省、门下省、尚书省总名三省，为中央最高政务机构。

法,谋求私利。每一天向徽宗讨要御笔手诏的排成长队,徽宗不胜其烦,干脆让梁师成代笔。

这一代,梁太监成了大宋的红人,红得发紫。

他手中握着御笔,随时可以发布国家最高指令,包括官员的任免升降。

官员的任免升降,原来的权力,虽然握在朝廷和东府以及执政官手里,但两制官①也有很大权力——封驳。

如今,梁师成集三权于一身,大宋全体官员的命根子,抓在了一个无根之人手里,谁想当官,乃至保官,就得去求梁太监。

俚语曰:"人心不足蛇吞象。"梁师成控制了官员的任免升降后,又把手伸向了科举考试。

科举取士虽然是隋文帝首创,但发扬光大是在宋朝,两宋经历三百余年,开科一百一十八次,登科人数十一万余人。

科举取士,是皇帝笼络天下英杰的至高手段,也是学而优则仕的一种表现。这个表现是按照考生取得的成绩,给予相应的官位,有着公平公正的特点,考生没有年龄、地位等条件的限制,只要有才,即使是寒门子弟也可以参加,因此,科举制的推广,使得全国笼罩在浓厚的学术氛围之下,也为官吏注入了新鲜血液。

这么好的一件事,梁师成硬把它变了味儿。

他的一个亲信,叫储宏,是他的一个守门的。他硬把此人塞进考场,还是礼部试的考场。

这个储宏,不争气,一考之后,名落孙山。梁太监慢腾腾地丢下一句话:"这一次不行,可以重考吗?"

考官不敢不听梁太监的,来了一次重考。重考的结果,储宏依然名落孙山。梁太监又慢腾腾地丢下一句话:"再来一次考试也不是不可以!"

考官经过反复商议,把储宏的考卷拿出来,让他再"做"一遍。

这个做,何以要带引号?

因为,所考的内容,由考官代储宏做好,再由储宏比葫芦画瓢,抄了一遍。

礼部试过了,殿试更没问题。没问题的原因,梁师成就站在徽宗身边。

---

① 两制官:负责起草诏书的官员,一为翰林学士,一为知制诰,一为中书舍人。他们起草诏书的时候,如果认为有问题(包括不合时宜而不便下达),可以将诏书封还加以驳斥,称之为封驳。

这样一来,储宏不但中了进士,还中了个二甲第二。

中了二甲第二,照例应该授之以官。

这一授官,就不能再为梁太监看门了。梁太监让他参加科举考试,本就没打算再让他为自己看门。可储宏不干,毅然辞去所授官职——开封府左军巡判官①。

这是一个肥差。而且,任满三年,就可改作京官。此一职,他人求之不得,而储宏居然坚辞不就,依然做梁太监守门之吏。梁太监很感动,对储宏愈发看重。

这事,实在太感人了!

主人满足仆人的功名心理,让他一跃成为天子门生;而仆人忠义,一日为仆,终身为奴。

难得!

难得呀!简直可以和程婴救孤媲美了!

梁太监硬把储宏塞进礼部试考场,并不全是为储宏着想,他是想通过储宏,试一试他能不能掌控科举取士。

这一试,他成功了。

成功的梁太监,胆子愈发大了,在下一届的科举考试中,中举者不到八百人,内中,一百二十人都是梁太监塞进去的。这一百二十人,即使达官贵人的子弟,也得给梁太监送钱,少者五千贯,多者两万贯。

牛!

躲在背后的梁太监,比站在朝堂上的宰相还牛。

梁太监有了一个新的头衔——"隐相"。

隐相盖过了真相,真相蔡京,不得不低下高贵的头,带着儿子蔡攸,去拜访梁太监,讨好梁太监。

什么叫作茧自缚?

这就叫作茧自缚!

从梁太监府里出来,蔡京对蔡攸说道:"爹走错了一步棋,头上便压了一个梁师成。梁师成之所以能压在爹的头上,那是他掌握了皇上的御笔。御笔咱夺不回来了,但咱可以掌握皇上其他东西,特别是心。只要掌握了皇上的心,连梁师成也得听咱的!"

---

① 开封府左军巡判官:为军巡使佐官,有左、右二人,分掌京师争斗及审讯刑狱事。任满三年即改京官。

蔡攸道:"皇上蹦精蹦能,他的心岂能让咱掌控?"

蔡京道:"他再能,也有软肋,只要抓住他的软肋,也就抓住了他的心。"

"皇上的软肋是什么?"

蔡京道:"好色!"

蔡攸道:"你不是已经抓住了吗?"

蔡京道:"五百秀女还有点少。"

蔡攸道:"那就再选吧。"

蔡京道:"你老爹正有此意。从明年开始,一年选三百,这事就交给你了。"

蔡攸道:"遵命。"

蔡京道:"选秀只是一个方面,你还得盯住郑皇后,以及皇上的几个宠妃。"

蔡攸道:"好。"

蔡京道:"你知道皇上最宠的妃子是谁吗?"

蔡攸道:"知道。"

"谁?"

"乔贵妃、刘贵妃。"

蔡京道:"你既然知道,为父也就不再多说了。你在选秀的同时,要盯着乔、刘二妃。至于钱嘛,你要多少,老父给你多少。"

蔡攸道:"谢谢爹。"

蔡京嗔道:"你对老爹不必如此客气。"

蔡攸忙道了一声是。

蔡京又问:"皇上的软肋,除了好色之外,还好什么?"

蔡攸道:"古今金石。"

蔡京复问:"还有吗?"

"玩。"

蔡京再问:"还有吗?"

"信道。"

蔡京道:"这才是他最大的软肋!老父就从这方面着手,引诱他,抓住他的心。"

蔡攸道:"爹爹所说甚是!"

蔡京问:"中国的宗教不止一家,有道教、佛教和儒教,而老父为什么要引诱皇上独崇道教?"

蔡攸将头摇了一摇。

蔡京道:"道教和儒教,俱都源于春秋战国。儒教呢?严格说算不上宗教,而是一种思想。佛教呢,自西汉明帝,方传入中国,它的历史比道教相去甚远。道教不仅历史久远,它讲延年益寿,讲修炼可以成仙,这种说教,和皇帝的想法吻合。皇帝最关心的是两件事,一是屁股下的龙椅能否坐稳;二是自己的寿命是否更长,最好是长生不老。道家认为,人可以修炼成仙,成仙了自然能长生不老。这样一来,做皇帝的自然非常喜欢道教了。"

就徽宗来说,他已经尝到了道教的甜头。

刘混康,就因为徽宗听了他的话,垫高了西北方的地势,后宫的嫔妃,像母鸡下蛋一样,给他下了十八个儿子、十一个女儿。在这么多的子女中,还不包括夭折的。如果加上夭折的,一共是四十一个。

因为他尝到了甜头,对刘混康非常推崇。但是,天不假年,三个月前,刘混康去了酆都城。

正因为他走了,才给了蔡京一个献媚的机会,他给徽宗推荐了一个叫王老志的道士。

王老志是濮州人,事亲颇孝,初为小吏,不受赂遗,旋遇异人,自称是汉钟离,授其丹药,遂弃妻抛子,结庐田间,为人决休咎,语多奇中。王老志奉诏进京后,蔡京将他请到自己家中,盛宴款待。

翌日,王老志进宫面圣,呈上密书一函,徽宗启视,里面竟是他写给乔、刘二妃的情诗,不由地暗暗称奇,乃赐号洞微先生。自此,朝士纷纷前往王老志府中,询问吉凶,他却与作笔谈,辄不可解。大众似信非信,至日后,竟多奇验,致使门庭若市,引起朝野非议,台谏交章弹劾。

蔡京怕了。

历史上,因官员结交方士,遭贬遭杀的不计其数。前车之鉴,后车不可不师。

蔡京找到了王老志,叫他尽力结主欢心,不要与朝士往来。王老志口中诺诺,却与朝士往来如故,且创制了一面乾坤鉴①,呈送徽宗,要他常坐鉴前,静观内省,借弥灾变,惹得蔡京很不高兴,登门责问。

---

① 鉴:古代器名,青铜制。古代没有镜子,古人常盛水于鉴,用来照影。战国以后,大量制作青铜器照影,故而,铜器也称为鉴。

这一次,王老志不只不再诺诺,反劝蔡京急流勇退,勿恋权位。蔡京心中虽然恼恨,但也不想和王老志闹翻,也来一个口中诺诺,依然我行我素。

王老志见蔡京不听劝告,以媚君为能事,致使朝政日非,萌生去意,遂以恩师来书谴责,说他不该贪恋红尘富贵,上书求去。徽宗不许,他即生起病来,再三请去。至奉诏允准,便霍然起床,步行甚健,即日出都,归濮(州)而死。徽宗赐金赙葬,追赠正议大夫。

蔡京本意,欲借王老志蒙蔽徽宗,偏王老志独具见解,反用清心寡欲的宗旨,来劝导徽宗,把个蔡京恨得牙根疼。王老志这一走,正合他意。一个月后,他又给徽宗荐了一个叫王仔昔的道士,为了以示与王老志的区别,世人称王老志为大王,王仔昔为小王。

小王籍隶洪州(今江西省南昌市),尝操儒业,自言遇许真人(即晋许逊),得大洞隐书豁落七元各法,不只能道未来事,还能以符为人治病、消灾、求福。

徽宗正为大王的死而伤感,上天又给他降下来一个小王,不只召见、宴请,还赐其号为"冲隐处士"。

小王未来京师之前,京师大旱,三个月无雨,徽宗让梁师成在宫中设坛,他要亲自向上天祷之祈之,为民求雨。

梁师成笑劝道:"祈雨这事,历代有之,大多都是祈而无果。冲隐处士既然那么厉害,陛下何不遣人去索一道符再祈?"

徽宗以为然,遂遣内侍去见小王。

小王笑对内侍说道:"皇上遣汝,并非是为祈雨而来。"

内侍道:"正是为祈雨而来。"

小王将头摇了一摇。

内侍问:"依您说,咱家是为什么而来?"

"刘贵妃是不是得了目疾?"小王问。

内侍惊问道:"这事您怎么知道?"

小王笑曰:"你别管贫道怎么知道,贫道这就给你书一道疗目疾的符带回去,呈给皇上。"

言至此,即用朱砂篆符,并将所书之符,焚之成灰,装到一个小砂罐里,加上水,令内侍面呈皇上,且与语道:"此汤洗目疾,可立愈。"

内侍以未奉旨意,惧不敢受,小王笑道:"若皇上加责,有贫道坐罪,汝怕什么?"

内侍迟疑良久,方持罐返宫。

徽宗问:"朕让你去索神符,你怎么抱了一个砂罐回来?"

十八 天现仙府

内侍战战兢兢,将见小王的经过,及其小王之为之语,奏之徽宗。

徽宗暗道:"我设坛之意,确实是想为刘贵妃疗目。此事,我只给刘贵妃说过,他王仔昔何以知晓?看来,他是有些神通!"遂命刘贵妃以王仔昔所送之符水洗目,数刻之后,刘贵妃目翳尽撤,重返秋眸,乃进封王仔昔为通妙先生。嗣是,徽宗益信道教,在福宁殿东建玉清和阳宫,奉元始天尊像,日夕顶礼膜拜。

政和三年长至节①,徽宗去圜丘②祭天,用道士百人,执杖前导,命蔡攸为执绥官③。御驾出南薰门,徽宗向东眺望,面现异色。

蔡攸见之,忙问之曰:"陛下是不是看到了什么?"

徽宗朝东边天空一指道:"那里好像有一团云气,云间好像有几座亭台楼阁。"

蔡攸朝徽宗指的方向看了又看道:"咦,真是有一团云气,那云间亭台楼阁,比咱汴京城的亭台楼阁还要壮观,恐怕是传说中的仙府吧?"

徽宗点了点头又道:"你还看到了什么?"

蔡攸什么也没看到,但他既不能说没有,也不能胡诌。朝东边的天空看了又看,反问道:"陛下看到了什么?"

"朕看到了一些人。"

蔡攸忙道:"臣也看到了,那人还不是一个呢!"

徽宗道:"对,那个身穿粗布羽衣,操一柄白纸扇,头上挽着双丫髻的人,好像是一道童?"

蔡攸道:"正是一个道童,道童身后那个人,腰系玉带,手持玉板,臣觉着很像八仙中的曹国舅④。"

徽宗道:"不是像,他就是实实在在的曹国舅。"

蔡攸频频颔首道:"陛下所言甚是。"

徽宗又朝东方看了看问道:"曹国舅的后边,还有一男一女,卿看到了吗?"

蔡攸道:"看到了。"

"那个女的是不是何仙姑?"

蔡攸道:"正是何仙姑。"

---

① 长至节:即冬至,又称冬节、亚节。
② 圜丘:冬至时,皇帝举行祭天大典的场所,又称祭天坛。
③ 执绥官:执绥,即执绳索登车。执绥官,即陪帝王登车的侍臣。
④ 曹国舅:传说中的八仙之一。曹国舅乃北宋开国元勋曹彬之孙、慈圣光献皇后之长弟。后受八仙之一的吕洞宾所度成仙。

徽宗道："传说在八仙中，何仙姑和吕洞宾的关系最近，甚而还有些暧昧，他俩经常一块儿出现，朕咋觉着，与何仙姑并肩而行的那个男的不像吕洞宾。"

蔡攸又朝东边的天空看了看道："陛下说得对，与何仙姑并肩而行的那个男仙不是吕洞宾。"

"那是谁呢？"徽宗又问。

蔡攸回道："好像是蓝采和。您看……"他手指东方天空道："您看，您看，他穿着破衣烂衫，腰中还系了一条三寸窄的破带子。一只脚着靴，另一只脚光着，手里还拿着讨饭用的云板……"

徽宗又朝东方天空看了看道："嗯，八仙中，只有蓝采和这么个装束。哎，咱君臣二人，是不是特有眼福？不只看到了仙府，还看到了仙人，这是怎么回事？"

蔡攸笑回道："这也称不上眼福。"他见徽宗面有不悦之色，忙解释道："天现仙人仙府，那是因为陛下帝德格天！"

徽宗转怒为喜，祭天归宫，便将祭天路上所看到的仙人仙府，诏告百官，并就云气表见处，建筑道宫，取名"迎真"，御笔亲书《天真降灵示现记》，刊碑勒石，竖立宫中，并敕求道教仙经于天下。

越年，又创置道教官阶，有先生、处士等名，秩，上比中大夫，下比将仕郎①，凡二十六级。嗣复添设道官二十六等，有诸殿侍宸、校籍、授经等官衔，仿佛与待制、修撰、直阁②相似。于是黄冠羽客，相继引进，势且出朝臣上。王仔昔尤邀恩宠，并由徽宗特命，在禁中建一圆象徽调阁，畀他居住。一班卑琐龌龊的官员，常奔走伺候，托他代通关节，希附宠荣。

王安中实在看不下去了，上书云："道士者，亦古之术士、方士、法术之士也。韩非子曾警告帝王，要远离这些人。臣观王老志、王仔昔，并无什么神通。然，他们何以知陛下与内宫书中的内容，又何以知陛下为刘贵妃求祷目疾之事？依臣推测，问题就出在内宫，陛下不能不查。再之，自古以来，方士不得与官员交通，二王明知故犯，应当罪之。还有，蔡京身为宰相，未见他向陛下荐过一个贤臣，而对道士，却情有独钟，一荐再荐，其用心不可不察也。"

---

① 将仕郎：一种颁发给习武之人的荣誉称号，从九品下。
② 直阁：官名。宋时称供职龙图阁、秘阁等机构者为"直阁"。位次于修撰。

十九　梦游南天门

　　林灵噩用右手朝自个儿右脸一通乱抓,抓得脸上鲜血淋淋,连骨头都露了出来。

　　徽宗笑驳道:"先生这可有点胡道了,距明年春试还有半年,就连朕也不知道谁是状元,谁是榜眼,先生何以知道?"

　　龙王见说,心惊胆战,毛骨悚然,急丢了门闩,整衣行礼,向袁先生跪了下去。

　　王安中,字履道,北宋词人,哲宗年间进士,早年从学于苏轼。因苏轼之荐,由县丞迁主客司员外郎①。苏轼遭贬后,他媚事梁师成,因梁师成力保,官不降反迁。数年间,迁正四品御史中丞,连蔡京也不敢惹他。

　　徽宗看了王安中上疏,凝眉沉思:王安中所言,句句属实。然,他太需要蔡京了,岂能因为蔡京荐术士而未荐贤士,罢他的官?回答是:不能!至于二王暗通内宫之事,且不说王老志已经死了,就是不死也不能查。

　　这一查,就要查到乔、刘二妃头上。若是二妃未与二王交通,千好万好。若是交通了呢,怎么处置?

　　他想了又想,把王安中的劾书,搁置一旁。但自此之后,对王仔昔和蔡京的宠爱大不如前了。

　　王仔昔何等聪明,感觉到徽宗的变化后,来了一个急流勇退。

　　"陛下,臣昨夜做了一个梦,下月今日,是恩师的一百寿辰,恩师召臣回去,帮他筹办庆寿之事,万望陛下恩准。"

---

① 主客司员外郎:官阶名。始置于隋,佐领主客司事。

徽宗正想赶他走,却假意挽留道:"大德①道行高超,朕正要借助大德,研讨大道,修成正果,朕实在不想让你走。"

王仔昔道:"陛下称臣为大德,这是高看了臣。吾教中,比臣道行大的,车载斗量。"

徽宗笑道:"请试举一两个出来。"

"林灵噩。"

徽宗道:"这个人,'妙先生②'好像也给朕说过。但是,朕没在意,卿能否将他的情况,给朕再讲一讲?"

王仔昔便绘声绘色地讲起了林灵噩。

林灵噩,字通叟,温州(今浙江省温州市)人,家贫,但有大志。早年,为苏轼仆,苏轼偶问其志,笑而答曰:"生封侯,死立庙,未为贵也。封侯虚位,庙食不离下鬼。愿做神仙,予之志也。"

苏轼嘉其语,荐之道人赵升学艺,习得五雷诸法。赵升死后,往来淮、泗间,尝丐食僧寺。僧人屡加白眼,故而,林灵噩视僧徒为仇。

哲宗元符年间,林灵噩游濮州与王老志相遇。王老志观其面良久,曰:"道友之相,乃大富大贵之相,怎么会流落到求食度日的地步?明日午后,道友可去八仙观找我,我教你富贵之法。"

翌日,林灵噩如约而至,却没有见到王老志。

但见到了王老志的书。

王老志留书林灵噩,说某宰执请他去家中降妖除怪,要他一个月后的今天再来。一个月也不算长,干脆在濮州住了下来。

某一日,他做了一个梦,米芾对他说,想要富,就去赌。第二天,他果真去了赌场,赌了不到一个时辰,输得一塌糊涂。债主逼要赌债,他没有。债主威胁他道:"你若不给爷钱,爷就毁你的面。"

林灵噩哈哈一笑道:"贫道这脸本就不是脸,不需你动手,贫道自己毁。"

债主哂笑道:"你毁吧。"

林灵噩道:"你看着。"遂用右手朝右脸颊一通乱抓,抓得脸上鲜血淋淋,连骨头都露了出来。

---

① 大德:对道行高超道士的尊称。
② 妙先生:"葆真观妙先生"的简称。"妙先生"是刘混康的封号。

债主啊了一声道:"你,你可真够狠的,你走吧,这钱爷不要了。"

王仔昔把话顿住。

徽宗问:"后来呢?"

王仔昔道:"后来,林灵噩就成了一张阴阳脸——左脸红白红白,右脸像个骷髅。"

徽宗道:"再后来呢?"

王仔昔道:"他离开了濮州,云游天下去了。"

徽宗道:"如今呢?"

王仔昔道:"听说在茅山。"

徽宗道:"大德能否辛苦一下,去茅山把他请来?"

王仔昔道:"为了陛下,莫说要臣去茅山一趟,就是赴汤蹈火,臣也干!"

徽宗喜道:"好,甚好!只要大德能请到林灵噩,朕立马放你走。"

王仔昔道:"君王口中可是无戏言呀!"

徽宗领首说道:"请大德放心去吧,朕绝无戏言!"

茅山距汴京也就一千二三百里,不到一个月,王仔昔领着林灵噩来见徽宗。徽宗盯着林灵噩两边脸看了又看,问王仔昔:"王大德,林大德那脸并不像你说的那样呀?"

王仔昔笑回道:"那是他见了您,不敢以丑脸示之。"

徽宗噢了一声,将话锋一转又道:"二位大德,朕前天夜里做了一个梦。梦见东华帝君①遣仙童召朕去游神霄宫,朕正要随那仙童前去,被尿憋醒。二位大德知道神霄宫吗?"

王仔昔瞟了林灵噩一眼,未得开口,林灵噩双手抱拳道:"启奏陛下,臣知道神霄宫。"

徽宗喜道:"那就请林大德说一说神霄宫吧。"

"天有九霄,而神霄最高。有宫殿五间,其治曰府。臣曾为其做过一首诗,取名《神霄》。"说到此,林灵噩高声咏道:"神霄宫殿五云间,羽服黄冠缀晓班。诏诰群臣亲受箓,步虚声里认龙颜。"

林灵噩见徽宗听得很专注,略顿,继续说道:"神霄宫住着玉皇大帝的两个儿子,长子神霄玉清王,主持南方,号称长生大帝君;神霄玉清王之弟号青华帝君,主持东方……"

---

① 东华帝君:即东王公,亦称东木公,古代神话中的男神。东王公与西王母分掌男仙、女仙的名籍。

他突然把话顿住,目视徽宗问道:"陛下,您对臣难道一点印象都没有吗?"

徽宗若有所思道:"有那么一点,但又想不起来在哪里见过。"

"在神霄宫。"

徽宗噢了一声。

林灵噩又问:"陛下,您知道您的原身吗?"

徽宗将头摇了摇。

"您的原身就是长生大帝君!"

徽宗又噢了一声,心中暗喜:去岁,我说我看到了仙府和仙人。今天,这个林灵噩,又说我的原身是长生大帝君,看来,我真不是一个凡人呢!

徽宗嘿嘿一笑道:"林大德,你怎么知道朕的原身是长生大帝君?"

林灵噩亦是嘿嘿一笑道:"臣的原身,是青华帝君左伯①,姓褚名慧。"

徽宗又问:"大德既是青华帝君的左伯,为何来到人间?"

林灵噩回道:"受青华帝君之遣,来人间辅佐陛下。"

徽宗复噢了一声道:"就卿一个人下凡辅佐朕?"

林灵噩道:"不是。"

"还有谁?"

"有蔡元长、郑居中、童贯、梁师成、王黼……"

徽宗来了兴趣,蔡元长的原身是什么?

"右仙伯。"

"郑居中呢?"徽宗又问。

"文华使。"

"童贯呢?"徽宗复问。

"东台吏。"

"梁师成呢?"徽宗再问。

林灵噩回道:"西台吏。"

"王黼呢?"

林灵噩又回道:"仙童。"

---

① 左伯:据陆游《老学庵笔记》载,神霄宫以长生大帝君、青华帝君主之,其佐僚有左右仙伯、东西台吏等二十二人。

……

徽宗大喜道："有卿等这么多仙人辅佐朕,大宋怎会不中兴?"

林灵噩道："一定会中兴!"

徽宗道："大德听……"

他本想说大德听封,话到口边,又将封字吞了回去。这家伙投我所好,我得给他扎个尾巴,叫他心有所忌。

怎么扎?

徽宗想了又想说道："林大德,朕恍惚记得,你当年常骑一头青牛,那头青牛呢?"

徽宗为什么说林灵噩的坐骑是青牛?那是因为道教的始祖老子,经常骑一头青牛。正因为老子的坐骑是牛,故而,道士又被称之为牛鼻子道人。

林灵噩心中咯噔一下,但他反应甚快,哈哈一笑道："陛下好记性!那头青牛寄放在一个很远的地方,不久就会回来的。"

徽宗颔首说道："这就好。喂,林大德听封!"

林灵噩伏地叩首道："臣洗耳恭听。"

"朕封卿为金门羽客,太乙宫居住,赐名灵素,及金牌一个,卿可随时出入宫廷。"

林灵噩叩首说道："谢陛下隆恩!"

徽宗道："既然朕是神霄宫的长生大帝君,朕想建一座三清①阳和宫,供奉三清及诸仙之像,卿以为若何?"

林灵素叩首呼曰："陛下圣明!"

王仔昔发出一声轻叹。

这一声轻叹,被徽宗听见了。

王仔昔为什么轻叹?

他轻叹的原因,并非林灵噩得到了可以随时出入宫廷的金牌,他知道了自己和林灵噩的差距。

说心里话,他之所以向徽宗荐林灵噩,并不是因为他觉着林灵噩的"道行"比他高,而是急于脱身。今日,他算开了眼界……他暗自庆幸,急流勇退这步棋,走对了。

徽宗见王仔昔叹息,还以为是自己冷落了王仔昔,忙移目王仔昔说道："王大德为

---

① 三清:道教最高神灵——玉清元始天尊、上清灵宝天尊和太清道德天尊。凡大型道教宫观,皆有三清殿。

朕荐了一个大贤,朕不但同意卿回去为恩师筹办庆寿之事,朕还要赐卿黄金白银各一百两。"

王仔昔忙伏地叩首:"谢陛下!"

徽宗笑道:"朕还没有把话说完呢!"

王仔昔举首说道:"臣洗耳恭听!"

"朕也赐卿金牌一个,但这个金牌的作用,与赐给金门羽客的那个不同。这个金牌,上刻八个字,'逢驿住驿,食宿全免'。"

王仔昔再拜道:"谢陛下。"

王仔昔乐颠颠地走了。

林灵素美滋滋地留了下来。

留了下来的林灵素,在徽宗心中的地位,虽然超过了王仔昔,但林灵素却一直忐忑不安。

不安的原因,是徽宗给他扎了一个尾巴。

也不知道是他运作的结果,还是上天的眷顾。两个月后,高丽国给大宋进贡,贡品竟是一头大青牛。

这一贡,徽宗对林灵素那点戒心荡然而去。他不只把这头大青牛赐给了林灵素,并封其为"通真达灵玄妙先生",三五日便要赐宴一次。

一日,有内侍奏称:"自元符皇后薨后,崇恩宫怪事连连,不是宫中传出哭声,便是屋瓦乱飞,再不就是宫人出门屡遭鬼打墙①。"

元符皇后,也就是哲宗的刘皇后。

徽宗初即帝位,为讨好向太后,既想复哲宗废后孟氏之位,又不想有悖礼法。

按照礼法,一个皇帝,不能同时拥有两个活着的皇后。是时,哲宗的第二任皇后刘氏尚在,要复孟皇后的位,必须废掉刘皇后。若废掉刘皇后,等于弟休兄妻,既与礼法不通,也是对兄的不敬。后经智者点拨,徽宗改封刘皇后为元符皇后;复孟皇后为元祐皇后。元符,乃哲宗所用的第三个年号,也是最后一个年号;元祐,则是哲宗的第一个年号。

元符皇后差点被废,她若是一个聪明人,自此,应当恪守妇道,深居简出。可她,不

---

① 鬼打墙:就是在夜晚或郊外行走时,分不清方向,自我感知模糊,不知道要往何处走,所以老在原地转圈,这种现象称之为鬼打墙。其实这是人的一种意识蒙眬状态。

但干预朝政,还经常和前夫暗度陈仓,遭到台谏的弹劾,徽宗耻之,欲将她废黜,诏未及下,元符皇后闻之,自缢身亡,时年三十五岁。

听了内侍的奏报,徽宗便召林灵素进宫除怪。林灵素只用了一招——埋一九尺长的铁筒于地下,怪事再也没有发生,徽宗连道了两声神奇。

此后,神奇的事一桩接着一桩。

一日,徽宗正在偏殿围炉烤火,林灵素趋了进来。二人一边烤火一边聊,正聊得起劲,林灵素突然站了起来。徽宗问:"怎么了?"

林灵素回曰:"九华玉真安妃大驾将至,臣理当恭迎。"

徽宗惊问道:"九华玉真安妃是一仙人,岂能轻易现身?"

林灵素回道:"她已经下凡,投胎为人了。"

徽宗噢了一声。

林灵素移目殿门,拱手而立。

不一刻儿,六个宫女簇拥着一个大美人儿进来,徽宗举目一瞧,见是自己所宠爱的刘贵妃,喜笑颜开。林灵素却匍匐于地,口称:"青华帝君帐下左仙伯褚慧,参拜神霄宫九华玉真安妃!"

刘贵妃稍微愣了一下,便辗然笑道:"左仙伯,您是皇上的贵客,不必行此大礼。请起,快快请起!"

林灵素又朝刘贵妃拜了一拜,方才起身归座。

忽有内侍来报:"韦贤妃前来见驾。"

徽宗道了声请。

不一刻儿,韦贤妃在几个宫女的簇拥下,也趋了进来。林灵素只是起身朝她一揖。徽宗有些不解,笑问道:"林先生,同是正一品嫔妃,一个跪拜,一个行揖(礼),是何道理?"

林灵素回道:"刘贵妃是长生大帝君爱妃,臣见了她,不能不行跪拜礼。韦贤妃呢?她的原身,是神霄宫的押班,在仙班中,与臣同列,彼此相见,行一揖礼即可。"

徽宗又噢了一声。

又一日,徽宗和林灵素研讨了半个时辰大道(道教),出去小便。归见林灵素伏在案上睡着了,不忍心叫醒,忙别的事去了。

一刻钟后,林灵素醒来,长叹一声道:"想不到草木该兴了!"

徽宗笑问:"先生说什么?"

林灵素回道:"草木该兴了。"

徽宗道:"此话何解?"

林灵素道:"明年的状元、榜眼出来了。"

徽宗笑驳道:"先生这可是有点胡道了,距明年的春试还有半年,莫说你,连朕都不知道谁是状元,谁是榜眼,先生何以知道?"

林灵素道:"臣看了天榜。"

"天榜? 先生何时看的天榜?"

林灵素道:"刚刚。"

徽宗将头摇了一摇道:"刚才,咱俩在闲聊。"

林灵素道:"刚才,臣是不是睡了一会儿?"

徽宗反问道:"睡了一会儿就能看见天榜?"

林灵素道:"睡了一会儿不只可以看天榜,还可以杀人呢!"

徽宗道:"先生又在胡道了。"

林灵素又来了一个反问:"陛下,唐魏征梦斩泾河龙王之事,您可听说?"

徽宗将头轻轻摇了一摇。

林灵素道:"陛下既然没有听说,臣给您唠叨唠叨可好?"

徽宗道:"好。"

林灵素于是讲了起来:

长安(今西安市)城外泾河岸边,有两个贤人:一个是渔翁,名唤张稍;另一个是樵夫,名唤李定。他两个是不登科的进士,能识字的山人。一日,在长安城里,卖了肩上柴,货了篮中鲤,同入酒馆,吃了半酣,顺泾河岸边,徐步而回。一路上,他二人各道辞章,不知不觉,行到那分路去处,躬身作别。张稍道:"李兄啊,途中保重,上山仔细看虎。假若有些凶险,正是明日街头少故人。"

李定大怒道:"你这厮倍懒! 好朋友也替得生死,你怎么咒我? 我若遭遇虎害,你必遇浪翻江!"

张稍道:"我永世也不得翻江!"

李定道:"天有不测风云,人有旦夕祸福。你怎么就保得无事?"

张稍道:"我有贵人相助。"

李定道:"你那水面上营生,极凶极险,隐隐暗暗,不可捉摸,贵人也帮不了你。"

张稍道:"能。"

李定道:"你那贵人,家居何方,从事什么营生?"

张稍道:"卖卦的。"

李定反问道:"卖卦的?"

张稍道:"对,这卖卦的就住在长安城西门街上。我每日送他一尾金色鲤,他就与我袖传一课,依方位,百下百着。今日我又去买卦,他教我在泾河湾头东边下网,西岸抛钓,定获满载鱼虾而归。明日上城来,卖钱沽酒,再与老兄相叙。"

这正是路上说话,草里有人。这泾河水府有一个巡水的夜叉,听见了百下百着之言,急转水晶宫,慌忙报与龙王道:"祸事了!祸事了!"

龙王问:"有甚祸事?"

夜叉道:"臣巡水去到河边,只听得两个渔樵攀话。相别时,言语甚是利害。那渔翁说:长安城西门街上,有个卖卦先生,算得最准。他每日送他鲤鱼一尾,他就袖传一课,教他百下百着。长此下去,却不将水族尽情打了?何以壮观水府,何以跃浪翻波辅助大王威力?"

龙王甚怒,急提了剑就要上长安城,诛灭这卖卦的。旁边闪出龙子龙孙、虾臣蟹士,一齐启奏道:"大王息怒。常言道,过耳之言,不可听信。大王此去,必有云从,必有雨助,恐惊了长安黎庶,上天见责。大王莫如变一秀士,到长安城内,访问一番。果有此辈,再加诛不迟;若无此辈,可不是妄害他人吗?"

龙王依奏,遂弃宝剑,也不兴云雨,出岸上,摇身一变,变作一个白衣秀士,真个丰姿英伟,耸壑昂霄。上路来拽开云步,径到长安城西门大街上。只见一簇人,挤挤杂杂,闹闹哄哄。

龙王分开众人,望里观看,只见:四壁珠玑,满堂绮绣。端溪砚,金烟墨,相衬着霜毫大笔;火珠林,郭璞数,谨对了台政新经。招牌有字书名姓,神课先生袁守诚。

龙王入门来,与先生相见。礼毕,请龙王上坐,童子献茶。先生问曰:"公来问何事?"

龙王曰:"请卜天上阴晴事如何?"

先生即袖传一课,断曰:"云迷山顶,雾罩林梢。若占雨泽,准在明朝。"

龙王曰:"明日甚时下雨?雨有多少尺寸?"

先生道:"明日辰时布云,巳时发雷,午时下雨,未时雨足,共得水三尺三寸零四十八点。"

龙王笑曰："此言不可做戏，若是明日有雨，依你断的时辰数目，我送课金五十两奉谢。若无雨，或不按时辰数目，我定要打坏你的门面，扯碎你的招牌，即时赶出长安，不许在此惑众！"

先生欣然而答："这个一定任你。请了，请了，明朝雨后来会。"

龙王辞别，出长安，回水府。大小水神接着，问曰："大王访那卖卦的如何？"

龙王道："有，有，有！但是一个掉嘴口讨春的先生。我问他几时下雨，他就说明日下雨；问他什么时辰，什么雨数，他就说辰时布云，巳时发雷，午时下雨，未时雨足，得水三尺三寸零四十八点，我与他打了个赌，若果如他言，送他谢金五十两；如略差些，就打破他门面，赶他起身，不许在长安惑众。"

众水族笑曰："大王是八河都总管，司雨大龙神，有雨无雨，惟大王知之，他怎敢这等胡言？那卖卦的定是输了！"

话刚落音，只听得半空中叫道："泾河龙王接旨。"龙王抬头上看，是一个金衣力士，手擎玉帝敕旨，径投水府而来，慌忙整衣端肃，焚香接旨，拆封阅之，上写着："敕命八河总，驱雷掣电行；明朝施雨泽，普济长安城。"旨意上时辰数目，与那先生的判断毫发不差，唬得龙王魂飞魄散，对众水族曰："尘世上有此灵人！能通天彻地，不输与他啊！"

鲥军师奏云："大王放心，臣有小计，保管灭那厮的口嘴。"龙王问计，军师道："行雨差了时辰，少些点数，就是那厮断卦不准，还怕不赢他？"

龙王点头称是。至次日，龙王点札风伯、雷公、云童、电母，直至长安城九霄空上。挨到那巳时方布云，午时发雷，未时落雨，申时雨止，却只得三尺零四十点，改了他一个时辰，克了他三寸八点，雨后发放众将班师。他又按落云头，还变作白衣秀士，到那西门里大街上，闯入袁守诚卦铺，不容分说，就把他招牌、笔、砚等一齐捽碎。那先生坐在椅上，岿然不动。这龙王又轮起门闩便打，骂道："这妄言祸福的妖人，擅惑众心的泼汉！你卦又不灵，言又狂谬！说今日下雨的时辰点数俱不相对，你还危然高坐，趁早去，饶你死罪！"

袁守诚仰面朝天冷笑道："我不怕！我无死罪，只怕你倒有个死罪哩！别人好瞒，只是难瞒我也。我认得你，你不是秀士，乃是泾河龙王。你违了玉帝敕旨，改了时辰，克了点数，犯了天条。你在那剐龙台上，恐难免一刀，你还在此骂我！"

龙王听后，心惊胆战，毛骨悚然，急丢了门闩，整衣行礼，向袁先生跪下道："先生休怪。前言戏之耳，岂知弄假成真，果然违犯天条，奈何？望先生救我一救！"

十九　梦游南天门

袁守诚曰:"我救你不得,但可指一条生路与你。"

龙王曰:"先生若能为我指条生路,便是再生父母。"

袁守诚曰:"明日午时三刻,斩你的是人曹官魏征。那魏征是唐王驾下的丞相,你想活命,可去恳请唐太宗让他在魏丞相那里,给你讨个人情,方保无事。"

龙王闻言,拜辞含泪而去。等到子时前后,径来皇宫门首。此时唐王正梦出宫门之外,步月花荫,龙王变作人相,上前跪拜。口叫:"陛下救我!"

太宗曰:"你是何人?"

龙王云:"陛下是真龙,臣是孽龙。臣因犯了天条,该陛下贤臣魏征处斩,故来拜求,望陛下救我一救!"

太宗曰:"既是魏征处斩,朕可以救你,你放心前去。"龙王欢喜,叩谢而去。

第二天,早朝后,太宗将魏征留下,二人来到便殿,先议论安邦之策,定国之谋。将近午时,太宗命宫人取过大棋,要与魏征对弈。二人下到午时三刻,一盘残局未终,魏征忽然伏在案边,鼾鼾盹睡。

太宗笑曰:"贤卿真是匡扶社稷之心劳,创立江山之力倦,所以不觉盹睡。睡吧,你好好睡一会儿吧。"

不多时,魏征醒来,俯伏在地道:"臣该万死!臣该万死!却才晕困,不知所为,望陛下赦臣慢君之罪。"

太宗道:"卿有何慢罪?且起来,拂退残棋,与卿重新更着。"

魏征谢了恩,却才拈子在手,秦叔宝拿着一个血淋淋的龙头,来到帝前。帝惊问道:"此物何来?"

秦叔宝道:"千步廊南、十字街头,云端里落下这颗龙头,微臣不敢不奏。"

唐王惊问魏征:"此是何说?"

魏征伏地叩头道:"是臣刚才梦斩的。"

二十　灵素拜碑

　　经过两个月的筹备,千道会在上清宝箓宫隆重召开,林灵素登上法坛,宣读玉帝诏书。

　　梁师成首先发难:"蔡相,咱既是好兄弟,又同朝为官,不能饥的饿死,饱的撑死!"

　　就因为徽宗那一番话,三个月后,延福宫出现了一批村居野店、酒肆歌楼。

林灵素笑问徽宗道:"臣刚才是不是睡了一会儿?"

徽宗轻轻颔首。

林灵素又问:"陛下,唐魏征可以梦斩泾河龙王,臣可不可以梦中去天空走走?"

徽宗道:"当然可以。"

林灵素道:"明年春闱的天榜,就在南天门上贴着,很醒目。不只臣,凡出入南天门的,都要驻足一观。"

徽宗道:"那就请先生说一说,明年的状元、榜眼是谁?"

林灵素婉言拒道:"那不行,天机不可泄露!"

徽宗道:"先生不肯说出状元、榜眼的名字,怎么能叫人相信你看了天榜?"

林灵素道:"臣可以把状元、榜眼的名字写下来,放到一个盒子里,贴上皇封,待明年放榜后打开,真假自现。"

徽宗道:"好。"

冬去春来,转眼到了来年三月。先是省试,继之殿试。三月二十九日,东华门外唱名,状元蔡薿、榜眼柯棐。

唱名毕,徽宗命打开那个藏着字条的小盒子,那字条上边写着"二草二木"。徽宗移目林灵素赞道:"真仙人也!"自此,对林灵素崇拜得五体投地。林灵素叫他干什么,他便干什么。已经建了三清和阳宫,林灵素说这个宫有点小,不足以表达对"三清"的敬意,"乞陛下另行建造一宫。"

徽宗忙道:"这也没有什么不可,请先生择地而建。"

灵素奉命而出,即在延福宫东侧,规度地址,鸠工建筑。自晨晖门(延福宫东门),至景龙门(汴京北面中门),迤长数里,密连禁署。宫中山包平地,环绕佳木清流,所筑馆舍台阁,上栋下槛,概用梗楠等木,不施五彩,自然成纹,亭榭不可胜计。

宫成,定名为上清宝箓宫,命灵素主斋醮事,且就景龙门城上,筑一复道,沟通宫禁,以便徽宗亲临祷祀,且令各路统建神霄万寿宫。灵素遂广招党徒,齐集都中,各请给俸。每设大斋,费缗钱数万,甚至穷民游手,买青布幅巾,冒称道士,混入宝箓宫内,每日得一饱餐,并制钱三百文,称为施舍。政和七年,设立千道会,不论何处羽流,尽令入都听讲。徽宗亦在旁设幄,恭聆教旨。

开讲这一日,羽流云集,女士盈门,徽宗亦挈着郑皇后及乔、韦、刘诸妃,入幄列坐。灵素戴道冠,衣法服,昂然登坛,高坐说法,先谈了一回虚无杳渺的妄言,然后令人入问要诀。坛下瞻拜多人,灵素随口荒唐,并无精义,或且杂入滑稽,间参媟语,引得上下哄堂,嘈杂无纪,御幄内亦笑声杂沓。罢讲后,御赐斋饭,很是丰盛。徽宗与妃嫔等,亦至斋堂内,吃过了斋,才行返驾。

一日,徽宗去上清宝箓宫祈祷,林灵素问他,是想求玉皇大帝之诏,还是想求见青华帝君之面。

徽宗笑回曰:"俱想。"

林灵素道:"日有所思,夜有所梦。只要陛下日夜凝想,一定能够成功。但是,玉皇大帝只在夜间降临,且俱在梦中。另外,他从不见凡夫俗子。求见期间,陛下只能与玉真安妃同宿。"

徽宗点头称是,此后,他便宿在小刘贵妃宫里。宿了三天之后,林灵素问徽宗,是否见到了玉皇大帝。

徽宗摇头。

林灵素启发道:"这几天夜里,陛下做梦了吗?"

徽宗若有所思道:"好像做了个梦。"

"这就对了。"林灵素高兴地说道:"您一定见到了青华帝君,是吧?"

"好像是的。"徽宗凝眉一会儿又道:"他好像还说了几句话,朕没听懂,也没记住。"

"这很正常。"

徽宗问："为什么？"

"人有人语，神有神语。陛下下凡已经三十年，那神语早就忘了。"

徽宗噢了一声。

"帝君身边还有一个人，不知陛下是否留意？"

"好像是有个人。"徽宗有些迷糊了，思维随着林灵素的问话转。

"那个人就是我。帝君是来宣旨的，他见您神态恍惚，便将玉旨交给了我。"林灵素一边说，一边从袖中抽出一卷书，双手呈给徽宗。

徽宗拆而阅之，见那天书乃用秦李斯所创之小篆写成，字虽认不全，但天书的意思倒也知道十之六七，喜形于色曰："终于盼到了！"

林灵素装作不知，反问徽宗："陛下，天书中说了些什么？"

徽宗将书递给林灵素："先生自己看吧。"

林灵素把天书看了一遍，大喜曰："这太好了，陛下，臣想择一个黄道吉日，召开'千道会'，宣读玉皇大帝御旨。"

徽宗道："甚好。"

经过两个月的筹备，千道会在上清宝箓宫隆重召开，林灵素登上法坛，宣读玉帝诏书。书云：

朕察中华众生遭金狄之教（佛教）所愚弄，命长子长生帝君下界，兴中华之正教。怎奈众生愚昧，仍为金狄之教所迷。因此，朕命青华帝君传谕，敕封长生帝君为中华教主道君皇帝。钦此。

众道士欢声雷动。

第二个登法坛的是宝箓宫主事，称徽宗为"教主道君皇帝"。

又一次欢声雷动之后，徽宗登上法坛，接受众道士的三叩九拜大礼。

在中国历史上，既是皇帝，又是教主的，唯徽宗一人。但徽宗尚还不十分糊涂，告谕百官，他这个"道君皇帝"之衔，只在道教章疏内应用。

林灵素能够代天册封徽宗，谁不敬仰！

百官趋之若鹜。

这百官，当然也包括蔡京父子。

蔡京父子趋了他一个时期之后，不但不趋了，反向林灵素开战。

二十 灵素拜碑

开战原因,是他父子发现,林灵素对元祐党人情有独钟。而元祐党人是蔡京父子的天敌。

这事源于苏轼。

某一日,徽宗至上清宝箓宫设醮,宝箓宫主事以章疏俯伏奏之,逾时不起,其徒与旁观者皆怪而不敢近。又久之,方起。徽宗问其故。

主事对曰:"臣章疏未上时,值奎宿星入奏,候之其退,方上疏。"

徽宗问:"奎宿何神?"

主事对曰:"今朝之苏轼也,主文章之星。"

徽宗默然不语。

此事为蔡京所知,怒之曰:"此人之为,必是林灵素所示。"

数日后,徽宗出游,行至端门,走在前边的林灵素翻身下车,朝着党人碑扑通一跪,以额触地,长跪不起。

徽宗忙遣随侍的梁师成问其故,林灵素回道:"这碑上所刻之人,皆天上星宿,诸如司马光、韩忠彦、范纯仁、苏轼等,臣见了他们,不得不拜!"

说到此,吟诗一首:"苏黄①不做文章客,童蔡②翻为社稷臣。三十年来无定论,不知奸党是何人?"

梁师成转奏徽宗,徽宗叹道:"前时,宝箓宫主事言说苏轼是奎星。今日,林先生又如此说,看来苏轼真是一个仙人哩。我赵佶想当神仙,想得肚子疼,神仙没有当上,却结怨于仙人,得把这'党人碑'砸了!"

他口谕一旨,凡"党人碑",不管是立在汴京,还是各府州县,一律砸碎。

是夜,林灵素取出苏东坡画像,挂在中堂,焚香拜道:"学士大人,奴仆通叟终于说动皇上,砸了党人碑,掀倒了压在您头上的石头。上天如果再假奴仆一年时间,奴仆一定将害您的那些贼人,一一踢出朝堂!"

他既高估了自己,也低估了蔡京。

蔡京能三落三起,没有些许道行能行吗?

他决定向林灵素开战。

但他这个开战,既没有动枪,也没有动刀。

---

① 苏黄:即苏东坡及苏门四学士中的黄庭坚。
② 蔡童:蔡京和童贯。

动智。

你林灵素之所以敢和我蔡元长对着干,不就因为你抱住了皇上的粗腿。

皇上的腿为啥让你抱;不就是因为他想成仙吗?

且不说天上无仙,就是有,那仙能是轻易成的! 秦皇汉武,在求仙方面花了那么大代价,还是死了! 而你用成仙这事忽悠皇上,忽悠一年、两年,甚至十年八年,也许行。但时间久了,肯定不行。故而,要抓皇上的心,不能单靠道教,得给他干点实实在在的事,得给他干点他喜欢的事,说白了,就是投其所好,比如,导他猎色,导他大兴土木,导他寻欢作乐等等。只要抓住了皇上的心,再使一个小绊子,就可以把你林灵素摔个仰面八叉!

皇上本就好色,一导就成。

怎么导?

第一,选秀,继续选秀,一年一选,由三百人扩大到五百人。

选秀的好处,既讨好了徽宗,又在徽宗身边安插了众多耳目。这些耳目,不只给蔡京通风报信,还可以在徽宗面前"造"蔡京父子的好。

第二,建明堂。

何为明堂?

古代天子宣明政教的地方。它的顶是圆形,象征天;底层为方形,象征大地。它的作用是"通神灵,感天地,正四时,出教化,宗有德,重有道,显有能,褒有形者也。"(见《白虎通义》,该书乃汉班固等人所著)

如此一个重要建筑物,自唐武则天之后,没有了。宋太祖、宋太宗,乃至宋神宗,都想恢复明堂的建筑,一因财力不足;二因有关明堂的资料难寻,未能如愿。徽宗既然想继承父志,岂会反对建明堂?

当然不会!

如果能把明堂建起来,既投了徽宗所好,又可以大捞一把,还可以分林灵素之宠——因为,明堂有"通神灵,感天地"之功能。

说建就建。

当然这个说建就建的前提是征得徽宗的同意。

徽宗怎么说?

他说了三句话:"一、朕早有此意。二、钱哪里来? 三、谁会设计?"

蔡京笑曰:"钱由臣来筹,设计由李诫来搞。"

二十　灵素拜碑

一年半后，一个占地六十多亩、富丽堂皇的明堂拔地而起。

徽宗赐宴集英殿，宴请蔡京等有功人员。宴上，口敕二旨：迁蔡京长子蔡攸为宣和殿大学士，次子蔡儵为龙图阁学士，三子蔡翛为度支司员外郎。第二道旨，赐蔡京黄金、白银各二百两。

这一迁、一赐，差点把童贯、梁师成、杨戬、李彦羡慕死了，四太监结伴去找蔡京。

梁师成首先"发难"，笑曰："蔡相，咱既是好兄弟，又同朝为官，不能饱的撑死，饥的饿死！"

蔡京笑回道："大官这话，元长有些不懂。"

梁师成道："您应该懂的！"

蔡京将头摇了一摇。

梁师成道："既然您'不懂'，咱家只好明言了。咱家问您，因建明堂您弄了多少钱？"

蔡京哈的一声笑了："区区四百两黄金、白银，也值得大官眼红？"

梁师成笑嘻嘻道："那是皇上所赐，也是明的。咱家问的是暗的。"

蔡京笑问道："大官怀疑我蔡元长贪污了建明堂的钱是吗？"

梁师成微笑着点头。

"哎呀大官，您可是冤枉了我蔡元长了。您知道不，建明堂用了五千万贯钱，我蔡元长使尽了浑身解数，'燕子口里夺泥，蚊子腿上割肉'，方凑了四千五百万贯，如今，还有五百万亏空，压得我喘不过气来，您不但不为我分忧，反来取笑我，太不够兄弟了！"

梁师成正要反驳，童贯给他丢了一个颜色，他把张开的口又合上了。

童贯轻咳一声，笑对蔡京说道："蔡相，咱家也不说建明堂您得了多少好处，您也别向兄弟们叫苦。实话给您说……"他朝梁师成等人指了一指道："兄弟们待在宫中，有点闷，想让您找个监工什么的干干，解解闷。"

蔡京道："这明堂已经建好了呀，您说得实在有点晚了。"

童贯道："明堂建好了，还可以建别的嘛！皇上两次对咱家说道，'延福宫太窄，无法举行宴飨。'咱能不能仍用延福宫之名，另建一个新宫？"

蔡京道："建一个新的倒也可以，钱呢？"

童贯笑道："谁不知道您是一个敛钱的能相。咱家以为，您想干的事，钱不是问题！"

蔡京笑回道："您别给我蔡元长戴高帽子，我蔡元长几斤几两，我蔡元长自己能不知道？不过，您说这事，可以考虑。"

杨戬道："不用考虑，这事你就能做主！"

蔡京道："杨大官也太高看了我蔡元长。唉，你们既然如此高看我蔡元长，我蔡元长还有何话可说！明天早朝后，我就奏请皇上，皇上如果同意重建延福宫，那是诸位大官有福；皇上如果不同意重建延福宫，诸位大官也别埋怨我蔡元长不肯尽力！"

四宦异口同声道："皇上会同意的。咱家走了，咱家在宫中静候佳音！"

蔡京道："别急，我还有话要说。"

四宦道："请讲。"

蔡京道："重建延福宫，是要花很多钱的。"

四宦道："咱家知道。"

蔡京道："要筹钱，靠加赋不是办法。"

四宦没有应腔。

蔡京道："若一味地加赋，弄不好会引起民变，所以，加赋不是办法！"

四宦静静地瞅着蔡京，依然没有应腔。

蔡京道："我想了一个法子。"

四宦忙问："什么法子？"

蔡京道："让富商大贾出出血。"

童贯道："怎么出？摊派？"

蔡京道："摊派等于加赋，这样做，会激怒富商大贾的。"

童贯道："难道向他们借？"

蔡京道："我正是这个意思。"

童贯道："借可是要还的。"

蔡京道："那当然了。"

童贯道："蔡相以为重建延福宫得花多少钱？"

蔡京道："各位大官以为呢？"

梁师成抢先回道："恐怕得一亿多。"

没等蔡京表态，童贯倒先开了腔："一亿有些多。咱大宋一年的赋税，最多年份，也只是一亿。就按一亿说，如果全拿出来还富商大贾，一百多万军队吃什么，喝什么，拿什么养家？这两万多官员吃什么，喝什么，拿什么养家？还有，这偌大的皇宫、这东西两府、这尚书省六部、这秘书省、这殿中省、这九寺五监门、这御史台、这知谏院、这大理寺、这禁军五衙门……如何运转?"

蔡京道:"童公公说得是,所以,对于重建延福宫我有几点想法,第一,钱数不能突破明堂。"

童贯道:"五千万有些少。"

蔡京道:"再加五百万怎么样?"

童贯道:"还有些少。"

蔡京道:"再加五百万怎么样?"

童贯道:"还有些少。"

蔡京狠了狠心道:"那就再加五百万吧!各位大官,重建延福宫,六千五百万贯不算少了!"

童贯道:"那就六千五百万贯吧!"

梁师成道:"这六千五百万贯全向富商大贾借吗?"

蔡京默想了一会儿道:"这样行不?向富商大贾借五千万贯,余之一千五百万贯,我蔡元长来筹。但有个条件,借钱时,诸位大官也要到场,为我呐喊助威!"

四宦道:"可以。"

一个月后,四宦等到了他们想要的佳音。

翌日,蔡京在集英殿宴请汴京城的富商大贾,赴宴者三百人。这些赴宴者虽然有钱,但不曾参加过这么高级的宴会。

不只不曾参加过这么高级的宴会,连集英殿也未曾进过。他们既高兴,又有些忐忑不安。

等他们吃到约有五六分酒意的时候,蔡京携四宦及三司使闪亮登场,他把富商大贾好夸了一番之后,才说到借钱。而且,还不是你借不借的问题,也不是你借多借少的问题,是必须借,还得按照三司使开列的钱数借。但是,蔡京一再表态,一年后还。若是还不了,开始计息。那息还高出常息一倍,一日一计。

一顿饭,一席话,五千万贯到手了。

钱一到手,立马开工,由四宦分任工役,一年乃成。这宫的规模宏大,东西长短与大内相埒,南北稍短,东至景龙门,西抵天波门,殿阁亭台相望。计有"穆青、成平等七殿十五阁。又叠石为山,建春明阁(高十一丈)、宴春阁(广十二丈)。"凿圆池为海,横四百尺,纵二百六十七尺……徽宗越看越高兴,亲撰《延福宫记》,勒石刻碑:

大宋天子——宋徽宗

……延福宫"丛石为台,疏泉为湖,湖中作堤以接亭,堤中作梁以通湖,梁之上为茅亭以待憩。寒松怪石、奇花异木,斗奇而争妍,龟亭、鹤庄、鹿砦、莲濠、孔雀之栅,椒藤、杏花之园,西抵丽泽,不类尘境。"

立碑那日,徽宗赐宴集英殿,宴请蔡京及四宦,每人赐黄金、白银各一百两,且恩及蔡京及四宦子弟各一人为官。

这是明奖。

暗奖呢?蔡京及四宦的腰包都鼓了起来,据知情人士推测,每人所捞外快,不会少于一百五十万贯。

一日,徽宗携郑皇后及刘贵妃等嫔妃游览新延福宫,由蔡京父子作陪。行至鹤庄,信口说道:"这庄前若是建一座凉亭,旁边住上三两户人家,再开一个小客店,那才有趣。"

蔡京道了一声"妙"字说道:"陛下此谕很好,臣当照行。"

蔡攸道:"除了陛下说的之外,再建几家歌楼妓馆、瓦子勾栏,岂不更加有趣!"

蔡京当即呵斥道:"此乃禁宫之地,岂能建这些乌七八糟的东西!"

斥毕,偷偷向徽宗看去,见徽宗并无怒色,心下稍宽。

一行人继续游览,半个时辰后,登上了明春阁,新延福宫尽收眼底。

"你们看——"徽宗朝东一指说道:"东起景龙门——"

他又往西一指道:"西至天波门——"

他东西来回一指复道:"在景龙门至天波门的干道两旁,如果再建一些整齐漂亮的小铺,每年的长至节(冬至),迁一批商家入驻,这些商家,不只有卖布、卖米、卖药、卖小杂货的,还得有卖酒、卖饭、卖茶的。甚而,卖艺的也可以来这搞经营,经营到上元节①,各回原地。"

蔡攸高声叫道:"妙,妙哉!"

叫毕,一脸得意之色地看了蔡京一眼。

他在叫妙的时候,蔡京也在叫,只是声音没有他么大。

就因为徽宗那一番话,三个月后,延福宫出现了一批村居野店、酒肆歌楼。

---

① 上元节:每年的正月十五谓之上元节,也叫元宵节。届时,观灯、吃圆子(汤圆)。有张灯三日的,也有张灯五日的。若张灯三日,自正月十三至十六日;若张灯五日,自正月十三至十八日。

此后,每年长至节至上元节之间,百姓可以自由出入新延福宫,也可以"纵博群饮,谓之先赏。"

先赏,即预赏上元节也。

因徽宗那一番话,成就了一个节日。为这个节日的前期投入了二百万贯。

这钱既不算多,又可以通过征收商赋来收回。

最闹心的是那笔借款。

那一笔五千万贯的借款。

还款的日期已经过去半年了,可朝廷并无还款的意思。为讨债,富商大贾使尽了浑身解数,或致书蔡京,或上书徽宗,或直接去三司使和东府讨要;更有甚者,还敲响了登闻鼓①,惹得徽宗很不高兴,召蔡京责之:"卿借款之时,朕曾问卿,借了那么多钱,到期能不能还,卿说不让朕操心。如今……"

他把话顿住,二目直视蔡京。

蔡京伏地叩首说道:"陛下所责甚是,臣今天就榜示天下,让债主们到集英殿,商议还款之事。"

蔡京告退后,徽宗叹道:"五千万贯,可不是一个小数目!朝廷寅吃卯粮,已经不是一年两年了,拿什么去还?这个蔡元长,他再能弄钱,这五千万贯,不是好弄的,唉,真让朕为他担心!"

这话,当天下午便传到了蔡京耳里,他嘿嘿一笑,自语道:"我蔡元长要的就是这个效果。皇上愈为我担心,这事办成了,愈显得我有本事。皇上愈觉得我有本事,就愈离不开我。如此一来……"

他恨声说道:"林灵素呀林灵素,你不要以为自己会装神弄鬼,就可以左右皇上,就可以扳倒我蔡元长,痴心妄想!"

说毕,唤众府吏到堂,连发三令。第一令,命某某某、某某某榜示天下,凡借给朝廷钱的,概于某日上午巳时二刻,到集英殿聚齐,商议还款之事。

第二令,命各官府所存之物品,诸如象牙、香药、生漆、器皿、名家书画、锦布等等,一律送交三司使,由三司使估价、编号。

第三令,命某某某、某某某赶制金匾三百块,上书"助建延福宫功德匾"八字,并署

---

① 登闻鼓:中国帝王于朝堂外悬的一个鼓,有冤者、有急事者可以直接击鼓,刚开始,一闻鼓声,皇帝立即上朝召见击鼓者。再后,成立登闻司(登闻院),由主司者直接受理击鼓者所诉之事。

上大宋同中书门下及年月日。

众府吏领命而去。

到了某日上午巳时二刻,三司使缓步登上集英殿木台,对众债主说道:"去年,为重建延福宫,尔等慷慨解囊,皇上甚为感激,特以同中书门下名义,颁给诸位金匾一个。"

台下有人呼道:"皇上万岁,万万岁!"

待呼声停下来,三司使又道:"近几年,夷狄对我朝虎视眈眈,且不断骚扰我朝边疆,为备夷狄,捍我边疆,花了不少钱,使得朝廷,入不敷出,拿不出现钞来还诸位。但是……"

他目扫台下众人一遍,又道:"朝廷又不想让诸位吃亏,特将府库所藏之宝物,诸如象牙、香药、生漆、器皿、锦布等等,按集市之价,折而还之。"

他朝众债主拱了拱手,又道:"敬请诸位谅之!"

话音刚落,一个五大三粗的汉子(债主)大声喊道:"我不同意!"

三司使笑微微地问:"汝为什么不同意?"

"吾等借给朝廷的是现钱,朝廷却要以物抵之。谁知你那'宝物'是什么货色!而且,是不是物有所值?"

三司使依然笑微微地说道:"朝廷还会骗诸位? 当然是物有所值了!"

他掉头对站在身后的副使说道:"把'宝物'抬上来。"

不一刻儿,几十个装满"宝物"的箱子抬了上来。三司使吩咐副使:"把象牙拿出来。"

副使朝二司吏招了招手,二司吏趋到放在最前边的那个长箱子跟前,把箱子打开,抬出一个六尺多长的象牙。

三司使移目二司吏道:"把象牙举起来。"

二司吏忙将象牙举到头顶上。

三司使笑眯眯地对众债主说道:"诸位都看到了吧? 这是一个猛犸象牙,重七十二斤,长六尺有五。诸位说一说,这样的象牙,一个值多少钱?"

一位黑瘦黑瘦的债主大声回道:"如果真是猛犸象牙的话,值三百贯。"

三司使道:"地道的猛犸象牙,你看这色……哎,你是不是经营过象牙?"

"小民七世为贾,经营的品种之一,就是象牙。"

三司使道:"汝既然经营过象牙,不妨上台看一看,这是不是一个猛犸象牙?"

黑瘦黑瘦的债主大声回道:"好。"

他一边走一边喊:"请让个路,请让个路!"

"请问贵姓?"三司使问。

"免贵,小民姓张,名苗,字麦实。"

三司使笑微微道:"这名字好!哎,本官问汝,猛犸象牙的特征是什么?"

张苗回道:"色是淡黄色的,质地细密,光泽好,硬度高。"

三司使朝象牙一指,又问:"汝看一看这个象牙,符合不符合汝说的这些特征?"

张苗将象牙从根到梢仔细地看了一遍,又摸了一遍回道:"这是一个地道的猛犸象牙。"

三司使复问:"这个象牙值不值三百贯?"

张苗道:"值,值!"

三司使再问:"你猜一猜官府的定价是多少?"

"三百多贯。"

三司使笑问:"三百多多少?"

"恐怕要多出很多呢。"

三司使来了兴趣:"到底多多少?"

"三百五十贯。"

三司使吞儿一声笑了,他面向众债主道:"诸位,这根猛犸象牙……"他朝张苗一指又道:"这位张大员外的估价是三百五十贯。请诸位估一估,这个猛犸象牙价值几何?"

这一问,台下热闹了。有说三百贯的,也有说三百一十、三百二十、三百三十及三百四十贯的。唯有那个高叫反对的五大三粗的富商说,顶多值二百贯。

三司使掉头对副使说道:"刘大人,你给诸位说一说,这个猛犸象牙,咱们定的多少价?"

刘副使咳了两声,清了清嗓子,大声说道:"诸位,这个猛犸象牙,官府的定价是一百九十二贯。"

台下发出一片"啊"声之后,三司使复又说道:"诸位,本官再让诸位看一样东西。"

他朝刘副使努了努嘴,刘副使亲自将第二口箱子打开,从中取出一个玉观音,双手递给三司使。

三司使将玉观音高举过顶问道:"诸位说一说,这是什么玉做的?"

二十一　瑞禽迎圣驾

三司使上前,将黄绸子揭开,却原是一件玉器。那玉器上的哪吒,身穿红肚兜,手持火尖枪……

蔡攸问蔡京:"皇上见了儵弟,只是那么打量一番,便要把茂德帝姬,下嫁儵弟,是何原因?"

高俅道:"蔡京之所以独领风骚,不就因为他会拍皇上马屁吗?他会拍,咱来一个比他更会拍。"

一着白衣、戴儒帽的年轻人抢先回道:"独山玉。"

三司使道:"汝说得对,就是独山玉。独山玉乃中国四大名玉之一,产于邓州南阳县之独山,又称独玉,或南阳玉,它的颜色有红色、绿色、白色、紫色和黄色,其硬度可以和翡翠媲美,故又称之为南阳翡翠。诸位说一说这一个玉观音,价值几许?"

白衣人大声回道:"这不好说。"

三司使问:"为什么?"

"同是独玉,品质好坏,价钱不一。就大人手中这个玉观音来说,如果原石的品质好,实实在在的上等独玉石,少说也值一百贯,若是最次的那种独玉石,其价值不如一筐鸡蛋。不看它的品质和做工,这价值就很难说。"

三司使道:"那就请汝上来,看一看本官手中这个玉观音的石质和做工吧。"

白衣人双手拨开众债主,登上木台。

三司使问:"汝贵姓?"

"免贵,姓黄,名羽,字双玉。"

三司使道了一声好名字,将玉观音递给黄羽说道:"小员外,你看这个玉观音的石质怎么样?"

二十一　瑞禽迎圣驾

黄羽将玉观音看了又看,又上下掂了几掂回道:"非上等。"

三司使问:"何以见得?"

黄羽指着玉观音说道:"独玉的上品,玉质细腻圆润,而小民手中这个玉观音的玉质,不够细腻圆润。它的光泽和硬度也不如翡翠。还有,它有点轻。"

三司使道:"你说这个玉观音的石质不够细腻圆润,本官倒也同意。你说它的光泽和硬度不如翡翠,本官也有同感。你说它有点轻,它是和什么东西比,有点轻?"

黄羽回道:"和同类的玉相比,有点轻。"

三司使又问:"何以见得?"

黄羽目扫台下众人道:"哪位同仁戴的是玉观音?"

台下轰然应道:"在下戴的是玉观音。"

听声音,有一百多人。

何以这么多人戴玉观音?

观音可以救苦救难,可以赐福。故而,带玉观音的人很多。特别是男人,古有"男戴观音女戴佛"之说。

黄羽扭头对三司使说道:"可否再找几个人,登台一见。"

三司使道:"可。"

黄羽朝台下指了六指道:"你,你,你……你们六人,请登台。"

被他指到的六个人,相继登上木台。

黄羽对第一个登台的同仁说道:"请把您项上的玉观音请下来,让小弟一观。"

那人点了点头,将项上的玉观音取下来,双手递给黄羽。

黄羽扫了一眼,又掂了掂道:"容小弟直言,您这个玉观音,还不如小弟手中这一个。"

说毕,又走向第二个登台的同仁,说了一句同样的话:"请把您项上的玉观音请下来,让小弟一观。"

观后,他将头摇了一摇:"容小弟直言,您这个玉观音,也不如小弟手中这个。"

他继续走下去,看下去,待看到第六个同仁的玉观音,这才啧啧赞道:"仁兄这个玉观音,不只料子好,做工也好,乃玉观音中的极品。"

三司使忙趋了过来:"让本官也欣赏欣赏。"

黄羽忙将第六位同仁的玉观音双手递了过去。

乍一看,这个玉观音和官府那个玉观音,不只大小,连颜色也差不多。仔细一看,就看出了差距,三司使叹道:"这个玉观音,无论是成色,还是做工,都比官府这个强!"

三司使将手中的玉观音掂了掂,又将官府的那个玉观音掂了掂,道:"就重量来讲,也比官府的这个重,确实是玉观音中的极品!"

他移目黄羽,将商人的那个玉观音举了一举道:"你估一估,这个玉观音价值几许?"

黄羽道:"三百贯。"

三司使又问:"官府这个呢?"

黄羽道:"二百五十贯。"

三司使移目刘副使问:"咱定什么价?"

刘副使回道:"一百贯。"

黄羽"啊"了一声道:"这可不多呀!喂,三司使大人,你箱子中装的是不是全是玉观音?"

三司使道:"全是。"

黄羽又问:"都是这样的成色,这样的做工?"

三司使道:"全是。"

黄羽叹道:"早知官府有这么多好东西,小民何必还要往南阳跑!"

三司使道:"本官这里好东西还多着呢,要不要打开看一看?"

黄羽道:"那,那太让小民饱眼福了!"

三司使移目刘副使道:"把装玉器的箱子全部打开。"

黄羽从打开的箱子里抓了一个玉把件道:"这是地道的和田玉。请问,这个玉把件官府作价几许?"

刘副使抢先回道:"一百贯。"

黄羽道:"不多,不多。"

他又从另一口箱子里抓了一只翡翠玉镯道:"这是地道的翡翠,还是上品翡翠。这一只,官府作价几许?"

刘副使又回道:"一百八十贯。"

黄羽又道了一声:"不多,还有别的玉器吗?"

刘副使道:"有。"

他移目司吏道:"把那个'哪吒闹海'拿出来。"

司吏从一口箱子里拿出一个裹着黄绸子的东西,捧到胸前,三司使上前,将黄绸子揭去,却原是一件高一尺、宽一尺五的玉器,那玉器上的哪吒,身穿红肚兜、手持火尖枪、脚踏风火轮,大闹龙宫。那水看上去波涛汹涌;那人、那龙、那鱼鳖虾蟹,栩栩如生。

黄羽脱口赞道:"好一个'哪吒闹海'!"

他将"哪吒闹海"看了又看,摸了又摸道:"这料子还是上等独玉呢!"

三司使笑微微地问道:"这一件玉器,汝给估多少?"

黄羽伸了两个指头。

"二百贯?"

黄羽道:"不,是两千贯。"

三司使笑问刘副使:"咱定多少?"

刘副使回道:"一千二百贯。"

黄羽轻叹一声,话锋一转又问:"还有比这件'哪吒闹海'好的玉器没有?"

三司使道:"有。"

"能不能再让黄某人饱一饱眼福?"

三司使道:"可以!"

刘副使又让司吏拿出来九件玉器,第一件是"福禄寿三星",第二件是"蟠桃会",第三件是"嫦娥奔月"……一件比一件好。

展示过玉器,又展示古物,也是九件。第一件是青铜酒壶,乃夏代之物,定价一千贯;第二件是越王剑,定价两千贯;第三件是一套酒樽酒壶,乃宋太祖"杯酒释兵权"时所用,定价三千贯……

展示过古物之后,又展示书法绘画。书法作品十二幅:徽宗三幅,蔡京、蔡襄、米芾各两幅,王诜、赵令穰、蔡卞各一幅。徽宗每一幅的书法定价二千贯;蔡京、蔡襄的定价一千五百贯;余之,每一幅的定价是一千三百贯。绘画作品也是十二幅,徽宗独占六幅。第一幅《五色鹦鹉图》,第二幅《瑞鹤图》,第三幅《听琴图》,第四幅《蜡梅双禽图》,第五幅《溪山秋色图》,第六幅《双禽图》,定价皆为两千贯。

余之六幅,也都出自名家之手,每一幅定价都在一千贯以上。第一幅《千里江山图》(作者王希孟),第二幅《清明上河图》(作者张泽端),第三幅《苏武牧羊假寐》(作者战德淳),第四幅《百猿图》(作者刘盖),第五幅《竹锁桥边卖酒家》,第六幅《踏花归去马蹄香》。后两幅的作者虽然不知名字,但是,都是徽宗亲自主持的画科考试中的状元。

展示过书画作品,又展示香药、生漆、器皿、锦布等等。

每展示一样"宝物",必有一"债主"上台配合。这双簧一直"演"到午正一刻,方才结束。

午宴相当丰盛。

午宴后,债主们拿着盖着中书门下大印的契约,排队到三司使领取"宝物"。徽宗为之头疼的五千万贯借款,蔡京用了不到一天时间便解决了。

徽宗由衷赞道:"真是一个理财的能臣!"

他不只口赞,笔也赞,书了"理财能臣"四个大字,做成匾,赐给蔡京。

依制,蔡京须进宫谢恩。

依制,是蔡京一人去谢恩。可他不只带上了长子蔡攸,还带上了五子蔡絛。蔡攸乃朝廷大臣,而且,和徽宗的关系非同一般,带上他也算说得过去。蔡絛是一个十七八岁的娃娃,蔡京带他却让人有些不解了。

狡猾奸诈如蔡京者,每走一步棋,都不会白走。

蔡絛在蔡京的八个儿子中,是长得最帅,也最有才的一个。

最有才的标志,是他凭自己的本事,考上了进士。他的四个哥哥、三个弟弟虽然也是进士,但他们的进士全是徽宗赐的。

正因为蔡絛长得帅,还是自考的进士,蔡京特别喜欢他,也在他身上寄予厚望。当他听到徽宗正为四女儿茂德帝姬①赵福金择婿的消息,立马蹦出这样一个念头——我要和皇上做亲家,我一定要和皇上做亲家!

为了能和皇上做亲家,蔡京央郑居中保媒。三日后,郑居中反馈说:"茂德帝姬在二十几个帝姬中,长得最好,蔡絛配不上。"

蔡京问:"这是皇后的意思,还是皇上的意思?"

郑居中回曰:"是皇上的意思。"

蔡京大言不惭道:"就才来说,臣子蔡絛乃进士出身;就貌来说,臣不敢说他貌若潘安,但也算一个美男子,配茂德帝姬也不算十分勉强。"

郑居中二次进宫,把蔡京的话告之郑皇后,郑皇后又告知徽宗。徽宗吞儿一声笑了。

郑皇后问:"官家因何而笑?"

徽宗笑嘻嘻地回道:"朕笑蔡京。"

---

① 茂德帝姬:即公主。宋徽宗觉得公主称号不吉利,从第二个女儿赵福金始,改称公主为帝姬。

郑皇后问："您笑他什么？"

"笑他自夸，居然说蔡儵是一个美男子。这话正应了一句古谚——人人都说己娃好，黄鼠狼不嫌它娃骚！"

"您是不是觉得蔡儵长得不好？"

徽宗轻轻颔首。

"您见过蔡儵？"

徽宗摇了摇头。

郑皇后复问："您凭什么认定蔡儵长相不行？"

徽宗道："就蔡京、蔡攸父子俩那个长相，蔡儵的模样也不会好到哪里去！"

郑皇后道："蔡京长得并不算差呀。"

徽宗道："还不差呢！你看他那长相：塌鼻子、木瓜脸、白眼珠多、黑眼珠少，双眼还能仰视太阳。蔡攸的模样还不如蔡京呢！"

郑居中把徽宗和皇后的对话反馈给蔡京后，蔡京并不气馁，连道："谢谢您，谢谢您，帮我找到了病根。"既然找到了病根，下一步就是对症下药了。

怎样下药？

进宫谢恩的时候，把蔡儵带上。

徽宗不认识蔡儵，指着蔡儵问蔡京："此小官人，何许人也？"

蔡京回道："犬子儵。"

徽宗"啊"了一声，盯着蔡儵看了又看，只见他身高九尺、天庭饱满、地阁方圆、面如敷粉、唇若抹朱、目似朗星，越看越爱，脱口说道："真朕婿也！"

蔡京喝道："儵儿，还不快快跪下，拜谢泰山大人！"

这一拜，蔡京和徽宗成了名副其实的亲家。

一出崇政殿，蔡攸便竖起大拇指赞道："爹，您真行！"

蔡京笑问道："爹行在哪儿？"

蔡攸道："您进宫谢恩，依制，只能您一人去，可您却带上孩儿和五弟，孩儿当时就想，您这是怎么了？几次想问，张了张嘴又合住了。为啥又合住了，孩儿知道爹老谋深算，爹既然带上孩儿和五弟，就有带的道理。原来您是想让五弟做皇上的乘龙快婿哩！"

蔡京点了点头回道："攸儿说得对。"

蔡攸道："孩儿尚有一问。"

蔡京道:"讲。"

蔡攸道:"皇上见了儵弟,只是那么打量一番,便要把茂德帝姬下嫁给儵弟,是何原因?"

蔡京道:"一个月前,老父为你儵弟向皇上求婚,皇上没有答应。"

蔡攸问:"今天,皇上为什么答应了?"

蔡京道:"皇上没有答应的原因,怕你儵弟长得丑。"

蔡攸恍然大悟道:"您这是要皇上面相儵弟吗?"

蔡京将头点了一点。

蔡攸道:"您既然想让皇上面相儵弟,只需带上他就可以了,为什么也要孩儿来?"

蔡京道:"只带你儵弟一人,目的有点过于明显,怕皇上不高兴。"

蔡攸又问:"既然这样,您就该让二弟、三弟、四弟他们也来呀?"

蔡京道:"你也知道,依制,进宫谢恩,只能老爹一人去谢,带上你和你五弟,已经有违朝制了,岂能再带你那三个弟弟?"

蔡攸复问:"为什么不能带我那三个弟弟,如果嫌人多的话,可从他们之中择一个带上,也好叫他们在皇上面前露露脸。"

"不行,只能带你。"

蔡攸问:"为什么?"

蔡京道:"原因有二。"

蔡攸道:"哪二?"

"第一,皇上喜欢你,带上你他不会反感。第二,老父的相貌差。你呢,也不比老父强到哪里,老父让你来,是想让你做一个绿叶呢。"

蔡攸肚中骂道:"这个老东西,居然让我反衬老五,实在可恶!"口中却道:"为了五弟,爹可谓费尽了心机!"

蔡京叹道:"做爹做娘的都是这样。为了儿女,莫说操心劳神,连命都可以舍去!"

沉默。

在沉默中继续前行。

蔡攸道:"爹,孩儿还有一问……"

蔡京道:"你问吧。"

"为还建延福宫的债,您那一天只展示了皇上的九幅字画,可孩儿听人说,债主们得到的可不只九幅呀!"

蔡京道:"是五十幅。"

蔡攸又问:"这些字画,大部分都是赝品吧?"

"全是赝品。"

蔡攸道:"如此说来,那些古物,也是赝品吧?"

蔡京将头点了一点。

"那些玉器呢,恐怕也不是上等料子所做?"

蔡京又将头点了一点。

蔡攸一脸担心道:"您眼下将债主忽悠住了,但忽悠不了一生。他们一旦发现上当受骗,岂不要找官府闹?"

蔡京道:"刀把子掌握在官府手里。他们若是闹,咱就抓人,必要时也可以杀一儆百!"

"这些歪点子,爹是怎么想出来的?"

蔡京道:"逼的。"

略顿又道:"俚语说得好,'人受憋堵武气高',你以后若是做了宰相,你的歪点子恐怕比爹还多!"

蔡攸笑道:"谢谢爹爹夸奖!"

这一天晚上,汴京城至少有两家在喝酒。一家是蔡京,一家是高俅。

蔡京是家宴,高俅是宴客。

高俅宴请的是"隐相"梁师成,由花枝招展的四个小妾作陪。

梁师成虽然失去了采花的功能,但他照样爱花,府中的五个妻妾,俱是汴京城的美女。

酒至半酣,高俅突然长叹了一声。

梁师成忙问:"都直使①因何而叹?"

高俅回曰:"您是苏大学士(苏东坡)之子,小弟和林灵素是苏大学士的心腹。苏大学士因蔡京之害,列为元祐党人,其子弟被禁锢终生。不把蔡京扳倒,苏大学士一家永无翻身之日。林灵素曾夸下海口,凭他一人之力,就能扳倒蔡京。而今,蔡京不仅没扳倒,还成了皇上亲家,看来,靠他不行。"

梁师成问:"那得靠谁?"

---

① 都直使:全称为都直指使。初置于后周,掌殿前诸班。

"靠您?"

梁师成指着自己的鼻子问:"靠咱家?"

高俅道:"对!"

梁师成道:"蔡京又没招惹咱家,咱家也不想招惹他。"

高俅道:"可他招惹了令尊(苏轼)大人。"

"这……"

高俅道:"蔡京即使没有招惹令尊大人,咱也应该扳倒他。"

"为什么?"梁师成问。

高俅道:"自您掌了御笔,谁不敬您? 如今,蔡京不只是宰相,还和皇上结为亲家,俗言不俗,'一山难容二虎',他能容得下您吗? 况且,百官的任命和罢黜,这权本就在东府!"

梁师成默想良久回道:"蔡京既是宰相,又是皇上亲家,想要扳倒他,不是一件容易事!"

高俅道:"小弟的意思,能扳倒蔡京更好,若是扳不倒他,也不能让他独领风骚!"

梁师成道:"说下去。"

高俅道:"蔡京之所以独领风骚,还不是因为他会拍皇上的马屁吗?"

梁师成将头点了一点。

高俅道:"他会拍,咱来一个比他还会拍,他不就完了吗?"

梁师成问:"咱怎么拍?"

高俅道:"前不久,小弟陪皇上游上清宝箓宫,皇上指着东边说道,'那里若是有一座山才好呢!'大官若是向皇上建言,在上清宝箓宫东边筑一座山,皇上一定会高兴。"

梁师成道:"谢谢贤弟提醒。"

翌日,梁师成便对徽宗说道:"陛下,自真宗皇帝始,历代皇帝乏嗣。而您,自听从了'葆真观妙先生'(刘混康封号)之言,增高汴京城东北地势之后,连生龙子。如果能在上清宝箓宫东边再筑一座山,岂不更好!"

徽宗道:"此言正合朕意,但在平地筑山,会招来一些闲言碎语。"

梁师成道:"那咱就筑一个岳吧。"

徽宗笑道:"岳就是山呀,还是高大的山!"

梁师成笑嘻嘻地说道:"正因为岳有高大的意思,咱就筑一个岳。且是,叫岳又避开了山,一举两得。"

二十一 瑞禽迎圣驾

徽宗想了想道:"你说的有道理,但'岳'有很多,为了和其他'岳'有所区别,咱可在'岳'前加一个'艮'字,叫'艮岳'。"

"为什么要在'岳'前加一'艮'字?"梁师成问。

徽宗回道:"艮也是山呀!"

梁师成道:"臣只知道,'艮,东北之卦也。'"

徽宗道:"艮确有指东北之意,但艮也指山,《易·说卦》曰,艮乃八卦之一,卦形为☶,象征山……"

梁师成噢了一声道:"陛下如此饱学,无人可及。"

于是,筑艮岳的事,便定了下来。

钱呢?

自然由蔡京来筹。

蔡京初闻要筑艮岳的消息,很不高兴。一来,这样大的事情,没有和他商量。二来,朝廷确实没钱。他正要上书徽宗,反对筑艮岳,因蔡攸一番话,他不再上书。

蔡攸说了一番什么呢?

"爹,这事是皇上钦定,您不同意筑,那就是反对皇上,这是其一。其二,皇上赐您金匾,称您为'理财能臣'。筑艮岳该花多少钱?五千万贯足矣!您如果因为筹不到五千万贯钱反对皇上筑建艮岳,您还是一个'理财能臣'吗?"

蔡京无话可说。

既然无话可说,那只有支持了。

由于蔡京的支持,历时六年,比花园还要漂亮的艮岳建成了。因艮岳上有一峰叫万寿峰,故而,艮岳又叫万寿山。

这个艮岳,广十余里,峰高九十步,最高点还建了两个亭。以亭把山分为两片,即东、西二岭。二岭尽是看不完的台榭宫室,说不尽的靡丽纷华。徽宗越看越高兴,亲自作《艮岳记》,以记其盛。记曰:

……累土积石,设洞庭、湖口、丝溪、仇池之深渊,与泗滨、林虑、灵璧、芙蓉之诸山。最瑰奇特异瑶琨之石,即姑苏、武林、明越之壤,荆、楚、江、湘、南粤之野。移枇杷橙柚橘柑椰栝荔枝之木、金娥玉羞虎耳凤尾素馨渠那茉莉含笑之草,不以土地之殊,风气之异,悉生成长于雕阑曲槛,而穿石出罅,冈连阜属,东西相望,前后相续。左山而右水,沿溪而傍陇,连绵而弥满,吞山怀谷,其东则高峰峙立,其下植梅以万数,绿萼承趺,芬芳馥郁,结构山根,号绿萼华堂。又旁有承岚昆云之亭,有屋内方外圆如半月,是名书馆。又有八仙馆,屋圆如规。又有紫石之岩,祈真之磴,揽秀之轩,龙吟之堂。

其南则寿山嵯峨,两峰并峙,列嶂如屏。瀑布下入雁池,池水清泚涟漪,凫雁浮泳水面,栖息石间,不可胜计。其上亭曰噰噰,北直绛霄楼,峰峦崛起,千叠万复,不知其几十里,而方广兼数十里。

其西则参术杞菊,黄精芎藭,被山弥坞,中号药寮。又禾麻菽麦,黍豆粳秋,筑室若农家,故名西庄。上有亭曰巢云,高出峰岫,下视群岭,若在掌上。自南徂北,行冈脊两石间,绵亘数里,与东山相望,水出石口,喷薄飞注如兽面,名之曰白龙渊,濯龙峡,蟠秀练光,跨云亭,罗汉岩。又西半山间楼曰倚翠,青松蔽密,布于前后,号万松岭。上下设两关,出关下平地,有大方沼,中有两洲,东为芦渚亭曰浮阳,西为梅渚亭曰云浪。沼水西流为凤池,东出为研池,中分二馆,东曰流碧,西曰环山……真天造地设,人谋鬼化,非人力所能为者,此举其梗概焉。

不用登艮岳,单单看了此记,已经知道这个艮岳,多么地巧夺天工,花费之巨!可蔡京一伙还以为禁苑中的珍禽不能迎迓圣驾是一大缺陷。有薛翁者,素以调驯飞禽为业,自荐担当此任。他用大盆贮肉糜饭食,仿禽叫声以招引其类,众鸟闻声而至,饱餐而去。月余之后,鸟类不待呼叫,便自动从各处飞来,久而久之,更不畏人,立于薛翁鞭扇间,挥之不去,薛翁命名此处为"来仪所"。

一日,徽宗驾幸万寿山,薛翁早早地站在来仪所门外迎候,见徽宗车驾将到,回头学了几声禽鸣,返身跪倒在地,口称:"万寿山瑞禽恭迎圣驾!"

话音刚落,天空中立即飞来数万只鸟,围着圣驾鸣个不停。

二十二　花石猛于虎

三个月后,一个耗资两千五百贯的藏经楼拔地而起。

奉应局的人,一旦发现某家有个好东西,便破门而入,在该东西上盖一块黄帛,这个东西便成了贡品。

十八新娘八十郎,苍苍白发对红妆,鸳鸯被里成双夜,一树梨花压海棠。

梁师成因高俅一言,忽悠徽宗筑艮岳,原本是献媚徽宗,分蔡京之宠。一因蔡京筹钱有功;二因蔡京为筑艮岳,出了不少新鲜点子,蔡京更为徽宗所宠。

艮岳好建,但建一个什么样的艮岳,众说纷纭。以徽宗的艺术品位,肯定想建一个有品位的艮岳。但是,他自出生那一天起,基本没出过汴京城,视野有限。

梁师成呢?原是一个乡村娃,因善于投机钻营,被赐为进士出身,天天围着徽宗转,他的视野也不比徽宗好到哪里。

蔡京呢?既出自官宦世家,又是三朝(神宗、哲宗、徽宗)老臣。从钱塘县尉做起,一步一步地走上宰相高位。其间,三落三起。故而,他的视野比徽宗和梁师成要开阔得多。

正因为蔡京视野开阔,一张口,便抓住了徽宗的心。

"陛下,臣以为,应当把艮岳建成一个花园。"

徽宗忙将头点了一点:"卿言正合朕意!"

蔡京又道:"南方与北方相比,不只水多,而且美丽富饶,遍地都是奇花异石,素有江南园林甲天下之说。但是,陛下一直未曾驾幸过。臣以为,应当把艮岳建成一个江南式的园林,这样,陛下足不出汴京城,就可领略到江南风光。"

徽宗又将头点了一点道:"此建言甚好!"

蔡京复道:"陛下如果同意把艮岳建成一个江南式的园林,臣就给您荐一个这方面的人才,让他来协助梁中书。"

徽宗道:"卿所荐者何?"

"朱冲。"

"他是干什么的?"徽宗问。

蔡京回道:"他是江南的一个富商,经营药材,富而有仁,寒天舍衣,饥年舍饭,对鳏寡孤独之人,助以钱粮。"

徽宗笑道:"朕需要的不是富人,也不是善人,而是一个懂园林的人。"

蔡京道:"朱冲虽然是一个商人,但他懂园林,且善于堆山造园,人送绰号'山园子'。他的儿子朱勔,也懂园林。而且,还著了一本叫《江南园林》的书。"

徽宗道:"既然朱冲父子懂园林,朕这就遣使去江南召之。"

蔡京道:"朱冲父子,已经到了汴京。"

徽宗道:"这太好了。"

蔡京道:"孔圣人曰:'名不正,则言不顺;言不顺,则事不成。'陛下既然要朱冲父子协助梁中书建艮岳,就该给他父子一个名分才是。"

徽宗想了一想道:"那就授朱冲为工部司郎中①、朱勔为虞部司员外郎②。"

蔡京高呼道:"陛下万岁!"

一出崇政殿,梁师成便问蔡京:"您在皇上面前力荐朱冲,那朱冲真行吗?"

蔡京道:"真行。"

梁师成嘻嘻一笑道:"不是他行,是他这个了吧?"一边说,一边伸出右手的拇指和食指,做捻交子的动作。

蔡京指天发誓道:"你想到哪里去了!我蔡元长若是使了朱冲父子一文钱,让我蔡元长出门遭雷击!"

梁师成嘿嘿一笑道:"开个玩笑,赌什么咒呀?"

蔡京确实使了朱冲的钱,但这笔钱他并未装入腰包。

蔡京认识朱冲,是在苏州。

建中靖国元年(1101年),蔡京遭贬杭州,因无事可做,便到处闲逛。

---

① 工部司郎中:阶官名、职事官名。简称工部郎中。始置于唐。宋前期无职事,为文臣迁转寄禄官阶。元丰改制后,为职事官,归本司为一司之长,秩从六品。

② 虞部司员外郎:阶官名、职事官名。简称虞部员外郎。宋前期无职事,为文臣迁转寄禄官阶。元丰改制后归本司为副司长,秩正七品。

逛着逛着逛到了苏州,在一座寺院里住了下来。某一日,与主持闲聊,突发奇想:"长老,老夫想做一件'功德'之事,您觉着做什么好?"

长老双手合十道:"阿弥陀佛,现就有一件'功德'之事,等着您来做。"

"什么事?"

长老回道:"半年前,天竺①高僧给敝寺捐献十几箱佛经,没地方安放。您若能给敝寺建一座藏经楼,功德无量。"

蔡京问:"建一座藏经楼大概多少钱?"

长老道:"那要看您建一个什么样的藏经楼?"

"当然是好的了。"

长老道:"得两千多贯。"

蔡京叹道:"您也知道,老夫乃一遭贬之人,俸禄少得可怜,莫说两千多贯,就是两百多贯也拿不出来。唉,这才叫'心有余,而力不足'。"

长老道:"相爷如果想建藏经楼,钱不是问题。"

蔡京道:"莫说两千多贯,一文钱也会难倒英雄汉,您咋说钱不是问题?"

长老道:"当地有一个叫朱冲的富商,既乐善好施,又喜欢结交权贵,您只要给他张口,出个两三千贯,对他来说,小菜一碟。"

蔡京道:"真的吗?"

长老再一次双手合十道:"阿弥陀佛,出家人不打诳语。"

蔡京道:"既有这样一个人,老夫今天就去拜访他。"

长老道:"您虽然遭贬,毕竟做过当朝一品宰相,他朱冲算什么?富商一个,您去拜访他,他不配!"

蔡京苦笑一声道:"俚语云:'落地的凤凰不如鸡。'况且,咱还有事求他。"

长老道:"您不要自贬。俚语又曰:'虎老雄风在,山空霸气存。'您不只是一个宰相,您还是一个大书法家。苏东坡最大官做到礼部尚书,比您的官职差远了。只因他的词写得好,字也写得好,他尽管数次遭贬。不,还不只遭贬,是编管。可不管他走到哪里,都会有人迎接他、宴请他。您的字写得并不比苏东坡差。谈到书法,必要谈到您,以及米芾和黄庭坚。'苏、米、黄、蔡'中的蔡,指的就是您呀!他朱冲能见到您,能为您做点事,是他三生有幸!"

---

① 天竺:古代中国及其东亚国家对当今印度和印度次大陆国家的统称。天竺又名身毒、信德、西天。

蔡京哈哈大笑道:"长老真会说话。老夫听长老的,您让老夫怎么着,老夫就怎么着。"

长老道:"老衲让您稳坐寺中,老衲这就遣一小僧,把朱冲找来。"

正如长老所料,朱冲听说蔡京要见他,跑得比兔子还快。对于建藏经楼的事,满口答应。

三个月后,一个耗资两千五百贯的藏经楼,拔地而起。

两千五百贯钱,可不是一个小数目。宋人,一般人一年的生活费也就是三千二百文。两千五百贯,够八百人吃一年。朱冲不心疼,他儿子朱勔心疼,当面质问朱冲:"爹,您脑瓜是不是出了问题?"

朱冲笑着反问道:"出了什么问题?"

朱勔道:"一个遭贬宰相的一句话,让咱家损失了这么多钱,值吗?"

朱冲笑微微回道:"咱先别说值不值。咱说一个人,一个叫吕不韦的古人。这个人你听说过吗?"

朱勔回道:"听说过。"

"他是哪国人?"

朱勔回道:"韩国阳翟(今河南省禹州市)人。"

"他是韩国人,怎么跑到秦国做了宰相?"

朱勔将头摇了一摇。

朱冲又问:"这个人在做秦国宰相之前是干啥的?"

朱勔又将头摇了一摇。

朱冲不慌不忙地说道:"你既然不知道,我就讲给你听。吕不韦是一个做生意的,往来各国之间,贩贱卖贵,家累千金。某一日,来到赵国邯郸,偶遇异人,见他有贵介之气,问之路人:'此何人也?'路人回曰:'此乃秦王太子安国君之子,名叫异人,质于吾国,因秦兵屡次犯境,我王几欲杀之。今虽免死,拘留丛台(又名灵武丛台,乃战国赵武灵王所建,是赵武灵王检阅军队和歌舞之地),资不给用,无异穷人。'不韦叹曰:'此奇货,可居也。'此后,他想方设法接触异人,不仅赠之美妾,又出资为他打通安国君宠妃华阳夫人关节,异人得以归国,遂王,史称秦庄襄王。吕不韦因秦庄襄王而贵,为秦相。"

朱勔笑问道:"爹的意思,蔡京也是一个奇货?"

朱冲领首回道:"是的。"

朱勔又问:"在您看来,蔡京还能复相?"

朱冲将头点了一点。

朱勔复问:"何以见得?"

朱冲问:"你知道王安石不?"

"知道。"

朱冲又问:"司马光呢?"

"知道。"

朱冲道:"王安石和司马光形同水火,王安石为相,重用蔡京,司马光为相,亦重用蔡京,这是为何?"

"不知道。"

朱冲道:"这是因为蔡京有才。他不只有才,还会来事。哎,章惇你知道不?"

"知道。"

朱冲道:"章惇高傲自负。他高傲自负到什么程度呢?嘉祐二年(1057年),与堂侄章衡一道进京参加科举考试,中了个进士及第,而章衡高中状元。章衡虽然是其堂侄,但年长章惇十岁。章惇耻于章衡之下,拒不受敕。嘉祐五年(1060年),再度参加科举考试,名列第一甲第五名。如此一个人,居然对当今右相曾布说:'你我的心机,俱在蔡元长之下。'"

略顿,朱冲又道:"老父听说,蔡京遭贬,并非出自皇上本意。老父还听说,朝中不少大臣,向皇上建言,要蔡京重返朝堂。依老父看来,蔡京的复出,只是早晚问题。"

朱勔道:"您这一说,孩儿知道该怎么做了。"

"该怎么做?"

朱勔道:"咱父子俩就以吕不韦为楷模。"

朱冲点头夸道:"真吾儿也。"

朱勔又道:"孩儿这就去选两个美女,送给蔡京。"

"好!"

朱勔复道:"一个月再给蔡京二百贯零花钱。"

"好,很好!真是青出于蓝而胜于蓝!"

朱冲虽然懂园林,也会堆山造园。但他造的是一个什么园呢?是一个占地不足三亩的园。艮岳呢?广袤十余里,这样的工程,非有大手笔者不可为。

偏偏朝中,就有这么一个大手笔——李诫。有李诫在,设计的事,根本不用朱冲父子插手,朱冲父子要做的,只需回江南搜集奇花异石,多多益善。而这,只是蔡京向徽宗荐朱冲父子的一个原因。

第二个原因，也是至为重要的一个原因——在梁师成身边，揳上两颗钉子。

揳一颗不行吗？

不行！

为什么不行？

如果只揳一颗钉子，这颗钉子若去江南采办奇花异石，就不再是钉子了。

所以，必须揳两颗。

这两颗钉子，还必须有一颗揳在汴京不动，不如此，监视梁师成就是一句空话。

这两颗钉子，谁在汴京？谁去江南？

朱冲的意思，他留汴京。他留汴京的好处，他比儿子年长，长年闯荡江湖，不至于被梁师成左右或蒙蔽。

蔡京连道两声好。

朱勔也说好。

说好的原因，他年轻，喜欢跑。

他这一跑，宋朝人开始倒大霉了。

要采办奇花异石，首先得支钱。因事涉皇帝，支多少，朱勔说了算。

钱到手后，朱勔坐船来到湖广，物色到了一块太湖石。此石还是从太湖湖底下弄出来的。它不只神奇，还超级肥大。肥大到什么程度？一百个人拉起手环绕，抱不过来，没有能装得下它的船。没有可以造嘛，于是，便造了一艘大肚子巨船。千难万难把它运到汴京，进不了城门。

拆！

徽宗见了这块奇石，既不问买这个太湖石花了多少钱，也不问这么大石头是怎么运来的，只知道乐。

他一乐，便开始封官。封太湖石的官——"盘古侯"。

古时，把"侯"看得很重。文官的极限做到宰相，武将的极限是封侯。故有"文封丞相，武封侯"之说。一个石头，居然受封为侯，这是一个奇闻，开天辟地的一个奇闻。

封过石头之后，开始奖赏有关人员，包括装卸人员在内，一人一个金碗。

朱勔趁着徽宗高兴，建言曰："陛下，江南的东西太多，臣一人忙不过来，倒不如把江南的奉应局复了吧！"

徽宗忙道了一声好。

奉应局的头头脑脑,加之帮闲,有二百多人,朱勔还嫌少,奏请徽宗又增加了二百人。四百多人,天天围着朱勔屁股转,一旦发现某家有一个好东西,便破门而入,在该东西上盖一块黄帛,这个东西便成了贡品,这事已经够气人了。但这个气,仅仅是开始。

某一物品,一旦被定为贡品,主人就得加以保护,一直保护到选定的贡品达到一定数量,一起运走,这才算完。若是未曾起运,这个物件丢了,抑或有所损坏,主人就得受罚,轻者,罚钱;重者,坐牢。

运送贡品,本来有专用车船,由于朱勔搜集的东西太多,车船不够用。

这事难不住朱勔。

《诗经》曰:"普天之下,莫非王土;率土之滨,莫非王臣。"普天之下的土地和人都是皇帝的,车船岂能不是?!

既然车船都是皇帝的,那么,我为皇上干事,用一用你的车船,有甚不可!

于是,上万辆车、船,被无偿征用。

于是,令人恐怖的一个词出现了——"花石纲"。

何为花石纲?

先说"纲",纲是一个运输单位,唐已有之。比如说运马,五十匹马为一纲;运米,一万石为一纲。运马的为马纲,运米的为米纲。依次类推,运金的叫金纲,运银的叫银纲,运茶的叫茶纲。

再说"花石",花石,顾名思义,就是奇花异石。

这样一解释,恐怕连傻子也知道啥叫花石纲了。

花石纲!

——运送花石的纲!

为运花石,不只造巨船,拆城门,连祖坟也可以挖。

挖祖坟是古之大忌,西汉,挖人祖坟诛九族。此后,虽说不再诛九族,但也是死罪。

江南惠山一带,有一棵柏树,长得非常奇特,堪称一绝,被奉应局的人裹上了黄帛。

一裹上黄帛,就是贡品。树主人恳求奉应局的人:"大人,这棵树长在俺家坟地里,想起走它,就得动小民的祖坟,请您高抬贵手,放过小民祖宗吧。"

奉应局的人不但不听,还以保护这棵树的根须完整为名,连整个坟地都要挖。树主人当然不同意,双方发生了口角,被奉应局的人活活打死,两个儿子因为帮爹爹说了几句话,也被充军岭南。

这还不算惨。

243

华亭(今上海市松江县)悟空禅师塔前有一株唐朝桧树,长得非常宏伟奇特,被奉应局的人看上了,也在它身上裹了一个黄帛。但要把它运到汴京,还得造巨船。巨船造好后,怎么走倒成了问题。

走内路(河),要经过无数桥梁。连汴京的城门都可以拆,桥梁当然也可以拆了。但是,从华亭到汴京,得拆多少桥梁呀?

有人提出走海路,既比走内路近,又不用拆桥梁。

于是,便走了海路。某一天,海上风浪大作,巨大的树冠和帆缠在一起,树倒船翻,死了一百多人。

为运奇花异石,从江南到汴京的旱路、水路,车连着车,船连着船。

不说赶车的、驾船的,单为"花石纲"服役的其他人员,也有数十万。

这数十万人被无偿地征用。

这数十万人中,有不少是家里的顶梁柱,顶梁柱被无偿征用,家里人靠什么生活?

美丽富饶的江南,出现了大批的乞丐。

花石纲不只害苦了江南人,也给沿途的百姓带来了无穷的灾难。

花石纲所过之处,有关官员和服役人员的吃喝,皆由沿途百姓负责,稍不如意,便招来一番呵斥或毒打。

为支付花石纲的费用,徽宗又加印了一亿钱引,致使物价飞涨,百姓叫苦不迭。

国内矛盾日益激化,异族又对中原大地虎视眈眈。北宋的丧钟很快就要敲响了,可徽宗还一味地醉生梦死。

他的那些权臣权宦,不但不加以劝阻,为争宠,想方设法诱导徽宗吃喝玩乐,甚而嫖娼。

诱导徽宗嫖娼的始作俑者是李彦。

李彦,宦官也。官居知入内内侍省事①。官不算大,却能天天接触徽宗。

一日,李彦与高俅在崇政殿相遇,他将高俅拉到殿角,小声问道:"高大人是老汴京,听说咱汴京城有一个叫李师师的名妓,长得很美,您知道吗?"

高俅回道:"知道。"

"她长得到底怎么样?"

高俅笑嘻嘻地回道:"美,美得很!"

"美到什么程度?"

---

① 知入内内侍省事:宦官名。原为入内内侍省都知。元丰改制前为正六品,改制后为从六品。

高俅道:"我先不说她美到什么程度,我先问您一个人。"

"你问吧。"

高俅道:"张先您听说过不?"

"听说过。"

高俅又问:"他是一个什么样的人?"

"词人,很风流的一个词人,名气直追柳三变!他一生还闹过不少笑话呢。"

李彦道:"都闹了一些什么笑话,说来听听。"

高俅道了一声好。

张先八十岁的时候纳了一个十八岁的女子为妾,他很得意,家宴上即兴赋诗一首:

> 我年八十卿十八,卿是红颜我白发。
>
> 与卿颠倒本同庚,只隔中间一花甲。

此诗传到苏东坡耳中,也即兴赋诗一首:

> 十八新娘八十郎,苍苍白发对红妆。
>
> 鸳鸯被里成双夜,一树梨花压海棠。

张先一生,纳妾十五,还要跑出去寻花问柳。他这一生,可以说阅美无数,他见到李师师时,已经八十五岁了,早已没有男女之欢,可他却为李师师创作了一个新词牌,取名就叫《师师令》:

> 香钿宝珥,
>
> 拂菱花如水。
>
> 学妆皆道称时宜,粉色有、天然春意。
>
> 蜀彩衣长胜未起,
>
> 纵乱云垂地。
>
> 都城池苑夸桃李,
>
> 问东风何似?
>
> 不须回扇障清歌,唇一点、小於朱蕊。
>
> 正是残英和月坠,
>
> 寄此情千里。

咏罢,高俅笑问李彦道:"大官,您还要不要让我回答您那句话?"

李彦问:"什么话?"

"就是'李师师美到什么程度'那句话。"

李彦道:"不用了。不过,咱家觉着,大人说的这个李师师,不是咱家要问的那个李师师。"

高俅道:"咱汴京城还有别的李师师吗?且也是一个名妓!"

李彦道:"应该有。"

"何以见得?"

李彦道:"张先已经死去快四十年了,能让张先为之赞叹、作词的李师师,不会是一个小女娃。就是一个小女娃,现在也不会小于五十岁。咱家问的这个李师师,乃汴京城的一个当红妓女。妓女靠什么当红?靠色艺!咱家说的这个李师师,如果超过了五十岁,根本不可能当红了。"

高俅想了一想说道:"大官所言甚是,我说的那个李师师,已经人老珠黄,十几年前,就从良了,一定还有另外一个李师师。"

李彦道:"既然还有另外一个李师师,就请您帮咱家打听打听,她是一个什么样的人,比如,她的身世、她的年龄、她的模样、她的人品等等。"

高俅坏笑地问道:"大官,你下边那个东西没有弄净?"

李彦狠狠地瞪了高俅一眼道:"胡扯八道!"

高俅依然坏笑地反驳道:"如果弄净了,您就不会对一个名妓如此感兴趣!"

李彦道:"不是咱家感兴趣,感兴趣的另有他人。"

高俅道:"何人?"

李彦道:"暂不奉告!"

高俅道:"大官不说出来这个人,我就不帮你打听了。"

李彦轻叹一声道:"不是咱家不说,是不便说,也不敢说。"

"这个人是老天爷?!"

李彦道:"这个人虽然不是老天爷,也和老天爷相差无几。"

"是童大官?"

李彦将头摇了一摇回道:"童大官和咱家一样,对美女没有多大兴趣。"

"是蔡京?"

李彦又将头摇了一摇回道:"蔡京是当朝宰相,如果对李师师感兴趣,自己就会派人打听,何须问咱家这个内侍?"

"难道,难道,难道是当今天子?"

李彦将头重重地点了一点。

这一次,轮到高俅摇头了:"我不信!"

李彦问:"您凭什么不信?"

"皇后、嫔妃、宫女,加起来一万多人,哪一个不是天姿国色,他能去动一个妓女的念头?"

李彦问:"肉和萝卜,哪个好吃?"

"当然是肉了。"

李彦道:"如果让您天天吃肉,您想不想来一盘炒萝卜丝?"

"想。"

李彦颔首道:"这就对了。"

高俅道:"你说皇上对一个妓女感兴趣,我咋有点不大相信呢!"

"为什么?"

高俅道:"对李师师感兴趣这话,是皇上亲口给您说的,还是您听别人说的?"

"是皇上对咱家说的。不,是咱家意会的。"

高俅道:"嗨,皇上您也敢意会?"

李彦道:"皇上怎么了?皇上也是人,是人就有七情六欲……"

高俅摆了一摆手说道:"停一停,我很想知道,您凭什么来意会皇上的?"

"他的话呀!"

高俅问:"皇上怎么说?"

"前天下午,皇上看了一本小人书,他看着看着突然笑了。咱家不知他因何发笑,便伸头朝他望去。他朝咱家招了招手道:'过来。'咱家忙趋到他身边,偷眼一瞅,那本小人书叫《名士与名妓》。皇上问咱家:'咱汴京城是不是有一个叫李师师的名妓?'咱家将头摇了一摇回道:'不知道。'皇上轻叹一声,将手摆了一摆,示意咱家退下。咱家退下以后,想了一天,方才悟出——皇上是对李师师有了兴趣。"

高俅将头点了两点道:"应该是!"

下朝后,高俅将昔日的狐朋狗友招来,问之曰:"咱汴京城有一个叫李师师的名妓,尔等可知?"

二十三　妓女与皇帝

周邦彦工于文词,京城歌妓无不为能唱他的新词而荣。他初识李师师,夜不能寐,为其赋诗一首——《玉兰儿》。

李师师见了徽宗,连个招呼也没有,好像不屑一顾的样子。

李师师长叹一声道:"作为一个万乘之尊,孩儿那么对他,他也没有发怒,也许是可怜孩儿,也许是太喜欢孩儿了。"

高俅话刚落音,一尖嘴猴腮汉子高声应道:"小弟知道。"

高俅喜道:"你不是猴子吗?也变老了。"

猴子笑回道:"我已经年近半百,能不老?哎,俅哥,咱俩总有二十几年没见了,弟特想您呦!"

高俅道:"我也想弟兄们呀!不过,咱们这会儿先说一说李师师,别的话以后再聊。"

猴子点了点头,兴致勃勃地讲起李师师。

李师师原本姓王,汴京城东二厢①永庆坊人。父王寅,是个染匠。母姓张,人称王张氏。这个姑娘来到人世不到一个月,娘就死了。王寅以米汤代奶水喂养她,这才得以活下来。

一般来讲,无论男孩女孩,一生下来都要哭,而且,哭声越响亮越好。不知为甚,这个小姑娘生下来没有哭。

汴京城有一个风俗,不论男孩、女孩,如果父母钟爱他(她),一定要舍身于佛寺。

---

① 厢:古代城市中的组织单位。厢之下为坊,坊也称里。宋以前的坊,有两个特点:一是每个坊周围有墙,成正方形或长方形;二是每个坊中居住着同行或同类型身份的人。

王寅宠爱女儿,就把她舍身给宝光寺。

小姑娘这时刚会笑,有一个老和尚看了她几眼说:"这是什么地方,你竟然来到这里?"

小姑娘突然啼哭起来,老和尚抚摸她的头顶,她才停哭。

王寅暗暗高兴,心想:"我这个女儿真是佛门弟子。"当时把舍身佛寺的人都称为"师父",师父给她起个名叫师师。师师四岁时,王寅因犯罪死在监狱里,师师没有依靠,被永安坊开妓院的李姥姥收养,改名李师师,并请人教她琴棋书画。

李师师聪明绝顶,一学就会。随着年龄的增长,像花朵一样绽放开来,越长越好看,可谓是色艺双绝,成了汴京城的当红妓女。一些名士及达官贵人慕名来访,道为之塞。

苏东坡的学生秦观,名士中的名士,一见李师师,便拜倒在石榴裙下,为其作词两首,描写她的色容。

其一·生查子

远山眉黛长,细柳腰肢袅。
妆罢立春风,一笑千金少。
归去凤城时,说与青楼道:
遍看颍川花,不似师师好。

其二·一丛花

年来今夜见师师,双颊酒红滋。疏帘半卷微灯外,露华上、烟袅凉飔。簪髻乱抛,偎人不起,弹泪唱新词。

佳期谁料久参差,愁绪暗萦丝。想应妙舞清歌夜,又还对、秋色嗟咨。惟有画楼,当时明月,两处照相思。

紧步秦观后尘的周邦彦,也是一个名士。

周邦彦,号清真居士,妙解音律、工于文词,因其词句绮丽绝伦,京城歌妓无不以能唱他的新词为荣。初识李师师,夜不能寐,赋诗一首,取名《玉兰儿》。

铅华淡伫新妆束,好风韵,天然异俗。彼此知名,虽然初见,情分先熟。

炉烟淡淡云屏曲,睡半醒,生香透玉。赖得相逢,若还虚度,生世不足。

听猴子讲过了李师师,高俅喜不自禁道:"就是她了!"

第二天,早朝后,高俅把猴子所讲的李师师,原汁原味地道给了李彦。

李彦连道了两声谢谢。

高俅笑嘻嘻地说道:"大官,皇上若对李师师有什么想法,别忘了告诉愚兄一声,愚兄别无他能,带个路,跑个腿,还是蛮内行的。"

李彦道:"您放心,咱家记着您呢!"

三天后,徽宗在崇政殿批阅奏章,李彦当值。徽宗批了将近一个时辰,有些累了,立起身来,晃动几下头。李彦忙趋了过来,媚笑道:"陛下,您坐下,让臣给您按摩按摩。"

徽宗笑问道:"卿还会按摩?"

李彦道:"会。"

"跟谁学的?"

李彦道:"跟臣父学的。"

"卿父是干什么的?"

"开按摩店的。"

徽宗"噢"了一声,坐到椅子上。李彦洗了洗手,开始为徽宗按摩,自头而颈,又肩胛,手法娴熟,轻重也恰到好处。

按了两刻来钟,徽宗叫停,且说道:"按得不错。"

李彦趁徽宗高兴,赔着小心说道:"陛下,汴京城确实有个名妓叫李师师。"

徽宗双眼突地一亮:"她是一个什么样的人?"

李彦便把从高俅那里得来的情况,讲给了徽宗。

徽宗听得很认真,轻叹一声道:"秦观、周邦彦能这样写她,说明李师师真是一个色艺双绝的美人儿。若是没有流落风尘,那多好呀!"

李彦大着胆子接了一句:"风尘中也有奇女。"

徽宗"啊"了一声道:"卿既然以为风尘中也有奇女,卿不妨说一说都有哪些奇女?"

李彦道:"南北朝的苏小小①以及本朝的王朝云②、敫桂英就是。"

徽宗道:"卿所说的苏小小和王朝云,朕也略知一二。卿所说的那个敫桂英,朕闻所未闻。"

---

① 苏小小:南朝齐时著名歌妓,常坐油壁车,年二十三咯血而死。历代文人多有传颂,白居易、李贺以及明朝的张岱,都写过关于苏小小的诗。

② 王朝云:苏东坡小妾。

李彦道:"陛下如果不嫌臣啰嗦的话,臣就给陛下讲一讲敫桂英。"

徽宗道:"卿讲吧。"

仁宗朝,莱州人王魁进京赶考,名落孙山,偶尔一个机会,结识了一个叫敫桂英的绝色妓女。敫桂英爱慕王魁才学,出资为他赁房、延师。他吃喝用等方面的花费,也全包了。三年后,王魁一举夺魁。

在夺魁之前,每出入,王魁必和敫桂英手拉着手儿,且于海神庙立下盟誓:"吾与桂英,誓不相负,若生离异,神当击之。"

他中状元后,便忘掉了以前的盟誓,另娶宰相之女为妻。敫桂英听说王魁中了状元,且授徐州金判①的消息后,便让族弟持书去见王魁。王魁见了敫桂英之书,不但不悔,反将敫桂英来书撕得粉碎。敫桂英听了族弟之言,又气又愤,曰:"魁如此负心,我当以死报之。"说毕,拔刀自刎。

徽宗叹道:"这个王魁,竟不如一个风尘女子,损,太损了。后来呢?"

李彦道:"敫桂英化作厉鬼,找王魁算账。王魁神经错乱,也自刎而死。"

徽宗又是一声长叹道:"古人曰:'恶有恶报,善有善报,不是不报,时候不到。'王魁之死报也。"

他瞅了一眼李彦又道:"在卿看来,李师师就是苏小小、王朝云、敫桂英一类的风尘女子?"

李彦道:"是与不是,臣不敢说。谚曰:'聪明不过帝王。'以陛下之慧眼,李师师是一个什么样的人,一见自识。"

徽宗道:"正因为朕是皇帝,才不能去见李师师。"

李彦道:"您别以皇帝的身份见。"

"以什么身份?"

李彦道:"以平民的身份。"

徽宗笑问:"卿是让朕微服出宫?"

李彦道:"正是。"

"那,也好。今晚戌时一刻,咱去永安坊。"

李彦讶然道:"就咱俩呀?"

徽宗道:"去那种地方,人多了不好。"

---

① 金判:签书判官厅公事的简称。为宋代各州幕职,协助知州处理政务及文书案牍。

李彦道:"不好也不能就咱俩呀!"

"为什么?"

李彦道:"安全呀!您是皇帝,哪怕出一丁点儿事,臣可担当不起。"

"带上高俅,并三五个大内高手。"

李彦嘻嘻一笑道:"这还差不多。"

到了戌时一刻,徽宗一身儒装,带着仆人打扮的高俅、李彦并五个大内高手,由新延福宫的侧门溜出宫,穿长街,跨短槛,一路上,到处都是歌台酒市。走了半个时辰,方来到永安坊,见到一处宅院,粉白墙,鸳鸯瓦,朱红门,兽形门环,高挑的卷帘掩映在绿叶繁茂的槐树下,那锦绣门户正对着青森森的翠竹。

高俅小声对徽宗说道:"就是这家。"

徽宗点了点头道:"那,咱们进去吧。"

高俅道了一声好,在前边带路,还没走到门口,一个颈白如雪、胸脯丰满、两颊绯红、眼如杏仁、头绾双髻的女子笑眯眯地迎了出来:"请,各位爷请进。"

徽宗笑问道:"汝可是李师师?"

小女子咯咯一笑回道:"这位爷的眼光太差了吧,俺的模样,若是及得上师师姐姐十分之一,也不至于在这迎来送往!"

徽宗暗道:"原来是一个侍女。"

转而一想,侍女都如此漂亮,那师师可想而知了,看来,这一次来得值!他正在暗自高兴,那小女子又道一声"请"字。

徽宗在前,继之高俅,再之李彦。五个侍卫,只有一个跟进。跟进的这个,肩上扛了一个大包裹。

众人跟着侍女,越过院内的长廊来到堂下。那侍女仰头喊道:"妈妈,有贵客。"

一个年约五旬、老鸨模样的女人,应声而出,将众人迎上堂来,以香茗相款。

高俅暗自想道:"此人肯定就是收养师师的那个老鸨了。"

他指着徽宗对老鸨说道:"李姥姥,俺们这位赵大公子,单名一个乙字,是一个珠宝商人,慕师师之名,前来拜访,并送上紫茸二匹、霞毡二端、瑟瑟珠两颗、白金二十镒(一镒二十四两)。"

扛包裹的侍卫,忙将包裹打开,一一指道:"这是紫茸,这是霞毡,这是瑟瑟珠,这是白金……"把个老鸨喜得合不拢嘴,面向带徽宗进来的侍女说道:"馨儿,你在这里伺候几位爷喝茶,娘带这位赵相公去小室一坐。"

馨儿将头点了一点。

老鸨移目徽宗道："请,请小室一坐。"

徽宗点了点头,跟着老鸨去了小室。茶几临窗,窗帘数幅,窗外新竹,参差弄影。案上有水果,那水果都是些市上少见的,有香雪藕、水晶苹果等。徽宗每样尝了一个,觉得比宫中的水果还要好吃。

吃过水果,还不见师师露面,反倒是上了几盘佳肴和珍米饭,徽宗吃了几口,问道："师师呢?"

李姥姥笑嘻嘻地回道："相公别急,老身这就带您去沐浴。"

徽宗虽然不大高兴,但还是去了。

沐浴归来,李姥姥重新摆上水果。

徽宗勉强吃了一个大如鸡蛋的鲜枣："师师呢?她如果没有在家,或者有事,本公子另找时间再来。"

李姥姥笑劝道："别急,别急,师师也在沐浴。唉,我这个女儿呀,生性洁,每一天都要沐浴两次。每沐浴一次,没有大半个时辰,就别想出来。这会儿应该沐浴得差不多了,走,老身带您去她的香阁。"一边说一边站起身,右手前伸,做邀客状。

一听说去李师师香阁,徽宗脸上那一点不悦荡然而去。他忙站了起来,跟着李姥姥,屁颠屁颠地走向李师师的香阁。

香阁里点着一根鸡蛋粗的红蜡,有一股异香扑鼻而来。徽宗暗道："这异香一定是来自那根红蜡烛了。"

他纵鼻吸了几下香气,举目四望,桃红色的四壁,鲜艳夺目。壁上挂着四轴画,依次是战德淳的《蝴蝶梦中家万里》、米芾的《春山瑞松图》、李唐的《万壑松风图》、王诜的《芙蓉锦鸡图》。

徽宗暗自说道,这四轴画,件件都是珍品,能得到这四轴画不易。香阁中挂画,挂这么高档画的人,绝不是俗人。看来,李师师非寻常妓女可比!

"这个女人,是不是因为自己不俗,才如此拿架子……"他的眉头微微皱了一皱。

李姥姥笑劝道："快了,快了。请相公耐着性子,再等片刻。她若是还不出来,老身就是揪,也要把她揪出来。"

徽宗轻叹一声,坐到梳妆台前的香凳上。

不一刻儿,一个十五六岁,侍女模样的女子,扶持着一个比她略长几岁,但比她漂亮得多的女子,缓缓走了进来。

徽宗定睛一看,这女子未施粉黛,且还穿着素绸,却娇艳如同出水荷花。看来,她刚才真在沐浴。

这女子见了徽宗,连个招呼也没有,好像不屑一顾的样子。

李姥姥怕徽宗生气,贴着徽宗耳朵,小声说道:"师师这孩子,脾气有点犟,千万不要见怪。"

徽宗道:"年轻人,谁没个脾气,我不会怪的。"

他移目李师师,笑问道:"美女年庚几何,懂得何种技艺?"一边问着,一边色眯眯地看着师师,师师不只不回答,甚而连正眼瞧一瞧徽宗都不肯。

徽宗站起身来,走到师师身边,觍着脸儿问道:"汝为什么不肯回本公子的话?"

李师师白了他一眼,还是不回他的话。

李姥姥忙向徽宗赔礼道:"师师这孩子喜欢静,话也特别少,请相公莫和她一般见识。"说完,放下床上帷幔,转身离去。

师师这才站起来,解开外衣,只穿着薄薄轻绨,挽起右胳膊的袖子,拿起挂在墙上的琵琶,坐在小几上,弹起沉鱼落雁曲。随着她手指轻拢慢捻,传出清幽淡远的曲声,煞是迷人。徽宗竟不知不觉地醉入其中,忘记了疲倦。

曲子终了,已是鸡鸣天亮了。李姥姥听说徽宗要走,连忙端了些早点来。徽宗吃了杯杏酥,就匆忙离去。等候在外面的高俅、李彦等人,护卫着徽宗回到宫中。

送走了徽宗,李姥姥责问师师:"这位姓赵的礼意不薄,你为什么如此慢待?"

师师很不高兴地回道:"他是个臭商人,我是做什么的!"

李姥姥吞儿一声笑了:"我的儿脖颈太硬,最适合做台谏!"

三日后,永安坊坊长贾奕来会李师师,因师师出门会友去了,他便和李姥姥扯了一阵闲语。

"姥姥,前几天,你这里是不是来过一个叫赵乙的?"

李姥姥回道:"来过。"

"你知道他是干什么的?"

李姥姥回道:"珠宝商人。"

贾奕道:"错矣!"

李姥姥问:"他是干什么的?"

贾奕道:"官人。"

"多大的官?"

贾奕故意逗她:"你猜?"

李姥姥道:"和你一样,是个坊长。"

"不对,再猜。"

李姥姥道:"是个厢官?"

"不对。"

李姥姥道:"是个府丞?"

贾奕道:"比府丞要大得多,多得很。"

"那,"李姥姥狠了狠心猜道:"是六部尚书?"

贾奕将头摇了一摇。

"是当朝宰相?"

贾奕又将头摇了一摇。

"是个王爷。对,一定是个王爷!"

贾奕复将头摇了一摇。

"难道是当今天子?"

贾奕道:"正是当今天子。"

李姥姥将头使劲摇了一摇说道:"我不信!不是我不信,无论换谁,都不会相信。"

"为什么?"

李姥姥道:"且不说皇上后宫佳丽上万,单就他那高贵的身份,也不会来妓院!"

贾奕道:"可他确实来了。"

李姥姥懒得再辩,只是将头摇了几摇。

贾奕有些急了,脸红脖子粗地说道:"我还能骗你吗?"

李姥姥道:"你是不会骗我,但我觉着,是有人骗了你。"

贾奕笑道:"我是那么容易受人骗的吗?"

"你不是。"

贾奕道:"对了,我这消息是从猴子那里得来的。猴子呢,早年和高俅是铁哥们。高俅你知道不?"

李姥姥回道:"知道,不就是那个蹴鞠蹴得好,傍上了当今天子的高二吗?"

"正是,那一晚,他也来了。"

李姥姥道:"他长得什么模样?"

"驴脸、大嘴、白眉、酒糟鼻。"

李姥姥道："是有这么一个人。"但她还不放心："你能不能说一说天子的相貌。"

"天子嘛，面如敷粉，唇若丹朱，风姿如玉。有一个词叫'玉树临风'，说的就是当今天子！"

李姥姥道："我的妈呀！那赵乙就是这个相貌，看来，那一夜真是天子到了。"

贾奕道："千真万确！"

李姥姥嚎的一声哭道："这个师师，那一夜，对皇上非常非常地不好，连我都有些看不惯。算命的说我今年有一劫，弄不好会丢命。看来，我是活不成了！啊，啊，啊……"

贾奕劝道："莫哭，也莫怕，有道是'宰相肚里行舟船'，何况天子呢！"

李姥姥抽抽泣泣地说道："我听人说，在朝堂上咳嗽都有罪。师师犯的罪，可不只是咳嗽，啊，啊，啊……"

正哭着，李师师回来了，问明了她哭的原因，默想了良久说道："妈，你不必害怕。皇上不会杀你，也不会杀我。"

李姥姥哭道："你犯下了欺君之罪，灭族之罪，你还自己安慰自己！"

李师师道："孩儿说皇上不会杀咱娘俩，自有孩儿的道理。他如果想杀咱，那一夜就杀了，何必等到今日？况且，皇上若因逛妓院而杀人，那会坏他的名声。坏他名声的事，他是不会干的！"

李姥姥一想也是，立马不哭了。

李师师长叹一声道："作为一个万乘之尊，孩儿那么待他，他也没有发怒。他来干什么？不就是想干那事吗？可他并没有强迫孩儿干那事。他之所以没有强迫孩儿干，也许是可怜孩儿，也许是太喜欢孩儿了。唉，死倒是不怕，孩儿感到难过的是，孩儿命不好，沦为娼妓。皇上那么高贵的一个人，会为孩儿纡尊降贵，来到这个不干净的地方，连孩儿的手都没拉，却落下一个嫖客的恶名，孩儿对不起皇上！"说到此，泪如雨下。

母女俩在惶恐和自责中，迎来了新年。

正月初七，徽宗遣李彦，送来一张名叫蛇跗琴的古琴，并五百两白银。

母女俩笑了，看啥都是美的。

她们知道徽宗要来，也盼着徽宗来。三个月后，徽宗一身儒士打扮，驾幸永安坊。师师仍是淡妆素服，拜伏在门外，迎接徽宗。

徽宗握着她的手让她起来，一前一后进了院子。院道上，不是铺着红毯，就是覆盖着蟠锦绣。房屋里边焕然一新，窗明几净、宽敞华丽，但对徽宗来说，毫无幽雅情趣。

"李姥姥呢？"徽宗问。

李师师答道:"她不敢见您,躲了起来。"

徽宗笑道:"朕又不是老虎,怕朕何来?"

李师师忙命馨儿去找李姥姥,李姥姥见了徽宗,吓得浑身颤抖,连话都说不囫囵,再也见不到年内那副和蔼可亲的模样。徽宗尽管有些不悦,口中却叫了她一声"娘亲",并要她不必拘束。

李姥姥点了点头,颤抖着双腿将徽宗带到一座新建的大楼。

徽宗正要问她:"你怎么把朕带到了这里?"李师师笑盈盈地解释道:"这座楼,是用您赐的那五百两银子盖的,请您为楼题个名字。"

徽宗道:"好是好,没有题字的笔砚。"

李师师道:"臣妾早就为您准备好了。请,请跟臣妾进楼。"

李师师把徽宗带到了一楼的书斋。是时,正值窗外杏花怒放,徽宗提笔写下了"杏花楼"三字,赐给师师。

师师跪谢过徽宗道:"陛下,该用晚膳了。"

徽宗点了点头,在师师的前导下,步入餐厅。

不一会儿,仆人将酒菜摆上案来,师师在旁侍奉,李姥姥匍匐向前,捧杯向徽宗祝福。

徽宗接过杯子道:"再来一杯,朕要和师师共饮。"

师师笑问道:"共饮可以,这酒有什么说法?"

徽宗笑道:"有。"

师师又问:"什么说法?"

徽宗道:"合卺酒。"

师师喜道:"这酒,臣妾高兴喝。"

喝过"合卺酒"后,他二人又碰了六杯。徽宗问:"朕赐您的蛇趾琴不错吧?"

师师回道:"很不错!要买的话,三二百两银子怕是拿不下来。"

徽宗道:"三二百两?一千两也拿不下来。"

师师道:"这么贵呀?"

徽宗道:"蛇趾琴乃我华夏千年名琴,除了皇宫,恐怕再无处可寻此物。"

师师忙跪下谢恩。

徽宗道:"蛇趾琴乃我华夏千年名琴,师师乃我大宋乐中高手,师师能否用这张名琴为朕弹奏一曲《梅花三弄》?"

师师道：“从命！”回头吩咐馨儿：“取蛇跗琴来。”

她弹过了《梅花三弄》，又弹《凤求凰》，每弹一首，徽宗便要叫几声好。

李姥姥已经缓过劲儿，每当徽宗叫好，她便为他献酒。

酒至半酣，馨儿送来四份小点心。这些点心，都是龙凤形，或刻或绘，其工艺、味道，与宫中的一样，徽宗颇感诧异，问曰：“这些点心，是你们自己做的吗？”

李师师笑眯眯地回道：“臣妾家里的厨人，哪有这等本事？”

"如此说来，是卿请人做的？"

李师师轻轻颔首。

"这厨人的手艺可以与朕的御厨比肩了。"

李师师咯咯一笑道：“今天为您做菜的厨人，原本就是您的御厨。”

徽宗笑道：“为这顿饭，卿可是没少费心，朕真得好好谢谢你。”

李师师回曰：“您能驾幸这里，是臣妾的万幸，千万莫说谢谢的话！”

徽宗笑容如故道：“好，朕不再说谢谢的话。但是，朕有一事相求……”

李师师吞儿一声笑了：“您真会开玩笑！您贵为天子，‘普天之下，莫非王土；率土之滨，莫非王臣。’您要啥没有，还会求臣妾这样的小女子？”

徽宗道：“朕真的有事求您。”

李师师见他一脸认真的样子，不敢再笑，轻叹一声说道：“您说吧。”

二十四　纤指破新橙

徽宗嫖李师师的事,传到了郑皇后耳中,她笑问徽宗:"何物李家儿,陛下悦之如此?"

哭是女人天性中不可缺少的一部分,他们可以因欢乐、因痛苦、因暂别、因重逢而哭;也可因委屈、因理解、因幸福而哭⋯⋯

遍查中国历史,因睡了皇帝的情人而升官,除了周邦彦之外,怕是再也找不出来第二个。

徽宗二目深情地瞅着李师师:"师师,为朕这顿饭,你费了不少心,连御厨都动用了,朕很感动。但是,朕是皇帝。一个皇帝,出入这个地方,若是传了出去,对朕不好。"

李师师一边颔首,一边道歉:"臣妾错了!"

"所以,以后呀,朕再来你家,还像上次一样招待即可,你说行不?"

李师师轻启朱唇,道了一声:"行。"

徽宗移目李姥姥道:"你是师师娘,也就是朕娘。所以,见了朕,不要躲。你若是躲,就见外了。"

李姥姥忙跪下叩首道:"臣妾听陛下的,以后再也不躲了。"

徽宗哈哈一笑道:"看看你,又见外了。哪有娘亲给儿子叩头的道理?"

李姥姥暗自思道:"你骗谁呢,你若是把老身当作你娘,你还会自称朕吗?所以,这头还得磕。"她扑通又是一跪,叩首说道:"陛下教训得对,老妪当铭记在心!"

徽宗将头轻轻摇了一摇,没有再说什么。

李姥姥爬起来,侍立一旁。

酒足饭饱,师师把徽宗带到香阁,笑嘻嘻地问道:"陛下,是品茶,还是听琴,抑或是到香榻上休息一会儿?"

徽宗笑回道:"茶就不必了吧。琴呢?刚才已经听过了,还是休息一会儿吧。"

师师忙将被褥展开……两个人同入罗帏,这一个猎奇尝鲜,那一个刻意奉承,男贪女爱,直闹到鼓打三更,方相拥而卧。

卧了不到一个更次,传来敲门之声。徽宗忙翻身坐起,拍了拍师师道:"朕该走了。"

师师睡眼蒙眬道:"您为什么要走呀?"

"朕得上朝呀。"

师师问:"您不上朝不行吗?"

"不行。"

李师师双手攀住他的脖子,撒娇道:"不,我不要您上朝。"

徽宗嗔道:"你是不是要朕做第二个李隆基呀,'从此君王不早朝'①。"

李师师道:"我不要您做李隆基,我也不做杨玉环!"

徽宗道:"既然这样,你就该放朕走。"

李师师道:"让您走可以,但您得答应臣妾一个事。"

"什么事?"

李师师道:"明晚您还来。"

"好!"

李师师照着徽宗脸颊,猛地吻了一口,这才将双臂撤回。

徽宗三下五除二将衣服穿好,胡乱洗了一把脸,急匆匆地上朝去了。

第二天晚上,他虽然没有驾幸永安坊,却让李彦送来了一幅中堂立轴画,那画是他自己做的,画名为《金勒马嘶芳草地、玉楼人醉杏花天》。此外,又赐给藕丝灯、暖雪灯、芳苡灯、大凤衔珠灯各十盏,鸬鹚杯、琥珀杯、琉璃杯、金扁提各十个,月团、凤团、蒙顶茶共一百斤,钰、银锬饼各三盒,黄金白银各二百两。

第三天晚,徽宗依然没有来。

李师师翘首以盼,盼了五天,方将他盼到。此后,或五六天,或七八天,徽宗必驾幸永安坊一次。这事,一传再传,传到了郑皇后耳中,她私下问徽宗:"何物李家儿,陛下悦之如此?"

徽宗曰:"无他。若令所有嫔妃,改掉艳妆,换上黑白色的清净衣服,让师师混在尔等中间,迥然自别。她那一种幽然的身姿、超逸的韵味,更使尔等无法可比!"

---

① 自此君王不早朝:此语出自唐朝白居易的《长恨歌》。《长恨歌》说唐玄宗李隆基爱上杨玉环后,男欢女爱,"春宵苦短日高起,从此君王不早朝。"

二十四　纤指破新橙

郑皇后哑口无言。

李师师自和徽宗好上以后,她以前那些相好、嫖客,尽管割舍不下,但是,谁也不敢与皇上争风吃醋,只能退避三舍了。

师师呢?芳龄二九,正是怀春的时候,或五六天,或七八天,才得一次雨露,不免有些饥渴。也是合着该出事,徽宗病了。

这一病,病了一个多月。周邦彦,官不过校书郎,可他名气大。元丰初,在汴京为太学生,写了一篇《汴京赋》,描写当时汴京盛况,并歌颂新法,受到神宗赏识,擢为太学正①。此后,又到地方做了十几年小官,直到宋哲宗亲政,才重回汴京。

他不只赋写得好,又通音律,擅长写词。他的词多写闺情、羁旅,也有咏物之作。格律谨严,语言曲丽精雅,长调尤善铺叙,为婉约派的集大成者,时人称"词家之冠"和"词中老杜(甫)"。

周邦彦已经六十有二,论年纪,师师该叫他一声爷,可他,依然要吃嫩草。

师师呢,因慕其名,欣然让他吃,且从未收过他的嫖资。

文人不只风流,还有贼胆,李师师那么多嫖客或意中人,都不敢登李师师门了,他偏要登。

一个要续旧情,一个饥渴难耐,两人正在耳鬓厮磨之际,忽报圣驾到了。周邦彦就是想走,也来不及了,只得躲到床下。

徽宗来会师师,特意带了一篮鲜橙子。这橙子是从江南用快马刚刚送来的,在汴京市面上根本见不到,二人一边吃着橙子,一边调情,不知不觉已经鼓打三更。

李师师笑问徽宗:"咱们该歇息了吧?"

徽宗道:"不,朕要走。"

李师师心中暗喜,口中却道:"城上已三更,马滑霜浓,走什么走!"

徽宗道:"不,朕得走。"

"为什么呀?"

徽宗道:"朕大病初愈,不能干那事。"

"那咱就不干呗。"

徽宗道:"朕怕一睡下,把持不住。"

"这,这倒也是。"

---

① 太学正:学官名,秩正九品,隶属于国子监。职掌:辅佐博士施行教典、学规等。

徽宗朝她脸颊吻了两口道:"宝贝,等朕保养一个时期再来,咱俩好好玩一玩。"

李师师轻叹一声说道:"那,那好吧。"

送徽宗归来,周邦彦已经从床底下爬出来有时,师师忙扒着他的双肩,吻了一口说道:"吓着你了吧?"

周邦彦长叹一声道:"刚钻到床底下那会儿是真怕,怕着怕着变成了嫉妒,又由嫉妒变成了一肚子欲火。他若是再不走,我怕是要冲出来揍他呢!"

李师师一边咯咯娇笑,一边扯着他的脸颊:"你呀你,六十多岁了,醋心还这么大,羞不羞呀!"

周邦彦道:"醋心大小不在年龄。"

"在什么?"

周邦彦:"在于爱不爱。"

"照您这么说,您是很爱奴家了?"

周邦彦道:"若是不爱你,若是爱之不深,你已经被皇上霸占了,我还敢来找你,除非是不想活了!"

李师师大为感动,又朝周邦彦脸颊上吻了一口说道:"冲着您这番话,奴家也得好好伺候伺候您。"

二人去衣登榻,鏖战了将近两刻钟,也来一个相拥而卧,一觉睡到日上三竿。

吃过了早饭,周邦彦不但不走,非要李师师给他唱上一曲。师师有些困,想睡觉,又不想直接拒绝,嘿嘿一笑说道:"周大词人,奴家会唱的,全都给您唱过了。倒不如您先回去公干,待奴家有了新曲,再唱给您听。"

周邦彦道:"你不说,我险些儿忘了。昨天夜里,我在床底下作了一首新词,取名《少年游》,你能否听一听,看写得怎么样?"

李师师道了一声好,周邦彦便摇头晃脑地咏道:

并刀如水,吴盐胜雪,纤手破新橙。锦帷初温,兽香不断,相对坐调笙。

低声问:向谁行宿?城上已三更。马滑霜浓,不如休去,直是少人行。

李师师呵呵笑道:"是写我的,你这个老头子!"

周邦彦道:"你先别说写谁,你只说一说这首词怎么样?"

"好,很好!"

周邦彦道:"既然你说好,你就唱给我听一听。"

李师师道:"您还没谱曲呀,怎么唱?"

周邦彦拍打着自己的脑门道:"看我这个人,真是老了! 我这就谱,这就谱。"

一个月后,徽宗觉得自己完全康复了,再次驾幸永安坊,酒足饭饱,与师师手拉着手来到师师香阁。徽宗一边饮茶,一边听师师弹唱。

师师先弹了一首《木瓜》:

> 投我以木瓜,报之以琼琚①。
>
> 匪报②也,永以为好也。
>
> 投我以木桃,报之以琼瑶③。
>
> 匪报也,永以为好也。
>
> 投我以木李,报之以琼玖④。
>
> 匪报也,永以为好也。

徽宗击案叫好。

师师报之一笑,又弹了一首《妾薄命》⑤:

> 汉帝重阿娇,贮之黄金屋⑥。
>
> 咳唾落九天,随风生珠玉⑦。
>
> 宠极爱还歇,妒深情却疏。
>
> 长门一步地,不肯暂回车⑧。
>
> 雨落不上天,水覆难再收。
>
> 君情与妾意,各自东西流。
>
> 昔日芙蓉花,今成断根草。
>
> 以色事他人,能得几时好?

---

① 琼琚:琼,赤色玉,亦泛指美玉;琚,佩玉。
② 匪报:匪同非,报,回报。即非图回报。
③ 瑶:美玉,一说似玉的美石。
④ 玖:一种浅黑色玉石。
⑤ 妾薄命:乐府古题,属《乐府诗集·杂曲歌辞》。
⑥ 黄金屋:据《汉武故事》记载,汉武帝刘彻数岁时,他的姑母长公主指左右十数名宫女问他:"儿欲得妇否?"曰:"不用。"最后指其女阿娇问:"阿娇好否?"刘彻笑曰:"好! 若得阿娇作妇,当作金屋贮之。"
⑦ 生珠玉:阿娇得宠之时,咳嗽一声如同圣旨;走路时,连风都能生出珠玉。
⑧ 不肯暂回车:阿娇失宠后被废,幽居于长门宫内,虽与皇帝只有一步之遥,宫车也不肯回去停一停。

她唱得声情并茂,两眼汪汪,却没有听到叫好之声。她正有些纳闷,徽宗开腔了:"师师,你放心,朕不是汉武帝,朕也没有他那么薄情。朕会爱你一辈子的!"

她这才恍然大悟:原来是因为这呀!这才是"言(唱)者无心,听者有意"。有意了好!我真也担心,我色退后,会成为第二个阿娇。他这一说,我放心了。他真是一个好男人,有情有义的好男人,能攀上这样的男人,三生有幸!想到此,她擦了一把泪眼,倒身拜道:"谢陛下,老实说,臣妾刚才所唱,是兴之所至,并无他意。谁知,陛下竟这么在意,臣妾之幸,臣妾之幸也!"

她哭了。

哭是女人天性中不可缺少的一部分,她们可以因欢乐、因痛苦、因暂别、因重逢而哭;也可以因委屈、因理解、因幸福而哭;还可以因得,或失去某种东西而哭。

师师之哭,就是因为得到了徽宗的承诺而哭。这种哭既快乐又幸福。

等李师师哭了一会儿,徽宗方才笑劝道:"别哭了,别哭了。"一边说一边为她拭泪。待她哭声完全止住,这才继续说道:"实话说,当你刚唱《妾薄命》的时候,朕有点不高兴。朕以为,你这是拿汉武帝来敲打朕的。听着听着,朕不这么想了,汉武帝如此对待一个他深爱的女人,应当受到谴责!"

她又哭了。

他又为她拭泪:"哎,卿近来学没学新曲子?"

李师师一时忘形,居然回道:"学了一首。"

"唱来听听。"

李师师忙拨动琴弦,从玉喉中飞出一首如黄莺吟鸣般的词——《少年游》:

并刀如水,吴盐胜雪,纤指破新橙。锦帏初温……

这一次,依然没有喝彩之声。师师偷眼朝徽宗一瞧,只见他面如冰霜,心中咯噔一下,这是怎么了?

徽宗二目盯着李师师,沉声问道:"这首词是何人所写?"

师师暗道了一声,坏了!我咋这么蠢呢,啥不能唱,非要唱这一首?他对这首词如此在意,不,不只在意,而是面有怒色。我该怎么办?是说也不说?若说了,周大词人,怕是要大祸临头了!周大词人对我这么好,我不能害他呀……

她正想着心事,徽宗冷声又道:"咋不回朕的话呢,这首词是谁写的?"

"这……"师师嘿嘿一笑,反问道:"这首词怎么了?"

徽宗怒道:"朕问你呢,你倒问起朕来了,朕再问一遍,这首词是何人所作?"

"这……是臣妾自己所作。"

徽宗冷笑一声道:"你要有这本事,早就当词人了!这首词一定是一个男人所作。"

到了此时,李师师不敢再撒谎,将头点了一点。

"这个男人,一定和你有一腿!"

李师师硬着头皮反驳道:"陛下想到哪里去了?"

"哼,你说朕想到哪里去了?朕想到了一个月前,那个晚上,朕踏着泥泞,冒着严霜给你送橙子,不想你另有所爱!"

李师师不敢反驳,却将头摇了一摇。

徽宗道:"你别摇头,那个作词之人,那一晚,要么就在房子里什么地方藏着,要么就是你给他讲了咱俩的事儿,要不,他咋会能写出来'纤指破新橙'、'城上已三更,马滑霜浓'这样的词儿?"

师师一边强笑,一边赞道:"果真是'聪明不过帝王'。臣妾服了您了。这首词确实是一个男人所写,但臣妾也确实和这个男人没有一腿……"

徽宗道:"你不要辩解了,朕想知道的是这个男人叫什么名字?"

"叫……叫周邦彦。"

徽宗眉头微皱道:"是不是那个被称之为'词家之冠'的糟老头儿?"

师师道:"正是。"

徽宗道:"你也是,论年纪,他可以做你爷爷,你居然和他有一腿!"

师师道:"臣妾刚才已经说过了,俺俩没有一腿。"

"没有一腿,他咋能写出《少年游》?"

师师道:"他为臣妾写过不少词,谱过不少曲,故而,彼此之间,长相往来。半月前,他来看臣妾,饮宴间,臣妾一是高兴,二是显摆,把您给臣妾送鲜橙的事说了出来,他便即兴作了这首词。陛下呀,臣妾若是和他真有一腿,还会给您唱他写咱俩的词吗?"

徽宗虽然不信,但也无法反驳,警告道:"不管你说的是真是假,也不管你俩有没有一腿,今天这一页,翻过不提,以后不准你和他再有任何来往!"

师师道:"谨遵圣命!"

徽宗嘴上说,将这一页翻过不提,其实,他翻不过。事隔三天,从文档里翻出周邦彦一个错儿,将他罢官,并逐出汴京城。

那一天,风雪交加,又是一个旬休日,徽宗坐在火炉边,一边烤火,一边看书。他突然心血来潮,亲自给师师送去了两担上等木炭。但是,师师却没在家,接待他的是李姥姥。

"姥姥,师师呢?"

李姥姥一脸不自然地回道:"送客去了。"

"何方客人?"

李姥姥将头摇了一摇。

徽宗只有坐等,直等到过午,李师师方雪人似的回来。

"你干什么去了?"徽宗问。

李师师如实回道:"送周大词人去了。"

徽宗一脸愠色道:"朕是怎么告诫你的?"

"您不让臣妾和周大词人再有任何往来。"

徽宗道:"你既然记着朕的话,为什么还要去送周邦彦?"

师师道:"周大词人因臣妾而丢官,且被逐,臣妾觉着心中有愧,若是不送一送他,臣妾良心难安!陛下……"

她朝徽宗扑通一跪,叩了三个响头,泪流满面道:"陛下,臣妾违旨,是杀是剐,臣妾绝无半句怨言!"

她这一硬,徽宗反倒软了,长叹一声说道:"你这个师师呀,虽然违了朕旨,却是情有可原。朕也不杀你,也不剐你,朕罚你给朕再唱一个曲儿。"

李师师忙道了一声遵旨,爬将起来,拨动琴弦,为他唱了一首周邦彦的新作——《兰陵王·柳阴直》:

> 柳阴直,烟里丝丝弄碧。隋堤上、曾见几番,拂水飘绵送行色。登临望故国,谁识京华倦客?长亭路,年去岁来,应折柔条过千尺。
>
> 闲寻旧踪迹,又酒趁哀弦,灯照离席。梨花榆火催寒食。愁一箭风快,半篙波暖,回头迢递便数驿,望人在天北。
>
> 凄恻,恨堆积!渐别浦萦回,津堠岑寂,斜阳冉冉春无极。念月榭携手,露桥闻笛。沉思前事,似梦里,泪暗滴。

李师师一边唱,一边流泪,唱到末几句,泣不成声。

男人怕什么？

男人最怕女人泪，特别是小女人的泪。小女人如果再有一个漂亮的脸蛋、曼妙的身材，又会嗲，哭起来让人爱怜，让人心疼，让人不知所措！

徽宗此时，已经不知所措了，翻来覆去一句话："宝贝，别哭了，别哭了呀！"

他越劝，李师师哭得越痛，哭得一颤一颤的，几乎有点站立不稳了。

徽宗忙伸手去扶。

他这一扶，师师趁势往他怀里一钻，双手搂住他的脖子，哭着说道："陛下，您误解了臣妾，臣妾和周大词人真的没有一腿。"

徽宗道："好，好，都是朕的错。"

李师师道："您既然知道您做得不对，就该收回成命。"

"好，好，朕收回成命。"

李师师得寸进尺："为了臣妾，周大词人受了那么大委屈，您不只收回成命，您还得给他一点安慰。"

"好，好，朕明天就召他进宫，将他好生安慰一番。"

李师师又道："嘴上安慰只是一个方面，最好给他来点实惠。"

徽宗笑问："你说的实惠，是不是要朕迁他的官，抑或是赐给他一些金帛？"

李师师道："陛下圣明。"

徽宗问："依你之见，是让朕迁他的官呢，还是赐他一些金帛？"

李师师道："二者相较，迁他的官，似乎更好一些。"

徽宗又问："为什么？"

李师师道："因为臣妾，周大词人受了不少委屈。但是，若是因这事，赐他一些金帛，总觉着有点别扭。若是迁他的官，就顺理成章了……"她故意将话顿住。

徽宗道："说下去。"

李师师继续说道："先皇神宗朝，周大词人已经官居太学正，干了三十多年，才是个校书郎。他没有功劳有苦劳，迁一下他的官，朝野不会说什么。"

徽宗颔首说道："你说得对。"

周邦彦因祸得福，迁官提举大晟府①。

遍查中国历史，因睡了皇帝的情人而升官，除了周邦彦，怕是再也找不出来第二个。

---

① 提举大晟府：提举，管理的意思。大晟府，宋朝一个重要的音乐机构。

奇闻,丑闻!

如此之丑闻,满朝文武没有不知道的,但只是在下边议论而已。

有一个叫曹辅的小官,小到什么程度呢?小到比七品芝麻官还小了两级——官居从八品秘书省正字①。

他居然公开上书徽宗,指责他宿妓之为,不只失礼悖德,也有损龙体,若为史官所记,将遗臭万年。为陛下计,为社稷计,当悬崖勒马,远女人,逐佞臣,斩奸人。这个佞臣,"高俅、李彦是也。导君为非,亦当逐之";这个奸人,就是周邦彦,"周邦彦,熟读孔孟之书,却不守孔孟之礼,与君同宿一妓,且又写词讥君,较之陈(国)之孔宁、仪行父②二人,更为可恶。愿陛下斩之,以谢天下……"

徽宗阅了曹辅之书,勃然大怒,本想将曹辅抓送御史台治罪,又怕张了己丑,便把蔡攸、王黼召进宫来,让他二人共同处理此事。

蔡、王二人受命之后,把曹辅传到政事堂。曹辅一进门,王黼便指着他厉声问道:"曹辅,你这个比芝麻官还要小的小官,居然敢上书指责君上,岂不是自己找死?"

曹辅不慌不忙地回道:"爱君不分官大官小。君王有过,谏之才为爱,大官不敢谏,故小官谏之。"

王黼无言以对,将脸转向蔡攸。蔡攸把案子啪地一拍斥道:"你那不叫谏!"

曹辅移目蔡攸,反问道:"那叫什么?"

蔡攸道:"信谣传谣,诽谤皇上,罪该灭族!"

曹辅冷笑一声道:"你这是睁着两眼说瞎话,皇上宿妓之事,朝野皆知,怎么叫诽谤皇上?"

蔡攸移目王黼:"王大人,曹辅说皇上宿妓,朝野皆知,我没有听说过,您呢,听说过没有?"

王黼摇头说道:"我也没有听说。"

蔡攸移目曹辅:"你说皇上宿妓,朝野皆知,我和王大人,咋都不知道呢?"

曹辅冷笑一声反问道:"你二位真的不知吗?你二位若是真的不知,那就请你二位对天发一个毒誓!"

蔡攸亦是一声冷笑:"我和王大人,是奉旨审你的,不是和你对质的,凭什么要听

---

① 秘书省正字:宋初为寄禄官名,元丰改制后为职事官。隶秘书省,秩从八品。
② 孔宁、仪行父:春秋陈国大夫。二人私通春秋第一美人夏姬后,又引其君陈灵公私夏姬。君臣三人同私一女,且还拿夏姬在朝堂上互相戏谑。夏姬之子夏征舒,忍无可忍,举兵杀了灵公。

你的?"

　　王黼附和道:"对呀,我们为什么要听你的？实话给你说,你官虽小,好赖也是个同进士出身,又写得一手好文章。皇上惜才,你只要写一个认罪的奏章,就可以继续做你的官,否则,那后果很严重!"

　　曹辅曳斜着眼问:"有多严重,是抄家还是杀头?"

二十五　九哥夜遁

帘内一声低吼:"够了! 扬州是好,扬州的下贱女人比汴京还多,隋炀帝为见那些下贱女人,征用了上百万人开凿大运河,逼反了百姓!"

九哥甩动犁铧钢片,发出"乓当当、乓当当"的响声,她且甩且唱道:"为保咱大宋好河山,太白金星把旨传……"

蔡攸道:"九哥若是掌了说唱院,就皇上那个德性,还不要天天往说唱院跑!"

蔡攸狠狠瞪了曹辅一眼:"你不要仄楞①,若不是大宋祖制——'不杀士大夫及上书言事之人',杀的就不只是你一人,而是你的全家,甚至九族!"

曹辅一脸讥讽道:"谢谢!"

蔡攸道:"你不用谢我。你只回答我一句话,这认罪的奏章你写不写?"

曹辅铿声回道:"不写。"

蔡攸气急败坏道:"滚!"

曹辅掉头而去。

王黼满脸不悦道:"这一走,岂不太便宜他了!"

蔡攸道:"不让他走,咱能把他怎么样?"

"抓起来,下狱。"

蔡攸道:"咱有这个权吗?"

王黼道:"皇上不是要咱俩处理吗?"

蔡攸道:"是要咱俩处理,但不是要咱俩把他下狱!"

王黼:"为什么?"

---

① 仄楞:中原方言,有显摆、说刺话的意思。

蔡攸道:"皇上如果想治他的罪,那就把他直接交给御史台好了,可皇上没交,而是叫咱俩来审,目的很明显,是想叫咱俩吓他一吓,写一个认罪的奏书,擦擦皇上脸上的灰,谁知,这家伙不识抬举。"

王黼问:"他既然已经不识抬举了,下一步怎么办?"

蔡攸道:"顶多编管。"

王黼道:"如此处置他,有些轻了吧?"

蔡攸道:"大宋祖制在那儿摆着,也只能这样了。"

第二天,徽宗内降一旨,将曹辅逐出汴京,编管郴州。

这一编管,再无朝臣敢言徽宗宿妓之事,但徽宗自己倒是有所顾忌,去永安坊的次数,明显减少了。郑皇后趁机劝道:"陛下,皇帝宿妓,亘古无之,您不能为一个下贱女人,损了圣誉。况且,晚上私自出行,难免发生不测,请陛下以社稷为重,自珍自爱!"

徽宗默想良久,长叹一声道:"梓童所言是也。"

此后三个月,他果真没有再去永安坊。但是,他的饮食,明显减少了,还动不动就发火,书画、蹴鞠本来是他之爱,也不爱了。御医私下告诉郑皇后,照此下去,皇上非生病不可。

郑皇后慌了,召蔡京、蔡攸、郑居中、王黼、高俅、李彦进宫,隔帘语道:"各位大人、中贵人①,皇上因那个下贱女人,连脾气都变了,尔等得想办法多劝劝他、哄哄他,让他开心,免得憋出病来。"

众人异口同声道:"谨遵懿旨。"

郑皇后问:"卿等打算如何劝他?"

王黼抢先回道:"劝他去扬州、杭州游一游。"

郑皇后道:"不可!"

王黼一脸不解道:"那地方气候好、风景好、名胜也多,是一个很好玩的地方,杜牧为之作诗曰:'娉娉袅袅十三余,豆蔻梢头二月初。春风十里扬州路,卷上珠帘总不如'。"

蔡攸见王黼抢了风头,不甘示弱:"写扬州诗的人多了,张祜②的《纵游淮南》,写得比杜牧这一首还好。"

---

① 中贵人:对高级宦官的尊称,也有称大官的。
② 张祜:字承吉(785—849年),唐代诗人。家世显赫,被人称作张公子,有"海内名士"之誉。杜牧对他很器重,赠其诗曰:"何人得似张公子,千首诗轻万户侯。"

他高声咏道："十里长街市井连,月明桥上看神仙。人生只合扬州死,禅智山光……"

"够了!"帘内传出一声低吼。

蔡攸愣了。平日,郑皇后温文尔雅,今日这是怎么了?

蔡京白了他一眼,正想训他几句,只听郑皇后说道："扬州是好,扬州的下贱女人比汴京还多,隋炀帝为见那些下贱女人,征用了上百万人开凿大运河,逼反了百姓,隋朝也为之灭亡!"

蔡京又白了蔡攸一眼,"扑通"一声,面向帘子跪了下去。

蔡攸、王黼等亦跪。

蔡京匍匐在地,叩首说道："犬子无知,请圣人谅之!"

皇后道："他也是一时失言,这事不再说了,咱还回到刚才的话题,让皇上到全国那些名城名地游一游,也无不可,比如西京呀、陈州(今河南省淮阳县)呀、茅山呀、武当山呀等等。"

蔡京抢先说道："谢圣人,臣知道该怎么做了。"

回到家中,蔡攸问蔡京："爹,您打算怎么哄皇上开心?"

蔡京道："按皇后说的办呗。"

"把游放在第一位?"

蔡京道："对。"

"皇后说了四个地方,先去哪儿?"

蔡京道："先去西京,次去陈州。"

蔡攸又问："之后呢?"

蔡京道："不游了。"

蔡攸复问："为什么?"

蔡京轻叹一声道："你这娃呀,白长个脑袋。爹问你,若是去游茅山和武当山,让林灵素跟不跟?"

蔡攸道："那得让他跟。"

蔡京问："他若是一跟,还能显咱父子俩吗?"

蔡攸道："那就不显了。"

蔡京道："既然这样,咱何必要为他人做嫁衣裳!"

蔡攸幡然醒悟："爹说得对,这茅山、武当山不能游。"

蔡京道:"爹年纪大了,腿脚不灵,坐镇汴京,你陪着皇上出游。"

蔡攸道了一声:"好。"

西京距汴京不到四百里,真能称得上名胜的也不过十几处,诸如龙门石窟、关林庙、白马寺、牡丹花城、汉光武帝陵、龙马负图寺、玄奘故里等等,半个月便打了一个来回。

淮阳呢?比去西京还近了五十里,名胜古迹也没有西京多,最著名的是太昊伏羲陵,其次是太清宫、明道宫,十天便打了一个来回。

两地相加,徽宗出游的时间不到一个月。一个月以后怎么办?

搞一个宴会,为徽宗出游归来接风洗尘。

宴会的地点选在金明池,为了这个宴会,经蔡京奏请郑皇后,从内宫调出了精美的酒器和餐具。为了给徽宗一个惊喜,精选了一批年轻的女乐工,来取代宫廷的教坊乐工。

那一天,当这群半裸着身子,手持乐器的女乐工一露面,徽宗的两眼便为之一亮。

表演从展示武技开始,拳击、击剑、刀舞;继之是一群宫女表演马球比赛;继之是杂技(踏索、吞铁剑)、口技、耍猴、男女相扑,一个高潮接着一个高潮,把徽宗喜得合不拢嘴。"好,好,好!"演唱还没结束,他叫了十四次好。

压轴戏是鼓儿哼。

鼓儿哼的伴奏乐器是一面小鼓,与之相匹配的是鼓槌和两张犁铧钢片,加之尾句拖腔的哼声较重较长,所以称之为鼓儿哼。

鼓儿哼又叫鼓儿词、南阳鼓词、轱辘词等。

这个剧种,徽宗只是听说,并没有看过他们的演出。

而今,演出者又是一个年逾五旬的女人,徽宗有些失望。待这个女人报了姓名,立马来了兴致。

女人左手执锤,将面前的小鼓重重地敲了三下,说道:"万寿无疆的陛下,臣妾贱名苗梅,绰号九哥……"

当她说出绰号之后,徽宗眼睛为之一亮:她就是那个说书退敌的九哥,看不出,看不出!他目不转睛地盯着九哥。

九哥又将面前的小鼓击了一下说道:"臣妾虽说年逾五旬,托陛下洪福,耳不聋,眼不花,说话赛银铃,走路好像十七八。"说到此,她吞儿一声笑了:"贱妾是不是有点自夸了?"

她自问自答道:"贱妾一点儿也不自夸。"

她朝徽宗一指道:"那不,万寿无疆的皇上就在那里坐着,诸位若是不信,尽可问一问皇上嘛!"

她复又将小鼓一击,发出"嘭"的一声响:"贱妾有些狂妄了,贱妾为什么狂妄,贱妾遇上了一个好天子!"

"嘭!"她再次击鼓道:"洪福齐天的陛下,美貌贤淑的圣人,各位尊贵无比的大人!常言道,'说书不说书,先说一首诗'。"

"嘭、嘭、嘭嘭!"她连击四下小鼓,高声诵道:

十不足

逐日奔忙只为饥,才得有食又思衣。
置下绫罗身上穿,抬头却嫌房屋低。
盖了高楼并大厦,床前缺少美貌妻。
娇妻美妾都娶下,忽虑门前无马骑。
买得高头金鞍马,马前马后少跟随。
招了家人数十个,有钱没势被人欺。
时来运转做知县,抱怨官小职位卑。
做过尚书升宰相,朝思暮想要登基。
一朝南面做天子,东征西讨打蛮夷。
四海万国都降服,想和神仙下象棋。
洞宾陪他把棋下,吩咐快做上天梯。
上天梯子未做起,阎王发牌鬼来催。
若非此人大限到,升到天上还嫌低。
玉皇大帝让他做,定嫌天宫不华丽。

这诗没诵几句,蔡京便觉得不对劲。这个女人,原只说说一个书帽①,作为开场白。那书帽只有四句话——"龙生龙凤生凤,老鼠生子会打洞;人人都说己娃好,刺猬也夸它娃光!"

她怎么改说这个?

他几次想站起来制止,又觉着不妥。拿眼偷瞅徽宗,见他并没有表现不高兴的样子,遂作罢。

九哥诵完诗后,再次击了一下小鼓:"闲言少叙,书归正传,贱妾今天所演唱的节目

---

① 书帽:也叫开场白。

二十五　九哥夜道

叫《道君皇帝下凡来》。"

她又击鼓三下,右手拿着两片犁铧钢片,用中指相隔上下,将手腕上下甩动,使犁铧钢片相互碰击,发出有节奏的"乒当当、乒当当"的响声。"啊嗯……"

她压着嗓子哼了起来。一声韵味悠长的哼声之后,唱道:

为强国神宗把法变,
外寇内贼俱不安。
反变法内贼赤膊把阵上,
辽夏二夷携手来犯边。
面对着内忧和外患,
神宗爷宵衣旰食,
苦撑大厦、国事日艰——(拖腔①)

拖腔"艰"字,七弯八转,韵味十足,全用哼音,哼得观众心里像熨斗烫一样舒坦,蔡攸、李邦彦眯缝着眼睛跟着哼。

哼了一阵之后,九哥将小鼓敲了一敲——"嘭!"她甩动犁铧钢片,发出"乒当当、乒当当"的响声,且甩且唱道:

为保咱大宋好河山,
太白金星把旨传。
长生大帝自天降,
投胎汴京皇家苑。
天界一班好仙友,
追随大帝下了凡。
有圣人、有嫔妃,还有大臣,
圣人投胎祥符县②。
保驾臣或东或西或南或北,
各有所安——(拖腔)

---

① 拖腔:鼓儿哼特有的唱法。每当唱了一段之后,落尾时要哼,而且这哼声较长较重。
② 祥符:古县名。宋大中祥符三年(1010年)改浚仪县置,以年号为名,治所在今河南省开封市。

又哼了一番之后,九哥将小鼓敲了一敲说道:"先帝神宗,为了富国强兵,果断变法,受到内贼外寇夹击,日子很不好过,为救大宋,玉皇大帝遣太白金星传旨,命其长子长生大帝君下凡救宋。长生大帝君的仙友,纷纷追随帝君,来到了凡间。"

"嘭、嘭、嘭嘭!"九哥击鼓之后,又甩动犁铧钢片唱道:

> 帝君下凡十九年,
>
> 兄终弟及坐金銮。
>
> 逐佞臣进贤臣朝政日新,
>
> 复新法扬正气国泰民安。
>
> 抗西夏复湟州威震华夏,
>
> 办书院育英才万民称赞。
>
> 知民难解民忧爱民如子,
>
> 济鳏寡并孤独二局三院①。
>
> 修明堂、铸九鼎,又把艮岳建。
>
> 艮岳美景天下传,
>
> 万只瑞禽迎驾万岁山——(拖腔)

九哥收住犁铧钢片,将面前小鼓复又敲了一敲,说道:"各位贵人,中华自有君王以来,听到的尽是君王如何征赋,如何征徭役,如何盘剥百姓!而我们的天子,想为民之所想,急为民之所急,兴学校、育人才;建三院两局,济鳏寡孤独。有如此之天子,乃万民之福,社稷之幸!吾等该不该为洪福齐天的宋天子祈福?"

台下齐声应道:"该!"

九哥复又将小鼓一敲道:"各位贵人,既然都认为应该为宋天子祈福,那就请各位听吾号令,吾将小鼓一击,各位便高呼:'吾皇万岁、万岁、万万岁!'连呼三遍,各位贵人以为如何?"

台下轰然应道:"好!"

只听"嘭!"的一声,台下振臂高呼:"吾皇万岁、万岁、万万岁……"其音直达九霄,

---

① 二局三院:即婴儿局、慈幼局和福田院、居养院、养济院。此二局三院为救助机构,救助对象除了鳏寡孤独之外,还有孕妇。无论贫富,凡妊娠五个月之孕妇,经申报,由官方建立档案,派专人照顾孕妇起居,临盆时,由助产师接生,所有服务免费,其夫可进行陪护,并免去杂役一年。

把宋徽宗喜得眉开眼笑,站起身来,频频挥动右手,向观众致意。

待呼声停下之后,九哥向台下深鞠一躬,引来阵阵掌声。

宴会结束后,徽宗召见九哥,好生将她夸了一番,赐之金银布帛。

九哥回到家中,见"我来也"还在卧房坐等,责之道:"城上已将三更,您咋还不睡?"

"我来也"笑回道:"你不回来,我睡得着吗?"

九哥轻叹一声,没有说话。

"我来也"曰:"今天的演出,不大理想?"

九哥道:"非也。"

"我来也"道:"那你因何而叹?"

九哥又是一声轻叹道:"小妹的脾气,您也知道,从不奴颜婢膝侍人。可小妹今天,奴颜了一次。"

"我来也"亦叹道:"都怪哥。哥的两条腿若是站得起来,咱就不会来京治病。咱若不来京治病,蔡京就无法要挟你。哎,都怪哥!你是为了哥,才奴颜了一次。"

九哥道:"歌颂昏君,非小妹所愿。但小妹把蔡京老贼为小妹写的那个书帽,换成了《十不足》,昏君倒没有听出弦外之音,蔡贼听出来了,几次起身欲加制止,因见昏君未有不满之意,遂作罢。"

"我来也"道:"昏君虽昏,但不傻,今天他没有听出你的弦外之音,说是好事,也算好事,说是坏事,也算坏事。"

九哥笑责道:"你这算什么话?同一件事,好就是好,不好就是不好,岂能'也算好事','也算坏事'?"

"我来也"笑回道:"同一件事,是好是坏,看你放在什么角度去看。比如你把蔡京老贼的书帽改为《十不足》这件事,站在你的角度,是想警示皇上,而昏君没有听出弦外之音,你有些失望,对你来讲,这是件坏事。但是,对我和孩子来讲,是件好事。九哥呀,咱来到汴京城非一日两日,据哥观察,大宋的气数将尽,要不,咋会生出当今这么一个皇帝!他才俊过人,在绘画、书法、艺术、诗词、音乐等方面的造诣,不敢说登峰造极,至少说罕有匹配。唉,千不该,万不该,他不该做了皇帝!你我还是及早离开这是非之地!"

九哥频频颔首道:"哥说得对,您说,咱什么时候走?"

"我来也"道:"今夜就走。"

九哥道:"行是行,但城门已经落锁,怎么办?"

"我来也"道:"哥认识西城门守吏。"

翌日,早朝后,徽宗单独召见了蔡京,笑微微地说道:"昨晚那个宴会,搞得非常好。"

蔡京双手抱拳道:"谢谢陛下夸奖。"

徽宗又道:"朕过去总以为,说唱之类的东西,不登大雅之堂。自看了'九哥'的鼓儿哼,朕才知道,这东西搞好了,非常有趣,可谓是雅俗共赏。"

蔡京附和道:"陛下所言甚是。"

"所以呀,朕想办一个说唱院什么的,让九哥主其事,为朝廷培养一些说唱方面的人才。"

蔡京心中尽管很不愿意,不愿意的原因,"九哥"居然敢改书帽,警示皇上。若是再让她来掌说唱院什么的,近距离和徽宗接触,迟早非捅出娄子来!

但是,他又不想说"不",故作很高兴的样子说道:"陛下这个想法很好,臣这就去落实。"说毕,告退。

回到政事堂,他把蔡攸叫来,将徽宗要办说唱院的事告之。

蔡攸一脸喜悦道:"好啊! 有了这个说唱院,说不定就会把皇上的心拴住了!"

蔡京瞪了蔡攸一眼训道:"你懂个屁!"

蔡攸一脸不解道:"孩儿这话说错了吗?"

蔡京问:"咱给'九哥'写的那个书帽你还记得不?"

蔡攸道:"记得。"

蔡京又问:"她唱的是不是咱写的那个书帽?"

蔡攸道:"不是。"

蔡京问:"她为什么要私改书帽?"

蔡攸摇头。

蔡京又问:"改就改呗,为啥改为《十不足》?"

蔡攸若有所思道:"是不是有意警示皇上,抑或是咱爷俩?"

蔡京道:"二者皆有!"

蔡攸恨声说道:"狂妄!"

蔡京道:"不止狂妄,还可恶! 如此一个人,决不能再给她接触皇上的机会!"

蔡攸道:"办说唱院是皇上的意思,让'九哥'掌说唱院也是皇上的意思。她若掌了说唱院,就皇上那个德性,还不要天天往说唱院跑! 咱拦得住吗? 拦不住!"

蔡京道:"所以,咱得想办法把说唱院搅黄。"

蔡攸问:"咋搅?"

"让'九哥'在华夏消失!"

蔡攸道:"好,孩儿今天就去安排。"

第三天中午,蔡攸哭丧着脸来见蔡京:"爹,孩儿无能,让'九哥'跑了。"

蔡京皱着眉头儿说道:"你也真够无能了!"

蔡攸道:"其实,也不是孩儿无能。前天,孩儿觅一刺客去刺杀'九哥'夫妇。那刺客还报说'九哥'房门落锁。昨日又去,还是落锁。今日复去,依然落锁,问之邻人,说是大前晚上,还见九哥家亮着灯,是不是那天夜里就走了?问之去处,皆曰不知。"

蔡京叹道:"那一日宴会,'九哥'改了书帽,心中发虚,又见爹几次欲要站起,更加不安,逃之夭夭,也是有的。逃了也好。她这一逃,爹就有话说了。"

他当即进宫,面奏徽宗。徽宗一脸不悦道:"这个'九哥',如此不识抬举!"

略顿又道:"她既然不识抬举,也不必再寻她了。哎,卿能否给朕荐一个掌说唱院的人选?"

蔡京想了一想回道:"能。"

"何人?"

"李邦彦怎样?"

徽宗对李邦彦非常了解。

李邦彦,字士美,怀州(今河南省沁阳县)人也:颜俊美,有风姿。父浦,银匠也。为文敏而工,喜交新秀,河东举人赴京者,大都取道怀州拜访他。他不仅盛宴相款,且资助路费,誉满河东,入京补为太学生。未几,徽宗赐他进士及第,授秘书省校书郎,试任外符宝郎①。

李邦彦在民间长大,熟习猥鄙之事,对答敏捷;擅长戏谑,能踢蹴鞠,常常把街市俗语编为词曲,人们争相传唱,自号李浪子,受"台谏"弹劾,罢去外符宝郎。

正因为徽宗了解李邦彦,便毫不犹豫地同意了。

李邦彦走马上任,亲自去汴京城的瓦舍里物色人选。他所物色的人,不只有说鼓儿哼的,也有说唱的、玩杂技的、吹口技的,还有搞相扑的,等等。

这些人选物色到以后,搞了一次试演,徽宗看了后说道:"说唱院,主要是说唱,弄一些玩杂技、搞相扑和耍猴的不妥。"

---

① 外符宝郎:官名。隶门下省,从七品,掌外廷符宝之事。宝即印玺,符者,符节也。

李邦彦道：“陛下教训得对。但是，臣觉得，应该把几个女相扑手留下来。”

徽宗问：“为什么？”

李邦彦道：“这是一个亮点，可以为说唱院作一个点缀。”

徽宗道：“也好。”

李邦彦道：“今天的节目有点多，臣想筛选一下，再给您演一场，如何？”

徽宗道：“好。”

李邦彦道：“届时，臣也登台凑凑热闹，行不？”

徽宗道：“行。”

二十六　香须如此烧

李邦彦将上身衣服一一脱下，拍着光肚子说道："陛下，您看臣这一身肉多白呀，臣要是个女人，就凭这一身白肉，不知道要迷倒多少男人！"

楼梯口的重帘突然拉开，香雾似瀑布一般从楼上泻了下来，不一刻儿，郁满了整个阁楼，看得徽宗目瞪口呆。

这一改，和尚尼姑变了称号，许多道观改成了神霄宫，和尚尼姑们头上加了一顶乌沉沉的帽子。

演出在金明池举行，李邦彦、蔡攸联袂登场，演的是《小桃红怀春》。李邦彦饰小桃红，打扮得像个女妖，蔡攸饰痞子张，一身流气加痞气。二人用市情俚语插科打诨，还不时做出一些下流动作，引得徽宗哈哈大笑。

演着演着，居然和徽宗开起玩笑。

李邦彦伸出一个兰花指①，朝蔡攸一指，娇滴滴地说道："小官人，你既然喜欢奴家，何不央一个媒人前来提亲？"

蔡攸流里流气地问道："小姐姐是想要一个公媒，还是母媒？"

李邦彦朝蔡攸瞟了一个媚眼，嗲声嗲气道："公媒何讲，母媒又何讲？"

蔡攸嬉皮笑脸道："公媒嘛，就是两条腿中间，夹了一个玉米棒子的男人；女媒嘛，就是专吸玉米棒的女人！"

李邦彦用兰花指朝蔡攸额头上戳了一戳娇嗔道："你坏！你那个坏呀，坏得头顶上长疮，屁股眼流脓！"

---

① 兰花指：通常指大拇指和中指捏合，其余三指展开的手势。这种手势，作为中国舞蹈以及戏曲中特有的一种基本手型，有着独特的传统审美特征。

蔡攸嘻嘻一笑道："小娘子，你这话说得对，对极了！俗话不俗，'男人不坏，女人不爱。'你若不信，我这会儿就给你坏个样子看看。"

他伸手去摸李邦彦脸，继之又扣李邦彦腰，摸李邦彦屁股，还要和李邦彦接吻。李邦彦欲躲又休。

闹了一阵，李邦彦娇喘道："小官人，奴家刚才已经说了，你既然喜欢奴家，就该央一个媒人前来提亲，你咋不央呢？"

蔡攸一脸庄重道："你是说过，让本公子央一个媒人去你家提亲，但你没有说是要一个公媒，还是一个母媒！"

李邦彦嘻嘻一笑道："当然是一个公媒了！"

蔡攸道："能做媒人的男人很多，有老的……"

他扳着指头，周吴郑王地说道："有老的，有少的，有大的，有小的，有俊的，有丑的，有高的，有矮的，有胖的，有瘦的，有官员，有平民。就官员来说，有大官，有小官……你是想要哪种男人，做咱们的媒红？"

李邦彦抿嘴一笑回道："当然是大官了！"

蔡攸嘿嘿一笑道："那官大到什么程度？"

"大……大到……大到……"李邦彦用兰花指朝徽宗一指道："大到洪福齐天的陛下。"

蔡攸噫了一声道："好，好，好得很哟！"

他一边说，一边偷看徽宗，见他一脸灿烂，心中有了数。移目李邦彦说道："小姐姐，你既然有这个想法，何不去求一求陛下？"

李邦彦道："奴家正有此意！"说毕，偷观徽宗，见他一脸笑靥，大着胆子，甩袖，碎步，趋至徽宗面前，跪而拜曰："陛下，奴的陛下呀，奴家今年一十六庚，早已到了婚嫁的芳龄，只因家境贫寒，嫁不出去。今日，有一过路公子，貌若潘安，看上了奴家，奴家对他也有那个意思，请您移动尊贵之步，来到台上，为奴家做一个公媒！"

徽宗笑指李邦彦道："你这个李邦彦呀，你是要朕与你一块儿演戏哩，这事不行，不行！"

李邦彦道："怎么个不行？奴家说行就行！起来吧。"

他一边说一边站起来去拉徽宗登场，徽宗顺手掂起手杖打他。他一边跑一边做着鬼脸儿逗引徽宗，徽宗一边笑一边追打。

李邦彦爬上一棵大树，徽宗追至，仰首说道："你下来。"

李邦彦道:"您上来。"

徽宗道:"司马光,你给我下来!"

李邦彦道:"尧(大)帝,您给我上来!"

徽宗用手杖敲了敲树道:"你居然敢给朕顶嘴?"

李邦彦哭丧着脸道:"臣不敢。"

"不敢你还不赶快下来?"

李邦彦媚笑道:"臣这就下。"说毕,脱下花袄,扔了下去。

徽宗怪道:"朕让你下树,你脱衣干啥?"

李邦彦狡黠地一笑道:"臣想让陛下看一看臣这一身白肉。"

徽宗皱眉说道:"一个大男人,那身上有什么好看的?"

"有!"李邦彦将裤子、汗衫一一脱下,果然一身白肉。

他拍着胸脯问:"陛下,您看,臣这一身肉多白呀,臣要是个女人,就凭这一身白肉,不知道要迷倒多少男人!您信不信?"

徽宗笑嘻嘻地回道:"朕信。"

李邦彦又道:"请陛下再看看臣这后背。"说毕,转过身去。

啊,《春宫图》,这家伙的背上居然绘了一幅《春宫图》。

李邦彦转过身来:"陛下,臣背上这幅图绘得怎么样?"

徽宗笑指曰:"李士美,你真是一个浪子!"

李邦彦正色道:"陛下,皇帝口中无妄言,我李士美这个'浪子'可是经过您钦封。以后呀,臣就写上浪子校书郎的牌子挂到胸前。"

徽宗笑应道:"好!"

第二天,李邦彦上朝时,果真在胸前挂了一个"浪子校书郎"。徽宗见了,差点笑出声来。

他一高兴,迁李邦彦为户部员外郎。

蔡攸见李邦彦迁了官,心里酸溜溜的,私谓徽宗:"陛下,前天晚上,臣和李士美同台演戏,是不是他演得比臣好?"

徽宗笑回道:"他是演得好,可卿演得也不错嘛!"

蔡攸又问:"既然陛下认为臣演得也不错,为什么李士美那官连升十级(校书郎为从八品,户部侍郎为从三品),臣一级也没升?"

徽宗笑微微道:"卿问得对,朕之误也!"

翌日,徽宗内降一诏,迁蔡攸为宣和殿大学士①。

徽宗喜欢猎奇,说唱院初建之时,他几乎天天召他们演唱,演唱了两个月,他不想看了。这样,就得再找一个他感兴趣的东西。

找什么呢?

蔡京无意中得到一本书——《汉灵帝传奇》。书中说汉灵帝游山玩水玩腻了,突发奇想,在皇宫里建了个园圃署,设列市肆,让嫔妃采女(宫女)都来买卖东西。灵帝则脱去龙袍,易服为商,亲自做肆主,手拿算盘筹码,讨价还价。

蔡京暗自思道:"此为很是有趣,若是在皇宫里也设这么一个市肆,皇上一定高兴。"

但是,事涉皇帝,他也不敢自作主张,经奏请徽宗同意,两个月后,市肆建成,市肆的房舍,仿效江浙风俗,白墙白顶,如同村居野宿一般。宫女当垆卖酒,其他买卖也一应俱全。徽宗或做买主,讨价还价;或扮乞丐,行乞于中,好不快活!

快活了不到两个月,徽宗又腻了,对蔡攸道:"昨天,通真达灵元妙先生,请朕去游茅山,届时,卿可伴驾。"

回到家中,蔡攸把徽宗欲游茅山之事,说给了蔡京。

蔡京道:"阻止他!"

蔡攸道:"皇上已经决定了,咱怎么阻止?"

蔡京想了一想道:"动用李师师。"

蔡攸道:"皇上已经和李师师没有来往了呀!"

蔡京道:"爹知道。"

蔡攸道:"您既然知道,还叫动用她?"

蔡京道:"皇上虽然和李师师不再来往,但他心里惦记着李师师。爹这会儿就去面见皇上,请他晚上到咱西园②赴宴。"

蔡攸道:"皇上轻易不到大臣家用饭,他会来吗?"

蔡京道:"爹有办法让他来。你所要做的,务必找到高俅,让他把李师师送到西园,安置她住下。"

蔡攸道:"好。"

---

① 宣和殿大学士:宣和殿,北京皇宫建筑之一,亦称保和殿,北宋皇宫三大藏书处所之一。大学士,文学贴职,始置于唐,常以学士中资望高者之。宣和殿大学士,掌出入侍从,以备顾问。

② 西园:蔡京别宅,类似现在的别墅,占地数十亩。

也不知道蔡京给徽宗说了些什么,徽宗答应赴宴,天完全黑下来后,轻车简从,来到西园。

园中有石堆的假山,有平地开掘的池塘,有奇花异木,有高阁长廊,还有上万只鸡鸭鹅兔和上千只珍禽异兽,这里和皇家园林相比,除了略小一些外,并无明显区别。

徽宗一边走一边看,走到用膳的玉龙阁,整整走了两刻钟。

晚宴极为丰盛,且不说那菜上了九十九道,单就那碗鹌鹑羹,也得花费数百贯,徽宗连道:"好汤,好汤!"

酒是黄雀朊,产自江西,以黄雀肝为主料,酿制而成,制作繁杂,每年产量也不过数百瓶,一瓶售价三百贯,这一场宴喝了二十瓶,喝得徽宗都有些不好意思:"蔡相,为朕这一顿饭,你可是花了大钱了!"

蔡京哈哈一笑道:"陛下能驾幸臣家,是臣的荣幸,喝几瓶黄雀朊算什么!臣还有几样好东西要款待陛下呢!"

徽宗笑嘻嘻地问道:"什么好东西?"

"蟹黄馒头,但是,今晚不准备让陛下品尝。"

徽宗笑问:"为什么?"

"给您留个想头。"

徽宗笑道:"卿的意思,是不是还想让朕再来叨扰卿呀?"

蔡京道:"那不叫叨扰,那叫蓬荜生辉。"

徽宗嘿嘿一笑道:"这可是你说的,以后呀,每隔半月,朕就叫卿蓬荜生辉一次。"

蔡京道:"天子口里可是无戏言,咱一言为定。"

徽宗道:"一言为定。不过,朕有一问。"

蔡京道:"臣洗耳恭听。"

"卿刚才说,卿还有几样好东西款待朕,朕想知道,除了蟹黄馒头外,还有什么?"

蔡京诡谲地一笑道:"久别。"

"久别是什么东西?"

蔡京道:"暂不奉告。不过,这道菜今晚就可以让陛下品尝。"

徽宗道:"那就上吧。"

蔡京道:"吃这道菜得换一个地方。"

徽宗道:"那就换吧。"

蔡京长身而起道:"请陛下移足'久别阁'。"

徽宗道了声："好!"站了起来。蔡京亲自带路,向北走了半箭之地,向左一拐,面前呈现一个白色小阁楼。

徽宗一进阁楼,便闻到一股淡淡的香味,笑问曰:"点的龙涎香?"

蔡京将头轻轻点了一点。

徽宗道:"蔡相有点太节俭了吧!若是多点几根,香味会更好一些。"

蔡京暗自说道:"待会儿你就知道,我蔡元长是一个什么样的人!"口中却道:"陛下所谕甚是。"

既然甚是,他又不唤人加香。

徽宗东向坐,蔡京西向坐,蔡攸在旁侍立,饮了两刻钟茶,楼梯口的重帘突然拉开,香雾如瀑布一样从楼上泻了下来,不一刻儿,郁满了整个阁楼,看得徽宗目瞪口呆。

蔡京呵呵一笑道:"香须如此烧,方有趣。"

徽宗长叹一声道:"卿真会享受,卿这才叫丰享豫大,朕不及也。"

话刚落音,楼上响起了悦耳的琴声,弹的是《百鸟朝凤》。热情欢快的旋律和百鸟和鸣之声,把徽宗带到了森林之中,以凤凰为首,百鸟和鸣迎驾。

徽宗龙颜大喜,问之曰:"弹琴者何人?"

蔡京笑嘻嘻地回道:"暂不奉告。"

徽宗道:"能否让弹琴人下楼见驾?"

蔡京笑意如故道:"陛下别急,待她再弹一首,自然就会下楼见驾了。"

徽宗略显失望道:"好吧。"

琴声又起,但不再悦耳,而是哀怨,如泣如诉的哀怨:

一别之后,二地悬念,只说是三四月,又谁知五六年,七弦琴无心弹,八行书不可传,九连环从中折断,十里长亭望眼欲穿,百思念,千牵念,万般无奈把郎怨。

"这是不是一首数字诗?"徽宗问。

蔡京回道:"正是。"

"是不是西汉才女卓文君写给司马相如的那首数字诗?"

蔡京道:"正是。"

"难道是她?"徽宗一边说一边站了起来。

蔡京忙起身问道:"陛下想做什么?"

徽宗略显激动地问道:"弹琴之人是不是师师?"

蔡京道:"是。"

"朕想上楼见她!"

蔡京笑劝道:"陛下,心急吃不了热豆腐,您让她把这一曲弹完再见,也不为迟。坐,请坐。"

徽宗轻叹一声,坐了下去。

歌声、琴声中充满了凄凉与苦恼:

万语千言说不尽,百无聊赖十倚栏,九月登高望孤雁,八月中秋月不圆,七月半焚香秉烛问苍天,六月伏天人人摇扇我心寒,五月榴花红似火,偏遇阵雨浇心田,四月枇杷色未黄,我欲揽镜心意乱,三月桃花随水转,二月风筝线儿断。噫,郎啊郎,巴不得下一世,你变女来我做男。

徽宗长身而起道:"朕得上楼,朕这会儿就上!"

蔡京道:"既然陛下执意要上,臣也就不再阻拦。臣和犬子告退了。"

父子二人双双转身。

自这一日始,徽宗天天夜里去西园和李师师相会,再也不提去茅山之事了。会了二十几天后,徽宗召蔡攸进宫,叹而问曰:"作为一个皇帝,天天往大臣家跑,是不是有些不大合适?"

蔡攸明知故问道:"那看是往哪个大臣家跑?"

"卿家。"

蔡攸咧嘴一笑道:"那也没有什么。"

"为什么?"

蔡攸道:"容臣高攀一下,陛下和臣既有君臣关系,又有姻亲关系。姻亲之间彼此走动多了一点,也属正常。"

"可是,和朕有姻亲关系的,不只卿一家呀?"

"是不止一家,但是,官做到宰相的有几家?"

徽宗欲言又止。

蔡攸道:"陛下如果实在不想去臣家会师师,臣倒有一个办法。"

徽宗双眼一亮道:"请讲。"

"让师师还回永安坊……"

徽宗一脸不悦道:"你这办法是个屁!"

蔡攸嘻嘻一笑道:"您别急,臣的话还没说完呢。"

"那你继续说吧。"

蔡攸道:"从大内挖一个暗道,直通师师家。您从暗道里去会师师。"

徽宗大喜道:"这办法不错!这事就交给卿了,办好了有赏,办坏了罢你的官。"

蔡攸拍着胸脯说道:"陛下放心,这事臣一定办得叫您满意!"

不到三个月,暗道便挖成了,徽宗走暗道来会师师,既避开了众人耳目,又不用担心安全,大喜,赏蔡攸钱一千贯,帛一百匹。

"谁抓住了皇帝,谁就抓住了朝廷。"这理儿,不但蔡京知道,林灵素也知道。

徽宗本来是林灵素的菜,如今被蔡京父子所控制,正想着如何把徽宗夺回来,徽宗做了一个梦。

一个雪后的夜晚,千秋廊下,徽宗和林灵素一边饮酒,一边赏月,喝到微醉之时,徽宗突然叹道:"朕想去月宫看看,这个愿望怕是难以实现!"

林灵素道:"这不是什么难事,陛下想去,这会儿就可以去。"

徽宗一脸欢喜道:"真的吗?"

林灵素道:"臣不敢欺君。"

徽宗道:"这太好了!"

林灵素举手向夜空一招,只见两只青鸾飞来,徐徐落在他俩面前。林灵素请徽宗跨上一只青鸾之背,自己则跨上另一只,且请徽宗闭上眼睛,口喝一声:"起!"二人乘着青鸾向西北升飞而去。过不多时,青鸾徐徐落地。林灵素叫徽宗睁开眼睛,且跳下鸾背,正南而行。过了一处大门楼,只见波光万顷、寒气袭人。

宋徽宗和林灵素继续前行,见一棵浓荫密合的大树下,有两位上仙在清光的辉映之下一南一北对坐着下棋。其中一位上仙身着玉缕金丝霓裳袍,另一位上仙身着白袍。还有一位紫脸上仙在观棋,坐西面东。

林灵素小声对徽宗说道:"这仨上仙您认识不?"

徽宗轻轻摇头。

林灵素朝穿玉缕金丝霓裳袍的上仙指了一指说道:"他就是元始天尊。"

徽宗轻轻"噢"了一声。

林灵素又将穿白袍的一指道:"这位是太白金星。"

徽宗将头点了一点。

"观棋的那位是月神吴刚。"

徽宗又将头点了一点,道:"朕是不是得给三位上仙见个礼?"

林灵素摇头说道:"不用。"

"为什么?"

林灵素道:"那会扫了他们的棋兴。"

徽宗道:"三位上仙近在咫尺,要是连句话都不说,朕会遗憾终生的!"

"这……"林灵素举目向三位上仙看了一眼,说道:"陛下如果实在想给三位上仙见个礼,臣这就去通融一下。"

徽宗复又将头点了一点。

俗话说:"心没二用。"这话只对凡人,上仙的心,不但可以"二用",也可以"三用",甚至更多。

他俩的到来、对话,三上仙无不知晓。

"天尊。"太白金星一边走棋一边说道:"帝君来了有时。"

元始天尊道:"我知道。"

太白金星又道:"天尊,这棋,咱俩已经下了半个时辰,就是再下半个时辰,也不一定能分出一个输赢,咱就别下了。"

元始天尊道:"你的败象已现,两刻钟内我就可以赢你。"

太白金星呵呵一笑道:"好,算你赢了。"一边说一边站了起来。

元始天尊道:"别急,什么'算你赢了',咱俩下到底!两刻钟管叫你缴械投降。"

太白金星道:"两刻还少呀?仙界一天,凡界一年。咱的两刻钟,就是凡间的七八天呀!一个皇帝离开皇宫七八天,还不让大臣们找疯?"

元始天尊轻叹一声,站了起来,太白金星朝徽宗和林灵素招了招手。

二人忙趋到元始天尊面前,拜过了元始天尊,又拜太白金星和吴刚。

太白金星移目元始天尊道:"帝君来仙界一趟不容易,你们好好聊聊吧,老朽走了。"

他一走,吴刚也跟着走。元始天尊让徽宗在他对面坐下,寒暄了一番后,就修仙之事,聊了起来。直聊到天鼓将响,元始天尊说道:"我该上朝了,你也走吧。"说毕,身子一晃,不见了。

徽宗长叹一声,掉头对林灵素说道:"咱们再去别的地方转转吧。"

林灵素道了声:"好。"

正转着,迎面走来一位极丑极丑的汉子,这汉子手执钢叉,东张西望。林灵素小声说道:"这位就是抢夺后羿仙药的那个逢蒙,他怎么也来到了广寒宫?"

徽宗道:"定是为嫦娥而来。"

林灵素道:"这人心术不正,武功又高,咱们还需避一避他。"

徽宗道:"也好。"他正要左拐,逢蒙大喝一声道:"等一等。"

徽宗忙将左转的脚收回。

"你二位看见嫦娥了吗?"

徽宗、林灵素一齐摇头。

逢蒙蛮不讲理道:"你二位一定看到了,不肯告诉爷!"

徽宗、林灵素耐着性子解释道:"俺俩真的没有看到嫦娥。"

逢蒙道:"爷不信!"

徽宗对林灵素小声说道:"此人蛮不讲理,怎么办?"

林灵素道:"您先走,臣在这里应付他。"

徽宗点了点头,二次左拐。

逢蒙大声喝道:"不许走!"

林灵素朝徽宗丢了一个继续走的眼神,移目逢蒙说道:"好汉爷,您不是要找嫦娥吗?我帮你找。"

逢蒙指着徽宗后背说道:"他也得帮我找。"

林灵素道:"他有事,你让他走吧。"

逢蒙厉声说道:"有事也不行!"

他移目徽宗喊道:"你给爷站住,你给爷站住!"他见徽宗不听,将叉向徽宗抛去,正中后心。徽宗大叫一声,从梦中醒来,正好到了上朝的时间。

早朝后,他将林灵素留下,告之以梦。林灵素问:"臣想知道陛下和元始天尊聊了些什么,臣才好为您解梦。"

徽宗道:"朕和元始天尊聊了些什么,记不起来了。但有一句话,朕却记得。"

林灵素问:"什么话?"

"他要朕改除魔髡。"

林灵素想了一想回道:"'魔髡'就是佛教。当今之世,教有三,一曰儒,二曰道,三曰佛。儒教以孔夫子为始祖,道教以老子为始祖,佛教以释迦牟尼为始祖。孔子的教义留传万世,为后人效法。孔子曾向老子请教过,有师生之谊,故而儒道是一家。唯有佛教,唐代的傅奕曾说过,'削发为僧就不再拜国君和亲人,改服袈裟就逃避了赋税,这种人既不忠于国家,又不孝敬父母,不属于我中华人物,而是西方的胡鬼'。佛教最危害道义,当今纵然不能立即灭绝,也该进行改正。"

"怎么改正?"徽宗问。

林灵素道:"第一步,先改名字。和尚叫德士、佛叫金仙、菩萨叫仙人、罗汉叫无漏、金刚叫力士、僧伽叫仰善。"

徽宗道:"这事好办。第二步呢?"

"改寺庙。"

徽宗又问道:"怎么改?"

林灵素道:"陛下不是已经昭告天下,要各府州县建神霄宫吗?要建神霄宫,花钱费时,倒不如把各地那些佛教的寺庙稍加改造,就是一个很好的神霄宫。"

徽宗道:"好是好,但这一改,和尚、尼姑的住处就没了。"

林灵素道:"三留其一,而且是留乡不留城。"

徽宗道:"好。第三步呢?"

"改服饰。"

徽宗复问:"怎么改?"

"让他们著道服。"

徽宗笑曰:"既著道服,就得戴星冠。星冠下边有巾,道士们戴上星冠,配着飘逸的长发,显得潇洒、漂亮。可和尚、尼姑都是光头,戴冠倒没什么,冠下边的冠巾,怎么处置?"

"可以戴假发嘛,在假发上梳成发髻别上簪子,不也挺好看吗?"

徽宗笑意如故道:"一切依卿。"

这一"依",和尚尼姑变了称号,许多道观改成了神霄宫,和尚尼姑的头上加了一顶乌沉沉的帽子。有一士人戏问一道行甚高的长老:"戴冠儿稳否?"

长老回道:"幸有一片闲田地!"

士人又问:"'德士'之名讳,要比'和尚'好听吧?"

长老没有正面回答,却咏诗一首:

改德士颂

自知祝发非华我,故欲毁形从道人。

圣主如天苦怜悯,复令加我旧冠巾。

>　　旧说螟蛉逢蜾蠃，异时蝴蝶梦庄周。
>　　世间化物浑如梦，梦里惺惺却自由。
>　　德士旧尝称进士，黄冠初不异儒冠。
>　　种种是名名是假，世人谁不被名谩。
>　　衲子纷纷恼不禁，倚松传与法安心。
>　　瓶盘钗钏形虽异，还我从来一色金。
>　　小年曾著书生帽，老大当簪德士冠。
>　　此身无我亦无物，三教从来处处安。

名为"颂"，实为发泄心中不满。

僧人们不只是发泄不满，还通过毁体燃香和以身殉教进行抗争。

二十七　佛道斗法

义天长老又道:"容老衲直言,杜家冲倒也山清,但水是恶的,不宜人居。"

广智长老找到林灵素,责之曰:"凭你那点本事,佛是灭不了的!不信,咱俩斗一斗法,一较高低!"

林灵素将袖子一扬,十几支银针,飞向广智长老后心。长老"啊"了一声,真气泄去,火沾衣便着。

义天长老,佛印禅师之高徒也。某一日申时,云游至杜家冲①,见冲里树木繁盛、鸟语花香,一块突兀的山石"嘀嗒,嘀嗒"往下滴水,流入一个宽不及丈、又黑又臭的小溪中。那溪中有几个十一二岁的孩子在捕捉一种称之为小龙虾的东西。

义天长老将嘴张了一张,又合上了。

前行半箭之地,居住着一户人家。从这一户人家的外部来看,在乡村,应该是一个小富户。

"笃!笃!笃!"他将大门轻轻敲了三下,便停了下来。好一会儿,那大门方才打开。

开门者是一拄着拐杖的中年汉子,看面相也不过三四十岁。

他连道两声"对不起"说道:"犬子小三的病又犯了,一家人都在为他忙哩,门开得迟了。"

义天长老双手合十道:"阿弥陀佛,小施主患的什么病?"

汉子道:"每当患病时,咳嗽胸闷,背像针刺一样,有时连呼吸都有些困难。"

义天长老道:"看郎中了没有?"

---

① 冲:指谷中的平地,可用于地名,一般来说,称为"冲"的地方,是有人居住的小山村。

汉子道:"方圆上百里有点名气的郎中请了一个遍,都治不好。前年一个云游道人,说了一个偏方,把生绿豆捣成汁喝,挺见效的!"

义天长老道:"这个方虽然好,但没有从病根着手。治好后容易复发,对不?"

汉子将头使劲点了一点。

义天长老道:"阿弥陀佛,老衲略通医道,施主若是信得过老衲,可把小施主请出来,让老衲一瞧。"

汉子道:"犬子刚刚服下绿豆汁,以往,他若是服了绿豆汁,再睡上一个时辰,病就好了。这会儿,已经睡着了。"

义天长老道:"那就别惊动他了。"

汉子道:"谢谢。"

他没话找话道:"敢问长老,您这是要去哪里?"

义天长老暗道:"这一问,问得好。"双手合掌,又道了一声"阿弥陀佛"说道:"老衲要去与佛有缘的地方。"

汉子笑问道:"俺这杜家冲,也与佛有缘吗?"

义天长老道:"这个问题,咱暂不说,老衲想问施主几个问题,好吗?"

汉子道:"好。"

义天长老问:"杜家冲住了多少人家?"

"二十八家。"

义天长老又问:"是不是都姓杜?"

"是。"

义天长老复问:"在这二十八家中,是不是家家都有患小施主这种病的?"

"家家都有。"

义天长老又道:"施主门前这条小溪,源自何处?"

"源自孤山。"

义天长老复问:"孤山脚下,有无马场、羊场?"

"有一马场。"

义天长老问:"是何人所办?"

"朝廷。"

"养马多少匹?"

"五百多匹。"

义天长老将头点了一点又问:"施主门前这条溪,是不是有很多小龙虾?"

汉子道:"是有很多小龙虾。"

"施主和贵子杜三都喜欢吃这东西,对不?"

汉子奇道:"长老怎么知道,在下患病的犬子叫杜三?"

义天长老暗自说道:怎么知道? 是你自己告诉老衲的——"犬子小三的病又犯了",口中却道:"暂不奉告。"

"阿弥陀佛,老衲还想问施主几个问题。"

汉子道:"问吧。"

"施主的大儿子、二儿子哪里去了?"

汉子道:"和他爷爷一块儿逛邓州城去了。"

"施主令尊年庚几何?"

汉子回道:"六十有八。"

"六十八了还能带着两个孙子逛邓州城?"

汉子道:"老父吃了一辈子斋,身子还算硬朗。"

义天长老又将头点了一点问:"施主的大儿子、二儿子是喜食素食,还是腥荤?"

汉子道:"喜食素。"

义天长老"噢"了一声,话锋一转道:"刚才,施主问老衲,杜家冲是不是与佛有缘,老衲没有回答,这会儿可以回答了——杜家冲与佛有缘。"

"何以见得?"

"小施主贵体有恙,久治不愈,却被老衲撞上了。而老衲又略通医道,老衲自信,小施主的病,老衲能治。"

汉子又惊又喜道:"真的吗?"

义天长老道:"阿弥陀佛,出家人不打诳语!"

"那,那我这会儿就把犬子叫醒?"

义天长老道:"别叫。老衲有些困,方便的话,给老衲找一个小榻躺一会儿。"

汉子道:"请跟我来。"

他将义天长老带到偏院一间卧房,安置义天长老躺下。

义天长老这一躺,便躺到了卯时四刻,太阳即将落山,方才起来。他一见杜三,两眼为之放光——方面大耳,自来笑,活脱脱一个少时的佛印禅师。询之年庚,十二岁,出生之年,乃佛印圆寂之年。再询之出生日月,亦与佛印同。

义天长老暗自欢喜,招杜三近前。他望闻问切一番,对汉子说道:"小施主的病,治之不难,但得换一个地方去住,否则,即使治好了,三五年后还要复发。"

汉子道:"换一个什么地方?"

"跟老衲去邓州香严寺①,那里山清水秀,最适合养身。"

汉子道:"那就多谢长老了。"

义天长老又道:"容老衲直言,杜家冲倒也山清,但水是恶的,不宜人居,施主一家最好也迁出去。"

汉子叹道:"血泊难舍,这家吾不想迁!"

义天长老道:"不迁也可,但这溪里产的东西,不能再吃了,特别是小龙虾。"

汉子将头点了一点。

义天长老又道:"院子里这口井也不能再用了。"

汉子道:"那吃水怎么办?"

"施主门前那块山石不是在滴水吗?它滴的水攒起来,足够施主一家用了。"

汉子道:"够用了。"

义天长老又道:"小龙虾长于恶水之中,施主之病就是食了小龙虾所致。老衲身上带了一些解毒的丸药,全留给施主吧。"

汉子道:"多谢长老。"

义天长老复道:"老衲有一事相求,还需施主成全。"

汉子道:"您是高僧,又是俺一家的恩人,有什么事尽管昐咐。"

"阿弥陀佛,老衲想让小施主皈依佛门。"

"这……这……"

义天长老道:"老衲就直说了吧。老衲为什么想让小施主皈依佛门?一是小施主有佛根。二是也只有皈依佛门,才能赎罪,才能保佑施主一家平安。"

汉子问:"赎什么罪呀?"

义天长老回曰:"阿弥陀佛,施主父子是不是经常吃小龙虾呀?"

汉子道:"经常吃。"

义天长老又问:"小龙虾是不是龙族的成员?"

---

① 香严寺:位于今河南省淅川县仓房镇白崖山中,始建于唐代,与登封少林寺、洛阳白马寺、开封相国寺并称为河南四大名寺。

汉子道："这,应该是。"

"既然小龙虾是龙族的成员,施主吃它,龙王会高兴吗?"

汉子道："肯定不高兴。"

"既然龙王不高兴,岂不要降灾于施主?"

汉子道："应该会。"

"所以,老衲让小施主皈依佛门,乃是要他念经为小龙虾超度,以赎其罪。"

汉子"噢"了一声道："让犬子皈依佛门,在下倒是愿意。但是,有家严在,在下不敢做主。"

"令尊大人什么时候回来?"

汉子道："说的是明天。"

义天长老道："那老衲就等令尊一天吧。"

第二天,太阳落山的时候,杜三爷爷果真带着两个孙子回来了。而且,欣然同意杜三皈依佛门。

义天长老将杜三带到香严寺,剃度后为其取法名悟静。

悟静本就聪慧,又一心向佛,不到十年,几乎阅尽佛家经典,讲起法,滔滔不绝,有小佛印之称。义天长老正要带他去杭州灵隐寺参加佛经夺席①大会。有圣旨到来,不只要僧人改名字,还要他们著道服,还要将他们的香严寺改为道观——神霄宫。义天长老不肯服从,被抓到邓州,打入死牢。为救恩师,更是为了救佛教,悟静只身北上,来到汴京,上书徽宗,徽宗不予理睬。

每年的上元节(正月十五),依例,要放灯三天(后变为五天)。因此,上元节又称灯节。

灯,五颜六色,名称繁多,诸如走马灯、皮影灯、神仙灯、羊皮灯、日月灯、珠子灯、无骨灯、龙凤灯、琉璃灯、镜灯、字灯、诗牌绢灯等等。这些灯交相辉映,争奇斗艳。大街小巷,尽是观灯之人。特别是那些仕女,都把自己打扮得漂漂亮亮,"皆戴珠翠、闹蛾、玉梅、雪柳、菩提叶、灯球、销金合、蝉貂袖、项帕(以上都是首饰名),而衣多尚白,盖月下所宜也。"

宋朝的上元节,还有一个惯例:天子与民同乐,以示亲民。每年的正月十五(或十

---

① 夺席:讲经辩难时,辩胜者夺取他人的座席。此为,源自汉光武帝刘秀。刘秀喜欢读"经",每年的正月初一,令能够谈经的大臣互相诘难,凡在经义上辩论失败者,就将座席让给辩胜者。

六)之夜,皇帝都要"乘小辇,幸宣德门",观赏花灯,尔后,"驾登宣德楼"。

宣德楼下早已搭好一个大露台,诸色艺人在露台上进行表演。表演的节目有相扑、蹴鞠、曲艺等等。

上元节这一天,悟静外著道服,内穿僧衣,寅时三刻,便来到宣德门楼下,直等到玉兔东升,方见徽宗头戴通天冠,身着黄龙袍,携皇后嫔妃等驾幸宣德楼。

太子赵桓引皇室诸子,蔡京、林灵素率众执政及众道徒尾随其后登楼。

楼下人山人海,高呼:"万岁!"

徽宗一只手扶着栏杆,另一只手向台下频频挥动,引来一阵阵"万岁!万岁!"的欢呼声。

鼓交二更,徽宗口谕一旨"赏!"

太监们抬来五十筐铜钱,如天女散花般地向楼下撒去,游人如同疯了一般,你抢我夺,欢呼声、尖叫声震耳欲聋。

郑皇后小声说道:"陛下,这个抢法,怕是要出人命哩,不撒了吧!"

徽宗笑嘻嘻地回道:"撒钱热闹。"

略顿又道:"闹元宵、闹元宵,不抢不叫,咋体现一个'闹'字呢?朕还听说,有的人把能抢到钱视为天子赐福,用红绳子吊在堂上。所以,这项活动不能少。"

郑皇后欲要再劝,站在楼下的悟静仰头喝道:"楼上的天子你听着,佛是救世主,佛是长夜漫漫的人间慧灯,佛是苦海茫茫的人间舟航,你不该听信林灵素谗言,强逼吾教徒改名、著道服;强占吾教之寺庙。这是对吾教的羞辱!"

郑皇后愣了,徽宗愣了,林灵素也愣了,楼上的人全都愣了。

最先醒过神的是蔡京,指着楼下维持秩序的皇室禁军喝道:"愣什么愣?赶快把那个秃驴拿下!"

众禁军一齐涌向悟静,将他扭住胳膊,仰望城上,请示道:"相爷,怎么处置?"

蔡京道:"扭送开封府。"

徽宗摇手说道:"不,扭送大内司正司①,明天朕要亲自审问。"

蔡京掉头对皇室禁军命令道:"将这个秃驴扭送到大内司正司!"

观灯结束后,蔡京回到家中,召蔡攸嘱曰:"明天早朝后,你要单独面见皇上,让他放那和尚一马。"

---

① 司正司:始置于隋,掌推鞫与处罚宫人事。

蔡攸道:"这和尚与咱既不沾亲,也不带故,咱为什么要救他?"

蔡京道:"咱是和那和尚既不沾亲也不带故,但咱和林灵素带'故'呀!那和尚因反对林灵素被抓,咱救了他,等于打了林灵素一个耳光。"

蔡攸道:"孩儿明白。但是,那和尚在大庭广众之下指责皇上,犯了欺君之罪,怕是皇上不会饶他。"

蔡京道:"你尽管去说,饶不饶是皇上的事。另外,老父再去找一找毕渐。"

蔡攸反问道:"毕渐?是不是那个长满络腮胡子的毕侍读?"

蔡京将头点了一点。

"他迁升侍读还不到三个月,不曾听说他给皇上授过课,您找他干什么?"

蔡京道:"毕渐是绍圣元年(1094年)的状元,变法派中的新秀。因两位高堂年迈多病,又不愿来汴京居住,毕渐为了尽孝,三次上书辞官,先帝一反'官员不得在本籍为官'之制,授之以通判荆州军州事①,三年任满,迁荆州知州。毕渐离京之时,曾布设宴为他饯行,老父也参加了,还即兴作诗一首——《送毕之进状元还乡》。"

他轻咳一声咏道:"毕髯奇男子,未识已心与。献策集英殿,脱略独豪举……同事三人留,时时作险语。隆准帝王孙,萧然好风度。诗书百万卷,胸中莽回互。平生苏惠州,气概颇自许……"

咏毕,蔡京继续说道:"皇上改元'崇宁'之时,两召毕渐进京为官,他坚辞不就。直到送走了两位高堂,这才同意进京。他虽然没有为皇上授过课,但他为太子授过课,太子对他的为人和学识非常钦佩,凡有疑,必向他请教。老父想让他出面游说太子,再让太子去找皇上或林灵素……"

蔡攸道:"太子谨小慎微,又有点怕皇上,他不会找皇上的。"

蔡京道:"那就找林灵素。皇上改造佛教之事,乃因林灵素而起,只要林灵素说和尚不可杀,皇上就不会杀。"

蔡攸道:"可林灵素不一定会听太子的。"

蔡京道:"只要太子说了,林灵素听,抑或是不听,对咱都是一件好事。"

蔡攸道:"您老这话,把孩儿说迷糊了。"

蔡京叹道:"你呀你,孔子曰,'回②也,闻一以知十。'你呢?不说闻一以知十,闻一

---

① 通判荆州军州事:差遣官名,既非知州副贰,又非属官,寓有"监郡"之意。元丰改制后,明令通判为副贰,入则贰政,出则按县。上州通判正七品,中、下州通判从七品。

② 回:颜回。孔子最得意的弟子,位列七十二贤人之首,后人称之复圣。

知二行不?"说得蔡攸满脸通红。

蔡京又是一声长叹,继续说道:"太子出面为那个和尚讲情,林灵素若是答应了,那是他自打耳光;林灵素如果不答应,他就把太子给得罪了。"

蔡攸媚笑道:"爹,您真行,走一步看三步,您这一肚子计谋,孩儿若是学得十分之一,天下怕是就没有对手了。"

蔡京拈须微微一笑道:"到现在你才知道爹行,爹若是没有两把刷子,岂能三落三起?"

蔡攸忙将头点了三点。

翌日早朝,徽宗无精打采,退朝后,直接回到寝殿,谁也不见,这条线断了。

毕渐这条线,进展尚算顺利,太子虽然没有召林灵素,却让毕渐代传,希望放悟静一马。林灵素婉言拒道:"悟静大庭广众之下质问皇上,犯了大不敬之罪,而且,拘捕悟静,又是皇上之意,贫道不想趟这个浑水。"

若照徽宗之意,不但将悟静斩首,还要暴尸三天。后经毕渐劝说,充军崖州。

这事,一传两传,传到义天长老耳中,义天长老叹曰:"悟静为了老衲,为了护教,被贬崖州,绝无生还之理,是老衲害了悟静。"绝食而亡。

义天长老的师弟广智长老听说师侄为护教而充军崖州,师兄又因悟静而死,徒步前往汴京,找到林灵素,缓缓说道:"儒、道、佛三家,本为三友,自西汉至今,相敬相爱,汝无故挑起事端,损佛灭佛,告诉你,凭你那点本事,佛是灭不了的!不信,咱俩斗一斗法,汝若胜了洒家,洒家自焚向汝谢罪;洒家若是胜了汝,请汝劝谏天子,收回损佛诏书。"

林灵素见广智长老慈眉善目,不怒自威,知是一位得道高僧,不想与之斗法,但又无法拒绝,遂奏请天子,择日在三清观斗法。

斗法分三场进行,三比二胜。

第一场,现场治病。病人是从安济坊拉来的,四男四女,内中有盲人,有哑巴,有聋子,有瘸子,分作两排,东西对立,每一排既有盲人,又有哑巴、聋子和瘸子。

林灵素居东,广智长老居西。林灵素喝了一口佛水(符咒烧后溶在水里),朝哑巴当头一喷,喝道:"说话!"

哑巴咳了两声,居然吐出四个字来:"谢谢大师!"

说毕,一脸狂喜而哭道:"我会说话了,我真的会说话了!啊,啊,啊……"

林灵素让人将"哑巴"带到一旁,又喝了一口符水,朝盲人当头一喷,喝道:"把眼睛开!"

那盲人果真把双眼睁开了,亦狂喜道:"我的眼好了,我再也不是一个瞎子了!"

林灵素又让人将"盲人""聋子"带到一旁,继续施法,神奇再次出现,瘸子能走了,聋子能听了。

轮到广智长老,他却负手而立,一脸冷笑。

主持斗法的梁师成,笑催广智长老:"该德士施法了。"

广智长老冷声回道:"老衲自知不济,免了吧!"

梁师成道:"如此说来,你是认输了?"

广智长老道:"老衲是认输了,但老衲不是输在法术上!"

"德士输在什么地方?"

广智长老一字一顿地回道:"猫腻,这里边有猫腻!"

梁师成的脸微微一红,移向他处。

第二场,斗术。场地改在凝神殿。徽宗、太子并蔡京等一班重臣莅临。

林灵素当场画符,并焚烧入水。他深吸了一口气,卟水一口,化成五色云,中有仙鹤百只,飞绕殿前;又有金狮杂于云间,众人欢呼。

梁师成移目广智长老曰:"此术德士能否?"

广智长老笑曰:"此乃纸狮纸鹤耳,老衲略施法术,可令其尽现真身。"

梁师成曰:"那就请德士施术。"

广智长老闭目捏诀,口中念念有词,忽将双目一睁,二指朝五色云处猛地一弹,仙鹤、金狮纷纷坠地,皆化为纸。

第三场,走火洞。

火洞者何?火洞者,架木柴而筑之,高九尺许,深一丈有八,举火,使其熊熊燃烧之后,从一口入,另一口出,身不沾火,方为高人。

火洞布成后,林灵素与广智长老来到洞的北口,林灵素问广智长老:"孰先?"

广智长老反问道:"你意呢?"

林灵素道:"你若是心中恐惧,洒家可先。"

广智长老冷哼一声,当先入洞。林灵素尾随其后。但见大火熊熊,并不沾二人之衣,前行丈许,林灵素将袖子一扬,十几支银针,飞向广智长老后心。

广智长老"啊"了一声,真气泄去,火沾衣便着,被活活烧死。

林灵素斗法"获胜",众弟子纷纷登门庆贺,林灵素越发得意,居然敢和蔡京争道[①]。

---

① 争道:争占道路。古制,辇车在路行走时,小官给大官让路,卑者给尊者让路,幼者给长者让路。

蔡攸闻之,劝蔡京道:"爹,那秃驴太嚣张了,咱得治他一治!"

蔡京道:"那秃驴本是皇上驾前红人,如今又刚刚斗败广智长老,愈发红了,咱还是别招惹他为好。"

蔡攸道:"说到秃驴和广智长老斗法之事,朝野议论纷纷,说那秃驴取胜,靠的不是真本事。"

蔡京道:"这事爹知道。"

蔡攸道:"他靠的什么?"

"靠诡计,靠暗算,特别是钻火洞那一场,广智长老走在前边,火不沾衣,为什么啊了一声后,火沾衣了?"

蔡攸道:"这里边有猫腻。"

蔡京道:"不只钻火洞有猫腻,现场治病也有猫腻。几口佛水,就可以让哑巴说话、瘸子会走、盲人不盲、聋子不聋,这事你信吗?"

蔡攸道:"孩儿不信。"

"所以呀,爹认为这内中有猫腻。不,不是爹认为,广智长老当场就说,'这里边有猫腻。'"

蔡攸道:"既然有猫腻,爹为什么不向朝廷告发?"

蔡京明知故问道:"是谁主持他们斗法的?"

"梁师成。"

蔡京又问:"林灵素若是不和梁师成串通,能搞猫腻吗?"

"不能。"

蔡京叹道:"爹之所以没有向皇上告发林灵素,乃是投鼠忌器!"

蔡攸道:"不能因为投鼠忌器,您一个堂堂宰相,遭秃驴欺负!"

蔡京道:"你放心,俚语曰,'上天要使其灭亡,必先使其疯狂!'他目前狂得还不够。"

蔡攸道:"他敢和您争道,还不算狂吗?"

蔡京道:"不算!"

蔡攸道:"他怎么做才算疯狂呢?"

蔡京道:"和太子争道才算真狂。"

"他敢和太子争道吗?"

蔡京道:"他敢!"

"何以见得？"

蔡京道："从他的性格。还有，他素来看不起太子，曾有另立太子之谏。"

蔡攸道："他想立谁？"

蔡京道："三皇子。"

蔡攸道："您说的是郓王赵楷吧，这个人确实比太子强，他和皇上一样，是个琴棋书画皆有所成的人，自小聪明伶俐，他曾偷偷地参加了重和元年（1118年）的科举考试，一路披靡，考了个礼部试第一，若不是皇上怕天下士子说闲话，状元就到手了。这个人行！"

蔡京道："行也不中。立储君之制，有嫡立嫡，无嫡立长。要立三皇子为太子，须废掉现太子。即使废了现太子，也不能立三皇子。何也？三皇子既非嫡出，又非年长，他的上边，还有一个长他一岁的衮王赵㮙。"

蔡攸将头轻轻点了一点。

果如蔡京所料，一个月后，便发生了林灵素与太子争道之事。徽宗尽管很宠林灵素，这样的事也不允许发生。

何也？

太子者，储君也。

林灵素敢和太子争道，那是对皇权的藐视，而皇权是至高无上的，岂容藐视！

徽宗口谕一旨，让林灵素去向太子负荆请罪。

林灵素不敢不听。这一负荆请罪，使得他颜面尽失。蔡京高兴地对蔡攸说道："攸儿，该向林灵素发起进攻了！"

蔡攸道："怎么进攻？"

蔡京道："林灵素有僭越之心，有实物可证，爹明日早朝后便密奏皇上，叫他不死也得褪层皮！"

二十八　阿骨打拒舞

　　蔡攸道："要治林灵素，必先坏其法术。"
　　天祚帝怒曰："阿骨打这小子，竟敢抗拒朕命，拖出去砍了！"
　　一个月后，一个美如天仙的美女，闯入阿骨打眼帘。

　　早朝后，蔡京单独面圣，奏之曰："林灵素有不臣之心！"
　　徽宗莞尔笑道："他一个出家人，还想做皇帝？"
　　蔡京将头重重点了一点。
　　"何以见得？"
　　蔡京道："他有一密室，不只藏有金龙床、黄罗帐，还有朱红椅桌。"
　　徽宗道："卿何以知之？"
　　蔡京道："朝野有传闻，臣不信，命开封府遣捕头密探之，捕头还报，俱实。陛下若是不信，请屈驾林灵素起居之处，臣亦从驾指示。若臣言为虚，当万死！"
　　徽宗想了一想，从蔡京之言，驾幸林灵素之邸，命林灵素打开密室，但见粉壁明窗，桌一个、椅一把，皆为黑色，别无他物。蔡京惊惶颤惧，叩头请罪。
　　林灵素看了看蔡京，又看了看徽宗，问道："陛下，蔡相这是怎么了？"
　　徽宗以实相告。
　　林灵素长叹一声，欲言又止。
　　徽宗移目蔡京道："卿当何罪？"
　　蔡京道："该斩！"
　　徽宗移目林灵素道："先生之意呢？"
　　若照林灵素之意，恨不得灭了蔡京九族。但是，蔡京是一品宰相，皇上宠臣、亲家。皇上若真的想杀他，还须征求我的意见？看来，他是不想杀蔡京，倒不如从了皇上之愿，也显得我有雅量！想到此，跪地叩首道："蔡相说臣有不臣之心，定是误信了谣言，恳请陛下赦之。"

徽宗移目蔡京说道："你作为一品宰相，信谣传谣，陷害同僚，就是将你斩首，也不为过。朕念你业已知罪，又长年为国事操劳。更重要的是，观妙先生肚大量宽，以德报怨，为你求情，朕赦去你的死罪。还不快快谢过观妙先生！"

蔡京扭头向林灵素拜了一拜道："多谢先生救命之恩。"

林灵素还拜道："理应如此，谈不上什么恩，但愿相爷，自今之后，莫要再信谣言才是！"

蔡京频频颔首道："先生教训得对。"

口中这么说，心中更恨林灵素了，回到家中，对蔡攸说道："攸儿，爹今日栽到了那妖道手上，心甚不甘。你能不能思得一法，为爹报仇。"

"孩儿已经思得一法。"

蔡京问："什么法儿？"

蔡攸道："那妖道颇有法术，欲治妖道，先坏其术。怎么坏？网罗一些像'我来也'那样的奇人，让他们潜入林灵素居所，往他衣服器皿上喷洒人尿、狗血，叫他法术失灵。另外再花钱雇几百个小混混，让他们盯着林灵素，或谩骂，或围攻，也可以向他抛以石块砖瓦，叫他变成过街老鼠。"

蔡京叹道："除此之外，爹也想不出比这更好的法子，就照你说的办吧！"

这一办，林灵素果真成了过街老鼠，吓得连大门都不敢出。自叹曰："唉，我林通叟真是昏了头，第一，不该有废太子之念，更不该与太子争道。第二，我林通叟低估了蔡京，也没有想到他如此之孬！原想扳倒蔡京诸贼，为苏大学士报仇，不想反为蔡京父子所算！唉，汴京城是不能再待了！"

恰在此时，彗星划过汴京上空。林灵素趁机上书徽宗，书云：

臣初奉天命而来，为陛下去阴魔，断妖异，兴神霄，建宝箓，崇大道，赞忠贤。今蔡京鬼之首，任之以重权；童贯国之贼，付之以兵卫。国事不修，奢华太甚。彗星所临，陛下不能积行以禳之；太乙离宫，陛下不能迁都以避之。人心则天之舍。皇天虽高，人心易感也，故修人事可应天心。斗筲一。大数不可逃，岂知有过期之历。臣今拟暂别龙颜，无复再瞻天表。切忌丙午、丁未甲兵长驱，血腥万里，天眷两宫不能保守。陛下岂不见袁天纲《推背图》诗云：两朝天子笑欣欣，引领群臣渡孟津。

305

拱手自然难进退。欲去不去愁煞人。臣灵素疾苦在身,乞骸骨归乡。

书上,徽宗再三挽留。林灵素去意已决,叫诸弟子并监宫官吏曰:"皇上前后宣赐之物,约三百担,已用千字文字号封锁,籍书分明,一无所用,可回纳宫中。"

说毕,唤一童子携衣被,步出京师之门。徽宗闻之,遣使追出,亦不返。

使者还奏徽宗,徽宗连叹数声,降旨一道,赐林灵素冲和殿侍宸特进太宰同中书门下平章事,食邑三千户。

蔡京心里酸溜溜的,对蔡攸说道:"林灵素的待遇,超过了致仕的宰相。"

蔡攸劝道:"待遇再高,也只是个名誉,论权力,论实惠,他连一个在职的知县都不如。"

蔡京道:"那倒也是。"

蔡攸道:"关键是,他离开了朝堂,就是想和咱作对,也无法儿做了。"

蔡京将头点了一点。

"爹,后天童贯就要回京了,您要不要出城迎一迎他?"

蔡京道:"这个人,既是皇上驾前红人,又曾有恩于爹,爹当然要迎了。"

蔡攸道:"这个人很精,您得多防着点。"

蔡京道:"这个人确实很精,林灵素一进京,他就知道林不是一个善茬儿,有意避之,待林灵素拜'党人碑',他索性躲得远远的,自荐去西北守边……"

蔡攸道:"他这一招很高,不只躲开了林灵素,还在皇上那里落一个好印象。"

蔡京道:"还有呢,他可以在西北称王称霸,大把的银子似流水般地流入他的腰包。"

蔡攸道:"所以,孩儿才提醒您呢!"

蔡京道:"爹知道怎么做。"

蔡攸将话锋一转又道:"他这次回来,怕是要重提联金①击辽之事哩!"

蔡京又将头点了一点。

蔡攸问:"对这件事,您怎么看?"

蔡京道:"事是好事,但不能干。"

蔡攸问:"为什么?"

---

① 金:即金国,阿骨打所建,初期,国人以女真族为主。

蔡京道:"你看这几年咱办了多少事?"他扳着指头说道:"建九成宫、运花石纲、办居养院等等,入不敷出,如果再向辽国开战,只有再印钱引了。钱引印得多了,那是什么后果,你不会不清楚!"

蔡攸道:"如果您反对联金击辽,那可是把童贯给得罪了!"

蔡京长叹一声道:"俚语曰,'二害相权取其轻',得罪就得罪吧。"

果如蔡京父子所料,童贯回到汴京的第二天,便面奏徽宗,重提联金击辽之事。

徽宗笑曰:"卿提联金击辽之策,距今已经五年了,金、辽现在的情况,卿知之否?"

童贯回曰:"知之。"

徽宗问:"辽金的情况有无变化?"

"有。"

徽宗问:"怎么变?"

童贯回曰:"生女真越变越强,三年前脱辽自立为国,国号大金,简称金。"

徽宗"噢"了一声道:"那就请卿详细说一说辽金的情况吧。"

童贯娓娓道来。

辽国奴役下的部落,每一个都有一本血泪账,特别是生女真。

何为女真?

女真族是我国东北的古老民族,辽天显元年(926年),辽太祖耶律阿保机,将部分女真人迁编入辽籍,称之为"熟女真",留居故地的女真人称之为"生女真"。生女真分为完颜等十二部,分布在东沫江以北、宁江以南,方圆上千里之地。这些地方,盛产人参、蜜蜡、北珠、生金、细布、松实、白附子等,辽国便让女真人缴纳这些特产作为税贡,并在长春路置东北统军司、黄龙府①置兵马都部署司、咸州置详稳司,来管理生女真。

辽源自契丹,契丹乃中国古代的游牧民族,立国后,依然保持着先人在游牧生活中养成的一些习惯——居处无常,四时转徙。就连皇帝,也根据季节的变化,变换着不同的行宫,这种行为,称之为捺钵。

捺钵期间,皇帝要从事狩猎活动,一年有四季,故而,捺钵也分为春、夏、秋、冬四种。春捺钵放在便于放鹰捕杀天鹅、野鸭、大雁和凿冰钓鱼的场所,最远到混同江(今松花江上游)和廷芳淀(在今北京市东南)。夏捺钵放在避暑胜地,通常离上京(今内蒙古巴

---

① 黄龙府:中国历史名城之一。在今吉林省长春市农安县境内,为辽、金两朝军事重镇和政治经济中心。

林左旗境)或中京(今内蒙古宁城境)不过三百里。秋捺钵……

要狩猎不能没有刀矛弓箭。但是,有一种叫海东青的东西,也是必备之物。

何为海东青?

海东青就是老鹰,且是老鹰中最厉害的一种,有万鹰之神之称。传说中十万只鹰才出一个海东青。海东青属于大型猛禽,最重可达十二斤,身高三尺左右,两翅展开六尺多长,喙爪像铁钩一样硬,飞得既快又高,能捕天鹅、野鸡、兔、狍等禽兽。故而,时人又称之为猎鹰。

完颜部落并不产这种东西,产这种东西的是濒临日本海的五国部①。因五国部与生女真的地盘接壤,辽国便让生女真缴纳海东青。生女真不敢不听,为了得到海东青,他们便到五国部去抢。故而,生女真与五国部经常发生战争,死人无数。

此外,在生女真的地盘上,还活跃着一种叫"银牌天使"的东西。所谓"银牌天使",就是辽国派遣到生女真的使者。"银牌"是一种方形的令牌,上面用契丹文刻着"宜速"两个字,持牌者胯下宝马,日行数百里;"天使"并非带翅膀的可爱女孩,而是自居天朝的辽国使者。银牌天使来到生女真地界,需要什么,女真人必须及时提供,稍有违抗,便会遭棍棒相加,甚至杀头。

到了晚上,银牌天使也需要睡觉,但睡觉是有条件的,必须有女真女子陪伴。按照女真旧例,一般指派中、下户未嫁女子来陪睡。

睡着睡着,银牌天使觉着,中、下户未出嫁女子不一定美丽,得选美丽女子来陪睡。所选之人,不管其有夫无夫,也不管门第高低,只要他们喜欢,就得陪其睡觉。

这些仇,这些恨,生女真全都记在心里。

他们也有过反抗,不是被杀,就是被抓。

但有一个人,既没有被杀,也没有被抓,那官反而越做越大。

这个人就是完颜乌雅束。

宋政和二年(1112年)春二月,辽天祚帝耶律延禧去春州捺钵。女真各部酋长,相率往朝。乌雅束因病,让三弟阿骨打代往。

众酋长到达春州,参拜过天祚帝,稍作休息,便跟着天祚帝径奔混同江凿冰钩鱼。

钩鱼比钓鱼要复杂得多。钩鱼时,在冰面上搭起帐篷,凿开四个冰眼,中间的冰眼凿透用以钩鱼,外围的三个不凿透,用以观察。鱼将到时,观察人便上奏皇帝,皇帝就到

---

① 五国部:辽人对剖阿里、盆奴里、奥里米、越里笃、越里吉五部女真人的统称。

中间的冰眼,用绳钩掷鱼。鱼中钩负伤带绳逃走,先放松绳子任其去,等鱼挣扎得没劲了,再用绳子把鱼拽上来。钩到的第一条鱼,谓之头鱼,皇帝须用头鱼做的菜宴请伴驾的大臣和各部酋长。此宴,称之为头鱼宴。

酒至半醉,天祚帝命各部落酋长轮流跳舞助兴,轮到阿骨打时,他推说自己腿肚子受过伤,婉言拒之。天祚帝命北院枢密使①萧奉先相劝,阿骨打坚决不跳。

天祚帝怒曰:"这小子,竟敢抗拒朕命,拖出去砍了!"

各部酋长皆为阿骨打捏了一把汗,阿骨打呢?居然没有半点惧色。

萧奉先笑劝道:"陛下,阿骨打是个粗人,不懂礼仪。而且,又有斩杀萧海里之功;而且,若是杀了阿骨打,岂不扫了头鱼宴的兴!"

天祚帝怒气稍消道:"卿言也是。"遂放了阿骨打一马。

头鱼宴结束后,阿骨打回到帐篷收拾行装,一个高鼻窄额满口酒气的中年汉子闯了进来,自我介绍道:"在下萧立弓,是北院萧枢密帐下副都承旨②,萧枢密要在下问一问汝,他救了汝的命,汝将何以为报?"

阿骨打原本对萧奉先心存感激,听了萧立弓之言,变成了鄙视,冷声回道:"在下倒是想报,但在下带的礼物,全部贡给了皇上,无以为报。"

萧立弓道:"报恩也不在这一时半刻,汝回去之后,可将汝那里的宝物收拾一些,直接送到上京萧枢密府上,岂不更好!"

他这一说,阿骨打对萧奉先愈加鄙视,故意说道:"在下那里,最好的宝物是山、是水,还有人,这些东西,萧枢密要不要?"

这个萧立弓,也许是太笨,也许是醉了,竟未听出弦外之音,一本正经地回道:"山水这东西,萧枢密不要,但山上水里所产的宝物,诸如人参、北珠、松实、白附子等,可以送一些来。还有女人。"说到女人,涎水立马流了出来,一脸猥亵道:"女人可是个好东西,只要漂亮,也可送一些来,而且是韩信将兵——多多益善。"说完这句话,将涎水吞回口里,还用手背擦了擦嘴。

这家伙,居然还知道大宋的典故,而且,用得还恰到好处!

阿骨打既感到好气,又感到好笑,不想和他多费口舌,敷衍道:"你放心,宝物的事,在下记住了。"

---

① 北院枢密使:辽北枢密院(简称北院),辽北面官所属军事机构,掌辽军马之政,长官有北枢密院使、知枢密院事、北枢密院副使等。

② 副都承旨:都承旨,正五品,掌承宣旨命,通领枢密院院务。副都承旨,从五品上。

萧立弓刚擦去的涎水,又流了出来,觍着脸说道:"送美女的时候,可别忘了我呀!"

阿骨打皱着眉头说道:"知道!"

萧立弓又道:"要额外送。比方说,你准备给萧枢密送三个,除了这三个之外,再多送一个。而这一个呢,还不能让萧枢密知道。"

阿骨打一脸厌恶地回道:"好!"

"那,本官就告辞了。"

阿骨打道:"恕不相送。"

萧立弓也不计较,摇摇晃晃地走了。

阿骨打回到完颜部落,把春州之行如实向乌雅束做了汇报。乌雅束叹曰:"二弟,不是大哥说你,你拒绝给昏王跳舞可是有些鲁莽了!"

阿骨打辩道:"咱是一个部落,部落就相当于一个国家,历史上,还从没有发生过某一个国君强迫另一个国君为他跳舞的。小弟虽然不是国君,但小弟是代您去的,是代咱这个部落去的,小弟的荣辱,就是您的荣辱!战国时,渑池会上,秦王逼赵王为其演奏瑟,蔺相如尚以为耻,反逼秦王为赵王击缶,况跳舞乎?"

乌雅束道:"当今之世,世风不及战国;耶律延禧之为人,也不及秦王。秦王可以不杀蔺相如,但耶律延禧就难说了。你这一次得以不死,乃是因为昏王身边有一佞臣。唉,为争一个所谓的颜面,你以身犯险,有些不该。"

阿骨打摇头说道:"小弟不这么看。蔺相如,赵国一臣也,为了国君的颜面,尚以身犯险。小弟与您,既有同胞之情,又有君臣之义,就是真的死了,也会含笑九泉。其二,人都说耶律延禧昏庸,且又优柔寡断,小弟以身犯险,就是想试一试他是不是这样一个人,若是,咱就起兵伐他,取而代之。其三,昏君若是因为小弟不给他跳舞而杀了小弟,不只各部落的酋长骂他,他的国人也会骂他、恨他,和他离心离德。这叫什么来着……"

他轻轻拍了拍三下脑袋道:"噢,想起来了,这叫众叛亲离。只要他众叛亲离,何愁不能取而代之?"

阿骨打这一番话,听得乌雅束频频颔首,由衷赞道:"二弟之见,兄不及也。看来,咱完颜部能否兴旺发达,全看二弟了!"

阿骨打连连摇首道:"大哥过奖了!"

乌雅束道:"春州之行,说到此为止,咱议一议以后的事。"

阿骨打道:"以后的事,依愚弟看来,是招兵买马,打造武器。"

略顿,又补充道:"击四邻,拓疆土,修城堡,待时机成熟,起兵伐辽。"

乌雅束一脸兴奋地说道:"好!"

他忽然想起了什么。

"哎,二弟,我有个想法,咱没有起兵反辽之前,还得想方设法稳住萧奉先。"

阿骨打颔首,表示同意。

"所以,你答应他的事,还得兑现。至少,得部分兑现。"

阿骨打犹豫了一会儿,方将头点了一点。

"人参呀、北珠呀、松实呀、白附子呀,咱不缺,咱以游猎为生,不缺女汉子,但缺美女,不行了,咱花钱去辽、宋买一些来。"

阿骨打道:"不用。"

"为什么?"

阿骨打道:"啥是美女,也无一定标准。咱胡乱选几个送去,他们说不美,咱们再送,应付一天是一天。"

乌雅束颔首说道:"行,这办法行。"

兄弟俩都错了。

完颜部落不是没有美女,只是没有被他俩发现罢了。

一个月后,一个美若天仙的女子,闯进阿骨打眼帘。

要打造兵器,没有铁不行。辽国本就缺铁,加之,怕所属之部落闹事,对铁进行官营。故而,完颜部更缺铁。为了弄到铁,只能靠榷场①了。

在榷场里,辽人是爷,不但价由他定,还对女真人指手画脚,稍有反抗,便被拘留起来。

神宗在位时,不知听了哪个大臣谏言,提高了铁的价格。提了几年之后,又大力压缩铁的输出。而辽之用铁,百分之九十靠宋。故而,到了宋哲宗时代,榷场上,再也见不到铁了。要想弄到铁,就得另辟蹊径。

什么蹊径?

弄钱,弄铁钱,用铁钱来打造兵器。

魔高一尺,道高一丈。大宋与辽贸易时,改用交子,抑或是以物易物。

---

① 榷场:宋辽金元时在边境所设的同邻国互市的市场。场内贸易由官吏主持,除官营外,商人需纳税,交牙钱,领得证明文件,方能交易。

那只有再辟蹊径了!

怎么辟?

越过榷场,和宋商暗中交易。这种交易,辽人可以,各部落不行,一旦被银牌天使发现,或处以重罚,或砍头。但是,从事这种交易,获利甚厚,故而,从事这项交易的人,如同滚雪球一般,越滚越大,连女人也加入了这一行列。

这一日,天高云淡,一个叫肖巧儿的姑娘,背着用人参换来的铁钱,正在山路上走着,被一黄发绿睛者挡住去路。

这人,肖巧儿认识,怒颜问道:"阿酋长,你要干什么?"

阿酋长者阿疏也,是讫石烈部落的酋长。讫石烈部落五六年前便被完颜部落征服了。半年前,老酋长去世,阿疏子继父业,做了酋长。

做了酋长的阿疏,暗结银牌天使,企图借辽朝廷之力再独立出去。听肖巧儿这么一问,嬉皮笑脸道:"不干什么,只是想瞧一瞧你背上的包裹,都包了一些什么东西?"

肖巧儿道:"俺包的什么,干你屁事!"

阿疏道:"你的包裹里如果是五谷,甚至人参,不关本酋长之事。如果背的是铁,或铁钱,那就与本酋长有关了。"

肖巧儿问:"关你什么?"

阿疏道:"你在榷场之外进行交易,有悖朝廷法令,爷作为讫石烈部酋长,还兼着完颜部的详稳①,岂能说与爷无关?"

肖巧儿道:"俺这包裹包的是盐,是用人参换来的。"

阿疏道:"若真的是盐,请打开包裹一看。"

肖巧儿道:"盐有什么好看的,俺还急着赶路哩!"一边说一边闪身要走。

阿疏亦将身子一闪,一边挡住她的去路,一边去夺她的包裹。

正在肖巧儿左躲右闪之时,阿骨打来了。

阿骨打马后,又是一马,那马上的年轻人,肖巧儿也认识,叫完颜宗翰(又名粘罕、粘没喝、黏没喝),乃阿骨打侄子,乌雅束长子。

阿疏见阿骨打叔侄到了,不敢再去纠缠肖巧儿,冲着阿骨打行了一个礼。

阿骨打还了一礼,责道:"阿酋长,光天化日之下,你和这个姑娘拉拉扯扯,成何体统?"

---

① 详稳:辽国官名。又译作相温、桑昆、想昆等。为汉语"将军"的契丹语转译。

阿疏指着肖巧儿回道:"这个姑娘,下官怀疑,她包裹里包的是铁钱。"

阿骨打皱着眉头问道:"朝廷禁止人身上带铁钱吗?"

阿疏道:"没有。"

"既然没有,她即使带了,碍你甚事?"

阿疏道:"下官怀疑她的铁钱来路不正。"

阿骨打反问道:"怎么个不正?"

"朝廷三令五申,无论进行什么交易,必须在榷场进行。而榷场又禁止用铁钱进行交易。既然禁止用铁钱进行交易,她包裹里的铁钱从哪里来的?"

阿骨打反问道:"你说她那铁钱是从哪里来的?"

阿疏道:"是地下交易所得!"

阿骨打道:"就是地下交易所得,既非偷,又非抢,咱管她做甚?"

阿疏道:"肖巧儿此为,尽管非偷非抢,但她违背了不得在榷场之外进行交易的法令。"

"这……"阿骨打灵机一动,扭头对宗翰说道:"这个女子,既然违背了朝廷法令,你就把她带回去,严加审问。"

宗翰忙道了一声:"好。"

阿疏想不到阿骨打会来这一手,愣了片刻,两只绿眼珠儿又咕噜噜地转了起来。

他嘿嘿一笑道:"肖巧儿的事,就不用麻烦宗翰了。"

阿骨打反问阿疏道:"汝欲何为?"

阿疏笑嘻嘻地也来一个反问:"大详稳,您说这个肖巧儿长得漂亮不?"

"漂亮。"

阿疏道:"既然漂亮,下官想把她送给一个人。"

"送谁?"

阿疏一字一顿道:"皇上派到咱完颜部落的银牌天使。"

肖巧儿像遭了蝎子蜇了一般,变颜失色道:"我不去,我死也不去!"一边说一边可怜兮兮地瞅着阿骨打。

阿疏狠狠瞪了肖巧儿一眼,方对阿骨打说道:"大详稳,如今的银牌天使,可是大有来头……"

阿骨打故作不知:"什么来头?"

"他叫耶律色边,是萧枢密妻弟的妻弟。"

阿骨打哂笑道:"那关系也够近的!"

阿疏道:"近也不算太近,关键是,他在萧枢密身边待了七年,是萧枢密的亲信之一。他来到咱完颜部落将近半年,下官给他物色的女子,少说也有四十,可没一个让他中意的。这个肖巧儿,他一定会中意。"

肖巧儿大声说道:"阿疏,你不要打小女子的主意,小女子宁愿死,也不去陪耶律色边!"

阿疏冷笑一声道:"肖巧儿,你别吼,这事由不得你!"

肖巧儿冷笑一声道:"你是不把小女子逼死,心不甘!好,小女子这就死给你看!"说到此,伸手去拔阿疏佩剑,阿疏将身一闪。

她又去拔阿骨打佩剑,阿骨打亦是一闪。

她怒声说道:"小女子死意已决,没有剑,小女子照样能死!"她转身低头,朝十步开外的一棵老桦树撞去,阿骨打正要出手相救,被宗翰抢先一步,拦腰将肖巧儿抱住。肖巧儿一边挣扎,一边哭叫道:"放开我,快放开我!"

她越叫,宗翰抱得越紧。肖巧儿急了,照着宗翰手臂恶狠狠咬去。

一声惊叫之后,肖巧儿从口里吐出一块生肉。宗翰瞅了一眼鲜血淋淋的右手背,铜铃般的二目,恶狠狠地盯着肖巧儿:"你这个女人,不知好歹,我……"

他右手成拳,朝肖巧儿当胸打去。

就时间来讲,阿骨打明知阻止不了,但还要阻止,大声喝道:"宗翰,人命关天!"

宗翰轻叹一声,挥出去的拳头收了回来。

在宗翰出拳的时候,肖巧儿便闭上了双眼等死。

等到的却是一声长叹,而自己毫发无损。

她将双眼睁开,盯着宗翰质问道:"你为什么把拳收了回去?"

宗翰瞪着双眼回道:"我从来不杀女人!"

肖巧儿追问:"伤害您的女人也不杀?"

宗翰道:"伤害我的女人,除了你,我还没有遇到。"

肖巧儿又问:"既然遇到了,却又不杀,是不是大详稳的话起了作用?"

宗翰摇首道:"非也。"

"那是为了什么?"

宗翰道:"你是我平生见到的最美的一朵花,也是最有骨气的一个女子,我不忍心伤害!"

肖巧儿"嚎"的一声哭道:"您不应该可怜我,您应该让我死!我今天即使不死,明天也会死。死在那个银牌天使手里,何如死在公子手里。呜呜呜……"

阿骨打移目阿疏道:"你都看到了吧,这个肖巧儿,性子刚烈,你若是硬要把她送给银牌天使,等于要她的命。看在我的面上,你就放她一马吧!"

二十九　女人是衣服

乌雅束瞪了儿子一眼道："你懂个屁！咱如果和辽朝廷对阵，莫说打，官军一人一泡尿，就把咱这一千多人冲走了！"

阿骨打看着宗翰说道："正如你阿父所说，女人是衣服，不能因为一件衣服，不要完颜部和你阿父了！"

三更四点，(金)兀术做了一个噩梦，一群恶狼偷袭睡觉中的阿骨打，他忙持棍救父。

月光如银，倾泻在阿什河畔，河边的芳草，发出淡淡的清香。一个俊男，一个靓女，手挽着手，徜徉在芳草地上。

"巧儿，我告你一个好消息，咱俩的事，阿父同意了。"

靓女者，肖巧儿也。她一脸惊喜地说道："真的吗？"

俊男将头重重点了两点，又道："阿父这几天贵体欠安，他说，等他稍好一点，就把咱俩的事办了。"

"太好了！"靓女双手搂住俊男脖子，并吻他的脸颊。俊男者，宗翰也。他当即回应，由脸颊到嘴唇，发出咂咂之声。咂得连月亮都不忍心打搅他们，躲到了一棵大桦树后边。

这一男一女，先是站着吻。吻着吻着，坐下吻。尔后，又躺下吻。吻了将近两刻钟，方才打住。肖巧儿一边整理乱发，一边娇喘着说道："翰哥哥，我咋觉着这幸福来得有点太容易，心里不踏实。"

宗翰笑曰："这幸福，来得不容易，若非我以'非你不娶'相胁，若非我二阿叔反复劝说，咱俩的事，阿父不会同意的。"

肖巧儿道："这我知道。"

宗翰问："那你怎么还说，'这幸福来得有点太容易'？"

肖巧儿道："那是我说走了嘴。"

宗翰道："现在，你心里该踏实了吧？"

肖巧儿道："还不踏实。"

"为什么？"

肖巧儿皱着眉头说道："阿疏虽然答应大详稳，放我一马。但以他的为人，他不会。"

宗翰拍着胸脯道："有我在，他不敢把你怎么样！"

肖巧儿轻叹一声道："有您在，他是不敢把我怎么样。但是，他若唆使银牌天使找我的麻烦，那麻烦可就大了！"

宗翰道："你说得对，明天我便去求阿父，把咱俩的事早一点儿办了。"

肖巧儿道："越快越好！"

第二天，宗翰还没来得及求乌雅束，耶律色边闯进乌雅束大帐，指着乌雅束的鼻子吼道："本使来到汝部，将近半年，汝没有给本使送一个有点姿色的女子，阿疏好不容易给本使找了一个，却被你儿子抢走。你儿子这是要骑在本使头上拉屎撒尿！你儿子如此藐视、欺负本使，你父子眼中还有没有朝廷？"

乌雅束赔着笑脸给他解释，他不但不听，反威胁道："今天戌时之前，你若不把肖巧儿送到本使帐中，本使明天就上奏天子，说你招兵买马、毁铁钱以铸兵器，图谋不轨！"说毕，掉头而去。

乌雅束的眉头越皱越紧，忙用右手捂住疼痛的心口，那疼自心口向左肩并左上臂扩散。他脸色苍白，汗出如雨。侍从见了，忙出帐寻郎中，待郎中赶到，乌雅束的病情已经得到缓解，郎中便给他开了一副治心绞痛的药。

药还没有煎好，完颜部落一班要员，纷纷前来探病。乌雅束强装笑颜道："诸位，我这是老毛病，歇一会儿就好了。这不，我不是已经好了嘛，你们该忙什么，还忙什么去吧！"

他见众人站着不动，将手挥了一挥说道："我没事，去吧，去吧！"

当有人转身要走，他又说道："二弟、翰儿，你俩留下。"

待众人离开大帐，乌雅束方才说道："你俩只知道我犯病，但为啥犯病，恐怕就不知道了吧？"

叔侄二人一齐点头。

乌雅束轻叹一声,把耶律色边的话和盘端了出来。

宗翰急赤白脸道:"他放屁!阿疏拦住肖巧儿,原本……"

乌雅束瞪了宗翰一眼道:"这事你二阿叔已经给我讲过,你不用再说了!现在的麻烦是,耶律色边已经信了阿疏的话。若咱今天戌时之前不把肖巧儿送给他,他就要告咱图谋不轨。唉!"

他长叹一声,把话收住,瞅瞅宗翰,又瞅瞅阿骨打。宗翰欲言又止,也把二目移向阿骨打。

阿骨打试探着问:"大哥的意思,莫不是要把肖巧儿送给耶律色边?"

乌雅束将头点了一点。

阿骨打轻叹一声道:"如果把肖巧儿送给耶律色边,那可真是把一朵鲜花插到了马粪上。再说,翰儿又那么喜欢肖巧儿,咱不能棒打鸳鸯!"

乌雅束道:"我也知道翰儿喜欢巧儿,但是,事关咱完颜部的存亡,我想翰儿应该知道孰轻孰重!"

宗翰道:"孩儿当然知道。但是,孩儿想问阿父一言,那耶律色边即使向朝廷告发咱图谋不轨,朝廷就会治咱们罪吗?"

乌雅束回道:"一定会治!"

"怎么治?"宗翰又问。

乌雅束回道:"罢去你阿父的节度使。"

宗翰反问道:"爹就是不当节度使又有何妨?"

乌雅束道:"如果你阿父不当节度使,以何名义号令周边这十几个部落?"

宗翰道:"凭什么?凭阿父手下这一千余名部丁。"

乌雅束道:"咱这一千多名弟兄,对付那十几个部落尚可,朝廷如果遣将来讨,咱怎么办?"

宗翰道:"兵来将挡,水来土掩,咱怕他个鸟!"

乌雅束又瞪了他一眼道:"你脑瓜子进水了!你只知咱有一千多名部丁,你知道辽朝廷有多少军队吗?有上百万,咱如果和辽朝廷对阵,官军一人一泡尿,恐怕就把咱这一千多人冲跑了。"

宗翰反驳道:"古智人有言,'兵不在多,而在勇。'咱这一千多人,能顶官兵一百万!"

乌雅束斥道:"你这是吹牛!"

宗翰道:"孩儿没有吹牛!孩儿有实实在在的证据。"

乌雅束问:"什么证据?"

宗翰道:"五年前,辽将萧海里造反,辽帝遣数万官军围剿,反为萧海里所败,您命我二阿叔出阵,一阵厮杀,杀得萧海里部七颠八倒,连萧海里本人,也被我二阿叔一刀两断!"

乌雅束反驳道:"仅凭这件事,不能证明咱这一千多人,就能抵百万官军。"

宗翰问:"为什么?"

乌雅束道:"围剿萧海里的官军,不到四万,且非官军中的精锐之师,这是其一。其二,你二阿叔出阵时,官军已与叛军对阵有时,乃疲惫之师,咱打的是乏鸡。"

宗翰欲要再辩,被阿骨打用眼神制止住了。乌雅束知道宗翰不服,开导道:"大丈夫志在建功立业,名垂青史。女人是什么?女人是男人的衣服。不能因为女人,坏了咱立国大业!反过来说,只要咱能立国,你就是太子,太子还怕没有女人吗?翰儿,听阿父的,早一点把巧儿送给耶律色边。"

宗翰断然拒绝道:"我不送!"

乌雅束怒颜问道:"为什么?"

宗翰道:"原因有三,第一,孩儿二十有二,见过的女子也有数百,但能让孩儿动心的,只有肖巧儿。所以,孩儿非巧儿不娶。第二,天下靠马上所得,用一个女人去换取天下,孩儿耻之!第三,我二阿叔敢在辽帝大帐里犯颜辽帝,也没见辽帝出兵伐咱。如今,萧奉先身边一条狗,放了一个狗屁,把您吓成这样,孩儿为阿父感到悲哀!孩儿……"

宗翰年轻气盛,也不看乌雅束脸色,一个劲地放炮,放得乌雅束的脸由紫转白,苍白如送葬金箔。他戟手斥道:"你、你、你这个孽子!"

他的心口又疼了起来,忙用右手捂住心口,盯着宗翰吼道:"你这个孽子,非要把我气死不可!滚,你给我滚!"

他的额头上布满了豆大的汗珠。阿骨打顿感不妙,正要出言相劝,乌雅束头一低,昏倒在案子上。

阿骨打忙窜向乌雅束,拍打着他的肩膀,一脸焦急地喊道:"大哥,你醒醒,你醒醒呀!"

郎中闻讯赶来,一把将阿骨打拽到一旁,双手抱起乌雅束,平放在地。又从身上摸出一个枣大的红药丸,把它掰碎,用麻巾裹起来,放到乌雅束鼻子上。良久,乌雅束苏醒过来。他慢慢睁开双眼,气若游丝道:"扶我起来。"

郎中小声劝道："大酋长，您这病宜静不宜动，别说话，再躺一会儿，小人就扶您起来。"

乌雅束轻叹一声，将眼闭上，约有喝半盏茶时间，郎中又小声说道："大酋长，您可以坐起来了。"

郎中见乌雅束将双眼睁开，这才扶他起来。

乌雅束坐上凳子后，才发现宗翰站在他的右侧，眉头一皱喝道："你怎么还不滚？"

宗翰嗫嚅着说道："您病成这样，我又是您的长子，我……"

乌雅束低声吼道："你哪是我的儿子，你分明是一个催命鬼，我不想见到你，滚！"

阿骨打见宗翰站着不动，手、眼并用，示意他走。他这才很不情愿地离开大帐。

乌雅束长叹一声说道："二弟，你也知道，我这心绞痛已经有年了，特别不能见气，一见气就犯，可从没这一次严重，犯病时，那心紧缩性地疼，疼得如刀割一般，那胸还特别地闷，出不来气。唉，若是再犯，我怕是醒不过来了。"

阿骨打劝道："辽人有一句俗话，'病恹恹①熬过强健健'。人呀，不怕患病，就怕不知道自己有病。您既然知道自己见不得气，以后，不生气不就行了！"

乌雅束苦笑一声道："我也想不生气，可事到临头不自由。比如今天这事，为了一个女人，翰儿居然……唉！不说这个孽子了。不管是论勇，还是论智，你都比哥强，哥之所以做了酋长，那是因为古制。哥若是走了，完颜部的酋长，就由你来当。"

阿骨打连连摇手道："你这话我不想听。况且，您有儿子，您的儿子还不止一个，不能走兄终弟及这条路。况且……"

乌雅束道："我意已决，你不要况且了！你走吧，我想静一静。"

阿骨打迟疑片刻，转身趋出。他一边走一边想，自古至今，为争帝王、酋长宝座，骨肉相残，抑或是父子相残的数不胜数，而大哥却要把酋长之位传给我。他有情，我不能无义，我得想办法说服翰儿，让他从了父亲之意。想到此，他将身子一转，径奔宗翰大帐。

来到帐口，他重咳了一声喊道："翰儿在吗？阿叔看你来了。"

一个如同百雀羚鸟般的声音飘了出来："是大详稳吧，请进。"不用问，说话的人一定是肖巧儿。

阿骨打一掀帐子，走了进去。宗翰正坐在炕沿上穿鞋，迎接他的是肖巧儿。

---

① 病恹恹：多病的人。

阿骨打一进帐便道:"翰儿,你不用下炕了,咱坐在炕上唠吧。"

肖巧儿见宗翰点了点头,忙用袖子拂了拂炕沿儿说道:"大详稳请坐。"

阿骨打将鞋一脱,跳上炕去,往宗翰旁边一坐,笑微微地问:"大白天还睡觉?"

宗翰长叹一声道:"心里憋气,想在炕上躺一会儿。"

阿骨打移目肖巧儿道:"巧儿,你先出去一下,我想和翰儿说几句话。"

肖巧儿向阿骨打行一万福礼,转身趋出大帐。

阿骨打长叹一声道:"翰儿,你阿父的病,你也知道,见不得气。这一次犯病,差一点没救过来。"

宗翰惊问道:"有那么严重吗?"

阿骨打点了点头又道:"他醒来后,心情很糟,还给阿叔我说起了后事。翰儿呀,没有你阿父,就没有完颜部的今天,你阿父一旦有个三长两短,这不只是你一家的不幸,更是完颜部的不幸!"

他看了宗翰一眼,见他表情复杂,继续说道:"翰儿呀,巧儿确实是一个百不挑一的好姑娘,但是,正如你阿父所说,女人是衣服,你不能为了一件衣服,不要完颜部落和你阿父!你阿父若是因你而死,你还怎么做人?唉!"

宗翰道:"您说的这些道理侄儿都懂,可是,侄儿实在太喜欢巧儿了,而且,侄儿不止一次地对巧儿说过,侄儿非巧儿不娶!"

阿骨打叹道:"该说的话,阿叔都说了。阿叔该走了。"他又是一声长叹,跳下炕去。

他一出帐,肖巧儿便迎了过来:"大详稳,您等一等,巧儿有话要问。"

阿骨打犹豫一下,方将头点了一点。

"您是不是为我而来?"

阿骨打又将头点了一点。

"酋长大人是不是执意要小女子去陪耶律色边?"

阿骨打道:"不是执意,是迫于无奈。"

"大少爷怎么说?"

阿骨打道:"他很纠结。"

"您稍等片刻,小女子进帐和大少爷打个招呼,就跟您走。"

阿骨打以为自己听错了,反问道:"你跟我走?"

肖巧儿将头点了一点。

阿骨打又惊又喜道:"你同意去陪耶律色边?"

肖巧儿又将头点了一点。

她这一点，反倒让阿骨打过意不去了："不，你是翰儿喜欢的人，我不能夺其所爱。"说毕，将身一转。

肖巧儿将脚跟一旋，旋到他的前面，双手一伸拦道："您别走，您听我说。若非大少爷出手相救，小女子早已香消玉殒了。小女子这条命是大少爷给的，为报答大少爷救命之恩，小女子愿意为大少爷舍命喂虎！况且，小女子这一去，还不一定死呢。不死的原因，小女子想学一学中国的古人，继续报答大少爷，并为咱完颜部立国，尽一份微薄之力。"

阿骨打问："你想学中国的哪个古人？"

"西施。"

西施，阿骨打并不陌生。

这个女人，太传奇了。她不只长得美，还颇有城府，为了越国，更是为了她深爱的男人范蠡，潜伏在吴国国王夫差身边十几年，用美色"以惑夫差之心，以乱夫差之谋"。终于使越国灭了吴国，而她自己，又回到范蠡身边，"泛舟五湖"。

阿骨打瞄了肖巧儿一眼，暗道："她如果愿意学西施，不只解了完颜部之难，又可在敌人内部揳上一个钉子。只是，翰儿没有范蠡那样的胸怀！唉……"他长叹一声，又将头摇了一摇。

肖巧儿道："大详稳是不是认为，大少爷不会放小女子走？"

阿骨打将头轻轻点了点。

肖巧儿道："您放心，小女子自信，小女子一定能说服大少爷，请您在帐外稍等片刻。"她掉头入帐，两刻钟后，一脸泪痕地走了出来。

阿骨打心中"咯噔"一下暗道："事不谐矣！唉！"他轻叹一声道："巧儿，你不必难过。翰儿不放你走，那是他太爱你了。我想办法说服大酋长，让你俩早日完婚。"

肖巧儿道："大详稳误会了，不是大少爷不让小女子去陪耶律色边，是小女子自己不想去陪耶律色边。"

阿骨打肚中骂道："这个贱人，你既然不想去陪耶律色边，你还让爷在这里等，这不是捉弄人吗？"

他越想越气，狠狠瞪了肖巧儿一眼，掉头就走。

"大详稳，您别走，小女子还没说完呢！"

见阿骨打不理睬她，且继续往前走，忙追了上去，并超越了阿骨打，横身挡住去路。

阿骨打怒曰:"闪开!"

肖巧儿不闪,且说道:"大详稳,您听我把话说完。"

阿骨打道:"我不听,滚一边去。"

肖巧儿道:"您不听,您会后悔的。"

阿骨打冷哼一声,一把将她推开,继续前行。

肖巧儿也有点生气了,冲着他的后背大声说道:"人都道大详稳智勇双全,原来是个莽夫!"

阿骨打驻足转身,又狠狠瞪了肖巧儿一眼。

肖巧儿道:"您别瞪我,我只问您一句话。是萧奉先官大,还是耶律色边官大?"

如此简单的问题,阿骨打不屑回答,打鼻子里冷哼一声,转过身去。

他正要抬脚,忽听肖巧儿又问:"大详稳是不是答应萧立弓,要为萧奉先物色几个美女?"

阿骨打虽然不屑回答,但是,抬起的脚却收了回来。

肖巧儿复问:"俗谚曰,'按下葫芦起了瓢。'您把小女子送给了耶律色边,把耶律色边这个葫芦按了下去,瓢呢?萧奉先那个瓢呢?"

阿骨打心头微微一震,暗自责道:"这一点,我咋没有想到呢?"

肖巧儿继续发问:"小女子如果不陪耶律色边,而是去陪萧奉先,情况会是怎么样呢?"

阿骨打虽然没有回答,却将身子转了回来。肖巧儿追问道:"您怎么不回小女子的话?"

阿骨打以赞赏的口气回道:"一箭双雕!既让耶律色边'哑巴吃黄连——有苦难言',又兑现了对萧奉先的许诺。"

"既然这样,大详稳为什么非要逼小女子去陪耶律色边呢?"

阿骨打暗道了一声惭愧,我自以为自己智勇双全,今天看来,我阿骨之智,绝对不及这个小女子!遂双手抱拳说道:"肖姑娘之智,西施难及!本官误会了肖姑娘,本官向肖姑娘道歉。"说毕,向肖巧儿行一揖礼。

肖巧儿忙还了一个万福礼说道:"承蒙大详稳高看,多谢了!请问大详稳,您想让小女子什么时候去上京?"

阿骨打道:"等本官再选几个略有姿色的女子之后再去。"

肖巧儿将头轻轻点了一点道:"那,那我就回帐去了。"

阿骨打道:"你回吧。"

等肖巧儿进了宗翰的大帐,阿骨打这才转身兴高采烈地去见乌雅束,当天遣出十二骑,一骑去见耶律色边,告之曰:大详稳曾面许萧枢密,为他选送几名美女,肖巧儿名列第一,三五天内便要送她去上京。余之十一骑,分赴完颜部所辖之地,挑选美女。

两个月后,当宗翰带着肖巧儿及阿云、金花三美女出现在萧奉先面前的时候,他双眼为之一亮,不只全部笑纳,还厚赏了宗翰。

同一日,萧立弓也得到一个叫银蕾的美女。

肖巧儿、阿云、金花轮番给萧奉先吹枕边风。银蕾虽然不能吹给萧奉先,但她吹给了萧立弓,故而,萧立弓才会经常在萧奉先面前为完颜部美言。

吹的结果,萧奉先对完颜部厚爱有加,不但以朝廷的名义,赐给他们两万斤铁,还允许他们在榷场里用铁钱进行交易。这样一来,把缺铁的问题解决了。

有了铁,就有了武器,有了武器,就等于给民性彪悍、好斗的完颜部人增加了一双翅膀。

经过一年的努力,乌雅束把分散在十二个部落的生女真,一一收到麾下。这一收,乌雅束的地盘大了,鸟也多了。如果还称酋长,显然不合适。称什么? 称"都勃极烈①"。

既然乌雅束做了都勃极烈,离皇帝宝座,也就是一步之遥了。

正当乌雅束磨刀霍霍,欲扯旗反辽的时候,他薨了。

他薨于心绞痛。

他薨之前,断然宣布,死后由阿骨打继任都勃极烈之位。

阿骨打不肯接受,气得他心绞痛复发,再也没有醒来。

阿骨打哭倒在地,救醒后,在乌雅束柩前就都勃极烈之职。

耶律色边听说乌雅束死了,由阿疏护驾,闯进灵堂,当场宣布:"都勃极烈之职,得经皇封,不能私下授受。"

阿骨打四弟吴乞买反驳道:"先大酋长的都勃极烈,并非皇封。"

耶律色边道:"不经皇封,那是不对的! 已经错了一次,不能再错了!"

---

① 勃极烈:又作"字堇"。勃极烈乃金国初建前后的中枢机构,类似今天的政治局常委,其成员有五。一、都勃极烈,二、谙班勃极烈,三、国论勃极烈,四、阿买勃极烈,五、昊勃极烈。都勃极烈也就是后来的皇帝,谙班勃极烈也就是后来的皇储。都勃极烈成了皇帝后,这一职务取消,勃极烈的成员只剩四人。国论勃极烈,即国相。

吴乞买冷哼一声道:"错与不错,岂能是你说了算?"

耶律色边道:"我是天使,我说了不算,谁说了算?"

吴乞买破口骂道:"什么天使,分明是一个恶魔、色鬼!"

耶律色边怒道:"汝敢骂我!"

吴乞买道:"我不只骂你,我还要揍你呢!"一边说,一边挥拳向耶律色边打去,耶律色边躲闪不及,左肩挨了一拳。耶律色边恼羞成怒,"呛啷"一声,拔出了佩剑。

吴乞买亦将佩剑拔出,横眉冷对。阿骨打不想把事情闹大,喝道:"四弟,不得无礼!"

阿疏倒想把事情闹大,但又害怕真的打起来,自己这一方不敌,忙向耶律色边劝道:"天使,既然他们不把您这个天使放到眼里,说也是白说,倒不如把话留下来暖暖自己肚子。走吧!"一边说一边拽住耶律色边胳膊,将他拽出灵堂。

一出灵堂,耶律色边便问阿疏:"你说这件事该怎么办?"

阿疏道:"告御状。"

耶律色边叹道:"乌雅束自称都勃极烈时,我告了他的御状,结果呢,被萧枢密臭骂了一顿。这一次,怕是告也无用。"

阿疏想了一想道:"我有一计,可以把他们除掉。即使除不掉,也会让他们作乱。他们一作乱,朝廷就不会等闲视之了。"

"什么计?"

阿疏环顾四周后说道:"今夜,完颜部的头头脑脑,一定会为乌雅束守灵。待夜至四更,他们昏昏欲睡之时,我率领我的部下,杀进灵堂,若能将守灵人来个一窝端,更好;若是端不了,他们必定倾巢而出,追杀我。您可借此上奏朝廷,言说完颜部造反。有了造反这顶大帽子,萧枢密也就不敢再为他们说话了。"

耶律色边赞道:"好主意!"

也许是天不绝完颜部,三更三点,阿骨打四子完颜宗弼(又名斡啜、兀术、金兀术)做了一个噩梦:一群恶狼偷袭睡觉的阿骨打,他忙持棍去救,反遭恶狼围攻,急切中大声喊道:"阿父救我!"这一喊,居然喊出声来。

阿骨打一脸关切地问:"术儿,你做梦了?"

兀术"嗯"了一声。

阿骨打又问:"是噩梦?"

兀术又"嗯"了一声。

阿骨打道："守灵是大人的事，你年纪小，不用守了，特别是夜里，你不听。去吧，回去睡吧。"

若是事情就此打住，第一，完颜兀术回了自己的帐篷。第二，兀术的长兄完颜宗干（又名粘罕、斡本）没有多嘴，中国的历史恐怕要改写。

你道完颜宗干多了一句什么嘴？

多了一句"四弟，你梦见了什么？"

兀术回道："梦到一群恶狼来偷袭睡觉中的阿父，为救阿父，我被群狼团团围住……"

兀术这一讲，引起了阿骨打的警觉。今天中午，耶律色边前来问罪，反挨了四弟一拳，岂能善罢甘休！第一，他要告我的御状。告御状我不怕，我能集结的部丁，当在两千人以上，朝廷即使出兵伐我，我也不怕，打胜了，我带兵杀向上京；打败了，我往深山老林一钻，还做我的都勃极烈……

第二。

有没有第二呢？

他想着想着，突然出了一身冷汗。

耶律色边是个莽夫，不值一提。阿疏可不是耶律色边，既阴险又狡诈，他若是趁我守灵之机，率部前来袭击灵堂，那可就惨了！

他一跃而起，大声说道："诸位，我突然觉着兀术的梦是一个预警，这个预警就来自我大哥。"

他目扫众人，缓缓说道："一群恶狼偷袭我，而我又在睡觉中。这群恶狼，我看就是耶律色边及阿疏一伙。请诸位备好厮杀的家伙！"

他移目宗干、宗望（又名斡离不、喇罕，阿骨打第二子）道："你俩速去召集部丁，前来护灵。"

待宗干、宗望掉头出帐，移目吴乞买又道："四弟，你带几个弟兄，去帐外巡逻。"

吴乞买指了指灵堂里的六个部丁："你，你，你，还有你……跟我来。"他当先步出灵堂，六部丁紧随其后。

阿骨打三子完颜宗尧（又名答罕、讹里朵），才十五岁，一跃而起道："阿父，孩儿也想出去巡逻。"

兀术见三哥请缨，不甘落后，稚声稚气道："我也去。"

阿骨打道："你俩还小，就在这里护灵吧。"

小弟俩互相望了一眼,很不情愿地坐回原地。

宗翰道:"阿叔,宗尧他们年纪小,侄儿不小吧,您让侄儿干点什么?"

阿骨打道:"陪阿叔一块守灵、护灵。"

三十　童贯的美梦

阿骨打来一个反讨伐，他召集诸部，得两千五百人，杀向辽国。

徽宗心中不悦："什么金国，乃辽国腋下爬出来的蕞尔小国，居然拒我，不必和它往来了。"

方腊直面方有常道："我若说出你的藏漆之地，你该怎么办？"

三更四点，阿疏、耶律色边率领四百余名讫石烈部丁，扑向乌雅束灵堂，在距灵堂尚有两箭之地，被吴乞买发现，双方打了起来。吴乞买虽说曾赤手擒熊，毕竟势单，顾此失彼，未能阻挡住讫石烈部丁的进攻。

打斗声传到灵堂，宗翰第一个冲了出去，宗尧、兀术小弟俩，一个持刀，一个持斧，紧随其后。

阿骨打只想到阿疏、耶律色边会袭击灵堂，但没有想到他怎样的袭击。

怎样袭击？

用刀砍，用斧劈，伴之以火攻。顷刻间，灵堂被火点燃，烈烟升腾。阿骨打双手托着乌雅束尸体，冲出灵堂。

火光中，阿疏大声喊道："弟兄们，有杀得阿骨打的，做我的大详稳！"

讫石烈的部丁呐喊者杀向阿骨打，阿骨打因双手托着乌雅束，无法还击，左躲右闪，后背中了一刀。

吴乞买、宗翰、宗尧、兀术等，被分割包围。

正危机时，宗干、宗望率领数百名部丁赶来，加入了战斗。

阿疏见势不妙，对耶律色边说道："敌众我寡，不如撤吧！"

耶律色边道："好。"

阿疏大声喊道："弟兄们，撤！"当先杀开一条血路，逃回讫石烈部落。

他的部丁,就没他这么幸运了,逃回讫石烈部落的十不及四。

耶律色边呢?

谁都能死,这个人不能死!

正当阿疏为耶律色边的生死忧心如焚,缺了一条胳膊的耶律色边出现在他面前,他一边命人给耶律色边包扎伤口,一边安慰耶律色边:"古智人曰,'胜败乃兵家常事'。只要您在,咱就能灭了完颜部。"

耶律色边长叹一声道:"难呀!"

阿疏道:"不难。"

耶律色边翻眼瞅了瞅阿疏,又是一声长叹。

阿疏道:"天使不必沮丧,咱虽败犹胜。"

耶律色边又翻眼将他瞅了一瞅,阿疏微微一笑道:"咱在袭击乌雅束灵堂之前,是不是这样合计?"

他将话顿住,看着耶律色边,继续说道:"若能将守灵人来个一窝端更好;若是端不了,他们必定倾巢而出追杀咱,咱就给他扣上一顶谋反的大帽子。如今,他们不但杀了我二百多名部丁,又将您砍伤,这还不是造反吗?他们既然造反,朝廷岂不要遣将讨伐?所以呀,咱虽败犹胜!"

耶律色边转悲为喜道:"你说得对,快去给我弄碗鹿血,我喝下之后便去上京。"

阿疏道:"我也去。"

耶律色边道:"咱昨天夜里袭击了乌雅束灵堂,阿骨打不会不来报复。在乌雅束没有火葬之前,他们也许不来。火葬之后,他们一定会来。你跟我一走,群龙无首,你的部民,岂不要任人宰割?所以,你不能走。"

阿疏苦笑一声道:"我的家底,您也知道,我之青壮部丁,也不过四百来人。经过昨夜那一场恶斗,活着的还不到二百人,根本不是阿骨打的对手,倒不如让这些人,跟咱一块走,一来为您保驾护航,二来也保住了他们的命。"

耶律色边道:"部丁跟咱走,不是部丁的人怎么办?"

阿疏道:"让他们自己找地方避难,等灭了完颜部,再回来。"

耶律色边轻叹一声道:"那就依你之见吧。"

阿疏拱手说道:"谢天使。"他掉头出帐,部署部民避难之事,一直忙到日头正南,这才率领部丁,跟着耶律色边,踏上了去上京的大路。

原本说一到上京,便由耶律色边上书朝廷,告发阿骨打造反,请求出兵讨伐。

真到了上京,耶律色边变卦了,对阿疏说道:"我和萧枢密是亲戚,我是因他之荐才有今天,我若是绕过他直接上书朝廷,他会怪我的。能不能这样,我找个地方躲起来,由你出面上书朝廷。"

阿疏道:"我出面没有问题,但我只是一个小小部落的酋长,人微言轻,朝廷会理睬我吗?"

耶律色边道:"会。"

"为什么?"

耶律色边道:"事关谋反的事,朝廷非常重视。"

阿疏道:"那就好。"

当阿疏把告发阿骨打造反的奏书写好正要上书,耶律色边又出新招:"上书来得慢,不如击登闻鼓。"

阿疏点头称是。

正如耶律色边所言,因事关谋反,朝廷非常重视,辽皇帝耶律延禧亲自出面,召开御前会议。会议的结果,由宁江州驻军,讨伐阿骨打。

宁江州是辽国与完颜部接壤的边境要镇,有辽兵三千多人。

消息传到完颜部,阿骨打来了一个反讨伐,他召集诸部,得两千五百人,杀向辽境,一路上势如破竹,射杀辽将耶律谢十(谢十,另译作色锡),攻克宁江州。

辽朝廷闻宁江州被陷,忙命萧奉先弟弟——辽都统萧嗣先,率兵万人往攻。阿骨打亲率一千名将士,出城迎击,大败萧嗣先。吴乞买、撒改(另译作萨拉噶,阿骨打从兄)、斜也(另译作舍音,阿骨打五弟)劝阿骨打称帝。阿骨打不从,后经将佐再三劝进,乃于乙未年(1115年)正月,即宋徽宗政和五年,即皇帝位,更名为旻,国号大金,建元收国。

大金者,取金质不坏之意。

国建了,皇帝也当了,下一步就是行封赏了。

吴乞买在阿骨打的众兄弟中,排行第四,但是,他和阿骨打是一母同胞,故而,封的官最大——谙班勃极烈。

其次,是撒改和斜也,俱为国论勃极烈。

阿骨打称帝的消息传到上京,耶律延禧非常震怒,当即就要发大兵去讨。萧奉先劝道:"陛下不必动恼,阿骨打的死期不会太远了。"

他见耶律延禧似信非信,嘻嘻一笑说道:"陛下,臣斗胆问您一个问题……"

耶律延禧道:"什么问题?"

三十 童贯的美梦

"孙权杀关羽之后,给曹操上书,劝他当皇帝,曹操说了一句什么话?"

"他说,'孙权这小子,是想把我放在火炉上烤呢!'"

萧奉先轻轻颔首道:"陛下回答得对,曹阿瞒(曹操)正是这么说的。皇帝是什么?是天之骄子,不是谁想当就可以当的。陈胜、袁术、黄巢,哪一个不比阿骨打的本事大,羽翼未满就称帝,结果呢?死无葬身之地。阿骨打步其后尘,也是死路一条!"

他这一番话,把耶律延禧的满脸怒气一扫而光,频频颔首道:"卿言之有理。但是阿骨打已经称帝,咱不能置之不理吧?"

萧奉先道:"当然得理了。"

"怎么理?"

萧奉先道:"遣一能辩之士,前往宁江州,劝阿骨打改帝为王。其之王,须经我大辽册封。他虽为王,其实还是一个大酋长。"

耶律延禧道:"这主意不错,孰人可遣?"

"翰林学士僧家奴。"

僧家奴奉诏之后,日夜兼程,赶到宁江州城,告之圣意,阿骨打佯表同意,但提了一个条件,朝廷必须交出阿疏和耶律色边,他要用彼二人之头来祭奠先帝乌雅束和守灵中的遇难者。

僧家奴不敢答复,又一个日夜兼程,返回上京。

正当辽国君臣为是否答应阿骨打的条件争得面红耳赤时,阿骨打亲率金兵,直捣辽国重镇黄龙府。

辽兵屡战屡败,黄龙府竟被夺去。耶律延禧闻报大怒,颁诏亲征,号称七十万,分路出师。阿骨打闻辽兵大举,为了激励将士,他来了一招激将法,将众将召进大帐,以刀劈面,涕泣语众道:"我与汝等起兵,无非苦辽邦残忍,欲自立国,今天祚亲至,恐不可当,看来只有杀我一族,大众出去迎降,或可转祸为福。"

吴乞买夺其刀而劝道:"兵来将挡,水来土掩,况天祚淫虐不仁,众心离散,莫说来了七十万,就是来了七百万,也不过一些乌合之众,怕他什么?"

阿骨打道:"如你之言,咱不用怕他们了?"

吴乞买将头重重点了一点。

阿骨打叹道:"即使辽兵乃乌合之众,毕竟有七十万人,你我须得万众一心,悉力拒敌,方可取胜!"

吴乞买铿声说道:"陛下放心,吾等一定会万众一心,悉力拒敌,不获全胜,决不罢兵！"

阿骨打道了一声"好"，遂调齐人马，倾巢而出，行至黄龙府东，遥见辽兵满山遍野，势如攒蚁，乃对左右说道："辽兵远道而来，利在速战，我利固守，且深沟高垒，静观敌衅，再行进兵。"

众将齐曰："陛下圣明！"阿骨打下令全军，择险驻扎，按兵不动。

金兵不动，辽兵也不动，阿骨打正感到奇怪，忽有谍人来报："启奏陛下，辽军后队后撤。"

阿骨打道："真的吗？"

"真的。"

阿骨打又道："他们为什么要走？"

"不知道。"

阿骨打道："再探。"

不一刻儿，又一谍人来报："启奏陛下，辽军后队后撤。"

阿骨打道了声再探，召集诸将曰："辽军后队后撤，不知是何用意？"

吴乞买皱着眉头儿曰："辽军后撤？不会吧？"

阿骨打道："一前一后二谍人都这么说。"

吴乞买又道："这……难道他们想分兵对咱进行包剿？"

阿骨打道："不会。如果想包剿咱，只需分兵向左或向右，不必后撤。"

撒改颔首说道："陛下所言甚是。"

阿骨打道："辽军突然后撤，很可能是国内出了什么事。国内若是出了事，军心必然涣散，咱追上去揍他，一揍必赢！"

众将异口同声道："好"

阿骨打道："既然诸位都说好，这就回去调集各部，跟我击辽！"

众将轰然应曰："诺！"

两刻钟后，不到两万人的金兵，杀向了号称七十万的辽军。

果如阿骨打所料，辽国国内出了大事，辽副都统章奴，本来随军征讨金国，半道上率部返奔上京。

他为什么要返奔上京？

他是想趁耶律延禧与金相斗之机，立耶律延禧叔父耶律淳为帝。耶律淳并无篡位之意，拒绝了章奴好意，章奴便纵兵抢掠，至辽太祖庙，数天祚罪恶，移檄州县，将犯行宫。事涉皇位,耶律延禧不得不回军讨贼。耶律延禧原以为,凭他这七十万军队,投鞭可以使河断流,金兵绝不会追赶。

谁知,那阿骨打是一个既聪明又不怕死的主儿,居然追了上来。

阿骨打西追辽军,至护步答(又称和斯布达)冈,见前面舆辇甲仗,迤逦行去,他即分开两翼,自率精兵猛将,杀向辽之中军。耶律延禧猝不及防,弃轿而走,辽兵四散。阿骨打麾杀一阵,斩馘以万计,夺得车马帝幄、兵械军资,不可胜计,凯歌而还。

耶律延禧这里,连夜返京,距上京尚有一百余里,章奴已为熟女真部所败,众皆溃散。逻卒擒住章奴,送至耶律延禧所在,立斩以徇,方才还都。

一波刚平,一波又起。

辽都临黄,号为上京。圣宗隆绪,徙都辽西,称为中京;又以辽阳为东京、幽州为南京、云州为西京,共计五京。章奴诛死,上京方才告靖,不意东京又闹出乱端。东京留守萧保先,虐待渤海居民,为暴徒所戕,经辽将大公鼎、高清明等,率兵剿捕,乱势稍平。偏裨将高永昌收集溃徒,入据辽阳,匝旬间,得八千人,居然僭号,称为隆基元年。耶律延禧遣韩家奴、张琳等往征,永昌恐不能敌,向金求救。金主阿骨打遣胡沙补(另译作华沙布),报永昌道:"同力攻辽,我愿相助,但须削去僭号,归顺我国,当以王爵相报。"

永昌不从,阿骨打遂命大将斡鲁,率诸军攻永昌,与辽将张琳相遇,两下开仗,张琳败走,斡鲁乘势取沈州,进薄辽阳城下。永昌开城出战,哪里敌得住金军?败奔长松。

辽阳人挞不野(另译作托卜嘉)擒住永昌,献与阿骨打,被一刀两断。于是,辽国的东京州县,及南路熟女真部,陆续降金。阿骨打任斡鲁为南路都统,斡伦(另译作鄂楞)知东京事。

辽帝闻东京失陷,未免惊慌,乃授耶律淳为都元帅,募辽东人为兵,得二万二千余人,称之怨军,以渤海铁州人郭药师为统领。耶律淳倡议和金,遣耶律奴苛(另译作讷格)入金相议。金复书辽帝,若想议和,辽得以兄礼事金,封册如汉仪。

辽帝见书大怒,欲再起兵伐金,适遇大饥,人相食,各地盗贼蜂起,掠民充粮。枢密使萧奉先等,劝辽帝暂从金议,乃册金主旻为东怀国皇帝。

这"东怀国"三字,明是辽人暗弄阿骨打,取小邦怀德的意义。他总道阿骨打未达汉文,或可模糊骗过,偏阿骨打不仅要称大金,还要他以兄事之,和议未成。

徽宗听童贯讲了金国故事,大喜曰:"诚如卿之所言,我若联金攻辽,辽必败矣。辽败,燕云十六州可收复矣。"遂命武义大夫赵良嗣航海使金,阿骨打遂令李善庆等赍奉国书,并北珠、生金等物,随赵良嗣同至汴都,拜见徽宗。徽宗命蔡京如约攻辽,善庆等不敢做主,徽宗便令赵良嗣持诏,及还赐礼物,与善庆等渡海赴金,与阿骨打面议。

阿骨打告之赵良嗣:"咱先不说攻辽之事,贵国若诚心与我大金结好,当示国书,若仍用诏命,就不用说了。"赵良嗣唯唯而还。

徽宗听赵良嗣讲了金国之行,心中不悦:"什么大金,乃辽国腋下爬出来的一个蕞尔小国,居然拒我!不必再和它往来了。"

童贯劝道:"陛下,金国虽为一蕞尔小国,但它是辽国克星,我若不想收复燕云十六州也就罢了,若欲收复,还真得与金联合呢!"

蔡京本来不同意联金攻辽,也许是受了童贯的鼓动,也许是不想得罪童贯,居然一反常态道:"陛下,燕云十六州的地势非常险要,乃抵御北方夷人的天然屏障,我大宋建国至今,已有一百八十年,为什么屡受夷人欺凌,就是因为我们失去了燕云十六州。我大宋自太祖皇帝始,已有收复燕云十六州之意,也多次进行战争,但是,都未能如愿。这一次,陛下若能将燕云十六州收复,无疑是大功一件!"

徽宗硬是被他二人说动了,同意遣使赴金。

消息传出,毕渐率先上书反对。言曰:"联金伐辽,不只败盟①,还有唇亡齿寒之害。"

布衣安尧臣,亦上书朝廷,反对联金伐辽。书曰:

陛下临御之初,尝下诏求言,于是谔士效忠,而憸人乃误陛下,加以诋诬之罪,使陛下负拒谏之谤,比年天下杜口,以言为讳。乃者宦寺交结权臣,共倡北伐,而宰执以下,无一人肯为陛下言者。臣谓燕云之役兴,则边衅遂开,宦寺之权重,则皇纲不振。艺祖(赵匡胤)拨乱反正,躬环甲胄,当时将相大臣,皆所与取天下者,岂勇略智力,不能下幽燕哉?盖以区区之地,契丹所必争,忍使吾民重困锋镝,真宗澶渊之役,与之战而胜,乃听其和,亦欲固本而息民也。今童贯深结蔡京,同纳赵良嗣以为谋主,故建平燕之议,臣恐异时唇亡齿寒,边境有可乘之衅,狼子蓄锐,伺隙以逞其欲,此臣之所以日夜寒心者也。伏望思祖宗积累之艰难,鉴历代君臣之得失,杜塞边衅,务守旧好,无使外夷乘间窥中国。上以安宗庙,下以慰生灵,则国家幸甚!生民幸甚!

---

① 盟,即《澶渊之盟》。此盟是宋与辽签订的和约。真宗景德元年(1004年),辽萧太后与辽圣宗亲率大军南下,深入宋境。宋在打了胜仗的情况下,与辽签订了《澶渊之盟》,宋每年输辽岁币银十万两、绢二十万匹。自此之后,辽再也没有大规模侵宋,换来了一百一十多年的和平。

徽宗连接两疏，便犹豫起来，会有二御医自高丽归，入奏徽宗。

高丽尝通好中国，因国主有疾，向宋求医，徽宗乃遣二医往视，及高丽送二医归国，与语道："闻天子将与女真图契丹，恐非良策。苟存契丹，尚足为中国捍边，女真似虎似狼。不宜与交，可传达天子，预备为是。"

二医将高丽主之言，转奏徽宗，徽宗便将联金伐辽的计议，暂且搁置，并拟擢安尧臣为承务郎①，借通言路。怎奈蔡京、童贯二人，坚执前议，谓天与不取，反致受害。学士王黼，因郑居中回家奔丧，升任少宰，受蔡、童之嘱，进宫面君，曰："毕渐为一腐儒，其言不可听。安尧臣越俎进言，不守臣礼，应当治罪，怎得再给官阶？"

徽宗受其蛊惑，又变了主意，将毕渐贬回原籍，罚安尧臣铜一百斤；遣赵良嗣持国书使金（国），相约联金攻辽。巧值辽使萧习泥烈（另译作萧锡里）至金续议册礼，金主不仅不续，反兴兵进攻上京，令宋、辽二使，随军同去。

辽帝正在胡土白山（另译作瑚图哩巴里）围猎，闻金主出师，亟命耶律白斯不（白斯不，另译作博硕布）等，率精兵三千，驰援上京。

金主至上京城下，先谕守兵速降，留守挞不野不从，金主乃督兵进攻，且语宋、辽二使道："汝等可看我用兵，以卜去就。"言讫，遂亲击枹鼓，促军猛扑，不避矢石，自辰及午，金将阇母（另译作多昂摩）等，鼓勇先登，部众随上，遂克外城。挞不野心生恐惧，率部出降。

耶律白斯不等，将至上京，闻城已失守，不战自退。金主入城犒师，置酒欢宴。赵良嗣等捧觞上寿，皆称万岁。

宴后，金主留兵居守，自偕赵良嗣等还国。赵良嗣乘机对金主说道："燕（即燕京，亦称析律府）本汉地，理应仍归中国，现愿与贵国协力攻辽，贵国可取中京大定府，敝国愿取燕京，南北夹攻，均可得志。"

金主道："这事好说，但汝主曾给辽岁币，他日当还与我。"良嗣颔首说道："好。"

金主遂付良嗣书，金兵自平地松林趋古北口，宋兵自白沟夹攻，否则不能如约。并遣勃堇（另译作贝勒），随良嗣入宋，申述己意，徽宗乃复遣赵良嗣报聘，且复致国书道：

> 大宋皇帝，致书于大金皇帝：远承信介，特示函书，致讨契丹，当如来约。已差童贯勒兵相应，彼此兵不得过关，岁币之数同于辽，仍约毋听契丹讲和，特此覆告！

---

① 承务郎：文散官名，从八品。

赵良嗣持书至金,金主答称如约,协议遂成。

赵良嗣兴致勃勃地回到汴京,觐见徽宗,呈上约书,徽宗便命童贯整军待发。

郑居中本在家中守丧,闻之,当即入汴京,面见蔡京,劝道:"公为大臣,不能守宋辽两国盟约,致酿事端,恐非妙策。"

蔡京答道:"皇上厌岁币三十万,所以主张此议。"

居中道:"公未闻汉朝和亲用兵的耗费吗?汉尝岁给单于一亿九百万(文)、西域一千八百八十万(文),与本朝相较,孰多孰少?今乃贪功启衅,徒使百万生灵,肝脑涂地,首祸惟公,后悔何及!"

蔡京默然不答,但心中总以为可行,且已与金定约,势成骑虎,不能再下,仍与童贯决意兴兵。忽接两浙警报,睦州(今浙江省淳安县)人方腊作乱,睦、歙(今浙江省歙县)、杭诸州,接连被陷,东南几已糜烂了。

徽宗大惊,急召辅臣会议,暂罢北伐,调兵遣将,南征方腊。

方腊者,睦州青溪县帮源洞人也。十几年前,加入摩尼教①,因他仗义疏财,县人爱之。

青溪县山多田少,地瘠民贫。贫到什么程度?有诗《田父吟》为证:

> 青溪渺如斗大吧,万山壁立土硗瘠。
>
> 百分地无一分田,九十九分如剑脊。
>
> 一亩之地高复低,节节级级如横梯。
>
> 畎心一畦可一亩,边旁一亩分数畦。
>
> 小民有田不满十,镰方放兮有菜色。
>
> 曹胥乡首冬夏临,催科差役星火急。
>
> 年年上熟犹皱眉,一年不熟家家饥。
>
> 山中风土多食糜,两儿止肯育一儿。
>
> 只缘人穷怕饿死,可悲可吊又如此。
>
> 有司犹曰汝富民,手执鞭敲目怒视。
>
> 今年淫雨天作难,汹涌澎湃四五番。
>
> 浮尸弊屋环江下,迸出裂地如鲸奔。
>
> ……

---

① 摩尼教:也叫明教,是波斯人摩尼于公元三世纪所创立的宗教。该教宣传善恶二元论;以光明与黑暗为善与恶的本原,光明王国与黑暗王国对立,善人死后可获得幸福,恶人则须坠入地狱。

三十　童贯的美梦

天无绝人之路,如此一个地方,却盛产椿漆竹木,当地百姓不得不以卖柴、烧炭、蒸茶、割漆为生。

帮源洞之漆,乃漆之上品,历朝历代,被作为贡品。但是,直到北宋中叶,每年熟漆的产量,也不过十几万斤。到了政和年间(1111—1118年),每年贡给朝廷的漆,达三万余斤。

俟陈光做了青溪知县,贡漆的数量,又提高两成。为催交贡漆,陈光住到了方有常家里。

方有常是帮源洞的里长①,帮源洞是一个方圆几十里的大山谷,遍谷都是漆树,家家都有漆园。内中,有两家漆园最大,一家是方有常,另一家是方腊。

方有常凭借里长的身份,把自己应当出的贡漆转嫁到他人身上。故而,每当贡漆完成后,他便把他的漆,以高价卖给进山收购的外地商贾,获取丰厚的利润,漆民敢怒而不敢言。

这一年(宣和二年),因朱勔在苏州建造宅第,命东南各路,有钱出钱,有物出物。漆民的物,当然就是漆了。除了贡漆以外,陈光又给帮源洞摊派了两万五千斤生漆。而且,限定三日之内,必须如数上缴。

三天后,在陈光的百般威逼下,收到的生漆,不足一万斤。陈光大怒,将帮源洞的漆民召集起来,威胁道:"交不够两万五千斤生漆,就把他们全部押送县城,关进监狱。"

漆民们又惊又怕,推方腊去找陈光。方腊见了陈光,直言不讳地说道:"陈大人,帮源洞除了方有常家,怕是一斤生漆也难以找到。要交漆,只有找方有常了!"

方有常就站在陈光一边,信誓旦旦说道:"我家连一两漆也没有了!"

方腊怒道:"你不要把话说满,你的漆藏在什么地方,我都知道。"

方有常反问:"我的漆藏在什么地方?"

方腊道:"你先别问你的漆藏在什么地方,你只说一说,我若说出你的藏漆之地,你该怎么办?"

方有常自以为他藏漆的地点十分秘密,笑回道:"你若说出我藏漆的地点,我就把所藏之漆,全部上交县衙。"

方腊道:"你说话可算数?"

方有常拍着胸脯道:"君子一言,驷马难追,你说吧!"

---

① 里正:乡里小吏,又称里君、里尹、里章、里有司等,掌管里之户口、赋役之事。

方腊移目陈光道:"陈大人,方有常的话你听到了吗?"

陈光道:"听到了,你说吧。"

方腊道:"说出来,我怕方有常把他的漆转移他处,干脆我带您去看。"

陈光移目方有常。

到了此时,方有常也不好再说什么,硬着头皮道:"不做亏心事,不怕半夜鬼敲门,您就跟他去吧。"

陈光移目方腊道:"走。"

方腊在前带路,后边跟着陈光、方有常及数十个衙吏衙役。

漆户中不知谁喊了一声:"咱们也去。"

一呼百应,众漆户紧随众衙役之后,走了十几里,又转了一个山头,来到一个山洞旁,撬开封洞的石头,里面堆满了生漆,有两万余斤。面对众衙役和漆户,陈光佯装生气,把方有常训斥一番,并将这些漆全部收缴。自此,方有常恨上了方腊,三番五次找方腊的碴儿,敲了方腊一百多贯钱。

敲钱还是小事,他又唆使几个地痞,戏侮方腊儿媳山花,被方腊二弟方七佛撞上,将地痞揍了一顿,地痞将方七佛告到县衙,陈光不问青红皂白,把方七佛抓了起来。为救方七佛,方腊花了二百多贯钱。自此,方腊不只恨上了方有常,也恨上了官府。为了自己,也为了帮源洞和江南的父老乡亲,他萌生了造反之心。

要造反,就得先造舆论。

于是,他谎称自己去溪边净手,水中照见自己头戴平天冠,身穿黄龙袍。

能头戴平天冠,身穿黄龙袍的是什么人?

是皇帝。

也就是说,他日后要做皇帝。

这话,信者寥寥。

他想啊想,想起了《推背图》。若是能从这上边做点文章,不愁人不信!

何为《推背图》?

《推背图》是中华预言第一奇书,传说它是唐太宗李世民为推算大唐国运,命令当时两位著名道士——李淳风和袁天罡编写的,融合了易学、天文、诗词、谜语、图画为一体。预言了从唐开始之后数千年,一直到未来世界大同,即将发生的重大事件。

其实,《推背图》就是谶语。

何为谶语?

"谶"是巫师或方士制作的一种隐语或预言。谶语的出现,当在先秦时期,汉末张角举义反汉之时,曾自作谶语——"苍天已死,黄天当立,岁在甲子,天下大吉。"

宋太祖赵匡胤,步张角后尘,也是自作谶语,弄了个"点检作天子"。

点检是一官名,全称为殿前都点检。是时的赵匡胤,官居殿前都点检。

连宋太祖都以"谶"俘虏民心,方腊也得弄一个什么谶。

三十一　方腊起义

　　突听得一声炮响，震得木叶颤动，举首四顾，又不见什么动静，大众担着一把冷汗，足虽急行，目惟四顾。

　　童贯想了数日，把幕僚董耘招来，要他代徽宗拟一个《罪己诏》，诏告天下。

　　宋江不知有诈，命房船继续前行。将至海边，见芦苇丛集，飘飒有声，觉得不妙。

弄一个什么谶呢？

　　方腊想了又想，编了四句话，塞进《推背图》中。且将塞进四句话的《推背图》印刷了上千册，广为散发。

哪四句话？

　　　　十千加一点，冬尽始称尊。
　　　　纵横过浙水，显迹在吴兴。

　　"十千"是一个"万"字，加一点便是一个"方"字；冬尽之后是腊月，"腊"者，方腊也。方腊要干什么？"称尊"，称尊便是做皇帝。

　　连《推背图》都说方腊要做皇帝，众漆户对他敬若神明。方腊心中暗喜，便以摩尼教做掩护，或秘密聚会，或到处游说，并由方七佛出面，暗中购置武器，准备在宣和二年（1120年）冬，举行起义。

　　离举义的日子还有一个多月，方有常得到了消息，忙让儿子方庚去县衙告密。此事为方腊所知，提前举义。他将众漆户召到他的漆园，发表了一番鼓动人心的演说：

三十一　方腊起义

诸位兄弟，诸位父老乡亲：

现在有一个人家，儿子们玩命苦作，辛苦一年才赚来一点糊口的粟帛，却被好吃懒做的父亲抢去。稍有异议，便鞭笞施暴，致死也不可怜。这样的父亲，配做父亲吗？（众人异口同声道："不配。"）

父亲抢了儿子们的粟帛，不但自己挥霍，还将这些粟帛送给仇敌，而仇敌靠这些粟帛养肥后，加倍地欺负儿子们。这样的父亲，配做父亲吗？（众人又异口同声道："不配。"）

天下国家，本同一理。这个不配做父亲的人，就是朝廷。（众人义愤填膺，情绪激昂。）

朝廷为了自己享受，并资助仇敌，拼命地盘剥百姓。别的不说，就说我们睦州吧，睦州百姓赖以为生的漆、椿、竹、木，都被官府勒索一空，无锱铢之遗。

天帝降生百姓，朝廷派来官吏管理，本意是使百姓安居乐业，但官吏们暴虐如此，天意人心能不愠怒？（众人异口同声道："当然愠怒。"）且是，执政大臣，声色犬马，大兴土木，建祷祠、弄花石（纲），还每年送给西北二虏（辽、夏）银绢以百万计，这些都是我们东南百姓的膏血！

二虏得到我们的银绢，越发轻视中国，岁岁侵扰不已，朝廷却奉二虏为神明，一点也不敢得罪；宰相因循苟且，以为只有如此，才是安边的长策。可怜吾等百姓，终岁辛劳，妻子冻馁，求一顿饱饭而不可得，诸位认为这种状况还能继续下去吗？（众人异口同声道："不能。"）

三十年来，元老旧臣贬死殆尽，当权者都是龌龊邪佞之辈，只知道以声色土木蛊惑天子，地方官员也是贪鄙成风。我东南百姓，苦于盘剥和徭役久矣，诸位若能仗义而起，四方百姓必闻风响应，一旬之间，万众可集。地方官员得知吾等起事，必将商量对策，不敢马上上奏朝廷。吾等略施小计，延滞一两个月，江南各郡可一鼓而下。朝廷即使得到报告，也不会马上派兵围剿，而是召集大臣会议。这一会议也要月余时间。月余之后调集兵马，俟官军开到青溪，已是半年之后了。那时，吾等已经据有江南，怕它个鸟！

不只不怕，吾等一定会击败官军，夺得天下！何以这么肯定？

第一，我们占据江南后，自身有了力量。

第二，西北二虏暗自相助（众人你瞅瞅我，我瞅瞅你，似信非信）。

我说的这个"相助"，并非要二虏派军帮我攻打朝廷，也非是给我送钱送粮。

刚才,吾已经讲过,朝廷每年送二房的银绢以百万计。此外,朝廷用于养军的钱数千万。这些钱,多出自东南,吾等既有江南之地,朝廷必然转而压榨中原。中原百姓不堪重负,必生变故。这一变,二房必将趁机而入,朝廷腹背受敌,即使有伊尹、吕尚(姜子牙)这样的人为之出谋划策,恐怕也不能挽狂澜于既倒了。我但划江而守,轻徭薄赋,以宽民力,四方孰不敛衽吾朝,十年之间,终当混一(统一天下)矣!

这个演说,非常有水平。历史上,造反的人数以万计。要造反,就得讲一番理由。但是,没有一个人讲的理由,这么充足,这么感人!

他的话音刚落,众人便欢呼道:"讲得好,我等愿意视您马首是瞻!"

方腊连道三遍:"谢谢诸位,谢谢诸位了!"率众直奔方有常家,把包括方有常在内的四十余口,全部杀死以祭旗。

不,也有漏网的。

这个漏网的,是方庚的小妹方慧儿。

方慧儿因走亲戚去了,拣了一条小命。

祭过旗后,方腊便以"申天讨,诛朱勔"为口号,举行起义,根据地就是帮源洞,自称圣公,建元永乐,设官置吏,以头巾为别,分作六等。他还给每人发一道符箓,谓有神效,可得冥助。附近百姓,竞相来投,不到半月,义军已至数万,乃勒为部伍,欲出攻青溪。

两浙都监①蔡遵、颜坦,得青溪知县陈光急报,率兵五千人,前往镇压,兵至息坑(在今浙江省新昌县境),与方腊前队相遇,军士望将过去,无不惊讶。

方腊的队伍,并不见有武夫,又不见有利械,只有妇女若干,童稚若干,而这些妇女搽脂抹粉,服饰也多为道装,手中还执着拂尘,活像戏剧中的师姑。童子面上,或涂着红黄蓝白,或梳发作两丫髻,或剪发成沙弥圈,遥对官军,嬉笑憨跳,哪儿像个打仗的样子。官军面面相觑,还道他有什么妖法,不敢前进。蔡遵生性多疑,看到眼前这支乱七八糟的队伍,很是惊疑。颜坦是个粗人,快言快语道:"这是惶惑我军的诡计,有何怕哉?看我驱军杀尽了他。"言已,督军进击,兵戈所指,那妇孺尖叫着逃走。

颜坦道了一声追,当先追了下去,但见妇孺穿林越涧,四散奔逸,一行数里,连妇孺都不见了。

---

① 都监:宋代置于路、州、府、军、监的武官。

颜坦迟疑片刻,放马前行,突听得一声号炮,震得木叶颤动,不由得毛骨悚然。举头四顾,又不见什么动静,大众捏着一把冷汗,足虽急行,目惟四望,扑踏扑踏的好几声,一大半跌入陷坑,连颜坦也坠了下去。两旁山谷中,跳出许多大汉,手执巨梃,一半乱捣陷阱,一半扫荡余军。颜坦以下千余人,一股脑儿埋死坑谷。

蔡遵只知颜坦追击方腊的队伍,并不知前面发生的情况,又想分一杯胜利之羹,督促所部追了上来,进入谷口后,猛听得一阵大喊,料知情况不妙,急忙令军士返步,行至谷口,谷口已被木石塞断。山上几声炮响,无数大石,抛掷下来,军士不死即伤。蔡遵正督令军士,移徙木石,那后面的腊党,持梃追到,冲着官军一阵猛揍,死者无数,连蔡遵亦死于乱军之中。

腊众夺得甲杖,乘胜捣入青溪。陈光自知不敌,带着细软,连夜遁去。

方腊占领青溪后,休息一日,又杀向睦州,且发布榜文曰:"天兵来到,赶紧投诚,否则,蔡、颜覆辙,即在目前。"

江浙一带,承平已久,不识兵革,就是郡县守吏,泛地将弁,也只知奉迎钦差,保全禄位,并未尝修浚城濠,整缮兵甲,一闻方腊到来,大都弃城而逃。

也有抵抗的,诸如睦州通判叶居、歙州守将郭师中等,一战即溃,为腊部所杀。

义军克睦州、下歙州,东进桐庐,扫荡富县等县,直抵杭州城下。知州赵霆,登城西望,遥见腊众如檐,已是心惊,蓦地里冲出几个长人,约高丈许,首戴神盔,身披氅衣,左手持矛,右手执旗,面目狰狞可怕,吓得魂不附体。其实这种长人,统是大木雕成,中作机关,用人按捺,两手活动,远望如生。赵霆胆小如鼠,哪晓得什么真假,当即下城还署,踌躇一会儿,三十六计,逃为上策,便收拾细软,挈了一妻一妾,趁着城中惊扰的时候,改装出衙,一溜烟地奔出城外。

制置使陈建、廉访使[①]赵约,赶入州署,想与赵霆会商守御之事,署中并无一人,慌忙退出署门,不想城门已被腊众攻破,腊众一拥而入,两人逃避不及,同时被缚。

方腊进入城中,一面令党徒遍捕官吏,所捕者全部缚在州署门前,内中,除了陈建、赵约,还有一个在此避难的陈光。方腊高坐堂上,置酒纵饮,饮一杯杀一人。

屠城!

这种只有敌国入侵,抑或是江洋大盗才干的事情,不知为甚,方腊居然也干了。

他下令屠城六日,除了有姿色的妇女,全部杀死。这些有姿色的妇女,或留下自己

---

① 廉访使:宋、元时代的职官名。宋代全称廉访使者,主管监察事务。

享受,或赐与部下。

杭州一下,东南大震,警报雪片似的飞向汴京。蔡京、童贯因朝廷方整师北伐,无暇顾及"小寇",竟将警报压下,责令地方官府自行弹压。至淮南发运使①陈遘,直接奏陈徽宗,徽宗方知东南"贼势猖獗",遂将与金之约暂且搁起,命童贯为江淮荆浙宣抚使、谭稹为两湖制置使、王禀为统制②,分率禁旅,即日南下。又因陈遘疏中,谓浙兵无用,须调集外旅,速平匪乱,乃飞饬陕西六路十五万大兵,同时南征。哪六路?一、边将辛兴宗、杨惟忠统熙河兵。二、刘镇统泾原兵。三、杨可世、赵明统环庆兵。四、黄迪统鄜延兵。五、马公直统秦凤兵。六、冀景统河东兵。六路兵马,统归都统制刘延庆节制。

诸军中,最先到达江南的是童贯。时为宣和三年孟春月中。

方腊见官军来剿,转陷婺州,又陷衢州。嗣又令杭州党徒方七佛引众六万,陷崇德县,攻秀州,因统军王子武登陴力御,方将秀州城保住。童贯留偏将镇守金陵,将兵进攻镇江,闻秀州被围,急檄王禀驰援,可巧熙河将辛兴宗、杨惟忠亦领兵到来,两路夹攻方七佛,方七佛支持不住,只好却走,秀州解围。方腊东攻不克,转图西略,连陷宁国、旌德诸县,官军不得不分军西援。

童贯有些纳闷,询之当地士绅:"方腊者,一漆园主耳,振臂一呼,从者百万,何也?"

士绅回曰:"东南百姓,苦花石纲久矣。由苦而愁,由怨而恨。不只恨官吏,更恨朝廷。"

童贯若有所思道:"原来如此!我得设法为皇上开脱,否则,即使砍了贼头,砍不了贼心!"

怎样为皇上开脱?

他想了数日,方想出一个绝好的主意,命幕僚董耘为徽宗拟一个《罪己诏》。

董耘大惊道:"您不想活了吧?连在朝堂上咳嗽都有罪,您还敢让我代皇上写《罪己诏》?"

童贯笑嘻嘻地说道:"你别害怕,出征前皇上特嘱咱家,'如有急,当以御笔行之。'"

董耘叹道:"既然皇上这么说了,那就写吧。"

他挥毫走笔,一道二百字的《罪己诏》跃然纸上:

---

① 发运使:官名。初置于唐,但只置水陆发运使,掌漕运。宋沿置,初置京畿东西水陆发运使,后又置江淮、两浙发运使,兼制置茶盐事,淮南、江、浙、荆、湖置茶盐兼都大发运使。

② 统制:宋代,皇帝直接控制军队。凡遇战事,选拔一将领给予统制之名义,以节制兵马。

朕收购竹木花石、禽兽珍奇，都是在皇家内库支取钱财，让他们按市价购买，并且多次下诏，严立法禁，不准压价和摊派。朕以为，奉行之人，定能遵承约束，都会懂得朕体恤百姓的大义。岂料具体办事的官吏，借花石纲之名贪赃枉法，为奸作恶，侵扰百姓。今朕闻之十分震怒，着即废花石之纲，罢朱勔父子一切兼官。今后，若有人再以贡奉为名，行敲诈勒索之事，严惩不贷。

此"诏"，不但将花石纲之祸的责任，完全推到朱勔父子身上。而且，童贯还假借徽宗名义，把朱勔父子罢官。此诏一出，东南百姓奔走相告，称颂帝德，已经投身方腊的百姓，十之二三，离队返乡。形势正朝着有利于官军这一方发展，淮南又蹦出来一个宋江，纠党三十六人，横行河朔，转掠十郡，京东又复戒严，害得宋廷诸臣，议剿议抚，着急也想不出什么法儿。

宋江者，郓城（今山东省菏泽市）人也，表字公明，曾充当县中押司①。他饱读诗书，满腹经纶，存有出将入相之志。本欲走科举之路，实现其治国平天下之志。怎奈，此路不通，连考三场，连个举人也未中，心灰意冷，放弃科考，屈身县衙，做了一个舞文弄墨的小吏。

他生性豪爽，为人慷慨，又喜欢结交江湖上的朋友，无论何人有难，他必出手相助，他的大名不胫而走，人送绰号"及时雨"。因私放盗犯，酿成命案，被捕入狱。当有一班江湖好友，劫狱相救，迫入梁山泊上，做了个公道大王。

梁山泊地处山东，在郓城、寿张两县之间，山形突兀，路转峰回，周围约二十五里。冈上恰有一方旷地，足容千人居住。冈下有泊，可汲水取饮，虽旱不干。古时本名良山，因汉梁孝王出猎于此，乃改名梁山。到了宋哲宗、宋徽宗当政，吏治废弛，贪官污吏，布满各路，盗贼乘时蜂起，所有淮南、京东一带，无赖亡命之徒，便借这梁山之地，落草为寇，随聚随散，所以不甚有名。至宋江入居此山，由群盗推为首领，立起什么水浒寨，造起什么忠义堂，托词替天行道，煽动居民。于是，"梁山泊"三个大字，名扬天下。

但是，山上又没有什么积蓄，教他如何替天行道？他无非四处劫掠，夺些金银财宝，作为生计。不过，他所往劫的，多是富而不仁的土豪，及多行不义的民贼，尚不似那睦州方腊，一味儿逞妖作怪，恣意淫乱，因此，京东一带，还说宋江是个好人。知亳州侯蒙，上书徽宗："宋江横行齐魏，才必过人，现在青溪盗起，不若赦他前非，令南讨方腊，将功

---

① 押司：宋代官署中的书吏，掌办理案牍等事务。

赎罪。"

徽宗颔首称是,命侯蒙为东平府知府,并以钦差大臣身份,招降宋江。

侯蒙未及赴任,得了一种怪病,堪堪将死,招降之事,遂成虚话。宋江久候,不见钦差到来,以为是朝廷无信,继续四处抢掠。

他既然抢掠,京东各军不能不往剿。往剿的结果,每每以官军失败告终。宋江势力日盛,趋附的人物,如过江之鲫,起初只有三十六个头目。后来又得了七十二人,合成一百零八个大强盗。他却自称上应列星,伪造石碣,把一百零八人的姓名,镌刻碑上,三十六人,号为天罡星;七十二人,号为地煞星。每人又各有绰号,现将这一百零八人的名字,抄录如下:

天罡星三十六员:

  天魁星呼保义宋江 天罡星玉麒麟卢俊义
  天机星智多星吴用 天闲星入云龙公孙胜
  天勇星大刀关胜 天雄星豹子头林冲
  天猛星霹雳火秦明 天威星双鞭呼延灼
  天英星小李广花荣 天贵星小旋风柴进
  天富星扑天鹏李应 天满星美髯公朱仝
  天孤星花和尚鲁智深 天伤星行者武松
  天立星双枪将董平 天捷星没羽箭张清
  天暗星青面兽杨志 天佑星金枪手徐宁
  天空星急先锋索超 天速星神行太保戴宗
  天异星赤发鬼刘唐 天杀星黑旋风李逵
  天微星九纹龙史进 天究星没遮拦穆弘
  天退星插翅虎雷横 天寿星混江龙李俊
  天剑星立地太岁阮小二 天竟星船火儿张横
  天罪星短命二郎阮小五 天损星浪里白条张顺
  天败星活阎罗阮小七 天牢星病关索杨雄
  天慧星拼命三郎石秀 天暴星两头蛇解珍
  天哭星双尾蝎解宝 天巧星浪子燕青

地煞星七十二员：

地魁星神机军师朱武　地煞星镇三山黄信
地勇星病尉迟孙立　地杰星丑郡马宣赞
地雄星井木犴郝思文　地威星百胜将军韩滔
地英星天目将彭玘　地奇星圣水将军单廷珪
地猛星神火将军魏定国　地文星圣手书生萧让
地正星铁面孔目裴宣　地阔星摩云金翅欧鹏
地阖星火眼狻猊邓飞　地强星锦毛虎燕顺
地暗星锦豹子杨林　地轴星轰天雷凌振
地会星神算子蒋敬　地佐星小温侯吕方
地佑星赛仁贵郭盛　地灵星神医安道全
地兽星紫髯伯皇甫端　地微星矮脚虎王英
地慧星一丈青扈三娘　地暴星丧门神鲍旭
地默星混世魔王樊瑞　地猖星毛头星孔明
地狂星独火星孔亮　地飞星八臂哪吒项充
地走星飞天大圣李衮　地巧星玉臂匠金大坚
地明星铁笛仙马麟　地进星出洞蛟童威
地退星翻江蜃童猛　地满星玉幡竿孟康
地遂星通臂猿侯健　地周星跳涧虎陈达
地隐星白花蛇杨春　地异星白面郎君郑天寿
地理星九尾龟陶宗旺　地俊星铁扇子宋清
地乐星铁叫子乐和　地捷星花项虎龚旺
地速星中箭虎丁得孙　地镇星小遮拦穆春
地嵇星操刀鬼曹正　地魔星云里金刚宋万
地妖星摸着天杜迁　地幽星病大虫薛永
地伏星金眼彪施恩　地僻星打虎将李忠
地空星小霸王周通　地孤星金钱豹子汤隆
地全星鬼脸儿杜兴　地短星出林龙邹渊
地角星独角龙邹润　地囚星旱地忽律朱贵

地藏星笑面虎朱富　地平星铁臂膊蔡福
地损星一枝花蔡庆　地奴星催命判官李立
地察星青眼虎李云　地恶星没面目焦挺
地丑星石将军石勇　地数星小尉迟孙新
地阴星母大虫顾大嫂　地刑星菜园子张青
地壮星母夜叉孙二娘　地劣星活闪婆王定六
地健星险道神郁保四　地耗星白日鼠白胜
地贼星鼓上蚤时迁　地狗星金毛犬段景住

镌刻之后，宋江置酒大会，依次列席，商议下一步行动，一是静待招安，二是出图吴会（今绍兴市的别称）。旋经吴用等酌议，以吴会地方富庶，若攻其无备，事情得利，便从此做去；失利，亦可还寨，就抚未迟。宋江表示赞同。嗣又议定航海南行，伺间袭击淮、扬。席散后，各检点兵械，留卢俊义守寨，自率喽啰数千前往海州（今江苏省连云港西南海州镇）。不意海州方面，偏有一人，密伺宋江行径，预先布置，专待宋江等到来。

此人，姓张，名叔夜。初以父荫任兰州录事参军①。后任陈留知县、通事舍人②、泰州（今江苏省中部）知州。大观（1107—1110年）年间，任库部员外郎③、开封府尹。后迁中书舍人、给侍中、礼部侍郎。因忤蔡京，贬任海州知州。

张叔夜侦知宋江前来海州，募敢死之士千人，在海州城附近设伏，派轻兵挑战，又埋伏壮士于大海之滨，伺机攻击宋江。

宋江一行，来到海滨，适有商船数十艘，停泊岸边，江党一声吆喝，跳到船上，刀枪并举，有被杀的，有自溺的，只水手留得性命。其余各船，逃避不及，一股脑儿被他劫住，遂命水手鼓棹南行，将至海州附近，忽有水上巡卒，各驾小舟，舣集左右，有盘查大船的意思。

宋江对吴用说道："不能让他们查，一查必露馅儿，倒不如咱来一个反客为主"。

吴用领首称是。宋江一声令下，把船向巡船撞去，巡船慌张逃开。宋江不知有诈，命房船继续前行。将至海边，见芦苇丛集，飘飒有声，觉得不妙。忽听吴用说道："大哥，对面恐有埋伏。"

---

① 录事参军：王公府、军府、州之佐吏。
② 通事舍人：官名。初置于唐，掌传宣诏命。
③ 库部员外郎：尚书省（台）属官，从五品上，掌邦国军州戎器、仪仗。

宋江忙命调转船头,但为时已晚,一声呼啸,芦苇丛中,突出兵船多艘,分作两翼,包剿过来。江麾众抵御,且战且退,不防敌舟里面,搬出许多种火物,对着江党所乘之船,一一抛来。霎时间,各船火起,烈焰冲霄,宋江连声叫苦。还是吴用有些主意,指挥党羽,一面扑火,一面射箭,冲开一条血路,向大海中奔去。此外各船,仓促中不及施救,船中江党,或泅水逃逸、或恃勇杀出者,十不及三,余之全被官军捉去。

　　宋江前逃数十里,见后面已无官军,方命停船。两刻钟后,三阮、二童、二张等,陆续寻至,还有武松、柴进一班人物,领着几只七洞八穿的残船,狼狈来会。大家垂头丧气,不发一言。

　　宋江检点党羽,损失十之六七,不禁嚎啕大哭。吴用劝道:"大哥,哭也无益,现在兄弟们多被捉去,须赶紧设法,保他们性命为要。"

　　宋江哽声说道:"我也是这么想。"说毕,目扫众雄道:"哪位兄弟,辛苦一趟,回梁山泊通知卢兄弟,叫他倾寨前来,与官军决一死战!"

　　吴用道:"不可不可。大哥曾见过官军旗帜,有一斗大的张字否?"

　　宋江道:"张字恰有,他系何人?"

　　吴用道:"恐怕是张叔夜。"

　　"张叔夜,何许人也?"

　　吴用回道:"张叔夜,字嵇仲,汴京人。侍中张耆曾孙,善于用兵,前为兰州参军,屡败羌人,西陲一带,赖以为安。我听说他调任东南,莫非海州长官,便是此人!"说至此,阮小二接口道:"海州知州,正是张叔夜。"

　　吴用叹道:"既系张叔夜,我等恐非他对手!"

　　宋江道:"依你之意,咱自此远离海州不成?"

　　吴用道:"若远离海州,被俘的弟兄,也就完了。"

　　宋江道:"你我既不是张叔夜对手,又不能丢下被俘的弟兄,到底该怎么着?"

　　吴用叹道:"有一路倒是可走,若说出来,怕您不高兴。"

　　宋江道:"莫不是要我投降?"

　　吴用道:"什么投降不投降?古人曰:'识时务者为俊杰。'且是保全兄弟们性命要紧!"

　　宋江叹道:"就是投降,也需有人从中说和才是。"

　　吴用道:"兄若同意,愚弟这就去海州一趟。"他见宋江颔首,另拨一船向海州驶去。

　　宋江待了半日,未见吴用回来,心中忐忑不安。转眼间,夕阳已下,天色将昏,兀自登上船头,向西遥望。烟波一抹,掩映残霞,隐隐有一舟东来,想是去船已归,心下稍慰。至来舟驶近,果见船中坐着吴用。少顷,两船相并,吴用跳上宋江之船。

宋江急切问道:"事成乎?"

吴用道:"还是恭喜,兄弟们都羁住囚中,明日就要押往汴京,亏得今日,先去请降。张知州不只许降,还答应放了所俘的弟兄,并叫我等助征方腊,图个进阶,弟已斗胆与约,明晨偕兄长往会便了。"

宋江淡淡地答道:"事已至此,也只好这般做去。"

说毕,唤众党首登上己船,告知投降之事,众党首表情冷漠,无一应声。后经吴用陈说利害,方才道了一句:"唯命是从。"

翌日辰刻,宋江率同吴用,并手下头目数名,乘船至海州。海州虽在海滨,城却距海数里。宋江舍舟登陆,徒步入城,到了州署,吴用首先通报,当有兵役传入,梆声一响,军吏统登堂站立。那仪表堂堂的张知州,由屏后出来,徐步登堂,即命兵役,传召宋江。

宋江趋步上前,跪拜道:"淮南小民,拜见知州大人。"

吴用等人,也一齐跪下磕头。

张叔夜目视宋江,面无表情道:"你就是宋江?"

宋江回道:"小民正是宋江。"

张叔夜正色道:"你今日来降,是否诚心? 如果不是出于诚心,本知州也不加强迫,由你去招集徒众,来与本知州决一雌雄。"

宋江听了,越觉愧服,叩首道:"宋江情愿投效,誓不再抗朝廷。"

叔夜道:"果愿投诚,不愧壮士。且起来,听我细说。"

宋江、吴用等,再拜而起。张叔夜温颜与语道:"你等皆大宋子民,应知朝廷恩德,日前不服吏命,怕是有你们自己的苦衷。但反叛官吏,不啻反叛朝廷,即使有贪官污吏,逞虐乡间,终是难逃国法,你等何不少忍须臾,免为大逆呢! 古人有言:'既往不咎。'你等前日为非,今日知悔,本知州何忍追究? 现当替你等保奏朝廷,令你等往讨方腊,成功以后,不但可赎前愆,且好算得忠臣义士,生得蒙赏,死亦流芳,岂不是名利两全吗?"

宋江等听了这一番话,不但愧服,且感激涕零。叔夜又将俘虏释出,申诫数言。

宋江、吴用等人谢过张叔夜,回到梁山泊,将投降朝廷之事,细说于卢俊义。卢俊义连道:"好,这样做好!"

翌日,宋江遣散喽啰,只与党徒三百余人再来海州。张叔夜设宴相款。宴毕,给书一札,限期赴军。宋江等拜谢而去。

三十二　泼皮韩五

张顺、张横与阮氏三雄，互道了一声小心，脱了衣服，各带短刀，潜入护城池内，慢慢地摸到城边。

武松大吼一声，飞步追赶方七佛。方七佛欺他孑身孤影，回身与战，斗了二十几个回合，虚晃一刀，扭头便走。

韩世忠大奋神威，左手挺枪，右手挥剑，远的枪挑，近的剑劈，不到盏茶时间，地下躺了一大片死尸。

宋江一行，晓行夜宿，半月后来到杭州境内，一个叫江涨桥的地方，正值熙河前军统领辛兴宗与方七佛交战，双方杀得难解难分。宋江商之吴用，吴用道："此正是我等建功立业之机，上吧！"

宋江点了点头，麾众杀入方七佛军。方军战了半日，已为疲惫之师，哪经得杀，方七佛且战且走，退入杭州城。

宋江自以为救了官军，与卢俊义、吴用一道，同赴中军，求见辛兴宗，并呈上张叔夜所给手札。

辛兴宗接札阅毕，目扫三雄道："既然张知州令尔等来军前效力，那就留在帐下听命吧。"

宋江立功心切，献计道："江等来此投军，愿为朝廷效力，现浙西一带，久苦寇氛，何不即日南下，收复杭州？"

辛兴宗瞪视宋江良久道："你知道杭州贼首何许人也？"

宋江回道："方腊之弟方七佛。"

"你知道城中之贼有多少吗？"

宋江回道："号称七万。"

"你有多少兵马?"

宋江回道:"三百余人。"

辛兴宗冷笑道:"三百多人,也想破杭州城吗?"

宋江道:"这也仗统帅派兵接应呢。"

兴宗哼了一声说道:"照你来说,仍需要我兵出力,何必劳你等前驱?你等执意要去,我也不拦,不但不拦,还可拨一些兵助你。但有一个条件,咱立一个军令状,一个破杭州城的军令状,你敢吗?"

宋江愤懑交加,急切说不出话来,吴用在旁接口道:"小民等前来,承蒙将军接纳,恩同再造。愚兄急于报将军之恩,才有攻打杭州城之请。将军以为可,小民等便去攻打,将军以为不可,小民等绝不妄动。"

辛兴宗听了这番恭维话,脸上的怒气虽然褪去,但心中怒气依然存在:你既然想打杭州,我就让你打。打下了,功劳自然记在我辛兴宗头上。打不下,也好折一折这班贼人锐气。想到此,微微一笑道:"尔等想打杭州城,也是一番好意,本统领成全尔等。"

说毕,召入一名裨将,令其率其部千人,协同宋江攻打杭州。

宋江虽然心中有气,但还得拱手说谢。

辛兴宗挥了挥手道:"尔等去吧。不,本统领还有话要说,尔等这一次攻打杭州,需要仔细,可攻则攻;不可攻便撤军。且记!"

宋江、吴用一齐拜道:"谢统领。"

一出辛兴宗大帐,宋江呸地朝地上吐了一口,骂道:"这厮实在可恶,倒不如还回咱的梁山泊!"

吴用劝道:"梁山泊亦非安乐窝,我等且去破了杭州,以报张知州知遇之恩。尔后就离开这个是非之地,隐姓埋名,做个逍遥自在的闲民。"

宋江点了点头,又叹了一口气,率众好汉前往杭州。兴宗所派的裨将,随后而行。将到杭州,方军扼要驻守,被宋江击退。宋江乘势进薄城下。官军不肯近前,在十里外,扎住营寨。

宋江与吴用计议道:"看来官军是靠不住的,我等只有三百余人,纵使个个努力,也破不了这座坚城!"

吴用眉头紧皱,半晌才道:"我等且退,慢慢儿计议罢!"言未绝,忽见城门大开,方七佛驱众杀出,吴用忙命党徒退去。方七佛等追了一程,遥望前面有兵营驻扎,乃回军入城。

宋江不敢追赶，择地安营。当夜编党徒为数队，令其潜往城下，分头探察，如有隙可乘，速即报知。众人领首而去，到了夜静更阑，才一拨一拨地回来，说是杭州城戒备甚严，无懈可击。独浪里白条张顺，奋然入报道："我看各处城门，统是关得甚紧，唯涌金门下，恃有深池，与西湖相通，未曾严备，待我跳入池中，乘夜混入，放火为号，斩关纳众，不怕此城不破！"

吴用沉思多时，方道："此计甚险，就使张兄弟得入杭城，我等只有三百余人，亦不足以与守贼对敌，须通知官军，前来接应。"

宋江道："我也这么想。"

鼓上蚤时迁道："艮山门一带，城墙残缺不全，也可伺夜之时，爬入城去。"

吴用道："还是从涌金门进去，较为妥当。"商议已定，遂于次日下午，将密计报闻官军。官军倒也照允，待至夜餐以后，张顺扎束停当，带着利刃，入帐辞行。

吴用道："时尚早哩。且只你一人前去，我等也不放心，应教阮家三兄弟，与你同行。"

张横闻声趋进道："我亦要去。"

吴用道："如此更好，若是不能得手，回来再商，不得蛮干。"

张顺道："不论好歹，我总要进去一探，虽死无憾！"

吴用见张顺未出师便说了一个"死"字，一个不祥之感涌上心头，本想取消这一次行动。话未出口，张顺已掉头出帐，长叹了一声。

张顺、张横与阮氏三雄，乘着夜色，潜到涌金门外时，已是半夜。遥见城楼上面，有人走动。互道了一声小心，脱了衣服，各带短刀，潜入池内，慢慢儿摸到城边。见池底都有铁栅栏着，里面又有水帘护住，张顺用手牵帘，不防帘上系有铜铃，顿时乱鸣，慌忙退了数步，伏在水底。但听城上已喧声道："有贼有贼！"哗噪片时，又听有人说道："城外并无一人，莫非是湖中大鱼，入池来游吗？"

哗声一停，张顺又欲进去。

张横劝道："里面有这般守备，还是退回去另做打算。"

三阮亦小声说道："大哥说得对，咱还是退回去吧。"

张顺道："开弓没有回头箭，就这般回去，岂不惹人耻笑！"

略顿，又道："城上之人，既疑吾等是大鱼，哪还有什么戒心？这一次，定能成功！"说毕，又向铁栅爬去。栅密缝窄，全身不能钻入，张顺拔刀砍栅，分毫不动，刀口反成一小缺，他乃用刀挖泥，泥松栅动，好容易扳去两条，侧身挨入。那悬铃又触动成声，顺正想觅铃摘下,忽上面一声怪响,放下闸板,急切不及退避,竟赤条条被它压死。

张横见兄弟毕命,又悲又怒,挥刀砍栅,经阮氏兄弟力劝,方才住手,悲切切地回至原处登陆,衣服俱在,大家忙穿好了,只有张顺遗衣,由张横携归。物在人亡,倍加酸楚,这时候的宋江、吴用等,已带着官军,静悄悄地绕到护城河边,专望城中消息,不防张横等踉跄奔来,见了宋江,且语且泣。

张横更哭得凄切,吴用忙从旁劝住,转报官军,一齐退去。

越日,中军统制王禀①率部到来,宋江等去谒见,把攻城不果和张顺为国捐躯之事如实禀报。

王禀叹息道:"烈士捐躯,当传名千古,我当代为申报。惟闻城内贼众,多至数万,辛统领仅拨千人,助壮士们来攻此城,任你力大如虎,也是不能即拔,我所以即来援应。今日且休息一宵,明日协力进攻便了。"

宋江等拜谢而出。

翌日,王禀命三更造饭,五更出发,直捣杭州城下。

宋江等感念昨日之语,紧随其后。

方七佛见官军到来,大开城门,率军出迎。不待王禀号令,宋江率着一班梁山好汉,杀向方七佛,搅入阵中,横冲直撞,挡者无不毙命。

方军惊惶而退。

王禀拍马舞刀,带头追击方军。

急先锋索超、赤发鬼刘唐等,超越王禀,直追到城门,眼看城门就要关闭,刘唐等抢前数步,闯入门中,舞刀杀死五个门卒,急趋而进。不防里面尚有重闉,已经紧闭,眼见得不能杀入,只好退回。行近门首,城上又坠下闸板,将刘唐等关入城闉,进退无路。方七佛见了,忙打开内城,一哄杀出。刘唐等料无可逃,拼命与斗,寡不敌众,不是被戕,就是自尽。

城外宋江,明知道刘唐等人,命将不保,又无法施救,眼睁睁地探望城头。两刻之后,刘唐等人首级悬挂出来,梁山众雄一个个咬牙切齿,恨不得将城踏破,怎奈王禀已传令回军,只好退归原寨。

---

① 王禀(?—1126年),汴京人,字正臣。北宋大将,行伍出身。北宋宣和元年(1119年),官至步军都虞候。次年,改统制,在镇压方腊起义中,与宋江等梁山好汉相识,并统领之。宣和七年,金国攻宋,童贯弃太原还京,留他为副都总管,率领军民,守太原250余日。城陷,犹率疲兵巷战,身中数十枪,自刎而死。他是北宋少见的英雄。不知为甚,施耐庵在《水浒传》中,把他写成一个奸人,诬陷阮小七谋反。冤哉,冤哉!

在梁山好汉中,时迁和刘唐最铁,一心想为刘唐报仇,也不请示宋江、吴用,率了几个梁山弟兄,于是日丑时,来到杭州城下,悄悄攀登城墙。将到城头,蓦见有一大蛇,长可丈许,昂头吐舌,蜿蜒而来,时迁惊叫一声,跌下城去,一命呜呼。

其时,时迁所见,乃是一条木蛇。夜间,方军将它置于城上,借以吓唬官军。时迁不知是假,竟为所算,白白丢了一条性命。

宋江闻时迁又死,越觉愁闷。吴用也急得没法,闷守了一两日,忽由王禀召他们入商。宋江偕吴用进见,王禀道:"此城只可智取,不可力攻,现有侦卒来报,钱塘江中,有贼粮运到,我想遣诸位同去夺粮,若能得手,守贼无粮可依,当不战自溃了。"

吴用微微一笑说道:"此计甚好。但以末将看来,夺粮不如送粮。"

王禀道:"此话何意?"

吴用道:"请您摒去左右。"

王禀道了声:"可。"

左右皆去,帐中只剩王禀、宋江并吴用。吴用低声说道:"我梁山众雄,假扮送粮的官军,混入城去……"

不待吴用说完,王禀便道:"好计,可依计而行。"

宋江、吴用别了王禀,返回本营,即令凌振、杜兴、李云、石秀、邹渊、邹润、李立、穆春、汤隆及三阮、二童等人,扮作艄公,扈三娘、顾大嫂、孙二娘扮作梢婆,并将兵械炮石等物,装入袋中,充作粮米,用军船载运,从内河绕出外江,远远地跟着方军粮船。

城中方军,见粮船来到,忙开城纳之,各粮船鱼贯而入,假粮船尾随进去。方军正在诸船检验,忽听城外炮声连天,有人高喊:"方大帅有令,所有人等,赶快上城守城!"

正在检验粮船的方军,舍了粮船,匆匆上城去了。凌振等,忙将袋中兵械炮石潜行运出,弃舟上岸。寻至僻处,放起号炮,霎时间满城鼎沸。

方七佛见了,忙下城巡逻。城上守御顿疏。武松、李逵等人,便架梯登城,守城方军纷纷逃窜,王禀督众随入,杀毙方军无数。

方七佛不敢再战,率将士百人,正西遁去。

武松大吼一声,飞步追赶。方七佛欺他孑身孤影,便回马与战,斗了二十几个回合,虚晃一刀,扭头便走。武松不知是诈,飞步紧追,被他反手一刀砍掉左臂。

武松只觉一阵剧疼,身子一歪,倒在地上,两只虎目暗自瞅着方七佛。

方七佛哈哈大笑道:"武松呀武松,人都道你如何如何神勇,今天看来,也不过如此而已!"一边说,一边下马,来取武松首级。那刀还未曾落下,武松一跃而起,当头一掌,拍得方七佛脑浆迸裂,仰面倒地,驾鹤西去了。

方军一拥而上,围攻武松,正危急间,张横带人赶到。方军呼哨一声,拼命地遁去。张横追了一程,斩杀七人,方才折回,剥去方七佛衣服,剖腹取心,欲要祭奠张顺等一班好汉。王禀闻之,急赶来主祭,把梁山一班好汉感动得热泪盈眶。

翌日,辛兴宗率部来到杭州,被王禀迎入城中,谈及破城之事,王禀将梁山好汉好夸了一番,建言上奏朝廷,为梁山好汉请功,辛兴宗摇首说道:"不可!"

王禀问其故,辛兴宗答曰:"宋江等原属大盗,虽破城有功,不过抵赎前罪罢了!"

王禀轻叹一声,把为梁山好汉请功的心思掐死腹中。事为宋江与众雄所知,俱都心灰意冷。宋江带领众雄,面谒王禀道:"江等一百零八人,结义梁山,情同骨肉。为征方腊,阵亡大半。生者,不伤即疲,情愿散归故土,安度晚年,还望都统恩准。"

王禀叹道:"尔等弟兄,为国征战多日,屡立大功,死伤甚众,既没有加官,也没有得到抚恤,政之失也!"

说到此,潸然泪下:"我原只说带你们去攻方腊老巢睦州,再建一些功劳,我好上奏朝廷,为尔等请功。而尔等……"

他摇首说道:"不说了,不说了!尔等决计归林。我也不便强留。哎……这样吧,我这军中,尚有一些积蓄,我送尔等一人一百两银子,充尔等路费,万望勿辞!"

众雄拱手说道:"多谢都统!"一人领了一百两白银,作别自去。

也有不领的,诸如武松、鲁智深等。

王禀望着渐行渐远的梁山众雄,又是一声长叹。

远在睦州的方腊,听说方七佛战死,方部全军覆没,既伤心又害怕。何也?

方腊的精锐,多在杭州,方七佛既是他的弟弟,又是其部最悍的头目。

方七佛这一死,无疑断了他一个臂膀。闻听官军水陆并举,向睦州杀来,带着妻妾和身边的官员,逃回了青溪。

浙西一带方军,闻东路战败,斗志皆失。官军乘势大举进攻,所向披靡。

环庆将杨可世,由泾县过石壁隘,斩首三千级,进拔旌德县。

泾原将刘镇,败方军乌村湾,进复宁国县。

六路都统制刘延庆,又由江东入宣州,与杨可世、刘镇二军会合,同攻歙州。歙州方军闻风夜遁。

西路官军一路凯歌。东路官军更是捷报频传,连克富阳、新城、桐庐各县,直捣睦州。睦州方军开城出战,王禀当先杀出,辛兴宗、杨惟忠等,又分两翼夹击,杀得方军落花流水,弃城而逃。

坐镇苏州的童贯,得知王禀等克了睦州,飞骑赶来,檄西路诸军,会攻青溪。

原只说在青溪必有一场恶战,谁知,众军赶到青溪,却是一座空城。

三天前,方腊闻听官军要来,弃城而去,躲到他的老巢帮源洞。

数十万官军浩浩荡荡,向帮源洞挺进。

帮源洞依岩为屋,分作三窟,各口甚窄,用众守住,可谓一夫当关,万夫莫开。官军屡攻不下,采用火攻,腊众这才撤去。官军鼓噪而进,既入洞中,又似别有洞天,豁然开朗,路径丛杂,不知所向,捕得腊兵多人,逼问拷打,情愿受死,也不肯供出方腊住处。童贯下令,沿路搜寻,斩首数万,仍不得方腊下落。

童贯叹曰:"此贼得民心如此,擒之无望矣!"

话刚落音,一小校挺身而出道:"小校不才,愿去寻觅方腊,纵然他上天入地,也要把他揪出来。"

童贯壮其语,嘉之曰:"汝果能擒得方腊,我便奏请皇上,封汝节度使!"

小校拜谢而出。

童贯望着渐去渐远的小校,问之众将:"此小校何许人也?"

辛兴宗趋前答道:"陪戎校尉①韩世忠。"

童贯"噢"了一声道:"他就是韩世忠。听说此人泼皮胆大,打起仗来不要命。"

辛兴宗道:"不只泼皮胆大,还好赌,一赌就是上百贯,欠了赌钱不仅不还,还把人家往死里揍。人送外号泼皮韩五。"

童贯长叹一声,不复再言。

韩世忠出了中军大帐,率部众九人,沿着一条山涧,向里搜去。前行十数里,见溪边有一少妇,在那里浣衣,上前问道:"这一大姐,可知方腊藏于何处?"

那少妇将韩世忠一行打量片刻问道:"汝等可是官军?"

韩世忠答曰:"吾等正是官军。"

少妇道:"请跟我来。"

她这一说,反倒让韩世忠起了疑心,问曰:"汝是何人?"

少妇回曰:"奴家乃方有常的女儿方慧儿。"

韩世忠等人,未曾听说过方慧儿之名,你瞅瞅我,我瞅瞅你。

---

① 陪戎校尉:宋朝武散官,从九品上。

方慧儿道:"你们不知道我方慧儿,总应该知道我的父亲方有常吧?"

韩世忠道:"方有常之名,我倒听说过。"

方慧儿道:"小奴一家四十余口,皆死于方腊之手,小奴与方腊之仇不共戴天。方腊造反,横行天下,陷六州五十二县,看似凶狠得很。但他逆天而行,朝廷不会放过他的。故而,小奴易容潜入贼府,做一浣衣女,专待官军到来,指引道路。"

韩世忠长出一口气道:"多谢了,请大姐前边带路。"

方慧儿道了一声:"遵命!"带着韩世忠一行,越过荆棘榛莽、悬崖危岩,又走了好几里路,进入一个秘洞。

秘洞里,有一木制黄屋,数十位彪形大汉执剑守卫。十几个美貌的女子,伴着一位黄袍虎须的人在那里嬉戏。韩世忠心中暗道,黄袍虎须者定是方腊无疑,大吼一声,扑向方腊。

众大汉见韩世忠杀来,仓促应战。韩世忠大奋神威,左手挺枪,右手挥剑,远的枪挑,近的剑劈,不到盏茶时间,地下躺下一片尸体。没死的大汉,惧而逃之。方腊怒吼一声,持刀扑向韩世忠,斗了五十几个回合,被韩世忠打翻在地,用绳索捆了,押解出洞。

正行之间,迎面走来一支人马,斗大的帅旗上写了一个"辛"字。韩世忠一行忙退到路旁,恭身而立。待那马上的将军将至跟前,忙上前行了一礼说道:"小校韩世忠,参见辛统领。"

辛兴宗早已看到了韩世忠,见他灰头灰脸,又押了一个穿黄袍的,暗自思道:难道他真把方腊给擒住了。如果不是方腊,又何以穿着黄袍? 一定是方腊无疑!

他瞄了韩世忠两眼,又暗自思道:我小看了这个韩世忠,小看还倒其次,不该在童贯面前,说他孬话。如今,他擒了方腊,岂不是狠狠地掴了我一个耳光! 再之,皇上有旨,有擒得方腊者,授官两镇节度使。韩世忠做了节度使,岂不成了我的上司? 这日子还怎么过! 不行,我得把方腊抢过来。

怎么抢?

如果硬抢,传将出去,遭人唾骂倒还事小,怕是朝廷还要治我的罪。

怎么办?

他的眼珠儿骨碌碌地转了一会儿,突然有了主意,破天荒地对韩世忠笑了一笑说道:"良臣①,你辛苦了,你为朝廷立下大功一件,我当奏明皇上,为你请功。但是,我听

---

① 良臣:古人取名,不但有名,还有字。韩世忠,名世忠,字良臣。

说,帮源洞的贼人,尚有十余万,你只擒得方腊,倒不如你把方腊交我,由我派人押送睦州。你辛苦一下,在前引路,把方腊余党斩尽杀绝,以免后患。"

韩世忠不知是计,慷然曰:"敬从统领之命。"遂将方腊移交辛兴宗手下,自做向导,引着辛兴宗沿原路返回,再入秘洞,搜得腊妻邵氏,腊子亳二太子,并"文武官员"一百余人。

他部官军,闻听辛兴宗擒了方腊,蜂拥而来,以搜索"贼党"为名,大开杀戒,死难者七万余人。若非童贯良心发现,进行制止,还不知又有多少良人,沦为刀下之鬼。

扫平了帮源洞,忽地又冒出一个叫富桑的道人,扛起方腊大旗,连陷东阳、义乌、武义、浦江、金华及新昌、剡溪、仙居诸县。方腊在衢州的余部,也进逼信州。官军不得不遣兵进剿,又忙活了两个月,方才平定。

官军自出征至平了方腊,越四百五十日,用兵十五万。凯旋之日,蔡京率文武百官出郭十里相迎。入得汴京城,万人空巷,争睹英雄风采。童贯披红戴花,骑着一匹高头大马,走在最前边,一边走一边向两边招手,英雄、英雄的欢呼声,响彻云霄!

走在第二的是辛兴宗。

若论官职,他应排在刘延庆等人之后,因他有"生擒方腊"之功,经童贯奏请,徽宗恩准,排在了刘延庆等人之前。

翌日午,徽宗在集英殿(又称宴殿)宴请功臣,征讨方腊的官员,凡从七品以上的,皆在所请之列。韩世忠官阶只是从九品上,故而,不得与宴。

宴间,最荣光的是童贯和辛兴宗,徽宗不只亲自为他俩戴花、赐酒,还口谕二旨。

一、迁童贯为太师,封楚国公①。宦官封公,自童贯始。

二、迁辛兴宗为忠州(今之重庆市忠州县)、眉州节度使。

连皇上都如此看重辛兴宗,同僚们纷纷给他敬酒,喝了个酩酊大醉。

韩世忠也在喝酒,但不是中午,是第二天晚上。那宴也不是皇上所设,请他的是一位叫席三的相士。

地点武襄酒楼。

汴京城大大小小的酒楼、酒店,数不胜数,席三为啥要选这家酒楼?

概因"武襄"也。

武襄者,北宋名将狄青的谥号。

---

① 公:古代高级爵称。古代,爵分五等:公、侯、伯、子、男。

狄青,字汉臣,汾州西河(今山西汾阳)人。他出身贫寒,十六岁时,因其兄与乡人斗殴,狄青代兄受过,黥面入军,在宋夏战争中,每战披头散发,戴铜面具,一马当先,所向披靡。收西夏"帐二千三百、牲口五千七百",迁官枢密副使。皇祐四年(1052年),广西侬智高造反,自称仁惠皇帝。朝廷屡剿屡败。狄青主动请缨,出兵不到两个月,三败侬智高,迁为枢密使。因功高遭忌,被迫害而死。

韩世忠的出身,和狄青差不多,每次作战,也是一马当先,所向披靡。一个因功高,遭忌而死;一个被人抢去功劳,郁郁寡欢。席三把韩世忠请到武襄酒楼,就是想拿狄青开导韩世忠,让他从"夺功"的阴影中走出来,可谓用心良苦!

席三如此厚爱韩世忠,是他俩沾亲吗?

不是。

带故吗?

也不是。

既不沾亲,又不带故,他为什么要如此厚爱韩世忠?

在他看来,韩世忠不是一个凡人。

韩世忠,字良臣,延安(今陕西省绥德县)人。因其在家族弟兄中排行第五,故又称"韩五"。

韩五生来有异,那眼,在襁褓中已能转盼四顾。

他没上过学,经过自学,到晚年竟能吟诗作赋。

他生性顽皮,从小喜欢使枪弄棍,勇力绝人,能挽三石的强弓,还喜欢打架斗殴,诨号"泼皮韩五"。

一次,他去米脂会饮,喝到二更,离席返乡,城门已关。他勃然大怒,双手硬生生将门闩拉断。

由于家境贫寒,患了疥疮也不去治,满体腐烂,臭不可闻,连妻子都讨厌他。有一年夏日,正在山中行走,一条大蟒朝他袭来,反被他捏住七寸,捉回家中,剥皮煮肉,连肉带汤食之。三天后,他身上的疥疮癞疤,居然脱落,变成了一个洁白如玉的美男子。

他长得高大魁梧,相貌伟岸,去绥德赶会,被相士席三瞧见,说他命贵,当位及三公。

三公者,太师、太傅、太保也,位比宰相还尊。这样大的官,韩世忠连想都不敢想。故而,听了席三的话,以为是讽刺自己,便把席三痛打一顿。

三十三　美人爱英雄

　　宋哲宗为妹择婿,问她有什么要求,其妹羞答答地回道:"人物要如狄咏君。"
　　店小二悄悄地对掌柜婆说道:"狄咏厅那个白脸汉子要杀辛节度。"
　　小玉道:"韩大英雄,报仇的方法很多,杀人是最蠢的一种……"

　　崇宁三年(1104年),徽宗欲向西夏用兵,在延安郡招募勇士,韩世忠当选。经过三个月训练,跟随指挥使党石,开向西北前线,第一仗,攻打银州(今陕西省榆林市)。
　　银州夏军,得知宋军到来,闭门不战。数万宋军轮番攻城,攻了数日,也未攻克。夜打四更,韩世忠独自一人,爬上南城门城墙,把守城夏军杀死,打开城门,接宋军进城,全歼西夏军,由什长①迁为都头。
　　某一日,宋军刚扎好营寨,西夏骑兵由小道飞驰而来,直捣宋军营房,党石惊慌失措,欲弃寨而逃。韩世忠劝道:"不能逃,我若一逃,敌必追之,我军跑得再快,也快不过人家的马。逃的结果,只能是死路一条。指挥使若是信得过我,我率我的弟兄们为先锋,打西夏兵一个哭爹喊娘。"
　　党石沉吟片刻,方说了一声:"好!"
　　韩世忠召集所部,全裸着上身,手持刀枪戈矛,出寨迎敌。
　　西夏军首领——第十军监军、驸马郎君兀昭,不知道韩世忠的厉害,拍马舞刀来杀韩世忠,韩世忠不但不避,横刀向他的战马砍去,那马扑通倒地,又一刀,兀昭没了脑袋。西夏军大骇,掉头而逃。
　　战后,党石面见经略使种师道,为韩世忠请功并建言破格提拔,种师道纳之,上书朝

---

　　① 什长:北宋军制,五人为伍,十人为什,百人为都,五都为营,五营为军。伍置伍长,什置正、副什长,都置正、副都头,营置正、副指挥使,军置都指挥使和都虞候。

廷。朝廷擢韩世忠为陪戎校尉。诏书下来后,被专管边事的宣抚使童贯扣留。

童贯以为韩世忠不可能这么厉害,一定是下边夸大了其功。

这是说得出的理由。

说不出的理由呢?是种师道上书朝廷时,没有向他请示。

种师道可不是一个善茬儿,他不只是种家军①第三代的掌门人,他还长期驻防西北,抗击西夏,立下了不世之功。宋徽宗赐之袭衣、金带。在西北,只有他敢和童贯分庭抗礼。得知童贯扣压了任命韩世忠的诏书,他便怒气冲冲地去找童贯理论,且声称,童贯若是不退还任命韩世忠的诏书,他就去汴京告御状。

童贯不想惹种师道,把诏书甩给了他。

韩世忠从军不到五年,便做了陪戎校尉,心中高兴,照这个速度发展下去,位至三公应该没有问题。

他一高兴,便想到了相士席三,看来这席三真有两下子,我误揍了他!

他托人找到席三,置酒相款。喝有七分酒意的时候,他问席三:"席大师,你仔细看一看,我这一辈子,能否位至三公?"

席三将口中的肉吞下肚去,十分肯定地说道:"能!不过,下一步晋升,也有一个坎儿,这个坎儿若是跨过去,以后再迁升,就比较顺利了。"

韩世忠问:"那是一道什么坎儿?"

席三诡谲地一笑道:"天机不可泄露。"

韩世忠擒方腊的消息,很快传到了家乡,乡人以为,韩世忠的两镇节度使铁定了,邀上席三,结队去江南相投。

众人赶到江南,官军已经离开江南数日,正在向汴京开拔,众人尾随其后,前往汴京。路上,已有传言,说辛兴宗把生擒方腊的功劳记到自己头上。众人将信将疑,直到集英殿的宴会结束后,众人这才相信,传言非虚,一个个垂头丧气,悄然返乡。

席三也有些丧气,片刻之后,他又振作起来,几经周折,找到了韩世忠。

二人距武襄酒楼尚有十步之地,便有人迎了上来,将他俩带到了一楼狄咏厅。

狄咏者,狄青次子也。长相俊美,身材修长,宋哲宗为妹择婿时,让皇后去问其妹,

---

① 种家军:是指种氏所带领的军队。北宋,崇文抑武,以武将姓氏为名的军队只有三家——种家军、姚家军和折家军。种家军的第一代掌门人是种世衡,种家子弟五代从军,名将辈出,数十人战死沙场。姚家军的第一代掌门人是姚兕,门下出过许多闻名的将领。折家军自折宗本起十一代从军,所出之名将,比种家军、姚家军还多。

可有什么要求？其妹羞答答地回道："人物要如狄咏君。"

二人一到狄咏厅，店小二恭身问道："二位爷，点什么菜？"

席三道："熟牛肉、羊头脸各三斤。"

店小二道了一声："好嘞！"又问："喝什么酒？"

"羊羔酒①。"

店小二复问："热多少？"

席三又道："两石。"

店小二媚笑道："两位爷，一石酒二十斤，两石你们肯定喝不完，不如先热一石吧。"

席三道："也好。"

韩世忠道："不好！"声如雷鸣。

店小二吃惊地看着韩世忠："爷让热多少？"

"三石！"

店小二又道了一声："好嘞！"掉头而去，一到前台，便对掌柜婆说道："今天来了两位酒仙，两个人居然要了三石酒！"

掌柜婆道："屁酒仙！真正的酒仙是石五石。"

"石五石，石五石是谁呀？"店小二问。

"石五石"，绰号也。

"石五石"，仁宗朝大臣，姓石，名延年，字曼卿。酒量大，以能饮而誉满汴京城。有一个叫刘潜的义士，亦能饮，特意跑到汴京城和石延年较量酒量，二人来到王氏酒楼，从早上喝到下午，不发一言。王氏十分惊讶，认为他俩不是普通人，便给加了几个菜，还搬出了珍藏多年的羊羔酒，自己则恭恭敬敬地在旁服侍。石延年和刘潜连看都不看她一眼，继续饮酒，直到夕阳西下，还没有放下酒杯，两人的脸上，竟没有一点酒色。第二天汴京城疯传，有两位酒仙到王氏酒楼饮酒。有人问石延年："你到底能饮多少酒？"

石延年微微一笑回道："喝个五石应该没有问题。"

问的人吐了吐舌头，自此，"石五石"成了石延年的绰号。

酒上来后，席三问："怎么喝？"

韩世忠道："对饮，你敢吗？"

---

① 羊羔酒：宋之名酒，用大米和羊肉酿造，类似现在的茅台。其酿造方法：米一石，如常法浸浆。肥羊肉七斤，曲十四两，木香一两同坛，不得添水。十日熟，味极甘清（宋朝养生大全《寿亲养老新书》）。

席三道:"有什么不敢!"

韩世忠又问:"用碗你敢不?"

席三又道:"有什么不敢!"

二人你一碗我一碗,对饮起来。三石酒喝完,席三脸如紫茄,韩世忠竟和没喝酒一样。

韩世忠道:"还喝不?"

席三道:"不喝了,再喝就说不成事了。"

韩世忠道:"什么事?"

"方腊是不是您擒的?"席三问。

一说这事,韩世忠就来气,他那英俊的白脸上,五官挪位:"不是我擒的,难道是方腊自己跑到汴京不成?"

席三也不回答,继续问道:"听说辛兴宗抢了您的功劳?"

韩世忠瞪目反问道:"他龟孙若不是抢我的功,会当上两州节度使吗?"

"听说,您想杀他?"

韩世忠咬牙切齿道:"不只杀他,我还要挖了他的心做下酒菜!"

席三道:"您不能这样做。"

韩世忠又来一个反问:"为什么?"

"杀人是不是要偿命?"席三问。

韩世忠道:"当然要偿命!"

席三道:"一命换一命,不值!"

韩世忠道:"我不管值不值,我只知道,不杀了辛兴宗,闷在胸中的这口气,非要把我憋死不可!"

席三道:"憋死也不能杀辛兴宗!"

韩世忠斥道:"放屁!"

席三笑嘻嘻地说道:"您别恼,您听我说。我说不让您杀辛兴宗,自有我的道理。第一,我刚才已经说过了,一命换一命,不值。为什么不值?他辛兴宗不过一个节度使,您将来可是要做'三公'的呀,用'三公'的一条命去换'节度使'一条命,您说值不值?第二,人一生,要走许多路,那路上有山、有水、有坑,甚至还有陷阱,一遇到山、水、坑和沼泽便乱了方寸,那还能成什么大器?第三,狄武襄官比您大,战功也比您高,可他宁愿受冤而死,也没杀一个人。正因为他没有杀一个人,死后,朝廷良心发现,谥他一个'武襄',五个儿子,全部荫了官。他若是像您想的那样,非要杀人,他会是一个什么结果呢？第四，您只图一时痛快杀人，您死了不打紧，您的高堂、您的妻儿怎么办？他们会因您杀了人而带来的恶果您想了没有？比如，妻女沦为官奴等等……"

韩世忠虽然没有接席三的话，但从他脸上表情的变化可以看出，席三的话触到了他的疼处。他将酒案"啪"地一拍吼道："再热一石酒来！"

席三忙将门拉开，向店小二喊道："再热一石酒来！"

店小二忙应了一声："好嘞！"

他关上门后，忽然觉着店小二的表情有些不自在。而且，咋那么快呢，他想叫店小二，店小二便在门外等着？

他还没理出一个头绪，韩世忠又道："不用热了，喝凉的。"

席三二次开门，找到店小二，吩咐道："酒不用热了，俺们喝凉的。"

不一会儿，店小二提了两大壶凉酒进来，给他俩一人斟了一碗。

席三对店小二说道："你去吧，不喊莫要进来。"

等店小二退出去后，席三微笑着对韩世忠说道："老弟，我不敢再喝了。"

韩世忠道："不行，你得陪我喝。"

席三告饶道："老弟，我真的不能再喝了，若喝，非出酒不可！"

韩世忠道："我喝一碗，你喝小半碗总可以吧？"

席三苦笑一声，咂咂嘴，端起自己面前的酒碗，将碗中的酒，倒入壶中一大半，方将酒碗举了一举，说道："喝吧。"

只听"咕咚、咕咚"几声响，韩世忠把自己的酒一口气喝干，按照惯例，还来了一个告杯。

何为告杯？

喝完酒后，把自己手中的酒杯抑或是酒碗，翻了个过儿，口下底上，称之为告杯。

告过杯后，韩世忠把酒碗朝桌上一蹾说道："斟酒。"

席三道："别慌，我这会儿有些内急，我去去就来。"也不等韩世忠同意，放下酒碗拉开门，匆匆地如厕去了。

韩世忠等了一刻钟，还不见席三回来，正要去茅厕寻他，听到了"笃！笃！笃！"的敲门声。

韩世忠一脸不悦道："圣①什么圣，进来吧！"

---

① 圣：是中原特有词汇，贬义词，广泛用于形容那些脑子缺根筋、行为上欠火候、心理和人格上有缺陷、装模作样、拿腔拿调，不按规矩出牌，无法以常理度之的人或行为。

门"吱"一声被推开,出现在韩世忠面前的并非席三。

谁?

一个美女。

一个年约二九,高挑个儿,白面杏眼,高鼻梁,胸前还有一双会说话的包儿的美女。

韩世忠冷声说道:"你走错门了吧?"

美女道:"我没走错。"

"你找席相士?"

美女道:"不,我就找您。"

韩世忠颇感诧异道:"你找我?"

美女轻轻颔首道:"对,就找您。"

韩世忠复问道:"你知道我是谁吗?"

美女嫣然一笑道:"大名鼎鼎的韩世忠!"

韩世忠道:"咱俩素不相识,你怎么知道我是韩世忠?"

是啊,这美女从未和韩世忠见过面,又没有人介绍,她怎么知道面前的人是韩世忠?

她是猜的。

韩世忠和席三那一番对话,店小二全听到了,他悄悄地对掌柜婆说道:"狄咏厅的那个白脸汉子要杀开封府辛参军[①]的哥哥辛节度。"

掌柜婆问:"你怎么知道?"

店小二便把韩世忠和席三的对话复述了一遍。

掌柜婆又问:"那个白脸汉子叫什么名字?"

店小二回道:"我也不知道。"

掌柜婆道:"咱这个店能在汴京城开下去,靠的就是辛参军,而辛参军得以做参军,靠的就是他哥辛节度,辛节度若是一死,辛参军也就完了。辛参军一完,咱这个店就很难开下去了。咱得给辛参军通个气。"

店小二道:"怎么透?"

掌柜婆道:"辛参军不是在二楼六郎厅陪几个客人喝酒吗?我去跟他说。"

她来到二楼,敲开了六郎厅的门,趋到正在闹酒的辛参军身旁,小声说道:"我想跟您说个事,请您跟我出去一下。"

---

① 参军:王公府、军府及州郡佐官。

辛参军一脸不耐烦地说道:"去,去,去,有啥事明天再说。"

掌柜婆道:"这个事很重要。"

辛参军道:"你一个开酒馆的,能有多重要的事?去,去,去。"

他见掌柜婆站着不动,怒道:"你再不走,我就让小玉赶你出去。"

掌柜婆长叹一声,掉头趋出。

那个叫小玉的姑娘跟了出来,安慰道:"嫂子,辛参军的脾气,您能不知道,闹起酒来,谁也拦不住,您就任他闹吧。"

掌柜婆道:"我不是怕他喝醉,我是真的有重要的事情要跟他说。"

小玉戏之曰:"不会是杀人的事吧?"

掌柜婆道:"正是杀人的事!"

小玉继续戏曰:"杀谁?"

"辛参军的大哥辛节度使。"

小玉哈的一声笑道:"你可真会吓人,辛节度是朝廷重臣,武功又高,除了朝廷,谁敢杀他呀,谁又杀得了他呀?"

"一个白脸汉子,这汉子正在咱狄咏厅喝酒。"

小玉笑嘻嘻地问:"是个疯子吧?"

掌柜婆道:"不像。"

"他亲口告诉你的?"

掌柜婆回道:"不是。"

小玉又问:"他没告诉你,你咋知道他要杀辛节度?"

掌柜婆道:"他要杀辛节度,他的同伙不让杀。他俩的对话被小蝈(店小二)听到了,告诉了我。"

小玉似信非信道:"那白脸汉子为什么要杀辛节度?"

"好像是辛节度抢了他的功,才得以做了两州节度使……"

小玉暗自思道:抢了他的功,抢了他什么功呢?最近,朝野议论纷纷,说是擒方腊的并不是辛兴宗,而是他属下一个叫韩世忠的小校。难道这个白脸汉子是韩世忠?

一想到韩世忠,她的心跳加快了,坊间传说的韩世忠,噌地蹦到她的脑瓜里:

独自一个,敢爬敌人的城头,已经很不简单了,而他不仅爬上去了,还把守城门的敌兵全部杀死,这事,就是换成狄青,也不一定敢干!

还有,方腊造反,拥众近百万,朝廷动用了十五万人马前去围剿,其中不乏成名的将军,但都对方腊无可奈何,韩世忠居然带了九个人,深入虎穴,把方腊给生擒了,不说武功,单就这种勇气,世所罕见。

大英雄!

世所罕见的大英雄!

我得见他一面。

想到此,小玉故作愤怒的样子对掌柜婆说道:"这个白脸汉子竟敢和辛节度作对,我去见一见他,看他是不是长了三头六臂!"

掌柜婆摆手说道:"别,你别见他。还是等禀告了辛参军再说。"

小玉道:"辛参军已经醉了。你放心,我不会打草惊蛇的。"

说毕,径直走到狄咏厅。韩世忠喝了酒后,愈发显得气宇轩昂。小玉暗自赞道:"不错!不但是个英雄,还是一个有男人味的英雄!"

当韩世忠问她,你怎么知道我是韩世忠时,她并不说她是猜的,回曰:"神告诉我的。"小玉本就美艳,韩世忠面上虽冷,心中并不排斥,甚至有点喜欢她了,却故意说道:"屁话!"

小玉娇嗔道:"您不要把话说得这么难听,尤其面对一个素不相识的小女子。"

经她这么一说,韩世忠也意识到自己有些不应该,但又不想认错,依然绷着脸说道:"我就是这样对人说话,天生的!"

小玉一脸严肃道:"这样对人说话没礼貌,您得改一改!"

"你是特意来教训我的吗?"

小玉道:"不是。"

"那你来干什么?"

小玉道:"听说你很能饮酒,小女子亦能饮。小女子冒昧而来,是想和您斗一斗酒!"

一说斗酒,韩世忠连道三声好,抓过席三的酒碗,一扬手,将酒泼向墙角,重新把碗斟满。而后,也给自己的碗斟满,且端了起来,面向小玉一举道:"请!"

小玉忙将另一碗端了起来,举碗朝韩世忠碰杯。只听咣咣两声,二人俱都一饮而尽。

这一饮,便是十八碗。韩世忠问:"还碰不?"

小玉一脸豪气地回道:"碰!"

韩世忠大步走到门后,将门猛地一拉,席三一个趔趄,差点跌了进来。

韩世忠斥道:"你站在门口,想听墙根吗?"

席三嘿嘿一笑道:"非也,非也!"

韩世忠问:"那你为什么不进屋?"

席三又是嘿嘿一笑道:"一来,我怕喝酒;二来,您正和美女斗酒,不想扫了你俩的兴。"

韩世忠道:"去,再让小二送一石酒来,凉的。"

席三忙趋到前台。不一刻儿,店小二又提了两个大酒壶进来。

"席相士呢?"韩世忠问。

小二有点丈二和尚摸不着头脑,问:"哪个席相士?"

韩世忠回道:"我的那个同伴。"

小二道:"在茶室喝茶。"

韩世忠噢了一声道:"你去吧。"

小二正要转身,小玉道:"你让那个席相士进来,我有话要给他说。"

小二点了点头。

席三一进门,直盯着小玉:"有什么话,你说吧。"

小玉道:"门外有狗,你替俺们招呼着。"

席相士何等聪明,点了点头道:"你们继续斗你们的酒吧,我知道我该做什么了。"他退出狄咏厅,要店小二把他的茶壶茶杯移到前台。

小二笑劝道:"在茶室喝多好呀。"

席相士道:"这里距狄咏厅近,他俩若是斗恼了打起来,我好去劝架。"

小二也不好再说什么,便把他的茶壶、茶碗移到了前台。这一移,小二无法再去狄咏厅偷听了。

"你这个人,不应该让席相士走,你看,也没个观众,就咱俩斗酒多没味。"韩世忠埋怨小玉道。

小玉呵呵一笑道:"你以为小女子真是来和你斗酒的吗?"

韩世忠道:"你不是来斗酒,你来干什么?"

小玉道:"你先别问小女子为什么而来,您先说一说,您是不是要杀辛兴宗?"

韩世忠一脸惊诧道:"这事你怎么知道?"

小玉道:"您也别管小女子怎么知道,我再问您一句,那辛兴宗武艺高强、位高权重,你杀得了他吗?"

韩世忠一脸自信地回道:"我杀得了他!"

小玉道:"如果单打独斗,您肯定能杀了他。可他肯和您单打独斗吗?怕是您还没找上他的门,官府已经把您抓了起来。"

韩世忠道:"官府凭什么抓我?"

"您要杀辛兴宗呀!"小玉见韩世忠不服,继续说道:"莫说辛兴宗是朝廷重臣,就是一个平民百姓,生命遭到威胁,官府应该不应该管?"

韩世忠道:"应该管。"

小玉道:"怎么管?管的最好办法,就是把未来的凶手抓起来!"

她见韩世忠没有反驳,继续说道:"即使您真的杀了辛兴宗,一命抵一命,照席相士的话说——不值。不只席相士说不值,小女子也觉得不值!韩大英雄,报仇的方法很多,杀人是最蠢的一种……"

韩世忠翻眼瞅了瞅小玉,冷哼一声道:"杀人既然是最蠢的一种,那就请你说一说高明的那一种,也好让我韩世忠长长见识!"

"告御状。"

韩世忠道:"你说这法,我也想过了,有争功之嫌,争功之事,我韩世忠不屑为之!"

小玉反问道:"既然争功之事您不屑为之,那您何必还那么仇恨辛兴宗?"

韩世忠道:"我恨他做事卑鄙,如此卑鄙之人,不配做朝廷的节度使!"

小玉连声赞道:"好,好,有古侠之风!小女子愿意拼上性命不要,也要帮您把辛兴宗拉下马!即使不能把他拉下马,也叫他臭名远扬!"

韩世忠又拿眼将她翻了一番道:"吹吧,吹吧,但千万别把……"

他本想说:"千万别把牛屁吹破了。"话道唇边,又吞了回去。

小玉知道他下边要说什么,见他话说半截,戛然而止,一脸灿烂道:"有长进。"

韩世忠见她突然冒出来这三个字,眉头微皱道:"什么'有长进'?"

小玉咯咯娇笑道:"您知道说粗话不好,硬生生把已经涌到嗓子眼里的粗话又吞了回去,这不是有长进了吗?"

韩世忠不得不服,这女子不简单!

但是,对她帮自己把辛兴宗拉下马,抑不大相信。

正因为韩世忠不相信,才又问道:"小玉,你有什么办法帮我把辛兴宗拉下马,抑或是让辛兴宗臭名远扬?"

小玉道:"击登闻鼓,把辛兴宗冒功的丑事揭出来。"

三十三　美人爱英雄

"谁击？"

小玉道："当然是小女子击了！"

韩世忠双眼为之一亮，不一刻儿又黯淡下来，摇头说道："不妥，不妥也。"

小玉问："有什么不妥？"

"让一个小女子为我堂堂一个大男人出头鸣冤叫屈，实在让人汗颜。"

小玉笑道："您多想了。女子也是人，女子中也有好汉，花木兰便是一个。花木兰能够女扮男装，代父从军，我梁红玉去击一击登闻鼓有何不可！"

"这……"韩世忠轻叹一声："唉，我真不知道该怎么谢你！"

小玉微微一笑道："您只需让席相士代小女子写一份揭发辛兴宗的奏书，这便是对小女子最大的感谢。"

三十四　败亦英雄

　　梁红玉迟疑许久，将心一横说道："我是一个官妓。"说毕，两眼直视着韩世忠，看他有什么反应。

　　童贯原以为，方腊被韩世忠所擒，方腊一定恨死了韩世忠，不会通过自己的嘴，让韩世忠升官。谁知……

　　徽宗质问童贯："朕告你，'如有急，当以御笔行之'，并非要你代朕颁《罪己诏》的。何况，方腊造反，朕有何罪？"

根据昨晚的约定，小玉提前一刻来到了缅拯（包拯）茶坊，不想韩世忠、席三已经在那里等候多时了，心里暖洋洋的。

　　茶过三巡，小玉笑问道："书带来了吗？"

　　韩世忠回道："带来了。"

　　小玉道："那就给我吧。"

　　韩世忠道："别急，我想问你三个问题，你答得如我之意，我方给你。否则，这事就不说了。"

　　小玉颔首道："好。"

　　"第一个问题，我问你，击鼓告御状，担着很大风险。所告之人，又是朝廷重臣、宠臣。即使不是这样一个人物，登闻院也会对你百般恐吓，你怕不怕？"

　　小玉笑曰："您以为呢？"

　　韩世忠曰："也许你不怕。"

　　小玉赞道："您眼还不算瞎，实话给您说，我虽然是一女流之辈，却有着男孩的性格，胆子出奇的大。五岁时，被强盗所胁，把刀架在我的脖子上，让我说出俺家藏钱的地方，我都没说。"

三十四 败亦英雄

韩世忠一脸谦意地说道:"对不起,我不该小瞧了你。"

话一出口,连韩世忠自己都感到惊讶。他自记得事起,还从来没有这样对人说话,更没有向谁认错。

小玉见他表情有些不大自在,也没多想,笑问曰:"第一个问题,答的是否如您之意?"

韩世忠将头点了一点。

小玉道:"既然如您之意,那就请问第二个吧。"

"好!第二个问题嘛,我问你,你和我非亲非故,为什么要为我出头?"

小玉笑回道:"您想问小女子三个问题,小女子只问您两句话。在您回答了小女子的两句话之后,小女子再回您的第二问,可以吗?"

"可以。"

小玉道:"第一句,'伸张正义,疾恶如仇',这话不知道您听说过没有?"

韩世忠道:"听说过。"

小玉复问道:"第二句话,'路见不平一声吼'呢?"

韩世忠回道:"听说过。"

"既然这两句话您都听说过,您说的这第二个问题,还用我回答吗?"

韩世忠道:"不用了。"

小玉道:"既然不用我回答,请问第三个。"

韩世忠道:"不用问了,我这就把奏书给你。"

话刚落音,席三已经把代写的奏书从招文袋①里抽了出来,双手递给小玉。

小玉接过奏书,仔细看了一遍道:"写得甚好。但是,我听说,击登闻鼓的人很多,得排队。我这就去排队,说不定还能排个第一呢!"

韩世忠大为感动,双手抱拳道:"谢谢!"

小玉回一万福礼道:"您太客气了!"

她刚一转身,韩世忠道:"等一等,我还有话要说。"

小玉忙把身子转了过来,含情脉脉地瞅着韩世忠。

韩世忠抱拳道:"似你如此侠义之人,不说女子,在男人中也不多见。但是,至今我还不知道你姓甚,仙居何方,所业者何?"

---

① 招文袋:宋代一种挂在腰带上装文件或财物的小袋子。

小玉道:"我姓梁,名红玉,祖籍池州(辖境含今安徽省贵池、青阳、东至等县地),至于以何为业,就不再说了吧。"

韩世忠道:"为什么?"

"我怕说出来,把您吓走,不,不是怕把您吓走,是怕把您熏走。"

韩世忠调侃道:"如此说来,你是一个掏大粪的?"

梁红玉将头轻轻摇了一摇。

韩世忠道:"你既然不是一个掏大粪的,岂能把我熏走?"

略顿又道:"你就是一个掏大粪的,我也不会走。"

梁红玉长叹一声道:"我比掏大粪的人还臭。"

韩世忠笑嘻嘻地说道:"臭了好!我这个人生来怪,越臭的东西,越觉着香。比如臭鸡蛋,我最多一次吃了二十八个。"

"那……"梁红玉迟疑许久,将心一横说道:"我是一个官妓。"说毕,两眼直视着韩世忠,看他有什么反应。

韩世忠的心猛地一缩,暗自叹道:"她怎么会是这样一个人!"

转而又一想,妓女怎么了?妓女中也不乏好女人。比如,苏东坡的小妾王朝云,就是一个非常好的女子。何况,官妓又不同于一般妓女,有不少做官的人,因为犯了法,女眷被迫做了官妓,梁红玉可能就是这样一种人。

他猜对了,梁红玉乃武将世家,父亲官居六品押队官①,因押送军粮误期,遭斩,梁红玉没入官府为妓。她沦为官妓后,两次自杀,被人救活过来。她对世人如何看待她,特别敏感。韩世忠那一声叹息,虽然没有叹出声来,却被梁红玉捕捉到了,两行热泪夺眶而出。

她霍然转身,走到门后,正要伸手拉门,韩世忠突然喊道:"红玉,你别走。"

梁红玉闻声止手,冷声说道:"有什么话,您说吧。"

韩世忠笑语责道:"你这人呀,怎么把自己给熏走了,转回来吧。"

梁红玉虽然没有转身,但说话的口气,比刚才缓和了许多:"我虽然贱为官妓,但我有自知之明,我既不想把大英雄熏走,又急着去登闻院排队。我还是走吧。"

韩世忠道:"你如果执意要走,就不必去登闻院了。"

梁红玉道:"不管您怎么看我,我这两条腿您是管不住的。对不起,我要走了。"

---

① 押队官:为官府押运或解送货物、罪犯的官吏。

三十四 败亦英雄

韩世忠道："我虽然管不住你的腿,但你去登闻院,乃是因我而去。我不想让你为我出头。"

梁红玉道："我去登闻院,并非是为了您。"

"那你为了什么?"

梁红玉道："为了我自己。"

韩世忠笑道："你去登闻院,明明是为了我,咋变成了为你自己?"

梁红玉道："我虽然不是侠客,但我崇拜侠客,也想学着做一个侠客。'路见不平一声吼'乃是为侠者的责任,我去登闻院,并非是为了您,而是为'不平'而吼!"

韩世忠暗自赞道："好一个侠女,好一个少见的侠女!"

如此一个女人,我若错过,将会遗憾终生!

韩世忠深情地叫了一声小玉说道："你已经是一个女侠了。"

梁红玉道："您是在讽刺我吧?"

韩世忠道："哪敢,我说你已经是一个女侠,乃是发自肺腑!"

梁红玉道："既然您说我是一个女侠,那就请您说一说我侠在何处?"

"第一,你本是辛兴宗那边的人,得知真相后,毅然站在我这一边。不只站在我这一边,还自告奋勇为我去击登闻鼓。如此之为,非侠者孰可为之?第二,你虽然对我心生怨恨,但是,还要去登闻院。这种不计个人恩怨,为'不平'而吼的行为,更是大侠之风。"

这一番话,如同一把大扫帚,扫去了梁红玉满脸阴云,但说话的声音,依然带着冷气:"谢谢谬赞,时间不早了,我该去登闻院了。"一边说,一边作出拉门的举动。

韩世忠忙道："小玉,再稍等一时,我还有话要说。"

梁红玉将手停住,略带讥讽道："一个顶天立地的大英雄,婆婆妈妈的,有什么话,何不一次说完!"

韩世忠满脸赔笑道："你指责得对。我有一个不情之请,说出来从与不从,请你不要生气。"

"您说吧。"

真要说的时候,韩世忠迟疑了,直到梁红玉又要拉门,这才鼓足勇气说道："小玉,我的夫人白氏,半年前病逝了,我想向你求婚。"说完这句话,心中像"十五个吊桶打水——七上八下。"

梁红玉心中窃喜,却不肯说出一个"好"字,反道："我是一个官妓,您是一个大英雄，我怕是有些不配！"

韩世忠不迭声道："配，配得很！若说不配，不配的是我韩世忠！"

梁红玉强压欢喜道："您别太过谦，婚姻的事，不争这一会儿半会儿，待我去过登闻院再说。"说毕，将门拉开，来到院中，纵身一跃，跃上房顶，一眨眼儿，便没了踪影，把身后的席相士惊得大张着嘴，良久方道："一个小女子，轻功如此之好，我闻所未闻，开眼界，真是开了眼界了！"

他哪里知道，梁红玉的绝活还不是轻功，是刀技，刀若是耍起来，连水都泼不进去。

她的奏书，既不涉及谋反，也不涉及军事秘密，一般情况下，没有一个月，不会有下文。但是，第五天便有了回音。

但是，这个音没有回给她，而是回给了韩世忠。

徽宗阅了梁红玉奏书，非常恼火：一个堂堂从四品禁军统领，居然当着上千名将士之面，抢夺别人的果实，还厚着脸皮坐上了州节度使的宝座。查，严查！

让谁来查呢？

徽宗首先想到了童贯，童贯是征方腊的大元帅，理应由他来查。

转而又一想，辛兴宗不只是童贯的老部下，辛兴宗的"功"也是通过童贯上奏朝廷的，让童贯查辛兴宗，就是无私，也会被人误以为有私！

不，不是误以为有私，是真的有私。试想，辛兴宗冒功之事，传得沸沸扬扬，连汴京城的官妓都知道了，作为征方腊的大元帅能不知道？

他一定知道。

不能让童贯查。

郑居中呢，可不可让他来查？

他是枢密院的掌舵人，理应让他来查，但是，他和童贯有些不和。

蔡京，当朝一品宰相。让蔡京来查，郑居中就是不高兴，也说不出口。

蔡京受命之后，理应先"审"梁红玉，但是，他没有这么做，反而去向童贯求证。是他糊涂了吗？

不是。

他之所以不审梁红玉，那是因为他觉着梁红玉揭发辛兴宗冒功之事属实。

他之所以这么认为。

第一，一个官妓敢来告发朝廷重臣，没有确凿证据，借给她一个天胆，她也不敢！

第二，辛兴宗冒功之事，他也听到了。

他既然认定辛兴宗冒功之事存在,为什么不直接上奏徽宗,而是去找童贯求证?这样做,岂不是六指抓痒——多一道子!

这一道子不多。

他如果不去找童贯求证,直接把辛兴宗冒功的事上奏徽宗,那就把童贯给得罪了。

他找童贯求证,如果童贯说辛兴宗冒功之事属实,无论朝廷怎么惩处辛兴宗,童贯也无话可说。如果童贯说辛兴宗没有冒功,他就也说辛兴宗没有冒功,即使有人再翻腾这事,他就把责任推给童贯。

他精,童贯也不傻。

当他求证童贯的时候,童贯把球踢给了方腊。他笑微微地说道:"蔡相,反贼方腊,现就在汴京关着,是谁擒了他,他最清楚,您何不提审一下方腊,让他自己说,是谁擒了他。"

这话,蔡京不能说不对,暗自骂了童贯一声"老狐狸",便去开封府提审方腊。

童贯为啥把球踢给方腊?

这是为他自己好,也是为辛兴宗好。

辛兴宗是他的爱将,辛兴宗的"功"又是通过他上奏朝廷的,他如果实话实说,辛兴宗完了,他也犯了欺君之罪。

他如果说辛兴宗确实生擒了方腊,查的结果,方腊不是辛兴宗擒的,不只犯了欺君之罪,还要罪加一等。

提审方腊呢?

在童贯认为,方腊为韩世忠所擒,一定恨死了韩世忠。他不会通过自己的嘴让韩世忠升官发财。

不只童贯,蔡京也这么认为,要不,他怎么会骂童贯是"老狐狸"呢?

人算不如天算。提审方腊的结果,却是出人意料。

方腊自己说,生擒他的是韩世忠。

方腊为什么要这样说?

他本就是一个英雄,虽然失败了,但还是一个英雄!

韩世忠带了九个人深入虎穴,将他生擒,岂能不是英雄?

他既恨韩世忠,又敬韩世忠,思想上经过一番激烈的较量,来了一个实话实说。

方腊的话,虽然出乎蔡京意料,但他很高兴,不只宴请了童贯,还假惺惺地征求他对辛兴宗一案的处理意见。

童贯长叹一声道:"失之于察,失之于察也!"

略顿又道:"事已至此,咱家也无话可说,蔡相以为该怎么处置辛兴宗,便怎么处置。唉……"

他站起身来,双手抱拳道:"咱家失之于察,还请蔡相多多关照!"

蔡京忙站了起来,还了一礼道:"咱谁跟谁呀,荣辱与共二十几年,我还不知道该怎么做吗?"

童贯连道两声谢谢。

童贯离开蔡府不到一个时辰,辛兴宗拎了一个小包裹来到蔡府。他一见蔡京,把小包裹朝地上一放,扑通一声跪了下去。那包裹落地的时候发出咚的一声响。

蔡京道:"辛将军,不可行此大礼,快快请起。"

辛兴宗哪里肯听,磕了三个响头方道:"请相爷救我!"

蔡京叹道:"你的案子,是皇上御批的,那贼首方腊,又一口咬定,他是被韩世忠所擒。本相就是想帮你,也无法儿帮。"他将头使劲摇了一摇。

辛兴宗道:"您说的都是实情。但是,您是当朝一品宰相,皇上对您言听计从。且是,您足智多谋,郝东犯了那么大的事,您都给他摆平了,末将相信,末将的事,您也能摆平。"

蔡京把脸一沉道:"那是谣传,什么摆平摆不平,郝东本来就没事嘛!"

辛兴宗连声道:"对不起,对不起,末将不会说话,还请相爷海涵!"

蔡京依然沉着脸说道:"你还有别的事吗?如果没有,老夫要送客了。"

辛兴宗满脸赔笑道:"没有了,末将打扰相爷了。祝相爷晚安。"

他行了一个拱手礼,转身趋出。

蔡京吩咐左右道:"你们各自休息去吧。"

支走了左右,蔡京将小包裹打开,尽是黄灿灿的金条。数了数,一共是三十根。每一根的重量怕是有半斤呢。

蔡京一脸灿烂道:"这家伙出手尚可,我得帮他一把。"

怎么帮?

找韩世忠,只要把韩世忠这个瓢按住,事情就好办了。

第二天,蔡京把韩世忠叫到政事堂,一脸和蔼地说道:"你受委屈了,经老夫查证,方腊确实是你擒的,辛兴宗冒了你的功。但话又说回来,辛兴宗是你的统领,你是他的属下,属下擒了方腊,立了大功,这功自然也有他一份。"

韩世忠冷声问道："为什么？"

蔡京回道："他指挥有方。"

韩世忠道："您太高看了他。末将虽是他的属下，但他从来没拿正眼看过末将。方腊未擒之时，童大元帅叹曰，'此贼得民心如此，擒之无望矣！'末将自告奋勇，去擒方腊，他不仅不支持，还在背后说末将的坏话。"

蔡京道："好，就算他指挥无方。老夫问你，他生擒方腊之'功'，是谁上奏朝廷的？"

"童大元帅。"

蔡京又问："辛兴宗的忠州、眉州节度使，是何人所封？"

"皇上。"

蔡京道："如果给辛兴宗定一个冒功之罪，他的节度使还能不能做？"

"当然不能做了！"

蔡京复问："如果定辛兴宗一个冒功之罪，童大元帅有没有罪？"

"这……应该有吧？"

蔡京道："肯定有，往轻处说，童大元帅犯了失察之罪，往重处说，犯了欺君之罪。咱不说童大元帅，咱说皇上，辛兴宗冒功得逞，皇上也有过，往轻处说，失察，往重处说，昏庸，你忍心让皇上担一个失察或昏庸之恶名吗？"

韩世忠一脸惶恐道："末将不敢！"

蔡京盯着韩世忠道："有一成语，叫'投鼠忌器'，你不会没听说吧？"

"末将听说过。"

蔡京又道："所以，辛兴宗虽然不屑，还不能惩治他呢！古智人言：'识时务者为俊杰。'韩小将，老夫还是刚才那句话，你受委屈了。你如果想当官的话，老夫上奏皇上，将你的官连擢八级，作为对你的补偿，你看可好？"

韩世忠想了一想道："如果朝廷想补偿末将的话，末将请求换一种补偿，可不可以？"

蔡京道："当然可以，你说吧。"

"我……"韩世忠欲言又止。

蔡京问："是不是想要钱？"

"非也。"

蔡京道："莫不是……算了，你也别让老夫猜了，直说吧。"

韩世忠鼓足勇气道："末将想让官府为开封府官妓梁红玉脱籍。"

蔡京就是想破脑袋也不会想到他提这么一个要求,韩世忠如今是从九品下,连提八级是个什么级呢?从六品上。当了从六品上的官,还怕找不来美女吗?他哈的一声笑了:"小事一桩,老夫成全你。老夫这就给开封府尹写一个为梁红玉脱籍的手札给你,你拿着老夫的手札去见开封府尹,包你今天就可以抱得美人归。"

他当即挥毫走笔,书手札一封,交给韩世忠,还幽默了一句:"韩小将,吃喜酒的时候,可别忘了老夫呀!"

韩世忠忙道:"哪敢,哪敢!"再拜而去,一路走一路想,人都说蔡京多么多么地坏,看来不是那么回事!

蔡京的形象不只在韩世忠心中高大起来,辛兴宗对蔡京更是感激涕零,拎了五百两白银,去答谢蔡京。

童贯也很感激蔡京,特意把御厨请到家里,宴请蔡京。宴间,蔡京笑而问曰:"听说皇上要恢复花石纲,让王黼总领其事。"

童贯道:"不会吧,方腊造反,就是因为花石纲。为平方腊死了数万将士,若是把老百姓算上,有几百万。尸体若是摞起来,能摞成一座山!"

蔡京道:"你别这么自信,有道是'无风不起浪'。"

童贯道:"诚如此,咱家明天就去见皇上,阻止他。"

蔡京叹了一声,欲言又止。

第二天,早朝后,童贯面谒徽宗,笑问曰:"陛下,臣听说,您要恢复花石纲?"

徽宗将龙首点了一点。

童贯道:"方腊因'花石纲'而反,咱不能好了伤疤忘了疼。"

徽宗道:"方腊造反,并非因为花石纲。"

"那是因为什么?"

徽宗道:"方腊之乱,由茶盐法也。"

童贯强压怒火道:"这不像您的话,一定是有奸人蛊惑您。"

徽宗把脸一沉道:"诚如你之言,朕是一个没主见的皇帝。"

"臣不敢。"

徽宗又问:"既然不敢,你为什么说朕是受人蛊惑?"

童贯忙伏地请罪。

徽宗复问:"谁给你的权利,你居然代朕颁发诏书?"

童贯分辩道:"您呀,臣出征方腊,您口谕臣,'如有急,当以御笔行之'。"

三十四　败亦英雄

徽宗道:"朕让你'如有急,当以御笔行之',是说,若遇紧急情况,来不及奏请朕,可以以朕的名义发布圣旨,并不是要你代朕颁《罪己诏》的。何况,方腊造反,朕有何罪?"

童贯不敢再辩,唯有叩头谢罪。把头叩出了血,还在叩,内侍黄门①霍小海趋到他身边说道:"童大官,皇上已经走了。"

童贯这才抬起头来,向御案一望,果然不见徽宗,长叹一声,爬了起来。

"小海,你知不知道是谁进了我的谗言?"

小海小声回道:"王黼大人。"

童贯切齿说道:"他是活过月了!"

小海劝道:"您千万不要和他斗,这王黼已非昔日之王黼,皇上对他的宠劲儿,超过了蔡相。"

童贯皱着眉头儿问道:"皇上为啥对他这么宠?"

"您出征方腊之后,王黼天天粘着皇上,就连皇上去会李师师,他也跟着。"

童贯道:"咱内宫有没有王黼的人?"

小海道:"有。"

"谁?"

小海道:"内侍高班②乔有升。"

童贯默想了一会儿说道:"请你告知乔有升,就说今晚我在家里请他吃饭。"

小海道:"您贵为国公,又是前辈,还请他吃饭,颠倒了吧?"

童贯道:"我请他吃饭,自有我的道理。对了,你也参加。"

小海道:"遵命。"

童贯出了垂拱殿,并未回到自己的官署,而是去了入内内侍省③。署中的几个头头脑脑,听说童贯到了,一齐出迎。

---

① 内侍黄门:中级宦官,从九品。
② 内侍高班:中级宦官,从九品。
③ 入内内侍省:内廷宦官署。职责:在皇帝、后妃居所承担饮食、寝居等一切日常生活的侍奉、杂役职务。此外,内殿引对群臣、执行百官名物的审计、颁赐,发金字递、收接报奏,勾当宫中内诸司,沟通宫中(内廷)与省中(朝廷)的联系,及任中使差遣于外督查公务(包括监察)等。入内内侍省置都都知一人,秩从五品;都知、副都知、押班各一人,秩正六品;内东西头供奉官各一人,秩从八品;内侍殿头、内侍高品各一人,秩正九品;内侍高班、内侍黄门各一人,秩从九品。

三十五　宰相也怕吓

王黼继续前行,门口突然出现两个彪形大汉,一脸的横肉,伸手将他拦住。

副都知伸出右手,照王黼左右脸颊比划了两下道:"咱家不但要打你脸,还要来一个左右开弓!"

老子曰:"兵者,凶器也,圣人不得已而用之。"就是不得已而用之,也得谋而才用,可徽宗……

王黼收到请柬,踏着鼓点到了童府。先他而来的那些内官,诸如乔有升、霍小海、都都知、都知、副都知以及押班等等,见王黼背负双手进来,一齐上前见礼。

众人依官之大小入席后,开始上菜上酒。

酒过三巡,菜过五味。童贯轻咳一声说道:"诸位,酒虽然是好东西,但也不能过量,趁着诸位脑袋瓜子还都清醒,咱家说个事。"

他目扫众人道:"朝廷三令五申,内官不能交结外官,可咱们的一些内官,无视朝廷禁令,交结外官。咱家虽然已经不是内官了,但咱家在内朝(宫)为官三十余年,尔等……"

他朝众内侍一一指了一遍道:"你们都是咱家看着长大的,你们之中,最小的官职也是从九品。在内宫,能干到从九品以上的官不容易,咱家不想让你们之中任何一个人有一丁点儿闪失!"

他又将目光向众内侍扫了一遍方道:"为了不让你们之中任何一个人有一丁点儿闪失,咱家得敲打敲打一个人。"

他再次将目光向众内侍扫了一遍,目光定格在乔有升脸上。初时,乔有升尚且还敢和他四目相对,片刻之后,忙避了开去。

童贯沉声说道:"乔有升,看着我的双眼!"

乔有升不得不将双眼移向童贯,但是,他不敢和童贯对视。

"乔有升,你当着众人的面说一说,你有没有交结外朝官?"童贯在问乔有升的同时,二目的余光却洒向了王黼。

王黼二目直视着乔有升,四目相对时,又将头轻轻摇了一摇。童贯暗自冷笑道:"王黼啊王黼,你不要以为,就凭你这两个小动作,乔有升就会把嘴巴封上了!果真这样,他就不是咱家眼中的乔有升了!"

"乔有升,我再问你一遍,你有没有交结外朝官?"

乔有升道:"我……"

童贯把酒桌"啪"地一拍喝道:"到底有没有?"

乔有升面色苍白,冷汗如雨,嗫嚅着回道:"有。"

童贯斜了王黼一眼,方向乔有升问道:"你所交结的外朝官是谁?"

乔有升又道了一声"我"字,没有了下文。

王黼双手抱拳,面向童贯说道:"国公爷,我是一个外官,你们内官的事,我不便听,也不想听,告辞了!"

童贯笑嘻嘻地说道:"走什么走呀!乔有升交结外朝官,犯了朝规,你作为当朝宰相,难道不应该管吗?别走了,啊,别走了!"

说毕,移目乔有升,目中带剑,乔有升不由自主地打了一个冷战,惶声说道:"我说,我这就说。"

他朝王黼一指道:"我交结的就是他。"

王黼故作镇静道:"乔有升,我虽然不才,也是当朝宰相,你可不能胡说八道!"

说到"当朝宰相"四字时,还特意加重了语气。

童贯嘿嘿一笑道:"得了吧!谁不知道你是当朝宰相?乔有升就是冲着你是当朝宰相才会冒着犯法的危险和你交结。"

略顿又道:"一个巴掌拍不响。乔有升即使想和你交结,你不想,也交结不成。咱家感兴趣的是,你俩是怎么交结的。这事,是你先说,还是乔有升先说呢?"

王黼一脸怒色道:"你这是要审问本相吗?"

童贯道:"咱家不敢。"

王黼道:"哼,量你也不敢!"说毕,掉头就走。

童贯大吼一声道:"你给我站住!"

王黼置之不理,继续前行,门口突然出现两个彪形大汉,一脸横肉,伸手将他拦住。

王黼喝道:"闪开!"

二汉子不听,王黼想来一个硬闯,哪里闯得出去,暴跳如雷道:"反了,反了!你们竟敢如此对待朝廷命官,你们眼中还有没有王法?你们难道不怕本相告你们御状吗?"

童贯笑眯眯地说道:"你嚷什么嚷呀,你私自交结内官,知法犯法,罪加一等!"

王黼道:"你说本相私自交结内官,何以为证?"

童贯道:"乔有升就是证据。"

王黼道:"乔有升说本相私下交结他,本相还说他想谋反,这谋反罪能成立吗?"

童贯道:"你说乔有升谋反,何人何物为证?"

王黼道:"乔有升说本相私自交结内官,何以为证?"

童贯移目乔有升道:"升子,你说王相与你私下交结,何以为证?"

乔有升道:"有独玉镯子为证。"

童贯道:"请说详细一点。"

乔有升移目童贯道:"您南征方腊之时,我娘七十大寿,依照惯例,皇上赐我娘七十贯钱,且写了一个手诏,让我去找王相取。王相不只将七十贯钱如数发我,又送我一只独玉镯子。他说:'这个独玉镯子是特意给他老姨定制的,还没来得及送,他老姨今年也是七十岁,既然伯母的寿辰比本相老姨早,那就送给伯母吧。'我一再推辞,推辞不掉,方才收下。回到家中,我找了一个老玉匠估了估价,吓了我一大跳,天啊,这个镯子居然价值三百贯!我忙揣上独玉镯子去找王相,我说:'相爷,我娘说她出身贫寒,这么贵重的东西,她消受不了。'一边说一边将独玉镯子捧还王相。王相笑曰:'不就三百贯钱吗,能有多贵重?她老人家既然能养出您这样有出息的儿子,还能消受不了,拿回去吧!'这个镯子,如今还在我老娘的席子底下压着,要不要我回去取来?"

童贯道:"别急。"

他移目王黼道:"升子所言可是实情?"

王黼道:"本相不记得给他娘送过一只独玉镯子。"

乔有升见他不认账,戟手斥道:"你想耍赖?"

王黼道:"不是本相想要耍赖,是你自己血口喷人!"

乔有升气急反笑道:"好,好,我在血口喷人!我这就回去把那个独玉镯子取来。"

王黼慢腾腾地问道:"那镯子上有没有本相的名字?"

乔有升道:"没有。"

王黼道:"既然没有,你把它取来何用?"

乔有升道:"我可以让给我估价的那个玉匠一块儿来。"

王黼道:"那个玉匠可曾见本相送你独玉镯子?"

乔有升道:"不曾。"

王黼道:"既然不曾,他又如何做得了证?"

乔有升道:"这……你别高兴,我还有别的证据,可以证明咱俩私自交结。"

王黼讥笑道:"看来,你口中含的血还不止一口呢!"

乔有升道:"是不止一口!你支乍着耳朵给我听着。童国公出征方腊的第二个月,你问我,皇上对蔡相的印象到底怎么样?我说:'不如以前。'你问:'可以见得?'我说:'皇上两次对内侍们说道,蔡元长老矣,治理国家的重担有些担不动了。'听了我的话之后,你便两次向皇上进蔡相的谗言,皇上把本应蔡相拥有的一些权利,拿出来给你,你特意把我请到你的府上,不只盛宴相款,还送了我一个小金鼠。"

王黼道:"本相请你吃饭、送金鼠,何以为证?"

乔有升道:"你的管家可以做证!"

王黼反问道:"是管家送你的吗?"

乔有升点了点头。

王黼嘿嘿一笑道:"别说本相管家没有送你金鼠,就是送了,他会为你做证吗?"

乔有升道:"你别得意,还有一件事,不只可以证明咱俩私相交结,也可证明你陷害忠良。"

王黼故作轻松地嗯了一声道:"有这档事?说来听听。"

乔有升道:"前不久,你问我:'皇上对童国公怎么看?'我说:'皇上夸童国公是朝廷的柱石、大宋的郭子仪。'你问:'难道连一两句话都没有吗?'我说:'有。'你又问:'是不是说辛兴宗冒功之事?'我说:'不是,是说他代发《罪己诏》的事。'你复问:'皇上怎么说?'我说:'皇上说,不能把方腊造反的事,全归罪于花石纲。'你道了一声谢谢,当天晚饭后,你让你的管家给我送了一件貂皮大衣。"他盯着王黼问:"有无此事?"

王黼道:"没有此事。"

乔有升指着王黼鼻子,讥笑道:"堂堂大宋的宰相,做过的事不敢承认,连我这个没根之人也为你感到害臊!"

王黼面色依旧,根本不凑他的腔,乔有升正不知如何是好,童贯劝道:"升子,别和他斗嘴,说下去。"

乔有升问:"您让我说什么呢?"

童贯道:"说他如何陷害忠良。"

"看我这脑瓜……"乔有升拍了拍自个儿脑瓜,移目童贯说道:"王相问过皇上对您的看法之后,第二天他便单独见了皇上,且向皇上进了您的谗言……"

王黼手指乔有升斥道:"你胡说八道!"

童贯移目王黼,摆了摆手道:"你给咱家稳住,有什么话,等升子说完了你再说也不迟。"他又移目乔有升:"说,继续说。"

"王相故意问皇上,童国公奉诏征方腊,曾代陛下颁了一个《罪己诏》,您知道不?皇上说:'当时不知道,没多久便知道了。'王相说:'朝堂上连咳嗽都有罪,他童贯居然敢代陛下颁发圣旨,胆子也够大了。'皇上叹道:'千不该万不该,朕不该在送童贯出征之时说了一句话。'王相忙问:'什么话?'皇上回曰:'如有急,当以御笔行之。'王相曰:'陛下这话并无不妥之处。陛下这样说,是对童国公的信任,但他不能拿着您的鼓励和信任去损您!自有国家以来,哪一朝哪一代没有几个贼人造反?不能因为有人造反,就认为君王做得不好,就得下诏罪己!可童国公硬要把方腊造反的罪责往您头上安,还堂而皇之地代您下了一个《罪己诏》。您有何罪?何况,方腊造反,并非因花石纲而起。童国公这么做,损的是您,受益的是他个人——国人称颂他是一个为民请命的好官贤臣,大宋的郭子仪!'皇上越听越怒,将御案一拍说道:'这个童贯,简直该杀!'"

乔有升把话顿住,移目霍小海问道:"海子,我说的有没有错?"

霍小海回道:"没有。"

童贯故意问霍小海:"王相进本公谗言之事,你怎么知道?"

霍小海回曰:"那一天,我和升子当值。"

童贯噢了一声道:"升子,说完了吗?"

"没有。"

"没有你就接着说。"

乔有升点了点头,继续说道:"皇上话音一落,王相便道:'陛下,臣听说,两天前,童国公向您谏言,应当挟剿灭方腊之威,移军北上,与金军一道共讨辽国,收复燕云十六州,可有此事?'皇上回曰:'有。'王相又问:'您怎么想?'皇上回曰:'朕以为童国公言之有理。'王相道:'于是,您便同意,由他挂帅,联金伐辽?'皇上回曰:'正是。'王相连道三声不可:'陛下,您上童国公当了!'皇上问:'何以见得?'王相问:'先帝太宗是否有收复燕云十六州者封王之类的遗诏?'皇上回曰:'有。'王相道:'童国公要联金伐辽,并非是为大宋着想,而是想当王呢!人心不足蛇吞象,他一旦封了王,说不定呀,又有想法了！'皇上将头点了点道：'卿说得对，朕不会让他如愿的！'"

童贯问："说完了？"

乔有升道："说完了。"

童贯移目王黼道："王相，乔有升讲的可是实情？"

因有霍小海作证，王黼不得不回道："有那么一点影子。"

童贯斥道："什么有那么一点影子？若非你在皇上面前进老夫谗言，皇上也不会那样……"他突然觉得皇上对他的态度不能说，忙将到了口边的话又吞回肚去，略微顿了一顿又道："你我无冤无仇，你却屡向皇上进老夫的谗言，这笔账，咱今天要好好算一算！"

他见王黼不接他的话，目扫众内官说道："账怎么算，王黼自己不好说，诸位说这账该怎么算？"

副都知高声说道："宰了他！"

童贯将头使劲摇了一摇说道："他虽然可恶，但罪不至死！"

副都知又道："揍他一顿，让他长长记性！"

童贯笑道："嘻嘻，这法不错！但不知哪一位中涓①愿意代咱家让他长长记性？"

众内侍争先恐后道："咱家。"童贯很满意，连道两声很好，自言自语道："怎么揍呢？揍得轻了，他不一定长记性，揍得重了，怕影响他明天上朝。"

副都知道："您放心，这个轻重我会掌握。"一边说一边捋袖揎拳。

王黼斥道："你想做什么？"

"咱家想揍你！"

王黼道："你敢打当朝宰相，岂不是活腻了？"

副都知冷笑道："你是一个小人，你是一个靠献媚皇上才当上宰相的小人！咱家打的不是宰相，而是一个小人！"一边说一边向前跨了两步，且变拳为掌，向王黼脸颊挥去。

王黼一边后退，一边说道："别，别这样，打人不打脸，揭人不揭短，你不能这样！"

副都知冷笑道："咱家不但要打你脸，还要来一个左右开弓！"

王黼一边用两手护着两个脸颊，一边质问童贯："童国公，咱俩同朝为官三十余载，有什么话咱好好说，你不能这样整人呀？"

---

① 中涓：官名，亦作涓人，后世一般用作宦官之代称。

童贯呵呵一笑反问道:"怎么个好好说?"

王黼也来一个反问:"您说呢?"

童贯道:"'解铃还须系铃人。'为了大宋社稷,花石纲绝对不能恢复!"

王黼道:"这事好说。"

童贯又道:"联金伐辽的事还得照常进行。"

王黼道:"这事也好说。"

童贯双手抱拳道:"多谢将明兄!坐,请坐,咱今夜喝他个一醉方休!"

王黼苦笑道:"您的气全撒给了我,您心里舒坦了,我这心里堵了起来,那酒您还是留着自己喝吧。告辞了!"

童贯嘿嘿一笑道:"恭敬不如从命。"

送走了王黼,副都知一脸担心地问:"王黼会不会告咱们的御状?"

童贯非常自信地回道:"不会!"

副都知又问:"您何以如此肯定?"

"原因有二。第一,一个堂堂宰相,遭到咱们一番莫大的侮辱,这事他能想让国人知道吗?不想,他若是告了咱们御状,等于自彰其羞。第二,他若是告了咱们御状,朝廷定遣人来查,咱们都不承认,连皇上也没有办法。"

副都知由衷赞道:"您说得对!古哲人言,'与君一席话,胜读十年书',说的就是不才①我呀!"

果如童贯所料,王黼不只没有告他的御状,还把他要办的两件事全都办了。

要办成这两件事,难度非常大。

试想,恢复花石纲,是王黼自己提出来,经徽宗首肯,才定下来的。如今,却要停止执行,而且,停止执行的建言还得让王黼自己来提,难不?

难!

太难了,难于上青天!

可王黼几句话,便把这事给搞定了。

他之所以能把这事搞定。第一,他选对了说话的对象。这个对象就是宋徽宗。第二,他会说话。知道什么话该说,什么话不该说,什么话早说好,什么话晚说好。故而,见了徽宗,他并不说花石纲的事。

---

① 不才:自谦之词。表示自己才能平庸或无才。

说金、辽战事。

"陛下,不得了了!"王黼连说两个"不得了"。

徽宗笑眯眯地问道:"是天塌了?"

王黼道:"不是。"

"是地陷了?"

王黼道:"不是。"

徽宗责道:"既然天也没塌,地也没陷,看把你吓的!"

王黼道:"这事对辽国来说,比天塌地陷还要严重。"

"辽国怎么了?"

王黼道:"辽国五京,丢了四京,只剩下南京析律府!"

徽宗惊问道:"是丢给了金吗?"

王黼道:"正是。"

徽宗叹道:"这个耶律延禧,怎么这么不经打?"

王黼亦发出一声长长的叹息。

徽宗又问:"析律府不就是燕云十六州的幽州吗?"

王黼道:"正是。"

"如今谁在那里镇守?"

王黼道:"燕王耶律淳。"

徽宗道:"他能守得住吗?"

王黼道:"守不住。"

徽宗道:"那么,咱要想收复燕云十六州,就得和金人开战了?"

王黼道:"正是。"

徽宗叹道:"诚如此,收复燕云十六州的难度更大了!"

王黼道:"所以,咱要赶在幽州未被金人占领之前就把它收回来!"

"怎么收?"

王黼道:"以践行联金伐辽之名,出兵幽州,把幽州从辽人手中夺回来!"

徽宗领首说道:"这办法不错。卿以为,若是联金伐辽,何人可以为帅?"

"童贯。"

徽宗道:"他可是有野心呀!"

王黼道:"是的。他确实有当王的野心。但是,话又说回来,就是逮个鸡,也得给它撒把米。如果童贯能把燕云十六州收回来,封他一个王又该如何?何况,陛下既然能封他做王,也能废了他的王。悠悠万事,收复燕云十六州为大!"

徽宗又将头点了点:"好,就依卿之见,让童贯做伐辽的元帅。"

王黼拱手说道:"陛下圣明。陛下,咱既然把收复燕云十六州作为朝廷的头等大事,咱就得全力以赴去干。所以呀,臣觉着,可以把恢复花石纲的事放一放,陛下说呢?"

徽宗又道了一声:"好。"

王黼谢过了徽宗,欢天喜地出了垂拱殿,直接去见童贯,喜笑颜开道:"国公爷,您说的两件事都办成了,您可以放开胆子去建不世之功了!"

童贯喜出望外道:"谢谢王相,谢谢王相!"

王黼道:"打仗,靠的是军队。军队用什么来养?用钱,用米面来养。所以,兵马未动,粮草先行。为了确保粮草的供应,使您早建大功,早日封王,我打算上奏皇上,把三司使署一脚踢开,另成立一个经抚房,专门为您伐辽筹集粮款,您说可好?"

童贯暗自骂道:你婊子撅屁股爷就知道你要拉什么屎。花石纲的事泡汤了,把你捞钱的门路断了,你另成立经抚房的目的,还不是为了捞钱,但是,这话还不能说破。若是说破了,他不一定又要生什么法子报复我呢!想到此,微微一笑回道:"另成立经抚房好!谢谢您。"

王黼道:"您既然也认为另成立一个经抚房好,适当的时候,您可得站出来帮我说话呀!"

童贯道:"那是自然。"

老子曰:"兵者,凶器也,圣人不得已而用之。"

就是不得已而用之,也得谋而才用。比如,金、辽之战,金国原是辽国一个部落,二者是父子关系,儿子打老子,作为宋,应该出面指责儿子。即使把金也看做一个国家,金进攻辽,金为侵略者,道义在辽一边,绝对不应该支持金。宋不但支持金,还要趁火打劫,把五代石敬瑭送给辽国的燕云十六州抢回来。这样做,不只有悖道义,也有损本国利益。

宋辽签订《澶渊之盟》,两国和平共处了近一百二十年。没有这一百二十年的和平共处,宋的经济、宋的文化,不可能如此繁荣!宋即使助金灭了辽,也夺回了燕云十六州,可是,它的邻居换了,由一只绵羊,换成一只饿虎,与饿虎为邻,那会是什么情况?它就是不吃你,你那心也会天天提到嗓子眼里。

唉，宋徽宗他们呀，不知道是脑子进水了，还是本身就蠢，放着安生日子不过，偏要去助金伐辽！

对于宋徽宗一伙的愚蠢之举，朝臣不是看不出来，也不是没有人上书或面谏，是宋徽宗他们不听。

于是，朝臣们想到了蔡京，也许蔡京出面，能挽救时局。

蔡京虽然年老，并不昏愦，他知道徽宗正宠着王黼和童贯，而王黼和童贯，一个想捞钱，一个想封王。徽宗呢？一心想收复燕云十六州，建不世之功，三人一拍即合，就是他出面，也不可能让徽宗改变联金伐辽的决定，倒不如把话留住，暖暖自己肚子。故而，每当有人劝他出面劝谏徽宗的时候，就来了这么一句——"廉颇老矣！"廉颇老了，儿子不老。

儿子蔡攸，虽然不老，却是一个唯利是图的家伙，做梦都在想干一番惊天动地的大事，不但不反对联金伐辽，还强烈要求，要做北伐副帅，宋徽宗居然同意了。

他颁旨一道："拜童贯为河北、河东宣抚使，蔡攸为河北、河东宣抚副使，种师道为都统制，将兵二十万，择日北伐。"

就在出师北伐的前一天，蔡攸进宫向徽宗辞行，撞见徽宗搂着两个宫女嬉戏，蔡攸浑身热血沸腾，眼中也射出两道贪婪的淫光。徽宗见了，不但不怒，反笑微微地问道："有事吗？"

蔡攸收回淫光，嬉皮笑脸道："臣明天就要率军北伐了，特来向您辞行。"

徽宗道："好，祝你马到成功。待你凯旋之日，朕设宴集英殿为你庆功。"

蔡攸道："除了庆功之外，臣恳请陛下赐臣一样东西。"

徽宗道："可，你说，想让朕赐你一样什么东西？"

蔡攸指了指宋徽宗怀中的两个美人，腆着脸皮儿说道："臣凯旋之日，请陛下把这两个美人赏臣。"

三十六　趁火打劫

眼看国家就要亡了，萧奉先突然生出一个邪念——让他外甥秦王，尝一尝当皇帝的滋味。

北辽连胜宋军两阵，反要宰相张琳携羊一千只、酒一千坛，前去犒赏宋军。

北辽因萧干专政，人心颇贰，童贯、王黼又动起了北伐念头，联袂去见徽宗。

蔡攸玩世不恭，他也知道徽宗非常器重他，但所求之事，确实有些荒唐，心突突乱跳，他自忖，等待他的，至少是一顿臭骂。徽宗不但没有发怒，反笑哈哈地说道："爱美之心，人皆有之，待你凯旋之日，朕一定把这两个美人儿赐给你。"

出乎意料。

太出乎意料了！

蔡攸忙趴下给徽宗磕了三个响头，眉开眼笑地告退了。

翌日，即宋宣和四年（1122年）四月十日，童贯在汴京城大校场誓师北伐。

北伐军由两部分组成，第一部分是禁军，是汴京城的禁军，共十万。第二部分是驻扎西北的边防军，也是十万，这支军队的统领是种师道。在童贯誓师的同日，种师道也在西北举行了誓师大会。

出动这么多军队，又是去攻打一个敌国，照理，皇帝要亲自为出征的将帅送行，而宋徽宗居然没有露面，只是遣一中涓，捧一道密诏给童贯："如燕人悦而取之，得复旧疆，上也；燕人纳款称藩，次也；燕人未服，按兵巡边，下也。"

呸，这哪里是去征讨一个国家？这分明是在做黄粱美梦！凭什么？

你宋国凭什么要辽国拱手投降？凭什么要辽国纳款称藩？

就凭你有二十万军队吗？

抑或是北伐的统帅是一个无根之人？

呸!

童贯、蔡攸以为,辽国已经被金国打得落花流水,成了惊弓之鸟,二十万大军一到,连弓都不用拉,只需送一封书信,抑或是遣一个说客,到南京(即幽州、燕京、析律府)走上一趟,辽人就会举城而降。

呸,太天真了!

正因为天真,才把行军当做一场旅游,每一天的行程,不足一舍之地。汴京与高阳关(在今河北省高阳县东),相距也不过一千一百多里,走了二十多天。

童贯刚一进关,辽使萧习泥烈持辽之国书求见。

童贯看了辽之国书,怪而问曰:"你们的皇帝换了?"

萧习泥烈颔首道:"正是。"

童贯又问:"新皇帝何人?"

"原之燕王。"

童贯噢了一声道:"是耶律淳吗。"

萧习泥烈将头点了一点。

"天祚帝呢?"童贯又问。

萧习泥烈长叹一声,把辽国易帝之事,简要讲了一遍。

天祚帝闻东京为金所陷,未免惊慌,乃拜燕王耶律淳为都元帅,并命南府宰相张琳与参政(参知政事)李处温,同守燕京。耶律淳走马上任,募辽人为兵,得两万八千人,取名怨军,以渤海铁州人郭药师为统领。

古今之军队,有以地域命名的,有以统帅姓名命名的,还有以服饰特长乃至金属命名的,唯有这一支军队,用一个"怨"字来命名。

何也?

因为这支军队,乃由饥民和难民组成。他们为什么成为饥民和难民,是因为金国的入侵。这些人失去了家园,心里充满了仇恨,故而取名怨军。

金军原本要攻打南京,又忌"怨军",改攻上京,一举而下。

这个天祚帝,论混蛋程度,较之徽宗还胜一筹。

金军打来了,上京危在旦夕,他居然装出一副悠闲自得的样子,对左右说道:"朕和南朝(宋)是兄弟,和西夏是舅甥,就算辽国垮了,朕照样富贵。"

为了"照样富贵",他把数以万计的金银珠宝打包,绑在两千多匹马上,随时准备开溜。

也不知道他是太笨，抑或是觉着辽国亡得有些太慢，开溜之前，办了一件自毁长城的事。他的女人很多很多，但心爱的只有两个——文妃和元妃。

文妃生子耶律鲁斡，封晋王；元妃生子耶律定，封秦王。晋王为长，是储君。眼看国家就要完了，萧奉先突然生出一个邪念，想让秦王尝一尝当皇帝的滋味。

这个滋味，萧奉先为什么不让做储君的晋王尝，而是要秦王尝呢？

秦王是萧奉先的亲外甥，有道是："肥水不流外人田。"

为了让秦王尝一尝做皇帝的滋味，萧奉先以晋王图谋不轨为名，鼓动耶律延禧杀人。

第一个被杀的是文妃，次之是文妃大姐夫妇。

文妃的妹夫耶律余睹也在被杀之列，因为他正统率着辽国的一支军队，在前线为耶律延禧卖命，逃过了这一劫。

逃过了这一劫的耶律余睹，越想越气，率部降金。

之后，他又率降金的部队折回来攻打上京。金军攻了上京月余未下，他用三天便把上京拿下了，速度之快，连完颜阿骨打都有些吃惊。

拿下上京后，耶律余睹又马不停蹄地以日行一百八十里的速度奔向中京，耶律延禧这才知道害怕。

跑。

带着他那两千多匹驮着金银珠宝的骏马跑到鸳鸯泊（今河北省张北县西北）。他觉着那里荒无人烟，耶律余睹不会再追了。

他低估了耶律余睹的愤怒。

他刚坐下喘口气儿，耶律余睹追来了。

跑，继续跑。

他跑到了西京（今山西大同）。

他跑得快，耶律余睹追得也快。他跑到哪里，耶律余睹就追到哪里。

耶律余睹追到哪儿，哪儿就成了金国的疆土。

耶律延禧也许是想让金国多得到一些疆土，没命地跑，一头扎进夹山（今内蒙古武川西南）。

夹山是一片原始森林，原始的程度超过了女真人早年的居住地渤海国。

如此一个地方，若不是金国第一猛将完颜娄室的阻止，耶律余睹还要追。

耶律余睹虽然回来了，但耶律延禧也失去了与国内的联系。辽国的皇帝虽然还活着,但和没有皇帝一样。

"家不可一日无主,国不可一日无君。"驻守燕京的李处温父子,外联怨军,内结都统萧干,谋立耶律淳为帝。张琳不能阻,遂与诸大臣耶律大石(另译作达什)、左企弓、虞仲文、曹勇义、康公弼等,趋至耶律淳府,引唐朝灵武①故事,劝淳即位。淳不肯从,李奭(李处温儿子)竟将黄袍,强行披之淳身,令百官就列阶前,拜舞山呼。淳退让再三,终不得辞,乃南面即位,遥降辽主延禧为湘阴王,自称天锡皇帝,建元天福,史称北辽,以妻萧氏为德妃,加封李处温为太尉、张琳为太师,改怨军为常胜军,军中之事悉委耶律大石。旋闻宋军来攻燕京,便遣萧习泥烈前去议和。

听萧习泥烈讲了耶律淳称帝的经过,童贯责之曰:"天祚帝尚在,尔等又立一君。这个新君,大宋国不承认!至于拿免去岁币之事,作为大宋国撤兵的条件,更为荒唐!试想,咱家若是灭了尔等这个伪辽,还有人向咱家要岁币吗?"

萧习泥烈明知童贯在强词夺理,但又无法反驳,衔恨而去。童贯也不为意,挥军东北,行了两日,来到雄州,安营扎寨,这一扎便是五日。蔡攸忽接蔡京一书信,阅毕,哈哈大笑道:"这个老头子……"

童贯问:"是蔡相之书吗?"

蔡攸道了一声:"是。"

"书中说了一些什么,引得你哈哈大笑?"

蔡攸道:"他真是老矣,婆婆妈妈的!您看……"一边说一边将书信递给童贯。

童贯接而阅之:

老懒身心不自由,封书寄予泪横流。
百年信誓当深念,三伏征途暍少休。
目送旌旗如昨梦,心存关塞起新愁。
缁衣堂下清风满,早早归来醉一瓯。

阅毕,童贯笑语蔡攸道:"蔡相并非老糊涂了。蔡相精着呢,精得眼睛出气。"

他将书信弹了一弹读道:"'百年信誓当深念''心存关塞起新愁',这两句吗?是劝

---

① 灵武:即唐灵武帝李亨。安禄山造反,直逼长安,唐玄宗李隆基弃都而逃。太子李亨临危受命,前去宁夏招兵买马,抗击安禄山。为了稳定军心,李亨顺从了大臣们的劝告,在灵武即皇帝位,唐朝得以复兴。

咱应当遵守《澶渊之盟》，不要伐辽。也就是说，他反对伐辽。"

蔡攸皱着眉头说道："他既然反对伐辽，为什么直到现在才说，这不是马后炮吗？"

童贯道："他不是在放马后炮，他是在为自己留后路呢，一旦伐辽失败，需要追究北伐的罪魁祸首时，他可以说，他早就反对北伐。"

蔡攸长叹一声道："我不认为老头子聪明，这个后路留得不好。"

童贯问："何以见得？"

蔡攸道："北伐若是胜利了呢？不是'若是'，而是一定能胜利。北伐胜利之后，老头子何以面对你我和胜利归来的将士？"

"何以面对？这样面对。你呀……"童贯复将蔡京之书弹了弹读道："'缁衣堂下清风满，早早归来醉一瓯。''醉一瓯'什么意思？'醉一瓯'就是痛痛快快喝一场酒，这酒可以视为庆功酒，也可视为你们父子团圆酒。老头子在对待北伐这件事，留的可不是一手，是两手！"

蔡攸笑道："看来，老头子是真不糊涂。"

二人正说着，种师道大步流星来到大帐，朝童贯行了一个拱手礼问道："童国公，二十万大军聚集雄州已经五日了，既不进，又不退，是何道理？"

童贯道："等一个人。"

"谁？"

童贯道："武义大夫赵良嗣。"

"等他干什么？"

童贯道："他去燕京招降耶律淳。"

种师道哼了一声道："白日做梦。"

童贯道："你何以这样认为？"

种师道道："末将听说，您在来雄州的路上，耶律淳遣使见您，以免去我朝岁币为诱饵与咱议和。您说耶律淳是伪帝，不与之谈。现在又遣使去招降人家，岂不是自找没趣？"

童贯道："这不叫自找没趣，这叫先礼后兵。耶律淳答应降我更好，若不答应，二十万大军碾压过去，保管叫他玉石俱焚。"

种师道又哼了一声道："你太高看咱的军队了。咱的军队，号称二十万，但真正上过战场的有多少？耶律淳的军队，虽然只有两万多，但这两万多人，哪一个不是久经沙场。而且，他们对我宋人的仇恨，远远大于金人。金人长期遭辽人欺压，金人为了生存，不得不举兵反抗,曲在辽。宋人呢?与辽是兄弟之邦,和平共处了一百多年,家里突然来了强盗,作为他的邻居,不仅不帮他驱盗,反要趁火打劫。我若是辽,宁愿降金,也绝不降宋!"

童贯嘿嘿一笑道:"那是你的想法,让辽人失去家园的是金,而不是咱大宋。所以呀,辽人还是恨金的。目前,他处在宋金的夹缝里,打下去,死路一条。要活命,就得投降,非金即宋。若是我,我会选择宋。"

种师道冷笑一声道:"但愿如此!"说毕,愤然出了大帐。

当天下午,赵良嗣由燕京返回,招降失败。若依宋徽宗密诏,招降失败后,就应当按兵巡边。童贯欺耶律淳兵少,又是战败之师,命种师道、辛兴宗各率兵五万,分两路杀向燕京。

种部以号称"万人敌"的前军统制杨可世为前锋,行至距燕京二百里的白沟河,遭到辽将耶律大石的伏击,大溃。若非种师道赶到,恐要全军覆没。

辛部行至范村,遭到辽将左企弓的伏击,踉跄遁回。

打了胜仗,且是以少胜多,北辽的文武百官,涌上大殿,向耶律淳庆贺。耶律淳就像当年的楚庄王一样,面上并无喜色,且喻之宰相张琳:"卿可带羊一千只、酒一千坛,前去犒劳宋军。"

张琳以为听错了,瞪着双眼反问道:"您让臣去犒劳宋军?"

耶律淳将头点了一点。

张琳道:"他们可是咱们的敌人呀!"

耶律淳道:"朕岂能不知!宋人和金人虽然都是咱们的敌人,但金人是大盗,他是要把咱大辽的土地、人口、财物,一概抢到怀里。宋人只不过是一个爱占便宜的坏邻居,想趁着盗入我室的时候,抢几个宝物。咱的任务是驱盗、杀盗。如果咱连宋人一块儿杀,那是把宋人往金人那边赶。这一赶,又多了一个大盗。咱得感化宋人,感化了宋人,就少了一个劲敌。"

张琳笑道:"陛下这样想,可谓高瞻远瞩。但臣觉得,那宋人怕是感化不了!"

"为什么?"

张琳道:"南朝(宋)君昏臣庸,鼠目寸光。领兵的童贯,又是一个无根之人。他一门心思,是如何趁盗入我国的时候,多抢一些宝贝。如今,宝贝没抢到,又被我打了一个落花流水,对我恨之入骨。不会因为咱送他一千只羊、一千坛酒,就和咱们握手言和!"

耶律淳笑驳道:"卿别小看了这一千只羊、一千坛酒。南朝乃礼仪之邦,把面子看得很重,朕曾听朕的汉人老师讲过这样一个故事。"

——汉人老师的村里,一户姓冯,一户姓查。姓冯的拥有良田百顷,姓查的只有几亩薄地,姓查的缺米缺面的时候,只要去冯家借,没有不给的,而且借多少给多少,常常是有借无还。姓查的母亲患了肾水肿病,郎中说,用冬瓜炖汤喝可治,但得长期服用。种冬瓜的,方圆二三里,只有姓冯的一家。查某不好意思找冯某借冬瓜,二更以后,背了一个背篓,跑到冯某地里,刚刚摘了一个,放到背篓里,冯某突然出现,他拔腿就跑。冯某越喊,他跑得越快。正在家里喘气,有人敲门,隔着门缝一看,见是冯某,还背着背篓,说啥也不开。冯某见他不肯开门,放下背篓走了。查某打开门一看,那背篓里装了三个冬瓜,高出背篓半尺,查某又羞又愧,自缢而死。

张琳叹道:"听了您这个故事,臣无话可说,但愿童贯是那个查某人转世!"

童贯不是查某,张琳携着羊酒,不远百里来犒劳宋军,他却拒收,还黑着脸说:"白河、范村之战,我死伤了五百多名弟兄。这五百多弟兄的命,才值一千只羊、一千坛酒吗?回去告诉你们皇上,血是要用血来还的,送客!"

张琳刚一转身,忽听种师道高声说道:"张相,请您在帐外稍等片刻。"

张琳将头点了一点。

待张琳出了大帐,种师道双手抱拳道:"童国公,咱打北朝,反被北朝打败。如果北朝乘胜追击,后果不堪设想。北朝不但不追咱们,反送酒送羊犒劳咱们。此等胸襟,令人钦佩!再之,通过白沟、范村之战,已经看出,我军非能战之师,不经过一番整顿、严训,绝非北军对手。依末将之意,咱先与北军握手言和,回到驻地,对部队严加训练,待战斗力提高之后,如果皇上还想收复燕云十六州,再来一个北伐,也不为迟。"

童贯将右手一连摇了几摇说道:"你说这个法不行。咱兴师动众率二十万大军北伐,两战两败,还死伤了五百名将士,就此收兵回朝,怎么向皇上交待?咱两战两败,不是咱的将士不能打,比如你,威镇西北多年,夏人闻风丧胆,能说你不能打吗?再如辛兴宗,把方腊都生擒了,能说他不能打吗?咱两战两败的原因,乃是轻敌所致。咱不再轻敌,不就得了!"

种师道长叹一声,掉头出帐,对张琳说道:"对不起,耽搁了你的时间。"

张琳还一礼道:"就凭你这一句话,鄙人也该说一声多谢!告辞了。"

耶律淳见宋人不肯议和,叹道:"看来,我北朝气数尽矣。"

耶律大石趋前奏道:"陛下实在想与南朝议和的话,臣倒有一个法儿。"

耶律淳如同溺水之人发现了一根稻草,盯着耶律大石道:"什么法儿?请讲。"

耶律大石道:"南(朝)帝好色,爱上了一个叫李师师的妓女,咱可以找一找李师师,让她劝说南帝罢兵,南帝不会不听。"

耶律淳道:"这法儿倒也不错,只是,有没有途径可以找到李师师?"

耶律大石道:"有。"

"什么途径?"

耶律大石道:"通过南朝提举大晟府的周邦彦。"

耶律淳脱口赞道:"他可是一个大词人呀,'有词家之冠'之称。哎,你认识他?"

耶律大石道:"不只认识,还有师生之谊。"

耶律淳来了兴趣:"讲来听听。"

耶律大石道:"臣年轻时,曾受遣去南朝读太学,因慕周邦彦之名,经常向他请教写词。臣高中状元后,周邦彦常拿曾教过臣这件事炫耀。"

耶律淳道:"你能找到周邦彦,可周邦彦和李师师又是什么关系?"

"红颜知己。"

耶律淳哈地一声笑了:"李师师是妓女,操的是皮肉生意。周邦彦是嫖客,他俩有关系也许是真的,但绝对称不上红颜知己。"

耶律大石道:"李师师不是一般妓女,不只有才,还多情。她十分仰慕周邦彦,不只从未要过周邦彦的嫖资,还时不时接济周邦彦。她和周邦彦的事被南帝发现后,南帝勃然大怒,把周邦彦贬出朝廷,她不只为周邦彦送行,还为周邦彦辩解,才使南帝收回了诏命。"

耶律淳颔首说道:"诚如卿之所言,周邦彦如果为咱说话,李师师不会不听,那就请卿辛苦一趟了。"

耶律大石携黄金六百两,连夜去了汴京。周邦彦听他说明来意,满口答应:"为师这就去找李师师。"

耶律大石问:"您觉着师师会帮俺北朝说话吗?"

周邦彦道:"会。"

"何以见得?"

周邦彦道:"对于北伐这件事,朝中有识之士俱都反对。"

"为什么?"

周邦彦道："我大宋乃礼仪之邦,与北朝为邻,盗入邻家,我大宋不但不救,反趁火打劫,有损礼仪之邦盛名。再之,我大宋出动二十万大军北伐,反被不足三万人的北朝军打败,还伐的什么?"

耶律大石叹道："看来,南朝不缺明白人!既然不缺明白人,学生斗胆说句夸嘴的话,我朝的军队打金人不一定行,但打你们南军还是蛮有把握的,就说这次宋辽白沟、范村之战,我军若不手下留情,南朝死伤的绝对不是五百人。"

周邦彦问："既然你朝打我朝这么有把握,你们为啥还要屈尊向我朝议和?"

"若是不与南朝议和,我们将会腹背受敌!"

周邦彦颔首说道："我明白了。"

耶律大石道："还有一点,也请恩师给师师讲一下。"

周邦彦道："你说吧。"

"金乃未曾开化之邦,一身野气,还特别贪婪,他们现在进攻的目标是我北朝,一旦我北朝为金所灭,下一个目标就是你们南朝了。你们南朝的军队,连我们都打不过,岂是金人对手!所以,帮我北朝,就是帮你们自己。"

周邦彦颔首称是。

宋徽宗虽然霸占了李师师,但也只是夜里。白天的李师师想干什么,还干什么,这就让周邦彦有了可乘之机。

两天后,师师传话周邦彦,朝廷不只命童贯班师,还要追究两次战败的责任。耶律大石谢过周邦彦,连夜回燕京复命去了。

童贯接到宋徽宗要他班师的手诏,不敢不听,与蔡攸相偕还朝,把两次兵败的责任,全推到种师道身上,说他通房阻兵,方有白沟、范村之败。徽宗不问真假,贬种师道为左卫将军,勒令致仕。

宣和四年(1122年)六月,耶律淳暴病而死,萧干等奉萧皇后为皇太后,主军国事,遥立天祚帝次子秦王耶律定为皇帝,改元德兴。

越日,萧干密奏萧太后,说李处温暗通金人。萧太后降懿旨一道,将李处温父子处死。自此,萧干专政,人心颇贰,消息传到汴京,童贯、王黼,又动起了北伐的念头,联袂去见徽宗:"陛下,收回燕云十六州,是您的夙愿。臣等无能,上次北伐,未能让您如愿,臣等想再来一次北伐,这一次一定能把燕云十六州给您收回来!"

徽宗笑微微地问道:"何以如此肯定?"

童贯道:"原因有二,第一,北辽女主当国,萧干专政,人心涣散,军无斗志。第二,上次北伐，不是败于北辽，乃是败于内奸，今内奸已除，万众一心，无往而不胜。"

徽宗道："诚如卿言，这一次北伐，一定能成功。但是，朕担心一些大臣，会在背后嚼朕的舌根。"

童贯、王黼异口同声道："他们嚼您什么舌根？"

"说我大宋，乃礼仪之邦，却干一些不仁不义、趁火打劫之事。"

童贯道："说这话的人，就是当代的宋襄公，假仁假义，腐，腐透了！"

王黼道："依臣看，说这话的人，比宋襄公还坏，绝不是腐的问题。"

徽宗问："那是什么？"

王黼恨声说道："也许是妒忌您，不想让您超越先帝；也许是暗通辽国，彻头彻尾的卖国贼！"

徽宗颔首道："卿说的有道理。卿不妨说一说，这一次北伐，何人为帅？"

王黼道："仍以童国公和蔡攸为帅如何？"

徽宗道："可。种师道的缺，由何人来补？"

童贯抢先回道："刘延庆？"

徽宗颔首说道："行，刘延庆是一员战将，那就让他来取代种师道吧。"

北伐。

北宋末年的第二次北伐，也是最后一次北伐，于宋宣和四年（1122年）七月，拉开了大幕。

北宋第一次北伐，金人正忙于巩固所占之地。

那时，辽之疆土，大多为金人所占。这些被占领疆土的辽人，时降时叛，使金人颇感棘手。尤其西京诸州，辽人残余势力尚未肃清，他们无暇顾及燕京，北辽两败宋师之事，亦不知晓。待他们将塞外诸州基本平定之后，这才想起北宋伐燕（京）之事，忙遣使来汴，请宋遵守宋辽《海上之盟》。

何为《海上之盟》？

北宋末年，宋廷遣使自山东登州（今山东蓬莱）泛海赴金，签订了共同灭辽复燕（今北京市）的军事合作盟约。

盟约规定，金取辽中京大定府，宋取辽南京析律府，辽亡后，宋将原给辽之岁币转纳金国，金国同意将燕云十六州归宋。

为什么要泛海赴金，因为宋金中间隔着一个辽国，走陆路的话需经辽国，而宋金结盟之事又不能让辽国知道，只有通过航海来实现。故而，这个盟约称之为《海上之盟》。

徽宗对这一次的北伐十分自信，不想让金国节外生枝，答应遵守《海上之盟》。送走了金使，遣高俅为使北上，督促童贯北伐。

童贯这一次伐辽，居然用上了孙武兵法——不战而屈人之兵。命人拟檄文一道——《讨北辽檄》，印之上万，广为散发。檄曰：

> 天祚失国，女政不纲，百万宋师压境，燕京以南，必归中国，男儿欲取斗大金印，可早日归宋。

檄文所到之处，辽军人心浮动，就连易州守将高风、涿州守将郭药师，亦率领所部，及涿、易二州版图，诣童贯处乞降。童贯大喜，立即表奏朝廷，有诏授高风知易州；授郭药师为恩州节度使，令所部归刘延庆节制。

高风不见经传，降也就降了。郭药师这一降非同小可。

郭药师所率领的军队，是北辽战斗力最强的军队——原之怨军，今之常胜军，引得宋军一片欢呼。

辽国完了！

辽国彻底完了！

得出这个结论之后，童贯命刘延庆将军十万，以郭药师的常胜军为前驱，由雄州出发，直扑燕京。

三十七　四问刘延庆

耶律大石飞骑而至,率领军民,与宋军展开巷战,宋军虽勇,越战越少……

赵良嗣硬着头皮,再次使金,尚未到达上京,金已兵分三路,进攻燕京。

金军盘踞燕京半年之久,能杀的全杀了,能抢的全抢了,能烧的也都在篝火之夜烧了……

萧太后听说宋军二次来伐,自知不敌,忙遣使奉表,向宋称臣。

童贯不允。

童贯为什么不允?

他被胜利冲昏了头脑。

不费一兵一卒,只靠一张檄文,便得到了两座城池和一支强大的军队。我要的不是你向我大宋称臣,我要的是辽国如何在地球上消失!

狂妄!

狂妄是要付出代价的。

刘延庆虽然久为边将,并不知兵。其军军纪涣散,行军前无侦骑,中无队形,后无防备。先锋范琼,连枪都懒得扛,由亲兵代劳。马也懒得骑,与步兵混在一起,嘻嘻哈哈,仿佛游山玩水一般。几个老将实在看不下去,便提醒范琼:"如此行军,遇到偷袭,不说打仗,恐怕连跑都来不及。"引来范琼一阵冷笑:"尔等太不知道敌情了,自我军不允辽降,燕京辽人自知没有生路,每日以泪洗面,哪有心搞偷袭呀!大家只管放心地大胆前进,只要看到燕京城,就是胜利。"

走啊走……

不,玩着走着,走到良乡(今属北京市),突然窜出一支辽军,为首之将,乃是萧干,辽军朝着宋军又刺又砍,吓得宋军魂不附体,掉头而逃。范琼本想上前迎战,却找不到扛枪的亲兵,心中害怕,脱下衣甲,逃命去了。后因西北军大将杨可世、高世宣率部赶来,才反败为胜。

"追!"杨可世命令道。

追了数里,接到刘延庆命令,让他停止追击,把杨可世、高世宣气得直跺脚。

刘延庆命宋军就地安营扎寨,杨可世忍无可忍,问他:"为什么不让末将追击辽军?"

刘延庆振振有词地回道:"兵法云:'知己知彼,百战不殆。'我已遣谍人前去燕京打探敌情,待谍人回来,再决定如何对敌。"

摇头。

摇头的不只杨可世和高世宣,郭药师也在摇头。

三天后,谍人还报:"说萧太后听信谗言,以为耶律大石暗结宋军,把耶律大石罢官系狱,城中一片混乱。"

刘延庆问:"萧干呢?"

谍人回道:"驻军永清县,以备我军。"

刘延庆将手一挥,支走了谍人,背负双手,在帐内踱来踱去。郭药师献计曰:"将军,据末将所知,燕京城的军队也不过两万余人。萧干带出的这一支部队,当有一万。您把咱的军队,再往前开一舍之地,就可把萧干之辽军拴住。末将呢,愿带一支骑兵,潜攻燕京,将军可令光世(刘延庆之子)率师接应,里应外合,燕京必克!"

刘延庆想了一想道:"此计可行。"遂遣杨可世、高世宣与郭药师一道,引兵六千,乘夜渡过卢沟桥,日夜兼程。此事为辽谍侦知,飞报萧太后,萧太后忙召集城中军民,登城防御。

晨光熹微时,宋军攻克了迎春门,遣人谕萧太后投降。萧太后冷笑一声,从玉口里吐出两个字——"休想!"

她遣使去牢房,释了耶律大石,命他前来擒王。耶律大石不计前嫌,飞骑而至,率领军民,与宋军巷战。宋军虽勇,愈战愈少,盼得两眼发涩,盼来的却不是刘光世,而是萧干。

萧干一出现,郭药师就知道完了。

不只郭药师,连杨可世、高世宣也意识到了,莫说生擒萧太后,能否活着走出燕京城,还是一个未知数。

杨可世、高世宣、郭药师经过短暂商议,决定撤兵。

三十七　四问刘延庆

攻城不易,撤退亦不易。进城的门,已被辽军关闭,且有重兵把守。宋军攻了几次,也没有攻下。

急切中,宋军打起了城墙的主意。他们把绳子拴在城头上,一个个往下顺。顺了不到五百人,辽军杀了过来,未来得及顺下城的,全做了辽人刀下之鬼,连高世宣也未能幸免。

这一战,宋军死了五千五百人,这个数目不小。但辽人死亡的人数还不止五千五百人。

同样是死,死同样的人数,宋军能死得起,辽军死不起。

刘延庆若是一个正经东西,不说追究他儿子玩失踪的责任,就是把他那九万四千五百大兵碾向燕京,也会把燕京城碾扁,可他却躲在大帐里不肯露头。

不解。

此为实在让人不解。

反观耶律大石,可用之兵,仅一万余人,留下一半守城,自带一半潜出燕京城,劫宋之粮车。

成功了。

他不只成功了,还生擒了宋之运粮官王渊和两名士兵。

耶律大石命从人将两名宋兵用绳索捆了,并用布条蒙上眼睛,羁押在中军大帐。捆前,耶律大石特意交行,要捆松一点。松到什么程度?松到他们能勉强自解其缚。

负责捆绑宋人的辽兵很纳闷,耶律将军这是要做什么?若是这个捆法,不等于要放他们一马吗?

既然放他们一马,何不直接把他俩放了,还能落一个好!

尽管纳闷,也没敢问,遵命而行。

耶律大石要干什么?

他要玩一招"蒋干盗书"。

吃晚饭的时候,耶律大石突然对亲兵说道:"爷今天高兴,特想喝酒。去,炒几个好菜,取一坛好酒来。"

亲兵还没抬腿,耶律大石又道:"把右相左企弓、参政虞仲文请来,陪爷喝酒。"

亲兵道:"好。不过,他俩一来,这一坛酒是不是有些少了点?"

耶律大石道:"那就取三坛吧。"

不一刻儿,左企弓、虞仲文来到中军大帐,一人一只碗,斟满酒对饮。不到半个时辰,将三坛酒饮完,辽卒又去抬来三坛,只喝了一坛,俱都醉了,醉得连话都说不囫囵。

越说不囫囵越要说。

左企弓吐吐拉拉说道:"耶……耶律枢……枢密,您,您说,萧太后会……会……会不会说话不……不算数?"

耶律大石道:"不……不会。你别看她……她……她是一个女……女流……女流之辈。她向来敢……敢作敢为!"

左企弓喜道:"既然这……这……这样,咱仨那王爷,当……当定了!"

耶律大石道:"别……别胡言乱语。"

左企弓道:"我这不……不是乱……乱语。出征前……前,萧太后亲口对我说,只要能打……打败宋……宋……宋军,就……就封咱仨为王。"

耶律大石道:"别……别胡说了,宋军兵……兵强马壮,能……能是轻易打……打得败的?"

左企弓道:"您别骗……骗我,您已经胸……胸……胸有成竹了!"

耶律大石道:"什么胸……胸……胸有成竹?只不过咱……咱们集……集结的军队,比……比宋军多……多了一些。"

左企弓道:"什么多……多了一些。咱集结的军……军……军队,是宋军的三……三倍。明天三……三更,就是宋……宋军的末日!"

耶律大石道:"你不说我……我……我差点忘了。明天三……三更,张宰相他……他……他们,分兵三……三路,袭击宋……宋军的时候,举火为号,咱千万不要忘……忘了。天……天不早了。这酒咱不……不能再……再喝了。"

他一边说一边站起来送客。

左企弓、虞仲文亦站起来,走了两步,双双跌倒在地。耶律大石弯腰搀扶,亦跌倒在地,几个亲兵忙趋了过来,两个人搀一个,将他们搀了出去。

中军帐里,看押宋兵的两个辽兵,见耶律大石离开了中军帐,忙去抢喝剩酒,不一刻儿,也都醉了,醉得东倒西歪。歪着歪着,倒在地上,梦起了周公。那个捆得较松的宋兵暗喜,自褪其索,又为另一宋兵解开身上绳索,二人潜出军帐,飞奔回营,向刘延庆报信。

刘延庆听了小兵之言,惶惶不可终日,到了第二天三更,遥见火起,疑是辽兵来犯,烧营急遁,士卒自相践踏,死亡过半。耶律大石纵兵追至涿水,方才退归。

呸!

北辽如果真的有三倍于你的兵力,那燕京城还能让你六千人攻破?

三十七 四问刘延庆

还有,北辽既然要搞偷袭,岂能在中军帐里大声小气地谈?

还有,他房了你的小兵,哪里不能关押,偏偏要关在中军大帐?而且,还能让小兵自褪其缚逃生!

还有,即使你真的认为辽军有三十万,真的认为辽军要偷袭你,你就该早做准备才是,甚而来一个反偷袭。可你,不但不备,遥见了火,便烧营而逃。此为,遍查中国历史,除了你刘延庆,恐怕再也找不出第二个人!

消息传到汴京,回京述职的张叔夜作诗一首以讥之:

痴心只望复燕云,庸帅何堪领六军?
一败已羞偏再败,寇氛从此益河汾①。

童贯二次北伐,一败再败,眼见得收复燕云十六州无望,退兵吧,又怕朝廷怪罪。想了又想,密遣赵良嗣出使金国,请其夹攻燕京。

此时,金国已将塞外诸州摆平,正想南下灭(北)辽。见宋使来到,心中暗喜。宋使到达金国的第三天,阿骨打在行宫召见了宋使,一见面便是一顿训斥:"前年,汝国与我大金相约,一同出兵伐辽,至期而不至,朕遣使赴宋催促,汝国把朕使晾在一边,长达七八个月。朕对汝国甚为失望!"

赵良嗣拜曰:"大王所责甚是。但是,我朝并非有意失期,概因民贼方腊作乱,回兵讨之,还请大王谅之。"

阿骨打将手一摆说道:"失期的事,咱不再说了。朕问汝,汝国两次北伐,连一个燕京都拿不下,朕若发兵攻燕,燕唾手可得。朕若拿下燕京,这燕京就应当归朕所有,汝说是不?"

赵良嗣将头使劲摇了一摇说道:"大王此言,外臣不敢苟同!"

"为什么?"

赵良嗣道:"《海上之盟》写得明明白白,宋金联手灭辽之后,原汉地燕云十六州归宋所有,宋每年给辽之岁币,如数给金。"

阿骨打道:"汝说的话,确实写在《海上之盟》上。但是,写这话的时候,有个前提——宋金联手灭辽。试问,朕在灭辽的过程中,汝国可是出过一兵一卒?"

---

① 河汾:黄河与汾水的并称。亦指山西省西南部地区。

赵良嗣分辩道："自大王起兵反辽，我朝便站在贵国一边，至今已经五载。若非我朝与贵国遥相呼应，牵制辽人，贵国能安取辽之四京吗？再之，自今年四月，我朝两次出兵北伐，与北辽干了数仗，怎能说我朝未出一兵一卒？"

阿骨打冷笑道："汝国干一仗，败一仗，连朕都为汝军脸红！"

赵良嗣道："胜败乃兵家常事，何况，我朝并非一无所获，至少，连取北辽涿、易二州。"

阿骨打道："汝国既然从北辽手中夺了涿、易二州，这二州自当归汝。其他州嘛，看在汝国有'呼应'之功，顶多再给汝国一京（燕京）及山前四州——蓟、景、檀、顺。"

赵良嗣抗争道："《海上之盟》许我朝的可是燕云十六州，如今只许山前六州，且不说那涿、易二州，还是我朝自己打下的。大王这么做，分明是背约！"

阿骨打勃然大怒道："什么背约，真正背约的是汝国。"

赵良嗣分辩道："那是前年，内中原因外臣已经给大王讲了。"

阿骨打道："不管哪一年，首先背约的是汝国，朕再说一遍，六州（含涿、易）之外，寸土不与！"言毕，起身入内。

赵良嗣怏怏退出，返报徽宗。徽宗命赵良嗣再去金国一趟，告诉金人，宋不再坚持燕云十六州之事，但是，除了燕京、蓟州、景州、檀州、顺州、涿州、易州之外，再增营、平、滦三州。

赵良嗣硬着头皮，再次使金，他尚未至金，金已兵分三路，进攻燕京。萧太后闻之，非常恐慌，连续五次上表金国，求立秦王定，愿为附庸，阿骨打不允。萧太后万般无奈，只得遣兵把守居庸关。

金兵抵达居庸关下，尚未开战，关内崖石无故坍下，压死多人。这只是一次普通的山体滑坡，但辽军将士认为这是天要灭辽，惊惶而走，金兵越过居庸关南进。尚未抵达燕京，辽统军都监高六，出城降金。

阿骨打闻燕京已得，策马急驰而至，从南门入。北辽相张琳、左企弓，参政虞仲文、康公弼，枢密使曹勇义等，奉表诣金营请罪，阿骨打一概宽免，令守旧职。萧太后与萧干、耶律大石等，乘夜出奔，自古北口趋天德。至此，辽之五京，均为金有了。

赵良嗣听说阿骨打去了燕京，忙掉头追赶，见了阿骨打，重提归还燕云十六州之事，阿骨打仍持前说。

不只仍持前说，还要将燕京田赋留为己用。赵良嗣反问道："有土地必有赋，土地既然归了我朝，哪有将田赋另归贵国之理？"

阿骨打怒道："你一个小小宋使，能当什么家，你走吧，朕遣使自去和你们皇帝谈。"说毕，又来一个起身入内。

赵良嗣又是一声长叹，打道回国。

一个月后，金使李靖入汴，徽宗命王黼、赵良嗣与金使商谈，双方几经争辩，草拟了一个盟约——（一）将宋给辽岁币三十万，转遗金邦。（二）每岁加给燕京代税钱八十万缗。（三）彼此贺正旦生辰①，置榷场交易。（四）燕京及山前山后十五州归宋。草拟盟约由金使带回，赵良嗣硬着头皮，随金使再赴燕京。

阿骨打将草拟盟约仔细看了一遍，又作了一些修改，交给赵良嗣："就这么定了。"

赵良嗣接过草拟盟约，见所改之处有三，第一，把草约（一）中的"转遗金邦"，改为"转贡金国"。第二，把草约（二）中"每岁加给燕京代税钱八十万缗"，改为"一百万缗"。第三，把草约（四）改为，"燕京及山前六州归宋，山后诸州，及西北接连一带山川，概为金有。"

赵良嗣再拜说道："大王，这个草约，是我朝宰相与贵国使者反复商议才定，依外臣之见，还是维持原约为好。"

阿骨打把双眼一瞪斥道："既然维持原约为好，你们还把草约送朕干什么？既然送了朕，朕就有权改！"

赵良嗣满脸赔笑道："您当然有权改了。但是，外臣有几点想法如鲠在喉，不吐不快。比如，草约（一）中的'转遗金邦'一语，大王认为'金邦'二字不合适，可以改为金国，至于'转遗'二字，就不必改了吧。"

阿骨打想了一想道："也好。"

赵良嗣心中暗喜，到底是蛮夷之邦，"转遗"和"转贡"，学问大着呢。"遗"者，赐与也；"贡"者，献也。属国或臣民向君主献东西谓之贡。只要这一条改过来，其他都是小事。小事也得争。

他再拜说道："谢大王。草约（二）中的代税钱，再加二十万是不是有些多了？"

阿骨打道："多什么多？每年，汝国从燕京征的税，不会少于一百五十万缗，朕还少要了五十万缗呢！"

赵良嗣轻叹一声道："诚如大王所言，燕京可以征税一百五十万缗，但贵国拿走了一百万缗，这燕京还姓宋吗？"

---

① 正旦生辰：正旦，农历正月初一。生辰，皇帝生日。

阿骨打一脸不悦道:"汝国若是以为亏了,那就让燕京姓金,朕每年给汝国一百万缗!"

赵良嗣苦笑一声道:"此事干系重大,外臣做不了主,待外臣上奏俺家天子后再定好吗?"

阿骨打将头点了一点。

"《海上之盟》明文规定,宋金联手灭辽之后,燕云十六州归宋所有。如今,大王只同意归宋燕京及山前六州,宋已经亏了。再把'山后诸州,及西北接连一带山川,概为金有',似乎说不过去。"

阿骨打道:"山后诸州,虽属燕云十六州,但朕已经说过了,不能给宋。连山后诸州朕都不同意给宋,'西北接连一带山川',就更不能给了。"

赵良嗣还想再争,阿骨打摆手说道:"你不要再说了。你一个小小使者,朕不只召见,还与你谈了这么久,已经给足了你面子。签约的事,还有什么想法,你和李靖直接谈。"说毕,起身入内。

赵良嗣朝李靖拱了拱手道:"草约的改动较大,我做不了主,我这就回汴,上奏俺家天子,少则二十天,多则一个月,再来相见。"

李靖还了一礼道:"路上多多保重。"

赵良嗣回到汴京,见了王黼,将燕京之行,如实做了汇报。翌日,王黼独自面奏徽宗:"金主对草约改了两点,加了一点。"

徽宗问:"加了一点什么?"

"把燕京的租税,由八十万缗加为一百万缗。二十万缗,对咱来说九牛一毛,臣意,加就让他加吧。"

徽宗道:"好。他改了两点什么?"

"第一点,把金邦改为金国。其实,人家立国已经五年了,称金国更合适。"

徽宗道:"那就让他改吧,第二点呢?"

"把草约(四)改为,燕京及山前六州归宋,山后诸州,及西北接连一带山川,概为金有。"

徽宗道:"这事涉及领土,不能同意。"

王黼道:"这事,是涉及领土。但是,咱已经答应,山后诸州归金,那接连的山川,多为不毛之地,有它不多,无它不少,为这事和金国闹翻,有些不值。"

徽宗想了一想说道:"那就给他吧。"

三十七 四问刘延庆

赵良嗣奉了王黼之命,再次赴燕京。阿骨打乃使李靖,赍了誓书,及割让燕京及六州约文,呈给宋廷。

和约签订后,宋人长出了一口气。

李靖突然冒出一句:"南朝陛下,燕京是我朝去年年底打下来的,岁贡嘛,应该从去年开始算。"

徽宗问王黼怎么办,王黼道:"头都磕了,也不欠一个揖,给他!"

李靖一句话,一百万两白花花的银子到手,带着意外的兴奋回去了。阿骨打见宋人如此好说话,便想方设法拖延交割时间,先是说宋朝的国书写得不正规,得重写。后又说辽国是女真人的死敌,但有不少辽人逃到了宋国,在交割前宋国得把这些人交给金国。

宋廷不敢不听,把一些逃亡宋朝的辽人,抓了几百个交给金国。

金人如愿之后,又提出了新条件:"辽国的天祚帝、萧太后、耶律大石等人还没抓到,若在这时归还燕京,会给宋人留下隐患。这样吧,待我朝替你们抓到他们后,再交割。"

还没等赵良嗣接腔,金人又说:"替你们抓人可以,但粮草你们得供应,俺们也不问你们多要,只要二十万石粮、四十万束草。"

赵良嗣飞书上奏朝廷,朝廷回书曰:"粮草可以如数给金,人我们自己抓,只求早些儿交割。"

金人也觉着,敲得差不多了,便道了一声"可"字。

到了交割燕京的那一天,宋人将金人所要之粮草如数送到金营,方才兴冲冲地去接收燕京。迎接他们的不是鼓声,也不是箪食壶浆。

是什么呢?

是没完没了的幺蛾子扑面飞来,是数不尽的残垣断壁和狐狸穴处。

何以这样?

金军盘踞燕京半年之久,能杀的全杀了,能抢的全抢了,能烧的也都在篝火之夜烧了……临行前,又将燕京的年轻女子掳走了三千人。

不只燕京,宋人从金人手中接收过来的擅、顺、景、蓟诸州,也是幺蛾子扑面……

童贯、蔡攸等人接收了燕京及山前六州之后,奏歌而还,且上奏徽宗道:"燕京及山前六州百姓箪食壶浆,夹道以迎王师,焚香以颂圣德。"

徽宗信以为真,改燕京为燕山,并大封"功臣",参与光复燕山的官员,除了刘延庆父子,全升了官。

童贯,迁广阳郡王;

王黼迁太傅,赏玉带,位列三公;

蔡攸,迁少师,位列三少①;

赵良嗣迁延康殿学士;

高俅迁庆远军节度使,兼河北、河东、燕山路宣抚使,知燕山府。

郭药师迁检校少保,同知燕山府事。

也许觉得对郭药师封赏不够,第二天,徽宗又内降一诏,宣郭药师入京面圣。

郭药师进京后,徽宗不只赐他甲等姬妾,又命朝中大臣轮流宴请,还在延春殿召见。郭药师且拜且泣道:"臣在房中,闻陛下如在天上,不意今日得觐龙颜。"

徽宗大喜,极加褒奖,并谕他捍守燕山,作为外蔽。

药师忙答道:"愿效死力。"

徽宗又命他追取天祚帝,药师竟变色道:"天祚帝系臣故主,臣不敢受诏,请转命他人。"言下涕泣如雨。

徽宗不但不怒,反脱口赞道:"真忠臣也!"自解所御朱袍及二金盆,赏给药师。

药师拜受出殿,将金盆分给部众,且语众道:"此非我功,乃是汝等劳力至此,我怎得坐享厚赐呢!"这话传到徽宗耳中,对郭药师的好感又加了许多,传旨一道,加封药师为太傅。

这一加,官位还在蔡攸之上,郭药师怕引起同僚忌妒,三次上书求辞,徽宗不允,这才带着一腔感激,两行热泪,返回燕山。

自赵匡胤立国,到宋徽宗宣和五年,凡一百六十五年,北宋所封异姓王,也就二十几个,这些人,除了柴宗训之外,不是开国元勋,诸如赵普、王审琦、石守信、高怀德、慕容延钊、曹彬等等;便是皇帝丈人、舅舅,诸如审进(太祖舅)、潘美(真宗丈人)、李英(真宗外公)、郭守义(仁宗内弟)、刘通(仁宗舅父)、李用和(仁宗舅父)等等;再不就是与朝廷有大功焉,诸如王安石、韩琦等等。

这些异姓王,大都还是死后追封的。

太监得以封王的,查遍中国历史,唯童贯一人!

童贯高兴,但有人比童贯更高兴。

---

① 三少:也称"三孤"。即少师、少傅、少保,为三公的副职。

这个人便是宋徽宗。

灭吐蕃、败西夏、平内乱、复燕云……这些丰功伟绩,超越了包括宋太祖在内的所有先帝。

他的丹青文采,不只超越了他的所有先帝,也超越了历史上任何一位皇帝。

不只皇帝,包括有史以来的所有君王!

斯人斯事,应当刻碑勒石纪之。

于是,他便命王安中作《复燕云碑》文,勒石以记之,其碑立在延寿寺中。

他觉着,仅勒石还不够,还得大庆,让普天下的百姓与他一块儿享受快乐。

转眼,到了冬月。过了十二月初一,他就开始预赏元宵节。

元宵节的主题是看灯(张灯、观灯、赛灯),主食是汤圆,还有各种盛大演出。

宋人爱玩、爱热闹、爱娱乐,把一年一度的元宵节看得很重。为了办好灯展,自头年腊月十五就开始"预演""预赏"。"预演""预赏",就像现在的春节晚会一样,正式开演前,对所有节目来一次"预演",即带妆彩排。

三十八　花无百日红

少妇庆翠，领到御酒后，细品慢饮。趁人不注意将酒杯偷偷塞到怀里。

面对如狼似虎的金军，平州军民硬是撑了半年，莫说粮食，连耗子都吃光了。

徽宗，你不管他多么好色，多么昏庸，他有他的用人原则——"花无百日红"。

由于皇帝的重视，这一年的上元节特别热闹，好玩、有趣。

汴京成了灯的世界，女士们头上顶着灯，男士们头上戴着灯，小孩们手里挑着灯，纷纷走上街头，看灯、赏灯。

此时，汴京最亮眼的地方当数潘楼街和御街。

潘楼街是一条东西大街，位于皇宫南门之宣德门外。

潘楼街南侧有一条一眼望不到边的隔离带，隔离带中安放着全国最大的灯——棘盆灯。

棘盆灯由无数盏灯组成，好似一条长龙。

从宣德门到州桥是一段南北大街，俗称"御街"。"御街"两旁也各有一条一眼望不到边的隔离带，隔离带中架设灯山。灯山高七丈，灯山上有走马灯、皮影灯、神仙灯、龙凤灯，灯山两旁又各有一尊菩萨灯，二菩萨身高数丈，眼放金光。二菩萨各竖一只手掌，指尖里分别喷出一股清水，好像五股瀑布一般，倾泻而下。

人如潮，灯如潮，欢声笑语亦如潮。

正月十五，戌时三刻，宋徽宗携嫔妃、皇子及宰相、副相、枢密使、六部尚书、翰林学士等，驾幸宣德门城楼。

城楼下，游人见皇帝到了，万岁万岁的呼声，响彻云霄。徽宗一高兴，便命人在宣德门上向游人撒钱，看到游人抢钱的情景。王安国触景生情，当即赋词一首——《撒金钱》，献给徽宗。词曰：

频瞻礼，喜升平，又逢元宵佳致。灯山高耸翠，对端门珠玑交制，似嫦娥降仙宫，乍临凡世。恩露匀施，凭御栏，圣颜垂视。撒金钱，乱抛坠，万姓推抢没理会。告官里，这失仪，且与免罪。

徽宗站在楼上看到人群哄抢地上的铜钱，眉开眼笑。李邦彦献媚道："太平无事，国泰民安，似这等放灯撒钱，恐怕尧、舜、禹、汤的时候，也不及今日的陛下。"

徽宗笑道："朕怎敢比尧、舜、禹、汤，不过，趁此升平之日，与民同乐一回罢了。"

"父皇！"太子赵桓皱着眉头劝道："尧、舜、禹、汤，崇尚节俭，哪有撒钱之举？君主与民同乐，靠的是治理好国家，并不是靠撒钱取悦于民。李邦彦以撒钱这种无聊的事情将父皇比作尧、舜、禹、汤，实是居心不良。请父皇治李邦彦阿谀奉承之罪！"

徽宗瞪了赵桓一眼，赵桓欲言又止。

徽宗不听赵桓之谏，反命光禄寺官员，置酒于宣德门前："凡看灯者，休问老少尊卑、高贵贫贱，皆可到宣德门前，饮御酒一杯。"

一时间，人头攒动，摩肩接踵，等候饮御酒的百姓排有十数里。有一少妇，姓庆名翠，等到卯时六刻，方领到御酒一杯，细品慢饮。趁人不注意将金杯偷偷塞到怀里，被卫士发现，押至徽宗面前。徽宗见这少妇貌美似花，又一脸的贤淑，不像一个小偷，便笑微微地问道："你果真偷了御金杯？"

庆翠将头轻轻点了一点。

徽宗复问："你为什么要偷朕的金杯？"

庆翠没有直接回答，而是吟词一首。词曰：

《月满蓬壶灿烂灯》

与郎携手至德门。

贪观鹤舞仙歌举，

不觉鸳鸯失却群。

天渐晓，

感皇恩，

传赐酒，

脸生春。

归家只恐公婆责，

窃取金杯作照凭。

徽宗大喜,对庆翠说道:"诚如卿之言,朕就将这个金杯赐卿,作个照凭。"

庆翠忙跪倒在地,莺莺说道:"民妇祝陛下万岁,万万岁!"

徽宗命她平身,又赏她两朵宫花,庆翠再次谢恩,喜滋滋地告退。徽宗站在宣德门上,继续看游人饮酒,直到鼓打五更,方才回宫。

他自以为与金立了盟约,自此天下太平,变着法儿作乐。阿骨打却不是这样,他并不满足于灭辽,他还想灭宋,但又怕两手难敌四拳,才与宋签订了盟约,此后,便放开胆子追歼辽天祚帝。

天祚帝遁入夹山后,原以为进了避风港,不料,金兵居然寻来,转奔讹莎烈(另译作郭索勒),且向夏主李乾顺求援。乾顺念及旧情,遣大将李良辅率兵三万往援辽主,到了宜水,被金将完颜娄室杀败,匆匆逃归。辽主正不知如何是好,金将干离不(另译作干喇布),与降将耶律余睹,追袭辽主,至石辇驿。金兵不过千人,辽兵却有二万五千,辽兵以为我众彼寡,定可获胜,遂命副统军萧特烈与战,自率妃嫔等登山遥观,想看一场猫捉老鼠的游戏,不想老鼠发威,冲自己杀来,吓得面无血色,拍马而逃。辽兵见皇上跑了,哪还有心恋战,一哄而散,所有辎重,尽被金兵夺去。辽主奔至四部族,与自天德逃来的萧德妃不期而遇,天祚帝恨她夫妇别建北辽,把她斩首示众,追降耶律淳为庶人。萧干见势不妙,奔卢龙岭,召集旧时奚人及渤海军,自立为奚国皇帝,改元天复。

天祚帝闻萧干称帝,勃然大怒,命都统耶律马哥率兵讨伐。兵未及发,金国的完颜宗望率兵追来。

辽主闻得金兵追来,好似羔羊遇虎一般,未曾相见,早已胆落,急忙逃往应州,完颜宗望掳得辽将耶律大石,用绳牵住,令为向导,穷追辽主。三天后被他赶着,把秦王定、许王宁、赵王泥烈及诸妃、公主并从臣等,尽行拿住。也是天祚帝该逃过此劫,平日行军,他都在后队,这一次心血来潮,要随前队,闻后队遭劫,也不往救,抱头鼠窜而去。季子梁王雅里及长女特里,幸有太保特母哥(另译作特默格)护着,趁乱走脱。

天祚帝逃了一阵,忽觉不妥,暗自思道,我虽然逃得一命,三个龙子及诸妃公主,尽为金虏,怕是性命难保,倒不如降了金人,救得众人性命。

想至此,就地驻扎,遣一使臣,带着免纽金印,向金军乞降,条件有二,第一,释了所有被虏辽人;第二,赐给他一块土地,为完颜宗望所拒。使臣还报天祚帝,天祚帝长叹一声,率众逃往云内(治所在今内蒙古土默特左旗西北)。萧干闻知,冷笑道:"身为皇帝,畏敌如鼠,契丹之耻也。看我的!"遂驱众出卢龙岭,攻破景州,继陷苏州,前锋直逼燕山。

郭药师得知萧干来犯，率兵迎战，大败萧干，乘胜追越卢龙岭，又杀其大半。败逃路上，萧干被属下耶律阿古哲所杀，将首级献与郭药师。郭药师函首送京，加封太尉。

那时辽地尽失，仅存一个天祚帝奔走穷荒，满望至西夏安身，免为俘虏。偏金人厉害得很，先遣使贻书夏主，若执送天祚帝，当割地相赠。夏主乾顺，虽不肯执送天祚帝，但愿以事辽之礼事金，金勉强同意，且令完颜宗望割下寨以北，阴山以南，及乙室邪刺部（另译作伊锡伊喇部）、吐禄（另译作图噜）、泺西地与夏。夏与金自此通好，信使不绝。惟辽主不得往夏，再渡河东还，适值耶律大石自金逃归，辽主责大石道："我尚未死，你何敢立淳？"

大石答道："陛下据有全国，不能拒敌，弃国远逃，就是臣立十淳，均是太祖子孙，比着乞怜他族，不较好吗？"

天祚帝被他问住，不仅没治他罪，反赐他酒食，令其随驾。会有乌古迪里部谋葛失（另译作玛克锡），迎辽主至部，待之如君。他不甘失败，出兵东胜诸州，与金人接战，败走山阴。

徽宗欲招降天祚帝，花重金请来一番僧，命他赍书天祚帝，若是来归，以帝礼相待，且赐第千间、女乐三百人。

天祚帝欲投宋，耶律大石谏曰："宋人软弱，如果女真人向宋人索要我们，宋人必会将我们交给女真人，到时再次受辱。"天祚帝打消了投宋之念。拟奔党项，途中复遇金兵，忙弃马窜免，沿途吃冰饮雪，好不容易到了应州东鄙，被金将娄室追上，活捉而去。金废他为海滨王。辽亡。总计，辽自太祖阿保机称帝，共历八主，凡二百有十年，惟耶律大石西走可敦城（可敦，另译作哈舌），会集西鄙七州十八部，战胜西域。至起儿漫（另译作克将木），自称天祐皇帝，改元延庆。妻萧氏为昭德皇后，又绵延了三世。历史上号为西辽。

与天祚帝同时被擒的还有两人，一为阿疏，二为萧奉先。

娄室责阿疏数罪后，要把他斩首。阿疏道："我乃是一个破辽鬼，若非我奔辽，辽皇帝未必起兵，辽皇帝若不起兵，辽国的天下岂能为金所取？"

娄室讥笑道："你算是一个辩才，我可饶你死罪，但活罪却不能宽免。"遂将他杖责五十，逐出帐外。

萧奉先见娄室赦了阿疏，心中暗喜，当娄室责问之时，他道："头鱼宴上，大金皇帝，有忤辽帝，是我从中周旋，才将此事化去。我不敢自称对金有功，至少功过相抵。"

娄室斥道："你吃里爬外，叛臣一个。吴王失国，乃是失在伯嚭之手。辽之失国，则是失在你的手里。若不杀你,何以惩戒吃里爬外的奸臣!"遂将萧奉先五马分尸,且下令,任何人不得为他收尸。

居然有人违令,违令者还是三个女子。娄室大怒道:"押进帐来!"

这三个女子,你道何人?乃是奉命去辽国卧底的肖巧儿、阿云和金花。

娄室又惊又喜,待之上宾,盛车送到京师,交给完颜宗翰,有情人终成眷属。

辽亡以后,金欲恃强南下,正苦无词可借,偏宋人自去寻衅,招降张觉,引他发怒。

这才叫"天作孽犹可恕,自作孽不可活!"

张觉者,平州义丰(今河北省卢龙县)人也。辽国的进士,仕辽,曾任礼部郎中,并辽兴军(治所在平州)节度副使。辽相左企弓、虞仲文等举燕京降金,张觉亦举平州降金,迁平州知州。

平州并不在燕云十六州之列,它和营州,早在石敬瑭当政之前已经割让给契丹,但宋徽宗很想得到这两个地方,曾遣赵良嗣与金人交涉,把此二州划给宋朝,金人不同意。但平、营二州的百姓,极愿回归中原。会金驱燕京大家富民,悉行东徙,道出平州,燕民不胜其苦,劝张觉道:"左企弓等不能守燕,害得我等百姓流离道旁,今公仍拥巨镇,握强兵,何不为辽尽忠,令我等重归乡土。尔后,再图复辽,来一个名垂青史。"

张觉怦然心动,遂召诸将商议。诸将俱都赞成民言,且谓:"复辽不成,亦可归宋。"

有了诸将的支持,张觉乃至滦河西岸,召左企弓等数人,数他十罪,一一绞死,抛尸河中,仍守辽正朔,傍谕燕民复业,燕民大悦。张觉恐金人来讨,乃遣张忠嗣及弟张苗,持书至燕山府,愿以平州归宋,宣抚使王安中,喜出望外,立即上奏朝廷。

王黼以为这是从天上掉了一个馅饼,力劝徽宗招纳张觉。赵良嗣闻之,大惊道:"此馅饼不可食也!"当即进宫觐圣,谏之曰:"朝廷刚与金盟,若纳降张觉,必失金欢。金若以此为借口举兵伐我,为之奈何?"

徽宗斥道:"历朝历代,平州皆为中原所有,被辽强行占去。今日辽亡,理应回归中原,金若因此兴兵,曲在金,朕怕它何来?"

赵良嗣再拜谏道:"金自起兵,不到十年,灭了辽国。其兵如狼似虎。我朝久经承平,一旦开战,怕是有些不敌呢!"

徽宗怒道:"你这是长他人志气,灭自己威风。若不看在你三番五次使金,没有功劳,也有苦劳,朕定斩不饶!"

赵良嗣怏怏而退。

王黼见赵良嗣屡屡坏他好事,说动徽宗,将他坐削五阶,逐出汴京。

金人闻张觉叛金归宋,不仅不怒,反喜出望外,——我正瞌睡哩,宋人送来一个枕头,遂致书宋廷,责其违约招降金之叛臣。到了节骨眼上,宋人下了软蛋,不承认有招降张觉之事。金人也不管你承认不承认,便命完颜宗望为元帅、完颜阇母为先锋,率兵十万,前去讨伐张觉。

完颜阇母带骑兵三千,当先来到平州城下,见城上守备颇严,暂行退去。张觉即捏报胜仗,上报宋廷,有诏升平州为泰宁军,授张觉为节度使,犒赏银绢数万,朝使将至平州,张觉出城远迎,完颜宗望乘虚击平(州)。张觉闻警还援,遇伏败走,与弟张苗及二子同投燕山府。

平山军民推张敦固为都统,闭门固守。完颜宗望大怒,督众围城,无论是金人,还是宋人,都认为平州城没救了,少则一天,多则三天,非沦陷不可。

谁料,平州军民,硬是撑了半年,莫说粮食,连耗子都找不到了。还剩几千人的时候,他们突围南逃,金人得到的,只是一座空城、死城。

半年呀!

长达半年之久,宋人在一旁惶恐而又胆怯地观看,却不敢遣兵相救!

这且不说,更为气人的事还在后边,金人知会宋人:"宋金既是同盟,我来讨伐叛军,你们当为我提供粮草。"宋人居然照办了,提供给金人军粮二十万石。

这不只是怯弱、无能、无情无义,更是助纣为虐。常胜军郭药师的心开始发冷、发凉。

金人在围攻平州的同时,抽出一万人马去攻营州。营州只撑了两个月,便缴械投降。住在城中的张觉母亲、妻儿俱为金俘。为救母亲,张苗商之张觉,欲来一个负荆去金营请罪,张觉不干,张苗便潜出燕山,投奔金人。

投也就投了,要命的是,他居然携着宋人给他兄弟二人的拜官诏书。这东西到了完颜宗望手里,就不只是张觉的事了——前时,我朝责宋人违约,招降叛臣张觉,宋人不肯承认,有了这两份诏书,你还能赖得掉吗?

要人。

第一步,我先问你宋廷要人。于是,遣使前去汴京,索要张觉人头。宋廷仍然耍赖,说从未见过什么张觉、李觉。

金使去而复来,明确指出,张觉就在燕山府,只不过改了名字,叫什么赵秀才。

宋徽宗被金使说破,不好再耍赖,派人带着金使,去燕山取张觉人头,暗地里吩咐燕山安抚使王安中,把张觉藏起来,杀一个长得像的人顶替。王安中遵旨而行。

金使又一次去而复来,把假头抛给宋廷,且责曰:"堂堂一个南朝,居然做出这等事情,若不把张觉的真头给我,我金朝将遣将自来宋境割取!"

这一要挟,宋徽宗害怕了,命王安中缢杀张觉。

王安中为讨好金,不只缢杀了张觉,还将其头用注满水银的匣子装好,并执张觉二子,一并送给金使。国人闻之,不只骂王安中,也骂朝廷,口诛笔伐:

朝廷可悲!

朝廷可恶!

朝廷可恨!

在国人之中,骂得最凶的是郭药师。

中国有一成语,叫"兔死狐悲"。郭药师也是由辽降宋,与张觉同僚,今见王安中割了张觉的人头送金,暗中把宋徽宗骂了上千遍。

"兔死狐悲"的人不只郭药师,还有他的常胜军。

常胜军全是辽人,闻张觉被杀,相率泣下,一个姓兰的将军愤然曰:"金人索觉,即与觉首,倘来索吾首,亦将吾首与金吗?"

皮将军接曰:"观宋廷之为,一定会的!"

明将军道:"诚如此,咱不如直接投金好了!"

在场的人齐声附和道:"明将军说得对!"

仨将军的话,很快传到了王安中耳中,密奏朝廷,说郭药师有叛宋投金之心,不可再掌常胜军,宋徽宗不听。王安中愤而辞官,诏下,以杨戬取代王安中。

杨戬的军事才能,不如童贯,但他的骨头,比童贯硬。金人原本想通过索要张觉人头,激怒宋人,挑起战争,谁知宋人乖乖地将张觉人头送来。

一招不成,再来一招,杨戬刚到燕山,还没喝上一口热茶,金使求见。言说,他们攻打燕山之时,赵良嗣许诺,给金军粮四十万石,但只送了二十万石。这二十万石还得送。杨戬遣人去汴京询问赵良嗣,赵良嗣说,只许金人二十万石。而且,二十万石粮早已如数送金。可金使硬说没有收到,引得杨戬大怒,拍着案子和金使吵。金使自知理屈,还报完颜宗望。

恰在此时,阿骨打死了。

阿骨打起兵不到十年,算无遗策,战无不胜,攻无不克,不只灭辽,且玩宋帝于股掌。

阿骨打是个英雄,是个少见的英雄!

英雄怕什么?

三十八 花无百日红

英雄怕美人,故而,自古以来,英雄难过美人关。

阿骨打未曾起兵反辽之前,只是一个部落的首领,一个边远部落的首领,他所见到的女人,就是有几分姿色,那气质、那谈吐、那打扮,较之燕云十六州的美女,相去甚远。当金人拿下燕云十六州后,一些阿谀之徒,便搜集了数百名美女送给他,看得他眼花缭乱。

幸。

一个一个地幸,把白居易的《长恨歌》高歌了一遍又一遍:

> 云鬓花颜金步摇,
> 芙蓉帐暖度春宵。
> 春宵苦短日高起,
> 从此君王不早朝。
> ……

他终于累死在美女的肚皮上。

皇帝死了,完颜宗望得回去奔丧。

就是奔丧,也得给宋人下个套子,他遣使入夏,要夏人出兵攻打宋之武州、朔州。西夏人很听话,当即发兵三万,径奔武、朔二州,却被宋军打了回去。

完颜宗望正在为阿骨打守丧,抽不开身,但又不想就此罢手,派人告诉赴金吊唁的宋使:"我国对杨戬很反感,贵国如果还让他待在燕山,我国就要和贵国开战。"

宋使回国后,把金使的话如实上奏徽宗,徽宗想了一夜,决定从金人之愿,重新起用童贯,取杨戬而代之。

童贯和蔡攸自燕山归来,又是加官,又是晋爵,备受恩宠,二人得意忘形,不把同僚放在眼里,王黼与梁师成一道,参了童贯一本,说他屡战屡败,那燕京城,是用很多钱买来的,而且,还是一个空城。徽宗趁腿搓绳,以使相身份,让童贯致仕,他所有官职,由谭稹取而代之。

这一代,童贯便恨上了王黼,欲将上一次收拾王黼的那场戏再演一遍,梁师成登门拜访。

童贯虽然也恨梁师成,但还得装出一副很热情的样子,置酒相款。

喝到五六分酒意之时,梁师成笑眯眯地问童贯:"童王爷,您是不是很恨我和将明呀？"

童贯矢口否认。

梁师成道："您别不承认，您也别解释，您听我说。您收复了大宋前七位皇帝梦寐以求却没有收复的燕京等一京六州，建了不世功勋，反遭猜忌，被剥夺了兵权。无论换作谁，心中都会不高兴，都会问一个为什么。在您以为，您盖了我和将明的风头，俺俩才在皇上面前参了您的本。是不是这样？"

童贯微微一笑道："那是您的认为，咱家可从未这么想过。"

梁师成道："您想也罢，不想也罢，我不想和您争辩。但我有几句掏心窝子的话，想给您道一道。"

童贯道："那好啊！咱家洗耳恭听。"

"皇上早先对蔡元长怎样？"

童贯道："非常器重。"

"非常器重，为什么还三上三下？"

"这……有人在皇上面前上了蔡元长的眼药。"

童贯反问："若是因为有人上蔡元长的眼药，信一次也就够了，能连信三次？"

"这……"童贯语塞。

梁师成复问："最近这二年，有没有人上蔡元长眼药？"

童贯摇头回道："没听说。"

"没有，据我所知，真的没有。既然没有人上蔡元长眼药，皇上为啥把他晾了起来？"

童贯又将头摇了一摇。

"蔡元长三上三下，三为宰相，门生故吏遍天下，皇上担心他变成当代的霍光和曹操！"

童贯又噢了一声。

梁师成又道："林灵素，皇上奉若神仙，只因与太子争道，被放归故里。皇上这人，可以允许大臣玩、大臣贪、大臣无能，但绝不允许大臣盖了他的风头，危及皇权！"

童贯又噢了一声。

梁师成顿了顿复道："大宋立国一百六十五年，异姓封王的很少，异姓活着封王的更少，除国戚以外——只两个，一个是郑王柴宗训，再一个就是您。郑王是谁呀？郑王是后周的皇帝，没有他的禅让，就没有赵氏王朝的今天。您呢？因收复燕云等一京六州被封王。不只封王,还手握几十万重兵,皇上怎么想……所以呀……"他故作意味深长地说道:"您被夺了兵权,不能老想着有人在皇上面前上了您的眼药!"

童贯双手抱拳道:"谢谢您,谢谢您!"

自此之后,童贯每天不是去蹴鞠,便是到城外打猎,好不悠闲自在。

他不再想复出的事,只因金使一句话,他出任两河、燕山路节度使。

童贯又香了,王黼和梁师成却失宠了。但王、梁的失宠,与童贯半点关系也没有。

梁师成劝童贯的那些话,虽是为王黼和自己开脱,但也是实情。

徽宗,你不管他多么贪色,多么昏庸,但有一点,他始终坚持,文武百官的升降,他自己说了算。他的用人原则,"花无百日红",再好的花,你红了一个时期之后,得把你打落。对待蔡京、林灵素、童贯是这样,对待王黼、梁师成也是这样。

某一日,王黼奏称宅生灵芝,徽宗以为奇异,夜往游观,见堂柱果有灵芝,信为瑞兆,倍加欣慰。

王黼设宴款待,并邀梁师成作陪。梁师成慌忙自便门进来,谒见徽宗。

徽宗讶然问道:"何来之速?"

梁师成回曰:"臣由便门而来。"

徽宗又问:"你两家有便门相通?"

梁师成回曰:"陛下圣明。"

徽宗笑道:"既然你两家有便门相通,朕也想去你家一坐,可否?"

梁师成道:"陛下能幸臣宅,使臣宅蓬荜生辉。陛下请移驾。"

说毕,在前带路,导徽宗来家,且命人备宴,一呼百诺,厨役立集,不到半个时辰,居然搬出盛肴,宴飨徽宗。徽宗高兴得很,连举巨觥,痛饮至醉。嗣复再至黼宅,继续开宴,酒后进酒,醉上加醉,竟饮得昏昏沉沉,不省人事。待至四更,方由内侍十余人,拥至艮岳山旁的龙德宫,开复道小门,引还大内,却不能御殿,人情汹汹,禁军齐集教场,严备不虞。及徽宗酒醒,强起视朝,已是日影过午,将要西斜,人心赖以少定。

退朝后,尚书右丞李邦彦,入内请安问曰:"陛下何以龙体不恙?"

徽宗回曰:"非也,饮酒之故也。"

李邦彦追问:"陛下在何处饮酒?"徽宗便将在王、梁二府饮酒之事和盘端出。

李邦彦道:"王黼、梁师成交宴陛下,敢是欲要陛下作酒仙吗?"

他见徽宗默不作声,进谗曰:"朝廷三令五申,大臣之间不得私下交结,王黼、梁师成居然门户相通。王黼待梁师成如父,称之为'恩府先生'。彼二人一为宰相,一为'隐相',亲密至此,非朝廷之福。"

徽宗问:"'隐相'何说?"

"'隐相'者,梁师成之绰号也。梁师成,您也知道,政和年间,您赐他进士,迁晋州观察使。此后,他那官蹭蹭直往上蹿——累官至太尉、开封仪同三司、淮南节度使,所兼官职一百多个。升他的官并不可怕,给他多少官帽也不可怕,可怕的是您把撰写诏令的大权交给了他,他在撰写诏令时,塞进了不少私货,包括官员的升降。一些人为了升官,抑或是逃脱惩罚,便给他送钱和美女。"

这一番话,如重锤一般,敲得宋徽宗胸口发疼。

李邦彦刚走,太子赵桓又到,父子俩寒暄了几句后,赵桓便开始说王黼、梁师成的坏话。

赵桓原本对王黼、梁师成非常敬重,只因郓王赵楷,反目成仇。

赵楷者,徽宗第三子也。不只面貌酷似徽宗,连艺术方面的细胞也类同徽宗。重和元年,徽宗虽说把本该属于赵楷的状元给否了,但他愈发喜欢和器重赵楷了,多次对左右说道;"此子类朕!"王黼、梁师成为了讨好徽宗,联袂面圣,请他改立赵楷为太子,事虽未成,赵桓却恨上了王黼和梁师成。

俗语不俗,"墙倒众人推",少傅蔡攸、中丞何栗等上书弹劾王黼、梁师成专权误国十五事,徽宗降旨一道:"勒王黼、梁师成致仕,回乡居住;擢白时中为太宰、李邦彦为少宰、张邦昌为中书侍郎。"

白时中上任后,也不知道出于何种目的,密奏徽宗:"蔡元长年老昏聩,不宜再做首相。"

徽宗笑问道:"若将蔡元长罢之,其位何人可继?"

"蔡攸怎么样?"

徽宗道:"这倒是个人选,不过,蔡元长三为宰相,与国家有功焉,不能说罢就罢,这事最好让他自己提出来。"

当天,白时中便把他与徽宗的密谈,转告了蔡攸。

蔡攸又惊又喜,回到家中,对蔡京说道:"爹,这首相乃一人之下万人之上,日理万机,您年纪大了,这心怕是操不了,不如让给孩儿做吧。"

蔡京翻眼将他瞅了一瞅道:"你说爹年纪大,你知道爹今年多大年纪?"

蔡攸回道:"七十八岁。"

蔡京又问:"姜子牙拜相那年多大年纪?"

蔡攸回道:"七十二岁。"

"不,八十岁！爹和拜相时的姜子牙比,还是一个小弟弟呢!"

蔡攸无语。

三十九　张孝纯报恩

马扩回到宋营，童贯问及索地之事，马扩回曰："索地无望，准备迎敌吧！"

吉员外有三个女儿，全都嫁给了张孝纯，被时人传为佳话。

郭药师为宗望献计道："请二太子直接举兵南下汴京，汴京若克，太原将不战而降。"

宣和五年（1123年）八月，完颜阿骨打死在美女的肚皮上，其同母弟完颜晟即皇帝位，号为金太宗，改元天会。

完颜晟的女真名叫完颜吴乞买。

完颜吴乞买很精，他知道他的皇位来自哪里。

来自他二哥阿骨打的遗诏。

阿骨打为什么把帝位传给他，而不传给自己的儿子？

金国是在女真部落联盟基础上建立的，带有浓厚的原始部落色彩。女真部的首领虽然不再实行推选制，而是禅让制，但是，为了确保阿骨打一族的统治，这个禅让，只限于阿骨打族内——兄终弟及。

根据兄终弟及之制，吴乞买理应为帝。但是，此时，金国已经基本灭了辽国，不可能不受辽国和中原文化的影响，而辽和宋实行的都是嫡长子继承制（除非皇帝没有儿子）。阿骨打不仅有儿子，有十六个。而且，他的儿子还都非常优秀，特别是长子完颜宗干（女真名粘罕、斡本）、次子完颜宗望（女真名斡离、干不离）、三子完颜宗辅（后改为完颜宗尧，女真名讹里朵）、四子完颜宗弼（女真名斡啜，又作兀术、斡出，俗称金兀术）、五子完颜宗峻（女真名绳果）等。故而，有人面谏或上书阿骨打，请他把帝位传给自己的儿子，被阿骨打拒绝了。

吴乞买登上帝位后，立了四个太子，其中并没有他的儿子。

这四个太子全是阿骨打的儿子——大太子完颜宗干、二太子完颜宗望、三太子完颜宗尧、四太子完颜宗弼。

一般来讲,改朝换代,政局都要动荡一个时期,但金国没有。安葬过阿骨打后,遵照阿骨打的遗愿,灭辽之后伐宋。但伐人之国,不能没有一个理由。

找一个什么理由呢?

第一,继续拿张觉说事。

宋人认为,我虽然招纳张觉不对,但我已经把张觉杀了。且把他的人头函送你金国,你还能要我怎么样?

金人认为,你宋人招纳叛将张觉,有悖宋金盟约,你虽然杀了张觉,但招降张觉的人并没有得到惩罚。你不惩罚,我就兴师问罪。

第二,你朝(赵良嗣)曾许我军粮四十万石,不仅不给,反而赖账,我不伐你伐谁?

宣和七年(1125年)十月,吴乞买命国论勃极烈完颜杲(斜也)为都元帅,坐镇京师,调度军事;完颜宗翰为左副元帅,偕右监军谷神(另译作固新)、右都监耶律余睹,自云中趋太原,此军称之为西路军。与西路军对应的是东路军,由右副元帅完颜宗望(二太子),偕南京路都统完颜阇母、汉军都统刘彦宗,自平州入燕山。两路分道南侵,那宋徽宗尚昏头涨脑,令童贯往燕山府商议索地事。

索地,也就是索要蔚、应二州,及飞狐、灵邱二县。

这二州二县本为燕云十六州所属,依《海上之盟》,灭辽后。燕云十六州应全部归宋,但金国找种种借口,只给燕京和山前六州。阿骨打未死之时,金使至汴,徽宗当面向他索要山后九州。

经反复磋商,金才同意归还蔚、应二州,及飞狐、灵邱二县,但未曾交割。

童贯接到诏命,明知金军已分两路伐宋,却和徽宗一样,异想天开,遣马扩①、辛兴宗赴金,办理蔚、应二州及飞狐、灵邱二县的交割手续。

宋使到了宗翰大营,见宗翰正装高坐,战战兢兢地走上前去行以参拜大礼。

宗翰喝问:"汝等见我,可有甚事?"

马扩拱手回道:"商议蔚、应二州,及飞狐、灵邱二县交割之事。"

宗翰怒目责道:"尔还想我两州两县吗?山前山后,俱我金国之地,岂能给汝!尔

---

① 马扩:(?—1152年),狄道人,字子允。北宋末曾随父马政使金,结《海上之盟》。北宋亡,入五马山寨,被推为首领,拥信王赵榛(一说是燕人赵恭冒充)为领袖,抗击金军,众至数十万。五马山寨被金军攻陷后,逃到扬州,任南宋枢密院副都承旨。

纳我叛人,背我前盟,当另割数城畀我,还可赎罪。况且,尔还欠我四十万石军粮呢!"

马扩见宗翰耍赖,不敢多言,朝辛兴宗使了一个眼色,告退出帐。

回到宋营,童贯问及索地之事,马扩只说了一句话:"索地无望,准备迎敌吧!"

童贯呵呵一笑道:"你多虑了,金国初立,能有多少兵马,敢来兴兵犯我!"言未毕,忽报金使耶律余睹、撒离拇持书到来,童贯忙道了一声:"请!"两使昂然趋入,递上宗翰书函。

童贯接书阅之,面现惊恐之声,移目金使小声辩道:"贵国谓我纳叛背盟,我朝已经知错,且将叛臣张觉之首,函送贵国。至于所欠军饷之事,我朝也已向贵国说明,没这回事。"

撒离拇瞋目问道:"汝说不欠我朝军粮,是听谁说的?"

"我朝赵良嗣。"

撒离拇道:"赵良嗣是个什么东西,他原本辽人,吃里爬外,投了你朝,他的话汝也信吗?"

童贯辩道:"贵国说赵良嗣许贵国军粮四十万石,而赵良嗣说只许二十万石,且早已交割。就是他没有许,既然贵国提出来了,我朝当如数奉上。但是,有一个条件,贵国须停止对我朝用兵。"

撒离拇移目耶律余睹,耶律余睹重重地咳了一声说道:"童大王,我国对贵国用兵,是想讨回两个公道。第一,贵国所许我国之军粮,贵国既然答应如数奉上,这个事就不再说了,咱说第二件——'纳叛背盟'。贵国已经知错,且杀了张觉,我朝岂能不知?问题是,一个巴掌拍不响,有人纳才有人叛,贵国只惩处了叛者,纳者呢?依然逍遥法外。贵国如果诚心认错,那就得把纳者也杀了!若则,我国只有动用军队,用武力讨回公道了!"

耶律余睹话音不高,却像十八磅大锤敲在童贯心口上。

谁是纳叛者?

表面看是王安中,实则是王黼和徽宗。徽宗能自己下诏把自己杀了吗?

不可能,一千个一万个不可能!

童贯满脸赔笑道:"张觉的事已逾两年,且是,纳叛者王安中,已坐贬五级,这事就不再追究了吧!"

耶律余睹笑微微地说道:"你当我是个傻子呀,招降我国叛臣,而且是节度使一级的叛臣,王安中有这个权吗?"

三十九 张孝纯报恩

"这……"童贯无言以对。

耶律余睹道:"容我直言,纳叛的人既非王安中,也非王黼,就是你们的皇上赵佶!"

童贯不敢凑腔,唯有干笑而已。

"若是为这事,让你把你们皇上杀了,你也不敢。让你们皇上自裁,他也不会干。我有一个通融的法儿,你看行不行?"

一听说有通融的法儿,童贯两眼放光,一脸殷切地瞅着耶律余睹。

耶律余睹朝撒离拇丢了一个眼神,二人退到大帐的一角,咬了一会儿耳朵,折回来说道:"实话跟童大人说,我朝已发两路大军攻宋。若要我朝退兵,速割河东、河北之地界我,宋、金以黄河为界,仍存宋朝宗社。贵国若是答应,千好万好。不答应呢,那是贵国自己找死,辽国的今天,就是你们的明天,你们看着办吧!"他朝撒离拇又丢了一个眼神,二人昂首而去。

金使一走,童贯一屁股跌坐椅上,满脸愁容。他暗自思道:皇上要我索地,金人不但不给,反要我割地与他。这生意谈不成!谈不成金人便要出兵攻我,我连辽人都打不过,岂能打过如狼似虎的金兵!我不能趟这个浑水,我得找一个理由一走了之。找一个什么理由呢?赴阙禀议①。对,就找这么一个理由,这个理由冠冕堂皇。

不管找一个什么理由,走前也得给张孝纯(河东宣抚使、知太原府)和王禀(两河燕山府副都总管②)打个招呼。

王禀,大家都不陌生,就是南征方腊时,善待梁山好汉的那一个。

张孝纯,字永锡,滕阳(今山东省滕州市羊庄镇北台村)人也。

他虽然出身贫寒,但天赋很高。一千一百四十余字的《三字经》,他听了两遍,便能背咏。邻人吉员外奇之,登门劝他父亲:"孩子如此聪明,不让他读书,实在亏了。"

孝纯父亲苦笑一声道:"我家穷得连肚子都填不饱,哪有钱让他读书呀?"

吉员外笑眯眯地说道:"你只要愿意让永锡读书,今天就可以到我的学馆里去读。"

人都说天上不会掉馅饼,这不是掉下来了吗?孝纯父又惊又喜道:"这怎么成?能去您家学馆读书的不是您的子侄,便是至亲,让永锡去,不大合适吧!"

吉员外道:"有什么不合适,先生教一个人是教,教十个人也是教,无非就是加个书

---

① 赴阙禀议:"阙",古代皇宫大门前两边供瞭望的楼,泛指帝王的住所;禀议,申请、报答的意思。赴阙禀议,即回京向皇帝汇报情况。

② 都总管:宋辽官名。宋置总管钤辖司,司置都总管、副都总管,掌总治军旅、屯戍及营房守御之令,或一州,或一路,有兼两路、三路者。

桌而已,就这么定了!"

孝纯父大受感动,扑通朝地上一跪,就要给吉员外磕头,被吉员外拦住了。

当天下午,张孝纯便背着小书包,来到了吉员外家,先生见他聪明,悉心教之,大比之年,进京赶考,中了个二甲第四名,授雉县主簿,那一年,他才二十三岁,加之人又英俊,说媒的扯成疙瘩连成蛋。内中不乏达官贵人的千金,但他一一婉拒。他爹问:"你想找一个什么样人家的女儿?"

他回曰:"孩儿想娶大凤。"

他爹一脸惊讶道:"你说的大凤是不是吉员外的大女儿?"

他将头点了一点。

父亲道:"她可是个病秧子,天天药罐不倒。"

孝纯道:"正因为她是一个病秧子,孩儿才要娶她。"

父亲道:"你是想报恩?"

孝纯又将头点了一点。

父亲颔首说道:"你这个想法对,我这就央人去吉员外家给你提亲。"

吉员外又惊又喜,但又怕孝纯日后反悔,想了又想,拒绝了。

孝纯知道他为什么拒绝,为了打消吉员外顾虑,亲赴吉员外家求婚,且折箭为誓:"我张永锡日后若是对大凤不好,让我死在乱箭之下!"

吉员外不好再说什么,应允了这门亲事。张孝纯与大凤成婚后,二人相敬如宾,因大凤有病不能生育,便劝张孝纯纳妾,孝纯说什么也不答应。

一晃就是十年,大凤死了。此时的张孝纯已官至正七品翰林侍读学士。

翰林侍读学士是干什么的?

是负责给皇帝讲解经文,并备咨询典故,既声名显赫,又前途无量,这一次呀,说媒的把门槛都快踢破了,孝纯又来一个——婉拒。

父亲问他:"你这一次想找一个什么样的人呀?"

孝纯道:"非二凤不娶。"

他父亲吃了一惊:"你说的二凤,是不是大凤的二妹?"

孝纯将头点了一点。

父亲道:"她可是个瞎子呀!"

孝纯道:"正因为她是一个瞎子,孩儿才要娶她。"

父亲道:"还是为了报恩?"

孝纯又将头点了点。

父亲长叹一声,亲去吉员外家为儿子求婚。吉员外连道:"不可,不可!永锡官至翰林侍读,前途无量,怎能娶一个瞎子?"

孝纯父亲道:"他的前程,还不是您给的,您就答应孩儿吧!"

吉员外摇头说道:"他的前程,是他自己考的,自己干的。老夫只是在他前进路上,拉了他一把。"

孝纯父亲道:"没有这一把,他顶多当一个种庄稼的好把式,他想报您的恩,您就让他报吧!"

吉员外还是摇头:"若说报恩,他一个堂堂进士,却娶了老夫的病女,这恩也算报了。老夫不能让瞎女再连累他。"

孝纯父亲长叹一声,走了。

第二天,张孝纯披红戴花,来到吉员外家,非要迎娶二凤。吉员外见他出于一片赤诚,便把二凤嫁给了他。

二凤虽然眼瞎,但心特别的善,二人恩恩爱爱度过了十七个春秋,二凤死了。张孝纯觉着对不住吉员外,将他的两个女儿克死了。吉员外呢?觉着对不起张孝纯,自己的两个女儿毁了张孝纯的青春,执意要把三凤嫁给他,此时的三凤,刚十六岁,正值豆蔻年华,而张孝纯年已半百,张孝纯说什么也不答应,吉员外来了一个霸王硬上弓——雇了个笙箫班子,吹吹打打把三凤送到张孝纯内衙。

三凤嫁给张孝纯后,六年生了四个儿子。

张孝纯三娶姐妹花,被朝野传为佳话。徽宗曾在不同场合多次夸他为士大夫的典范,把他的官噌噌往上升,五年时间,蹿到河东宣抚使、知太原府。

张孝纯的官职,较之童贯相去甚远,但他不怕童贯,童贯话刚落音,他便顶了上去:"金人败盟,大王应会集诸路将士,勉励支持,若大王一去,人心动摇,万一河东有失,河北还保得住吗?"

童贯怒叱道:"我受命宣抚,并无守土的责任,必欲留我,试问置守臣做什么?"

张孝纯移目王禀,示意他加以劝阻。王禀将头轻轻摇了一摇。

王禀的将军,虽然是一刀一枪搏出来的,但他久为童贯下属,知道童贯的为人,劝也无用,眼睁睁地看着童贯带着一百余名将士、仆从,拉着十数车金银珠宝出了太原城,径奔汴京而去。

童贯回到汴京,并没有把金人败盟、出兵两路伐宋的情况上奏徽宗,而是积极加入倒蔡（京）行列。蔡京年将八旬，两目昏花，连上朝都得有人搀扶，如何视事？事无大小皆交季子蔡绦裁决。蔡京素爱季子，因蔡京之荐得为少师，与蔡攸权利相当，又得蔡京授权，气焰愈盛，蔡攸由忌生恨，连做梦都想扳倒蔡绦。

白时中、李邦彦因蔡绦擅权，甚恨之，便与蔡攸联手，屡讦蔡京、蔡绦。

要想罢蔡绦，必先罢蔡京，事关两个宰执，而蔡京还是首相，徽宗犹豫不决。

恰在这时，童贯返京，蔡攸自忖，罢他父亲和季弟之官，皇上恐怕要征求童贯意见，便寅夜拜访童贯："童大王，下官想求你个事。"

童贯笑微微地说道："你我谁跟谁呀，有什么事尽管说，何用一个'求'字？"

蔡攸道："诚如此，下官就直说了。"

童贯鼓励道："说吧。"

蔡攸道："家严年老昏聩，让季弟蔡绦代治省事，而蔡绦又专横跋扈，与同僚关系搞得很僵，白时中、李邦彦他们已屡屡向皇上谏言，要皇上罢黜家严，由小弟我取而代之。皇上已经同意，请您在皇上面前再加一把火。"

他双手抱拳道："拜托了！"

就童贯而言，他不想让蔡攸当首相，但是，蔡攸找上门来，而且皇上也有让他为相之意，若是拒之，他会恨死我！

想到此，拍着胸脯说道："您放心，咱家明天就进宫面圣，举荐少师弟为相。"

蔡攸道了一声多谢，喜滋滋地出了童府。

由于童贯的这把火，徽宗做出了罢大蔡（京）迁小蔡（攸）的决定。但他不想让蔡京过于难堪，让童贯、蔡攸去蔡府劝蔡京上书辞职。

蔡京见童大王来府，忙设宴相款。酒宴将要结束之时，童贯方把拜访的意图道了出来。

蔡京老泪纵横道："老夫的身体不好，但脑子并不糊涂，而处理国事靠的全是脑袋，可皇上却要老夫辞官，是不是有人在皇上面前进了老夫谗言？"

童贯不冷不热回道："不知道。"

蔡京长叹一声又道："皇上对老夫恩重如山，老夫想学孔明，来一个'鞠躬尽瘁，死而后已'！请二公把老夫的心思如实上奏皇上。"

父亲呼儿子为"公"，闻者无不窃笑。蔡攸没有笑，绷着脸说道："爹，您已经七十有九了，谚曰：'人生七十古来稀'，您已经到了古稀之年，就别想什么国事了，早点儿致仕，颐养天年，才是正理。"

略顿又道:"皇上要孩儿和童大王一块儿劝您自己上书辞官,那是给您面子,您若是不识趣,一纸诏命下来,把您赶出朝堂,那人丢得可就大了!"

蔡京哭着说道:"这理儿,你爹岂能不知,只是你爹三次为相,在相椅上坐了将近十五年,早把相椅暖热了,你让你爹骤然下来,心中实在不舍。罢,罢,罢,皇上既然不想用你爹了,你爹这就写一份辞官的表章,拜托你和童大王呈给皇上。"

蔡攸脱口赞道:"您还算明智!皇上对这事催得很紧,要写就快写。"

蔡京一边哭一边写。写成之后,又看了一遍,方颤抖双手将书递给蔡攸。

蔡攸看了一遍,又双手递给童贯。童贯笑曰:"咱家就不用看了,收起来吧。"

蔡攸将蔡京辞书装入随身的招文袋中,朝童贯丢了一个眼色,双双出了蔡府。

第二天,徽宗降下诏书一道,同意蔡京以使相的身份致仕。

对蔡绦就不是这样了,而是罢官,勒令回乡。父子斗刚刚卸下帷幕,汴京城屡出怪事。

先是,天狗星陨①,有声如雷;继之,黑眚②现禁中③,状如龟,长约丈余,腥风四洒,兵刃不能加。后复出入人家,掠食小儿。

汴京城德隆坊酒楼老板朱德夫有女朱倩儿,年十六,忽颔下生髭,长六七寸,疏秀若男人;有卖青果男子,怀孕诞儿;有狐升御榻高坐;又有汴京城郊一卖菜夫,至宣德门下,忽若痴迷,释丢荷担,戟手詈道:"太祖皇帝、神宗皇帝,使我来言,宜速改为要。"逻卒捕他下开封狱,第二天醒来,竟然什么也不记得了,狱吏将他处死。

京师、河东、陕西、熙河、兰州等地,相继地震,陵谷易处,仓库皆没。种种天变人异,杂沓而来。宋廷君臣,尚是侈语承平,恬不知惧。唯有致仕的郑居中,头脑还算清楚,上书徽宗:"屡出妖孽,非国之幸也。恳请陛下,内抚百姓,外御金兵,防微于杜渐也。"徽宗不听,照样地声色犬马。金人心中暗喜,加快了伐宋的步伐。宗望所率领的东路军,一路凯歌,兵不血刃地攻占了清化县,以及擅州、蓟州、松亭关、石门镇、野壶关、古北口等地,燕山府的门户洞开。

燕山知府蔡靖,听说金人打来,忙遣郭药师及张令徽、刘舜仁率兵四万五千人去玉田(今河北省玉田县)迎敌,张令徽、刘舜仁不战而逃。郭药师和金兵打了一个照面,便撤兵燕山。蔡靖登门和他商议迎敌之策,他反将蔡靖抓了起来,开城降金,被吴乞买任

---

① 天狗星陨:天狗,即天狗星。星陨,即流星雨。
② 黑眚:古代谓五行水气而生的灾祸。五行中,水为黑色,故称"黑眚"。
③ 禁中:帝王所居之宫。

命为燕京留守,且赐姓完颜氏、并金牌。金人既得郭药师,燕山州县,当一概归命,北宋数代皇帝,梦寐了一百多年,花了数以万计的金银收复的燕京及六州,不到三个月,重新落入金人之手。

相对金之东路军而言,金之西路军就没那么顺利了,他们虽然连克朔、代二州,兵临太原,却遭到了张孝纯、王禀及太原宋军的顽强抵抗。吴乞买命完颜宗望率兵西进,援助宗翰,务必拿下太原。

郭药师献计道:"援太原不如攻汴京。"

宗望知道他是一个中原通,忙问:"为什么?"

药师道:"中国有一个成语,叫'围魏救赵',不知二太子听说没有?"

宗望摇头。

药师便将"围魏救赵"的典故给他讲了一遍。

宗望由衷赞道:"那个孙膑,真是太聪明了!不过,咱们援助宗翰,与孙膑救赵不同,咱们是助宗翰而克太原。"

郭药师笑释道:"这两件事既有不同的地方,也有相同的地方,孙膑通过围魏迫使魏军回救,赵之围不解自开。同理,二太子不去太原而是直接举兵南下汴京,汴京若克,太原将不战自降。再之,汴京城乃宋之国都,是宋人之首,若是攻下汴京,等于斩了宋人的头。一个人没了头,还能活下去吗?举兵汴京之为,末将给它取了一个名字,叫做'斩首行动。'"

宗望颔首说道:"你说得对。不过,破船尚有一千钉,留守汴京的禁军,少说也有十万,且不说沿途还有数十万宋军,就凭我这十万人马,前去攻打汴京,实在有些太冒险了。"

郭药师道:"一点儿也不冒险。"

宗望道:"何以见得?"

郭药师道:"宋自立国以来,为防军队政变,来了一个崇文抑武,把武将的地位一压再压,就连有战神之称的狄青,韩琦对他也不屑一顾。有人说狄青是个好男儿,韩琦一脸蔑视道:'东华门外唱名者才是好男儿!'这且不说,宋还把练兵者和统兵者分开,出征时,兵不识将,将不识兵。还有,宋朝实行的是募兵制,一当上禁军,就一辈子从戎,故而,宋朝士兵,不乏五六十岁的人。还有,宋朝高俸养军,养得禁军懒得出奇,发军饷(粮)的时候,雇人往家背。还有,宋自王安石变法,至今已有五十余年,基本上都是奸臣当道,他们不择手段打压异己,敛钱享受,国人怨声载道。而咱大金呢,我也不拍您的马屁,我只说一句,而这句话是辽人经常说的——'女真兵不满万,满万天下无敌!'莫说殿下拥有十万雄兵,就是一万,攻克汴京也不成问题。"

宗望频频颔首道:"将军说得对,将军就是我大金的孙膑!"

郭药师强压欢喜道:"二太子过奖了!"

宗望盯着郭药师说道:"就依将军之见,咱直接进军汴京。但是,此为有悖圣旨,请你代我拟一封奏折,上达天子,待天子恩准后,方可向汴京进军。"

郭药师双手抱拳道:"末将遵命。"

半月后,吴乞买颁诏宗望,同意出兵汴京。

于是,宗望便以郭药师为先锋,挥兵南下,一路上势如破竹,警报雪片似的飞向宋廷。徽宗急命杨戬率领禁军,往扼黎阳,出太子赵桓为开封牧,并诏告天下勤王。

御史中丞何㮚,面谏徽宗道:"人心已背,单颁旨勤王,怕是不行。依臣之见,莫如陛下降一诏罪己,改革弊端,或能挽回人心,协力对外。"

徽宗颔首说道:"卿言甚是,请卿这就为朕草一《罪己诏》来。"

何㮚受命,就殿上草诏,诏云:

朕以寡昧之姿,藉盈成之业,言路壅蔽,面谀日闻,恩幸持权,贪饕得志,缙绅贤能,陷于党籍,政事兴废,拘于纪年,赋敛竭生民之财,戍役困军旅之力,多作无益,侈靡成风。利源酤榷已尽,而牟利者尚肆诛求。诸军衣粮不时,而冗食者坐享富贵。灾异迭见,而朕不悟,众庶怨怼,而朕不知,追维已愆,悔之何及!思得奇策,庶解大纷。望四海勤王之师,宣二边御敌之略,永念累圣仁厚之德,涵养天下百年之余。岂无四方忠义之人,来徇国家一日之急,盼天下方镇郡县守令,各率众勤王,能立奇功者,并优加奖异。草泽异材,能为国家建大计,或出使疆外者,并不次任用。中外臣庶,并许直言极谏,推诚以待,咸使闻知!

草诏既成,呈与徽宗。徽宗略阅一遍,便道:"朕已不吝改过,可将此诏颁行。"

何㮚道了声遵旨,又道:"内外造局,专事敛钱,民甚恨之,不如罢之。"

徽宗道:"可。"

"方腊因'花石纲'而造反,陛下曾一度罢之。王黼为了敛钱,又复之,这东西害人不浅,也应罢之。"

徽宗又道了一声"可"字,叹道:"蔡攸、童贯,平日里耀武扬威,今乃临敌畏缩,更不曾拿出半个御敌的方策。哎,御敌的事就全靠卿了。朕欲拜卿为河北、河东宣谕使,召诸军入援,请卿千万不要推辞!"

何栗道:"您放心,臣决不推辞!"何栗告退后,徽宗连发二诏,命熙河经略使姚古、秦凤经略使种师中,领兵入卫。怎奈远水难救近火,宫廷内外,一日数惊。

通直郎①陕西转运判官李邺上书徽宗,自告奋勇出使金国,向金国求和,但需携黄金三万两。

徽宗明知这是一个下策,但又没有比此更好的办法了,便想方设法凑了三万两黄金,交给李邺,命他出使金营。

---

① 通直郎:文散官名,隋初置,从六品。

四十　儿顶父缸

蔡京的子孙见李纲老师既不讲"四书",也不讲"五经",却大讲特讲逃跑,愤而起身质问。

徽宗正在主持御前会议,突然晕倒,施救了一刻钟,方苏醒过来,气若游丝……

赵佶不是伯乐,他的儿子也不是伯乐,所用之徒,不是无根之人,便是溜须拍马之徒。

李邺来到金营,见大帐中坐着一个威风凛凛的将军,数十个面目狰狞的金兵分立两边,心中害怕,不由自主地跪了下去,叩首说道:"南朝使者拜见二太子,奉上黄金三万两。请二太子看在两国联手灭金的情谊,继续遵守《海上之盟》,早些儿撤兵,我朝皇帝将世世代代尊贵国皇帝为兄,且世世代代给贵国进贡。"说毕,又磕了三个头,一副摇尾乞怜的样子。

宗望一脸鄙夷道:"汝说这话,也不怕脸红,我朝兴兵伐辽,汝国倒是出过两次兵,那是在我朝攻克辽之四京,天祚帝逃到深山之后。而且,这两次出兵,汝国在打燕云十六州的主意。且是,打一仗败一仗!可以说,灭辽与汝国一丁点儿关系也没有!《海上之盟》,哼,不说《海上之盟》我不恼,一说《海上之盟》我更来气。汝国讲理不讲理?《海上之盟》墨迹未干,便招降我朝叛臣。本帅这一次出兵伐汝,乃是替天行道。要想本帅退兵,条件只有一个,汝国必须向我大金割地称臣,永远做我大金的藩国!"

李邺诺诺而退,回到汴京,尚心有余悸,见了徽宗,夸金军军容之盛:"人如虎,马如龙,上山如猿,下水如獭,其势如泰山,中国如雷卵。"

李邺称赞金人的话,传出去后,官民大愤,给他取了一个绰号——"六如给事"。

给事,即给事中也。初置于秦,作为大夫、博士、议郎的加官。至汉,正式为官名,掌顾问应对,位比中常侍①。至宋,掌审读诏旨,并判门下后省②事。

因李邺做过给事中,故名。

徽宗听李邺盛赞金军之时,虽然没有说话,但心中十分惊慌,产生了迁都避敌的念头。

迁都可不是一件小事,历史上至少有四位皇帝,曾动过迁都的念头,都被他的亲属、大臣,硬生生给掐灭了。

这四位皇帝,依次是北魏孝武帝元修、唐高祖李渊、唐昭宗李晔、宋太祖赵匡胤,孝武帝、唐昭宗是被大臣掐灭的,唐高祖是被他儿子李世民掐灭的,宋太祖则是被他的弟弟赵光义掐灭的。

既然不是小事,就得给执政大臣们打个招呼,这一打,执政大臣中除了枢密院直学士吴敏外,全都赞成迁都,特别是蔡攸、李邦彦和白时中,不但赞成,连迁都的地点都替徽宗想好了。吴敏呢? 并不反对,只是不支持罢了。

徽宗暗自高兴,遣蔡攸出守金陵,谋划迁都之事。蔡攸未及动身,吴敏面谏徽宗道:"陛下,这都不能迁,迁都必亡。"

"为什么?"

吴敏回道:"迁都之事,牵一发而动全身。您不只要考虑一两万官员的办公,还得考虑他们本人,乃至家属、仆隶,乃至二十万禁军的吃喝拉撒睡。这是其一。其二,正在前方与敌人奋战的军队得知陛下迁都,还有心打仗吗? 斗志若失,只能加速失败。其三,如果迁都,少不得要动用上千甚至上万车辆,是咱的车跑得快,还是女真的骑兵跑得快?"

徽宗道:"当然是骑兵跑得快了。"

吴敏道:"既然敌人的骑兵跑得快,敌人若是在我们身后猛击,抑或是前头一拦,这都还能迁吗?"

徽宗问:"这些话,商议迁都那天,你为啥不说?"

吴敏道:"当时,臣只觉得迁都不好,但臣万万没有想到反对迁都的人那么多。"

"有多少?"

---

① 中常侍:西汉时皇帝近臣,给事左右,掌顾问应对。中常侍是一虚衔。能得到这一虚衔的,多为皇帝爱幸之臣。

② 门下后省:置于北宋。宋元丰改制,在门下增建后省,以左散骑常侍、左谏议大夫、左司谏、右正言、给事中、起居郎、符宝郎居之,设六案,为谏官。

京官中反对的至少有百分之九十,至于汴京居民,反对者百分之九十九。"

徽宗道:"这个数字,您是从哪里得来的?"

"来自太常少卿①李纲。"

徽宗眉头微皱道:"李纲?"

吴敏将头点了点。

是他!

徽宗终于想起来了。

一个月前,李纲曾上书一封,叫《御戎五策》,曰:"正己收人心,听言以收士用,蓄财谷以足军储,审号令以尊国势,施恩泽以消民怨。"

他的《御戎五策》,徽宗虽然没有采纳,但记住了这个人,并命有司,将李纲的情况了解一下报他。

李纲,字伯纪,邵武(今福建省邵武市)人也,能诗能词,宋政和二年,登进士及第,在京候补期间,经同乡引荐,去蔡京府上做了一个时期的学馆先生。

对于蔡京其人,李纲早有所闻,他之所以愿意做蔡京的学馆先生,就是想寻机劝一劝蔡京。到了蔡府一个月了,根本见不到蔡京,他便心生一计,引蔡京出来。

这一天,他和往常一样,背负双手,来到学馆。正在嬉闹的蔡京子孙忙回到座位,正襟危坐。

照理,李纲应当继续讲《论语》,可他没有,改讲起逃跑来。

蔡京的子孙都是见过世面的人,见他大讲特讲逃跑,便有一人站起来抗议:"先生,科举考试,考的是《四书五经》和策论,您却大讲逃跑,是何用意?"

李纲不慌不忙回道:"是为你们蔡家好。"

那个学生反问道:"俺家一相、一驸马、两执政、八进士,出门有车,根本不需要走路,学逃跑何用?"

李纲道:"谚曰:'三十年河东三十年河西。'谚又曰:'人无远虑,必有近忧。'至于我为什么教你们学逃跑,你们可以去问尊敬的蔡相爷。谁如果不问,我明天打谁的板子。下课。"说毕,背负双手,离开了学馆。

他一走,学生们一哄而散,各自向各自的家长报告老师的讲课内容和要求。

这些孩子的家长,有的怕自己的孩子挨板子;有的觉得李纲在胡闹,不配做孩子们

---

① 太常少卿:太常,即太常司。少卿,为太常寺副长官。

的先生；更有甚者，认为李纲是在讥讽挖苦他们一家，应当给予严惩。

不管出于何种原因，纷纷去找蔡京。蔡京大怒，把李纲招来，斥道："爷请你来，是让你教孩子们知识的，你却在课堂上胡说八道，用心何在？"

李纲不紧不慢地回道："为你们蔡家好。"

蔡京把眼一瞪，吼道："放屁！"

李纲依然不慌不忙地说道："相爷不要生气，我说我教您的子孙如何逃跑，是为你们蔡家好，自有我的道理，相爷若是愿意听，我就说，如果不愿意听，我这就卷起铺盖滚蛋！"

蔡京与历史上一些权臣相比，还没有坏到不愿意听一点逆耳之言的程度，沉着脸说道："爷愿意，你说吧。"

"人在做，天在看，相爷三度为相，一人之下，万人之上，可谓是权倾朝野。但是，相爷自己说一说，相爷为朝廷为百姓干过几件好事？"

蔡京道："多了，比如办福田院、居养院、婴儿局、慈幼局等等。"

"是的，相爷所办的这些好事，百姓都记在心中，可是，相爷也办了不少孬事，要不要学生说一说？"

蔡京勉强应道："你说吧。"

"第一，您出尔反尔，本来支持王安石变法。王安石死后您便投靠他的政敌司马光，来一个反戈一击。"

蔡京分辩道："本相那是为了自保。高太后一死，本相便劝先帝哲宗，把'元祐'的年号，改为'绍圣'，所谓圣，指的就是先帝神宗。'绍圣'，就是要继承先帝神宗的神圣事业——熙宁变法（即王安石变法）。到了皇上掌国，本相又力主'绍述'①。"

"错矣，大错矣，正因您主张'绍圣'、'绍述'，才使大宋的党争越演越烈，一直发展到后来的党人碑，凡反对变法的人，不管是官是士，打倒在地，再踏上一只脚，连他们的子孙也不能幸免。甚而，只要与您不和，即使没有反对变法，您也要把他们定为'元祐党'什么的，也来一个打翻在地。您不只要打倒某人，连他们的著作也要销毁。"

蔡京欲辩，话到唇边又吞了回去，只听李纲继续说道："您一家出了一个首相，两个执政，还和皇上攀上了亲家。您家的仆人因您而贵，担任七品以上官员九人。您的妻妾，讨得皇封的五人，真是一人得道，鸡犬升天，国人对您嫉妒死了。还有，您蛊惑皇上，

---

① 绍述：泛指继承前人所为。

搞什么丰亨豫大,铸九鼎、建明堂,为了让皇上享受,您不择手段地敛钱,弄得不少人家破人亡,国人恨死了您。一旦有个风吹草动,就会有人登门找您算账,甚而索命,所以我才教您的子孙们学逃跑。"

蔡京居然没有发怒,不但没有发怒,反心平气和地说道:"你说这些事,有的实有之,有的是捕风捉影。即使实有之事,有些也不是我干的,至于谁干的,我不想说,也不便说,尽管这样,我还是说一声谢谢!"他双手按着书案,站了起来。

这是要送客了,李纲忙也站了起来,双手抱拳道:"学生口无遮拦,说得不对的地方,还请您原谅。学生告辞了!"

蔡京是一个自尊心极强的人,睚眦必报,莫说当面指责他,就是背后说他几句孬话,被他知道了,也要打击报复,今天李纲当面揭他的疤,他居然不恼,居然还说了一声谢谢,这不能不说不是一个例外。

第二个例外,他不只对李纲没有打击报复,反荐李纲做了开封府户曹参军事①。这个官虽然不大,正八品。因地位重要,一些进入一甲(状元、榜眼、探花)的进士,想得到这个官职,也有些不易。一年后,又将李纲擢为开封府司录参军事。

蔡京两次帮李纲,李纲当然感激,逢年过节,总要带上礼物去看蔡京。看了三年之后,他发现蔡京依然我行我素,就不再看了。

李纲与吴敏相识,是在蔡京家里,二人一见如故。李纲因在病中,徽宗欲要迁都之事,直到传得沸沸扬扬,这才知晓,忙抱病去见吴敏,曰:"都不可迁,迁都必亡,请您务必去面谏皇上,加以制止。"

吴敏问曰:"何以迁都必亡?"

李纲便把必亡的原因,一一与之剖析,说得吴敏频频颔首,当即进宫面圣。

徽宗沉思有顷,复问:"以卿之意,这都不能迁?"

吴敏口气十分坚定:"不能迁!"

徽宗叹道:"那就不迁了!"

吴敏忙道了一声:"陛下圣明。"

"都不迁可以,但朕想去江南疗养一个时期,总可以吧?"

吴敏道:"陛下怎么了?"

---

① 开封府户曹参军事:简称户曹参军,正八品。掌户籍、赋税、婚姻、田宅、仓库交纳等事,兼领出入诸县事覆,并与仓曹、兵曹、士曹参军事分季轮流同司录参军事推勘诉讼公事。

"最近，朕经常失眠，头晕、头疼，疼起来像炸了一样。"

吴敏道："您是该疗养了，可是，强敌来犯，您这一疗养，国事怎么办？"

"让太子做汴京留守怎么样？"

吴敏道："留守一职，凡称京的皆置。咱大宋有四京——东京汴梁、西京洛阳、北京大名、南京应天府，每个京都可以置留守。让太子以汴京留守的身份来号令中国，怕是有些号令不了！"

徽宗想了一想道："让太子监国怎么样？"

吴敏道："这倒是个办法。"

徽宗道："那，就这么定了，让太子监国。"

吴敏道了一声好，再拜告退，径奔李纲家中，把皇上要去江南疗养，让太子监国的事讲了一遍。

李纲摇头说道："不可。"

吴敏问："为什么？"

"盛世，皇帝外出时，让太子监国，是再好也不过了。但乱世不行，乱世得有一个既有威望，又有至高无上权力的人来坐镇，不是这样一个人，很难服众。而这个人，就目前来说，只能是皇上。皇上若是定要去江南疗养，那就干脆效法唐明皇，把皇帝之位禅让给太子。"

吴敏叹道："我何尝不是这样想，但是，提出让皇上退位，他若是愿意也就罢了，他若是不愿意，恐怕要招来杀身之祸！"

李纲将头摇了一摇："我不这么认为。"

"您怎么认为？"

"目前的局势，比当年唐明皇在灵武禅位给太子李亨时还要危急。我们要皇上禅位给太子，完全是为江山社稷着想，并非有私心杂念，更非是谋逆，何罪之有？即使因此而获罪，为人臣者在国家危难之时，也应万死不辞。况且，皇上聪明仁慈，这样浅显的道理，岂能不懂？"

他双手抱拳道："吴大人，为了国家社稷，您还是再辛苦一趟吧！"

吴敏想了一想道："你说得有道理，为了国家社稷，我就冒个险吧！"

第二天，早朝后，吴敏又单独面见徽宗，将李纲之言，如实上奏。

徽宗叹道："为了社稷，朕禅位与太子也无不可，朕担心的是，朕禅位之后，会不会成为第二个唐明皇？"

吴敏道："不会吧。"

"何以见得?"

吴敏道:"太子孝名,名扬天下,每当恭显皇后(太子生母)忌日,他不只禁食,还亲作一篇祭母文,以表哀悼。而且,对他的四十五个异母兄弟姊妹,也非常友善,这样一个人,还会让您成为第二个唐明皇吗?"

徽宗道:"朕听说,李亨没当皇帝前,对唐明皇也很孝顺。"

吴敏道:"这事,臣倒没有听说,臣只知道,他父子二人有误会,甚而过节。"

他把话顿住,想看一看徽宗有什么反应,徽宗面无表情道:"说下去。"

"李亨的皇帝,表面看,是他父亲自愿禅让给他的,实际上,他的父皇并不愿意禅位,只是迫于压力而已。所以,他对他的父皇并不怎么感谢。他身边一些献媚之徒,想方设法挑拨他父子关系,甚而,说他父皇想复辟,要他防范。防范的结果,父子失和,晚年的唐明皇,几乎失去了行动自由,陛下,您说臣说得对不对呀?"

徽宗将头轻轻点了一点。

吴敏继续劝道:"您和唐明皇不同,您是诚心诚意要把皇位禅让给太子。而且,还是一步到位。太子岂能不感谢您!这一感谢,太子身边即使也有一些献媚之徒挑拨离间,但不会得逞。"

徽宗道:"卿说得对,但此事关系重大,容朕好好想一想再定。"

吴敏还没走出崇政殿大门,徽宗便将蔡攸、李邦彦、白时中招来,将吴敏、李纲要他禅位给太子之事讲了一遍。这三个奸人,根本没有治理国家的才能,听说金军快要打到相州(今河南省安阳市)了,吓得面如土色,正在想着如何保命,听徽宗这么一说,异口同声道:"禅位好。"

徽宗问:"怎么个好?"

蔡攸道:"臣听说,金军快要打到相州了。相州距汴京也不过四百余里,若非中间有个黄河,金军的铁骑,两天就可以跑到汴京城下。汴京城是否守得住,尚在两可之间,陛下应该早一点离开这是非之地,而离开这是非之地的最好办法,就是把皇位禅让给太子,让太子给您顶缸。若能顶住,那是您禅让有功,若是汴京不保,您已经到了江南,可以号令江南军民死守长江,和金人来一个划江而治,依然不失您的富贵!"

李邦彦、白时中忙附和道:"蔡相说得对,请陛下不要再犹豫了。"

徽宗轻叹一声道:"既然你仨都说禅让好,那就禅让吧。朕这就召吴敏上殿,咱们议一议怎么禅让。"

三奸齐道:"好。"

待吴敏到来之后,君臣商议了一个时辰,方才各奔东西。

宋宣和七年(1125年)十二月二十三日,徽宗正在主持御前会议,突然昏倒了,近臣嚷成一团,有的叫抬到东阁榻上,有的叫就地施救。蔡攸大吼一声道:"都不要嚷了,就地施救。"

就地施救了一刻钟,徽宗方苏醒过来,气若游丝道:"扶朕起来,坐到凳子上。"

李邦彦、蔡攸一边一个将他扶坐到龙椅上。他喘息了一会儿又道:"笔砚伺候。"

内侍忙奉上纸笔,徽宗颤抖着手写道:"朕龙体有恙,不能视事,皇太子赵桓可继皇帝位,朕以教主道君退居龙德宫。"

写毕,苦笑一声道:"诸位,从此以后,我不再称朕,而称予了。有事诸位可直接奏请新天子。"

略顿,赵佶又道:"传太子进殿,即天子位。"

当值内侍刚一转身,赵佶又道:"见太子时,只可说予龙体有恙,不可提传位之事。"

赵桓听说父皇昏倒殿上,一路疾跑,奔至垂拱殿东阁,一进阁门,便改跑为趋,一直趋到赵佶身边,一脸关心地低头问道:"父皇,您怎么了?"

赵佶未曾开言先流泪,拉着赵桓的手说道:"近两个月,予天天失眠,头也晕得厉害,但从来没有晕倒过。不知为甚,今天突然晕倒了,究竟患了什么病,御医也诊不出来。看来,这治理国家的重担,应该由你来担了。"

赵佶原以为赵桓听了他的话,不说是欣喜若狂,至少也是暗自欢喜。赵桓反倒像遭了蝎子蜇了一般,一口回绝道:"父皇,这担子太重,孩儿实在担不了!"

皇帝,至高无上。

正因为他至高无上,他才太诱人了,为了争这个宝座,历史上,父子相残、母子相残、兄弟相残、夫妻相残的数不胜数。赵桓若是真的不想当皇帝,岂能在太子的位置上苦苦等了十四年!

他不是不想当,他是害怕。此时的国家,强敌压境,境内千疮百孔,如同一座即将爆发的火山。龙椅,就放在火山口上,坐上去等于寻死。

赵桓不想死,一再婉拒,且哭着婉拒,趁他哭晕的机会,蔡攸、李邦彦、白时中等一班大臣,把黄袍强行披在他身上,抬到金銮殿,按在那把至高无上的龙椅上。

赵桓既然做了天子,就得履行天子的职责。第一,大封百官,任命少宰李邦彦为龙德宫使[①];进蔡攸为太保、吴敏为门下侍郎,俱兼龙德宫副使;尊徽宗为教主道君太上皇

---

① 龙德宫使:宫观使,祠禄官名。龙德宫,北宋时期宫殿,由端王府扩建而成。

帝,退居龙德宫;尊皇后郑氏为道君太上皇后,迁居宁德宫,称宁德太后;立皇太子妃朱氏为皇后,追封后父朱伯材为恩平郡王;耿南仲为签书枢密院事①、拜李纲为兵部侍郎、童贯为东京留守。因为赵桓的庙号叫钦宗,故称他钦宗皇帝。

谚曰:"新官上任三把火。"钦宗位继大统后,理应调兵遣将迎击金军,可他和他父亲一样,畏敌如鼠,居然遣李棁为使,去金营报聘、乞和。

此时的完颜宗望表面上气势汹汹,大有越过黄河,马踏汴京之意,但心中却似擂鼓一般。西路军深陷太原泥潭,不能自拔;他孤军深入,如果宋军抄了后路,一个也甭想活着回去,倒不如见好就收。

郭药师,这个该千刀万剐的郭药师,见宗望萌生了撤军之意,忙进帐劝阻:"殿下,您也太高看了宋人。赵佶之所以内禅,那是被我军的攻势吓破了胆,让他儿子出来顶缸。他儿子赵桓,也不会比他爹强到哪里。"

宗望问:"何以见得?"

郭药师道:"赵桓若是比他爹强,即位后应当调兵遣将,迎击我军,最好来一个御驾亲征。可他反派了一个胆小如鼠的李棁,向我报聘、乞和。"

"宋人会不会来一个假乞和,暗自调兵遣将,抄我军后路?"

郭药师道:"不会!"

"何以见得?"

郭药师道:"第一,宋军的战斗力,您不是没有见识过。差,特别地差,比辽军还差。领兵的大将,行军时把长枪交给亲兵扛,这样的军队,即使来抄我军后路,也是自取灭亡。第二,耶律大石就把宋人玩得团团转,一个并不高明的'将干盗书',吓跑了十万宋军。第三,宋君昏庸,即使有人给他献计,让他调兵抄咱们后路,宋君也没有这个胆量采纳。"

宗望大喜道:"将军言之有理!"遂挥军南下,克庆源府(今河北省赵县),下信德府(今河北省邢台市),一路凯歌,打到浚州(今河南省浚县)。

浚州是黄河北岸的重要关卡,守卫浚州的是杨戬,手下将士近万人,听说金军打来,如惊弓之鸟,当先开溜,在经过黄河浮桥的时候,由于人多桥窄,被挤下桥的将士近百人。

杨戬逃了,他手下的将士还能不逃吗?逃!但有一人逃过黄河后办了一件大事,一

---

① 签书枢密院事:枢密院官。宋太平兴国四年(979年)置,由官资较浅的枢密直学士充任。

件非常重要的大事——烧毁了黄河浮桥,延缓了金兵的追击。

这个人就是韩世忠,就是那个生擒方腊的韩世忠。

黄河南岸,驻守了两万宋兵,其统帅是何灌。

何灌者,字仲源,开封祥符(今河南省开封市)人。箭术高超,武选登第①,在对辽对夏的战争中,屡立战功。不知为甚,突然患了恐金症。你杨戬敢跑,我何仲源为什么不跑?

跑。他和杨戬一样,撒开脚丫子跑回汴京。

两天后,完颜宗望率金兵来到黄河北岸,寻得十余只小船,自坐一只,乘风破浪,来到黄河彼岸。

他手指滔滔黄河水,对郭药师说:"中国出了那么多军事家,南朝怎么没有一个呢?若有一个,只需派一两千人,把守黄河,我军就是插翅也别想飞过来。看来,南朝真的无将了!"

郭药师笑嘻嘻地附和道:"二太子说得对,南朝是真的无将了!二太子只需将马鞭一挥,不到十天,咱们就可以吃到太学馒头②了!"

宗望一脸欣喜地点了点头。

他突发奇想:"郭将军,此时,南朝若是有几个人复生,能不能救南朝的命?"

"哪几个?"

"寇准,抑或是范仲淹。"

郭药师将头摇了一摇说道:"不能!"

"为什么?"

郭药师道:"前时,末将曾给您说过,南朝兵惰将庸。末将说他兵惰将庸,并非说他没有良将。有,种师道、姚古、王禀、折彦质,都是少见的良将。按照南朝人的说法,他们都是千里马。但是,自古以来,各朝各代所缺的不是千里马,而是伯乐。赵佶不是伯乐,他的儿子也不是伯乐,所用之人,不是无根之人,便是溜须拍马之徒,比如蔡京父子、童贯、杨戬、李邦彦等,这些人文不能治国,武不能安邦,唯有祸国殃民是他们的强项!即

---

① 武选登第:通过武科举考试出仕的官员。武举制度,始于唐武则天,由兵部主持,考试科目有马射、步射、平射、马枪、负重、摔跤等。到了宋代又加一科——军事策略。

② 太学馒头:即开封灌汤包,用烫面做皮儿,肥肉做馅儿,半透明,造型美观,有些像扬州包子,个头比扬州包子小,是开封的名吃。它的前身是宋朝的名吃"太学馒头"。当年王安石变法,整顿太学,宋神宗去视察,新蒸的包子刚出笼,他拿起一个尝尝,味道不错,得意地说道:"以此养士,可以无愧矣!"自此,太学馒头,名扬天下。

使出现了像寇莱公①、范文正公②这样杰出的人才,赵桓也不会用。"

宗望道:"听说赵桓最近启用了一个叫李纲的年轻人,这个人怎么样?"

"听说这个人很有才,但在朝中没有什么根基,且为人刚正,刚易折,南朝这个破大厦,他根本撑不起来。"

宗望哦了一声道:"听将军这么一说,本帅彻底放心了!唉……"他刚刚还是一脸灿烂,突然变得满脸乌云。他指着摇向对岸的那十几只小船,皱着眉头说道:"这十几只小船,就是昼夜不停地渡人,没有三五个月也渡不完呀。何况,还有那么多辎重!得想办法找船。"

郭药师附和道:"二太子所言甚是,末将这就亲自去找船。"

宗望道:"找船的时候,也可来一个走马捎带凤凰城,多弄一些酒肉回来,让弟兄们过年。"

郭药师道了声遵命,掉头而去。

金军在黄河北岸,夜以继日地搜索,强征大小船只,并牛、羊、鸡、鸭以及酒。

赵桓也在忙。

他在忙于接受百官朝贺。

他在忙于终结徽宗的时代,改年号,由"宣和"改为"靖康",这一日是公元1126年农历正月初一。接受过百官朝贺之后,他居然还有闲心跑到龙德宫朝贺太上皇,而太上皇的心思早已不在汴京了。

---

① 寇莱公:即寇准,因他生前被封莱国公,世人便尊称他为寇莱公。
② 范文正公:对范仲淹的尊称。因他谥号文正,故名。

四十一　徽宗买鱼

逃跑路上，有一集市，徽宗想吃鲜鱼，便亲自去买，当鱼贩报过鱼价，他嫌贵，一文一文地砍。

忽见崇政殿外，禁军全副武装，列队待发，后宫的嫔妃们背着大包小包，候轿欲走，李纲暗叫一声："不好！"

李梲硬着头皮，去了金营，见了完颜宗望，两腿一软，跪了下去，膝行而前。

徽宗想迁都，迁都的目的是保命。都虽然迁不成了，但命不能不保。一听说金人打到黄河，又动起了逃跑的念头。但是，他又不想落一个逃跑的恶名，便找了一个借口——烧香，他要去亳州（今安徽省亳州市）太清宫①烧香。给出的理由是："恭奉道君玉音，近来因为国事操劳，忧累成疾，遥向太清宫祷告，旋即康复。如今没有日理万机之繁，可以前往太清宫报谢，定于今春贞元节②前，择日诣亳州太清宫烧香。"

给出的理由无可厚非，但给出的地点，就令人生疑了。

太上老君，陈国苦县（今为河南省鹿邑县）人也。不只亳州有太清宫，他的家乡，苦县也有。徽宗既然想报谢"太上老君让他康复之恩"，为什么不去苦县，而去亳州？这是不折不扣的舍近求远，舍本求末！

借口。

逃往江南的借口。

这个借口，实在太勉强了。

尽管勉强，也是一个借口。有了这个借口，他就可以冠冕堂皇地遣蔡攸先行一步，

---

① 太清宫：始名老子庙，为纪念太上老君而建，地点在河南省鹿邑县城东十里的太清宫镇。唐代，李渊追认老子为始祖，以老子庙为太庙，起建宫阙殿宇，取名太清宫。此后，亳州等地也相继修建了太清宫。
② 贞元节：太上混元皇帝（太上老君）的生日（2月15日）。

为他安排烧香事宜。

蔡攸还没出发,有消息说,金军已经渡过了黄河,吓得徽宗屁滚尿流,于正月初三日二更,带着皇后、嫔妃、皇子、帝姬(即公主),冒着刺骨的寒风,出通津门,坐船南逃。

由于逃得太突然,他只带了蔡攸和几个太监。

他坐的是一条小船,因汴河附近的水流平缓,他嫌慢,舍船登岸,改乘一顶小轿。走了一程,他突然叫停。

"走水路,还走水路!"

他为什么要走水路?

轿是人抬的,而金人是骑马的,马自然要比人快。如果走着走着,说不定从哪里冒出来金军的铁骑,躲都没地方躲。

于是,再乘船。

黑夜中,船不好找,只寻得一艘搬运砖瓦的船。由于跑得太仓促,无暇就餐,一个个饥肠辘辘。蔡攸找到船夫,讨得一个炊饼,呈给徽宗。

徽宗接过炊饼,吃了两口,突然停下来,将炊饼掰了一半,递给皇后。

皇后又把这半个炊饼掰作数份,分给在场的几个嫔妃。

小船行至雍上(今河南省杞县),水浅不能行,一行人正不知如何是好,蔡攸找来一匹叫鹁鸽青的骡子。

于是,徽宗弃舟乘骡,朝睢阳(今河南省商丘县南)飞奔,直到鸡啼,才看到一点点的灯火。走近一瞧,原是一个滨河小市。

小市之民,皆在酣寝,独一老妪家张灯,竹扉半掩。徽宗大喜,扣扉而入。

老妪见徽宗一行,一个个衣服鲜亮,气度不凡,满脸堆笑道:"请问,客人高名上姓,从哪里来,在什么地方高就?"

徽宗文绉绉回曰:"敝姓赵,居东京,已致仕,举子自代。"

说毕,连他自己也忍不住笑了起来,随行者亦笑。

老妪噢了一声道:"原来是一个致仕的官人,失敬了!"

她朝徽宗行了一个"万福礼",请坐献茶,炒了两个菜,热了一壶酒。

三杯酒下肚,徽宗有了精神,笑问曰:"有无可进食的东西?"

老妪道:"我去找找看。"

不一刻儿,老妪捧出八个烧饼,徽宗自留一个,余之,分发给嫔妃、皇子和帝姬。吃过烧饼,徽宗一行继续东逃,黎明,到达商丘,在馆驿中略事休息,补充些衣被之类,又骑骤登程,直到符离(今安徽省宿县北符离集)才登上官舟。

舟至泗上(今江苏省盱眙西北),徽宗问蔡攸,这里距汴京多远?

蔡攸想了一想回道:"一千多一点吧。"

徽宗长出一口气道:"这就好了,金军的铁骑再快,没有三四天时间,也追不到这里。咱就在这里好好歇歇脚吧。"

在泗上住了一天一夜,徽宗恢复了元气。加之,他逃出汴京后,闻讯追来的亲信、侍卫,也纷纷来到,心情又好了起来。

他提出要吃鱼,吃鲜鱼。

负责购物的太监,刚一转身,又被他叫住:"早年,朕在宫掖(掖庭,皇宫中的旁舍)内设立市肆,令宫女当垆卖酒,其他买卖也一应俱全。朕常常穿梭于市肆,或买酒,或买鸡鸭鱼肉,或买生活用品,甚是有趣。但是,真正的市肆,朕还没有去过,卿可带朕去走一遭。"

太监犹豫了一下说道:"遵旨。"

太监在前,引徽宗登岸,来到一个鱼贩跟前,先让鱼贩报了个鱼价,徽宗嫌贵,一文一文地砍,最后以每斤十二文价钱成交。徽宗很高兴,归去的路上,兴致勃勃地咏道:

残腊泛舟何处好,最多吟兴是潇湘。
就船买得鱼偏美,踏雪沽来酒倍香。
猿到夜深啼岳麓,雁知春近别衡阳。
与君剩采江山景,裁取新诗入帝乡。

徽宗正喝着小酒,吃着鲜鱼,蔡攸跌跌撞撞来报:"不好了,来路上,人喊马嘶,尘土飞扬。"

徽宗面如土色道:"是不是金军追上来了?"

蔡攸将头摇一摇说:"不知道。"

"赶紧起航。"

船行不到二里,童贯、高俅驾一小舟飞也似的赶来,高叫道:"陛下,臣护驾来了!"

徽宗忙命停船。

童贯、高俅登上徽宗之船,双双朝徽宗一跪说道:"臣护驾来迟,请陛下恕罪!"

徽宗喜道:"来了就好,何罪之有!"

童贯、高俅异口同声道:"谢陛下。"

"诸卿之来,带了多少兵马?"

童贯道:"三千。"

徽宗道:"三千可矣!喂,朕出巡的消息,卿什么时候得知?"

"正月初四中午。"

徽宗移目高俅道:"你呢?"

高俅回道:"也是正月初四中午。"

徽宗叹道:"疾风知劲草,板荡识忠臣。勇夫安知义,智者心怀仁。看来,满朝文武中,真正忠于朕者……"他指着童贯:"你。"

他又指了指高俅:"还有你。"

遂命高俅上岸,率禁军驻于泗上,控扼津渡。自己则带着嫔妃、皇子和帝姬,继续南逃。沿途官员、厢军、乡绅、百姓纷纷加入,到了扬州,逃难的队伍已达数万。

童贯暗自进谏道:"陛下,您这次南巡,为的是避敌。后边跟了这么多人,甚招人眼。依臣之意,自东京追随而来的人员,包括臣所带之禁军可以留下,其余人等,一概驱退,您说可好?"

徽宗道:"甚好。"

这一声甚好,等于给了童贯一把尚方宝剑,趁过浮桥之机,他带人把住桥头,凡应驱退之人,一个也不准上桥,违命者,杀!

这一杀便是十数人。

一到镇江,徽宗才彻底放下心来,酒足饭饱之后,又开始写字、作画、赋诗,每日里陶醉在温柔乡里。而此时的汴京,乱成一锅粥,朝堂上下,诸大臣就和、逃,争论不休。

但也有另类。

另类者非朝中大臣,而是太学生,以陈东为首的太学生。他们上书钦宗,强烈要求诛六贼,谢天下!

哪六贼?

——蔡京、梁师成、李彦、朱勔、王黼、童贯。

书曰:

谚曰:"打了筒、泼了菜,便是人间好世界。""筒"者,童贯也,"菜"者,蔡京也。

今日之事,蔡京坏乱于前,梁师成阴贼于后。李彦结怨于西北,朱勔结怨于东南,王黼、童贯又结怨于辽金,创开边隙,使天下大势,危如丝发。此六贼者,异名同罪,伏愿陛下擒此六贼,肆诸市朝,传首四方,以谢天下。

钦宗阅书再三,勉强道了一声:"可!"

此时的"六贼",——童贯追随徽宗去了,梁师成、王黼在遭贬的路上。真正在京的只有蔡京和李彦。

李彦和蔡京,虽然同在汴京,但蔡京与李彦不同。蔡京的儿子蔡攸就在徽宗身边,虽然父子不和,但要杀蔡京,蔡攸肯定不会答应。若是硬来,他会不会鼓动徽宗在镇江复帝,果真那样,麻烦可就大了。投鼠忌器,投鼠不能不忌器!若杀李彦,就不存在这个问题。

宋朝有制,不杀三品以上官员及上书言事之人,而李彦为大内总管,还不能杀呢!

对不起,杀人有多种,除了明杀,还有暗杀、毒杀、自杀、诱杀、误杀、天杀、地杀、灾杀、风杀、病杀等等。

李彦死于"毒杀。"

蔡京呢,钦宗法外开恩,编管杭州。

至于王黼和梁师成,则死于"自杀"。

六贼中,除了蔡京之外,最当该杀的是童贯,他不只祸害了昔日的大宋,这会儿还在为徽宗出馊主意,从而祸害新的大宋——也就是宋钦宗所主政的大宋。但是,要铲除他,依然存在一个投鼠忌器的问题。

六贼中,最精的要数朱勔了,在徽宗没有出逃之前,他便来了一个鞋底抹油——溜回苏州,躲了起来,追杀他的天使,找了十几天也没找到,回京复命去了。

处置了"六贼"之后,朝野认为,钦宗比徽宗硬,对金一定会采取强硬的态度,甚而,还会来一个御驾亲征。

殊不知,钦宗和他爹一丘之貉,畏敌如鼠,怯弱无能,又无主见,受了太宰白时中、宰相李邦彦的蛊惑,居然要逃襄(今湖北省襄阳市)邓(今河南省邓州市),以避金人之锋。皇后、皇子已经在打点行装了。

消息传到李纲耳里,差点把肺气炸了。他一蹦而起,想来一个闯宫面圣,却被挡在了紫宸殿外。

值殿侍卫敬重李纲之为人,和颜劝道:"李侍郎,对不起,皇上正在和宰执们议事,卑职不敢放您进去。"

李纲怒气冲冲道:"议事,议逃跑的事吧?我此次来,就是要阻止他们逃跑。闪开!"

他将两手一分,推开挡道的两个侍卫,径直往里闯。

二侍卫交换了一下眼色,一边佯追,一边喊:"站住,李大人,你给我站住!"

钦宗听到叫嚷声,正要发火,李纲闯进来,扑通朝他一跪,叩首说道:"臣有急事,要面见陛下,请陛下治臣闯宫之罪。"

钦宗心中尽管不悦,但面上并未表现出来:"侍郎有什么事,但可奏来。"

"臣听说,有宰执劝陛下放弃汴京,去襄邓避难,有无此事?"

李纲见钦宗不应腔,掷地有声道:"陛下,道君皇帝把宗庙社稷托之陛下,陛下岂能一走了之?"

钦宗移目白时中。

他为什么要移目白时中?

逃往襄邓的主意,是白时中出的。

他这一移,白时中坐不住了,反问李纲:"你觉得,汴京城能守得住吗?"

李纲亦来一个反问:"天下城池,还有比都城更坚固的吗?如都城不可守,还有哪座城池可守?何况,金军已经渡过黄河,这时出逃,金军穷追不舍。我跑得再快,能快过金军的铁骑吗?"

白时中欲说又止。

徽宗移目李邦彦道:"卿意呢?"

李邦彦小声嘟囔道:"不走也可以,但守城得有良将。"

他双手一摊道:"良将在哪里?"

白时中忙附和道:"是啊,没有良将,这汴京城绝对守不住,可良将在哪里?"

李纲道:"良将不是天生的,良将是在无数次战争中炼出来的!"

白时中道:"你说得不错,但金军已经压境,等咱们良将练出来,大宋恐怕已经完了!"

李纲道:"完不了。"

白时中问:"为什么?"

李纲道:"卑职刚才已经说过了,天下城池,没有比都城更坚固的,而汴京既是宗庙社稷所在,又是百官之家所在,凡居住在汴京的官员、百姓,没有一个想让汴京陷敌的,大家一定会众志成城。况且,金人出自荒蛮之地,骑马射箭,是他们的特长,利于野战,不利于攻城。朝廷如果指挥得当,一定能挫败金人的进攻!"

他这一分析,赵桓看到了光明,忙问道:"朝廷怎样做,才叫指挥得当?"

"一是整顿京城兵马,号召全民登城御敌,为保卫京城而战;二是号召全国起兵勤王。勤王之师到来之日,便是金军滚蛋之时!"

钦宗道:"勤王之事好说,朕这就下诏。守城是当务之急,物色一个好的指挥更是急中之急。'国安思良相,国乱思良将',唉,朕的良将在哪里?"

李纲道:"陛下不必发愁,咱没有良将,咱有良相。"

钦宗问:"谁?"

李纲朝白时中、李邦彦一指道:"彼二位便是嘛!"

白时中、李邦彦明知道李纲在挖苦他俩,但又无法反驳,各自狠狠地瞪了李纲一眼。只听钦宗轻叹一声说道:"白太宰、李少宰固然可以称得上良相;但他二人,都是进士出身,虽然熟读经书,但不知军,如何指挥诸将?"

李纲道:"他二人是不知军,当年的寇莱公知军吗?"

"这……"钦宗苦笑一声道:"寇莱公是个奇才,少见的奇才。"

李纲道:"就说寇莱公是个奇才,白、李二相不可比。但他二人,以宰相之尊,暂时担当起调兵遣将、安抚将士、守卫都城的责任,也不是不可以的。"

白时中一直存了一个逃跑的心,压根就没有考虑守城的事,骤然被李纲将了一军,气急败坏道:"李纲,你将我的军干啥?你不是一直认为汴京城可守,既然可守,你为啥自己不出面,指挥军民守城,却指使我等这些憨狗去咬恶狼!"

李纲要的就是他这句话,笑驳道:"我倒是想指挥,得有人要我做指挥呀!"

白时中道:"你身为兵部侍郎,兵部侍郎是干什么的?兵部侍郎是掌军的,所以,由你来指挥汴京军民守城,是再好也不过了。"

李纲微微一笑道:"您也太高看卑职了。咱大宋掌兵的是枢密院、三班院①,兵部只掌管厢军、保丁的名籍及异族部落官员的加恩等。兵部侍郎呢,元丰改制后定为职事官,这一职务仅作为文臣迁转的官禄官阶。您让卑职怎么指挥?"

钦宗道:"这好办,朕把卿的官儿升一升不就得了。"

说毕,手书一诏,迁兵部侍郎李纲为尚书右丞,东京留守。

---

① 三班院:官司名。宋初以供奉官,左、右班殿直为三班。掌低品武臣铨选、差遣,即差充内外任使,如监当、兵马监押、巡检等;考效三班使臣;间或参与朝政。

李纲临危受命，正要出殿去城墙上布防，忽觉气氛不对。

　　不对的原因是，一内侍慌慌张张趋进殿来，朝钦宗耳语了一番。

　　只听钦宗小声叮嘱道："卿可告诉皇后，让她带着皇子、帝姬先行一步，朕晚膳后动身。估计，她们走不到尉氏，朕就可以赶上了。"

　　李纲暗自吃了一惊：他还是要跑呀！而且，目标还是襄邓；而且，还让皇后、皇子先跑！

　　阻止他，我一定要阻止他！

　　怎么阻止？

　　像寇莱公抓赵光义袍子那样，抓住钦宗的袍子，不让他走？

　　不行，寇莱公是大宋朝万人瞩目的簪花少年，是赵光义赏识的宠臣，是权倾朝野的副相！我李伯纪是什么？是一个名不见经传的书生，是一个被朝廷临时抱了佛脚的还没有上任的尚书右丞！寇莱公可以做的事，我李伯纪不能做！

　　硬拦不行，那只有哭谏了。

　　李纲泣拜道："陛下不能走！您这一走，汴京城非陷落不可。"

　　钦宗一脸不悦道："朕不是把汴京城交给你了吗？陷落不陷落是你的事！"

　　李纲哭劝道："您是把汴京城交给臣了，可臣资历太浅，难以驾驭众将领。纵然众将领听臣号令，精兵强将，都让您和太上皇带走了，臣拿什么来守城？还有，士气可鼓不可泄！汴京军民，本来就有畏敌情绪，您若是一走，士气大泄，那城就更难守了。陛下，为了社稷，您千万不能走。"

　　钦宗犹豫了。

　　李纲的救星来了，而且，一来就是两个，钦宗的两个叔叔：燕王赵俣、越王赵偲。

　　二王对钦宗的逃跑，竭力反对。

　　钦宗长叹一声，提笔写了两个字："可回。"押上御印，交给内侍，让他去追皇后、皇子、帝姬。李纲这才出了一口长气。

　　睡了一夜，情况又变，李纲因操心国事，提前半个时辰入朝，忽见崇政殿外，禁军全副武装，列队待发。后宫的嫔妃们带着大包小包，候轿欲走，觉着不对劲，忙向内侍打听，才知道钦宗又要离京出逃，强压怒火，冲着禁军大声问道："尔等愿守宗社呢？抑愿从幸呢？"

　　卫士齐声回道："吾等妻儿老小都在京城，当然愿死守社稷了！"

　　恰在此时，钦宗在众内侍的簇拥下，走了出来。李纲疾步上前，跪倒在地，奏曰：

"陛下昨天已许臣留,奈何复欲戒行?试思六军亲属,均在都城,万一中道散归,何人保护陛下?且寇骑已近,倘侦知乘舆未远,驱马疾追,陛下将如何御敌?这岂非欲安反危吗?"

禁军们纷纷附和道:"陛下,李大人所言甚是!陛下若是留下,吾等愿意以死保卫陛下,保卫社稷!"

钦宗又是一声长叹:"众将士既然这么说,朕不走了。"引来一片欢呼之声。

在李纲的鼓动下,钦宗登上宣德门城楼,当众宣布,改组宰执班子,罢去主张逃跑的白时中太宰之职,迁李邦彦为太宰兼门下侍郎、张邦昌为少宰兼中书侍郎、李梲同知枢密事;设立京师守御行营司,由李纲全权负责,且允许他"便宜从事"。所谓便宜从事,就是说,遇事李纲可以自行决断,不必请示朝廷,引来更大的欢呼声。

李纲有了军事指挥权后,当务之急是部署京城的防御——组织军民修楼橹、挂毡幕、安炮座、设弩床、运砖石、施燎炬、垂檑木、备火油……

京城四面,每面配备禁军两千人,厢军、保丁若干;城内的四万军马,编为前后左右中五军,前军保护东门外的藏有四十万吨粮食的延平仓,后军扼守京师城濠最浅的樊家岗一带。其余三军,作为机动部队,待命听调。

李纲长出了一口气,他坚信,如此部署,汴京城守个三五个月,应该没有问题。只要能守三五个月,各地勤王之师一到,便是金军灭亡之日。

他既高估了自己,也高估了宋钦宗。

俗话不俗:"人马未动,粮草先行。"金军侵宋,若从上京阿城出发,至汴京,将近四千里;即使从东京辽阳出发,至汴京,也有两千五百多里。这么远的距离,不说粮草的征集,单就运输就是一个问题。年内,宋遣使向金求和,完颜宗望之所以想答应,其中一个重要原因,就是担心粮草。

这一下好了,由于李纲的无知,抑或是疏忽,本该重点防守的牟驼岗,他居然未增一兵一卒。

牟驼岗,位于汴京城西北,三面临水,一面是坡,是京城附近的一个军需重地,有无数的草料和两万匹战马,你李纲不给它增兵也可以,你可以把它迁到城内呀,何况,那马不只会跑,也会拉粮拉草,迁它并不是太难的事。

李纲没有迁,金军在郭药师的带领下,不费吹灰之力,占据了牟驼岗。

还有,你李纲既然知道金军要来攻城,而且,也做了长期守城的打算,你为什么不疏散汴京城外的居民,来一个坚壁清野?

其结果,金军来到汴京城下,想抢什么就抢什么,每一个人的腰包都鼓了起来,士气愈发高涨。

相对李纲,完颜宗望就聪明多了,第一,他知道抢占牟驼岗。第二,他搞偷袭,从水路偷袭。

汴京城共有四条河道穿城而过,分别是汴河、惠民河、五丈河、广济河(即金水河),而以汴河最宽。

汴河宽到什么程度,具体数字找不到,但汴京城最宽的一条大街三百零七米,而汴河进城的水道有四个门,可见它的水面之宽。

水面越宽,越是易攻难守。

正月初八日,夜色中,数十艘大船开进汴河,冲向西水门。金军的目标很明确,就是要破坏都城的城防设施,幸亏李纲早有准备,率军顽强抵抗,士兵们将蔡京家的假山拆掉,当炮石用,激战了一夜,金军知难而退,拖着一百多具死尸,撤兵回营。

虽说只死了一百多人,这是金军起兵以来,从未有过的事情,完颜宗望既感到意外,又感到庆幸,守卫黄河的若不是何灌,而是李纲,死的怕就不是上百,而是上千,甚而上万了!

他记住了李纲。

他知道李纲的厉害,单靠硬的一手,很难将汴京城征服,便放出风来,可以和南朝谈,但南朝得来一个宰执级的人物。钦宗听到这个风,立马召开御前会议,商议出使人选。

宰执级的人物一共四个,第一个是李邦彦,他一贯主张求和,派他去最合适,但他装病,双手捂着胸口,连说话都困难。

第二个是张邦昌。

张邦昌也是一个主和派。

他虽然进士出身,但他的官帽是蔡京和王黼给的,名声不大好。

他和李邦彦一样想求和,又怕金人扣他做人质。故而,当钦宗把一双殷切的目光投向他时,他惶惶而避。

他不去,该轮到李梲了,当钦宗将双眼望向他时,他忙将头低下。

钦宗暗道:"养兵千日,用兵一时,到了关键时刻,尔等全都做了缩头乌龟!"

他正要发火,李纲霍地站了起来:"陛下,臣去。"

钦宗吃惊地看着李纲。在他心中,李纲一直主战,而自己却主和,李纲只要不反对,就是烧了高香。而今,他还主动请缨,这可有点反常!难道,他去金营的目的,是想把和谈的事搅黄?一定是这样!如果是这样,不能让他去。

他故作很感激的样子说道:"金营是个虎狼之窝,为了社稷,你自告奋勇去金营,可见对社稷之忠。但是,守城重任系于卿一身,卿须臾离开不得,还是让……"

他自李邦彦、张邦昌等一一扫去,最后,把目光锁定住了李棁,用不容置疑的口气说道:"李枢密,在宰执中,唯有卿和金人打过交道,为了大宋社稷,卿就辛苦一趟吧!"

李棁心中尽管有一百个不愿意,也无法拒绝,硬着头皮,去了金营。但见完颜宗望南面高坐,两旁所列兵士,一个个满脸杀气,双腿一软,跪了下去,膝行而前。完颜宗望厉声说道:"汝家京城,且夕可破,我为少帝(钦宗)情面,欲存赵氏宗社,停兵不攻,汝须知我大恩,速自改悔,遵我条约数款,我方退兵,否则立即屠城,汝主后悔无及!"

说毕,即取出一纸,掷付李棁道:"这便是议和约款,你也当不了家,可速速回去,呈达汝主。"

李棁冷汗直流,双手接纸,也不看是何言语,只是诺诺连声,捧纸而走。

行了数步,忽听完颜宗望喝道:"站住!"

李棁又是一惊,忙立定脚跟,扭头望着宗望,可怜巴巴问道:"将军还有何吩咐?"

宗望道:"我所书之条款,汝朝同意与否,明旦必须答复。我怕汝见了汝主,说不清楚,特遣耶律洪山随汝前去。"

李棁又一个诺诺连声,偕耶律洪山进城。

翌日,不见宋廷那边有甚消息,完颜宗望本想遣人去催问,想了一想,还是用武力施压的好,遂号令三军,对汴京城的通天门、景阳门发起了猛烈进攻。

李纲见金军攻城,飞马而至,哪里攻得紧,他就在哪里出现,或用床子弩[①],或用神臂弓[②],或用滚木檑石,打得金军人仰马翻。

李纲指着城下金军,对左右说道:"金军也不过如此!弟兄们,咱们屡受金军欺负,敢不敢下去和他们真刀真枪干一场?"

一将军高声应道:"有什么不敢!"

李纲举目一望,见那人红面长须,乃是一刀未搏、丢掉黄河天险的何灌,揶揄道:

[①] 床子弩:即"三弓床弩",又称"八牛弩",箭矢以坚硬的木头为箭杆,以铁片为翎,世称"一枪三剑箭",床弩也可发射"踏橛箭",发射的时候蔚为壮观,箭支犹如标枪,近距离发射可以直接钉入城墙里面,齐射的时候,成排成行的踏橛箭牢牢地钉入城墙,攻城兵士可以藉此攀缘而上。

[②] 神臂弓:又称神臂弩,北宋神宗时发明,弓身长三尺三,弦长二尺五,射程远达二百四十多步。

"金军如狼似虎,数百里之外就可以吃人,汝不怕?"

何灌又羞又愧道:"末将不战而退,使我朝丢失了黄河天险,不管什么原因造成,这是末将一生最大耻辱,罪不可恕,因右丞讲情,末将才能活到今天。为了报答右丞救命之恩,也为了大宋社稷,末将愿意率兵出城,大战金军,以死向天下人谢罪!"

李纲道:"好样的,我就知道何仲源是个好样的!你说,你想带多少人出城击敌!"

何灌道:"两千人。"

李纲道:"好,我给你两千人。"

四十二　知耻者勇

混战中,何灌又杀金军数十,被一金将刺中胸膛。他忍着剧痛,举枪向金将刺去。

李纲趋到御案前,双手取了"宋金约书",只这么一瞧,便两眼冒火。

赵桓未为帝时,对做皇帝看得并不十分重,但他做了一个时期后,觉得当个皇帝真不错。

何灌率两千禁军缒城而下,扑向金军。

完颜宗望站在高处,遥望宋兵,笑对左右说道:"他们活得不耐烦了吧!"

左右皆曰:"是活得不耐烦了!"

完颜宗望道:"走,到前边看看,顺便抓几个宋人做下酒菜。"

左右曰:"好。"

完颜宗望打马朝前走去。

走着走着,他脸色变了,变得苍白苍白。

这一群宋兵像一阵风,刮到哪里,哪里就倒下一片金兵的尸体。完颜宗望自跟金太祖阿骨打起兵以来,所向披靡,特别是宋兵,畏其如虎,闻风而逃,今日这是怎么了?玩起命来,看着如猛虎一般的宋兵,和满地的金军死尸及残肢断臂,他害怕了,忙命鸣金收兵。

一般情况下,当一方鸣金收兵之后,另一方就得停止进攻,但因何灌存了一个"以死向天下人谢罪"的心理,听到金军鸣金的锣声,依然紧追不舍。追了百米之后,突然觉得不妥:"我何仲源乃武选登第,不能让金人笑我不懂规矩。"

他掉头对长子何蓟说道:"金人已经鸣金收兵,咱若追之,于理不通,你这就带众将士回城交令。"

何蓟道:"您呢?"

何灌道:"老父要独自追杀金兵。"

"为什么?"

何灌道:"老父罪孽极大,多活一天,多蒙羞一天。老父出征之时,已抱定了以死向天下人谢罪的决心。"

何蓟道:"孩儿不能让您独死,孩儿陪您去!"

何灌斥道:"我死,是我以死赎罪。你死什么?你不但不能死,你还得把这一千多活着的人,安全带回城去,交右丞大人。"

何蓟不敢再言,两眼泪水,默默地看着老父掉头、冲杀。

站在城头上的李纲见金军鸣金收兵,却不见何灌收兵,忙命军士敲响了收兵的铜钲①。

撤退的金军,见何灌独自一人手持长枪追了上来,先是惊疑,待何灌冲到他们跟前,抢挑了两个金兵,由惊疑变成恐惧。

当何灌抢挑了五个金兵之后,方有一金将开始反击,持枪杀向何灌。其他将士见了,忙上前助战,混战中何灌又杀了金军数十,方被一金将刺中胸膛。他忍着剧痛,大喝一声,举枪向金将刺去,金将弃枪而逃。何灌欲追,走了两步,跌倒在地,英勇殉国。此情,宋军并未看见,多年后,是一个金将讲出来的。

李纲鸣金的时候,何灌还没有追上金军,何蓟朝着他去的方向扑通一跪,磕了三个响头,爬起来,忍着悲痛回城交令。

听了何蓟的汇报,李纲叹道:"谚曰'知耻者勇',说的就是何仲源呀!"

略顿又道:"雪耻的方法很多,仲源怎么采用这一种?他不该,他不该呀!"说至此,泪如走珠。

他忽然抬起头来,大声说道:"仲源是个好样的!我相信,一个仲源倒下了,会有千千万万个仲源站起来。"他挥剑高呼道:"最后的胜利,一定属于我们!"

在场的将士,亦高举武器呼道:"最后的胜利,一定属于我们!"

等呼声停下之后,李纲对何蓟说道:"本丞这就进宫面圣,为汝父请功!"

何蓟拜谢过李纲,目送着他走下城墙。

---

① 钲:作战时,用做信号的乐器,用铜所制,形状像寺庙里所敲的大钟,但它的顶部有一个长把手,便于携带。

今天,李纲的心情特别好,他知道最后的胜利一定属于宋,但是,朝廷不这么看,他们患了恐金病,认为战之必亡。如今好了,何灌和他的将士用刀、用血写了一个奏书:金军没有什么可怕——两千宋军,歼敌四千余;一个何灌打的数万金军满地找牙。加之,前天击退金军攻城之事,足以治好朝廷的恐金病。

他高兴得有些早了。

当他来到垂拱殿,被当值内侍拦住:"李大人,皇上和宰执们在议事。"

李纲反问道:"我是不是宰执?"

内侍自知失口,忙赔笑道:"您当然是了。"

"既然本官也是宰执,皇上与宰执们议事,本官不应该进去吗?"

内侍道:"应该。"

李纲冷哼一声,迈开大步走向垂拱殿,内侍抢步前行,向钦宗报信去了。

李纲进得内殿,感觉气氛有些不对,坐在龙案后的钦宗,一脸干笑。御案前方,依照惯例,李邦彦应坐在东排之首,张邦昌坐在西排之首,而今,东排却坐着一个金人,李邦彦、张邦昌、李棁坐在西排。

李纲暗自思道:这个金人,怕就是耶律洪山了。耶律洪山虽然是客,也只是完颜宗望帐前一个判官,怎能坐在左列之首?胡闹,简直是胡闹!他越想越气,正想着如何教训一下这个金人,耶律洪山反倒质问起钦宗来:"你们准备议到什么时候呀?"

李邦彦满面赔笑道:"快了,快了。耶律贵使,您要不要去驿馆休息一会儿?"

耶律洪山冷哼一声道:"还休息呢,你昨晚把我灌醉,我一直睡到太阳快晒住屁股才起来。我已经误事了,回去后我们的大帅不知道怎么收拾我呢!我不能再误了,我只要你们一句话,行与不行?"

李邦彦不敢回答,移目钦宗。钦宗瞅瞅张邦昌、李棁,欲言又止。沉默,沉默得让人窒息。

李纲暗道:"该我说话的时候了。"他移目耶律洪山,盯他有时说道:"我没猜错的话,你就是耶律洪山。"

耶律洪山傲声傲气道:"本使就是耶律洪山!"

李纲故意噢了一声道:"真是你呀,久仰久仰!"

在异国,能听到"久仰"二字,耶律洪山很高兴,笑眯眯地问道:"你知道本使?"

李纲道:"我不但知道你的大名,我还知道,你是辽皇帝钦赐的进士。"

耶律洪山更加高兴了:"连这你都知道?"

李纲道："我不仅知道你那进士是辽皇帝钦赐的,我还知道,辽皇帝为什么要赐你进士。"

耶律洪山来了兴趣,笑意如故道:"为什么?"

"(宋)大观元年(1107年),高丽(国)犯辽,你祖父率两万将士迎击,战死沙场,同时死于沙场的还有你的父亲和你的两个叔叔,天祚帝不只赐你家一块'满门忠烈'的金匾,还赐你为进士及第。我说得对不对呀?"

耶律洪山频频颔首道:"你说得很对。"

"既然我说得对,我想向你请教一个问题。"

耶律洪山大言不惭地道了一声好。

李纲慢吞吞地说道:"满门忠烈的后人,叛国仕敌,这样的人,应不应入《贰臣传》?"

耶律洪山恼羞成怒,指着李纲咆哮道:"你这是羞辱人,我不会放过你的!"

李纲冷笑道:"你别说我,你先说一说你,你死后有何颜面去见九泉之下的祖父和父亲?"

耶律洪山指着李梲,大声问道:"他是谁?"

李纲抢先答道:"爷行不更名,坐不改姓,爷姓李,名纲,字伯纪!"

耶律洪山啊了一声道:"你就是李纲!"

李纲将头重重点了一点。

耶律洪山移目李梲说道:"这个李纲,我大金也有耳闻,说他是头犟驴,有他在,咱们的事谈不成,本使这就回去复命,刀枪上见!"说毕,愤然转身。

李梲移目钦宗,钦宗的眼神,似要他拦住耶律洪山。他未及张口,李邦彦抢先叫道:"耶律大使,您等一等,我有话说。"

其实,耶律洪山也不想走,他那话,一是反击李纲,二是将宋廷之军。

他虽然止步,但没有掉头,冷声问道:"宰相大人有何话要说?"

"您说您昨天喝醉了,其实我和李枢密比您喝得还醉,您闯宫之时,我和李枢密也刚刚进宫,还没说上话。您先到驿馆歇息,吃午饭前,我朝一定给您一个答复。"

耶律洪山冷声说道:"本使再信你们宋人一次。"

他昂首出了垂拱殿。

李邦彦移目李纲问道:"李大人,攻城的金军是不是退了?"

李纲回道:"不但退了,还丢下四千具死尸。"

李邦彦喜道:"这就好,这就好!历史呀,真是能重演。"

463

李棁满目不解道:"李相这话,卑职咋听不懂呢?"

李邦彦道:"《澶渊之盟》你总该知道吧?"

李棁道:"听说过。"

"景德元年(1004年)秋,辽国萧太后与辽圣宗,率大军犯我大宋,打到澶州(今河南省濮阳市)城下,先帝真宗遣使议和,辽人狮子大张口,双方兵戎相见,我朝将士以'八牛弩'射杀了辽之大将萧挞贤(另译作凛),辽人方与我朝签订了要我朝每年给辽银十万两、绢二十万匹的《澶渊之盟》。这个盟约签订后,辽、宋和平共处了一百多年。"

李棁赞道:"这个合约签得值。"

李邦彦道:"所以,咱无论如何不能和金使闹翻。"

张邦昌附和道:"是啊,决不能与金使闹翻。"

李邦彦道:"若是咱们也能与金人签订一个类似《澶渊之盟》那样的合约,也让中国稳定一百多年,咱们一定会留名青史。"

李纲暗自骂道:留你姐那个×,宋真宗在大宋所有皇帝中,虽然是最窝囊的一个,但他在寇莱公的敦促下,尚知道御驾征辽,你们这一伙,却躲在汴京城里,谋划着如何乞降。想乞降,连出使金营的勇气都没有。草包,草包中的草包!

但是,这几个草包,握着朝廷大权,没有他们的同意、支持,抗金就是一句空话。

但是,他们正一门心思乞降,要他们支持抗金,比登天还难。目前只有顺着他们,让金军早点退兵,保住大宋社稷。

让金军退兵的唯一方法,就是签一个类似《澶渊之盟》的合约。

从目前来说,签一个这样的合约还是有希望的。

有希望的表现,金人不只伸来了橄榄枝,它的使者还坐在大殿上催讨结果。现在的问题,就是金人给出了什么条件?而这些条件我朝能不能接受?如果金人给出的条件不十分苛刻的话,签了也好!

他自己给自己来一个否定,金人给出的条件不会不苛刻,而是十分地苛刻,若不是十分地苛刻,这几个草包早就答应了。

他移目李棁道:"金人给咱们谈,不会不提条件,他们给出的条件是什么?"

李棁正欲回答,见李邦彦朝他又是使眼色又是摆手,嘿嘿一笑道:"这个嘛,这个嘛,正在商议。"

李纲满目不悦道:"我知道你们正在商议,但商议的内容是什么,我作为宰执的一员不应该知道吗?再说,我看金使的态度,好似不是叫你们商议,而是要你们表个态——行与不行！而你们又迟迟不表,这内中到底有什么猫腻?"

他见李梲不语,移目李邦彦和张邦昌,二人亦不语。

他又移目钦宗,怒颜说道:"陛下,你们咋都不说话呀?"

李梲可以不回李纲的话,李邦彦、张邦昌也可以不回李纲的话,钦宗不能回,他长叹一声,用右手食指点了点案上那张用金汉二文写就的"约书"说道:"你自己拿去看吧。"

李纲趋到御案前,双手取了"约书",只这么一瞧,便两眼冒火。你道那"约书"的内容是什么?

一、宋输金:金五百万两、银五千万两、牛马驴骡各一万头、锦缎一万匹,作为犒赏费。

二、宋割让中山、太原、河涧三镇与金。

三、宋帝当以伯父礼事金帝。

四、宋须以宰相及亲王各一人入金为质。

李纲把"约书"啪地往御案上一拍吼道:"欺人太甚！当年,辽人那么牛,也只是要我银十万两、绢二十万匹,两国皇帝,则以兄弟相称。他金人,居然要这么多金银牛马,还要我割地,还要我宰相和亲王去做人质,还要陛下……这约书不能签,坚决不能签！"

李邦彦反问道:"若是不签,金军必定要攻我汴京,我汴京城守军,满打满算才四万人,而金军有多少呢? 有十几万。且不说围攻太原的金军正在往这里赶。两下相加,足有二十万。"

李纲道:"守汴京城的禁军固然不算多,但咱还有二十多万保丁。各地勤王之师,也正往这里赶。三者相加,怕是有上百万呢！"

李邦彦道:"远水解不了近渴,勤王之师不能算。"

李纲道:"既然勤王之师不能算,太原的金军也不能算。"

李邦彦道:"也可。但是,保丁也不能算。"

李纲问:"为什么?"

李邦彦道:"保丁大都没有经过严格训练,论战斗力,十个也顶不了一个金兵！"

李刚道:"你这话,我不敢苟同。据我所知,金军中,真正经过杀场的,还不到一半。

就是经过杀场的,大都是招抚的辽军,毫无战斗力可言!何况,战争的胜负,实力是一方面,天时、地利、人和,也是一个重要因素!"

张邦昌见李邦彦辩不过李纲,忙跳了出来,质问李纲:"依你之见,这汴京城一定能守住?"

李纲回道:"只要朝廷下决心守,军民一条心,这汴京城一定能守住!"

张邦昌又问:"如果守不住呢?"

李纲亢声回道:"割了我这项上的人头,以谢天下!"

李邦彦冷笑道:"你这是冒险,是赌气,是拿陛下的安全和汴京城上百万人的命来赌气!"

他掉头对钦宗说道:"陛下,你千万不能听李伯纪的!"

李纲亦掉头对钦宗说道:"陛下,臣斗胆进上一言,这个丧权辱国的条约不能签。如果陛下执意要签,臣这就辞官出宫!"

钦宗笑微微说道:"卿不要赌气,卿也不要辞官。至于和金签约之事,咱们以后再议。强敌围城,人心惶惶,卿的责任重大,卿可以走了,朕和士美他们,再议一些别的事情。"

李纲朝钦宗行一揖礼说道:"谢陛下。"掉头出殿。

李邦彦见钦宗支走了李纲,谄笑道:"陛下,臣以为这合约还是签了好!"

钦宗目视张邦昌问道:"卿以为呢?"

张邦昌道:"臣也以为签了好。"

钦宗又移目李棁。

李棁拱手说道:"臣同意签,而且是越早越好。"

钦宗问:"为什么越早越好?"

李棁移目李邦彦,李邦彦移目钦宗,双手抱拳道:"陛下,您问的这个问题,臣代李枢密来答。与金的合约,为什么签得越早越好?第一,早签早安生。第二嘛,陛下恕臣无罪,臣方敢言。"

钦宗道:"好,朕恕你无罪,你说吧。"

李邦彦双手抱拳,又道了两声死罪、死罪,方才说道:"陛下之皇位,由太上皇禅让所得,但不知陛下想了没有,太上皇为啥要禅让与您?"

钦宗道:"他龙体有恙,不能视事。"

"非也,他是怕做金人之俘。"

他见钦宗不语,又道:"他如果真的龙体有恙,应该留在汴京城治病。而他,却以给太上老君烧香为名离开汴京。真要给太上老君烧香,也应该去太上老君的家乡烧,而他,偏要去江南,舍近求远!他的龙体如果真的有恙,出汴京城后,一天一夜,奔驰三百余里,不但不累,还跑到泗水岸上,兴致勃勃地与鱼贩讨价还价?"

钦宗没有凑腔,却长叹了一声。

李邦彦继续说道:"权这东西,掌久了会上瘾,一旦失去了权力,就会有失落感。太上皇自二十岁做皇帝,独尊了二十五年,突然不尊了,心里本就不好受,追随他的那些人,为了自己的利益,不停地蛊惑他,他便把不再过问朝政的许诺,抛到脑后,继续发号施令。"

钦宗再也沉不住气了,问:"他都发了一些什么号令?"

"第一,凡淮南、两浙等处驿递京师的文书,一律不得放行,听候指挥。第二,凡江东路①各州将士、保丁弓手等,不得随意调动,如有调动,须经申奏太上皇获准方可。同时,行文镇江、扬州、泗州等处,凡差遣到的兵丁,须截留具奏。第三,凡至东南勤王之师,纲运于所在卸纳。"

李邦彦长叹一声道:"太上皇这么做,无疑是把自己依然看作皇帝。谚曰:'天无二日,国无二君。'长期下去,这怎么得了!所以,咱得早些儿把金人摆平……"

他这话对钦宗触动很大,沉思片刻道:"卿说得对。"

"合约的事……"李邦彦二目直视钦宗。

钦宗道:"签,今天就签。"

李邦彦又问:"他们提出的四个条件……"

"全部答应。"

李邦彦复问道:"陛下打算遣哪一个宰相和哪一个亲王入金为质?"

钦宗想了一想道:"宰相的人选嘛……"他自李邦彦始,一一扫了下去,扫了一遍之后,又扫,凡扫到的人,心口无不咚咚乱跳:"千万别是我呀!"

钦宗第三次扫的时候,把目光停在张邦昌身上,笑微微地说道:"子能,宰相的人选就是卿了!"

张邦昌尽管有心理准备,但当钦宗指名要他去做人质,差一点哭了:"陛下,不是臣

---

① 江东路:宋代为了便于统治,把全国分为23路(徽宗时为24路)。江东路,即江南东路,天禧(1017—1021年)间,分江南路置,简称江东路。

不遵圣旨,臣的老母,年已八十,且已病入膏肓,一天不见臣面,哭得泪人一般。"

钦宗道:"卿之令堂,年已八十,倒也属实,但贵体无有大恙。就是如卿所言,'忠孝不能两全',为了大宋社稷,卿就不要推了。"

张邦昌大着胆子辩道:"忠孝是不能两全。但是,如果宰执唯臣一人,臣无话说。而今,宰执不是一个,是四个,为什么非要臣舍孝尽忠呢?"

钦宗道:"宰执是有四个……"

他指了指李邦彦说道:"士美是首相,国家又是多事之秋,他走得开吗?"

他又指了指李棁说道:"李棁是和谈的大使,当金人抛出和谈信息时,诸位都不愿意去,李棁去了。咱不能既叫人家做使者,又让人家做人质。"

李棁朝钦宗报以感激的目光,真想跪下磕三个响头,呼三声万岁!

"至于李伯纪……"

钦宗继续说道:"他负责汴京的守卫,责任重大!"

张邦昌道:"可以换一个人负责嘛!"

钦宗道:"换一个人不可以。"

张邦昌又问:"为什么?"

"金兵还没到汴京,为走和守,文武百官争论不休,但大多数主张走,包括在座的三位,而李纲主守。他不只主守,而且受命于危难之中,担任了守城的总指挥。而且,又两挫金兵,如果让他去金营做人质,他决不会去。即使强行让他去,主战派怎么想?弄不好要引起内乱!"

李邦彦装起了好人:"子能,皇上把话说到这个份上,你就勉为其难吧。"

李棁亦劝道:"子能,金人又不是老虎,去吧。"

张邦昌哭丧着脸道:"好吧,我听皇上的。"

宰相的人选定下来后,就该定亲王了。

宋朝,对封王很慎重,特别是亲王的分封,控制很严,只有皇子才能封亲王,而这些亲王还不能世袭。自赵匡胤立国,到宋钦宗主政,活着的亲王有——燕王俣、越王偲、郓王楷、萧王枢、景王杞、济王栩、康王构、盖王棫、祁王模、莘王植、仪王朴、徐王棣、沂王㮙、信王榛、汉王椿、广平郡王㮙……前两位是钦宗的叔父,后十四位是钦宗的弟弟。有众多的弟弟在,若让两位叔叔去做人质,明显不合适。

于是,赵俣、赵偲给排除了。

余之十四人,最有可能入选的,执政们俱认为是郓王赵楷。

不是最有可能,是一定。

为什么这样说?

在徽宗的王子中,钦宗最长,衮王赵柽次之,但已经死了,老三便是赵楷。赵楷不只英俊,且有才,诗词歌赋、琴棋书画,样样精通。参加科举考试,一举夺魁,在诸皇子中最受徽宗之宠,又曾有过夺储(君)之念,一些大臣也暗中支持。

其实,钦宗心中的人选并非赵楷,而是赵构。

为什么钦宗要选赵构?

钦宗虽然忌恨赵楷,那是他未帝之前。

如今,他不怕了。

不怕的原因,第一,赵楷虽然有才,但没什么城府,玩心也太重,蹴鞠、游猎偶尔,还去会一会妓女,这样的人,成不了大事。第二,宠赵楷的徽宗,已经不是皇帝,不用担心他夺储了。

真正让钦宗有所提防的倒是康王赵构。

赵构,字德基,生于大观元年(1107年)六月十二日,是宋徽宗第九子,生母韦贤妃。韦贤妃的籍贯说法不一,一说她是开封人,一说她是会稽(今浙江省绍兴市)人。不管她是哪里人,说她家里很穷,倒是没有争议。

因为穷,她和她的姐姐,去苏颂家做仆。

苏颂不只在科研上很有造诣,官也做得好,宋哲宗时,官至宰相。

他为人也好,经常接济贫苦子弟。但有点好色,稍有一点姿色的女仆,尽揽怀中。

他睡过韦贤妃姐姐之后,又把双眼盯上了韦贤妃。

那一年,韦贤妃还不到十六岁。

这一日,苏颂早早地用了晚饭,将韦贤妃叫到他寝室。

这一天,韦贤妃等了很久,她刚将衣服褪去,肚子突然疼了起来。

她双手抱着小腹,跑到茅厕里蹲下,轻轻地揉起来,揉着揉着,经血来了,而这一次的经血,又比平常多。苏颂长叹一声,让韦贤妃别房休息去了。

五天后,苏颂再次将韦贤妃叫到卧房,正准备行云布雨,他的眩晕病犯了,脑袋疼得像炸了一般,面色苍白,汗流不止,眼球震颤,恶心呕吐。他不得不将色心收起,遣人去请郎中。此后,也不再打韦贤妃的主意。

韦贤妃十七岁那年,宋哲宗下诏选秀(女),一共选了一百个,韦贤妃就在这一百人之列,她被分派到向太后宫中。

韦贤妃传奇,所生的儿子也非同凡响。

赵构出生那天,满室红光。

遭忌。

仅这一点就该遭忌。

自古帝王,出生时多有神奇之处,商朝的祖先,是他娘吃了玄鸟蛋生的;周朝的祖先,是他娘踩了巨人的大脚印怀的孕;汉高祖刘邦的母亲,是在野处打盹时遇上神龙,怀上了刘邦;宋太祖赵匡胤出生时,满室红光,许多人以为赵家失火了,提着桶,端着盆来救火。

赵构,会不会成为第二个宋太祖呢?

有可能会!

这不只因为他和赵匡胤一样地出生神奇,他天生聪明,博闻强记,且精书法,善真、行、草书,笔法洒脱婉丽,自然流畅,有乃父之风。

他在习文的同时,兼习武。

他擅长骑烈马,他的臂力也特别强,能开一石五斗力的弓,两臂平伸,各悬挂一斛①米,能行数百步,见者无不骇服。

也就是说,他文武双全。在赵桓的众兄弟(大大小小三十二个)中,文武双全的唯赵构一人。

赵桓未做皇帝之前,对做皇帝看得并不十分重,做了一个时期之后,他觉得当个皇帝真不错。

既然不错,我就得做下去,永远地做下去。不管是谁,只要对我做皇帝有所威胁,我就得提防,甚而除掉他。

对我有威胁的赵楷,已经成了死老虎,不用管他。

赵构,这个出生神奇的赵构,这个文武双全的赵构,我得……

入金为质的两个人确定之后,赵桓便命赵构、张邦昌带着"合约"入金。

张邦昌不敢不去,但是,提了一个要求,要赵桓给他写一个"无变割地议"的手诏。

钦宗婉言拒绝。

张邦昌为什么要钦宗给他写一个"无变割地议"的手诏?

那是因为他知道割地之事非同小可,也最为国人诟病和反对,自己入金营之后,朝

---

① 斛:量器单位,宋之一斛米,约合现在 110 斤。

廷若是改变了主意，金人非要拿自己出气，甚而，小命难保。

　　为了自己的小命，他软磨硬泡得到了钦宗的口头许诺——你放心，朕一言九鼎，既然同意割地与金，决不反悔。他这才流泪而出，与赵构一道开城渡濠，前往金营。

四十三　四尽中书

汴京城人闻种师道前来勤王，私相庆贺道："好了，好了，老种经略相公来了，汴京有救了！"

因有"六如给事""四尽尚书"这样的人给金人效力，完颜宗望的胆子又大了起来。

姚平仲率领所部人马，悄无声息地开向牟驼冈，连破金人两个小寨后，直扑完颜宗望的中军大帐。

与金军签一个丧权辱国的合约容易，但要把合约中的内容一一兑现，这就难了。

合约的第四条，"须以宰相及亲王各一人入金为质"，当天便兑现了。

合约的第二条，"宋帝当以伯父礼事金"，只要钦宗愿意，也可以落实。

合约的第三条，"割让中山、太原、河涧三镇地给金"，落实起来就难了，这不单单因为反对声"汹汹"，更重要的是，坚守太原的张孝纯和王禀不同意交割，且以武力拒之。

不只第三条难以落实，第一条——"输金（国）金五百万两、银五千万两、牛马驴骡各一万头、锦缎一万匹，为犒赏费"，落实起来，难度也非常大。

金人也很"体谅"宋廷：三镇暂时不能割让，那你就把三镇的地图给我送来吧。作为犒赏费的钱物，你能送多少就送多少，什么时候送齐，我什么时候走。但是，有一点得说明，十万大军聚集汴京城外，时间久了会闷出病了，为了不让他们闷出病来，他们得轮番到周围州县散散心，抑或是找几只活鸭活鸡吃吃，也可以找几个女人玩玩。

钦宗因为自己不能践约，明知金人这样做不对，但也不敢多说什么，只有加紧敛钱敛物，早日满足金人的要求。

金人很刁，他所要的犒赏费，非得真金白银。

钦宗喏喏。

为了敛金敛银,把宫殿、各官府以及宫观寺庙的金银搜刮一空,钦宗不仅自己避殿减膳,且命令所有曾被赐予金银的人,交出所赐金银。尽管这样,还不能凑够所需的金银。

李邦彦不失时机地站出来给他支着儿:"陛下,您能不能颁布这么一道诏书,凡私家存有金银的,一律上缴朝廷。"

钦宗摇头说道:"这怕是不行吧。"

李邦彦道:"咱不白要他的,朝廷收到他们的金银后,按照黄金、白银兑换铜钱的比例,给他们兑换成铜钱。"

钦宗道:"这个法不错。但是,就怕国人不愿兑换。"

"强迫他们兑换。"

钦宗叹道:"'财不露白',谁家有无金子银子,有多少,咱又不知道,怎么强迫?"

"咱不知道,有人知道。"

钦宗道:"那'有人'会给咱们说吗?"

"会。"

钦宗道:"你怎么这么自信?"

"我特别信奉秦汉的黄石公的一句话。"

钦宗道:"什么话?"

"芳饵之下,必有悬鱼;重赏之下,必有死夫。"

钦宗噢了一声道:"朕明白了,你是要朕重赏告发者。"

"对。"

钦宗道:"怎么赏?"

"凡告发者,是金子,可以赏告发者十分之一;是银子,则赏他五分之一。"

钦宗道:"好,这个法好!"

宋钦宗这边,正在想方设法为金人敛钱,各地奉旨勤王的大军陆续来到汴京。当先到达的是一个名不见经传的小人物——马忠,他自京西路募兵两万,直趋汴京,见金兵在顺天门外游掠,麾众而上,把金兵打得七零八落。

第二个到达的是种师道,他已经七十五岁,长髯飘胸。徽宗内禅之前,将他启用,授为两河(河东、河北)制置使,要他入京勤王。

此时,他的种家军由他的亲弟弟种师中带领正与西夏军作战,脱不开身,他便前去泾原路,征兵一万余,亲自率领,倍道进京。都人闻他到来,私相庆贺道:"好了,好了,老种经略相公①来了,汴京有救了!"

钦宗虽然与金签了和约,但金军不走,心中不踏实,闻种师道至,喜出望外,即命李纲开安上门,迎他进城,当即面圣。

钦宗一见种师道,直言相询道:"今日事出万难,卿意如何?"

种师道答道:"女真不知兵,宁有孤军深入,久持不疲吗?"

钦宗道:"已与他讲和了。"

种师道直言不讳地问道:"为什么要和?"

钦宗道:"汴京城被金兵所围,形势严峻。"

种师道反问:"有多严峻?"

他自问自答道:"就是严峻,也不应和!何也?汴京城方圆八十里,金军只有十万,他能围得住吗?就是围得住,城内的居民上百万,囤积的粮食可食数年,只要能守上一个月,各地勤王之师就会陆续来到。可金军兵临城下才四天,朝廷便和金签订了合约。即便是和,也绝不到割地称臣的地步!"

钦宗满面通红,正不知如何回答,李邦彦说话了:"老种经略相公,你是饱汉不知饿汉饥,若不是皇上采取断然措施,与金人讲和,金人早就打进汴京城了。哪还容你站在这里和皇上商议军国大事?"

种师道冷笑一声道:"真的吗?"

李邦彦道:"殿上无戏言。"

种师道反问道:"我刚才说的那一番话,你听到了吗?"

"听到了。"

种师道道:"既然听到了,我问你,四天时间,金军有无可能攻进汴京城?"

"有。"

种师道又问:"何以见得?"

"你听没听到过这样一句话?"

种师道问:"什么话?"

"女真不满万,满万不可敌。"

种师道又来一个反问:"既然'满万不可敌',只率领两千宋军的何灌,为什么把数

---

① 老种经略相公:与之相对的是小种经略相公(种师道弟弟种师中),兄弟俩都在西北边境做过经略安抚使。经略安抚使是统管一路军政的最高长官。相公,则是对人的尊称。

万金军打得满地找牙,留下数千具死尸,惶惶而退?"

李邦彦不肯认输,反问道:"这事是你亲见?"

种师道反击道:"李右丞的话还不可信吗?"

李邦彦瞅了瞅李纲,见他一脸鄙夷瞅着自己,将嘴张了张,又合上了,悄然退到一旁。

李纲暗自喜道:"还是老种经略相公厉害,三言两语,便把祸国殃民的李邦彦给镇住了!他的到来,乃主战派之福,社稷之福也!"

他高兴得又有些早了。

钦宗这个王八蛋,治国无方,但和他爹一样,既把权看得很重,又把御臣之术,等同于耍小聪明。

李纲。

有个性的李纲。

有个性的人都难以驾驭。他虽然授李纲为右丞和东京留守,那是金兵压城,迫于无奈。而李纲呢?又指挥有方,两挫金兵,在军民中享有很高的声誉。军民颂扬李纲、颂扬主战派,无疑是对钦宗,对以钦宗为首的主和派的一种鞭挞。

不管怎么说,与金的和约已经签了,无了亡国之忧。

既然无了亡国之忧,这李纲不能再用了。但是,骤然解除李纲职务,会给国人留下一个卸磨杀驴的口舌!唯一的办法,就是分李纲的权,怎么分?分不好会遭到国人和主战派的反对。

这一下好了。

种师道来了。

种师道资格老,战功大,以他为首的种家将誉满天下,西夏军畏之如虎。把李纲的军权分一些给种师道,他李纲心中就是有一百个不愿意,也是哑巴吃黄连——有苦说不出来。

于是,当着种师道和李纲的面,宋钦宗口授一诏:授种师道为同知枢密事,充京畿、河北河东宣抚使,统四方勤王兵及前后军。

李棁呢?

罢去同知枢密院事,改封中书侍郎。

中书侍郎是正式的副宰相,李棁很高兴。

种师道由地方官升任京官,且是掌军的京官,宰执一级的京官,当然也高兴,他谢恩而去。李邦彦和李纲等人也跟着告退。但李邦彦走了几步，又折了回来，对钦宗说道："陛下，不知道您留意了没有？李纲和种师道臭味相投，他俩若是联手作怪，非朝廷之福也！"

钦宗问："为之奈何？"

"您得掌握一支您自己能指挥的军队。"

钦宗笑微微道："朕是皇帝，只要是大宋的军队，哪一支朕不能指挥呀？"

李邦彦道："您是都能指挥。但是，大宋在汴京的军队，您能指挥，李纲、种师道也能指挥。而且，他俩还是直接指挥，谚曰：'县官不如现管。'"

钦宗略思片刻道："朕已有诏，在汴的军队，概归李纲和种师道指挥，朕若是拉出来一支，由朕自己指挥，他们会不高兴的。"

李邦彦道："臣倒有一个办法。"

"什么办法？"

"已经在汴的军队的指挥权不动，从各地勤王之师中拉出来一支，由您直接指挥。"

钦宗道："这办法可行。但是，各地前来勤王的军队，大大小小几十支，拉哪一支呢？"

"就拉姚家军这一支。"

钦宗道："没听说姚家军来勤王呀？"

"明天就到。"

钦宗道："带队者何？"

"姚平仲。"

钦宗若有所思道："姚平仲，朕知道了，号'小太尉'的那一位，与童贯有些不和。"

李邦彦道："这事，责在童贯。"

钦宗道："请道其详。"

姚平仲，字希晏，出身将门世家。

北宋，一共有四大将门，依次是折家将、种家将、姚家将和杨家将。

折家将不只有自己的私军，还有自己的地盘，从唐末五代，至北宋，十代为将，杨业夫人佘（折）赛花，就是第四代折家将折德扆的女儿。

姚家将的开山祖师是姚兕，姚平仲是姚兕的孙子，幼孤，从父姚古收养了他。十八岁时，首次上战场，独自一人，枪挑西夏军将士二十八人，西夏军视其为魔鬼，此后，每有战，他一出战，西夏军便逃之夭夭。童贯奇之，在大帐里召见了他，二人因言语不和，童贯恨之,隐其功。关中豪杰对他十分推崇,称他为"小太尉"。成都盗起,宋徽宗遣童贯讨之,屡为贼败,童贯不得不将姚平仲起用。未及一月,贼平,论功行赏时,平仲曰:"告童大人,末将不愿得赏,愿一见皇上。"

童贯愈加恨之,又来一个隐其功。

钦宗恨声说道:"这个童贯,典型的嫉贤妒能!"

李邦彦附和道:"陛下圣明,童贯不只嫉贤妒能,还畏敌如鼠,大宋有今日之祸,全是由他造成,可太上皇却视他为宝,唉,这个太上皇呀!"

钦宗道:"咱先不说太上皇,咱说姚平仲。朕若是亲自掌握姚平仲这支部队,得师出有名呀。"

李邦彦又道了一声:"陛下圣明。"

钦宗笑责道:"卿别一个劲地拍朕马屁,朕很想知道,怎样做才能'师出有名'?"

李邦彦道:"让姚平仲做都统制。"

钦宗颔首说道:"这法行。这样做,掌军的三权鼎立,就是某一两个人想作怪,朕也不怕了。"

李邦彦频频颔首。

"明天,姚平仲一到,卿马上带他到福宁殿(正寝殿,原名万岁殿)见朕。"

李邦彦双手抱拳道:"臣遵旨。"

第二天午时,姚平仲来到了汴京。

继姚平仲之后,又有十几支勤王的部队开到汴京。

汴京出现一个奇异的景象:开封城所有的大门洞开着,一方面大宋的勤王部队源源不断地开到,城里住不下,便驻扎城外。另一方面,成群成群的宋人,带着数不清的金银绢帛、食吃酒肉走进牟驼冈。

他们为什么要走进牟驼冈?

因为完颜宗望驻扎在这里。

完颜宗望见各地勤王的宋军越来越多,特别是种师道的到来,心中不免有些惊慌,忙将金军撤到牟驼冈,整理器械,修筑工事,等候宋军的进攻。

等了几天,宋军不但没有进攻,反而来送钱送物。完颜宗望笑了:"宋人真逗!"

宋人确实逗,为搜刮送给金人的这些东西,中书侍郎李悦亲自出面威胁汴人:"诸位,把金子银子、牛马猪养和美酒,都拿出来吧,要不然金军杀进城来,'男子杀尽,妇女掳尽,公室焚尽,金银取尽'。"汴人给他送了个绰号——"四尽中书"。

前有"六如给事",后有"四尽中书",这也是宋朝官员的一大特色。

因有一大批像"六如给事""四尽中书"这样的人给金人效力,完颜宗望的胆子逐渐大了起来,不但遣兵四处抢掠,还到处挖墓,且放出风来,要挖宋陵。宋钦宗再混蛋,也不能让金人祸害他的祖先。他得到消息后,当即召李纲、种师道进宫,商议如何对付金人。

李纲乘机进谏道:"金人外强中干,他号称十万,可我谍人说,真实的数字不到八万,真正的女真人才一万多,其余皆是辽人。而辽人与金人有灭国之仇,加入金军,出于无奈。我朝若是和金军打起来,他们即使不反戈一击,也不会出真力。我朝呢?不说驻扎京城的四万禁军,单各地勤王部队已经集结到二十余万。在这二十余万人中,种家军、姚家军久经沙场,不说以一当十,以一当二不成问题,我怕金人个鸟!"

略顿,李纲又道:"即使这样,我也不急着与金人开仗。为什么呢?女真人确实能打,而我方呢?又有'六如给事'、'四尽中书'等等一些败类拼命地长辽人志气,致使不少国人犯了恐金病。为稳妥之见,我拿出十八万军队,把牟驼冈包围起来,但只围不打。再拿出五万军队,埋伏在黄河北岸。"

他舔了舔嘴唇说道:"什么时候打呢?那就看金军了,他见我包围了他,也许会突围,也许按兵不动,等包围太原的完颜宗翰来援。他若是突围,我就让他突,追而不打。什么时候打呢?追到黄河岸边再打,即使我方败了,我方还有伏军,这五万伏军乘金军渡河之时,一齐出击,金军必败无疑!"

他又舔了舔嘴唇说道:"他若是按兵不动,静候援军,我朝可遣城中的禁军,埋伏在太原至汴京城的要道上。完颜宗翰不来则已,若来,叫他有来无回。完颜宗望等不到援军,不得不突围,到那时,就不用臣再说了吧!"

种师道满面欢喜道:"不用了。"

他移目钦宗:"臣看李右丞说的可行。"

钦宗道:"朕也觉着可行。"

这话说了不到两个时辰,钦宗变卦了。

变卦的原因,来自李邦彦,李邦彦一心主和,如果照着李纲设计的这个方案去做,不说将完颜宗望的这支部队全部吃掉,至少也让他吃一个大败仗,这样一来,李邦彦就很没面子了。为了自己的面子,李邦彦挑拨说:"陛下,臣曾给您说,李纲和种师道臭味相投,他们所设计的这个方案,不是为了歼灭金军,而是为了激怒金军。金军虽然放出风来,要扒皇陵,但并未行动,他们这样一整,金军一定发怒。金军若是一怒,必定拿皇陵出气。皇陵若是被金军扒了,您就会落下不肖子孙的骂名。"

钦宗倒吸了一口凉气道:"若非卿提醒,朕差一点成了千古罪人。李纲之说不可行,依卿之见,下一步该怎么办?"

"咱已经和金签订了合约,该送的东西也送得差不多了。依臣之见,继续执行和约,方保皇陵无虞,社稷无虞。"

钦宗轻轻颔首说道:"此计比较稳妥。但是,朕已当着李纲和种师道的面表态,'李纲之计可行'。如果继续按'和约'行事,他们岂不要说朕出尔反尔?"

"皇陵葬的可是您的祖先呀,事关您的祖先,您不能怕他们说您出尔反尔!"

"这……"钦宗道:"就是事关朕的先祖,但朕自己说的话又自己否定,总有些张不开口。"

李邦彦想了片刻道:"您实在觉得张不开口的话,找一个人把您的意思转告李纲和种师道。"

"这倒是个法儿,可让谁转告好呢,是你,还是李悦?"

李邦彦摇头说道:"俺俩都不行。若是让俺俩转告,只能起副作用。"

"那,那你说让谁转告好呢?"

李邦彦道:"吴敏。"

钦宗道:"吴敏刚刚葬过母亲,在家守孝呢。"

"可以夺情①嘛!"

钦宗道:"那,朕这就召吴敏上殿。"

谁知,吴敏反倒赞成李纲的主张,且进言道:"陛下若是怕金人祸害皇陵,可遣一支劲旅前去护陵。"

钦宗想了又想道:"卿说的倒是一个法儿。卿觉着遣哪支部队护陵最好?"

吴敏脱口说道:"姚平仲。"

钦宗点了点头,忙遣人去召姚平仲。

姚平仲本就是一个莽汉,又急于立功,摇首说道:"陛下,臣以为,护陵是下下策。"

钦宗忙问道:"上上策是什么?"

"劫金军之营,纵使不能将金军全歼,也叫他缩在牟驼冈不敢露头。若如此,那皇

---

① 夺情:古代官员遭父母丧,须去职在家守丧三年,但朝廷对朝廷要员,可命其不必去职,著孝服办公,但不参加吉礼;或守丧尚未期满应朝廷之诏出而任职,叫夺情。

陵还需要保护吗？"

钦宗额首说道："卿言是也。但是，朕问卿几个问题，卿可要如实回答。"

姚平仲道："臣不敢欺君！"

"若由卿带兵去劫金营，卿有必胜的把握吗？"

姚平仲道："有！"

他怕钦宗不信，补充道："当年，西夏与我朝作对之时，臣曾两次带人劫夏军之营，打得他落花流水。"

钦宗点了点头又问："卿觉着什么时候去劫金营合适？"

姚平仲道："越早越好。"

"早到什么时间？"

姚平仲道："最好是今夜。"

钦宗啊了一声道："今夜就去劫？"

姚平仲道："对，今夜就去。"

"今夜就劫，是不是急了点？"

姚平仲道："劫营这事，最好在夜里，对不？"

钦宗轻轻额首。

姚平仲又道："何为劫？就是乘敌人不备，突然向他发动攻击。最近呢，我朝是不是天天往金营送东西？"

钦宗又将头轻轻点了一点。

"既然我朝天天往金营送东西，金人还会想着我要劫他营吗？不会，肯定不会。既然不会，就不会有备。臣所以敢向您保证，劫击金营一定能成功，就是因为金人不备。如果我只议不动，抑或是议它个三五天后再动，这期间，难保无人给金军送信，抑或是被金之谍人侦知，那时再劫营，只能自己送死。"

钦宗移目吴敏："卿以为姚将军之言可行不？"

吴敏道："臣以为可行。只是，劫击金营不能一劫而撤，得有大军跟进。再之，劫了金营，就等于撕毁和约，这么大的事，得和宰执们议一议。"

姚平仲道："这事不能议。为和与战，金军未曾犯我朝之时，就在议，一直议到金军兵临汴京城才定下来。今日之事急，议了只会误事，这是其一。其二，这事不能让太多的人知道，我不敢说宰执里边一定有人通金；但我也不敢说没有人不通金；更不敢说有人有意抑或是无意把这消息泄露出去。"

钦宗再次移目吴敏。

吴敏道:"臣觉着,姚将军言之有理,不议也可。但是,如此大的事,特别是大军跟进的事,谁跟进? 得让掌军的李纲和种师道知道。不只知道,还得同意。至于李邦彦,他是首相,也得让他知道。"

钦宗道:"卿说的是,朕这就召李邦彦、李纲、种师道进宫。"

不一刻儿,李邦彦、李纲、种师道趋进崇政殿。对于夜劫金营之事,三个人各抒己见。

李纲双手赞成。种师道也同意,但他说得等一个人,这个人是他的弟弟种师中。种师道的理由是,各地勤王之师,除了姚平仲带来的那一万多人,全是乌合之众,这些乌合之众,也包括他自己带来的那一万多人。

李邦彦坚决反对:"和约已签,金人所提的四个条件,大都已经落实,三五天内,金人就会自动撤军,不必落下一个毁约和不诚信的恶名。"

姚平仲当即反驳道:"与强盗还有诚信可言吗?"

李纲附和道:"姚将军说得对,与强盗确实无诚信可言。如果硬要讲诚信,那是金人自己不讲诚信,'和约'签订后,我朝积极履行,他们呢? 四处抢掠,奸淫烧杀,连死人都不放过!"

李邦彦不肯认输,又甩出一张牌:"好,咱不说毁约的事,咱说一说康王和张少宰,他二人奉旨入金营为质,咱如果去劫营,他二人性命怕是难保!"

李邦彦原以为甩出康王这张牌,钦宗顾及兄弟之情,就会打消劫营的念头。

他错了。

他若是不打康王这张牌,只强调毁约的坏处,在和与战之间,钦宗也许还会犹豫。他这一打,反倒使钦宗下决心与金军开战,借金军之手,除掉康王。但是,赵构若因我劫金营失了性命,会被人嚼舌根的。为了不让人嚼舌根,得听一听其他人意见。

他目扫众人,自李纲而种师道,再姚平仲。

"姚将军,李相的话,你听到了吧?"

姚平仲回道:"听到了。"

他为什么要点姚平仲的将,而不是吴敏、种师道。

他知道姚平仲是个粗人,又急于立功,不会因为顾及赵构的命而改变自己的主张。

他继续问道:"咱若是去劫金营,康王的安全确实是一个问题。对这个问题,你怎么看?"

姚平仲道："自古以来，两国交兵，不斩来使，大可不必为康王的安全操心……"

钦宗暗自喜道："看来，我没看错人。"

姚平仲继续说道："金人不傻，他不会杀康王的！"

钦宗追问道："就是因为'两国交兵，不斩来使'吗？"

姚平仲道："也不全是。"

钦宗鼓励道："说下去。"

"金人若是因为咱劫了他营，就杀了康王，只能激起咱朝将士对他们的仇恨。若是不杀康王，继续留做人质，咱朝将士向他们进攻的时候，就会投鼠忌器！"

钦宗颔首说道："有道理！"

他重重地咳了一声说道："既然康王的安全没有问题，姚将军，朕同意你夜劫金营。至于大部队跟进问题……"

他指了指四大臣道："你们再议一议吧。"

议的结果，由姚平仲率领所部人马，于当夜三更，去劫金营，由李纲率领禁军接应。

晚餐后，种师道拜访李纲，一脸凝重地说道："我想了又想，今夜就去劫金营的事不可行。"

"为什么？"李纲问。

"金人收缩部队，且退守牟驼冈，既怕我军将他各个击破，又防我军劫营，这是不可行原因之一。再说，劫营是战争中克敌制胜之常法，这种方法的应用，首要的条件是乘对方不备，突然发起攻击。刚才我已经说了，金人已经有备。而且，朝廷中有相当一部分人主和，主和到什么程度，主和到向金人摇尾乞怜的地步，这些人会不会给金人通风报信呢？我想会的，这是不可行原因之二。姚平仲这个人武艺高，勇敢，但有些爱表现自己。爱表现自己，看在什么时间什么地方表现，在某些特定的时间和地方，这也不算缺点。关键是，他打起仗来，刚开始，抑或是己方占优势，他每每冲锋在前，己方一旦转为劣势，或者失败了，他逃得比兔子还快。这样的人，不可统率一军。"

李纲以为种师道怕姚平仲立了奇功，盖住了他，嘿嘿一笑道："老将军，劫金营之事，是皇上让咱们一块儿商议后定的，若是再变，怕是不好吧。"

种师道长叹一声，没有再说什么。

劫营之事如期进行。

宋靖康元年（1126年）二月一日夜三更，姚平仲率领所部人马悄不声息地扑向牟驼冈，连破两个金人小寨后，直扑完颜宗望的中军大帐。

一进帐,惊得他大张着嘴巴,脊梁沟里冷汗如雨。

空帐。

偌大一个中军大帐,空无一人。

"撤!"

他第一个撤出中军大帐,跑了不到百步,金军呐喊着从四面八方杀过来,将姚平仲所部包围起来。姚平仲拼命夺路,才得逃脱。他偷鸡不成,反蚀了一把米,自知回城后性命难保,干脆弃军而去。昼夜驰行七百五十里抵达邓州,将马累死,觅一青骡,又胡乱扒了几口饭,继续狂奔,一直奔到大面山①,"度采药者莫能至,乃解纵所乘之骡,得石穴以居。"

李纲不知道姚平仲劫营失败,率禁军两万,兴冲冲地出城接应,行至牟驼冈,遇姚部突围之将,方知姚平仲弃军而逃,正想着是进是退,完颜宗望率金兵杀来,忙命兵士用神臂弓射之,金兵方退,陆续收得姚平仲残部,得一千二百人,垂头丧气返回汴京城,见了种师道,一脸羞愧道:"愧不听老将军之言,罪过,罪过!"

种师道安慰道:"胜败乃兵家常事。况且,此事也怪不得你。我有一法,也许将坏事变好事。"

李纲忙道了一声:"请讲。"

种师道不紧不慢地说道:"昨夜袭击金营,虽然失败了,但失败是成功之母。今夜,咱还袭,这在兵法上叫出其不意。如果还失败的话,咱继续袭,袭十次、二十次之后,金军势将疲惫,无法支撑,只有退兵一途。他退,我进,加之沿途保丁百姓的袭击,他们的人马能逃回去一半就很不错了。"

李纲连道好计:"走,咱俩这会儿就去面见皇上。"

---

① 大面山:位于四川省万源市东南部水田乡。它险峻雄伟,森林茂盛,平均海拔1100米,乃道家三十六洞天七十二福地之一。

四十四　赵构质金

耶律洪山将茶杯一墩说道:"大宋皇帝陛下,你不要再演戏了!"

忽一人大声喊道:"打死这个卖国贼!"一人呼,万人应,且骂且打,乱石如雨点般地飞向李邦彦。

钦宗做了三件好事之后,又开始做坏事了。种师道私下发了几句牢骚,被罢官归里。

姚平仲失败的消息,呈报钦宗后,他不迭声地说道:"怎能是这样?怎能是这样?"

他一屁股蹲在龙椅上,长叹一声道:"宣李相见驾。"

不一刻儿,李邦彦趋了进来,朝钦宗行一吉拜礼①说道:"陛下召臣,有何赐教?"

钦宗抬头瞅了李邦彦一眼,又长叹一声方道:"悔不听卿言,姚平仲他们这样一整,恐怕要激怒金人……"

李邦彦道:"不是恐怕,是一定会激怒金人!"

"为之奈何?"

李邦彦道:"等吧,等他们登门问罪,看他们有什么要求,咱再商议。"

钦宗又是一声长叹:"也只有这样了。"

话刚落音,通传太监趋至御案前,小声说道:"启奏陛下,李右丞和种枢密前来觐见陛下。"

钦宗眉头微皱道:"让他们进来。"

通传太监未及转身,李邦彦移目钦宗说道:"陛下还是不见他俩为好。"

"为什么?"

---

① 吉拜礼:行礼拱手时弯腰呈五十度。

李邦彦道:"他俩是惹祸的祖宗,结伴来见您,又赶在这个时候,一定是为洗刷自己而来,您见他俩干什么?"

钦宗点了点头,对通传太监说道:"告诉他俩,朕有事,隔天再见吧。"

通传太监去而复来:"启奏陛下,李右丞和种枢密,说有急事上奏。"

钦宗以目征求李邦彦,李邦彦道:"有什么事,可以让他写个奏折嘛!"

钦宗移目通传太监:"就照着李相所言去传。"

通传太监躬身趋出。

李纲、种师道见钦宗不肯相见,只得将连续袭击金营之计写了一个奏折,上呈钦宗。

钦宗看了他们的奏折,弹给李邦彦。李邦彦阅后,嘿嘿冷笑两声道:"劫营之事,重在一个突然,哪有一劫再劫的道理!他俩都是猪脑袋!"

正说着,通传太监又报:"金使耶律洪山求见。"

钦宗虽然料到金人会来问罪,但没有想到,来得如此之快,一脸惶恐道:"李相,朕是见与不见?"

李邦彦叹道:"该挨打就得脱裤子①。见吧,见吧!"

钦宗长叹一声,对通传太监说道:"让金使去宣德殿觐见。"

宣德、宣和二殿,是宋君接见外国使者的地方,这两个地方,耶律洪山并不陌生。他昂首走进宣德殿,向钦宗行以拱手之礼。司礼太监喝道:"应行三叩九拜之礼!"

耶律洪山冷声回道:"不必!"

司礼太监质问道:"为什么?"

"正月十四日之前,也就是'宋金和约'未签之前,金宋两国,是兄弟关系。那和约一签,关系变了,金为伯父,宋为侄。故而,本使见了你们皇上,行拱手之礼就已经很高看你们了!"

钦宗又羞又气,又不敢发作,等耶律洪山把话说完,方才问道:"贵使前来,有何贵干?"

耶律洪山冷笑一声道:"你不要装傻!"

钦宗故作惊讶道:"贵使这话从何说起?"

"你还在装傻!我来问你,你的爱将姚平仲昨天夜里干什么去了?"

---

① 裤子:原称之"绔""袴"。春秋时期,古人已穿裤子,那时的裤子不分男女,都只有两只裤管,其形制和后世的套裤相似,无腰无裆。

钦宗道:"在他营中。"

"现在呢?"

钦宗道:"这……朕不知道。"

"你能不能把他招来问一问?"

钦宗道:"可以呀。"

"那你就召吧。"

钦宗抬头对通传太监说道:"宣姚都统制进宫见驾。"

耶律洪山哈哈大笑道:"大宋皇帝陛下,你可真会做戏呀!你明明知道姚平仲劫营失败,惧诛而逃,你还装模作样地遣使相召!你若能把他招来,本使愿意割下项上人头向你谢罪!"

钦宗忙朝李邦彦使了一个眼色,李邦彦移目耶律洪山,满脸媚笑道:"耶律大使,姚平仲有无劫贵军之营,我朝会弄清楚的。日将及午,我想陪你去驿馆喝几杯暖暖身子。"

耶律洪山满脸怒气道:"本使奉完颜元帅之命,对劫营之事前来讨个说法。你们居然不承认,这酒本使喝得下吗?"

李邦彦嘿嘿一笑道:"不是我朝不肯承认,是皇上和我根本不知道姚平仲劫过贵军之营。"

耶律洪山反问道:"劫营就等于向我朝开战,向我朝开战就等于撕毁合约,如此大的事,皇帝和首相不同意,他姚平仲敢吗?"

李邦彦辩解道:"实话给您说,自李纲拜为右丞,兼东京留守后,军事上的事,概由他来决定。"

"真的这样,你们给李纲的权可是有些太大了。"

李邦彦道:"俺们皇上是一少见明君,他的口头禅就是:'用人不疑,疑人不用。'"

耶律洪山道:"诚如李相所言,劫营之事,李纲应该知道!"

李邦彦道:"这……这不好说。"

他突然想起了什么,高声说道:"献茶,献好茶!"

茶刚过三巡,通传太监趋了进来,向钦宗行一拱手礼道:"启奏陛下,姚都统不在营中。"

钦宗问:"他去了哪里?"

"军中人都说不知道。"

钦宗眉头微皱道："这,这就怪了!"

耶律洪山将茶杯朝案上一蹾说道："大宋皇帝陛下,我再说一遍,你不要再演戏了!"

钦宗两手一摊道："姚平仲劫营之事,朕真的不知道。"

耶律洪山皱着眉头儿说道："好了,好了,本使还是刚才那句话,你不要再演戏了。实话给你说,你军劫营的将士,被我所俘的不是一个两个,也不是三个四个,是五百二十三个。要不要把他们押到汴京城下,让他们直接给你对话?"

李邦彦满脸媚笑道："不用了,我们信你的话。话又说回来,这件事已经发生了。而且,我和皇上确实不知道姚平仲劫了贵营。是罚是打,我朝全认。"

耶律洪山赞道："这还像句人话。"

他抬头盯着钦宗："宋皇帝陛下,本使想问你几个问题,不知你愿不愿回答?"

李邦彦代回道："当然愿意回答了。"

耶律洪山道："这就好。"

他问道："你朝愿意不愿意撕毁和约?"

李邦彦抢答道："不愿意!"

耶律洪山道："这就好。我再问你第二个问题,既然你朝还想继续履行'和约',怎么处置破坏'和约'的姚平仲?"

李邦彦又来一个抢答："通缉他!"

耶律洪山眉头微微一皱道："李相,本使想听一听宋皇帝陛下怎么说。"

李邦彦脸微微一红,道了一声："是!"移目钦宗。钦宗移目耶律洪山道："照李相说的办。"

耶律洪山颔了颔首继续问道："李纲你朝打算怎么处置?"

李邦彦不敢再抢答了,又一次移目钦宗。钦宗微微一笑道："姚平仲劫营之事,李纲也不一定知道。"

耶律洪山将脸一沉道："你是不见棺材不掉泪,难道非要本使把李纲接应姚平仲的证据拿出来,你才不再演戏?"

钦宗正不知如何回答,李邦彦出来为他解围。

"耶律大使,既然咱两国都愿意继续履行和约,不管李纲知道不知道姚平仲劫营,也不管李纲是不是接应过姚平仲,您想让我朝怎么办,请画出个道道。"

耶律洪山恨声说道："罢他的官。"

李邦彦正要说一声好,话到唇出,又吞了回去,移目钦宗。

钦宗移目耶律洪山道:"那就依贵使说的办吧。"

耶律洪山满意地点了点头:"第四个问题,也是最后一个问题。你朝得换人质。"

李邦彦问:"为什么?"

"你们那个亲王是假的!"

李邦彦一脸惊讶道:"您这话从何说起?"

耶律洪山从鼻子里哼了一声道:"你朝把我大金国的人都看成傻瓜了是不是?"

李邦彦满脸赔笑道:"哪敢?"

耶律洪山质问道:"既然不敢,为啥给我大金国派了一个假亲王做人质?"

李邦彦不敢再笑了,一脸严肃道:"贵使误矣!"

耶律洪山又哼了一声道:"误矣,误个屁!如果你朝派的那个亲王是真的,他能那么泰然自若吗?他能拉得动一石五斗的硬弓吗?"

李邦彦拱手说道:"在下愚昧,您说这话,在下听得不大明白,能不能告之以详?"

今天早晨,完颜宗望升帐,传康王赵构和张邦昌进帐,怒目斥道:"汝朝不是东西,一边说要履行和约,一边又来劫营,若非我军有备,昨天夜里就完蛋了!汝说,本帅该不该惩治汝?"

张邦昌两腿一屈跪了下去,一边磕头,一边痛哭流涕地求饶。反观赵构,挺立不动,神色自若。

完颜宗望圆睁二目,直视赵构,赵构迎目而上,二人对视有时,完颜宗望冷不丁叫了一声康王。

赵构当即应道:"本王在。"

完颜宗望心想:从他答应如此之利索来看,此人应当是赵构。但是,宋人历来胆小,特别是皇族,一个个养尊处优,胆子比兔子还小。而他,面对我这个黑煞神般的人,如此泰然,不可能是个亲王,是与不是,待我再试他一试。

"赵构,你会武功吗?"

赵构回道:"会。"

完颜宗望又问:"能开几石弓?"

"一石五斗。"

完颜宗望命令左右:"取弓来,取我的弓来。"

金军中,完颜宗望善射是出了名的,他的弓正好也是一石五斗。能开一石五斗弓的人,在金军中,不超过三十人。

赵构从完颜宗望亲兵手中接过弓,虚拉了两下,赞道:"这弓不错!"

完颜宗望道:"你拉满我看。"

赵构也不见怎么用劲,便将弓拉满了。

"能射飞禽乎?"完颜宗望问。

"能。"

完颜宗望命令亲兵:"取两支箭来,一支给康王,一支给我。"

那亲兵从身上箭袋取箭两支,一支呈给完颜宗望,一支递给赵构。

完颜宗望将手中箭朝头顶一举说道:"赵构,射我的箭头。"

赵构搭上箭扯满弓,只听"嗖"的一声,那箭飞向完颜宗望箭头,不但射中了,力道也挺猛。完颜宗望暗道:"这箭之准、这力道之大,没有一番苦练达不到。宋呢,自立国以来,就崇文抑武,莫说龙子龙孙,就是士大夫人家的子弟,也不屑于练武。这个亲王,一定是将门之子冒充的!"

听耶律洪山讲了赵构在金营的表现以及完颜宗望的分析,李邦彦哈哈大笑说道:"耶律大使,你们大帅的分析不对,这个赵构,是大宋真真正正的龙子,真真正正的亲王!"

耶律洪山道:"那赵构就是一个真亲王,可俺们大帅不信。不信你们就得换人。"

李邦彦移目钦宗,钦宗微微一笑道:"既然你们大帅认假不认真,那就换吧。"

"换谁呢?"李邦彦问。

钦宗道:"你问耶律大使想让哪一个亲王当人质。"

耶律洪山想了一想道:"本使想要郓王。"

李邦彦问:"您认识郓王?"

"不认识。"

李邦彦又问:"那您为什么想要郓王去做人质?"

"郓王在我们辽人中,不,不。郓王在我们金人中享有盛誉。"

李邦彦复问:"为什么?"

"他有才,凭自己的本事考了个省试第一,差一点成了状元。"

李邦彦叹道:"他不在汴京。"

"他去哪儿了?"

李邦彦道:"追随太上皇去了江南。"

"那,那你们再找一个吧。"

李邦彦又问:"您想要谁?"

"只要是真亲王,谁去都可以。"

李邦彦移目钦宗,钦宗道:"那就叫萧王去吧。"

耶律洪山是带着萧王赵枢走的。

送走了耶律洪山,钦宗颁旨一道,罢李纲、种师道所有官职。

这一罢,引起了太学生的不满,数百名太学生在陈东的带领下,直奔宣德门。汴京兵民踊跃相随,众达一万余,军民杂集,喧声震天,有司上奏钦宗。钦宗命门下侍郎吴敏前去遣散。

半个时辰后,吴敏持陈东奏牍而还,钦宗展而阅之:

> 李纲奋身不顾,以身任天下之重,真乃社稷之臣也。李邦彦、张邦昌、李梲之徒,庸谬不才,忌妒贤能,动为身谋,不恤国计,实乃社稷之贼也。陛下拔纲,中外相庆,而邦彦等嫉如仇雠,恐其成功,因缘沮败。且邦彦等必欲割地,殊不知无三关四镇,弃河北,朝廷能保住大梁乎?又不知邦彦等能保金人不复败盟否也?邦彦等不顾国家长久之计,徒欲沮李纲成谋,以快私愤,李纲罢命一传,兵民骚动,至于流涕,咸谓不日为虏矣。罢纲非特堕邦彦计中,又堕虏计中也。乞复用纲而斥邦彦等,且以阃外付种师道,宗社存亡,在此一举,伏乞睿鉴!

吴敏俟钦宗阅毕,奏道:"兵民有一万余人,齐集宣德门,请陛下仍用李纲和种师道。臣无术遣散,硬遣散恐要生变,望陛下明察。"

钦宗皱了一会儿眉,命召李邦彦入商。

李邦彦应召入宫,被兵民瞧见,忽一人大声喊道:"打死这个卖国贼!"

一人呼,万人应,且骂且打,乱石如雨点般地飞向李邦彦。李邦彦面如土色,抱头鼠窜,入崇政殿,尚浑身发抖,不能出声。

钦宗怒道:"反了,反了,竟敢殴打朝廷命官!"传旨殿前都指挥王宗濋率禁军前去弹压。

半个时辰后,王宗濋还报:"宣德门前的兵民,已达五万余人。禁军不肯弹压,臣也不敢硬叫他们弹压,弹压非出事不可!"

吴敏附和道:"陛下,王指挥所言甚是,外有金兵压城,如果再激起民变,后果不堪设想!"

钦宗离开御案,在殿内一边踱步一边想,约有一盏茶的时间,抬头对押班的太监朱控之说道:"去,去宣德门前宣旨,复李纲、种师道之官。"

朱拱之为内侍高管,乃李邦彦所荐,他奉旨后,径直来到宣德门外,欺骗兵民道:"朝廷欲复李纲、种师道之官,眼下找不到他们。等找到他们,一定复他们的官,请大家早些儿散去,静候佳音!"

话音刚落,便有人喊道:"瞎话,瞎话,我听说,李右丞给气病了,在床上躺着。"

立马有人附和道:"说得对,我来的路上,和张郎中走了个头碰头,我问他干什么?他说为李右丞看病。"

兵民纷纷喊道:"这个姓朱的,和童贯、李邦彦一个鼻孔出气,早该挨揍!"

"揍,揍死这个卖国贼!"

兵民一边喊一边扑向朱拱之,或拳打脚踢,或扇耳光子。

跟朱拱之一块来的那些太监,不识火色,居然上前保护朱拱之,也被兵民围住。

"打,打死这一帮王八羔子!"

太监们先是恐吓,继之求饶。愤怒的兵民哪里肯听,活活将他们打死。有司急奏钦宗,钦宗既震惊又害怕,不住声地问吴敏:"这,这该怎么办?"

"复李纲和种师道官,以平众怒!"

钦宗点了点头说道:"好,朕听卿的。那就请卿辛苦一趟,将此消息告之兵民。"

吴敏道:"臣去可以,恐怕得让兵民看到李纲、种师道复官的圣旨。"

钦宗道:"这个容易,请卿代朕拟之。"

不一刻儿,吴敏便将李纲、种师道复官的圣旨拟了出来,呈给钦宗,钦宗看了看,命掌印太监盖上他的大印。

吴敏双手接了圣旨,出了崇政殿,径奔宣德门。距聚集在宣德门外的兵民尚有半箭之地,便命从吏在前开道。

那从吏一边走一边大声喊道:"诸位,圣上有旨,复李右丞、老种经略相公之官,由吴少宰前来宣旨。"

兵民齐呼万岁。

忽有人喊道:"别呼,先别呼,见了圣旨,再呼不迟。"

吴敏微微一笑,将圣旨展开,大声朗读一遍。兵民又呼了一阵万岁,方才逐渐散去。

翌日早朝,李邦彦、御史中丞耿南中提出,要尽诛闹事的太学生。吴敏坚决反对,慷慨激昂地说道:"诸生'闹事',为爱国而闹,非有他意。朱拱之逆旨而行,激怒众人,死乃咎由自取。当今,金兵压城,理应同仇敌忾,不能搞窝里斗。若硬要斗,必将激起民变!"

钦宗想了又想,采纳了吴敏之言。

完颜宗望闻李纲、种师道复官,遣耶律洪山前来问罪。

耶律洪山受命之后,携康王并张邦昌入都,李邦彦奉旨在都亭驿接见了耶律洪山。

一见面,耶律洪山便把李邦彦吼了一通,往日,李邦彦见了金使,浑身媚骨。今日,居然连个笑脸儿都没露。待耶律洪山吼毕,双手将官帽慢慢地摘了下来。

耶律洪山见他头上缠满了白布条子,一脸惊讶地问:"你这是怎么了?"

"昨天被人打了。"

耶律洪山愈发惊讶:"你是宋朝的首相,谁敢打你呀?"

"太学生,唉,若非老夫跑得快,昨天命已休矣!唉,老夫虽然受了一些皮肉之苦,但与内侍朱拱之他们相比,还是幸运多了。"

"朱拱之他们怎么了?"

李邦彦叹道:"被太学生们活活打死。"

"太学生为什么要打死朱拱之他们?"

李邦彦复叹道:"还不是因为他们和老夫一样主和,又不同意复李纲和种师道的官。"

"太学生如此胡闹,朝廷为什么不治他们罪?"

李邦彦道:"他们人太多,法不责众。"

"据本使所知,汴京城的太学生也就三千多人,即使都起来闹事,也就三千多人。"

李邦彦道:"闹事的不只太学生,还有汴京城的居民,甚至一些禁军也参与其中,总人数不少于十万。"

耶律洪山"啊"了一声道:"这么多呀!"

李邦彦一脸委屈道:"贵国只知道责我朝不该复李纲、种师道官。昨天那局面,若是不复李纲、种师道官,非激起民变不可。皇上最怕民变,若是真的发生了民变,皇上的龙椅就要易人。皇上易人,对贵国有什么好?"

耶律洪山赔着笑脸道:"对不起,我朝真不知道贵国发生了这样的事情。我回营之后,一定将你们的情况,如实地禀告我们大帅。"

以往,金使见了宋人,一直是居高临下,从没有过一个笑脸儿,今日不但笑了,还说了声"对不起",李邦彦心中像喝了蜜。

完颜宗望听耶律洪山讲了汴京之行,叹道:"宋廷可欺,宋人不可欺。咱这一次捞的东西已经不少,该撤了!"他说这话的时候,郭药师就在他身边,问曰:"宋人还欠咱们两千多两黄金白银,并一万三千多头牛马驴骡怎么办?"

完颜宗望道:"不要了。"

第二天,完颜宗望带着宋廷献之金银绢帛、牛马驴骡、割让三镇的诏书、人质萧王赵枢,并所掳之两万多年轻妇女,提心吊胆地北归。

他为什么提心吊胆?

他有四个担心:一怕宋军轻骑追来,二怕渡(黄)河时遭到袭击,三怕北岸有宋军的伏击,四怕沿途宋的百姓截击。

他的担心不是没有道理,李纲、种师道得知金军撤退的消息,忙觐见钦宗,谏言道:"金军厚载而归,辎重既众,驱妇女不可胜计,归心似箭。第一,我可遣军追击;第二,诏令沿途军民截击;第三,遣一支劲军埋伏在黄河北岸,管叫金军死无葬身之地。"

钦宗忙召李邦彦、张邦昌、李棁、耿南中、吴敏进宫商议。商议的结果,不但全盘否定了李纲和种师道的谏言,且颁旨一道:"金军北撤时,不准追击,也不准伏击,违旨者斩!"

李纲、种师道相对无语。

沿途宋朝军民,眼睁睁地看着金军满载而归,心中比刀子戳还要难受。

金军胜利了。

大宋也胜利了,胜利的标志,是保住了汴京,也保住了他们的社稷。

既然胜利了,就得庆贺,就得论功行赏:

晋封赵构为太傅,加封节度使;张邦昌仍任少宰兼枢密院事;吴敏迁同知枢密院事、耿南中迁尚书右丞、陈东授永康军(今浙江省永康市)主簿。太学生学制四年,陈东只上了三年,他知道朝廷这样做,是想让他早日离开太学,故而,五次上书辞之……他在上书辞官的同时,又上书弹劾李邦彦,两千多名太学生署名。朝廷中一些有识之士,诸如殿中侍御史吕好问等,亦上书弹劾李邦彦,钦宗忍痛割爱,贬李邦彦知邓州去了。

钦宗终于做了一件好事、正事。

吕好问乘胜追击,又参了李棁一本,钦宗再次做好事,将李棁逐出朝堂。

吕好问再接再厉,上书谏钦宗解除党禁,并恢复元祐党人司马光等人的官爵。

钦宗表示同意。

钦宗做了三件好事之后，又开始做坏事了。种师道理应升官，只因他私下发了几句牢骚，被人告发，罢官归里。

李邦彦遭贬，吴敏捡了一个漏子，迁官太宰。

论功行赏之后，钦宗对左右说道："这一下好了，朕可以睡安生觉了。"

他想安生，可有人偏不让他安生。御史中丞何㮚谏曰："陛下，您的两眼不能只盯着外患，也应当盯一下内患。"

钦宗问："你所说的内患来自何处？"

何㮚直言不讳道："太上皇！"

他见钦宗不语，略顿说道："太上皇在东南的所作所为，您不会不知道吧？"

钦宗道："知道。"

何㮚道："他那样做，分明把自己依然看成皇帝。"

钦宗道："这话，李士美也提醒过朕。"

何㮚道："士美都说了些什么？"

"他说，太上皇下诏，'凡江淮、两浙等处驿递京师的文书，一律不得放行'等等。"

何㮚道："这已经是老皇历了，臣听说，太上皇受了蔡攸、童贯的蛊惑，在镇江修宫室造庭园。"

钦宗轻叹一声。

何㮚继续说道："太上皇即使无心复位，他身边那一帮人，为了自己的富贵会劝他复位，甚而，硬来一个黄袍加身。陛下不能不防呀！"

钦宗复又一声轻叹："如卿之言，该当何处？"

"把太上皇请回来，关进笼子。"

钦宗问："他若不回来呢？"

"请，反复请。"

钦宗问："卿以为遣何人去请合适？"

"凡属太上皇的宠臣不能遣。"

钦宗道："那是自然。"

"您的近臣也不能遣。"

钦宗将头点了一点。

"遣李纲最好。"

钦宗问："为什么？"

"其一,太上皇对李纲的印象不错。其二,李纲无党无派。其三,李纲为人正直,在军民中享有盛誉。"

钦宗颔首说道:"那就遣李纲了。"

李纲奉旨之后,日夜兼程,来到镇江,觐见太上皇。不管怎么想,对他的到来,徽宗还是很欢迎的,寒暄了几句,便开始询问东京保卫战的情况。李纲详细告之。

太上皇赞道:"你为社稷立了大功。"

李纲谦谦地一笑道:"上皇过奖了。"

"金人退师渡河时,为何不邀击?"太上皇突然问道。

李纲不敢照实回答,反为钦宗开脱道:"皇上因萧王在金人军中,不敢邀击。"

太上皇叹息曰:"为社稷计,不该如此!"

略顿,复叹道:"陛下把我这个道君教主给忘了呀!"

李纲笑劝道:"上皇何出此言?自您离开汴京后,皇上无一刻不在惦念。"

太上皇再叹道:"自予离开汴京,三个月了,天渐渐变暖,他没进奉一件衣服用品,也无片言相问,这能叫惦念?"

李纲劝道:"上皇的冷暖,皇上日夜放在心上,只是金军围城,如果派人给您送东西,恐怕暴露上皇行踪,给上皇招来危险。"

太上皇轻叹一声道:"卿说的也算一个理由。但是,予听说,前不久,他不只解除党禁,还恢复元祐党人司马光等的官爵,难道予以前做的事都错了吗?还有,他把予在位时的几个重臣,列为'六贼',必欲除之而后快,这不就是向国人公开宣称,予信任的全是奸佞之人,是予搞坏了大宋?还有,予离开汴京后,曾颁发了几道诏书,惹得他很不高兴,要把这些诏书一概收回,还有……"

他越说越激动,越说腔也越高,满脸怒气。

李纲的心咚咚乱跳:"看来太上皇对皇上成见很深,他提的这几个问题也很尖锐,若是回答不好,太上皇就不会回汴。太上皇若不回汴,自己有负圣命事小,若是在东南再出现一个朝廷……"

李纲不寒而栗。

四十五　徽宗遭禁

徽宗被钦宗软禁后，又气又怒，又不甘心，想以抗金为名，去西京招兵买马。

宣旨御史，将三尺白绫、一杯鸩酒和一把钢刀，丢到蔡京脚边。

钦宗明明知道种家军和姚家军不和，却偏要这两支军队一块儿去解救太原。

李纲暗自叹道：我李伯纪一辈子没有说过瞎话，为了大宋社稷，刚才已经说了一些，看样子还得继续说。

"上皇，您问的几个事，有些根本就不存在，比如，您说您离开汴京前颁的几道诏书，皇上想把它收回，就属于子虚乌有。事实上，皇上每听到上皇的消息，高兴得像个孩童，并对左右说道：'上皇的诏书，等同于朕的诏书，必须不折不扣地执行。'至于解除党禁，恢复元祐党人司马光等人官爵之事，实有之，那是迫不得已。国家如同一个家，家长出门以家事付之儿子，倘遇强盗抢掠，须随机应变，及至家长将归，子犹惴惴不安，家长应褒勉他保存田园之功，不问其他。陛下传位当今天子，适当大敌入寇，汴人强烈要求解除党禁。为了安抚民心，防止民变，一致对敌，不得不解除党禁。今日社稷无恙，四方宁静，上皇应当嘉奖天子才对。"

"诚如卿言，解除党禁，乃势之所迫。'六贼'呢，把蔡元长、童道夫等人定为'六贼'，必欲除之而后快，怎么说？"

李纲回道："'六贼'之说，源于太学生陈东的上书，天子并没有认可。"

太上皇反问道："连人都死了还没有认可？"

李纲道："是死了人，而且还是三个。据臣所知，是他们'小虫'（麻雀）放屁——自己惊，死于自杀。如果天子真的认可'六贼'之说，最当诛的应该是蔡元长和童道夫。可是，童道夫就在您身边。蔡元长呢。想去杭州定居，皇上当即应允。"

李纲又一次说了谎话。

蔡京去杭(州)，并非定居，而是编管。

太上皇居然信了,轻叹一声道:"听卿这么一说,予心中好受许多。谚曰:'三里无真言。'此语不谬也。伯纪,皇上的意思,想让予什么时候回汴京?"

李纲道:"越早越好。"

"那就后天吧。"

四月三日,徽宗由蔡攸、高俅等护驾,头戴玉桃冠,身着销金红道袍,从宋门进入汴京城,回到他睽违已三个月的龙德宫。

他虽然回来了,还是被请回来的,等待他的,是一个冷冰冰的儿子。钦宗不仅将服侍徽宗的侍从宫女全部换掉,还将蔡攸、高俅逐出汴京,蔡攸编管万安(今江西省万安县),高俅编管沧州。

徽宗呢,每有所为,包括出游和召见旧臣,便有人报之钦宗,钦宗口谕一旨:"为了太上皇安全,减少出游。"凡被钦宗召见过的大臣,皆由御史台出面,询问谈话内容。

钦宗这样一整,谁还敢来见徽宗呀!出游呢,先是减少,减着减着,干脆找个借口,不让他游了。徽宗一天到晚活动的地点,就在龙德宫。

他被软禁了。

他的下场和当年的唐明皇一样。

这个下场,他禅位前不是没有想过,被巧舌如簧的吴敏给打消了。该死,那个该死的吴敏!

他恨死了吴敏,更不安现状,悄悄地对郑皇后说道:"予还年轻,予才四十四岁。汉高祖刘邦像予这个岁数,还是一个亭长,直到五十岁才当上皇帝。予比他当皇帝时还小了六岁,予不能就这样活下去!"

郑皇后叹道:"如今,人为刀俎,我为鱼肉,忍了吧!"

徽宗道:"予不想忍。"

"您不忍,又该如何?"

徽宗道:"第一步,离开汴京。"

郑皇后苦笑一声道:"他会让您离开吗?"

徽宗道:"咱找一个合适的理由。"

"您心中莫不是已经有了主意?"

徽宗轻轻颔首。

徽宗将宫内扫了一圈道:"予听说,金军撤走后,不少大臣上书,反对割让中山、太原、河涧三镇。说那三镇,乃国家屏藩,屏藩若失,如何立国?那人颇觉后悔,诏命三镇官兵,不得将三镇交割金人。他不交割,金人岂能善罢甘休,即使他将三镇交割与金,两国早晚必有一场大战。"

"为什么?"

徽宗道:"金,虎狼之国也。性凶暴,金人撤退时,顺手牵羊,攻陷我威胜军(在今山西省泌县南)。予还听说,围攻太原之金军,志在必得,金帝又增拨他一万人马。"

"诚如官家所言,宋金必将还有一场大战?"

徽宗颔首说道:"对,予若以此为由,去洛阳招兵买马,为大宋再建一块根基,想来,他不会反对。"

郑皇后道:"也许吧。不过,这事若由您亲自提出,他同意了更好,若是不同意,岂不有失当爹的颜面?"

"你说得对,予已经想好了,这事呀,让元中(吴敏字元中)去说。"

郑皇后道:"您当年对他虽然好,但人心隔肚皮。人家如今是那人的宠臣,他会不会说呢?"

徽宗叹道:"朝中昔日的大臣,和咱亲近一点的,大都被那人赶出朝堂。"

郑皇后道:"那您就试一试吧。"

吴敏收到徽宗要他去龙德宫的手诏,当即去见钦宗。钦宗问:"卿觉得上皇召你,会为何事?"

吴敏道:"是不是想和臣说说闲话?"

钦宗摇头。

吴敏反问:"那他召臣干什么?"

"也许给你诉诉苦,抑或将朕声讨一番。"

吴敏道:"诉一诉苦也许有可能,但他不会声讨您!"

"何以见得?"

吴敏道:"他已经有了自知之明,比如,每次给您上书,称您为天子,自称为老拙。"

钦宗颔首说道:"卿说得对,他已经摆正了自己的位置。那,卿觉得他会说些什么?"

"估计是说生活方面的事,比如,把宫中的费用再增加一点,抑或是允许他可以在汴京城乃至汴京城外转转,再不就是允许他随时召见儿孙,来一个含饴弄孙。"

钦宗道:"如果他提出这些事,除了第二条都好说。"

吴敏道:"那,那臣就去见他了。"

钦宗额首道:"去吧,放开胆子去吧。"

不到一个时辰,吴敏去而复归,见了钦宗,一个劲地摇头:"陛下,咱们猜错了,他提的不是生活方面的问题。"

"是什么?"

吴敏道:"他说,宋和金必将还有一场大战,他想到洛阳为陛下招兵买马。"

钦宗心中尽管不同意,却反问道:"卿以为呢?"

吴敏不傻,他知道这是钦宗在试探他,断然说道:"不能同意!"

"为什么?"

吴敏道:"上皇南巡时的所作所为,陛下又不是不知道,好不容易把他请回来,关进了笼子,如果再放他去洛阳,岂不等于放虎归山!且是,洛阳不像汴京,一马平川。洛阳四面环山,地势险峻,便于抵抗外敌。所以,太祖爷爷当年,便有迁都洛阳的打算,后因太宗爷爷反对而作罢。"

钦宗额首说道:"卿言是也。但是,上皇已经提出来了,总得给他个回复吧。"

吴敏道:"那当然了。"

"怎么回复?"

吴敏道:"就一个《澶渊之盟》,保了一百二十三年太平。宋金和谈,不敢说也保一百二十三年太平,保个几十年应该没有问题,让他把心放宽。"

钦宗道:"好。劳卿再去龙德宫一趟,以此言相告。"

又是一个时辰不到,吴敏去而复归。钦宗迫不及待地问道:"上皇怎么说?"

"他什么也没说,只是长长地叹息一声。不过,臣将要离开龙德宫的时候,上皇提了两个问题……"

"什么问题?"

吴敏道:"第一个,天宁节①还过不过?"

钦宗犹豫许久回道:"不过吧,但朕可以去龙德宫给上皇上寿。"

吴敏道:"第二个,他想见李师师一面。"

"这……"

吴敏道:"李师师这人还挺不错的。"

钦宗道:"怎么个不错?"

---

① 天宁节:宋徽宗的生日。宋代,凡皇帝生日,都被定为节日,普天同庆。

"金人南下，尚未渡过黄河，师师便把上皇赐给她的金银财宝，全部上交朝廷，以充军饷，她自己则出家做了道士。"

钦宗颔首道："她出家什么地方？"

"汴京北郭慈云观。"

钦宗道："那就让他见一面吧。"

天宁节虽然不让过了，但能见到心仪的女人，徽宗还是蛮高兴的。但是，高兴不到三天，钦宗又捅了他一刀。

天宁节那日，钦宗前来上寿，徽宗笑脸相迎。入席后，徽宗斟了两巨觥酒，自端一觥，笑语钦宗道："咱父子俩好久没有在一块儿喝酒了，来，干杯。"他一饮而尽。

钦宗正要端觥，内黄门霍小海轻轻踢一下他的脚跟，且又使了一个眼色，他明白了，这是害怕酒中有毒，不让他喝。

徽宗强忍住气说道："陛下，这酒没问题。"一边说一边将觥翻了个过："您看，老拙已经喝了，没事。"

霍小海代钦宗回道："当然没事，同一酒壶可以出两种酒嘛！"

徽宗受此之辱，又气又悲，嚎啕大哭，掩面入内。一场寿宴，不欢而散。

父子误会如此之深，吴敏应当设法调解。他不但不调解，反向钦宗进谗："陛下，臣听说蔡攸和童贯暗中串联，欲保上皇复去东南。为防不测，干脆把蔡攸父子、童贯和朱勔父子一并除掉。"

徽宗道："朕正有些奇怪，上皇南逃时，童贯得到消息，立即带上三千禁军追上护驾，上皇回汴，他为什么独自留在了东南？"

吴敏道："童贯这人很精，他料到上皇一旦回到汴京，就成了笼中之鸟，力阻上皇回汴，上皇没听他的，他便独自留在了镇江。"

钦宗一脸庆幸道："幸亏上皇没听他的，若是听，麻烦可就大了。这个童贯，还有你刚才说的蔡攸、朱勔父子，必须立即除掉。"

吴敏道："陛下圣明。"

钦宗道："这件事就交给卿来办。"

吴敏点了点头，当天便遣了四个御史，分赴镇江、杭州等地。最先受诛的是朱勔父子。次之是童贯。

监察御史张澄，受命之后，既怕童贯得了消息逃之夭夭，又怕童贯提前自杀，更怕童贯拥兵反抗，派从吏张旭先行一步，传话给童贯。他为什么要遣张旭，而不是李旭、王旭？张旭和童贯是小老乡。张旭一见童贯，便笑语说道："贺童大王！"

童贯道："咱家是一个被朝廷遗忘的人，有甚喜可贺？"

张旭道："小人听说，金军虽撤，但为了太原等三镇割让之事，宋金必有一场大战，皇上遣使召您回汴，欲拜您为两河宣抚使呢！"

童贯半信半疑道："真的吗？"

张旭回答："现今朝中，知兵的不多，有实战经验的几乎没有，朝廷议了多次，以为只有您才能担得起抗金卫国的大任。"

童贯大言不惭道："说句自夸的话，论知兵和指挥作战，朝中百官，没有出咱家右者！"

张旭附和道："您这不是自夸，论知兵和指挥作战，即使狄青复生，也不及您。"说得童贯哈哈大笑。

三天后，张澄来到镇江，童贯不知他的死期已到，开正门迎接，自己则身着王服，正襟双腿下跪，上身挺直恭听圣旨。张澄朗声读道："削夺童贯广阳郡王并明正典刑诏。"

童贯噌地一下跳了起来，指着张澄斥道："伪诏，伪诏！"

张澄冷声责道："你凭什么说本使手中的圣旨是伪诏？"

童贯道："第一……"他朝侍立在张澄一旁的张旭一指道："他亲口对咱家说，皇上要召咱家进京，授以两河宣抚使。皇上岂能出尔反尔？"

张澄嘿嘿一笑道："那是本使让他骗你的。"

童贯怒道："你为什么要骗咱家？"

"本使一怕你得到消息，逃之夭夭；二怕你抢先自杀，特让张旭来稳住你的。"

童贯道："不管你这话是真是假，咱暂且不论。大宋有制，不杀三品以上官员和上书言事之人。何况，咱家还是一个王爷，皇上岂能杀咱家？"

张澄道："别人可以不杀，你非杀不可！"

童贯道："为什么？"

"你罪大恶极，国事就坏在你和蔡京手里，连百姓都编着歌谣儿咒你早死，'打破筒，泼了菜，便是人间好世界。'歌谣中的筒，指的就是你！"

童贯还想再辩，张澄命令左右："把他拿下，明正其刑！"

童贯大声呼道："冤呀，我童道夫冤呀！"

张澄讥道："有什么冤，你可以找阎王爷去诉！"

斩了童贯，张澄命张旭将童贯的头装进黑漆木匣里，用水银浸泡，带回开封城，挂在西城门上，旁边张贴了一份公告，上面用大字列举了他的种种罪行。

童贯是北宋史上第一个,也是唯一一个三品以上官员被明正典刑的人。

相对童贯来说,蔡京父子的下场,要好一些。

好一些的原因是,吴敏考中进士后,蔡京欲将女儿嫁给他。二人虽然没有成为翁婿,但蔡京记住了吴敏,吴敏也刻意巴结,二人恩同父子,吴敏的升迁,多为蔡京之力。如今,蔡京父子倒霉了,吴敏为了讨好钦宗,也为了洗白自己,不得不在蔡京父子身上踏上一脚,但这一脚,相对踏在童贯身上那一脚要轻一些。

蔡京——赐死。

蔡攸——赐死。

蔡攸到底嫩了点,未等赐死的圣旨来到,便惊惧而死。

蔡京呢?一是经多见广,二是脸皮特别厚,接到赐死的诏书,痛哭流涕地哀求。

他要面圣,他要当着圣上的面申说冤屈。

宣旨御史冷笑一声道:"你还冤呢,你死有余辜!"

蔡京反问道:"我不至于那么坏吧?"

"你有多么坏,你自己清楚,百姓也清楚。"

蔡京辩道:"老夫为相时,办了不少慈善事,诸如增加太学生的膳食费。再如,创办了不少福田院、居养院和养济院,专门收养孤儿。还有……"

宣旨御史皱着眉头儿说道:"你不要说了,你办的那点好事,与你做的那些坏事相比,乃沧海一粟。要不,你不管走到哪里,招来的尽是骂声。某次,你想坐轿,抬轿人拒抬;你想买炊饼豆浆,卖炊饼豆浆的小贩不卖给你,还当面骂你,吐你的口水,你还是早一些死了吧!"说毕,将三尺白绫、一杯鸩酒和一把钢刀丢在他脚边,命他自行选择。

蔡京见状,知道不能再拖了,如果再拖下去,只会自取其辱。

他一边哭,一边端起鸩酒。且口诵一诗道:

> 八十一岁住世,
>
> 四千里路无家。
>
> 如今流落天涯,
>
> 梦断瑶池阙下。
>
> 玉殿五回命相,
>
> 彤庭几度宣麻,
>
> 只因贪恋荣华,
>
> 才有今日咔嚓。

蔡京是"六贼"中最后一个遭诛者,消息传到汴京,汴民纷纷涌上街头,敲锣打鼓放鞭炮。

钦宗又办了一件正事。

但是,也有人在背后说三道四:"六贼"固然该诛,但诛的有些不是时候。大敌当前,应该一致对外,"六贼"执掌朝政二十余年,朝中半数以上,不是他们的亲属,便是他们的亲戚,抑或是门生故吏。对于"六贼"的遭诛,非怨即惧,不利于抗金。

钦宗诛了"六贼",软禁了老爹后,自以为大宋成了他的一统天下,什么金不金的?什么儿皇帝?活一天是一天,居然学起了他老爹,选秀女一百人,充实后宫,天天作乐。

金人可不是这样,特别是那个完颜宗望,自汴京满载而归后,越想越觉得宋廷软弱可欺,想再来一次"斩首行动",从而灭宋。

不,不是我要灭宋,是天要灭宋。

天若佑宋,岂会给他送了两个如此离谱又如此混账的皇帝——徽宗、钦宗二帝。

汉朝的司马迁写了一本历史巨著叫《史记》,内中有句名言:"天予不取,反受其咎。"

取,我大金一定要取!

经完颜宗望游说,吴乞买仍由斜也为元帅、宗翰、宗望为左右副元帅,并由副元帅各率一支部队再次伐宋。

宗翰所率之金军仍称西路军,从西京(今山西省大同市)出发,直奔太原。

太原被围,已经五个月了。

包围太原的金兵统帅,原本就是完颜宗翰。今年正月初,他见完颜宗望的"斩首行动"即将成功,而太原久攻不下,便留下(金)兀术继续围城,亲率两万大军去汴,参加"斩首行动"。距汴京尚有二百余里,宗望那里传来消息,宋金合约已签,若是再去,师出无名,倒不如兵还西京,休整一个时期再说。于是,命兀术全权指挥留在太原的金军,他自己则回了西京。

就在他休整期间,钦宗变了,不想割让太原、河涧、中山三镇了。

既然不想割让太原等三镇,就得派兵援助三镇。而太原又是援助对象中的重中之重。

既然是重中之重,那就得派强将去。

钦宗扳着指头数了数,在大宋的将领中,最强的要数种家军的二号人物种师中了,次之是姚家军中的一号人物姚古(姚平仲养父)。

就派这两个人了！于是,诏拜姚古为河东制置使、种师中为副制置使,各自率兵由驻地出发,至榆次(今山西省太原市榆次区)会合后,共解太原之围。

驻守沧州的张灏虽然不是名将,但他是太原知府张孝纯的长子,因救父心切,屡屡上书,钦宗同意他率所部加入援助太原的行列。

这三支宋军,如果团结一致,同心协力,击败兀术应该不成问题。

但是,钦宗不让他们团结一致。在他认为,武人如果太团结,就会像他的先祖赵匡胤那样,也来一个"黄袍加身"。

他明明知道,种家军与姚家军不和,偏偏让这两支军队一块儿去解救太原。其结果,关键时刻,姚古掉链子了。

在这三支宋军中,进军最神速的是种师中,他一路疾行,自井陉而寿阳(今山西省寿阳县),又榆次,再杀熊岭(在今榆次东北),与前来截击的金将完颜活女相遇。

完颜活女是金常胜将军完颜娄室的部下,有"小战神"之称。无论是单挑,还是大部队作战,从无败绩。

只见他,挺枪跃马,来到阵前,高叫道:"宋泥儿(对宋军的蔑称),敢跟爷战的放马过来！"

语未落音,宋军中一小将飞马而出。种师中举目一瞅,原是帐下枭将张俊,大喜道:"伯英,力争抓个活的！"

张俊,何许人也？

张俊,字伯英,凤翔府成纪县人,十六岁应征入伍,任弓箭手,初次参战,连挑西夏兵十八人,声名大震,迁队将[1]。此后,从童贯征方腊,斩方腊之枭将石宝,迁从义郎[2]。金人犯东明县(在今河南省兰考县北),又斩金酋三人,迁武功大夫[3]。

刚开始,完颜活女并不把张俊放到眼中,战了三十个回合之后,心中暗暗吃惊:宋朝一小将,居然如此厉害！看来,我今日要栽在这个小将之手。

怯意既生,又勉强战了十个回合,虚晃一枪,掉头而逃。

张俊大叫道:"别急,留下脑袋再走！"纵马追了上去。

种师中见张俊取胜,驱动三军,杀向金军。金军不支,遗下数百具死尸、上千匹战马,逃之夭夭。

---

[1] 队将:低级军官,宋神宗行将兵法,分天下之兵为九十二将,每将下设队将,约领兵五十人。
[2] 从义郎:武阶官名,从八品。宋将武臣官阶分为五十三阶,从义郎为第四十五阶。
[3] 武功大夫:武阶官名,正七品。宋将武臣官阶分为五十三阶,武功大夫为第二十五阶。

张俊虽然没有擒得完颜活女,但缴获了他的坐骑,胜利而归。

若照张俊之意,乘胜向太原城进军,种师中连道不可。

"为什么?"

种师中道:"一来,天晚了,将士们一路急行军至此,本就人困马乏,又遭遇金军,恶战了一场,应当休整几日。二来,咱与姚制置使有约,他不到,咱独自进军太原不好。"

张俊不好再说什么,长叹而去。

一夜过去了,不见姚古的军队露面。

一天过去了,仍不见姚古的军队露面。

第三天黎明,种师中等来的不是姚古,而是三万金军的铁骑。种师中的部队,是步兵,内中的新兵,占十之六七,如何经得起铁骑的冲杀!

宋军将士纷纷倒下。

失败已成定局,张俊劝种师中撤退。

种师中将头摇了一摇说:"不能撤!"

张俊问:"为什么?"

种师中长叹一声道:"自接到圣旨的那一刻起,我就决定了要为国捐躯。"

张俊又来了一句:"为什么?"

"谚曰:'一个槽上拴不下俩叫驴(公驴)。'俺种家和姚家,乃西北将门世家,两家又争强好胜,各不甘服。前时,姚平仲怕战功被俺种家独占,说动皇上,夜袭金营,其结果,导致兵败,姚平仲驰行几千里跑到大山里躲了起来,至今不敢露面。他姚家可以这样做,我种家不可以这样做!"

不愿撤退,那只有战了,从一万多人拼到了五百多人,他本人身受八创,连战袍都是红的,依然手持钢枪,怒视金将。

金人一是崇拜英雄,二是觉着他已成瓮中之鳖,停止了进攻。他扭过头去,小声对张俊说道:"我想了又想,得给种家军留个根,你带他们撤吧!"

张俊道:"种家军不能没有您,您带着他们撤,我断后!"

种师中苦笑一声道:"我不能撤。"

"为什么?"

种师中道:"我已经给你说了,我自接到要我和姚制置使一块儿驰救太原的圣旨那一刻,就做好了为国捐躯的准备。况且,我身受八创,就是活着回去,也是一个废人。趁着我还能掂得动枪,我给你顶住金军。"

张俊将头使劲摇了三摇："这不行。"

种师中把双眼一瞪，怒斥道："你想抗命不成！"

张俊不敢再说什么，朝种师中拜了一拜，扭头说道："弟兄们，跟我撤！"

金将见宋军后撤，忙驱兵上前，种师中大吼一声，目眦尽裂，见者无不惊骇。

种师中声泪俱下道："你们不能把事做绝，给我种家军留个根吧！"

金将倒也豪迈："好，我给你留个根，但你得跟我走。"

种师中伪应道："可以。"

他扭过头去，深情地望着他的种家军，直到望不到了，这才扼喉而死。

他骗了金人，金人却认为他是个英雄，就像辽国对待杨业那样，在他殉难的地方，建了一个庙，勒石记之。

种家军完了，张灏初出茅庐，所率之厢军不到两千，几乎没有什么战斗力。单靠姚家军来解救太原，显然是不可能的。其结果，未能将太原解救，反兵败盘古陀（今山西省晋中市祁县来远镇盘陀村），一退再退，连种师中血战收复的泽州也被金人夺去了。钦宗闻之大怒，颁旨追查失败的责任，姚古把失约的责任，全推到了副将焦安身上，焦安被斩首，姚古编管岭南。

处置了姚古之后，钦宗在主战派李纲的鼓动下，又遣六支大军去解救太原。

第一支，驻屯于汴京的禁军；第二支，驻屯于沁县的解潜；第三支，驻屯于辽州的刘韐；第四支，驻屯于文水的折可求；第五支，驻屯于夏山的张思政；第六支，驻屯于灵石的范琼。

这六支大军，共十五万人，从人数讲，几是围攻太原的金军的两倍。

更重要的是，诏命，拜李纲为河东、河北宣抚使。这六支大军全由他来统领。消息传出，汴人奔走相告："这一次好了，这一次太原有救了！"

四十六　岳飞从军

　　数十名随王禀苦战的太原军民,见王禀殉国,有的自刎,有的互刺,全部死于阵前。

　　众盗正喝得高兴,岳飞率官军冲过来,打了他们一个措手不及。

　　只见寒星点点,银光烁烁,在吉青的授意下,一个喽啰端了一盆清水,偷偷朝岳飞泼去。

　　赵匡胤以殿前都点检的身份,篡后周而建宋,害怕武将们效仿他,也来一个黄袍加身,制定了一个崇文抑武的国策。到了他的弟弟赵光义做皇帝,又来了一个"发扬光大",不只让文人带兵,还搞了一个遥控指挥,将帅出征须到他那里领一张图——阵图。阵图,俗称遥阵图,图上,不只有行军路线,还标有宿营地点,甚而,在哪里作战,也标在图上。若照着遥阵图去做,打了败仗,也不追究。若是不按遥阵图去做,即使打了胜仗,也要惩罚。

　　到了宋神宗为帝,遥阵图这玩意终于消失了,半个世纪后,钦宗又把它捡了起来,当作至宝。李纲名义上是六路宋军的统领,但真正的统领是钦宗。各路大军根本不听李纲的,各自为政,彼此离心离德,这就给金军有了可乘之机。他们集中优势兵力,各个击破。宋军对太原的第二次救援宣告失败。既然失败了,就得追究相关人的责任,李纲第一个被追责,罪名是"专主战议,丧师费财",不仅被踢出了朝堂,还来了一个建昌军(今江西省南城县)安置。未几,又来了一个编管夔州(今重庆市奉节县)。

　　两次救援太原失败,钦宗像泄了气的皮球,不再提救援太原之事。

　　钦宗虽然混蛋,但太原军民个个都是好样的。

　　由于完颜宗翰的到来,金军加大了攻城的力度,云梯、偏桥、战车、抛石机、大炮等,一切可以用于攻城的器械,他们都用上了。但太原军民没有一个怂的,他们坚守每一寸城墙,粮食吃完了,用野菜充饥,男人死了,女人上;年轻人死了,儿童和老头立即补上去。英勇顽强的太原军民,在坚守了二百五十多天后,城为金军所破。此乃宋靖康元年九月初三日。

城破后,面对如狼似虎的金军,王禀率部与其展开巷战。他们互相支援,互相搀扶,身上破旧的衣袍被血几乎染红,右手断了用左手杀敌;一条腿断了,以兵器为杖,随王禀在街巷里与金兵拼搏……王禀亲兵见金兵麇集,退敌无望,哭劝王禀撤退,王禀斥曰:"太原军民全无贪生怕死之辈,我岂能弃父老乡亲而去。"这支疲惫之师,从城中一直杀到城南的开远门。王禀身中数十枪,仍挥剑率众苦战。

宗翰调集的精兵从城外驰入开远门,将王禀团团围住,且遣通事(翻译)喊话,劝其投降。

王禀看看身边数十名血迹满身的军民,慢慢说道:"我为国已尽忠,为民已尽义,大丈夫一生复有何求。"他转身撩起满是鲜血的战袍,擦了擦卷刃的剑,直指宗翰,大呼道:"宗翰蛮狗,你若敢屠我太原百姓,我死后变厉鬼也要索你性命!"呼毕,把宝剑横于项上,用力一抹……数十名随王禀苦战的太原军民,有的自刎,有的互刺,全部死于阵前,无一人偷生。同时遇难的还有王禀的长子王荀。宗翰又气又怒,下令将王禀父子在太原城暴尸七日。当天夜里便有人将王禀父子的尸体盗出,安葬在城外一个小村,后人为了纪念王禀,将其村易名王村,著名国学大师王国维是他的第三十一代世孙。

城破时,张孝纯在知府衙门指挥作战,身受九创,昏倒在地,为金军所俘。金军劝其投降,许他仍知太原,遭到婉拒。金军逼其岳父来劝,威胁说,劝不转张孝纯,灭他九族。张孝纯乃降。但他坚决不做金人之官,金人将他软禁起来。

完颜宗翰攻陷太原后,休兵七日,便要进军汴京。

几乎在完颜宗翰攻陷太原的同时,东路军的完颜宗望已陷真定府。

真定是宋的一个重镇,它的战略地位与中山、河涧一样重要。

中原王朝自后唐的石敬瑭将燕云十六州送给辽国(时称契丹)后,中原王朝的北部几乎都是平原,辽军轻而易举就可以举兵南下,进攻后周和北宋都城汴京,这就给后周和北宋造成很大威胁。所以,后周和北宋,尤其是北宋,将大量的防御兵力部署在真定、中山及河涧。这三镇,金人哪怕只得其中一镇,就等于打开了去汴京的通道。

而宋朝廷,居然答应把中山和河涧割让给金人。而且,仅剩一个真定,驻防的还不是禁军,而是厢兵。

好在的是,这里的知府很棒。

他的名字叫李邈。

李邈,字彦思,临江军清江(今四川省三台县)人,唐宰相李适之后,任河涧府通判时,因忤蔡京,贬霸州司马①。曾奉旨出使辽国,极言辽国不可灭,上书朝廷,以唇亡齿寒典故相谏,童贯恨之,夺其官。汴京保卫战后,因李纲力荐,得以任真定知府。

是时真定,兵不满两千,钱不及两百万(文),自度无以拒敌,乃谕民出财,购置器械。闻完颜宗望自井陉而来,李邈向朝廷连上三十四道告急奏章,皆为唐恪、耿南仲扣压。金军至,李邈据城顽抗,凡四十日。城破,李邈率部巷战,受重创,欲投井殉国,左右持之不放,后被金人所俘,押见完颜宗望,逼其跪拜,不从,用火烧他胡须和眉毛及两条大腿,仍不拜。将戮之时,他向南边拜了两拜,端坐受戮。

太原、真定失守,大宋北部再无屏障,金国东西两路大军气势汹汹地杀向汴京。汴京城一夕数警,而宋之一班大臣,分作两派,为和、战问题,还在争论不休。

徐处仁、许翰原是主战派,耿南仲、唐恪是主和派。吴敏本是主战,突然倒向耿、唐,惹得徐处仁大怒,与他面质朝廷。

吴敏不服,断断力争。徐处仁愤极,把案上的砚台,作为斗械,提掷过去,打得吴敏额头开花。

吴敏忿不可遏,竟要与徐处仁拼命,被钦宗喝住。

退朝后,御史中丞李回上书劾徐处仁、吴敏失仪,劾许翰拨弄是非。钦宗遂将徐处仁、吴敏、许翰等,贬官三级,用唐恪为少宰、何栗为中书侍郎、陈过庭为尚书右丞、聂昌同知枢密院事、李回签书枢密院事。当下决意主和,派著作郎②刘岑、太常博士李若水,分使金营,请他缓师。

二十天后,二人相继归来,奏曰:"金军倒也愿意缓师,但提了两个条件,一是速速交割中山、河涧,二是交齐前次合约中所许之钱帛及牛马驴骡。"

钦宗犹豫良久,召集大臣廷议。议的结果,范宗尹等七十位官员主张答应金人之条件,但何栗、秦桧等三十五人反对。

钦宗当场拍板,答应金人之要求。

不只答应金人之要求,还筹肉二十万斤、酒十万坛,前去犒劳金军。金人一边同意讲和,一边继续进军,攻击宋之州县。西路军在完颜宗翰的带领下,不到一个月,陷平阳

---

① 州司马:散官名。无特许不签署公事,无职事,正九品。
② 著作郎:官名。初置于东汉,属中书省,负责编修国史。宋代,掌修纂日历。

(今山西省临汾市)、降隆德府(今山西省长治市)。

完颜宗望的东路军陷真定后,又陷临县、大名府、德清(治所在今河南省清丰县西北)、开德府(原澶州)。

金军言而无信的消息传到了汴京,钦宗又来一个廷议。徐处仁情绪非常激动,大声说道:"我多次说过,金狗乃蛮夷,重利轻义,他要的是咱大宋江山,并非几个镇,几百万银子和几百万绢。给亦打我,不给亦打我。我最好的回应方法,是拳头,是刀枪!依我愚见,由朝廷颁诏天下,号召勤王,这是第一要务。速遣强将强兵去把守黄河,这是第二要务。第三,诏令河东、河北军民,死守州县,并相机伏击金军。第四,立即召回李纲和种师道,委以军事指挥大权!"

由于金人的失信,等于掴了主和派耿南仲、唐恪一记响亮的耳光,他俩不敢反驳徐处仁。但是,依然认为战必亡,委婉地说道:"徐大人之言,吾等赞成。但是,能不能在备战的同时,再派一个重量级人物,最好是宰执或亲王什么的前去和金军谈判,能和更好,不能和,也可延缓一下他们的进军速度。"

钦宗当即表态道:"朕看行!朕这就命翰林学士和知制诰他们拟诏勤王,且召回李纲和种师道,并诏命河东、河北军民抗金。至于遣何将去把守黄河,还得听听众卿之见。"

徐处仁抢先说道:"种家军完了,姚家军也完了,如今能战的只有折家军了。而折彦质又是第十代折家将的佼佼者,遣他最好。"

许翰率先附和。

钦宗道:"好,就遣折彦质。另外,遣何人出使金营,也请众卿议一议。"

耿南仲道:"遣康王和张相最好。"

张邦昌像被开水烫了一般,立马反驳道:"为什么遣我最好?况且,我已出使过金营,这样的差使,不能老叫一个人干!"

耿南仲笑驳道:"正因为您和康王出使过金营,还当过人质,认识金人的头头,彼此好说话。"

张邦昌讥笑道:"这样的好事,你咋不去呢?"

耿南仲道:"我的腿你没看见,天一冷就疼,走路一瘸一瘸的。若不是腿痛,不等你将我,我就会主动请缨。"

张邦昌质问道:"去金营能让你步行?想骑马有马,想坐轿有轿,腿瘸不是理由!"

耿南仲反驳道:"我堂堂大宋,若是遣一个瘸子为使,岂不让金人耻笑!"

张邦昌反问道:"'晏子使楚'你不会不知道吧?"

耿南仲回道:"当然知道了。"

张邦昌道:"你那么有才,你可以学晏子吗?"

耿南仲欲要反驳,一个剑眉狮目、年约三十三四的官员,霍地站了起来,一脸不耐烦地说道:"你俩不要斗嘴了。朝廷若不嫌我官卑人微,我愿意和康王分道出使金营。"

此举,引来数十束惊诧和赞赏的目光。

此何许人也?

此人姓李,名若水,字清卿,曲州(今河北省曲州县)人,宣和四年(1122年)进士,初授元城(今河北省大名)县尉。未几,迁济南教授,他曾多次上书,抨击时政,条陈兴国治邦之策,引起钦宗注意,位继大统后,迁其为礼部尚书,他以为自己资浅,坚辞不就,改授太常博士。

钦宗见他自请使金,大喜道:"朕没有看错,卿果真是个社稷之臣!"

第二天一大早,李若水和康王,各带随从二人,一西一东分赴金军两个大营。康王的目标是东路军完颜宗望,不知他是有意还是无意,途中迷道,跑到宗泽的辖区磁州(今河北省磁县)。

宗泽劝道:"金军压境,大王不能去金营。"

康王问:"为什么?"

宗泽道:"金狗意在夺取大宋江山,您去了就是把头磕破,他也不会放弃进攻汴京。萧王一去不返,您若去,只能是自投罗网。而且,老臣听说,您上次使金,不仅淡定从容,还露了一手硬功夫,金狗误把您当作将门之子,才放您归汴。事后,完颜宗望把肠子都悔青了,有鉴于此,您更不能去!"

康王问:"本王若是不去金营,回去后怎么向皇上交待?"

宗泽道:"老臣说句该杀头的话,金狗的嘴脸,朝廷至今也没有看清。我朝将庸兵颓,武备不修,当政的又一味主和,汴京城迟早要为金人所破。依老臣之见,大王若莫就留在磁州,招募义兵,广积粮草,寻机袭击金军,叫他不能专心南下。"

康王想了一想说道:"卿言之有理。"

宗泽大喜道:"如此说来,大王同意留下了?"

康王将头轻轻点了一点。

宗泽命属下备酒备肉,款待康王。正喝着,谍人来报:"一千多金军游骑,在城外抢掠。"

宗泽忙放下筷子，率厢兵、义军三千多人，出城击敌，与金骑激战半个时辰，虽说把金骑给赶走了，他这一方，死伤五百余人。

第二天，金军步兵五千多人带着投石机和大炮来攻磁州城。宗泽指挥城中军民，坚守城池，金军攻了六次，没有攻下，加之天色已晚，撤军而去。

康王暗自忖道：宗泽已与金军结下梁子，此地不可久留。金营不可去，汴京不能回，去哪儿呢？

正在他为何去何从犯难的时候，相州知州汪伯彦遣使持书请他赴相州。

康王并不认识汪伯彦，少不得向宗泽问道："此人卿知之乎？"

宗泽回曰："知之。"

康王道："他是一个什么样的人？"

宗泽便把汪伯彦的情况给康王做了详细介绍。

汪伯彦，字廷俊，徽州祁门（今安徽省祁门县）人，崇宁二年（1103年）考中进士，授成安（今河北省成安县）主簿，累迁至虞部郎中。靖康元年，上《河北边防十策》，颇合钦宗之意，迁直龙图阁、知相州。真定陷落后，钦宗下诏迁真定府衙于相州，归汪伯彦节制。

康王颔首道："诚如卿之所言，汪伯彦这人还不错，本王先去他那里住几天吧。"

宗泽见他主意已决，勉强同意了，并遣厢兵三十人，抄小道护送康王。

康王来到相州，刚刚坐定，一位壮士入城谒见。康王见他英姿凛凛、相貌堂堂，不由得暗暗喝彩。

"请问壮士，高名上姓，家居何方，所学者何，以何为业？"

那壮士见问，双手抱拳一拱，娓娓道来。

壮士者，岳飞也。表字鹏举，系相州汤阴人氏。相传，岳飞生时，曾有大鸟飞鸣室上，因以为名。家世业农，父名和，母姚氏。岳飞生未弥月，河决内黄，洪水暴至，家庐漂没，岳飞赖母抱坐大缸中，随水流去，达岸得生。好不容易养至成人，竟生就一种神力，能挽三石硬弓。因闻周侗善射，遂投拜为师，尽心习艺，悉得所传。适刘韐宣抚两河（河北、河东），招募兵士，岳飞便偕好友王贵、张宪前往投效，初任"敢战士"。一个月后，迁行长①。相州有两名巨盗，一名陶俊，一名贾进，拥盗徒八百余人，打家劫舍，攻剽

---

① 行长：宋军低级军官。宋军编制，五人为伍，伍设伍长一人。二伍为什，什设什长一人。五什为行，设行长一人。

县镇,官军多次征讨,皆为其所败。

他们打着打着,居然打到真定城下,刘韐召所统将佐及真定府捕盗官员,问之曰:"孰可出城为我讨贼?"

连问三遍,无一人应声。

刘韐加重语气说道:"养兵千日,用兵一时。尔等怎么都不说话呀?"

依然无人应声,刘韐正要发火,岳飞站了起来,拱手说道:"大人若不嫌我职卑,我愿出城讨贼!"

刘韐转怒为喜道:"想不到你一个新兵,居然有这勇气,实在可嘉。请问,你需带多少人马前去?"

岳飞回曰:"百骑足矣。"

刘韐一脸惊讶地瞅着岳飞。

岳飞郑重说道:"大人不要惊讶,谚曰:'兵不在多而在精,将不在勇而在谋。'只要兵精,一百骑足矣!"

刘韐以赞赏的口气说道:"好,说得好!我给你一百骑,至于要谁,你可以在我的军中随便挑。"

岳飞在刘韐所部挑了五十名,加上自己所部的五十名,正好一百。刚一出城,岳飞便将伍长王贵召到跟前,耳语一番。

王贵飞马而去。行十余里,道旁坐着五十几个挑夫打扮的汉子,王贵举目一瞧,为首者乃是张宪,笑问曰:"二盗现在何处?"

张宪回道:"正在洗劫姚村。"

王贵复问:"姚村距此多远?"

"八九里。"

"好,很好,宪弟(即张宪),咱姚村见。"王贵说毕,策马而去。不一刻儿,便来到姚村,见了二盗首,一脸媚笑道:"二位爷,听说你们在姚村劫富,刘韐将军命我鹏举哥哥率部来剿。我鹏举哥哥知道不是您二位对手,不肯从命。刘韐将他臭骂一顿,威胁说,他若不将您二位剿平,军法从事。我鹏举哥哥想了又想,要活命,只有投靠您二位了,这才假意同意,带了百名弟兄出城,让我先行一步告知。"

二盗首在真定和相州一带,横行了四五年,从未吃过一次败仗,以为城里的官军早被吓破了胆。听了王贵的话,哈哈大笑道:"你的鹏举哥,倒也识相。爷成全他。"

王贵一脸欣喜道:"俺鹏举哥哥就知道爷会成全他,特备熟牛肉三百斤、美酒一百坛,一来作为见面礼,二来犒劳诸位弟兄。那不,"他朝来的方向一指说道:"他们来了。"

二盗首举目一望,果见张宪等人,挑着担子,疾步而来。

众盗洗劫姚村时,受到了村民的反抗,如今还空着肚子,见了酒肉,一个个垂涎欲滴。二盗首便命从盗打开酒坛,且一人分了一大块牛肉,让他们吃肉喝酒去了。

众盗正喝得高兴,岳飞率官军冲了过来,打他们一个措手不及,一些强盗,嘴里的肉还没来得及吞下,便见阎王去了。

大胜。

岳飞大获全胜,杀包括陶俊、贾进在内的盗贼二百零五人,余之盗贼,见势不妙,纷纷投降。刘韐上书朝廷,为岳飞请功,几个月没有消息。正欲再上,受奸人所谗,罢官归里,岳飞亦解甲归田。

康王笑微微对岳飞说道:"你是一个人才,少见的人才,本王想让你做本王的亲兵,你可愿意?"

岳飞亢声回道:"愿意。"

岳飞跟随康王十余天后,康王笑说道:"听说相州还有一巨盗,唤作吉倩,你知不知晓?"

岳飞回曰:"知晓。"

康王又道:"他的盗众从人数上讲,虽然不及陶俊、贾进,但是,他的武功高强,大观年间参加武科试,位列第二,因有人告他品行不端而落榜,愤而为盗,这人可有点不大好对付。"

岳飞笑答道:"我这个人,特别犟,他越是厉害,我就越想去会一会他。"

康王问:"你会他,需带多少兵马?"

"我一人足矣。"

康王吃了一惊,乾手指道:"你,你独个儿就能降伏吉倩?"

岳飞点了点头。

康王道:"军中可是无戏言呀!"

岳飞道:"我知道。"

第二天,岳飞单枪匹马,驰入吉倩巢穴,劝其投降。

吉倩嘻嘻一笑,反问道:"你凭什么要我投降?"

岳飞正色回曰:"我知你是一个汉子,不想让你做盗。"

吉倩正色说道："我之为盗乃朝廷所逼,要让我归顺朝廷,须朝廷为我正名。"

岳飞问："早年,你是不是奸淫过一有夫之妇?"

吉倩辩道："不是奸淫。"

岳飞复问："那是什么?"

吉倩道："那妇人是我表妹,俺俩不只青梅竹马,还暗定终生。只因俺那姑父,嫌贫爱富,将她嫁了一富家子。那富家子吃喝嫖赌,还经常打骂她,她才约我私奔。不知为甚,被那富家子知道了,将我告到官府。我惧而南逃,变名易姓,前去参加科举,一路上斩关夺隘,考了个殿试第二。榜眼没有当上,反落了一个淫人妻子的恶名。你说,朝廷该不该为爷正名?"

岳飞反问道："你先别说该不该为你正名,你只说一说,你有没有和你表妹私奔的念头?"

吉倩倒也老实,回道："有。"

岳飞道："既然有,还正什么名?"

吉倩勃然大怒,高声叫道："小子们,把这个姓岳的给爷拿下!"

众喽啰一拥而上,来拿岳飞。岳飞两手一分,推倒了两个,反腿一脚,又踢倒了一个。

吉倩朝众喽啰打了一个停止的手势,背负双手,站在岳飞面前,将他上下打量一番道："想不到你还有两下子呢!"

岳飞嘿嘿一笑道："我若没有两下子,敢独闯你的山寨吗?"

吉倩道："既然有两下子,你不妨说一说你拿手活是什么?"

岳飞道："跑马射箭、使枪、耍剑。"

吉倩道："那就请你表演一套枪法吧。"

岳飞握枪在手,又拦、又拿、又扎。做完这些基本动作之后,舞动起来,只见寒星点点,银光烁烁。在吉倩的示意下,一个喽啰端了一盆清水,偷偷朝岳飞泼了过去。只听哗的一声,水星飞溅。吉倩高叫了一声停,察那岳飞衣服,竟不见一珠水,心中暗暗吃惊,抱拳说道："将军的枪法,集罗(成)杨(令公)两家之长,放眼天下,很难找到对手了。我还想见识一下将军的箭术,将军以为如何?"

岳飞道："汝想考一考在下的箭术,在下不敢不从。但就怕汝这里没有称手的硬弓。"

吉倩道："将军能开几石的弓?"

"三石。"

吉倩暗自"啊"了一声:乖呀,我自认为我的臂力已经够大了,也只能挽两石的弓,他居然能挽三石,怕是吹牛呢!好在是,我师父下山时,给我留的那张弓,正好是三石。

他高声叫道:"小子们,把震天弓①给爷拿来。"

岳飞接过弓,虚拉了两下,赞道:"好弓!"

他扭头问吉倩:"你想让我射什么?"

吉倩朝寨门上方一只展翅欲飞的木鹰说道:"就射它吧。"

岳飞举目一瞧,那木鹰距他当在二百步左右,微微一笑道:"好!"

他张弓搭箭,似乎也没怎么瞄,"嗖"的一箭,将鹰头射飞,把众喽啰看得目瞪口呆,稍倾,发出一阵惊呼之声。

吉倩倒身朝岳飞拜了三拜道:"岳爷真神力也!就冲着您单枪来寨,又有这一身绝艺,在下愿意洗心革面,追随将军左右!"

岳飞双手将他搀起说道:"你说错了,咱都应当忠于朝廷才对!"

吉倩喏喏。

岳飞在山寨用了午饭,偕吉倩来到相州,参拜康王。康王大喜,授岳飞为承信郎、吉倩为武进校尉②。

事后,康王问岳飞:"陶俊和贾进势大,吉倩势小,为什么你对势大的进行剿杀,而对势小的进行招安?"

岳飞回曰:"陶俊、贾进作乱多年,其部多为惯盗,他们靠抢劫为生,对他们进行说服教育,是行不通的;而吉倩,毕竟读过圣贤之书,因落第而反,其部多为灾民、饥民,一旦宽容他们,给他们一条活路,他们就不会铤而走险了。"

康王将头重重地点了点又道:"打陶俊,你用的是诈降之计,一举成功,这个方法不错嘛!可是,打吉倩,你却来一个单刀赴会,你知不知道,你这样做,是很危险的?"

岳飞回道:"知道。"

"既然知道,你为什么还要这么做?"

岳飞道:"诈降之计,只能用于敌人不备,抑或是高傲自大。陶俊、贾进本为草莽之人,无甚心计,且又屡败官军,对官军产生了轻蔑之心,我假意降他,他便不疑,故而能成

---

① 震天弓:中国古代十大名弓之一。此弓为唐代薛仁贵所用,传说薛仁贵三箭定天山,用的就是这张弓。

② 武进校尉:北宋时,武官依其官阶分为横班、诸司使等七级六十阶,武进校尉是第五十三阶,无品。

功。吉倩就不是这样了,况且,好计也只能用一次。我听说他对关二爷非常敬仰,大寨里敬的就是关二爷,我单枪赴寨,学的就是关二爷,就凭这一招,他不能不对我产生好感,有了好感,下边的事就好办了。"

康王脱口赞道:"你不只是一个人才,还是一个将才,我回京之后,就向皇上荐你。"

岳飞双手抱拳道:"多谢王爷栽培!"

话刚落音,王贵闯了进来,大声叫道:"鹏哥……"

见岳飞频频向他摆手,愣了一下,醒过神来,忙朝康王跪下,拜了三拜说道:"禀大王,我鹏哥令尊大人升天了。"

不待康王开口,岳飞泪如走珠,双手抱拳道:"大王,自古以来,忠孝难两全。容末将回家葬了家严,再回来为朝廷效力。"

康王叹道:"你所言是也。本王理应随你前去,祭奠令尊,但金狗横行,脱不开身,请代本王,多多给令尊大人磕上几个响头。"

岳飞道了一声谢谢,转身就走。

康王叫道:"停一停。"

岳飞止步,掉头。

康王吩咐左右:"取二百两银子来。"

岳飞道:"多谢大王,前时,您赏本将那些银子,本将还没动呢。"

康王道:"动不动是你的事,这二百两银子,是本王送给令尊大人的吉礼①,请不要推辞。"

岳飞又道了一声谢谢。

岳飞前脚出了康王大帐,后脚又来一人。

这人踉跄奔来,遥见康王,便呼道:"大王,不好了,快快募集河北兵士,保卫京师。"

康王举目一瞧,认识此人,不及邀坐,便问道:"耿左丞,金狗已到京师了吗?"

耿左丞者,耿南仲也。他见康王发问,惶声回道:"是的,金狗已到汴京城下了。"

---

① 吉礼:古代,称祭祀活动为吉礼。古代的礼制有五,即吉礼、凶礼、军礼、宾礼、嘉礼。吉礼是五礼之冠,主要是对天神、地祇、人鬼的祭祀典礼。

四十七　金人陷汴

市井游民郭京,自称能施"六甲法"退敌,钦宗居然信了,授以官职,赐以金帛,命他自行招募"六甲神兵"。

金军见了这支服装奇异、怪模怪样的"神兵",惊骇了一阵之后,试探着进行反击。

金人一张口,便要美女五千。仓促之间,找不到这么多美女,钦宗便让嫔妃、宫女抵数。

李若水与康王赵构一块出城,一西一东,分赴金之东西两个大营。但是,他的运气远不如康王。

他没有迷道,几经周折,来到西路军完颜宗翰大帐,送上国书。完颜宗翰正准备向黄河挺进,看了他的国书,不仅置之不理,还将他羁留营中。他几次欲闯营面见宗翰,皆为金兵所阻,他更加确信,金军的胃口很大,他们想得到的,可不仅仅是太原等三镇,而是黄河以北的宋地,甚而灭宋。他们答应和谈,乃是一个烟幕,是麻痹宋朝的烟幕。他将强行面见宗翰的心,改为如何逃回汴京。

金军对他看管很严,直到金军抵达黄河北岸,他才寻机逃出了金营。

折彦质的部队,已抵达黄河南岸,开始布防。他的部队达十二万之众,而朝廷又给他派了一支增援的部队,增援的这支部队全是骑兵。

宗翰的部队是多少呢?

八万。内中,真正的女真人不过一万余人,其余都是契丹人、汉人、渤海人。单从军事力量来比,金军不如宋军。况且,宋军不只占着地利,又占着人和,还是以逸待劳,金军若强行渡河,等待他的,只能是失败!

这结论是谁作的呢?

是金军的谍人。事实上，金军不但过了黄河，还过得十分轻松。

这个折彦质！

这个出身将门世家的折彦质，不只丢尽了宋人的脸，更丢尽了他祖宗的脸。

他被一通战鼓吓跑了。

完颜宗翰听了谍人汇报，为渡不渡河，犹豫不决。

可恶的完颜娄室，面见宗翰，劝曰："宋军虽众，但遭我军屡屡重创，已成惊弓之鸟。依我之见，倒不如多多搜集战鼓，通宵击之，看一看宋军反应再说。"

"这法，用在不懂兵法抑或是没经过战阵的人身上，也许管用。折彦质呢，出身于将门世家，文武兼备，且又久经疆场。这样的人，是吓不走的。"

娄室笑驳曰："击空鼓又不出赋税，能不能吓走折彦质，试一试也没有什么坏处。"

这一试，给中国的军事史增了一个笑料。

金军搜集了七八百个鼓，架在黄河岸边，敲了不到一夜，居然把十二万宋军给吓跑了。历史上，不乏以少胜多、以弱胜强的战例，而这些战例，双方都进行了接触和较量。而今，占绝对优势的宋军，居然被处于劣势的金军敲了敲鼓便吓得逃之夭夭，实属罕见！

宋靖康元年闰十一月十四日，宗翰的西路军全部渡过黄河。与此同时，宗望的东路军也再次顺利地渡过了黄河。

警达汴京，近城居民肝胆摧裂，流离迁徙，不绝于路。一些天生坏种、士兵和保丁，乘机作乱，烧毁房屋，抢劫财物。

城中那个最大的混蛋——宋钦宗，一边关闭城门，一边筹集十万两银子，以耿南仲和聂昌为使，前去和完颜宗翰交涉，同意十天之内，交割太原、中山、河涧三镇，并兑现前次所许之金银帛绢和牛马驴骡。

二人出了汴京城，快马加鞭，驰向完颜宗翰大营。完颜宗翰对他俩非常客气，曰："谢谢宋皇帝的犒劳。"且要他俩分别去中山、河涧，传达宋皇帝割地的谕旨。

他二人欣然而往，且一人带了一个负责割地的金官。耿南仲前往中山，聂昌则去了河涧。

聂昌行至绛州（今山西省新绛县），被绛州钤辖赵子清抉目脔割了。

耿南仲的运气比聂昌要好一些，他行至卫州（今河南省卫辉市），兵民争欲杀之。因知州的保护，才捡了一条命，一溜烟地跑到相州，投奔康王。途中，他听说，完颜宗翰并未停止向汴京挺进，这才醒悟过来，金狗在耍大宋呢。于是，便向康王谎称，皇上要他做河北兵马大元帅，进京勤王。

耿南仲这一生，干了不少坏事，且又主和误国，唯这一句谎言，成就了赵构，使大宋的社稷得以延续了一百四十九年。

康王这一方，打出了"河北兵马大元帅"的旗号，在相州募集兵马。

完颜宗翰那一方，继续向汴京挺进，十一月二十五日，第一支金军骑兵到达汴京城下，杀死宋军游探六百余人。

翌日，东西两路金军，兵临汴京城。西路军屯青城，东路军屯刘家寺。汴京城里面，只有卫士及弓箭手七万人，分作五军，命姚友仲、辛兴宗为统领，登陴守御。兵部尚书孙傅，迁同知枢密院事，他一上任，便向钦宗保举了一个奇人。这个奇人叫郭京，原本是汴京城一个市井游民，自我吹嘘，说他能施六甲法，可以退敌。钦宗遂宣郭京入朝。郭京叩见毕，大言道："陛下如果信臣，臣只用七千七百七十七人，便可生擒敌帅。"

钦宗大喜道："若能如此，朕尚何忧？"当即，授郭京成忠郎①，赐金帛数万，令他自行招募。郭京不问技艺能否，但择年命，配合六甲，即可充选。所得市井无赖，旬日即足。又有市民刘孝竭，亦借御敌为名，效京募兵，或称六丁力士，或称北斗神兵，或称天阙大将，整日里谈神说鬼，自谓能捍城破敌。

有熟知郭京、刘孝竭的官员，觐见钦宗，直言曰："郭、刘二人，乃江湖术士，不可委以大任。"

钦宗将信将疑，但又不肯收回诏命，只是又发一诏，督促各地官员军民，赴京勤王。

发过之后，总觉着少点什么。

少点什么呢？

听说九弟赵构在相州招募了数万义军，应当给他授一官职。

授什么呢？

授河北兵马大元帅。

不只九弟，汪伯彦、宗泽也得授。

授什么呢？

授副元帅。

想到此，又颁一授官的诏书，遣内侍霍小海前往相州宣旨，并督促赵构进京勤王。

康王接诏后，方才知道，他的河北兵马大元帅，乃耿南仲所封，五味杂陈，想了一天，

---

① 成忠郎：宋阶官名，徽宗政和（1111—1117年）年间，定武臣官阶为七级五十三阶，成忠郎为六级四十九阶。

这才召耿南仲进帐。

耿南仲见了康王,打躬作揖,连道几声:"臣死罪,死罪!"

康王长叹一声道:"本王知道你是一番好意,不必自责了。"

耿南仲道:"多谢大王。"

康王道:"本王这河北兵马大元帅的帅旗,已经挂出来一个多月了,若是把朝廷授官的诏书公诸于众,岂不要惹人耻笑?"

耿南仲重重地颔首。

康王又道:"本王有一个想法,你看可不可行?"

耿南仲道:"谨听大王教诲。"

康王道:"依本王之意,朝廷授本王为河北兵马大元帅之事,要保密。"

耿南仲又来一个重重地颔首。

"为了保密,是不是得封一下霍小海的口?"

耿南仲道:"是得封他的口。"

康王问:"怎么封?"

耿南仲道:"臣有四招。"

"哪四招,说来听听。"

耿南仲道:"第一招,多给他钱,用钱封。"

康王点了点头:"请说第二招。"

"封官许愿。"

康王又点了点头:"请说第三招。"

"威胁。"

康王复点了点头:"请说第四招。"

耿南仲做了一个砍头的动作。

康王道:"这四招都不错,但前三招容易留下后患。第四招呢,毒了一些。你是本王信得过的人,本王把封口的事托付给你,至于用哪一招封他的口,你自己斟酌着办。"

耿南仲忙道:"请大王放心,臣一定把这件事办好。"

他确实办得很好,一杯毒酒,把霍小海送上了西天。

自金军二次兵临城下,钦宗度日如年,各地勤王之师,倒是陆续来了一些,但人数都不多,过万的只有一支。

唐恪、何栗密白钦宗,请西幸洛阳。钦宗的骨头,突然硬了起来,用足顿地道:"朕今日当死守社稷,决不远避。"随即被甲登城,用御膳犒赏将士。

时值仲冬,连日雨雪,士卒冒雪守城,竟至僵仆。钦宗目不忍睹,徒跣求晴。复亲至宣化门,乘马行泥泞中,民多感泣。唐恪随御驾后,被都人遮击,痛骂追打,狼狈逃窜,回到家中,上书求去。钦宗准奏,命何㮚继任。

忽有内侍来奏,南道总管张叔夜率兵勤王,令长子伯奋将前军,次子仲熊将后军,自将中军,共三万余人,已转战至南薰门外。钦宗闻奏大喜,召张叔夜入对,张叔夜请驾幸襄阳。钦宗摇头说道:"朕意已决,要死守社稷,避敌的事,休要再提。卿可统军入城掌枢密院。"

张叔夜叩头谢恩。他刚一出殿,殿前指挥使王宗濋觐见钦宗,言曰金狗猖獗,他愿率兵出城击敌。钦宗欣然同意,当即拨调卫兵万人让他开城出战。哪知他到了城外,略略交锋,便即遁去。金兵即扑攻南壁,张叔夜及都巡检范琼,极力抗御,才将金兵击退。

金军在围城期间,依然玩着和、战两手把戏,两次遣使入城,诳钦宗曰:"如钦宗亲自出城与盟,即可退兵。"

钦宗亦遣使赴金,回曰:"你我乃交战国,皇帝岂能轻出,更不能与您会盟了,能不能换一个亲王?"

完颜宗翰摇头否之。

数日后,金又提出,钦宗不便出城与盟,可将其父徽宗、皇太子谌及两个叔叔燕王赵俣、越王赵偲送来做人质,允其求和。

钦宗道:"朕为人子,岂可以父为质!若贵国同意朕的两个皇叔前去,倒可以商议。"

完颜宗翰回曰:"若不让赵佶做人质,诸事免谈!"

谈判失败,金军攻城的战斗愈演愈烈。汴京城一共有十二座城门,十一座遭到金军的火攻,而宋廷也派出军队,火烧了金军的围栏。此外,双方在战斗中还大量使用石炮。甚而,连火枪、飞火炮、震天炮、火箭①都用上了。

宋靖康元年(1126年)闰十一月二十五日,天空又下起了大雪,愈发寒冷,护城河结冰近尺,完颜宗望大喜道:"天助我也,如此大雪,犹如增我二十万精兵。"他指挥金军,

---

① 火箭:这个词在公元三世纪三国时期就已出现。诸葛亮进攻陈仓(在今陕西省宝鸡市东),魏国守将郝昭就用火箭烧毁了蜀军攻城的云梯。不过,那时的火箭只是在箭头后部绑附浸满油脂的麻布等易燃物,点燃后用弓弩射至敌方。到了宋代,由于火药的发明,把火药运用到箭上,称之为大药箭(简称火箭),它用纸糊成筒,把火药装在筒里压实,绑在箭杆上,用弓箭发射出去。后来在原始火箭基础上做了改进,将火箭直接装入杆中间,爆时响声很大,借此恐吓敌人。

踏冰过河（护城河），猛攻汴京城。

在这关键时刻，宋廷将秘密武器拿了出来。

这个秘密武器，就是郭京。

在此之前，何㮚屡屡敦促郭京出师，京每对曰："非至危急，我兵不出。"

今日，护城河结冰，金军无了渡河的障碍，可以直接攻城，汴京城到了生与死的关键时刻，郭京无辞可推，但有一个条件，"六甲神兵"出师，不得窥视。

何㮚道："我可不可以看？"

郭京犹豫了一下道："相爷可以看。"

说毕，率门徒六人，登上宣化门城楼，何㮚紧随其后。

郭京命门徒将所携之十二面绘着天王图的旗子（称之为天王旗），分插在门楼两侧。他默念了一番咒语，命人打开宣化门，让"六甲神兵"出攻金军。

金军见了这支服装奇异、怪模怪样的"神兵"，惊骇了一阵之后，试探着进行反击。

这一反击，"六甲神兵"的蹄爪露了出来，一触即溃，死于金军刀枪之下的当在一半以上。

郭京故作镇静，淡淡地对何㮚说道："看来，还得让我亲自下去作法。"

何㮚不但不疑，反拱手说道："成败，就在大师此举。"

郭京道："请相爷放心，本仙这一出，管叫金军死无葬身之地。"

说毕，他走下城楼，昂首出了宣化门。

他一到城下，便一溜烟地逃去了，把何㮚气得跺脚大骂："骗子，无耻的骗子！"直到有人提醒他，金军已向宣化门涌来，得赶紧关闭城门，他这才停骂，命守城的大兵关闭宣化门。

门倒是关住了，却挤进来数十个金兵。何㮚欲逃，遥见张叔夜巡城，大声喊道："张枢密救我！"

张叔夜见宣化门内有人厮杀，正不知怎么回事，听到何㮚呼救，带着数十个将士，飞马而来，将金军全部杀死。

宣化门外的金军，为救门内的金军，架起云梯，强登城墙。

围城的其他金军，也从不同的地方，开始攻城。统制姚友仲、何庆言、陈克礼，中书舍人高振，皆战死。内侍监军黄金国赴火自尽，守御史刘延庆夺门出奔，为追骑所杀。张叔夜父子，力战受创，也只好退回内城。钦宗闻报，大呼曰："李伯纪、种彝叔（种师道字彝叔），你俩怎么还不来救驾？"

一位内侍小声提醒道:"朝廷并未召李右丞回京,他怎么来?"

钦宗道:"召了呀。"

内侍叹道:"您确实让召回李右丞,拟旨的时候,您又不让召了。"

钦宗想起来了,那是他听了耿南仲的谗言。耿南仲对他说,李纲不能复官,理由是,李纲和太学生们勾得很紧,若是复了李纲之官,恐怕又要闹出太学生伏阙上书之事……

钦宗悲叹一声道:"耿南仲误朕!"

"种彝叔呢?"钦宗又问。

"老种经略相公已经升天了!"

钦宗惊问道:"什么时候?"

"一个半月前。"

钦宗复问:"他是怎么死的?"

"奉旨勤王的路上。"内侍复又叹道:"老种经略相公因急于赶路,受了风寒。唉,七十六岁的人了,一天要行四舍(一舍六十里)之路,就是年轻人也受不了。他是为社稷而死的!"

钦宗流泪了,哽咽道:"死前他有什么交代?"

"他说,朝中肉食者,非奸佞,即庸人,一味主和,武备不修,汴京城迟早必为金狗所陷,劝陛下早幸他地,诸如邓襄等等。"

钦宗大恸曰:"张叔夜亦有此言,是朕负了这些忠良之臣呀!"

金军攻陷汴京外城后,烧杀、奸淫、抢劫,无恶不作,一些女子,不甘受辱,投井或悬梁自尽的达数千人。

城中百姓,本就不甘做亡国奴,见了金军暴行,纷纷拿起武器,与金军展开巷战。

完颜宗翰有些怕了,他暗自忖道:我东西两路大军,加起来也不过十几万人,但真正的金人(女真人),只有三万多,而城中的百姓约近百万,如果他们都投入战斗,我军将难以应对,倒不如允宋廷来和。

钦宗得知金人愿意和谈,忙遣何栗前往金营。

完颜宗翰对何栗异常客气,曰:"自古有南就有北,不可有北无南,我大金想要的只是土地,而不是灭宋。"

何栗拱手说道:"多谢元帅,存我社稷,臣这就回去上奏皇上。"

完颜宗翰道:"莫急,本帅还有话要说。"

何栗忙立定了脚,洗耳恭听。

完颜宗翰道:"你朝的地,我也不多要,只要黄河以北。"

何栗道:"我明白了。"

完颜宗翰又道:"鉴于你朝言而无信,这一次,得让你们的太上皇亲自来谈。"

何栗拱手说道:"我明白了。"掉头出了金营,回到内城,将金人的要求,上奏钦宗。

钦宗长叹一声说道:"太上皇听说金军破我外城,惊忧成疾,连走路都很困难,怎么能让他去呢?"

何栗也是一声长叹:"若不让太上皇去做人质,金人恐怕不会同意和谈。"

钦宗道:"朕去,朕亲自去谈。"

"这……这不太合适吧?"何栗迟迟疑疑说道。

钦宗叹道:"为了社稷,也只能如此了。"

闰十一月三十日,钦宗亲赴完颜宗翰大营,陪同的还有他的两位叔叔——燕王和越王,以及何栗、孙傅、折彦质等一班大臣。

完颜宗翰、完颜宗望听说钦宗到了,避而不见。

他俩越不见,钦宗越急,遣何栗一再哀求,金人方才放出话来,要他呈交正式降表,钦宗不敢不答应,命何栗写降表献上。金人看了降表,很不满意,要求修改。修改的内容有二,第一,不允许宋以皇帝相称。理由是,皇帝只有一个,那就是他们的大金皇帝吴乞买,"宋皇帝"只能称臣。第二,把"负罪"改为"失德",把"宇宙"改为"寰海"。钦宗一一照办后,宗翰和宗望方才传令入见。

钦宗趋进金军大营,只见两个金将,高居胡床①之上,一脸凶相,小声问何栗:"此何人也?"

何栗小声回道:"左边是完颜宗翰,右边是完颜宗望。"

钦宗点了点头,战战兢兢趋至宗翰、宗望面前,做一长揖,递上降表。

完颜宗翰冷声问道:"汝可是赵桓?"

钦宗毕恭毕敬地回道:"吾便是赵桓。"

完颜宗翰一脸怒容道:"我国本不愿兴兵,只因汝国,君昏臣贪,百姓生不如死,故而,代天向汝问罪!并拟另立贤君,主持中国。"

钦宗不敢吱声,随驾的何栗、孙傅、折彦质齐声抗议道:"贵国让我割地纳金,均可

---

① 胡床:古代一种可以折叠的轻便坐具,又称交床。

依从,惟易主一事,万万不可!"

完颜宗望狞笑道:"汝等既愿割地,快去将黄河以北之地割让与我。至于金帛,那就先送来金一万锭、银两千万锭、帛一千万匹。"

此语,纯属讹诈,钦宗君臣,你瞅瞅我,我瞅瞅你,没一人开口。

完颜宗望冷笑道:"不想答应吧?不想答应,那你们就在这里待着吧,什么时候答应,你们什么时候回去。"

他朝完颜宗翰丢了一个眼色,二人离开大帐。

钦宗君臣被软禁起来,吃没吃,喝没喝,夜里连个铺盖也不给,冻得瑟瑟发抖。他们挺了两天,挺不下去了,全部接受了完颜宗翰和完颜宗望提出的议和条件。

钦宗自金营出来,悲愤交加,泪流满面。行至南薰门,见到迎候他的士民,掩面大哭,士民亦哭,门外门内,一片哀恸之声。

回到宫中,钦宗便遣陈过庭、刘韐、欧阳珣等二十人为割地使,分赴黄河以北割地界金。

欧阳珣曾知盐官县(今浙江省盐官镇),当金军第一次兵临汴京,宋廷欲割太原等三镇与金,便与僚友九人上书谏曰:"祖宗土地,尺寸不应与人。"李纲嘉其言,荐为将作丞①。他进京后,屡屡上书,反对不战而割地,曰:"战败失地,他日取还,不失为直。不战割地,他日虽可取还,但不免理曲。"

书为宰执扣压。他的官职太小,本不该做割地使,宰执恨他多舌,"破格"而用,往割琛州(今河北省琛州市),来一个借刀杀人。

凡割地使,统由金兵押着。欧阳珣来到琛州城下,不顾金兵阻拦,涕泣与语道:"朝廷为奸人所误,丧师割地,我特拼死来此,奉劝汝等,宜勉为忠义,守土报国。"

金兵将他绑送燕京,金将亲自审问,遭他痛骂,金将恼羞成怒,下令将他火焚。

押解割地使的金人刚走,又来一拨催要金帛的金人。

一万锭金、两千万锭银、一万匹绢,单就银子来讲,它是金军第一次攻打汴京时所索要数额的十倍。金子呢,更多,五十倍。前次所要的赔款,宋廷还没有筹齐。这一次若要筹齐金人所要之数,比登天还难。

难也要筹。

钦宗受金人所迫,颁诏曰:

---

① 将作丞:官名。初置于秦,属少府。北齐改属将作寺。北宋前期为寄禄官,不预监务。

金军已陷我外城,敛兵不下,保安社稷,全活生灵,恩德至厚。今来京城,公私所有,本皆大金军前物,义当竭其所有,尽以犒军。

诏下,京畿保甲,尽充差役,三衙使臣分地监督,把左藏库①和京师上四库所存的饷金饷银,整大车地运往金营,无论是王公贵族、富商大贾、娼妓、僧道,就连"福田院"里的鳏寡孤独,也要按财产或人头交金纳银,稍有不从,便抓到御史台、大理寺和开封府衙,大刑伺候。

金人除了索要金帛之外,还要米要粮、牛马骡驴,还要美少女陪睡。

所要的美少女,还不是一个两个,一张口便是五千人。仓促之间,找不到这么多少女,钦宗便让嫔妃、宫女抵数。一些嫔妃、宫女不甘受辱,或投河、或悬梁、或饮鸩,死了一百多人。

少女之数凑齐了,金银之数只凑了不到十分之一。钦宗不得不命何㮚前往金营,恳请金人降低数额,但遭到金军拒绝,且威胁说,若是宋廷再筹不足所索金银之数,让钦宗自去大营回话。若不去,他们便要屠城。

钦宗既不想让金军屠城,又不想去金营,便颁旨一道,不管是王公贵族、富商大贾、僧道,还是"福田院"里的鳏寡孤独,只要有金银,一律上交朝廷,朝廷则按现行价,折成铜钱,登记在册,待朝廷有钱了再还。若是隐匿不交,许人告发,所匿之金银一律没收,并将没收金银(折换成铜钱)之十分之一,奖励告发者。

此旨一颁,倒是又敛了不少金银,但是,与金人所索要的数额,相去甚远,正在过新年(靖康二年)里,金人坐宫索要。索要不来便强逼钦宗去金营自行"面议"。钦宗自知若去,凶多吉少,不愿前往,何㮚进言道:"圣驾前已去过,没有意外情事,今日再往,料也无妨。"

钦宗长叹一声道:"卿说的也是,那就请卿伴朕去金营走上一趟。"

何㮚拱手说道:"谨从圣命。但您贵为皇帝,出使敌营,仅臣一人伴驾,寡了一些,臣意让孙傅、李若水、折彦质同去,您看可好?"

钦宗道:"孙傅,朕另有所托;李若水、折彦质可以同去。"

何㮚拱手说道:"陛下圣明。"

---

① 左藏库:官署名。五代后梁置。宋代沿置。元丰改制后隶太府寺,分南、北二库,掌收四方财赋,以充国家经费。政和元年(1116年),改置东、西二库。

钦宗移目通传太监道："速召皇太子及众执政上殿。"

通传太监转身趋出。两刻钟后，皇太子和众执政陆续上殿。

钦宗当众宣布两条消息，第一，为赔款的事，他亲自去金营面议。第二，封皇太子赵谌为摄政①；封孙傅、王时雍为汴京留守，且辅太子监国。

众执政或欲言又止，或摇头叹气。

钦宗朝众执政摆了摆手，示意他们退去。自与何㮚、李若水等前往金营。

将出宫门，阁门宣赞舍人②吴革赶来，密白何㮚道："天文帝座甚倾，车驾若出，必堕虏计。"

何㮚道："大人多心了。前次帝去虏营，无事，此次岂能有事乎！"说毕，拥帝出宫。此时，为宋靖康二年正月初十。

出了内城，正行之间，张叔夜飞马而来，面谏钦宗："金狗只识金钱美女，不识仁义忠信为何物，此去凶多吉少，请陛下回驾。"

钦宗叹道："卿之好意，朕岂不知，金人所索金银，万难筹齐。筹不齐，金人便要屠城，朕为国为民而蹈虎穴，即使有所不测，朕也无悔！"

叔夜号恸再拜，钦宗亦流泪道："嵇种（叔夜的字）努力！"说毕，掩面大哭。

哭了一阵，哽声叫道："文缜（何㮚的字），咱们走吧。"

何㮚等拥着钦宗，继续前行，一到金营，便被软禁起来，逼他手书一诏，送达内城，要宋廷的执政，想方设法筹集金人所索之金银，赎他回去。

为了赎回钦宗，孙傅把办法用尽，得金三十万两、银六百万两、锦缎一百万匹，赍送金营。

完颜宗翰不喜反怒，大声斥责宋使："十几天了，才送来这一点东西，明显是糊弄我呢！"

提举官③梅执礼辩曰："我朝已将筹钱的法儿用尽，连皇上和太上皇宫中的金器也给弄来了，就筹了这么多，怎能说糊弄您呢？"

完颜宗翰大怒道："你还敢犟嘴，拉出去砍了！"

众宋使见梅执礼被杀，一个个噤若寒蝉。

完颜宗翰大声问道："尔等是想学梅执礼呢，还是愿意回去筹集所欠金银？"

---

① 摄政：代替君主处理国事。
② 宣赞舍人：宋代设置，原名通事舍人，政和中改称宣赞舍人，掌传宣赞谒之事。
③ 提举官：官名。宋代主管专门事务的官员，皆以"提举"命名。有"提举常平""提举学事"等。

众宋使回道:"愿意回去筹集金银。"

完颜宗翰面带微笑道:"这就对了。"

这是宋使进营以来,看见他的唯一一次笑脸。

完颜宗翰和颜说道:"你们那个薛提举说,为筹钱,你朝把方法用尽,我说一个方法,你们肯定没用。"

众宋使想问,又怕一言不慎,招来杀身之祸,皆缄口不言。

完颜宗翰笑嘻嘻地说道:"听说你们汴京城的美女很多,单嫔妃宫女就有数千,你们可以拿出来卖嘛!"

他扫了一眼众宋使又道:"也不说卖多,一个嫔妃卖一千两银子,一个宫女卖二百两,还有公主,也可以卖一千两,皇室宗女卖五百两,至于那些王公贵族和七品以上官员的千金,抑或是年轻女人,每一个卖三至五百两银子应该不成问题。这一卖,还了我大金的赔款后,还有剩余呢!"

他目扫众宋使,笑嘻嘻地继续问道:"尔等说爷这个方法怎样?"

他见众宋使不接他的话,依然笑嘻嘻地说道:"尔等是不是怕卖不出去?不要怕,若是实在卖不出去,就按爷刚才说的那个价,有多少爷收多少,用来抵爷的款。"

他见众人还不吱声,眉头皱得能拧出水来,正要发火,一位金人附着他的耳朵嘀咕了几句,他恍然大悟道:"噢,这事尔等做不了主。别怕,爷这就召赵桓进账,爷亲自跟他说。"

四十八　伪帝张邦昌

宗翰命兵士用铁挝击李若水唇,唇破流血,且喷且骂,直到颈被裂,舌被断,方才气绝。

原只说张邦昌得知要他做皇帝的消息,一定会欣喜若狂。谁知,他竟像遭了雷击一般。

额鲁多观李师师,年届三旬,脸上尽管有些许沧桑,仍然掩不住她的美丽。

众宋使回到内城,把钦宗要摄政卖女人还款的手诏呈上去后,摄政当即召文武百官上殿廷议。

此事事关钦宗的回留,又有钦宗的诏书,众文武不敢多言,推辞道:"一切由摄政做主。"摄政还是一个九岁的娃娃,懂个什么,一切由摄政做主,便是一切由孙傅做主。

孙傅目扫众人道:"金狗可恶,竟逼我朝卖女人还款。照理,我朝不能同意。但是,若不这样,哪来的钱还金狗? 还不了款,皇上就回不来。听说皇上在金营受了不少虐待,已经三天没有吃饭了,为了让皇上早点回来,咱们就从了吧。"

他也不管有没有人附和,继续说道:"卖女人还款,说着容易,做着难,试想,谁愿意把自己的妻妾、女儿或姐或妹,拿出来卖? 我意,先不动宫中的人,也不动皇宗室和七品以上官员的家属,动谁呢? 动倡优①,动女僧女道,动六贼(蔡京、童贯、王黼、梁师成、朱勔、李彦)九族和皂隶佣佃家的女人。"

众人异口同声道:"好。"

廷议结束后,有人小声问孙傅:"李师师动不动?"

孙傅想了想:"先不动。"

---

① 倡优:从事歌舞的艺人和妓女。

那人又问："太上皇的女儿(蔡京的儿媳妇)动不动？"

孙傅想了又想道："也不动吧。"

三日后，按照孙傅开列的条件，"征"得各色年轻女子五千三百四十二人，根据她们的身份地位，明码标价"出售"，但"售"了三天，未售出一个。

何也？

汴人的金银，早已被朝廷搜刮一空，就是有，也是冒着生命危险所匿，谁愿意为了一个女人拿出来呀？就是愿意拿出来，又害怕朝廷问一个隐匿不报之罪。

卖不出去，只有找金人收购了。

这些女人被押到金营，金军将士根据自己的级别挑选相应数量的女子，最多者可达三十人。

当然也有被退回的。

这些被退回的女人，要么年纪大一些，要么相貌太丑，要么有疾。

被退回宋廷的一共是五百二十七人。

退回的，宋廷必须再补。

这一折腾，又是几天。

宋靖康二年(1127年)正月二十七日，宋廷将退回的女人补齐后，朝廷上下出了一口长气，总算把金人索要的东西交齐了。

他们翘首以待，每天数万汴京城百姓，自发地跑到御街上等候钦宗。

钦宗对你们有什么好？你们的家被官府洗劫一空，你们的女儿姐妹也被朝廷出售，大米涨到三百钱一升，大街上有人公开出售人肉……可你们居然还要来迎昏君？

原因只有两个，第一，汴京的百姓太好了。第二，他们不想当亡国奴。一连等了四天，不见钦宗回銮。百姓们便纷纷打听："怎么了？这是怎么了？"

不知谁信口说道："最近几天，汴都一带，连日大风，阴霾四起，不宜出行，金人想等天气晴了再送皇上回来。"

百姓们居然信了，天天盼望天晴。全城的寺观都在举行法事，祈祷天气转晴。

二月初六，天终于晴了，但还是不见钦宗回来，不由得又互相打听起来。

这一打听，犹如五雷轰顶。

金人把钦宗废为庶民。

哭。

十万百姓一齐哭了起来，哭声惊天动地。

钦宗被废时,数十随驾之人,面面相觑,噤若寒蝉,唯李若水指着完颜宗翰和完颜宗望,高声骂道:"我大宋天子,乃上天所遣,尔狗不得废之!"

宗翰、宗望大怒,命兵士将李若水拽出,若水一边挣扎,一边大骂。

宗翰愈怒,命兵士用铁挝①击李若水唇,唇破流血,且喷且骂,直到颈被裂,舌被断,方才气绝。

废了钦宗之后,金人突然想起了太上皇赵佶,这家伙若是复了皇位,对我朝十分不利,得把他弄到我营。

怎么弄?

派兵去抓,必将遭到宋人抵抗。

还是骗吧。

怎么骗?

遣我金人去骗,赵佶恐怕不信。最好的办法,逼赵桓写一手诏。

那手诏怎么写?

就说要赵佶换自己回去。

对,就这么办。

金人得了钦宗手诏,遣使来到内城。孙傅不知有诈,把钦宗的手诏呈给赵佶。

赵佶明知此去凶多吉少,与郑太后抱头大哭。

将行之时,张叔夜闯进龙德宫,跪下哭谏道:"皇上已被金人拘押,上皇万不可去。"

赵佶叹道:"我若不去,皇上不能回。为了大宋社稷,我只有冒险一行了!"

张叔夜道:"金狗志在灭宋,皇上既然被其所拘,岂能轻易放回?为社稷计,上皇不如突围出城,召集各地义军赴京勤王!上皇若不听臣言,这一去,必为金人所拘,悔之晚矣!"

经他这一劝,赵佶犹豫起来。

暗通金人的都巡检范琼,听说太上皇不想赴金营,率领数十个亲兵闯进宫来,大声叫道:"上皇,怎么还不启驾?"

张叔夜怒目斥道:"范琼,你居然敢这样对上皇说话?"

范琼放低了声音说道:"不是下官有意对上皇无礼,金使已经催了几遍。说是上皇

---

① 铁挝:是一种构造较复杂的兵器,乃净铁打造,若鹰爪样,与抓枪抓棒相似。长二丈四尺,无刃而有铁爪,有击抓之作用。

再不启驾,他就回营交令去了。"

张叔夜道:"你告诉金狗,上皇不去金营了!"

范琼道:"这是你的主意,还是上皇的主意?"

张叔夜道:"我的主意。"

范琼道:"要上皇去金营,乃是皇上的旨意,你这样做犯了两个大罪。第一,抗旨。第二,要上皇不要皇上!二罪任择其一,便是灭族之罪,你愿意灭族吗?"

张叔夜无语,只有叹气而已。

范琼冷笑一声,吩咐从人:"还不搀上皇和太后上车!"

从人一拥而上,将赵佶和郑太后拽上了牛车。

赵佶一到金营,也被软禁起来。

新老皇帝都弄到了金营,完颜宗翰和完颜宗望仍不放心。

赵谌那个小兔崽子,也得把他弄来。

为弄赵谌,他们又逼钦宗写了一个手诏。

孙傅接到手诏,不肯送赵谌去金营。而卖主求荣的莫俦、吴开,定要太子出宫。

范琼再次赤膊上阵,命从人将赵谌拽上法驾。

孙傅哭着说道:"汝等既然定要太子去,臣亦去!"

范琼斥道:"皇上并没有叫你去,你去干什么?"

孙傅道:"吾为太子傅,亦当与太子共死生!"

范琼皱眉说道:"你执意要去,你就去吧。"

孙傅扭头对王时雍说道:"朝中的事以后就仰仗你了!"说毕,朝王时雍深作一揖。

王时雍还了一揖道:"请留守放心,弟一定尽职尽责。"

孙傅点了点头,掉头追赶太子。百官军吏奔随太子号哭,太子亦泣呼道:"百姓救我!"

哭声震天,至南薰门,守门金人指着孙傅问道:"范大人,此何人也?"

范琼毕恭毕敬答道:"汴京留守孙傅。"

金人道:"册中并不见其名,他来做甚,你让他回去吧。"

范琼扭头说道:"伯野(孙傅字伯野),金将的话你听到了吧?快点回去,莫自寻其辱!"

孙傅铿声说道:"我乃宋朝大臣,兼为太子太傅,誓当死从。门不让我进,我便寄居门外!"

范琼扭头对金人说道:"金爷,您看……"

金人道:"想不到他还是一个忠臣呢,那就从其所愿吧。"

赵谌一进金营,也被看管起来,完颜宗望问完颜宗翰:"您把赵佶祖孙三人都弄来,意欲何为?"

宗翰道:"绝了宋人拥立赵氏为帝之念。"

宗望又问:"不立赵氏为帝,难道咱们直接来管理宋人不成?"

宗翰回道:"非也。"

略顿又道:"宋人多达一亿一千六百多万,咱女真人才多少呢?十几万。宋已经立国一百六十七年,咱立国才几年?十二年。一个人口十几万、立国几年的小国,去统治一个立国一百多年的泱泱大国,不是一件容易的事。所以,咱可以灭宋,但不可直接统治中原,更不可直接统治汉人。"

宗望问:"您说了这么多,咱应何为?"

"找一个傀儡,代咱管几年,待咱有了治理大国的经验,再一脚把他踢开,由我们自己管理!"

宗望频频颔首说道:"您这一招高,实在太高了!"他一边说一边朝宗翰竖起了大拇指。

宗翰嘿嘿一笑道:"你别夸我,我这一招,还是那些辽国的降官教的。"

"你打算让何人先做一个时期宋人的皇帝?"

宗翰道:"有两个人选,你帮我斟酌斟酌。"

"哪两个?"

宗翰道:"耶律余睹。"

"另一个人呢?"

宗翰道:"张邦昌。"

宗望道:"我倒是喜欢张邦昌。"

宗翰问:"为什么?"

"原因有三,其一,张邦昌做过宋的宰相,让他做皇帝能镇住宋人。其二,他对我大金非常友好。如何对我大金,也就是说是战是和,宋朝廷分为两派,张邦昌是坚定的主和派。其三,他胆子小,若立他为帝,他不敢不听我们的话。"

宗翰笑问:"你怎么知道他胆子小?"

宗望回曰:"天会四年(宋靖康元年),我进军汴京城,宋朝廷送康王赵构和张邦昌入我营为质,我责宋兵违约,吓得他浑身发抖,伏地痛哭。"

"嗯,诚如你所言,立张邦昌为帝较为合适,那就立张邦昌吧。但在立张邦昌之前,咱得为他扫清道路。"

宗望问:"怎么扫清?"

"宋立国一百六十七年,历经七代九帝,前几代皇帝,特别是太祖、仁宗、神宗,都是出了名的明君,就连昏庸如赵佶者,也办了一些好事、善事,惠及太学生和鳏寡孤独。所以,宋人对赵家心存感激。咱们即使把赵佶祖孙三人杀了,一旦有机会,他们还会立赵家的人做皇帝。所以,咱们还要抓人,凡宋皇室的人,都要抓。"

宗望道:"那得抓多少呀?"

"恐怕得抓上万人。"

宗望反问:"宋皇室的人,有那么多吗?"

宗翰道:"有那么多。"

宗望道:"您怎么知道?"

宗翰道:"我问过范琼,范琼还给我弄了个《玉牒箓》的副本。"

"《玉牒箓》是个啥东西?"

"专门记载皇室成员的册子。"

宗望道:"这个东西太好了,有了它,不愁不能将宋皇室成员一网打尽。哎,咱们什么时候抓呢?"

宗翰道:"今天咱就抓。"

宗望道:"这个事让我来办吧。"

宗翰道:"此事不需你我亲自动手,让宋人自己去抓。"

宗望问:"宋人能指望住吗?"

宗翰道:"能。"

宗望问:"您打算让哪个宋人去抓?"

"让范琼、莫俦、王时雍、吴开去抓吧。"

宗望又问:"莫俦、王时雍、吴开何许人也?"

"莫俦,澧州(今湖南省澧县)人也。字寿朋,宋政和二年(1112年)壬辰科状元。初仕为承事郎①,十四年后迁吏部尚书。这人见宋将亡,暗中与我联系,我让他留在宋

---

① 承事郎:文散官名。宋始置,为文官第二十三阶,正八品。

廷待机而动。"

他略顿了顿,继续说道:"王时雍,高凉郡(今广东省高州市)人也。进士出身,做过吏部尚书、开封府尹,前不久,与孙傅同为汴京留守,他和莫俦是铁哥们。吴开呢?也是进士出身,官拜翰林承旨,也是一个卖国求荣的主儿。"

宗望哈哈大笑道:"卖国好,若是宋人都不卖国,你我也不会站在汴京城里指点江山!"

宗翰轻轻颔首道:"说的是。事不宜迟,你这会儿就找张邦昌谈,我派人告知王时雍他们抓人。"

宗望忙道了一声:"好。"

王时雍等一班卖国贼,收到完颜宗翰的密令后,派人拿着《玉牒箓》到处抓人。宋皇室的一些人得了消息,或逃或匿,抓了三天,才抓了两千多人。王时雍下令,来一个搜城,且满城张贴皇榜——不得隐藏宋皇室成员,如有隐藏者,赶快交出,匿而不交者,一经查出,杀匿者全家。

这样一来,又抓了宋皇帝成员五百多人。加之以前所抓的那些,共三千三百余人,王时雍亲自押送金营,原本想着,完颜宗翰会把他夸上一番。完颜宗翰不但没有夸他,反绷着脸斥道:"才抓了不到一半,还有六七千人,为啥不抓?"

王时雍满脸赔笑道:"启奏大帅,那六七千人中,有四千多人,很多年前,就已经定居外地。还有一千多人,闻风逃出了汴京城。"说到此,打躬作揖道:"臣失职,臣失职。臣愿接受元帅任何惩罚!"

完颜宗翰摆了摆手道:"你不要自责了,你为大金做了不少事,我们都记着呢!"

王时雍有些受宠若惊,流泪说道:"谢元帅!"

"你嘛,回去后要继续抓人,抓到几个是几个,一律押送我营。"

王时雍忙道了声遵命,试探着说道:"臣是不是可以告退了?"

完颜宗翰道:"别急,本帅还有一事,想听听你是怎么想的?"

王时雍媚笑道:"臣洗耳恭听。"

"赵桓,我已经把他废了。你们中原人有一句俗谚,叫做'家不可一日无主,国不可一日无君'。我想立一个非赵姓的人为帝。你觉着是从辽人中选一个好呢?还是从汉人中选一个好呢?"

王时雍试探着回道:"臣觉得还是从汉人中选一个好。"

完颜宗翰轻轻点了点头:"汝可以走了。"

王时雍再拜而去。

历史上,自有君王以来,为争君王的宝椅,不只异姓之间,就是同姓、同宗,甚至兄弟、父子之间,斗得死去活来。原只说,张邦昌得知要他做皇帝的消息,一定会欣喜若狂,谁知,他竟像遭了雷击一般,面无血色道:"我不做皇帝,说什么我也不做皇帝!"

完颜宗望怪而问之:"为什么?"

张邦昌反问道:"元帅知道三国的曹孟德不?"

完颜宗望回道:"知道。"

"他是一个大英雄,文韬武略在三国的三个君主中,无人可及。但当孙权劝他当皇帝的时候,勃然大怒曰:'孙仲谋(孙权字)是想把我架在火上烤哩!'臣之德之才远不及曹操,岂敢做什么皇帝!"

完颜宗望黑乎着脸说道:"你不必自谦,这个皇帝非你不可!"

张邦昌扑通朝他一跪,哀求道:"完颜大帅,这个皇帝,臣真不能当!"

完颜宗望怒曰:"你敢抗命吗?"

张邦昌慌忙回道:"臣不敢。"

完颜宗望道:"不敢,你就从了吧!"他背负双手,回了内帐,直到看不到完颜宗望的后背,张邦昌这才爬了起来,心神不宁地离开金营。

张邦昌不想当皇帝,可有人想当。

王时雍一边走一边想:金人想立一个非赵姓人当皇帝,而且还得是汉人。我想,这个汉人,不会是一般的汉人,一般的汉人不能服众,这个汉人须具备两个条件,第一,做过宋廷大官。第二,深得金人赏识,或认可。在宋之官员中,得到金人赏识或认可的人并不多。

他扳着指头数道,范琼算一个,莫俦算一个,吴开算一个,张邦昌算一个,连我在内,也就五个人。在这五个人中,除了张邦昌,论官职和资历,都不如我,看来,我当皇帝的希望还不小呢!

他正想着美事,见宋齐愈迎面走来,忙大声唤道:"宋大人,别来无恙?"

宋齐愈见王时雍叫他,忙趋了过来,两手抱拳作揖道:"留守大人什么时候来的金营?"

王时雍回道:"已来有时了。"

宋齐愈问:"见到两位大元帅了吗?"

王时雍回道:"见到了一个。"

"谁?"

"宗望。"

宋齐愈道:"他提没提到立帝之事?"

"提到了。"

宋齐愈问:"是不是张邦昌?"

王时雍好似被人当头泼了一桶冷水,暗自骂道:"这个宗望,心中已经有了皇帝人选,却故意问我,实在可恶!"

心中这么想,口中却道:"宗望元帅没有提张邦昌。"

宋齐愈"噢"了一声,没有再说什么。

王时雍回到府中,越想越气,他真想杀了完颜宗望,并将他挫骨扬灰。这事他知道自己无法办到。我杀不了金狗,我可以杀张邦昌。但张邦昌一直住在金营,怎么杀?

他突然想起汴京城那个最知名的风水先生——杨蛮子说过的一句话,能为帝的,他的阴宅,都有一股天子气。我何不让杨蛮子去张邦昌的阴宅看一看,有无天子气,若有,下一个镇物,把它坏了。坏了他的阴宅,他的皇帝自然就当不成了。

回到内城,他所办的第一件事,就是找杨蛮子,让他去张邦昌老家一趟。

杨蛮子日夜兼程,四天打了一个来回,报王时雍说:"恭喜大人,张邦昌祖坟上一直冒黑烟,乃不祥之兆,不出半年,他必死无疑!"

王时雍笑眯眯地说道:"辛苦了,谢谢你。我今天陪着你好好喝几杯。"

金人那边并不知道张邦昌的祖坟冒黑烟,立帝之事,紧锣密鼓地进行着,且遣人传话王时雍、莫俦和吴开,要他们召集文武百官廷议,务必推张邦昌当皇帝。王时雍知道张邦昌活不了多久,没了妒忌之心,亲自主持廷议。

廷议时,把守宫门、殿门的士兵全部换成了金人。范琼第一个发言,坚决拥护张邦昌当皇帝。莫俦、吴开、唐恪立马附和。

王时雍当场宣布:"诸位,廷议的结果,由张太宰位继大统。"

他舔了舔嘴唇又道:"既然大家推张太宰位继大统,那就在议状上签个名吧。"

说毕,挥毫在议状上签了"王时雍"三个字。继他之后,吴开、莫俦、范琼、唐恪、吕好问、宋齐愈等人也在上边签上了自己的名字。

拒不签名的十八个——孙傅、张叔夜、张浚(大堂寺主簿)、秦桧(御史中丞)、马仲(御史)、吴给(御史)、吴革(阁门宣赞舍人)、赵鼎(开封士曹)、胡寅(司门员外郎)……

金人当场把这十八人抓起来,押送金营。

宋齐愈为了讨好张邦昌，廷议一结束，便飞马回到金营，见了张邦昌，扑通朝地上一跪，叩头说道："臣恭贺新皇！"

张邦昌愕然说道："你这话从何说起？"

宋齐愈回道："经过廷议，百官推您为新皇帝。三月七日，金人为您举行册封大礼。"

张邦昌面色苍白，连道："这怎么成，这怎么成！我已经给宗翰、宗望两位大元帅说过，这个皇帝我不能当。他们怎么还要我当？这是要我死哩！既然他们都想让我死，我这就死给他们看！"他取了壁上宝剑，就要自刎。

宋齐愈一跃而起，夺了他的宝剑，劝道："想当皇帝的大有人在，你若实在不想当皇帝，也不用自杀。你可以写一个辞表，我代你呈给两位大元帅。"

张邦昌连道两声谢谢，写就辞帝表章一道，交给宋齐愈。

宋齐愈双手接过，掉头出帐，不到两刻钟，又折了回来，垂头丧气道："金人铁了心要您当皇帝，您就不要推辞了。"

张邦昌嚎的一声哭道："当皇帝罪同谋逆，是要灭九族的！我不当，我死也不当！"

宋齐愈道："金人说，你若是不当皇帝，他们就要屠汴京城。为了城中这近百万人，你就委屈一下，还是当吧！"

张邦昌抽抽泣泣道："他们怎能这样？硬要逼良为娼！"从说话的表情来看，似是同意了。宋齐愈又陪着他说了半天闲话，这才离去。

三月七日，风霾日晕，白昼无光。金人赍宝册，立张邦昌为帝，国号楚。

张邦昌北向拜舞，受册即位，遂升文德殿，设位御座旁，同意接受百官庆贺，但传令勿拜。当王时雍他们行跪拜礼时，他忙起身避坐，东向而立，一一还礼。

他不坐御座，不穿黄袍，不张黄伞，也不称朕。

称什么呢？

称予。

他颁发的诏书，不允许叫圣旨。称什么呢？称手书。所有的宝殿，他都不进，还贴上封条。封条上写着："臣张邦昌谨封。"

他任命的官员，前面一律加上一个权字，如王时雍，为权知枢密院事；吴开，为权同知枢密院；莫俦，为权同鉴书院事；吕好问，为权领门下省……

"权者"，代理也。

徽宗闻张邦昌做了皇帝，泫然泪下道："邦昌若能死节，则为社稷增光，今已僭位，吾彻底无望了!"

天气渐暖,金人一是怕热,二是立了新帝,遂于四月初,先将宝物,诸如宋帝法驾、卤簿;皇后以下车驾卤簿、冠服礼器、法物大件、教坊乐器、祭器、八宝九鼎、圭璧、浑天仪、铜人刻漏、古器、景灵宫供器、太清楼密阁三阁书、天下府州县图,及一切珍玩宝物,运回金都。紧接着,又将所掳之一万四千六百一十三人,分七批押解北行。

第一批,五千六百零五人,其中两千二百名为皇族男性成员和贵戚,三千四百零五名为皇族女性成员和贵戚,由完颜娄室儿子完颜活女押着。

第二批,三十五人,都是女人和小孩,包括康王母亲韦贤妃和王妃邢氏、两位皇子、两位长公主①……由完颜阿骨打的侄孙设也马(俗称真珠大王)押送。

第三批,三十七人,大都为女性,包括钦宗的妻妾和两位公主,由完颜阿骨打的侄孙斜保押送。

第四批,一千九百四十人,有徽宗及其嫔妃、徽宗的两个弟弟、徽宗的十九个儿子,以及孙子、驸马和侍女,由完颜宗望的弟弟额鲁观押送。

第五批,二百四十五人,也大都是女人,包括一百零三位公主和各位亲王的妾,以及一百四十二名侍女,由完颜宗望亲自押送。

第六批,六千五百九十二人,内中三千一百八十位女性;三千四百一十二名有一技之长的平民,如医师、工匠、艺人等,由金兀术押送。

第七批,一百五十九人,有钦宗及其子女,还有孙傅、何栗、秦桧等十二名大臣,由完颜宗翰亲自押送。

前六批北行队伍,经滑州,直趋燕京。这一条路相对平坦。

第七批则取道完颜宗翰军队原来走过的路线,经太原,再折向东边的燕京。

赵佶一行,行至王家寨,村民被迫前来慰劳金军,额鲁观刚喝了一口酒,一位金卒来报:"有一个自称李师师的女道士,哭着闹着要见赵佶。"

额鲁观又惊又喜道:"她真是李师师?"

金卒回曰:"她说她是。"

"走,带我去看看。"

额鲁观将女道士仔细打量一番,见她三旬出头,脸上尽管有些许沧桑,但仍然掩饰不住她的美丽,便问:"汝真是李师师?"

---

① 长公主:皇帝(钦宗)的姐妹。

女道士回曰:"贫道正是李师师。"

额鲁观又问:"吾听说,李师师是一个绝色妓女,你却是一个道士,怎么讲?"

李师师回曰:"自上皇将皇位禅了太子,奴家便出家为道。"

额鲁观"噢"了一声道:"原来如此,汝知不知道,汝的芳名,名扬天下,大金军一破汴京,便到处寻汝,却不曾寻得,你今天自己送上门来,这是爷的艳福,来来来,让爷亲一亲。"

他一边说,一边去抱李师师。

李师师一把将他推开,正色说道:"贫道原本是一个低贱女子,竟被上皇所爱。贫道不敢效古人,'在天愿做比翼鸟,在地愿做连理枝',只乞与上皇一见,见后,何去何从,由金爷定夺。"

额鲁观听到"让金爷定夺"五字,喜上眉梢,亲自带李师师来见徽宗。

李师师见徽宗面容憔悴,泪如雨下。徽宗见了李师师,又惊又喜,几次想开口说话,又不知从何说起,泪流满面。

李师师忙趋前几步,掏出手帕为徽宗拭泪。

那泪越拭越多,徽宗一把抱住李师师,非常动情地说道:"你真好,你比那些做官的男人要强千倍万倍!我……"

他低下头,正要朝李师师的玉唇吻去,额鲁观大喝一声道:"休得无礼!"一边喝一边去拉李师师。

李师师一边挣扎,一边泪眼婆娑地说道:"上皇,请多保重!"

额鲁观将李师师拽到自己车上,好言相慰。李师师也不回应,两眼呆滞,口中不停地念叨着上皇。念着念着,取下手上金戒指,塞到口中,等额鲁观发现,她已吞下肚去。

额鲁观大声斥道:"你这是作死哩,快吐出来!"一边说一边捶她的背。

李师师凄然笑道:"你不要救我,救也枉然。上皇这一北去,绝无生还之理,小奴先走一步,在阴曹地府等他。"

说着说着,两眼一闭,栽倒在车上。

额鲁观见她死了,长叹一声,命从人将她拖下车去,丢到路旁。

四十九　徽宗自省

小亿微微一笑回道："在下燕小亿,大名燕青,因喜吹箫,又会唱几首曲儿,江湖上便唤在下'浪子燕青'。"

第二天一大早,李应带着燕青和李师师,返回饮马川,遣散众喽啰,带了一大船金银珠宝,渡海前往暹罗国。

徽宗越哭越痛,且哭且说道："《尚书·大甲》说得对,天作孽,犹可违;自作孽,不可活。我这是咎由自取呀!啊,啊,啊……"

李师师来见徽宗,李姥姥坚决反对,说道："金人到处抓你,你这一去,岂不是自投罗网?"

李师师道："上皇待女儿那么好,女儿不去送一送,心中难安。"

李姥姥问："金军要你跟他们走怎么办?"

"那是不可能的!"

李姥姥又问："他们若是强迫你呢?"

"女儿就死给他们看!"

李姥姥长叹一声道："真是个痴情女。这样吧,姥姥给你出个主意,也许能骗过金人。"她压低了声音,声音低得只有她俩听见。

李师师既然装死,两眼是不能睁的,身子更不能动。从众人的对话和举止中,她知道额鲁观走了。"慰劳"金军的村夫欲向她施救,但都不得法。一个叫小亿的年轻人出现了,他一把将李师师提了起来,置于自己胸前,让人将李师师扶住,腾出双手,紧紧抱住师师腹部,并突发用力,向上方提起。

师师暗道:看来,这个人是个救治吞金者的内行。我有一个好妹妹,因受嫖客殴打,一气之下吞了金戒指。那个嫖客就是用这个方法,使她吐出了金戒指而获救。只可惜,我吞的不是真的金戒指……

小亿将她的小腹一连提了数十提,并不见有金戒指吐出,轻叹一声道:"看来用这个方法救不了女真①。喂,谁家有荸荠?"

"我家有。"

回小亿话的,听声音是个男的,年纪也不会大。

小亿道:"你速速回去,取一斤榨成汁送来。"

"荸荠汁能救吞金者?"

小亿道:"能。"

此时,已经没有了车轮声和马蹄声,李师师偷偷睁开双眼,见围着她站的皆是村夫,便小声说道:"谢谢施主,贫道无事。"

小亿吃了一惊:"你没有吞金戒指?"

李师师回道:"吞了,是一个假的,乃阿胶所制,上面涂了一层金粉。"

小亿长出一口气道:"这就好,这就好。"

他突然想起了什么,脸嗖地红了,红如鸡冠,忙抽回自己的双手。

李师师虽然有人扶着,但却半依着小亿,他这一抽,差点儿摔倒。

她晃了晃,方才站稳脚跟,转过身去,想瞧一瞧救她的小亿长得什么模样。

这一瞧,她差点儿喝起彩来。只见那小亿三十一二岁年纪,身长九尺有余,唇若涂朱,睛如点漆,面似堆琼,俊俏中又透出几分风流。

小亿见师师盯着他瞧,刚褪了红的脸,又微微一红,显得愈发俊俏可爱。

李师师叉手,道了一个万福,问道:"施主高名上姓?"

小亿微微一笑回道:"在下燕小亿,大名燕青,因喜欢吹箫,又会唱几首曲儿,江湖上便唤在下'浪子燕青'。"

李师师眨巴眨巴双眼说道:"你的大名,贫道有所耳闻。你,你是不是当过大盗?"

话一出口,李师师便后悔了,忙改口道:"贫道是说你是不是参加过征讨方腊的梁山好汉?"

燕青将头轻轻点了一点道:"在下是梁山好汉中的天罡星之一,唤作天巧星。"

李师师赞道:"果真是个好汉!哎,你们那一百零八条好汉,如今在做什么?"

"离开杭州后,众好汉天各一方,有的回了老家;有的被官府暗杀了;还有一些重操

---

① 女真:道外人对女道士的称谓。

旧业,占山为王。"

"及时雨宋江呢?"

燕青回道:"他和吴用哥哥、花荣哥哥,以及李逵哥哥,被千刀万剐的官府暗杀了!"

"您的义父玉麒麟呢?"

"被贼高俅给害死了。唉,你盘问了在下许久,在下到现在还不知道你的芳名,可否见告?"

李师师轻叹一声道:"不说也罢。"

"为什么?"燕青问。

李师师道:"贫道说出来会把你惊走的。"

燕青哈哈大笑道:"在下的胆子不至于那么小吧?"

李师师道:"既然这样,贫道就实言相告。贫道道号宁静,俗名李师师。"

燕青"啊"了一声,瞪着一双惊奇的大眼睛盯着李师师:"你就是汴京城大名鼎鼎的李师师?"

李师师轻轻颔首。

燕青赞道:"人都夸你倾国倾城,今日一见,果真如此!哎,在下听说那金军头儿非常喜欢你,要载你同归,你为啥还要自杀?"

李师师正色说道:"贫道虽说做过卑贱的娼妓,但贫道尚知'忠君爱国'四字,金狗灭我国家,掳我君王,夺我金帛,淫我姐妹,仇深似海,奴家岂能与他为伍?"

燕青对李师师肃然起敬:"想不到你还是一个烈女呢,佩服佩服!"

李师师轻叹一声道:"真正应该让人佩服的是你们那些梁山好汉,虽为盗,崇尚的却是'忠义'二字,做的是'替天行道'。不像张邦昌那些奸佞,口蜜腹剑,男盗女娼,卖国求荣!"说到后边十二字,杏眼圆睁,银牙咬得咯嘣嘣响。

燕青见了,对她愈发敬佩,劝道:"您既然如此痛恨金狗和张邦昌这些奸佞,倒不如还俗,跟在下一块去相州投奔康王。"

李师师叹道:"贫道倒也想去,但贫道是个女的,手无缚鸡之力,怕是去了相州,反倒成了康王的累赘。"

燕青道:"女的怎么了?梁山就有不少女的。你虽说上不了阵,但可以做做饭,缝补缝补衣服什么的。"

"这……既然好汉以为贫道还有那么一点用处,贫道这就跟您走。"

燕青喜不自禁赞道:"您倒爽快!"

"咱们什么时候去投康王?"李师师问。

"明天怎么样?"

李师师道:"好是好,今天贫道怎么办?"

"跟我回王家寨。"

李师师问:"王家寨是您家吗?"

"不是。"

"那您怎么到王家寨?"

燕青叹道:"在下表舅,是王家寨的寨主,他知道在下拳脚上有点功夫,便邀在下来指点他的寨丁。"

李师师轻轻颔首道:"您去投奔康王,带着贫道这个女流之辈,恐怕有人嚼舌根,咱俩倒不如来个义结金兰,您看可好?"

燕青道:"在下正有此意。"

李师师道:"您贵庚几何?"

燕青道:"在下三十有二。"

李师师道:"奴家也是三十有二,但不知您生于何月何日?"

燕青道:"宣和四年十二月二十一日。"

李师师道:"奴家生于宣和四年七月初七日,看来您该叫奴家一声姐姐了。"

燕青道:"那是自然。"他俯身下拜,口称:"姐姐在上,受小弟一拜。"

李师师忙还了一礼,双手扶起燕青,双双回了王家寨。正在收拾行李,响起了嘭嘭的敲门声,燕青忙走到大门后,将门打开,只见一个身高一丈、鹘眼鹰睛、燕颔猿臂,提一条浑铁点钢枪的中年汉子笑微微地看着他。他先是一怔,继之双手抱拳,满脸激动和兴奋:"李大哥,哪股风把您给吹来了?"

中年汉子打趣道:"没有风,就不可以来了吗?"

燕青道:"欢迎都来不及,咋能不可以!请,屋里请。"

燕青一边走一边喊:"姐姐,您看谁来了?"

李师师闻声而出。

燕青指着来人,一脸兴奋道:"这位大哥,就是梁山那个绰号'扑天雕'李应李大哥。"

李师师忙趋前几步,向李应行了一个万福礼。

李应还了一礼,移目燕青:"咱们一个锅里搅匀把多年,从来没听说你有个姐姐呀？"

燕青笑回道："是一个义姐姐，刚认的。"

李应又问："你义姐姐的芳名，能否见告？"

李师师抢先答道："小奴姓李，芳名师师。"

李应将她打量了一番，嘴张了几张，又合上了。

李师师大大方方地自我介绍道："小奴便是永安坊的李师师，惹好汉见笑了。"

李应双手抱拳道："久仰，久仰。"

李师师微微一笑，打了一个邀客的手势："请，寒舍请。"

燕青与李应自杭州别后，已经七年了，有说不完的话。李师师趁他俩说话的机会，出去买酒买菜。

酒过三巡，燕青问："听说您又回独立冈做起了富翁？"

李应回道："早就不做了。"

燕青笑问道："为什么？"

李应道："官府不让你哥做。"

燕青道："他不让您做总得给个理由吧。"

李应道："当然给了。"

"什么理由？"

李应道："阮氏兄弟，因反对贪官给乡民加赋，打死了知县，跑到饮马川做了山大王，写书邀哥相聚，哥回书给拒绝了。郓州知州是梁中书表侄，既贪财又好色，哥看不惯，劝了他几句，他便怀恨在心，给哥定了一个通盗之罪，上报朝廷，哥有口难辩，一气之下，上了饮马川，受阮氏兄弟抬举，坐上了第一把交椅。"

燕青双手抱拳，打趣道："恭喜您，恭喜您重操旧业。"

李应叹道："饮马川不比水浒，不仅地盘小，又无险可守，有几次差点被官军攻破，正不知如何是好，李俊从海外来书，邀哥和阮氏三雄去暹罗国助他。"

"李俊兄去了暹罗国？"

李应道："是的。"

"是他一个人去的吗？"

李应道："还有童威、童猛。"

"他如今在暹罗国做什么？"

李应道："国王。"

燕青"啊"了一声道："好造化。若不是小弟已经答应了表舅,小弟真想跟哥一起去暹罗国。"

"你答应表舅什么了?"

燕青道："和他一道去相州投奔康王。"

李应显得很不高兴,沉声问道："你投他做甚?"

"抗金复国。"

李应道："得了吧!"口气非常生硬,燕青这才意识到有情况,试探着问："李兄像是对康王不大感冒?"

"岂止是不感冒,哥恨不得杀了他!"

燕青道："康王又没有惹您呀,您何以如此恨他?"

"他是没有惹哥,可他爹他哥惹哥了。若非赵佶、赵桓父子昏庸,害民媚夷,重用奸臣,宋何以亡国?"

燕青道："这倒也是。但是,咱堂堂中国,不能让金狗来主宰呀!"

李应道："是不能让金狗来主宰,但也不能让赵家人再来主宰。赵家人都是些什么德行,哥不说你也知道,赵光义的龙椅是杀了他的亲哥抢来的。赵佶呢,金狗打来了,他想的不是如何抵抗,而是把儿子赵桓推出来顶缸,自己躲到江南去了。赵桓呢,刚开始死活不当皇帝,当了几个月后,尝到了甜头,为了防止他爹夺他江山,把他爹给软禁起来。你说的那个康王赵构更不是东西,坐拥十万人马,眼睁睁地看着汴京被金狗攻破,不去解救。这一次二帝北掳,虽然从他眼皮底下经过,恐怕他也不会出手相救。他若是当了皇帝,不会比他爹他哥强到哪里! 所以,哥劝你,不能投赵构。"

燕青默想了一会儿说道："哥说得对。"

李应道："既然你觉得哥说得对,你就跟哥一块儿投李俊兄吧。"

燕青道："好。"

李应咧嘴大笑道："哥这一趟跑得值。实话给你说,哥这次来,就是想劝你一起去投李俊兄的。"

第二天一大早,李应带着燕青和李师师,返回饮马川,遣散了众喽啰,带着五大车金银财宝,渡海前往暹罗国。同行的除了阮氏三雄外,还有费保、蒋敬等四位好汉。

别了李师师之后,徽宗一行,由金人押着,继续北行,吃的食物,多为粗糙的菽子,有时还吃糠,甚而吃金军的残羹剩饭。饥一顿,饱一顿。押解他们的金军,很久没有房事之乐了,而徽宗的嫔妃和侍女,便成了他们取"乐"的对象,或暗中窥视,或公开调戏,甚至奸淫。徽宗的嫔妃曹才人离队小便,被金军的一个百夫长①奸污。金军的一个千夫长当着徽宗的面,将十九岁的李昭仪,拖到一个破草屋里,徽宗敢怒而不敢言。

四月五日,行至胙城(今河南省延津县),胙城陆知县带着酒肉来慰劳额鲁观,额鲁观拔刀切肉,一边吃一边喝酒。

他喝了五大碗后,派人去召徽宗和郑太后,一块儿吃酒。

吃了一会,额鲁观乘着酒意,定要郑太后为他歌舞助酒。

郑太后推辞不会,额鲁观怒吼道:"你敢抗命吗?你夫妇二人的命掌握在我的手中,莫说让你跳舞唱曲,就是要你睡觉,你也得睡。快跳!"

郑太后一边哭一边跳舞,且跳且唱道:

> 幼富贵兮,厌绮罗裳,
> 长入宫兮,陪奉尊阳。
> 今委顿兮,远行异邦,
> 嗟造化兮,速死为强。

额鲁观笑赞道:"唱得不错嘛,再来一曲。"

郑太后不敢不唱,歌词是:

> 昔居天上兮,珠宫玉阙;
> 今入草莽兮,事何可说;
> 屈身辱志乎,恨何时雪;
> 誓速归泉兮,此愁可绝。

额鲁观斟了一大碗酒,端给郑太后,笑嘻嘻地说道:"奖你一碗酒。"

郑太后婉言拒绝道:"我不会喝。"

额鲁观将眼猛地一瞪道:"不会喝也得喝。"他一只胳膊揽住郑太后脖子,硬往嘴里灌。郑太后使劲挣了几次,没有挣脱,纤手一扬,掴了额鲁观一个嘴巴。

---

① 百夫长:金军编制,十人为伍,置一伍长,也叫什夫长;十伍为队,置一百夫长;十队为营,置一千夫长(相当于今之团长)。

额鲁观大怒道:"贱人,你敢打爷!"一边说一边去拔腰中佩剑。陆知县拦腰将他抱住:"将军爷,您怎能和一个女人一般见识,况且,天子抓他们来,献俘礼上要用的,您如果把她杀了,回去怎么跟天子交代?"

一说到献俘礼要用,额鲁观不敢杀了,冷哼一声道:"那就让这个贱人,再活几天吧!"

他气哼哼甩袖而去。

额鲁观一走,郑太后愈想愈气,号啕大哭起来,徽宗劝了半夜,方将她劝住。

又走了六天,来到澶州。金人说路途不靖,停车待命。

待到第四天的时候,第二批宋人被押着,也到了澶州,徽宗见了韦贤妃,又惊又喜,正想上前打个招呼,额鲁观大声斥道:"你想干什么?"

徽宗嗫嚅着回道:"我想和韦贤妃打个招呼。"

额鲁观断然拒道:"不行!"

徽宗不敢不听,站在原地,深情地望着韦贤妃,韦贤妃也看见了他,止步而顾,四目相对,那泪越流越多,好似四条小溪。

额鲁观指着徽宗吼道:"那姓韦的不是你女人吗,看了二十多年还没看够?"

徽宗不敢应声。

额鲁观又道:"把泪给爷擦擦。"

徽宗不敢不擦。

额鲁观复道:"给爷笑一笑!"

徽宗不敢不笑,但那笑比哭还难看。

额鲁观满意地走了。

徽宗嚎的一声哭了起来。

他能不哭吗? 堂堂大宋皇帝,沦为阶下之囚,吃别人的残羹剩饭,还被人像训斥下人一样训来训去,侍女在自己眼皮底下被人奸淫,连皇太后也遭到戏辱……

"啊啊啊……"他越哭越痛,且哭且说道:"孔明曰,龙游浅水遭虾戏,虎落平阳遭犬欺。说的就是我呀! 啊啊啊……不,这怪不得别人,是我忠奸不辨,是我贪图享受,是我对金人一软再软,才有了今日之羞!《尚书·太甲》说得对,天作孽,犹可违;自作孽,不可活。我这是咎由自取,咎由自取呀,啊啊啊……"

站在数十步外的千夫长,犹豫了很久,方走来劝道:"您不要哭,天无绝人之路。"

徽宗哭着说道:"天也许不绝别人,可天已经绝了我呀!"

千夫长道:"不见得吧。"

他道:"见得得很,新老皇帝为虏,大宋又为'伪楚'所取代,我还有什么盼头?"

"有。"

徽宗将头摇了一摇。

"您知道咱们为什么在澶州停了下来?"

徽宗哽声回道:"是不是因为河北不靖,不敢过河(黄河)?"

"正是。"

徽宗不再哽了:"河北怎么个不靖?"

"康王您还记得不?"

徽宗道:"他是我的儿子,岂能不记得!"

"康王在汪伯彦、宗泽的辅佐下,开河北兵马大元帅府于相州,自任大元帅,汪伯彦和宗泽任副元帅。前不久,河涧知府黄潜善率其厢兵来投,康王又授其为副元帅。三州(府)人马相加,众达三万余人。此后,河北诸县的厢兵相继来投。康王的人马增至五六万,也有人说十万。不管他有多少人马,这支人马很能打,两个月前,康王接到赴京勤王的诏令,分军五路而进,在大名屯营,宗帅所率宋兵,连战连胜,破我大金十余寨,并致书康王,要他率兵速来相会。汪伯彦见宗帅立了奇功,颇忌之,劝康王曰:'汴京已经难保,我若硬要去救,不但救不了,恐怕连咱这几万人马也要搭进去,还是保存实力为好。'康王点头称是。宗帅是个血性汉子,见康王迟迟不来,率领所部,继续南下,十三战皆胜。行至卫南,闻汴京城为我大金所破,二帝被掳,这才折回大名,且劝康王,要他提兵邀击我军,救回你们父子。"

徽宗噢了一声道:"怪不得他们说河北不靖,原来如此!谢谢,谢谢您给我透了这么一个好消息。"

他一边说一边给千夫长打躬作揖。

千夫长忙也给他打躬作揖,且道:"您不必如此,您这是要折小人寿呢!"

徽宗叹道:"一路上,你们金人,大都对我吹胡子瞪眼,您为什么对我这么好?"

千夫长回道:"不瞒您说,我是一个宋人。"

徽宗又惊又喜道:"您也是一个宋人?"

千夫长将头点了一点。

徽宗道:"您既然是一个宋人,为什么入了金军?"

千夫长叹道:"说起来话长,小人姓周,名迪,字孝先。小人祖居渭州(治所在今甘肃省陇西东南），世为军门，先父周通是高永年将军手下一个从九品的承接郎。宋与夏原本相安无事，蔡京为相后，受了王厚所赂，又想建灭国之功，出兵伐夏，夏怒而反击，兵分三路，攻占了泾原（今宁夏固原市），围平夏城，进逼宣国城（在今青海省西宁市西北），高将军发兵驰援，为夏军所杀，先父兵败被虏，不得已降夏。未几，辽伐夏，先父恨夏杀高将军，阵前倒戈投辽。因见辽主昏庸，不足为恃，改而投金。那时，宋金并未为敌，先父归天之前，嘱我：咱们的根在宋，若非奸臣当道，为父我早就回归中原了。听说新君已将蔡京等'六贼'铲除，国家有望矣。遇到机会，你还是回归中原吧。谁知，那机会还没找到，大宋为金所灭。唉！"他长叹了一声。

徽宗亦叹道："都是'六贼'误国，宋才有今日之祸。尔父虽然降了异邦，但仍心系大宋，实在难得。康王若是不能复国，一切休提。康王一旦复国，我就让他颁诏褒奖汝的先父，还有汝。"

周迪跪拜道："谢主隆恩！"

自进入金营以来，徽宗从未露出笑脸儿。今天他笑了，笑着告别了周迪，笑着把他听到的消息告诉了郑太后。

郑太后也很高兴，以草为香，向上天祈祷了一番。

徽宗一行，在澶州待了七天，又出发了，渡过黄河，北行路上，徽宗寻了一个机会，悄悄地问周迪："河北怎么又靖了？"

周迪满目讥笑道："这得问你那宝贝儿子赵构。"

徽宗道："他怎么了？"

"完颜宗望给他送了一封恐吓书，他便带着他的十万兵马跑到济州躲起来了。"

徽宗又问："宗泽呢，他怎么不劝一劝赵构？"

"劝了，赵构不听。不但不听，还听信汪伯彦和黄潜善的谗言，把宗大帅支到了卫州。"

徽宗像遭了霜打一般，整天长吁短叹。又跋涉了十日，来到了一个官府前，是新造的，大门上写着："收复新门"，门两边排列了十余人。

一位穿金紫衣服的人出门喊道："请南朝贵人进府。"

徽宗便随着金紫人走进大门，大门内两侧都栽着榆树，前行一箭之地是个大庭。一到庭前，便有一个穿着胡服未戴巾帽的老人迎了上来，双手抱拳道："南弟辛苦了。"

徽宗忙还了一礼。

"南弟，您到现在还不知道我是谁吧？"

徽宗将头轻轻点了一点。

"我是您北哥耶律延禧。"

徽宗双手抱拳道："失敬,失敬,您怎么在这里?"

耶律延禧长叹一声道："辽保大五年(1125年),我被金将完颜娄室所俘,金太祖降封我为海滨王,燕京安置。昨天,完颜宗望宴请我,说到了您,我说想见您一面,他满口答应。"

徽宗噢了一声道："原来如此,多谢了。"他朝耶律延禧深作一揖。

耶律延禧又是一声长叹："同是天涯沦落人,何必如此多礼,请,请庭上一坐。"

二人来到庭上,相向而坐,一边饮茶,一边闲聊。

耶律延禧突然说道："您比老兄幸运。"

徽宗勉强一笑道："您这是讽刺老弟的吧?"

耶律延禧一脸认真地说道："非也。完颜宗望亲口对我说,你们父子的赦书已经到了,金使在燕京等着你们。你们一到,便宜诏。唉,我被羁押在这里已经三年了,还没听到赦我的消息。您说,您父子的命运是不是要比我好呀?"

徽宗心中暗喜,又不敢有所流露,故意说道："赦了又怎么样,不赦又怎么样,社稷已经完了,活着还有什么意思。唉!"

耶律延禧也跟着长叹一声,没话找话道："喝茶,喝茶。"率先端起案前的茶杯。

徽宗也将案前的茶杯端了起来。

一杯茶饮完,徽宗突然想起了一个人："北兄,依我看,还是您比老弟幸运。"

耶律延禧苦笑一声道："您才是真在挖苦老兄呢!"

徽宗道："您把话说得哪里去了。我父子即使获赦,金人已经立了一个伪帝,社稷彻底无望了。而您,听说耶律大石逃出金营后带着两百多名心腹,渡过黑水(今蒙古国爱毕哈河),穿过白达达(白鞑靼)领地,转而向西,到达可敦城(今蒙古国布尔干省托罗盖古城),在当地首领的支持下,他设置官吏,整顿兵马,磨砺器械,还遣使约我朝共同夹击金狗……"

说到"金狗"二字,忙将话顿住,一脸惊慌地说道："对不起,我说走了嘴,我……"

耶律延禧道："你我谁跟谁呀,不必害怕!骂他们金狗还轻了点,依我之意,将他们剥皮抽筋,方解我心头之恨!"

徽宗心下稍安,继续说道："我收到耶律大石书后,立马遣使持我亲书之诏前去联系,途中,使者被完颜宗翰截获,但是,我觉着,大石迟早会复国的,这社稷还是您耶律家的社稷。"

耶律延禧道:"这倒也是。"

徽宗问:"您刚才说,金狗已将赦免我父子的诏书送到燕京,这消息如果是真的……"

耶律延禧道:"这是完颜宗望亲口告诉我的,绝对是真的。"

徽宗道:"如果是真的,老弟倒有一疑……"

"请讲。"

徽宗道:"咱俩都做过皇帝,又同是金狗阶下之囚,金狗为什么赦我父子,而不赦您?"

五十　驾崩五国城

秦桧未第之前，以教书为生，作诗曰："若得水田三百亩，这番不做猢狲王。"

到达上京的第六天，二帝二后以及所有宋俘，不论男女，一律赤裸上身，被押往金太祖庙，行献俘礼。

宋军中有一个叫岳飞的将军，特别能打，今年五月，岳飞从鄂州渡江北伐，连破金军三十余营。

耶律延禧愤色说道："金狗不知听了何人谗言，硬说我太祖爷阿保机传下了一个宝物。这宝物名叫百穴珠，这珠有鸡蛋那么大，上边有一百个洞穴，每个穴中藏着一颗珍珠，月圆之夜，将百穴珠迎着月亮悬挂起来，一刻钟后，每个洞穴就会掉下一颗珍珠。我三番五次给金狗解释，说这个宝物，源自一个传说，事实上没有。金狗不信，威胁我说，交不出百穴珠，就别想离开'收复新门'。我已经做好老死这里的准备。"说到此，潸然泪下。

徽宗将耶律延禧安慰一番，起身告别。七日后，到达燕京，时为靖康二年（建炎元年）五月十八日。

五月十九日后，另外六批宋俘，也陆续到达燕京。

最后一批到达的是钦宗，父子相见，抱头痛哭一阵，方问别后情况。

钦宗叹道："孩儿这一批，因绕道太原，走的路不只比你们更远，路也不好，又是由宗翰亲自押送，对我们非常苛刻，说话了要挨打，走慢了也要挨打，饥一顿饱一顿，有时一整天不让吃饭，得了病也不给治，出发时一百五十九人，现在只剩下九十七人，活着的大臣，不到一半。"

徽宗问："一共死了几个大臣？"

"七个。"

五十　驾崩五国城

"都是谁？"

钦宗回道："张叔夜、何栗、孙傅……那个张叔夜呀，第一个殉国。那一天，车到白沟，忽听车夫自言自语道：'一出沟便是金地了。'他正假寐，一跃而起，仰天大叫道：'苍天，苍天，此身竟为俘囚，奇耻大辱，奇耻大辱呀！就是死，我也要死在大宋的土地上！'叫毕，用手自扼其喉而亡。金兵围过来，从他身上搜出一张遗嘱，上书七字：'葬我于大宋国土。'何栗、孙傅等，见张叔夜不肯过白沟而死，感而效之，跳白沟河殉国……"

徽宗唏嘘不已，良久方道："我大宋不乏忠臣、能臣，只是怪我目昏，没有及早发现，发现了又没有重用，我之过也！"说毕，失声痛哭。

钦宗亦哭，且哭且责道："这事不能怪父皇，要怪，只能怪孩儿昏庸，不听忠言，才有亡国之祸！"

郑太后、朱皇后听到哭声，一齐来劝，许久，二人才将哭声打住。

"没死的那几个大臣有谁？"徽宗擦了一把眼泪问道。

"有秦桧。"

徽宗又问："秦桧，你了解这个人吗？"

"了解。"

徽宗道："那就请你说一说秦桧吧。"

"秦桧，字会长，绰号秦长卿，江宁（今江苏省南京市）人。政和五年（1115年）进士及第。他未曾中举之前，在家乡教书谋生，曾作诗曰：'若得水田三百亩，这番不做猢狲王。'初仕，为密州（今山东省潍坊诸城）教授。未几，又考中词学①兼茂科，任太学学正②。金狗第二次围汴京，遣使索要太原、中山、河涧三镇，他上书言军机四事，内有二事，即加强守备；不同意割三镇，要割最多割燕山一路之地。孩儿虽说没有采纳，但记住了他的名字，后经汪伯彦荐举，孩儿迁他为职方员外郎。后又迁他为左司谏和御史中丞。"

徽宗眉头微皱道："汪伯彦为什么要荐秦桧？"

"听说，汪伯彦是秦桧恩师。"

"汪伯彦这个人你了解不？"徽宗问。

钦宗道："了解。"

---

① 词学兼茂学：宋代科举名目之一。大观（1107—1110）年间，每次顶多录取三人，政和年间（1111—1118）增为五人，考中者授以官职。

② 太学学正：学官名，从九品，隶属于国子监。掌执行学规，考校训导。

"既然了解,那也请你说一说他个是什么样的人。"

钦宗道了声:"好。"

"汪伯彦,字廷俊,徽州祁门(今安徽省祁门县)人。崇宁二年(1103年)进士,由成安县主簿做起,一直做到开封府军器少监。孩儿刚位继大统,他便上《河北边防十策》,孩儿觉着他书中有不少独到见解,便派其去知河涧。"

徽宗道:"这个汪伯彦,为父对他也略知一二,早年,献媚蔡京。蔡京如厕,他居然拿着纸巾站在一边,待蔡京大便毕,便趋前为他拭股。所以,蔡京多次在为父面前荐汪伯彦,为父就是不重用他。这个人呀,听说你九弟把他封为河北兵马副元帅。你下诏让各地军队赴京勤王,你九弟也有所行动,分五路南行,宗泽这一路,连战连胜,破金狗十余寨,他和黄潜善,却劝你九弟保存实力,罢兵不动。这个人呀……"

徽宗将头使劲摇了一摇,发出一声长叹。

叹气未绝,周迪急匆匆走来,对二帝说道:"快去用餐,午时六刻便要上路。"

徽宗问:"去哪儿?"

"金都上京。"

徽宗又问:"您不是说,一到燕京,金帝便要赦免我父子吗?"

周迪道:"这还得问你那宝贝儿子赵构。"

徽宗惊问道:"他又怎么了?"

"他在应天府①称帝了。"

父子二人将信将疑,异口同声道:"真的吗?"

"千真万确。"

张邦昌被迫当了皇帝,不敢坐御座,不敢穿黄袍,不敢张黄伞,不敢称朕,不敢住寝宫。下的命令也不敢称圣旨,还祈求金人不要毁赵氏陵庙、放还被扣押的北宋大臣,且口口声声说,一旦有机会,就还政于赵氏。

但有三件事,本不该干,他干了。

第一件,废宋钦宗的年号——靖康。

第二件,大赦天下。

第三件,睡了宋徽宗的女人。

大赦天下,是皇帝的特权。每当新皇登基,或更换年号,抑或是皇帝生儿子、立皇

---

① 应天府:别名河南郡,为宋朝四个京城之一的南京,治所在今河南省商丘市睢阳区的商丘古城。

后、立太子,抑或是打了大胜仗,通常要赦免一批罪犯,这种行为叫大赦天下。他张邦昌口口声声说不做皇帝,他这种行为,已经把自己当做了皇帝。

皇帝的女人,一般人多看一眼,都被视为大不敬,张邦昌居然敢睡,这可是犯了弥天大罪!

但是,张邦昌睡徽宗女人,并非自己主动,是徽宗女人自己送上门来的。

这个女人,叫李春娥,封号靖恭夫人。

金军撤退的时候,不知出于何种目的,把李春娥从俘虏中叫了出来,赐给张邦昌做皇后,张邦昌不敢不从,把她安置在延福宫里。但是,张邦昌从不去延福宫。

你不去,我去,我找你去。

李春娥找的次数多了,张邦昌过意不去,把她留下,共进晚膳。李春娥不只善饮,也会浪,还会劝酒,三下五除二把张邦昌给灌醉了,那一夜,方才有了夫妻之实。

酒醒后,张邦昌悔得要死,自个儿打了自个儿三四个耳光,把脸都打肿了。

他命内侍把李春娥送回延福宫,自此,再也不和她见面。

这事能怪张邦昌吗?

我看不怪,但是有人说怪,说他罪该万死。

说张邦昌罪该万死的人还不是一般人。

谁?

大名鼎鼎的李纲。

咱不说李纲,还说张邦昌,自睡了李春娥之后,总有一种负罪感,总想找机会赎罪。

他的心思被吕好问抓住了,直言不讳地劝他:"您不是说要还政于赵家吗?您若是真的还政于赵家,您就是赵家的大功臣,您干的那些糗事,赵家就不会再追究了。"

张邦昌道:"我巴不得这会儿就还政于赵家,但是,皇上和太上皇,包括亲王、王子都被金人给掳走了,我还政给谁呀?"

"还政于康王。"

张邦昌道:"康王在哪?"

"听说在河北相州。"

"那就请您派人把他找来吧。"

吕好问当天便安排礼部郎中王顺去找康王。

此事为王时雍所知,把王顺叫到府上,吓之曰:"金军正在北撤,两河非常乱,不说撞上金军,就是撞上溃军,你的性命也是难保。依我之见,你不必冒这个险。"

王顺道:"下官若是不去相州,如何回复吕大人?"

王时雍道:"你说个谎嘛!"

"怎么说?"

王时雍道:"你找个地方躲起来,躲个一二十天,再去见吕大人,你就说找不到康王。"

王顺再拜说道:"多谢相爷。"

半个月后,王顺还报吕好问,照王时雍教的话回复。

此路不通,吕好问再辟新径,劝张邦昌道:"我还有个主意。"

张邦昌道:"请讲。"

"把元祐孟皇后请出来,来一个垂帘听政,等咱找到康王,再正式还政。"

张邦昌问:"元祐孟皇后没有被掳走?"

"没有。"

张邦昌道:"为什么?"

"元祐孟皇后二次被踢出宫后,再次到瑶华宫做道士,她的名字便从《玉牒箓》中剔除了,故而,未被北俘。"

张邦昌道:"她既然还在汴京,那就把她请出来吧。"

孟皇后一请即出。

她这一出,吕好问的腰板硬了,对张邦昌说道:"我听说,康王在相州拥兵十万,如此一个人,找到他是相当容易的。我猜测,王顺压根就没有去找他。请陛下另遣他人,一定能找到康王。"

张邦昌问:"你以为遣何人合适?"

"遣忠州防御使韦渊如何?"

张邦昌问:"为何要遣韦渊?"

"韦渊是康王亲舅。"

张邦昌道:"那就遣韦渊吧。"

韦渊行前,吕好问亲书一书,付于韦渊,书中的内容无非是劝进;孟皇后则遣内侍冯解为奉迎使,同至济州。

康王想当皇帝,想得肚子疼,当真请他当皇帝的时候,却推说二帝尚健,自己年邵,德不配位,一再婉拒。

元祐孟皇后商之吕好问,吕好问曰:"他这是故作姿态呢。"

五十　驾崩五国城

"奈何?"孟皇后问。

"请您颁一道懿旨,谕告中外,逼他就范。"

孟皇后轻轻颔首道:"好计。"遂命太常少卿汪藻,代拟手书,谕告中外道:

> 比以敌国兴师,都城失守,袄缠宫阙,既二帝之蒙尘,祸及宗祏,谓三灵之改卜。众恐中原之无主,故令旧弼以临朝。虽义形于色,而以死为辞,然事迫于危,而非权莫济。内以拯黔首将亡之命,外以抒邻国见逼之威,遂成九庙之安,坐免一城之酷。乃以衰癃之质,起于闲废之中,迎置宫闱,进加位号,举钦圣已还之典,成靖康欲复之心,永言运数之屯,坐视邦家之履。抚躬犹在,流涕何从? 缅维艺祖①之开基,实自高穹之眷命,历年二夏,人不知兵,传序九君,世无失德。虽举族有北辕之衅,而敷天同左袒之心。乃眷贤王,越居近服,已徇群情之请,俾膺神器之归。繇康邸之旧藩,嗣宋朝之大统。汉家之厄十世,宜光武(帝)之中兴;献公之子九人,惟重耳之尚在。兹惟天意,夫岂人谋? 尚期中外之协心。同定安危之至计,庶臻小愒,渐底丕平,用敷告于多方,其深明于吾志!

这道手书,传到济州,汪伯彦、黄潜善、宗泽等相约来到帅府,劝康王位继大统,康王勉强同意,但在什么地方即位,发生了分歧,多数人主张在开封,理由是,开封本来就是宋的京师嘛。少数反对的人说,开封被金人所陷后,破坏得不成样子,关键是,伪楚如今在开封,张邦昌虽说拥戴康王,他手下那一帮子人不一定拥戴,若在开封继位,会不会发生什么不测之事?

故而,支持在开封即位的人虽然多,还是被否定了。

去南京(即应天府)即位怎么样?

提此议的是宗泽。

众人齐声附和:"这个地方好。这个地方是艺祖兴王之地,四方所响,且便漕运,先皇真宗,曾把这里作为陪都。"

康王道:"好是好,但权应天府的朱胜非至今未来和咱接头,他是红是黑,咱心里没数。"

---

① 艺祖:宋朝人对赵匡胤的美称。"艺祖"之称源于《尚书》,《尚书》把有文德才艺之古帝王称为"艺祖"。

合着该康王要在应天府即位,话刚落音,从吏来报,权应天府朱胜非求见。

康王大喜道:"好,好,天助我也。请,快请朱知府进帐。"

朱胜非是看了孟皇后的手书来的。

这次来就是想请新皇帝到他那里即位。康王将行之时,鄜延副主管刘光世,自陕州来会,康王命他为五军都提举。既而西道总管王襄、宣抚使统制官韩世忠等,亦陆续到来,均随康王至应天府,就府门左首,筑受命坛。遂于靖康二年(1127年)五月一日,登坛受命,礼毕,遥谢二帝,北向悲号。旋经百官苦劝,乃就府治,即位受百官拜谒,改元建炎,颁诏大赦。凡伪楚官员(包括张邦昌),及为金人做事之人,概置不问。惟童贯、蔡京、朱勔、梁师成等"六贼"子孙,不得为官。遥上靖康帝尊号,曰孝慈渊圣皇帝;尊元祐皇后孟氏为元祐太后;遥尊生母韦氏为宣和皇后,遥上王妃邢氏为皇后。元祐太后当日在汴京撤帘,一切朝政,归新皇专决。历史上称为南宋,且因康王后来庙号,叫作高宗皇帝,遂也沿称高宗。

徽宗、钦宗父子,听周迪说赵构做了皇帝,高兴得手舞足蹈,周迪却在一旁冷笑。徽宗怪而问之:"军爷,我儿赵构在应天府称帝,复了大宋社稷,您应当替俺们高兴才是,而您……"

他将话顿住。

周迪道:"您刚才是不是问我,金帝原说要赦您父子,为什么又不赦了,对不?"

徽宗将头点了一点。

周迪道:"金帝恨您九儿自立为帝,不但不再赦您父子,还要将您父子押解金都上京,行献俘礼,以泄心头之恨。"

"啊!"徽宗、钦宗俱大吃一惊,脸色煞白。

午饭,倒比平日丰盛了一些,不只有菜,菜里还有一些肉末。徽宗父子哪里吃得下去。

管你吃不吃,到了指定的时间,金军便来吆喝他们上路,凄凄惨惨,跋涉了一个半月,方才到达上京。

宋俘自开封上路的时候是一万四千六百一十三人,到达燕京时,还有八千九百六十四人,这会儿仅剩四千一百零三人了,内中,工匠、医生、艺人,三据其二。那四千八百六十一人哪里去了?

死了一部分,跑了一部分,被金人霸占了一部分。金人霸占的这一部分,不是女人,便是有一技之长的工匠、医生、艺人。

这些女人，不只有宫女，还有长公主，以及二帝的嫔妃、亲王和大臣的妻妾。

到达上京的第六天黎明，二帝二后，及所有宋俘，不论男女，一律被押往金太祖庙行献俘礼，即中原人所说的牵羊礼①。

仪式结束后，仍然半身袒露的妇女，冻得瑟瑟发抖，或分到浣衣院②为妓为娼，或分给达官贵人为妻为妾。

留下的女人，只有两个——郑太后、朱皇后。

宋俘中的男人，除了二帝、亲王、王子、驸马及五个大臣，全部分赠给达官贵人为奴为仆。

是时，朱皇后才二十六岁，回到羁押地，越想越气，投水而死。

投水之前，作《怨歌二首》。

朱皇后的妹妹朱凤英，嫁给了钦宗的三弟郓王赵楷，也就是差一点做了状元的那位，因容貌艳丽，被金太祖收入宫中为妃，闻姐姐不甘受辱而死，几次自杀未成，天天以泪洗面，哭瞎了双眼，被赶出皇宫，下落不明。

羁押宋俘的地方在上京西郊，原本是一个军营，破烂不堪，每逢下雨，外边大下，屋里小下。

金人按照宋俘的人头，每人每月支蜀黍（高粱）三斗，根本不够吃，不够吃就去挖野菜、摘野果。柴也得自己打，一个月难得吃一次荤腥。病了，也无医无药，只有等死。三个月不到，死了五十多人。其中，有徽宗的两个弟弟和七个儿子。

秦桧怕了，与老婆私会的时候，不住地唉声叹气。

秦桧的老婆可不是一般人。

她姓王，叫什么名字不知道，史书上称王氏，抑或王夫人。

王氏的爷爷很有名，是宋朝的宰相，时人称之为"三旨相公"——上殿面君，曰"取圣旨"；听取皇帝指示后，曰"领圣旨"；回到政事堂后，对秉事者曰"已得圣旨"。

王氏的姑父也很厉害，叫李格非，熙宁年间进士。北宋三朝元老韩琦的门生，以文章受知于苏轼，与廖正一等同在馆职，称为"苏门后四学士"。他有一个女儿叫李清照，大词人，长王夫人六岁。

王氏不只出身比秦桧高贵，还能歌善舞，美貌泼辣，秦桧对她又爱又怕，家中大小

---

① 牵羊礼：要求俘虏赤裸着上身，身披羊皮，脖子上系绳，意味着可以像羊一样任人宰割。
② 浣衣院：类似妓院。

事,都是王氏说了算。

献俘礼后,吴乞买把王氏赐给完颜娄室为奴。由于她表现"突出",完颜娄室把管理女佣的担子压到了她肩上。于是,男奴女仆都尊称她王管家。

有了"管家"这个头衔,相对别的奴仆就自由多了。故而,隔三岔五,总要偷偷跑出来会一会秦桧,顺便给他带点吃的穿的东西。

"之哥,小妹听完颜娄室说,金廷已经遣使去了扬州,告知康王,只要他取消帝号,就把包括二帝在内的所有宋俘送回去,咱们的好日子很快就要来了。"

"之哥",即秦桧,秦桧字会之。故而,王氏每每唤秦桧为"之哥"。

浪!

秦桧就喜欢她浪。每当听到"之哥"这个称呼,心里比暑天喝一杯冰水还舒坦——眉开眼笑。

今天,他不但没有笑,反发出一声哀叹:"这事不成。"

"为什么?"

"为夫觉着,康王不会因为救他爹他哥而取消帝号。"

王氏又问了一句:"为什么?"

"他的先祖赵光义你知道不?"

王氏道:"知道。"

"赵光义为了坐上皇帝这把交椅,把他亲哥赵匡胤都给谋杀了。为夫窃以为,康王就是当年的赵光义。"

王氏问:"何以见得?"

"金人第二次围汴京,钦宗皇帝几次颁诏让他赴汴勤王,他坐拥十万大军,却来一个按兵不动,这是其一。其二,金人押着他爹他哥,包括他的亲妈和王妃北行,途经他的地盘,他不但不救,还跑到济州避祸去了。如此一个人,岂能拿皇帝的宝座,来换他爹他哥?"

王氏叹道:"这倒也是。"

秦桧亦叹道:"为夫真想狠狠掴自个儿几个耳光。"

"为甚?"

秦桧道:"二帝的德行,我又不是不知道,为了做一个忠臣,和金人作对,落得今日这个下场。唉,早知如此,我何苦要头悬梁锥刺股呢!唉,就是再想做一个猢狲王,也不可能做了。"

王氏道:"您若真的还想做一个猢狲王,小妹觉着倒不是太难。"

秦桧双眼突然一亮:"真的吗?"

王氏道:"真的。"

秦桧迫不及待地问:"去哪里当猢狲王?"

"就在娄室府上。娄室自己是个粗人,但对子孙辈读书的事还是蛮上心的,请了一个辽人和一个汉人教授他的子孙,但这两个先生,学问连小妹我都不如,娄室想把他们辞掉,因没找到合适的先生作罢。"

秦桧道:"那就请你给娄室荐荐为夫吧。"

王氏道:"好。"

第二天晚,娄室延请四太子(金)兀术,让王氏歌舞助酒。趁着娄室高兴,王氏把秦桧想当猢狲王的事说了出来。

在娄室的眼中,秦桧不只有学识,而且书法也不错,书法的造诣,直追北宋四大书法家——苏(轼)黄(庭坚)米(芾)蔡(襄)。不是直追,至少超过了蔡襄。

蔡京的书法也比蔡襄强,四大书法家中的"蔡"应该是蔡京,因他列"六贼"之首,世人厌之,让蔡襄取代了他。

秦桧在书法上最大的贡献,还不是他的书法好,是他在宋徽宗瘦金体的基础上,创立了用于公文的秦体,就是我们通常所说的宋体。

正因为娄室了解秦桧,才当即表态,同意秦桧做他的塾师。

自此,秦桧不只有了饭吃,有了衣穿,还有了不菲的月俸,夫妇二人,对娄室感激涕零。

一日,王氏对秦桧说道:"二帝他们又要北迁了。"

秦桧问:"迁哪里?"

"五国城(今黑龙江省依兰县)。"

秦桧道:"那地方名为城,实为一个边陲小镇,偏僻而又荒凉,是一个鸟不拉屎的地方!若是去,很难活着回来。唉,金人为什么把二帝再一次北迁?"

"听盖天大王说,宋军中有一个叫岳飞的将军,特别能打。"

"停,盖天大王是谁呀?"秦桧问。

"盖天大王是(金)兀术的堂伯,名字叫完颜宗贤,官拜左副点检。"

秦桧点了点头,示意她继续说。

"盖天大王说,今年五月,岳飞从鄂州(今湖北省武汉市)渡江北伐,连破金军三十多营,连邓州和唐州(今河南省唐河县)也占领了。他提出的口号是,'直捣黄龙,迎回二帝。'金人害怕了,才把二帝他们北迁五国城。"

秦桧"噢"了一声道:"原来如此,哎,你一个妇道人家,这事盖天大王为啥跟你说?"

王氏娇滴滴说道:"他想叫小妹捎信呗。"

秦桧问:"给谁捎?"

"给你呗。"

秦桧又问:"他让你给我捎信的目的想干啥?"

王氏道:"明天,二帝他们就要上路了,盖天大王要为二帝饯行,问你去不去。"

秦桧一脸迷惑道:"盖天大王为啥要给二帝饯行?"

"是他的爱妾要他去的。"

秦桧问:"他的爱妾是谁?"

"韦贤妃,现宋皇帝的亲妈。"

"韦贤妃不是和柔福帝姬一块儿分到了浣衣院吗?"

王氏道:"她是去了浣衣院,但没多久,就出来了,做了盖天大王的妾,还为盖天大王生了两个孩子。"

秦桧默想了一会儿说道:"我不去了吧。"

王氏道:"那,小妹就给盖天大王回话,说你身体有恙,去不成。"

"好,就这么回。"

二帝一行,由二十几个金兵押着,凄凄惨惨前往五国城。

走了三天,来到燕山寺,主持恳请徽宗留个墨宝。徽宗略一思索,题诗于壁:

　　九叶鸿基一旦休,猖狂不听直臣谋。
　　甘心万里为降虏,故国悲凉玉殿秋。

又走了七天,来到一座土城,守城的金兵对他们一一搜身,连郑太后的私处也要摸,钦宗上前劝阻,被金兵按倒在地,用柳条抽打。硬是将他打昏过去,泼了两盆清水才醒过来。

又行了两天,宿于一个破庙,三更时,金兵把郑太后叫醒,说是有事相询,把她带到庙后,欲行不轨,郑太后撞墙而亡。

徽宗伤心欲绝,几次欲悬梁自尽,皆被钦宗救起。

他走一路,哭一路,未到五国城,把一只眼睛哭瞎了。

南宋绍兴五年(1135年)四月二十一日,五十四岁的赵佶病死五国城。二十一年后,他的长子赵桓,追随他的亡灵,也驾鹤西去了。

北宋,自宋太祖赵匡胤开国,到赵桓亡国,共经历了一百七十八年。

在这一百七十八年中,为帝的七代九人。他们依次是:

太祖——赵匡胤

太宗——赵光义

真宗——赵恒

仁宗——赵祯

英宗——赵曙

神宗——赵顼

哲宗——赵煦

徽宗——赵佶

钦宗——赵桓。

主要参考书目

脱　脱:《宋史》
司马光:《资治通鉴》
赵家三郎:《微历史@宋朝人》
江　月:《宋朝其实很有趣》
丁振宇:《微历史——宋朝就是如此有趣》
高天流云:《宋朝那些事儿》
高天流云:《如果这是宋史》
蔡东潘:《宋史通俗演义》
曲相奎:《宋朝的那些科学家》
《中华野史镜鉴》编委会:《中华野史镜鉴》
任崇岳:《宋徽宗　宋钦宗传》
伊沛霞:《宋徽宗》
庸　木:《大宋王朝1120》
覃仕勇:《这才是岳飞》
姜正成:《韩世忠》
宋德金:《中国历史·金史》

责任编辑:王世勇
责任校对:徐林香

图书在版编目(CIP)数据

大宋天子——宋徽宗/秦俊 著. —北京:东方出版社,2021.1
ISBN 978-7-5207-1882-0

Ⅰ.①大… Ⅱ.①秦… Ⅲ.①宋徽宗(1082-1135)-传记 Ⅳ.①K827=44

中国版本图书馆 CIP 数据核字(2020)第 250485 号

大宋天子——宋徽宗
DASONG TIANZI SONGHUIZONG

秦俊 著

东方出版社 出版发行
(100706 北京市东城区隆福寺街99号)

中煤(北京)印务有限公司印刷　新华书店经销
2021年1月第1版　2021年1月北京第1次印刷
开本:787毫米×1092毫米 1/16　印张:35.75
字数:672千字
ISBN 978-7-5207-1882-0　定价:108.00元

邮购地址 100706　北京市东城区隆福寺街99号
人民东方图书销售中心　电话 (010)65250042　65289539

版权所有·侵权必究
凡购买本社图书,如有印制质量问题,我社负责调换。
服务电话:(010)65250042